Peter Arndt

Haßfurt, Okt. 25

Die Wetterseite der Bäume

Umsiedlung und Krieg. Kolja – ein Junge
aus Wolhynien auf der Suche nach Heimat

Romanbiografie

Für Marianne

Viel Spaß beim
entdecken

Leben | Rellin Verlag

Alle beschriebenen Begebenheiten und Dialoge sind fiktiv. Allerdings besitzen sie einen realen historischen Hintergrund.

Grundlage des Romans bilden persönliche Erzählungen von Zeitzeugen sowie die Bücher von Nikolaus Arndt.

Personen im Roman sind an historische Personen angelehnt, jedoch nicht mit ihren wirklichen Namen wiedergegeben.
Begriffe, die dem nationalsozialistischen Sprachgebrauch entstammen, sind kursiv gesetzt, in einigen Fällen auch in einer Fußnote erläutert.

Impressum
Die Wetterseite der Bäume

16562 Hohen Neuendorf, Hochwaldallee 87
Autor | Peter Arndt
Reihe Leben | **Rellin Verlag**
Herausgeberin / Martina Rellin
Gestaltung | Rellin Schreibwerkstatt
Fotos und Karte | Peter Arndt
Druck: BoD
www.rellinverlag.de
info@rellinverlag.de

ISBN: 978-3-9112220-2-0

Für Papa,
meinen Vater Nikolaus Arndt,
der mit akribischer Mühe dafür gesorgt hat,
dass die Begebenheiten der Vergangenheit
nicht im Dunkel der Geschichte versunken sind.

Für die vielen Lektoratsstunden, die nachfolgenden Anregungen und die Ermutigungen, das Schreibprojekt weiterzuführen, bedanke ich mich bei meiner Verlegerin Martina Rellin und bei meinen Freunden Steffen Schütz, Dr. Martina Voigt, Franz und Monika Reinisch und bei Ulrike Sommermann.

Meine liebe Frau Ulrike unterstützte und ermutigte mich während der langen Zeit der Entstehung des Buches ganz besonders – der geduldige, widerkehrende Austausch mit ihr war mir ein großes Geschenk.
Vielen Dank!

Inhalt

Ein Wort zum Entstehen des Romans

Mein Opa liebte es, Geschichten zu erzählen. Schließlich hatte er auch wirklich etwas mitzuteilen. Denn schon sein Großvater hatte es vom bitterarmen deutschen Einwandererkind durch geschickte Grundstückskäufe in Russland zu Reichtum und zu einem ansehnlichen Gutsbesitz gebracht. Also wuchs mein Opa als Sohn eines Gutsbesitzers im zaristischen Russland auf. In Wolhynien. Dann kam 1917 die Oktoberrevolution. Der Besitz seiner Familie wurde enteignet und seine Träume zerbrachen. Mit dem Umsturz und der Ermordung der Zarenfamilie tobte ein Bürgerkrieg. Und als der endlich beendet war, folgten Hunger, Aufstände ukrainischer Nationalisten, Deportationen und ein weiterer Krieg mit dem Nachbarland Polen. Die Familie zerstreute sich in alle Himmelsrichtungen.

Wenn uns Opas Geschichten zu viel wurden, verschwanden wir ins Freie. Resigniert brummelte er dann den immer selben Spruch: „Viel zu erzählen, wenig zu horchen“ – und wandte sich der Lektüre der Tageszeitung zu.

Aber mein Vater lauschte weiter, bohrte nach und wollte es meistens noch genauer wissen. Denn auch er kannte diese Welt nur aus den Erzählungen der älteren Verwandten, die noch aus dem 19. Jahrhundert stammten. Schließlich schaffte er ein Tonbandgerät an und hielt die Erinnerungen der Verwandtschaft auf Magnetbändern fest. Papa hatte seine Mutter im Kindesalter verloren. Darunter litt er zeitlebens. Die Worte der Alten brachten ihm seine Mutter ein Stück weit zurück. Als er endlich selbst ein klares Bild von seinen familiären Wurzeln gewonnen hatte, veröffentlichte er sein Buch *Die Shitomirer Arndts,* das in der Fachwelt weithin Anklang fand.

In den Zeiten des Kalten Krieges war es nicht so einfach, familiären Wurzeln im Osten nachzuspüren. Das Internet war noch nicht erfunden und die Suche führte in Archive und Bibliotheken. Er veröffentlichte weitere Artikel und Bücher. Ganz klar behielt er dabei den Anspruch im Blick, historisch sachlich und objektiv über die Strömungen der Zeit zu berichten. Das wurde zum großen Thema seines Erwachsenenlebens. Da ich selbst in der IT beschäftigt war, bat mich Papa mit Beginn der Computerisierung in den Achtzigern immer wieder um technische Unterstützung. Gemeinsam führten wir seine Arbeitsweise weg von Ordnern und Karteikarten hin zu Schreibprogrammen und Datenbanken. Oft unterhielten wir uns lange und dabei blieb es nicht immer bei einer einzigen Flasche Bier.

Opas Erzählungen aus den Kindertagen kehrten zu mir zurück. Aber noch intensiver spürte ich, wie sehr meinem Vater die Wendungen und Einschnitte in seinem eigenen Leben bis ins hohe Alter zusetzten. Der Verlust der Heimat seiner Kindheit durch die Umsiedlung zu Beginn des Zweiten Weltkrieges war in ihm mit dem plötzlichen Tod seiner Mutter verbunden. Dass er sich als Heranwachsender schwärmerisch von den Trugbildern der nationalsozialistischen Ideologie einfangen ließ, dafür schämte er sich. Die Todesängste, die er als 16-jähriger Kindersoldat in den letzten Kriegstagen in Berlin durchgestanden hatte, suchten ihn im Alter leidvoll heim.

Gemeinsam begaben wir uns in Berlin wie auch in Posen auf Spurensuche nach den Stationen seines Kriegseinsatzes. Die Schrecken in seinen Erzählungen vor Ort erfassten mich in sonderbarer Weise. Ich begann, seine ureigenen Ängste und seine niederschmetternden Erfahrungen als Phantomschmerzen in mir selbst zu spüren.

Irgendwann ermunterte ich Papa, die vielen Details seiner zahlreichen Veröffentlichungen zu einem durchgängigen Roman zu verbinden. Das entsprach allerdings überhaupt nicht seinem wissenschaftlichen Anspruch. Außerdem war es eigentlich schon zu spät für ein solches Unterfangen. Seine Lebensgeister begannen zu ermüden. Ich konnte aber heraushören, wie er sich doch wünschte, dass ich seine Erinnerungen weitergeben würde. Er gab mir zu verstehen: „Einen Roman schreiben, das kann ich nicht. Das ist nicht meine Sache. Aber wenn du willst, dann nimm du doch das Material und schreibe.“ Als er wenig später starb, begann ich damit, die Ereignisse so zu Papier zu bringen, wie sie sich in meiner Vorstellung zugetragen haben.

Dass es tatsächlich zu einem Krieg zwischen Russland und der unabhängig gewordenen Ukraine kommen würde, mag mein

Vater befürchtet haben. Wir diskutierten hin und wieder über die Möglichkeiten der Ukraine, einen eigenen Platz im Kreise der freien Völker finden zu können. Doch als der sinnlose Krieg tatsächlich Realität wurde, erschrak ich darüber, dass Pandora den Deckel ihrer Büchse nicht unter Verschluss gehalten hatte. Das Ungeheuer, das aus der Büchse kroch, trieb mich in einer eigenartigen Weise an, diese Geschichte zu Ende zu erzählen und möglichst viele Leserinnen und Leser in diese gar nicht so ferne Region und in ihre geschichtlichen Verstrickungen mitzunehmen.

Peter Arndt

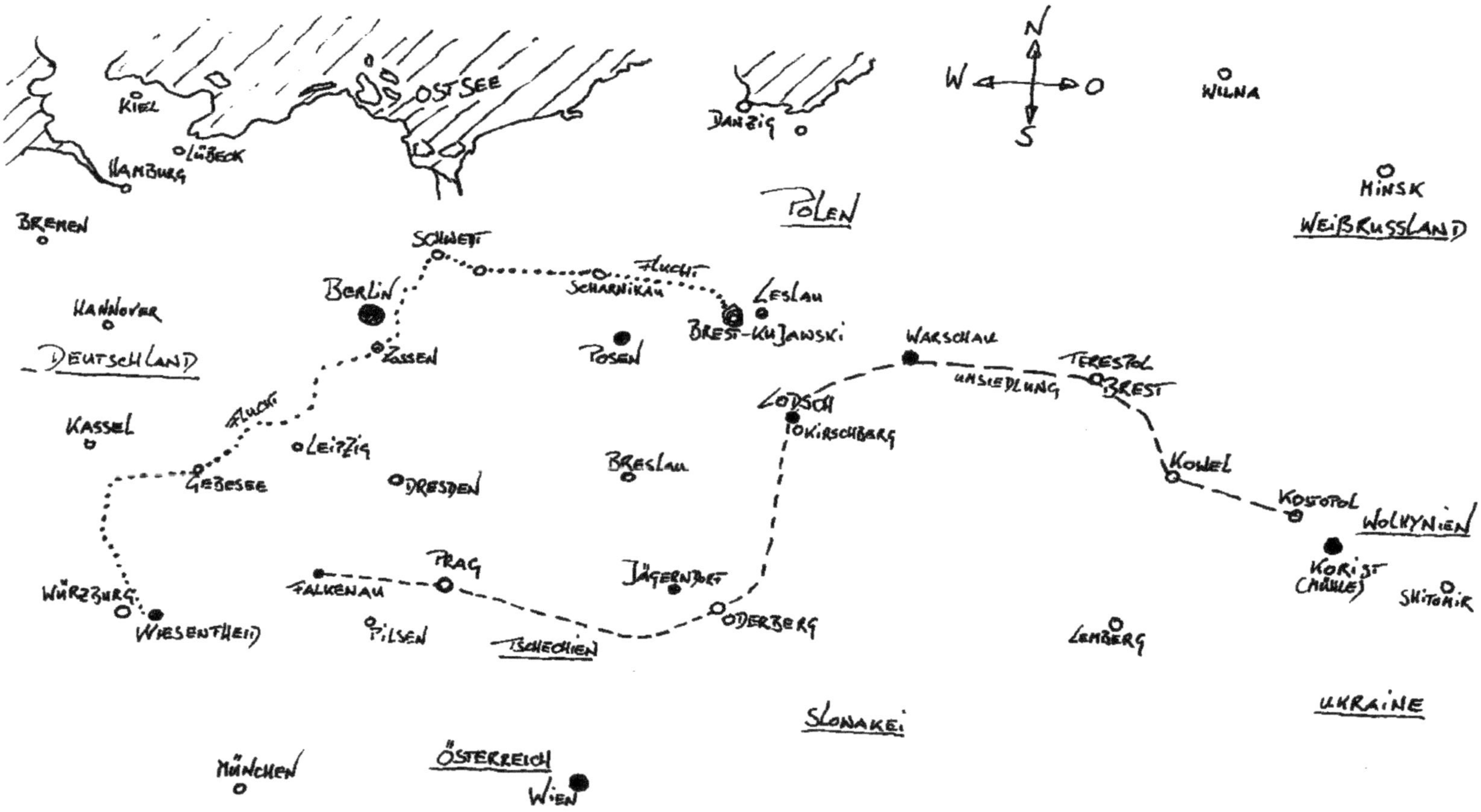

KIEL
LÜBECK
HAMBURG
OSTSEE
DANZIG
N
W
O
S
WILNA
MINSK
BREMEN
POLEN
WEIßRUSSLAND
SCHWETZ
FLUCHT
SCHARNIKAU
LESLAU
BERLIN
HANNOVER
BREST-KUJAWSKI
POSEN
WARSCHAU
ZOSSEN
DEUTSCHLAND
TERESPOL
UMSIEDLUNG
BREST
LODSCH
FLUCHT
KASSEL
TOKIRSCHBERG
LEIPZIG
BRESLAU
KOWEL
GEBESEE
DRESDEN
KOSTOPOL
WOLHYNIEN
PRAG
JÄGERNDORF
KORIST (MÜHLE)
FALKENAU
WÜRZBURG
SHITOMIR
WIESENTHEID
PILSEN
ODERBERG
LEMBERG
TSCHECHIEN
UKRAINE
SLOWAKEI
MÜNCHEN
ÖSTERREICH
WIEN

Im Zug | Januar 1940

„Wie heißt denn dein Hund?“ Ich war unendlich müde und stierte schläfrig aus dem Fenster. Die Scheiben waren so stark beschlagen, dass sich vereinzelt kleine Wasserperlen mit anderen Dunsttröpfchen zusammenschlossen, in kleinen Rinnsalen ihren Weg zum unteren Fensterrand suchten, an dem sie sich sammelten und hinter der Wandverkleidung verschwanden. Mein Kopf war leer und ich hätte so gerne einfach nur geschlafen.

Meint der vielleicht meinen Hund, dachte ich kurz, verwarf den Gedanken aber gleich wieder. *Mich* wird die Stimme aus der Finsternis doch nicht gemeint haben? Wer sollte denn von mir etwas wissen wollen? Von *mir?* Von einem elfjährigen Jungen? Ich war doch einfach nur so dagesessen und wollte nichts lieber als meine Ruhe.

Dicht neben mir klebte mein Vetter Alex zusammengesackt an meiner Seite, das Kinn auf die Brust gestützt. Unter der Bank lag mein brauner Rauhaardackel Dschim und schlief, wie das Hunde eben so tun. An meinen Knöcheln konnte ich seine Bewegungen beim Atmen spüren. Wie sich sein Brustkorb aufblies und zusammenzog. Ganz regelmäßig.

Neben Alex waren noch meine Cousinen Nata und Tatjana auf die hölzerne Bank gequetscht. Nata hieß eigentlich Natalie. Sie war die Schwester von Alex. Von uns vieren war sie die älteste und sie hatte schon einen richtigen Busen. Und Tatjana – wir haben sie aber nur Tanja gerufen – war auch drei Jahre älter als ich. Mein elfter Geburtstag lag erst zwei Wochen zurück. Mitten in dem ganzen Vorbereitungstrubel für die große Reise. Aber Mama hatte daran gedacht und für mich trotzdem eine kleine Geburtstagsfeier vorbereitet. Tanjas Kopf ruhte auf Natas Schulter und Natas Schläfe schmiegte sich dagegen.

Mit dem Ärmel meiner Jacke hatte ich ein Guckloch in den Dunst gerieben, der das Fensterglas bedeckte. Die Landschaft zog eintönig vorüber und seit einer Ewigkeit glotzte ich auf brettebene Felder. Manchmal trieben einzelne Häuser vorbei, aus deren Fenstern kümmerlicher Lichtschein drang. Es lag richtig hoher Schnee und die Nacht draußen war eisig. Ganz regelmäßig sausten Telegrafenmasten vorüber, zerhackten das unendliche Bilderband in gleichmäßige Stücke.

„Junge!", zischte die Stimme gedämpft, aber ungeduldiger. „Ist das dein Hund, Junge?"

Wie ein Käfer, der sich noch in der Starre der nächtlichen Kühle befindet, drehte ich meinen Kopf ganz schwerfällig in die Richtung, aus der die Worte kamen. Mama saß mir genau gegenüber. Ihre Augen waren geschlossen. Wahrscheinlich döste sie nur. Mein Brüderchen Kira lag ruhig auf ihrem Schoß und schlief. Ganz wohlig war er in ein Daunenkissen gepackt, in ein Lammfell und zusätzlich noch in eine Decke gewickelt. Dem war bestimmt nicht kalt. Tante Martha saß neben Mama, ganz dicht zu ihr hingekuschelt. Vor Erschöpfung war ihr Kopf auf Mamas Schulter gesunken. Sie war in einen Wintermantel eingemummelt und hatte darüber noch mehrere Decken um sich geschlungen. Eigentlich musste ihr ziemlich warm geworden sein, denn von der anderen Seite her wurde sie von Tante Ira gewärmt. Papas Schwester war ganz dicht zu ihr heran gerutscht, um noch auf die schmale Bank zu passen. Schläfrig dämmerten sie vor sich hin. Genau wie wir vier auf unserer Bank, schaukelten auch die drei Frauen im Rhythmus des ratternden Waggons. Mit Tante Ira war das so eine besondere Sache. Alex, Nata, Kira und ich, wir sagten immer *Baba*[1] zu ihr. Nie Tante. Obwohl sie für Kira und mich Tante und Baba gleichzeitig war. Weil sie den Papa meiner Mama geheiratet hatte. Deshalb war sie auch unsere Großmutter. Die echte Mama von meiner Mama – also eigentlich die *echte Baba* – hatte es schon lange nicht mehr gegeben. Die war tot. Sie war in der Mühle verbrannt, bevor ich auf die Welt gekommen bin.

Hätte die Baba, also Tante Ira, keine Handschuhe aus feinem Leder angehabt, dann hätte man bestimmt ihre zusammengekrampften weißen Fingerknöchel bemerken können. So fest hat sie sich den Kragen ihres Pelzmantels zugehalten und es hat so ausgeschaut, als würde sie mit offenen Augen schlafen. Manchmal hat sie mit beiden Augen geblinzelt. Das hat sie immer so gemacht. Eigentlich war sie sehr lieb zu uns Kindern. Aber

---

[1] Baba: Oma, Großmutter

irgendwie war sie ganz und gar anders als Mama. Und anders als Tante Martha sowieso. Die war strenger und fleißig wie eine Ameise. Tante Martha hat mit Alex und mit Nata ganz viele schöne Sachen gemacht. Ich meine, flachsen, erklären, lesen und so. Bei denen war ich immer richtig gerne zu Hause.

Im Mittelgang des Eisenbahnwagens lagen Gestalten auf Matratzen und Bündeln und schliefen im schummrigen Licht. Andere Leute saßen schweigend auf den Bänken, aneinander angelehnt oder zusammengekauert und schwankten ebenfalls im Takt der Waggonbewegungen hin und her. Wäre ich nicht so dösig gewesen, hätte ich vielleicht lachen müssen. So komisch hat es ausgesehen, wie sie alle gleichmäßig und ganz im Einklang mit dem Knarren und Rattern des brausenden Wagens von links nach rechts und wieder zurück geschunkelt sind. Von manchen Sitzbänken hörte ich Schnarchen, leise Gespräche und Wimmern von Kindern. Es roch nach Essen und nach zu vielen Menschen.

Plötzlich erkannte ich etwas. Im Mittelgang, dicht bei Cousine Tanja, bewegte sich ein dunkler Schatten. Ein Mann in Uniform. Ich befürchtete, dass es einer von den russischen Zugbegleitern sein könnte. Was sollte der von uns wollen? Die Person drängte sich in unsere Sitzreihe und beugte sich in meine Richtung.

Pironje[2]! Der kam direkt zu mir rüber!

Fast unbemerkt war er über die vielen Bündel, Kisten und Gepäckstücke gestiegen, die überall in den Gängen des Abteils lagen und unter den Sitzbänken verstaut waren. Aber jetzt war er so nah, dass ich ihn deutlich schnuppern konnte. Seine Uniform roch dampfig.

„Ob dein Hund vielleicht ein Stückchen von der Wurst will?"

Wäre er Russe gewesen, dann hätte er doch nicht deutsch geredet?

Der Mann hielt tatsächlich ein Stückchen Wurst in der Hand. Dschim war platt wie eine Flunder und reagierte kein bisschen. Die Eiseskälte und die vielen Leute hatten ihn ganz fertig gemacht. Der hat nicht mal geschnallt, dass ihm jemand eine Köstlichkeit hinreicht. Der Ärmel des Typen war jetzt direkt vor

---

[2] Polnisch: Donnerwetter

meinem Gesicht. Ein metallenes Abzeichen auf der Uniformjacke schimmerte mich an. Ringsherum war es so dunkel. Bei uns im Dorf hatten nur der Briefträger, die polnischen Polizisten und die Gymnasiasten Uniformen angehabt. Allmählich konnte ich in dem Abzeichen auf dem Kragenspiegel der Uniformjacke ein geflügeltes Rad erkennen. Alex hätte mir sofort sagen können, was das bedeutet. Der wusste ja immer alles. Irgendwie bin ich draufgekommen, dass es eine Eisenbahneruniform sein musste! Und der Mann hat für meine Ohren ziemlich komisch deutsch gesprochen. Wie die Leute in den Filmen, die ich mit Mama in Rowno gesehen hatte. Als mir dann das Hakenkreuz auf seinem Ärmel in die Augen stach, war mir klar, dass es eine deutsche Uniform war. Hakenkreuz war wirklich deutsch!

Aber wie konnte ein deutscher Eisenbahner hier im Zug sein? Wir waren doch noch nicht in Brest. Papa hatte gesagt, dass uns die Deutschen erst hinter der neuen Grenze bei Brest erwarten würden.

Im Menschengewirr beim Einsteigen in den Zug in Kostopol hatte ich überhaupt nicht mitbekommen, dass deutsche Eisenbahner darunter waren. Ja – die SS-Leute von der Umsiedlungskommission, mit ihren schneidigen und korrekt sitzenden Uniformen, die hatten mich in den Bann gezogen. Papa hat mit einigen von ihnen gesprochen. Dort am Bahnhof waren auch viele eilige russische Soldaten und Zugbegleiter. Die Uniformen von denen waren ja ganz anders. Nicht so glatt und korrekt – eben irgendwie russischer. Die Russen standen auch nicht einfach so ruhig herum. Vielmehr liefen sie aufgeregt zwischen den vielen Menschen hin und her, weil sie die eingefrorene Heizung erst mal stundenlang mit Dampf auftauen mussten, bevor jemand den Zug betreten durfte. Wir hatten zum Glück einen Platz im Warteraum des Bahnhofs ergattert, so dass wir nicht so arg frieren mussten wie die Leute draußen. Und als es dann endlich repariert war und wir in den Zug einsteigen konnten, da haben die Russen ganz fleißig dabei geholfen, die Gepäckstücke in den Wagen zu heben und zu verstauen. Sie haben auch mal schreiende Säuglinge auf den Arm genommen, während die Mütter die Plätze hergerichtet haben.

Jetzt bewegte sich jedenfalls eine uniformierte Hand mit einem Stückchen Wurst zwischen den Fingern vor meinen Augen und versuchte, ganz nahe an Dschim heranzukommen. Ich schob meine Ferse weiter nach hinten unter die Sitzbank. Ein Schwall warmer Luft strömte von der Waggonheizung her an meine Beine. Obwohl ich jetzt mit dem Absatz ordentlich gegen Dschims Rippen drückte, kam keine Reaktion von ihm.

„Was ist denn los Dschim? Pennst du so fest? Du bist doch sonst immer für ein Stückchen Wurst zu haben“, redete ich noch etwas benommen auf ihn ein. Dann wachte mein Kopf auf. Langsam schälte ich mich aus meinem tranigen Zustand heraus und antwortete endlich. „Äh – Dschim! Er heißt Dschim und er liebt Wurst.“

Als der Hund seinen Namen hörte, kehrten die Lebensgeister in ihn zurück. Er begann, sich hinter meinen Beinen zu bewegen. Vielleicht hatte er auch nur die Wurst gerochen. Ich bückte mich tief hinunter und griff mit der linken Hand nach Dschim, der zusammengerollt hinter meinen Füßen lag. Seine feuchte Nase stupste kurz an meinen kleinen Finger und die warme Zungenspitze schleckte über meinen Handrücken. In der Manteltasche hatte ich einen kleinen Lederball, mit dem Dschim so gern spielte. Den kramte ich heraus und reichte ihn nach unten. Doch in diesem Moment interessierte er sich nicht dafür. Der Wurstgeruch wirkte stärker.

Dschim begann sich heftiger zu bewegen, scharrte mit seinen kurzen Dackelbeinchen, um sich aus den Gepäckstücken herauszuwühlen. Er mochte es wohl nicht glauben und blickte zu mir hoch. Was für ein erstaunter Dackelblick! Zwei leuchtende Punkte reflektierten das bisschen Licht in Dschims Augen. Sein ganzer Kopf drehte sich aufgeregt zwischen dem Anblick der Wurst und mir hin und her.

„Nimm es ruhig, Dschim“, erteilte ich ihm die Erlaubnis. Jetzt wollte der Fremde wissen, wie alt Dschim war. Ich gab wohlerzogen Auskunft, dass Papa und Mama meinem Brüderchen und mir vor einem Jahr den Dschim zu meinem zehnten Geburtstag geschenkt hätten, weil ich so gerne einen Rauhaardackel haben wollte. Da war er noch ganz klein. Und dass Dschim *mein* Hund wäre, dass er nicht draußen an der Kette sein müsste wie der Hofhund. Er könnte immer im Haus sein. Mama hätte sogar erlaubt, dass er bei mir im Bett schlafen darf. Und bei Kira auch.

Ich versuchte leise zu sprechen. Aber dann begann Mama sich zu rühren. Sie hatte wohl doch nicht so richtig geschlafen. Fürchterlich übernächtigt hat sie ausgesehen.

Der Mann fragte sie, ob ich ihr Sohn sei. Kira wachte auf. Ich fasste zu ihm rüber und streichelte die Decke, in die er eingepackt war. Mama zupfte einige Falten aus dem Überwurf und tätschelte meine Hand. Tante Martha hob nun ebenfalls ihren Kopf. Sie guckte ganz abwesend.

Der Mann fragte, wo Papa sei. Mama entgegnete beflissen, dass Papa nicht auf die Liste für unseren Zug gekommen wäre. Ein Zugschaffner – zumal ein deutscher – war ja eine Respektsperson. Papa hätte ja noch zusehen müssen, wie er die Pferde wieder loswerden konnte. Denn ursprünglich hatte er geplant, von Kostopol aus mit dem Wagentreck mitzufahren. Deshalb hätten wir die Pferde zu Hause schon kräftig gefüttert für diesen langen Weg. Doch weil es die Russen so gewollt hätten, habe er die Pferde wieder weggeben müssen, weil man nur solche Pferde mitnehmen durfte, die man schon vor dem Krieg besessen hat. Und Papa hätte nach all dem Durcheinander nur noch auf die Liste für einen späteren Zug kommen können. Deshalb sei er jetzt nicht da.

Mama sprach mit dem Herrn ruhig und fast flüsternd. Ich habe aber deutlich verstanden, wie sie gesagt hat, dass die Männer nachkommen würden. Im Halbdunkel konnte ich ausmachen, wie ihre Augen glasig wurden, als sie sich zu Tante Martha hinwendete. Beide haben sich besorgt angesehen. Und ich glaubte, auch in Tante Marthas Augen das Funkeln von Tränen zu erkennen.

Nach einer kurzen Pause begann Mama dem Herrn zu erzählen, dass wir mit großer Sorge aufgebrochen seien, weil wir nicht wussten, wo Onkel Lawrentij war. Der Mann ihrer Schwester sei wahrscheinlich verhaftet worden und niemand konnte sagen, ob ihn die roten Banditen freilassen würden. Die Baba sprach immer von den *roten Banditen.*

Und Papa hatte befürchtet, dass es sein könnte, dass Onkel Lawrentij überhaupt nicht mitkommen würde. Weil er doch Ukrainer sei. Aber eigentlich stand er auf der Liste. Dafür hatten Papa und Tante Martha natürlich gesorgt, dass er auch draufstand. Schließlich war Onkel Lawrentij ja auch der Papa von Alex und von Nata.

„Wir hoffen natürlich, dass die Männer nachkommen werden, dass sie nicht von den Bolschewiken verhaftet werden“, murmelte Mama mit erstickter Stimme.

Der Eisenbahner meinte nur „Na – machen Sie sich mal keine Sorgen. Das ist doch alles von den Umsiedlungskommissionen geregelt worden. Aber den Hund werden Sie wohl nicht mitnehmen können. Das kann ich Ihnen gleich sagen.“

Was?! Was hatte der gesagt? Der war wohl nicht ganz bei Trost! Ich ballte die Fäuste.

„Mama, Dschim wird doch mit uns mitkommen? Das hat Papa fest versprochen!“ Ich rüttelte an Mamas Arm. Sie schien zu überlegen. Ihr Mund zuckte kurz, dann hob sie den Blick und sah zu mir rüber.

„Vielleicht hat der Herr doch recht. Vielleicht werden wir Dschim abgeben müssen“, flüsterte sie ganz ruhig. „Du weißt, Papa hat gesagt, dass Dschim bei ihm auf dem Wagen mitfahren kann. Aber jetzt musste er den Wagen doch zurücklassen. Und was da noch alles kommen wird, Kolja, das wissen wir doch noch gar nicht. Wir werden erst mal abwarten, wo wir untergebracht werden. Niemand weiß, ob Dschim da auch mitkommen kann.“ Obwohl es so schummrig war, habe ich genau mitbekommen, wie sie mich mit ihren schönen braunen Augen ganz traurig angeblickt hat.

„Mein Dschim! Ich werde dich nicht hergeben.“ Ich streichelte Dschims Schnauze und er leckte mir mit der Zungenspitze den kleinen Finger ab.

Was für ein Glück, dass Kira nicht mitbekommen konnte, worüber gerade gesprochen wurde. Er liebte Dschim über alles. Seinen allerliebsten Spielkameraden.

Die Baba zwinkerte plötzlich ganz schnell mit den Augen. Wenn sie aufgeregt war, wurde das Blinkern immer schneller.

„Na! Da wirst du dich fügen müssen, Kolja", tuschelte sie leise. Ich wollte nicht verstehen, warum sie jetzt so streng war und plärrte „Ich wihihill Dschim nicht hergeben!"

Der Mann drehte sich zu mir rüber und meinte: „Hör zu, Kolja. Ich habe eine Tochter. Sie ist zwölf Jahre alt. Ein bisschen älter als du. Sie heißt Annette und sie würde sich bestimmt ganz lieb um Dschim kümmern. Überleg's dir doch nochmal. Bis wir in Lodsch sind, kann Dschim auf jeden Fall bei dir bleiben."

Mama warf ein, dass das vielleicht die beste Lösung wäre. Aber – was sollte daran gut sein?

„Verzeihen Sie, mein Herr. Wie ist denn Ihr Name?", fragte Mama ungerührt mitten hinein in mein Unglück.

„Liebeneiner", stellte sich der Mann vor.

„Sie wundern sich vielleicht, warum hier im russischen Zug ein deutscher Reichsbahner dabei ist. Aber das hat seine Ordnung. Im Umsiedlungsvertrag mit der Sowjetunion wurde festgelegt, dass wir die Umsiedlungstransporte auch schon auf dem sowjetisch besetzten Gebiet begleiten dürfen. Ich bleibe im Zug, bis wir in Lodsch ankommen. Wenn Sie was benötigen, dann lassen Sie es mich wissen."

Mit einem Ruck richtete sich Herr Liebeneiner wieder auf. Im Schummerlicht fiel mir auf, dass ihm ein kleines Stückchen von einem Schneidezahn abgebrochen war. Eigentlich machte er ja einen ganz netten Eindruck.

Ein Wolhynier war er jedenfalls nicht. Und auch kein Balte. Ja, da war ich mir sicher. So wie er geredet hat, musste er ein Reichsdeutscher sein. Der Kragenspiegel mit dem Rad und dem Flügel glänzte ganz matt.

Herr Liebeneiner versuchte, zwischen den vielen Beinen und den dazwischen verstauten Gepäckstücken das Gleichgewicht zu behalten. Er blickte zu Alex und fragte ihn: „Bist du Koljas Bruder?"

„Nein", presste Alex etwas knarzig und übernächtigt heraus. Er nestelte seinen linken Arm unter der Decke hervor und deutete zu mir herüber. „Der da ist mein Vetter." Sein Finger machte die Runde: „Und das ist meine Schwester Nata. Daneben, das ist unsere Cousine Tatjana."

Eigentlich war Herr Liebeneiner schon dabei, sich staksig wie ein Storch rückwärts wieder aus unserer Sitzreihe heraus zu arbeiten. Da schob Alex noch nach, dass Tatjana auf das Gymnasium der polnischen Siedler ginge, Nata auf das ukrainische Gymnasium und er selbst auf das russische Gymnasium in Rowno. „Aber jetzt, seit die Rotarmisten eingezogen sind und die polnische Polizei verschwunden ist, sind ja alles russische Gymnasien.“

„Na, bald könnt ihr alle auf ein deutsches Gymnasium gehen“, meinte der Eisenbahner. „Der Führer sorgt schon dafür, dass ihr eine gute deutsche Ausbildung bekommen werdet.“ Mit diesen Worten hob er die linke Hand mit ausgestrecktem Zeigefinger zum Gruß an die Mütze, drehte sich um und bahnte sich weiter seinen Weg über Gepäckstücke und Schlafende hinweg durch den Waggon.

Mama wurde von Unruhe gepackt. Sie richtete sich auf und schob das Knäuel, in das Kira eingepackt war, zu Tante Martha hinüber. Mit einem Griff fasste sie unter ihre Sitzbank, schnappte sich ein Bündel und kramte daraus ein Tüchlein hervor, in das sie getrocknete Birnen für die Reise eingepackt hatte.

„Nimm ein paar Gruschen, Kolinka.“ Sie hielt mir das geöffnete Tüchlein vor die Nase.

Ich mochte aber nichts essen und wendete mich dem Fenster zu. Es war wieder komplett beschlagen und ich wischte nochmal mit dem Ärmel den Dunst von der Scheibe. Das Fensterglas strahlte Kälte ab. An der Stirn und am Kinn spürte ich das ganz deutlich. Die Rauchschwaden der beiden Lokomotiven, die unseren Zug durch die eisige Nacht zogen, nahmen mir die Sicht und ich konnte nicht erkennen, ob wir gerade eine Siedlung passierten oder ob sich vor dem Fenster nur weite Landschaft ausbreitete.

Ich mochte nicht, dass Mama meine Tränen mitbekam und ich wollte auch nicht von ihr getröstet werden.

Urplötzlich und in die Stille hinein schoss mir das wilde Kreischen der Bremsen in Mark und Bein. Mit einem Ruck kam der Zug zum Stillstand. Unruhe im Waggon. Ich musste auch mal dringend raus. Als ich mich über die vielen Hindernisse hinweg zum Ende des Wagens gekämpft hatte, öffnete ich die Tür zur hinteren Plattform und stieg die Trittstufen hinunter auf den Bahnsteig.

Kowel-Bahnhof. Der Vorplatz war so hell erleuchtet. Meine Augen gewöhnten sich nur langsam an das gleißende Licht. Ich hatte jedes Zeitgefühl verloren. Die Nacht wollte kein Ende finden. Wie in einem Fiebertraum setzte sie sich fort und fort und fort.

Mit Dschim in den Armen folgte mir Alex nach. Schnell drückte ich Alex noch den kleinen Lederball in die Hand, damit er ihn für Dschim werfen konnte. Der Hund war während der Fahrt zwischen dem Gepäck so eingezwängt gewesen und brauchte Bewegung. An der Leine führte Alex ihn an mir vorbei in Richtung einer Baumgruppe, die in einiger Entfernung zu erkennen war. Vielleicht konnte Dschim dort sein Geschäft verrichten. Eiskristalle glitzerten im Licht der Bahnsteiglampen an Dschims vorwitzig abstehenden Dackel-Augenbrauen.

Mich drängte es nun ganz dringend aufs Klo. Von den Lokomotiven her wehte dichter Dampf über das Gleisbett und in Fetzen trieb er den Bahnsteig entlang. Die haben mir schon ein bisschen Angst gemacht, haben ausgesehen wie zwei böse Ungeheuer. Aus den Verbindungsstücken der Heizungsschläuche, die von einem Waggon zum nächsten führen, quoll fetter Dampf heraus. Es zischte und ich vernahm Stimmen in verschiedenen Sprachen. Die Luft war eisig und mein Atem verwandelte sich sofort in Dampffahnen, die sich mit dem Atem des Zuges vereinten. Meine Hände prickelten vor Kälte. Am stählernen Handlauf, der von der Plattform her die Trittstufen absicherte, wären sie beinahe festgefroren. In der Eile hatte ich vergessen, meine Handschuhe anzuziehen.

Aus allen Waggons strömten jetzt Menschen. Weil sie sich für den kurzen Aufenthalt an der frischen Luft nicht so warm angekleidet hatten, zögerten sie beim Hinausschreiten, standen auf den Waggonplattformen und klopften sich erschreckt und fröstelnd mit gekreuzten Armen auf die Oberarme. Andere Herumstehende rieben sich die kalten Hände.

Pinkeln könnte ich ja irgendwo am Bahnsteigrand. Aber in meinem Magen machte sich die Aufregung der letzten Tage unangenehm und unmissverständlich bemerkbar. Ich konnte es kaum noch halten und lief zum Bahnhofsgebäude. Unser Wagen war glücklicherweise ganz in der Nähe der Aborte zum Stehen gekommen.

Rechts neben dem Eingang zum Warteraum erblickte ich zwei Türen, getrennt für Männer und Frauen. Hastig drückte ich die Tür zu den Klosetts auf. Links erkannte ich eine mit schwarzer Teerfarbe gestrichene Pissoirrinne. Rechts abgetrennte Kabinen. Auf einmal stand ein Mann mit einer Armbinde vor mir, wohl ein polnischer Hilfspolizist. Ich grüßte ihn deshalb in polnischer Sprache.

„Halt! Raus da!", wurde ich auf Polnisch grantig angebrüllt.

Ganz eingeschüchtert setzte ich zurück, stürzte wieder ins Freie und stand frierend vor dem Gebäude. Andere Männer gingen an mir vorbei und verschwanden im Kloanbau.

Ich war wütend. Die anderen ließ er einfach so durch. Mich hielt er wohl für einen polnischen Jungen, der hier nichts zu suchen hatte. Vielleicht deshalb, weil ich ihn auf Polnisch begrüßte? Ich wollte doch nur freundlich sein.

Es drückte und drängte. Ich befürchtete, dass es gleich in die Hosen gehen würde. Wahrscheinlich sah man mir an, dass ich sehr verzweifelt war. In dem zunehmenden Gedränge sprach mich ein Soldat in Uniform an. Er fragte mich auf russisch: „Junge, was stehst du da herum? Du wirst dich erkälten." Mit weinerlicher Stimme berichtete ich ihm auf Russisch, der Hilfspolizist hätte mich rausgeworfen und dass jetzt andere Leute rein gegangen wären.

Der Soldat bugsierte mich durch die Eingangstüre des Klosettgebäudes und wies den unfreundlichen Polen scharf an, mich gefälligst reinzulassen. Natürlich gehöre der Junge zum Umsiedlertransport. Der Herr Pole solle sich bloß nicht so aufspielen. Neben mir quietschte eine Klotüre, ein Mann verließ die Kabine und ich huschte schnell hinein. Höchste Zeit! Hosen runter. Gerade noch war es so dringend gewesen – und jetzt konnte ich nicht.

Der Zug gab schon deutlich Signal, dass man wieder zu den Plätzen zurückkehren soll. Wartet! Wartet! Die werden doch nicht ohne mich abfahren? Jetzt aber! Fertig. Hosen hoch. Die Jacke könnte ich nachher zuknöpfen. Ich stürzte ins Freie. Gott sei Dank! Da waren auch noch andere Leute auf dem Bahnsteig. Dann zögerte ich kurz, blickte um mich, ob Alex noch mit Dschim unterwegs war. Aber ganz unmissverständliche Rufe der uniformierten Zugbegleiter machten uns Beine. Wir sollten schneller einsteigen.

Es war so eisig und jeder war froh, wieder in den warmen Waggon zurückzukehren.

Tief und fest war ich eingeschlafen. Ein plötzliches Rucken riss mich hoch. Alex stand am Fenster und starrte nach draußen. Dschim stupste mich an. Er gab mir zu verstehen, dass er der Meinung war, es wäre Zeit für sein Frühstück. Ich kraulte seinen Bauch. Das liebte er. Draußen vor den Fenstern tanzte vereinzelt das fahle Licht von Straßenlaternen vorbei. Während ich schlief, hatte sich emsige Geschäftigkeit im Waggon breitgemacht. Lichtschein von wenigen schwachen Deckenlampen erhellte mäßig das rege Treiben. In allen Ecken, auf den Sitzbänken und im Hauptgang kramten Frauen mitgebrachte Speisen aus Bündeln und Koffern. Säuglinge wurden gestillt. Kleinkinder wimmerten unruhig und unüberhörbar. Ein flirrendes Stimmengewirr lag im Raum wie aus einer Kolonie Schwalbennester in den Ställen der Bauern zu Hause.

Brest[3]. Da war jetzt die Grenze nach Polen. Mann – was war ich aufgeregt. Papa hatte mir erklärt, das Gebiet hinter Brest würde jetzt *Generalgouvernement*[4] heißen.

Ge-ne-ral-gu-ver-ne-mang. Konnte man kaum aussprechen, das komische Wort. Warum sagte man nicht einfach Polen?

---

[3] Brest-Litowsk (heute weißrussische Stadt, im 19.Jh russisch, 1921 - 1939 polnisch, dann wieder russisch)

[4] Das vom Deutschen Reich 1939-1944 besetzte polnische Gebiet, das nicht unmittelbar durch Annexion in das Deutsche Reichsgebiet eingegliedert wurde. Es hatte einen bewusst unklaren administrativen Status, galt nicht als Teil des Deutschen Reiches und wurde auch als „Nebenland des Reiches“ bezeichnet.

Aber seit dem Krieg mit Deutschland, vor vier Monaten, war es nicht mehr Polen. Früher war Brest im Zarenreich und irgendwie dann polnisch. Das hatte ich in unserer Dorfschule gelernt. Jetzt auf einmal war da eigentlich schon Deutschland. So hat es der alte Herr Priebe gesagt. Aber Brest war ja im Sommer davor auch noch polnisch. Und jetzt war das alles von den Bolschewiken besetzt. Und gekämpft wurde hier auch. Im fahlen Morgenlicht konnte ich rußige und zerschossene Häuserfassaden erkennen.

Soldaten mit einem roten Stern an der Mütze kamen polternd herein und forderten in russischer Sprache alle Passagiere auf, in Brest am Bahnhof auszusteigen. Viele Leute verstanden es nicht, obwohl es eigentlich nichts gab, das man missverstehen konnte. Doch die Kolonisten[5] sprachen ja meistens kein richtiges Russisch. Vielleicht ein bisschen Polnisch. Aber ich verstand Russisch. Und Polnisch sowieso.

Aufregung ringsherum. Warm anziehen. Raus aus dem Waggon.

Wieder taghelles Scheinwerferlicht. Kalt und milchig behauptete es sich noch gegen die eisig blau-violette Morgendämmerung. Doch die Schatten verloren bereits an Schärfe.

Mama zupfte an meinem Kragen und zog die Kennkarte heraus, die ich unter der Jacke um den Hals trug. Nata schlotterte neben mir und hüpfte von einem Bein aufs andere.

Auf dem Bahnsteig standen schon viele Leute. Wie auf dem Jahrmarkt in Rowno – und doch ganz anders. Mal in Grüppchen, mal aufgereiht, jeder einzelne bis zum Anschlag gespannt. Alle reckten die Hälse und unterhielten sich nur sehr gedämpft. Kinder weinten. Dazwischen wimmelte es richtig von deutschen Polizisten und Soldaten in grauen und schwarzen Uniformen. Auf den Revers waren kleine Totenkopfbildchen aufgenäht. Die Deutschen sprachen mit den russischen Offizieren und tauschten gegenseitig Papiere aus.

---

[5] Kolonisten/Kolonie: Im 19. Jahrhundert siedelten sich auf Bitten der russischen Regierung viele deutsche Auswanderer in Wolhynien an. Sie rodeten Land, gründeten Siedlungen, die Kolonien genannt wurden. Die Siedler nannten sich Kolonisten

Endlich hatten alle die Waggons verlassen. Puh! Eisige Kälte. Jemand rief, dass das Thermometer am Eingang zum Bahnhof fünfundzwanzig Grad minus anzeigen würde. Mir wurde befohlen, still zu sein. Auch Nata kam zur Ruhe und hielt mit beiden Händen Tanjas Wollhandschuhe fest umschlossen. Mama trug schwer mit Kira auf dem Arm. Dschim stand ganz nah bei mir und lugte ängstlich hinter meinen Beinen hervor. Sein Atem dampfte und die Enden seines Dackelschnurrbartes waren weiß von gefrorenem Reif.

Namen wurden vorgelesen. Leute antworteten *Hier!* oder *Ja!* Unsere Kennmarken wurden kontrolliert. Der Schnee knirschte unter den Soldatenstiefeln.

Rote Milizionäre mit Gewehren über den Schultern stiegen in die Waggons ein. Man konnte ihre Schatten durch die beschlagenen Fenster sehen. Sie kontrollierten, ob blinde Passagiere mitgereist waren. Einige Fenster waren von Eis und Reif bedeckt. So konnte man nicht genau verfolgen, was dahinter vor sich ging. Nur wer auf der Liste stand, durfte mit dem Zug reisen. Wenn sie jetzt jemanden entdeckten, der nicht auf der Umsiedlungsliste stand, der würde sofort verhaftet werden. Weiß Gott, was mit so jemandem geschehen würde.

Die Lokomotiven gaben unablässig knackende Geräusche von sich und Dampf strömte zwischen den großen Rädern und Pleuelstangen hervor. Es zischte, polterte und klickte metallisch. Die riesigen Stahlmonster schienen zu lauern. Durch die wehenden Dampffahnen hörte ich scharfe Rufe. Befehle. Aus allen Richtungen quengelten Kindern. Das beruhigende *Schhhhh* der Mütter vermischte sich mit dem Gesang der Lokomotiven.

In unserem Zug schien es keine blinden Passagiere zu geben. Gott sei Dank! Soldaten winkten sich Zeichen zu. Wir wiegten uns von einem Bein aufs andere. Es war so kalt. Aber ich war ja schon elf und da sollte man nicht so jammern, hätte Papa gesagt.

Nach einer Ewigkeit in der beißenden Kälte: „Alle wieder einsteigen.“ Dschim ging jetzt mit Nata. Alex und ich halfen älteren Leuten beim Einsteigen. Sie waren ganz steif und behäbig in ihren aufgeplusterten Mänteln und mit den hohen Stiefeln. Eindeutig und in scharfem Ton wiesen uns die russischen

Milizionäre an, die Türen zu verriegeln und die Fenster geschlossen zu halten. Der Zug ruckte und nahm wieder langsame Fahrt auf. Außer dem Fauchen der schweren Lokomotiven und dem Knarren der Waggons war kein Laut zu vernehmen.

Alle wollten jetzt aus dem Fenster sehen. Wir drängten uns an die eisigen Glasscheiben und rieben den Dunst von der Oberfläche oder kratzten Eisblumen von den Rändern der Fenster ab. In Schrittgeschwindigkeit rollte der Zug auf die Brücke über den Bug[6] zu. Der Bahnhof blieb zurück. Äußerste Anspannung lag in der Luft. Rauch- und Dampfschwaden trieben am Fenster vorbei und behinderten die Sicht. Links und rechts vom Zug begleiteten russische Posten mit Gewehren auf dem Rücken die lange Kette von Waggons. Alex flüsterte mir zu: „Die passen auf, dass keiner auf unseren Zug aufspringt."

Draußen wurde es hell. Bald würde die Sonne aufgehen. Mama nahm mich in den Arm. Zusammen mit Kira saß ich nun auf ihrem Schoß. Ich spürte, dass sich hinter uns eine Tür schloss, die nicht mehr geöffnet werden konnte. Von allen Gesichtern um mich herum konnte ich ablesen, dass sie das Gleiche dachten. Auf meinem Platz gegenüber hatte sich Tante Martha niedergelassen und hielt Alex und Nata fest an sich gepresst. In diesem schicksalhaften Moment konnte sie die Tränen nicht mehr zurückhalten. Sie kullerten über ihre Wangen und ihre Nase rötete sich. Der Waggon schaukelte stark, als wir im Schritttempo über den Bug rollten.

Mein Brüderchen fasste zu Tante Martha rüber und versuchte, sie zu trösten. „Warum bist du denn so traurig, Tante Martha?" Sie schaute ihn an und holte tief Luft. „Weißt du Kira, Alex und Nata müssen jetzt ohne ihren Papa leben." Ihre Stimme klang leise und erstickt. Der kleine Pimpf tröstete sie. „Onkel Adam passt doch auch auf Nata und Alex auf."

Alex zischte zu ihm rüber: „Du kleiner Durak[7]." Eisern bemühte er sich, seine Tränen zu unterdrücken. Ganz fest presste

---

[6] Grenzfluss im besetzten Polen lt. *Geheimem Zusatzprotokoll* (4.10.1939) zum *deutsch-sowjetischen Grenz- und Freundschaftsvertrag* v. Sept. 1939.

[7] Polnisch: Dummkopf.

er die Lippen zusammen und starrte nach draußen. Aber es gab kein Halten. Das ganze Abteil war von Schluchzen und Schnäuzen erfüllt. Die Schleusen waren geöffnet und jeder verabschiedete sich von dem Teil des Lebens, der hinter ihm lag. Von Frau Priebe, die einige Sitzreihen von uns entfernt aus dem Fenster blickte, hörte ich: „Lebe wohl, Wolhynien. Wir werden dich wohl nicht mehr sehen." Wehmut und andächtige Stille breiteten sich aus.

Der Fluss blieb hinter uns und von einem Augenblick zum nächsten befanden wir uns im deutsch besetzten Polen. Keine russischen Posten mehr. Andere Soldaten mit Stahlhelmen auf dem Kopf, eingepackt in lange Uniformmäntel und ebenfalls mit Gewehren über die Schulter, waren nun am Bahndamm zu erkennen. Deutsche! Auf dem Schild am Bahnhof, in den der Zug im Schritttempo einfuhr, stand *Terespol.*

Wieder ein Ruck. Menschen wankten und einige stürzten auf die Sitzbänke.

„Aussteigen!"

Was für ein Menschenauflauf. Was für ein Hallo. Wir fielen uns in die Arme.

Deutschland. Wir waren in Deutschland! Jemand rief: „Jetzt haben die polnischen Schikanen ein Ende und wir können neu beginnen!"

Koffer, Bündel und alles Gepäck wurden aus den Waggons herausgereicht und zu den bereitgestellten Baracken geschleppt. Mir wurde warm. Ich schwitzte. Obwohl es draußen eisig war und im Waggon überheizt. Noch ein paarmal laufen, dann war erst mal alles ausgeladen und untergebracht.

Oh. Schön. Hier war es wohlig warm und wir bekamen einen Raum zugewiesen, in dem wir zusammenbleiben konnten. Duschen und heißes Wasser gab es auch.

Ich war so aufgeregt. Dschim blieb immer in meiner Nähe. Mama sagte aufmunternd, dass wir uns etwas zum Frühstück holen wollen. Vor den Unterkünften hatte man Tische aufgebaut und wir stellten uns zur Registrierung an. *Volksdeutsche Mittelstelle, Auffanglager Terespol* las ich auf einer großen Tafel. Unsere Kennmarken wurden ein weiteres Mal kontrolliert und die

Namen in eine neue Liste eingetragen. Ein Soldat in einer feldgrauen Uniform forderte Mama freundlich auf, heiße Getränke und kräftige Erbsensuppe aus der Gulaschkanone zu fassen. Es gab auch Kekse und Schokolade. Sogar Zigaretten wurden angeboten. Mama nahm ein Paket Zigaretten und lachte. Augenzwinkernd flüsterte sie mir zu: „Für Papa, da wird er sich freuen" – und steckte es mit einem schelmischen Lächeln in ihre Manteltasche.

Tanja fiel gleich das schöne Emaille-Abzeichen mit dem roten Punkt in der Mitte auf, das auf den leuchtend weißen Schürzen der Frauen prangte, die uns willkommen hießen und uns Essen anboten. *Nat.Soz. Frauenschaft* stand über dem schwarzen Kreuz geschrieben, das von einer dreieckigen Form umrahmt war. Mit Girlanden aus Tannenzweigen hatte man die Tische liebevoll geschmückt. Auf den Getränkekannen stand in schöner Schrift *NS Volkswohlfahrt* zu lesen. Alles war so anders als bei uns zuhause. Ich war fürchterlich aufgeregt und entdeckte überall etwas Neues.

„Wir haben hier warmen Früchtetee oder auch Kaffee, wenn Sie möchten. Haben Sie Becher dabei?" Mit diesen Worten boten die freundlich lächelnden Frauen ihre Getränke an.

Inzwischen war es richtig hell geworden und trotz der beißenden Kälte herrschte gute Stimmung. „Ist bei Ihnen jemand krank? Oder ist alles in Ordnung?", wurde Mama von der kräftigeren der beiden Schwestern gefragt, die uns Becher und Teller über einen Tisch reichten. Auf ihrem streng gekämmten blonden Haar saß korrekt ein Schwesternhäubchen, auf dem ebenfalls ein kleines Emblem mit einem schmuckvoll ausgestalteten Hakenkreuz zu erkennen war. Bei uns in Korist hatte es keine Hakenkreuze gegeben. Und die schönen Anstecknadeln mit den unterschiedlichen Emblemen darauf nahm ich auch zum ersten Mal wahr.

„Nein. Alles ist in Ordnung und wir sind so froh", gab Mama freundlich zurück. „Mein kleiner Kira hat ein bisschen Husten bekommen", fuhr sie fort. „Wir mussten uns ja am Montag den ganzen Tag lang in Kostopol gedulden, bis der russische Zug angekommen war. Andere haben acht Tage und noch länger in

Gartenlauben und Behelfsbaracken gewartet. Also zum Beispiel die Leute aus Toptscha im anderen Waggon, die waren schon am 3. Januar aufgebrochen. Es war schon weniger als 25 Grad Minus. Und manche älteren Leute haben es auch nicht überlebt.“ Dann musste Mama tief Luft holen: „Sie waren zu schwach oder sind erfroren. Die Leute haben sie in Kostopol begraben müssen. Das war schon sehr traurig.“

Sie hielt ihren Becher noch mal über den Tisch in Richtung der dienstbeflissenen Helferinnen. „Als der russische Zug dann endlich angekommen war, da war ein großer Trubel unter unseren Leuten. Manche sagten, ob sie uns wirklich nach Deutschland bringen werden? Oder ob wir erst in Sibirien wieder aussteigen können? Es war so bitterkalt.“ Sie zog die Schultern zusammen, um ihren Worten Nachdruck zu verleihen. „Schauen Sie – für den kleinen Kira habe ich zwei Daunenkissen zusammengenäht und ihn reingesteckt. So ist ihm wohl warm genug.“ Mama schlug behutsam die Decke zur Seite, mit der Kiras Gesicht so weit bedeckt war, dass man nur die Augen in einem schmalen Schlitz sehen konnte, führte den Becher an seinen Mund und gab ihm einen Schluck Früchtetee. Seine Augen kullerten neugierig hin und her.

Die Helferin meinte nur: „Jetzt sind Sie ja in guten Händen und auf dem Weg in Ihre neue Heimat. Der Bug liegt jetzt hinter Ihnen und die deutsche Volksgemeinschaft heißt euch alle herzlich willkommen. Im Wartheland oder in Westpreußen wird es ein neues Leben für alle geben. So hört man zumindest, dass dort viel Platz für Ansiedler sein soll, dank unserem Führer geht es ja aufwärts. Und es gibt Arbeit und Auskommen für alle. Hier ist es doch ganz anders als bei den Russen drüben.“

Wir erfuhren, dass wir einige Tage hier im Lager Terespol verbringen sollten. Es würden noch weitere Umsiedlerzüge aus Wolhynien erwartet. Seit zwei Wochen kämen schon laufend Züge mit vielen Menschen hier an. Fast tausend Leute in jedem Transport. Alle seien versorgt worden und viele bereits nach Lodsch weitergereist. Weil aber einfach schon zu viele Umsiedler in Lodsch wären, müsste man immer warten, bis dort wieder welche abgereist sind. Ab Terespol würde es dann mit der

Deutschen Reichsbahn in Richtung Lodsch weitergehen. Die habe ja eine andere Spurbreite und könne deshalb nicht bis in die hinterste Walachei fahren.

Ich kam aus dem Staunen nicht heraus. So sprechen die Leute hier? Ganz anders als bei uns zuhause.

Unsere Unterkunft bestand aus einer ganzen Siedlung von großen Zelten, Baracken und Sommerhäusern einer Ferienhauskolonie. Die große zentrale Baracke, in der auch Wasserklosetts und die Waschräume mit den Warmwasser-Duschen eingebaut waren, hatte man extra für die Ankunft der vielen Umsiedler aus Wolhynien errichtet. Über dem Eingangsportal erblickte ich ein großes Transparent. Von zwei Hakenkreuzen eingerahmt stand darauf zu lesen *Deutschland grüßt seine heimkehrenden Brüder und Schwestern Wolhyniens.* Das war für mich echt deutsch. Es war so spannend und es gab so viel Aufregendes zu entdecken. „Schau mal, Kolja", sagte Mama zu mir und zeigte zu dem Willkommensgruß hin. „Jetzt sind wir im Reich. Und Papa wird bestimmt auch bald nachkommen."

Wir konnten warme Wohnräume beziehen und die Versorgung war bestens. Man umhegte uns. So viel Komfort waren wir von zu Hause her nicht gewohnt. Die deutschen Helferinnen des Roten Kreuzes und der Nationalsozialistischen Frauen gaben sich sehr freundlich und taten alles, um uns Umsiedlern ein warmes Willkommen zu bereiten. Häufig blickten wir über den Bug auf das andere Ufer und wünschten uns, Papa würde mit einem der Nachfolgezüge hier zu uns stoßen. Und natürlich wagten wir kaum zu hoffen, dass Onkel Lawrentij vielleicht doch noch aus einem der Folgetransporte steigen könnte.

Mit den Kindern aus unserem Zug erkundete ich die Umgebung. Hier gab es ganz viele Kinder. Einige der Mädchen kannte ich aus der Schule in Korist. Aber die waren alle entweder älter oder jünger als ich. Ich wollte auch nicht immer mit Mädchen spielen. Alle Buben im Dorf und in der Schule, die ebenso alt waren wie ich, waren Ukrainer. Mit denen spielte ich oft. Aber die waren natürlich alle in Korist geblieben. Alex war der einzige deutsche Junge in meinem Alter. Und der ging aber auf das Gymnasium in Rowno.

Dschim versank mit seinen kurzen Dackelbeinen ständig im Schnee und sprang deshalb wie ein kleines Pferdchen hoch und runter. Er war jedes Mal froh, wenn wir wieder in die warmen Räume zurückkehrten. Dann schüttelte er sein nasses Fell und die Baba schimpfte. In diesen Momenten wollte ich nicht daran denken, dass Dschim vielleicht nicht bis in unsere neue Heimat mitkommen könnte. Hier im Auffanglager, wie es die Deutschen nannten, war es gar kein Problem, dass er bei uns war. Deshalb glaubte ich – und hoffte sehnlichst –, Dschim könne uns auch auf der weiteren Reise begleiten. Auf den Treck-Wagen in Kostopol hatten auch manche Leute Hunde dabeigehabt. Und sogar Kühe und Hühner. Die konnte man denen doch auch nicht einfach so wegnehmen.

Die Leute hier waren alle herzensgut zu uns. Deshalb freuten wir uns auch sehr auf das neue Leben dort, wo man uns hinbringen würde. Mit Alex, Nata und Tanja beredeten wir ständig, was alles passieren könnte. Wir malten uns aus, wie schön es sein würde. Vielleicht gab es dort auch mehr Kinder in meinem Alter. Komisch war, dass die Leute hier nicht *Guten Tag* oder *Auf Wiedersehen* sagten, wenn sie sich begegneten. Wenn sie sich trafen oder verabschiedeten, sagten sie immer „Heil Hitler“. Manche hoben dabei den rechten Arm. Also taten wir es ihnen gleich und gewöhnten uns an die neue Sitte. Wir wollten einfach so sein wie alle Leute in Deutschland. Und ich hoffte so sehr, dass wir bald ankommen würden und ich schnell wieder in die Schule gehen könnte. Seit dem Krieg der Polen mit Deutschland hatte es bei uns keinen richtigen Unterricht mehr gegeben.

Die Mühle in Korist | Sommer 1939

„Sascha, wir müssen uns vorsehen!" Ganz unverhofft stand Lawrentij plötzlich im Türrahmen und reckte den Oberkörper in Saschas Richtung. Mit dem ausgestreckten Arm hielt er die Türklinke gedrückt, so als klammere er sich an einen Strohhalm. Die Stimme ermattet, Verzweiflung im Gesicht. Sascha horchte auf und kritzelte eilig die letzten Buchstaben in ein Verwiegeprotokoll. Einer der Müller hatte es ihm mit der dringenden Bitte um schnelle Bearbeitung kurz vorher hier im Kontor auf den Schreibtisch gelegt. In der Eile brach die Mine des Bleistifts ab und hinterließ einen unschönen Patzer auf dem Papier. Sascha fluchte leise. Dann richtete er seinen Blick zu Lawrentij. Von der Maschinenhalle her drang das rhythmische Klatschen der Transmissionsriemen zusammen mit dem Dröhnen der Antriebsmotoren durch die geöffnete Tür lauter an sein Ohr.

„Gibt es was Neues?" Sascha reagierte gelassen, fast gemächlich. Dabei war er beileibe kein Romantiker oder Träumer. Und sollte er jemals in seinem Leben Spuren dieses Giftes in sich getragen haben, so hatte ihn sein bisheriger Lebensweg davon kuriert. Er war vom Schicksal in eine Zeit hineingeworfen worden, die nur selten Spielräume für romantische Grübeleien zuließ. Recht schmerzhaft hatte ihn das Leben zum Pragmatismus gezwungen. Hatte Scheibe um Scheibe der angeborenen Leichtigkeit aus ihm herausgeschnitten, hatte ihm eine Lederhaut auf die Seele gelegt. Keines der Versprechen, die ihm von einer guten Fee in die Wiege gelegt worden waren, war es einzuhalten bereit gewesen. Und trotzdem fühlte sich Sascha nicht um sein Glück betrogen. Er machte einfach weiter. Was sollte er auch denken? Bis zu diesem Moment war er froh darüber gewesen, dass ihn die Arbeit vom Denken abhielt. Er musste nicht lange überlegen, um zu wissen, worauf Lawrentij hinauswollte.

„Ich mache das Papier hier noch schnell fertig, dann werden wir uns bei einer Vesper drüben im Haus besprechen", gab er kurz zurück.

So schnell und überraschend wie Lawrentij aufgetaucht war, so plötzlich war er wieder verschwunden. Mit den Worten „Ich muss schnell noch nach dem großen Trieur sehen. Der Deckel klemmt schon wieder", konnte man ihn die steile hölzerne Stiege zum Kontor hinunterpoltern hören.

Nun war Sascha wieder mit der Gewissheit alleine im Raum, dass Entscheidungen anstanden, denen er sich nicht länger würde entziehen können. Wie sehnlich und stoisch hatte er immer wieder gehofft, die Dinge würden sich von selbst regeln. Doch was gab es denn eigentlich zu entscheiden? Eine Entscheidung treffen zu können, setzt ja das Vorhandensein von Handlungsalternativen voraus. Welche Wahlmöglichkeiten standen ihm denn zur Verfügung?

Von der Mühle zum Wohnhaus waren es nur wenige Schritte. Sascha erhob sich, ging um den Schreibtisch herum zur Tür und trat hinaus auf die Plattform der Treppe. Ohne Hast führten ihn seine Schritte hinunter. Seine rechte Hand fuhr an der abgegriffenen Holzstange entlang, die als Geländer angebracht war. Der Spelzenstaub, der in der Luft schwebte, vernebelte ihm die Sicht. Die Mühlenarbeiter an den Maschinen in der Halle konnte er nur schemenhaft erkennen. Im Surren der Räderwerke und Maschinen waren ihre Stimmen kaum auszumachen. Der Duft von Sommer, Getreide und von Schmierfett lag in der Luft.

Das grelle Sonnenlicht blendete ihn, als er ins Freie trat. Auf dem Hof vor dem Eingangstor zum Mühlengebäude warteten einige Fuhrleute geduldig, bis sie mit der Vermahlung ihres Getreides an der Reihe waren. Panjepferde, eingespannt in ihre Zuggeschirre, warteten gleichgültig dreinblickend vor den beladenen Wagen und verscheuchten mit schnalzenden Ohren lästige Insekten. Man hatte ihnen Hafersäcke umgehängt und so schienen sie mit ihrem Los zufrieden zu sein. Im Vorbeieilen zog Sascha die Mütze zum Gruß vom Kopf. Dabei entblößte er die kahle Stelle ganz oben auf dem Haupt, die viel heller war als der Rest des Gesichtes. Bis hierhin drang nur selten Sonnenlicht durch.

Lawrentijs Sorgen waren auch Saschas Sorgen. Beide waren im besten Alter und seit *der Alte* gestorben war, hatten sie mehr zu sagen im Mühlenbetrieb. Klar, Saschas vierzigster Geburtstag kam näher. Die Kinder gediehen gut. Seine Frau Wanda hielt zu ihm und sie brauchten sich keine Gedanken darüber zu machen, was sie am nächsten Tag auf den Tisch stellen konnten. Der Strom der Gedanken, die seinen Kopf durchpflügten, war endlos. Jetzt, im August, sollte in der Mühle Hochsaison herrschen. Schließlich war die Getreideernte ringsherum voll im Gange. Ein Gewitter war heute nicht in Sicht. Anlieferer, die in den vergangenen Sommern bei großem Andrang nicht mehr drangekommen waren, kannten sich aus und verbrachten die Nacht im Wagenschuppen.

Doch seit der polnische Bevölkerungsteil eine eigene Mühle errichtet hatte und sogar im ukrainischen Dorf eine in Betrieb genommen worden war, kam es immer seltener zu Gedränge in der Stieberschen Mühle hier in Korist. Die Geschäfte gingen bereits seit einigen Jahren schlechter. Die Baptisten im Ort hatten ohnehin schon seit vielen Jahren eine eigene Mühle für ihre abgeschottete Gemeinde errichtet.

Die Meinungsverschiedenheiten zwischen Polen und dem Deutschen Reich, hervorgerufen durch die aggressive Wiederaufrüstung, die Hitler betrieb, waren zu einem allgemeinen Zollkrieg eskaliert und trugen ihren Teil dazu bei. Polnisches Mehl konnte nicht mehr, wie früher, nach Deutschland abgesetzt werden.

Saschas Hauptaufgabe bestand in der Buchhaltung. Sein Schwiegervater Stieber – der *Alte* – und dessen Kompagnon hatten ihm diese Funktion und zusätzlich noch allgemeine Verwaltungsaufgaben vor acht Jahren angetragen. Seither erledigte er sie zur allseitigen Zufriedenheit. Einen Besseren hätten sie ohnehin nicht finden können. Hatte Sascha doch die Obliegenheiten der Gutsverwaltung bereits mit der Muttermilch verabreicht bekommen. Kindheit und Jugend auf dem weitläufigen Gutshof seines Vaters in Tscheremoschno ließen ihn ganz selbstverständlich in alle Belange hineinwachsen. Das Rechnungswesen beherrschte er und man konnte ihm ein gewisses Talent im Umgang mit Behörden nicht absprechen. Geschäftskorrespondenz erledigte er in russischer und auch in polnischer Schriftsprache ohne Makel. Schließlich hatte er ja das russische Gymnasium in Shitomir besucht.

Vor der Zeit in Korist hatte ihm die Wirtschaftskrise am Ende der Zwanzigerjahre Lohn und Brot genommen. Damals lebten sie bei Kolki. Eine Region ohne viel Industrie, 150 Kilometer weiter im Nordwesten gelegen. Wanda und er wären gerne dortgeblieben. Diesen Plan mussten sie leider aufgeben. Als Angestellter in einem Sägewerks- und Holzhandelsbetrieb hatte Sascha gutes Geld verdient. Die Aufgabe forderte ihn und füllte ihn aus. Sie hatten sich eingelebt und waren glücklich. Ihr erster Sohn Kolja wurde in dieser Zeit geboren und ihr gemeinsames Haus in der Nähe des Sägewerks stand schon im Rohbau, als er die Stelle verlor. Die französische Eigentümerfirma konnte wegen der inflationsbedingten Schwierigkeiten das Werk nicht länger halten und musste es schließen. Wenigstens erhielt Sascha einige Monate lang eine Arbeitslosenunterstützung.

Mit 31 Jahren – Wanda war zu der Zeit gerade 23 – standen beide plötzlich vor dem Aus. Hätte ihm Wanda nicht immer wieder Mut zugesprochen und mit Unterstützung ihrer Familie Auswege gefunden, wäre Sascha womöglich an diesem Punkt verzweifelt.

Zu tief saßen ihm damals die Erlebnisse seiner frühen Jugendjahre in den Knochen. Jene schier endlose Folge von Katastrophen seit der Zeit, als er in das Mannesalter eintrat, hatte ihm allen Schneid abgekauft. 1917, mitten im großen Krieg gegen die kakanische Habsburgermonarchie, gegen das Deutsche Pickelhaubenreich und gegen den osmanischen Sultan, brach das mächtige Zarenreich in der Revolution zusammen. Der Inbegriff seiner Lebenswelt. Weg. Verschwunden. Aus! Damals war er siebzehn.

Trotz seiner deutschen Wurzeln war Sascha im orthodoxen Glauben erzogen worden. Der Einfluss der Familie seiner russischen Mutter hatte so seine Spuren hinterlassen. Dann zermalmten Revolution und Anarchie noch die letzten Überbleibsel seiner vertrauten Welt. Schließlich tobte die Furie als Bürgerkrieg monatelang weiter. Die alte Ordnung lag in Scherben. Russisch war nun gleichzusetzen mit *sowjetisch*. Doch die Sowjets, das waren die Bolschewiken, in Saschas Augen kulturlose Ungeheuer. Die Ratlosigkeit ließ alle Lebensgeister ermatten. Leute sind damals von heute auf morgen spurlos verschwunden, wurden verschleppt oder gar erschossen. Und gleich darauf folgten gefährliche Jahre im polnisch-sowjetischen Krieg. Die Nachkriegsordnung von Versailles hatte es gut mit Polen gemeint. Viele raunten – zu gut. Nach einer schier endlos langen Zeit unter fremder Herrschaft war das Land neu erstanden. Doch Polen wollte mehr und nutzte die Schwäche der vormaligen Kriegsgegner aus, um großpolnische Träume wahr werden zu lassen. Das Hab und Gut von Saschas Familie und Verwandtschaft war in demjenigen Teil Wolhyniens gelegen, der sich nach dem Krieg und der Grenzziehung im sowjetischen Teil wiederfand. Die Familie hatte durch die Kollektivierung allen Besitz verloren und wurde auseinandergerissen. Saschas Mutter wurde verhaftet und auf der bolschewistischen Seite der Grenze für einige Jahre ins Gefängnis geworfen, weil sich drei von Saschas Brüdern nach Frankreich und in den polnischen Teil Wolhyniens abgesetzt hatten. Hochverrat!

Wandas älterer Bruder Hans suchte sein Heil in Kanada. Saschas jüngere Schwester Tatjana machte sich mit einem russischen Ingenieur in Richtung Moskau auf und davon. Und er selbst folgte zusammen mit seiner älteren Schwester Ira dem Vater, der um sein Leben fürchtete und ebenfalls in den polnisch besetzten Landesteil geflohen war. Mit dem Friedensschluss zwischen Sowjetrussland und Polen beruhigten sich die Lebensverhältnisse. Zu jener Zeit war Sascha erst 23 Jahre alt gewesen.

Dann folgte eine Dekade, in der man sich ein normales Leben wenigstens wieder vorstellen konnte. Die Landgewinne während des Krieges gegen den jungen sowjetischen Staat waren größer, als es sich Polen erträumt hatte. Aber die staatliche Ordnung in den hinzugekommenen Gebieten im Osten, die fast bis Shitomir reichten, musste erst in einem langwierigen Prozess aufgebaut werden. In den ersten Jahren nach der Grenzziehung mit den Sowjets zeigte sich der polnische Staat gegenüber der ansässigen Bevölkerung noch kulant und zurückhaltend. Übergangsregelungen waren in allen gesellschaftlichen Bereichen nicht nur gestattet, sondern geradezu gewünscht. Im Geschäftsleben, im Alltag und sogar beim Unterricht der Kinder. In den Schulen durfte in deutscher und ukrainischer Sprache unterrichtet werden. Gesetzliche Vorgaben ließen Spielräume, und die wurden gerne genutzt. Begleitet von wirtschaftlichen Unwägbarkeiten, Inflation und anderen Verwerfungen kämpfte man sich durch. Irgendwie ging es weiter. Mal auf, mal ab. Sascha verglich sich mit Sisyphos, der einen schweren Fels immer wieder einen steilen Berg hochschiebt, auch wenn der Brocken danach gleich wieder zu Tal rollt. Die Erinnerung an diese Figur aus der griechischen Mythologie mochte ihn nicht loslassen. Andauernd änderte sich etwas, wurde langsam besser – man etablierte sich. Bis eben der erneute Einschnitt kam, der Fels wieder mal polternd ins Tal zurück kullerte.

Nach dem unerwarteten Ende der Beschäftigung im Sägewerk zogen Wanda und Sascha mit Kolja nach Korist um. Glücklicherweise bot sich die Gelegenheit für einen Neuanfang im Mühlenbetrieb von Wandas Vater. Hier in Korist, Haus an Haus mit Wandas Schwester Martha, ihrem Mann Lawrentij und deren Kindern Nata und Alex, schien eine neue Zukunft auf die junge Familie zu warten. Glücklicherweise hatte man Beziehungen zu den polnischen Grenztruppen aufbauen und so den Mühlenbetrieb am Leben erhalten können. Immerhin konnte man die Militärbäckerei in Hoschtscha mit Mehl beliefern. Dennoch – man musste sehen, wo man blieb.

Das junge Paar krempelte die Ärmel hoch und richtete sich ein. Einen Teil des Wagenschuppens neben ihrem neu errichteten Häuschen trennten sie ab und schufen dort einen Geflügel- und Schweinestall. Daneben legte Wanda einen Gemüse- und Obstgarten an, mit dessen Ernte sie zu einem guten Teil zum Speisenangebot der Familie beitrug. Eine kleine Kammer neben dem Hausflur bekam einen betonierten Fußboden und wurde zum Molkereiraum umfunktioniert. Der diente als Milchsammelstelle für die Kuhmilch, die deutsche und ukrainische Bauern in Kannen anlieferten. Wanda und ihre Schwester entrahmten die Milch mit einer Zentrifuge. Sascha brachte die Milch täglich mit dem eigenen Pferdewagen zur Molkerei nach Danitschow, mit der er einen Liefervertrag abgeschlossen hatte. Man besaß nicht viel, aber mehr, als man zum Leben brauchte.

Noch zupackender gingen Martha und Lawrentij die Zukunft an. Martha hatte sich in jungen Jahren in ihren stolzen Ukrainer unsterblich verliebt, was kein Wunder war, denn sie waren auf eine Art aus dem gleichen Holz geschnitzt. Findig bei der Suche nach Lösungen für alle Alltagsprobleme, couragiert bei der Umsetzung. In den wirren Kriegszeiten und danach war Lawrentij heftig vom Schicksal gebeutelt worden. Das hatte ihn aufmerksamer und feinnerviger werden lassen. Seine Antennen waren sensibel für drohendes Unheil.

Sascha dagegen blendete die Probleme in der Regel lieber aus, doch beim Stand der Dinge konnte selbst er sich der Realität nicht länger verschließen. Sein jüngerer Sohn Kira war im April zwei Jahre alt geworden. Eigentlich ein Grund zur Freude. Gerade als man am Abend des Kindergeburtstages ein Gläschen auf die Gesundheit der Mutter und des Sohnes erhob, rief der Mühlenarbeiter Lukian durch das geöffnete Fenster: „Hitler hat den Nichtangriffspakt mit Polen aufgekündigt!"

Und seither nahm auch Sascha immer öfter wahr, wie sich die Stimmung jeden Tag etwas stärker gegen die Deutschen drehte. Meldungen aus der großen Politik bekam man in diesem entlegenen Landstrich normalerweise erst nach Tagen oder gar Wochen mit. Manchmal erfuhr man über eines der Radios, die es im Dorf gab, auch Aktuelles. Doch im Normalfall interessierte man sich nicht so sehr. Der Zwist mit Hitler wegen Danzig und um den geforderten Korridor war nicht gut für die Deutschen hier in Wolhynien. Denn nun wurden deutsche Schulen geschlossen, Landkauf war fast nicht mehr möglich und die deutschen Schüler fühlten sich in den polnischen Schulen gehänselt und als Hitleranhänger beschimpft. Vereinzelt wurden missliebige Personen unter den Deutschen und Ukrainern grundlos verhaftet, Verhören unterzogen und manchmal auch in Arrest genommen. Auch solche, die Reserveoffiziere im polnischen Militär waren oder andere honorige Verdienste vorzuweisen hatten. Eigentlich fühlte man sich jetzt polnisch – weil halt die staatlichen Regelungen gerade mal polnisch waren – und wollte in Ruhe gelassen werden. Die polnischen Behörden dagegen hatten in die deutsche Minderheit ebenso wenig Vertrauen wie in die

Mehrheit der Ukrainer. Deshalb siedelte man viele Polen hier an, um den Landstrich zu polonisieren.

Sascha war gleich klar, dass es nicht der verflixte Verschlussdeckel an der Reinigungstrommel für das Getreide sein konnte, worüber Lawrentij mit ihm sprechen wollte. Auch wenn es nervte, dass der sich durch die Vibrationen der Maschine regelmäßig lockerte. Vielmehr ahnte er, dass Lawrentij wegen der andauernden Verschlechterung der Lebensverhältnisse so langsam die Fassung verlor. Er selbst litt ja auch darunter. Sascha dachte manchmal bei sich, dass es so zugeht wie mit einem faulen Zahn, der unausweichlich immer wieder starke und heftiger werdende Schmerzen hervorruft. Doch einen Zahn konnte man schließlich herausreißen und damit das Übel von der Wurzel her beseitigen. Aber wie sollte man unter diesen Lebensbedingungen weitermachen?

Angenehm umfing Sascha beim Eintritt ins Haus die schattige Kühle des Hausflures. In der Küche war Wanda gerade damit beschäftigt Beeren einzukochen. Sie schien wohlgelaunt zu sein und schleckte genüsslich am Daumen ihrer rechten Hand einen dicken Tropfen Sirup ab. „Stell doch bitte noch einen Teller hin“, rief er ihr zu. „Lawrentij wird wohl mit uns vespern. Eine Halterung am großen Trieur hat sich gelöst. Das bringt er erst noch in Ordnung.“

Ohne sich aus dem Rhythmus ihrer Tätigkeit bringen zu lassen, legte Wanda noch ein Holzbrettchen und ein Messer auf den Küchentisch. Ein Glas Salzgurken und eine Blutwurst stellte sie dazu. „Danke, meine Liebe“, murmelte Sascha beiläufig. Heute trug Wanda ein einfaches, graues Arbeitskleid. Sogar so ein einfacher Kittel kleidete sie vorteilhaft. In der Regel war Wanda sehr auf ihr Äußeres bedacht. Sie liebte es zu nähen und wenn sie nicht gerade mit Gartenarbeiten oder im Haushalt beschäftigt war, trug sie auch gerne ihre neuen Kreationen zur Schau. Vorschläge für Zuschnitte und modische Ideen entnahm sie den *Schweizer Monatsheften*, die sie abonniert hatte.

Als Lawrentij etwas später den Raum betrat, begrüßte er seine Schwägerin kurz und legte die Mütze ab. Schweißtropfen standen auf seiner Stirn. Im Eimer am Zugbrunnen vor dem Haus hatte er den Schmutz von seinen schwieligen Händen gewaschen. Wanda reichte ihm ein Handtuch. Kira balgte mit Dschim auf dem Boden herum und naschte hin und wieder vom frisch geputzten Obst und den Beeren, die seine Mutter gerade in Arbeit hatte. Seinem Leibchen konnte man es deutlich ansehen.

„Es wird so viel geredet", begann Lawrentij die Unterhaltung. „Der eine sagt so, der andere so. Der polnische Außenminister Beck hat den Deutschen die Meinung gesagt. Der Pole will keinen Korridor nach Danzig und auch nicht nach Ostpreußen. Sogar in London sei er gewesen und habe ganz deutlich alles abgelehnt, was man dort von den Polen gefordert hat."

„Das wird ihm nicht guttun", meinte Sascha lakonisch. „Und warum sollten sie den Korridor nicht abgeben? Sie haben doch selbst mitgemacht bei der Aufteilung der Tschechoslowakei, nach dem Krieg", bekräftigte er.

Dabei meinte er den großen Krieg – den Weltkrieg, der mit dem Vertrag von Versailles beendet worden war, und haute unvermittelt mit der Handkante so fest auf den Tisch, dass einige Fliegen schnell das Weite suchten. „Da haben sie sich ein schönes Stückchen Oberschlesien beim Tschechen herausgeschnitten. Und gleich noch mal vor einem Jahr, als Hitler das Sudetenland besetzt hat. Da ist der schlaue Pole gleich in das tschechische Olsagebiet marschiert und hat es sich genommen. Jetzt kommt der Deutsche und möchte ein kleines Stückchen vom Polen, damit Danzig nicht so abgeschnitten ist – und Ostpreußen. Na – soll er es ihm doch geben."

Wanda schob einen Laib Brot in Lawrentijs Nähe und fragte, ob es vielleicht schon Zeit wäre für ein Gläschen. Bei diesen Worten wandte sie sich, ohne eine Antwort abzuwarten, dem Küchenbord zu, nahm drei Gläser herunter und stellte sie in die Mitte des Tisches. „Sascha, bitte bring doch die Flasche." Ihr Blick folgte ihm, als er sich etwas schwerfällig erhob. Sie drehte sich zu Lawrentij und fragte, ob er Tee möchte. „Man hört so viele Gerüchte und so viel Blödsinn, den man nicht glauben mag. In der Kooperative haben sie erzählt, dass sich die Polen schon zum Marsch nach Berlin rüsten. Wer will das schon glauben? Jemand hat sogar von einem Gerücht erzählt, dass polnische Flugzeuge Berlin bombardieren könnten. Da soll die Zeitung geschrieben haben, dass viele Menschen in Rauch und Flammen aufgehen werden und dass der Asphalt auf den Straßen zu brennen beginnt und nur noch verkohlte Leiber überall herumliegen würden. Solche kranken Gedanken!“ Wanda war ihre Erschütterung deutlich anzumerken. „Das ist ja die Ausgeburt einer kranken Phantasie.“

„Wo die Wahrheit ist, weiß man nicht“, kommentierte Lawrentij mit leiser Stimme und sah zu Boden. „Und was Propaganda ist, auch nicht. Aber Hitler hat sicher mehr Flugzeuge als Polen. Und bessere.“

Sascha brachte die Wodkaflasche herein, die er aus seinem Depot im Erdkeller vor dem Haus hervorgeholt hatte, geschützt vor unbefugten Zugriffen. „Nu – lasst uns darauf trinken, dass kein so schrecklicher Krieg mehr kommen soll.“ Mit diesen Worten füllte er die Gläser, wobei er für sich selbst und Lawrentij fast dreimal so viel einschenkte wie für Wanda.

„Martha ist gestern in der Kassa Steftschika[8] gewesen“, begann Lawrentij einen neuen Gesprächsfaden. „Die haben dort ja auch ein Radio im Büro des Direktors. Und weil Hitler gestern die Rede an die Nation angekündigt hatte, sind viele Leute gekommen, um zuzuhören. Die waren sehr interessiert. Ihr beide habt es ja nicht hören wollen und ich auch nicht“, führte er aus.

„Es werden schon so 20 Leute gewesen sein. Der Mehlhändler Barenboim ist auch da gewesen. Und dazu noch Bauern aus dem ukrainischen Dorf. Sogar von den Polen waren manche da. Aber die verstehen ja kein Deutsch. Und Martha hat auch nicht so gut folgen können, weil der Hitler immer so brüllt und weil er so heiser spricht. Der Direktor hat sie gebeten, alles gleich für die Leute zu übersetzen. Und der Hitler hätte gesagt, die Engländer machen die Polen ganz verrückt, weil sie den polnischen Widerstand gegen die Forderungen Deutschlands bestärken. Überhaupt wäre Hitler arg über die Briten hergezogen. Er hat wohl ganz klar gesagt, er will keinen Krieg. Da waren alle sehr erleichtert.“

---

[8] Kasa Stefczyka: poln. Kreditgenossenschaft, ähnlich Raiffeisen.

Sascha merkte an, Barenboim habe vor einer Woche versichert, dass der Russe von Polen ein Durchzugsrecht für seine Truppen verlange, damit er Hitler angreifen könne. Der Mehlhändler habe da so seine Quellen. „Aber das wird der Pole mit Sicherheit nicht zulassen." Im Hausflur kündigte sich Kolja mit fröhlichem Rufen an. „Mama, Mama – ich war mit den Ukrainerbuben drüben am Feld und …". Er stutzte kurz verwundert, als er seinen Vater und Onkel Lawrentij so früh am Nachmittag hier am Küchentisch sitzen sah.

„Was habt ihr Lausbuben schon wieder angestellt?", wollte Sascha scherzhaft wissen.

Kolja griff zu den verlockend aussehenden Beeren und nahm eine Handvoll heraus. „Wir sind über die abgeernteten Stoppelfelder gelaufen." Er zeigte auf seine unbekleideten Füße, während er genüsslich eine Beere nach der anderen in den Mund stopfte. „Weil mir die Buben beigebracht haben, wie man barfuß über die Stoppeln laufen kann, hat es nicht wehgetan. Und für Mama habe ich einen Kranz aus Kornblumen geflochten. Schau Mama. Bitte setze ihn gleich auf."

Lawrentij wechselte das Thema, da er nicht wollte, dass das Kind die Unruhe aufschnappte. „Kolja – weißt du, dass Alex jetzt nicht mehr mit dem Fahrrad nach Korez zum Privatunterricht fahren muss?", versuchte er ein Gespräch mit dem Zehnjährigen zu beginnen. „Er macht jetzt die Aufnahmeprüfung am Gymnasium der polnischen Siedler in Rowno."

Kolja beachtete ihn nur kurz, hüpfte ungeduldig mit beiden Beinen gleichzeitig auf und ab und gab knapp zurück: „Weiß ich." Aufgeregt wartete er darauf, seine Mutter mit dem frisch geflochtenen Haarkranz zu schmücken.

Wanda neigte ihren Kopf in Koljas Richtung und ließ sich den Blumenkranz auf das sommerlich kurz geschnittene Haar setzen. „Oh – da muss ich aber gleich in den Spiegel sehen. Jetzt sehe ich bestimmt aus wie eine Gräfin." Kolja sprang sofort los und rief: „Bleib sitzen Mama, ich hole dir den Spiegel!" Und war mit diesen Worten schon wieder aus der Tür.

„Wenn der Russe kommt, müssen wir verschwinden, Sascha", merkte Lawrentij an. Dabei flüsterte er fast und blickte Sascha bedeutungsvoll in die Augen. „Mich werden sie nach Sibirien bringen und du bist der Sohn eines Gutsbesitzers, der aus der Sowjetunion geflüchtet ist. Denk daran, was sie deiner Mutter angetan haben."

Wanda beugte sich über den Tisch, nahm Saschas Hände fest in ihre und sah ihn stumm an.

Der Pegel der Wodkaflasche hatte sich schon fast bis auf den Flaschenboden geneigt. Die Kinder waren bereits ins Bett gebracht. Nur Sascha und Wanda saßen noch am Küchentisch. Die Mühlenarbeiter hatten die Arbeit spät beendet. Jetzt war der Generator der Mühle nicht mehr in Betrieb und gab keinen elektrischen Strom mehr für die umliegenden Anwesen ab. Der schwache Schein einer Petroleumlampe erhellte die Küche. Zwei Fuhrleute waren im Pferdeschuppen an der Mühle verblieben. Sie bereiteten sich auf die Nacht vor. Heute konnten sie nicht mehr drankommen und warteten deshalb geduldig auf den nächsten Morgen.

„Erst bin ich ein Deutscher in Russland gewesen", fasste Sascha, schon sichtlich angetrunken, zum dritten Mal die Situation zusammen, „da hat man uns in Ruhe gelassen. Dann kamen die Bolschewiken und ich war staatenlos und bin geflüchtet. Jetzt bin ich Pole und die Polen machen uns Ärger."

„Vielleicht wird man uns in Ruhe lassen, Sascha", warf Wanda etwas müde ein. „Es kann ja auch sein, dass sich Józef Beck und Hitler einigen und die Aufregung wieder verschwindet." Die Beeren waren inzwischen alle zu Kompott, Sirup und Marmelade eingekocht. „Kolja geht ja jetzt in die polnische Schule und er hat keine Probleme mit dem polnischen Lehrer. Und eigentlich auch nicht mit den ukrainischen und polnischen Mitschülern. Nicht so, wie man das von anderen hört. Man darf halt nicht mehr deutsch unterrichten. Aber vielleicht kommt das ja wieder, wenn der Hitler in Deutschland nicht mehr so hässlich gegen die Polen herzieht", wiegelte sie ab. Vielleicht auch nur, um sich selbst Mut zuzusprechen.

Sascha griff zum Glas, hielt inne und meinte spöttisch: „In der Schule sagen sie den Schülern schon, dass sie Spaten zum Unterricht mitbringen müssen. Sie sollen Schützengräben um die

Schule ausheben. Na, das wird ein Vergnügen sein. Kolja ist auch mit dem Spaten zur Schule gegangen.“ Mit einem spöttischen Lächeln fügte er hinzu: „Ein polnischer Bauer hat vor einigen Tagen draußen auf dem Hof vor der Mühle aufgeregt mit anderen Bauern gemeint, polnische Soldaten sollten endlich in Deutschland einmarschieren, damit Hitler sieht, er kann nicht einfach so Forderungen an die Polen stellen. Aber was kann der Pole schon ausrichten gegen das große Deutschland?“ Dann griff er ungelenk nach der Flasche, um sich den letzten Rest noch einzugießen. „Luc Lenartowicz, mein Schulfreund aus der Zeit in Shitomir, ist polnischer Reserveleutnant. Der hat auch eine deutsche Mutter, aber sie haben ihn in Ruhe gelassen.“ Mit der Hand machte Sascha eine wegwerfende Geste. „Na ja – sein Vater war Pole und hatte eine Arztpraxis bei Shitomir. Das war 1917. Auf jeden Fall haben sie den Luc schon in der letzten Woche eingezogen. Vielleicht ist ja doch was dran an den Gerüchten? Schließlich hat man ja schon seit März die Mobilmachung. Und wenn sie so einen Alten einziehen wie Luc? Der ist ja mein Jahrgang.“

Auch im schwachen Schein der Petroleumlampe konnte Wanda erkennen, dass Saschas Augen immer glasiger wurden.

„Erinnere dich an vergangene Woche“, fuhr er unverdrossen fort und machte nicht den Eindruck, zu einem baldigen Ende kommen zu wollen, „als der polnische Beamte zu Kokoschke, dem Dorfschulzen, gekommen ist und der sofort alle Deutschen zusammengerufen hat. Keiner von denen wollte Geld für die polnische Nationalanleihe einbezahlen. Ich war ja da und habe übersetzt.“

Durch den fortgeschrittenen Wodkakonsum kamen die Worte nicht mehr so deutlich aus Saschas Mund. „Ich habe den Leutchen gesagt, dass sie doch einbezahlen sollen und dem polnischen Staat diesen Dienst erweisen sollen. Vielleicht wird man sich das merken und es könnte sich günstig auf die Kolonie auswirken. Auf die paar Zloty mehr oder weniger kommt es doch auch nicht mehr an, falls Krieg kommt und das Geld kaputtgeht. Und später haben alle gezahlt.“ Wanda merkte, wie ihr die Augen zufielen. Sie zupfte Sascha am Ärmel und meinte kurz:

„Komm Saschinka, morgen ist auch noch ein Tag.“Die Betrübnis und das Gefühl der Ohnmacht verblieben zusammen mit dem Geruch von Wodka, Salzgurken und Blutwurst in der Küche, als Wanda in den Glaszylinder blies, das Licht löschte und sich auf den Weg in die Schlafkammer machte.

Krieg im Westen | September 1939

„Adam! Komm mal aus deinen Büchern raus und mach dich nützlich. Scher doch dem Buben endlich mal die Haare. Der sieht ja aus wie ein Igel“, rief Martha im Gemüsegarten ihrem jüngeren Bruder fast flehentlich zu.

Adam war die meiste Zeit an seinem Studienort in Lemberg und nur in den Semesterferien zu Hause. Martha pflückte die letzten noch verbliebenen Johannisbeeren von den Sträuchern und versuchte beharrlich einige Hühner vom Scharren in den Gemüsebeeten abzuhalten. Alex tollte mit Kolja herum und weil sein widerspenstiges Haar lange nicht geschnitten war, wuchs es ihm aus dem Kopf wie ein Büschel störrisches Gras. Zum nahen Schulbeginn sollte er nach Ansicht seiner Mutter wieder ordentlich aussehen und zur neuen Gymnasiastenuniform schickte sich das lange Haar nicht. Kaum hatte Adam Schere, Schneidemaschine und einen Hocker für den Delinquenten bereitgestellt und dem zappelnden Alex mit der Maschine von der Stirn her die erste Schneise in das Haupthaar gefräst, kam Lukian herbeigerannt und brüllte aufgeregt:

„Der Krieg ist ausgebrochen! Der Krieg ist ausgebrochen!“

Er war so aufgewühlt, dass er nicht wusste, wo der Krieg war, wer ihn begonnen hatte und gegen wen er sich richtete. Er wusste nicht einmal, wo er es erfahren hatte. Doch es stimmte.

Nun war sie da, die Sekunde der Wahrheit. Wie die Erlösung aus einem langen Albtraum war es plötzlich zur Gewissheit geworden. Ein Augenblick, den alle, die so lange darauf gewartet oder ihn gefürchtet hatten, ihr Leben lang in Erinnerung behalten würden. Gleich dem Lichtabdruck, der im Moment einer fotografischen Aufnahme die Abbildung der Lichtteilchen auf eine lichtsensible Platte bannt, würde jede Person in Erinnerung behalten, wie sich der Moment an diesem 1. September anfühlte und wie er roch. Er schmeckte nach September, nach Gewissheit, Aufbruch und Gefahr.

Die Baba hielt Kira auf dem Arm. Wanda hatte ihn in ihre Obhut gegeben, während sie zusammen mit Tanja und Nata Einkäufe in Korez erledigte. Durch Lukians Brüllerei aufgeschreckt liefen alle zum Wohnhaus der Baba an der Mühle. Schließlich stand dort einer der wenigen Radioapparate im Dorf. Wie auch alle anderen Anwesenden stürmte Ira aufgeschreckt in ihr Haus und schaltete dort das Radio ein. Lawrentij kam hinzu und versuchte, einen klaren Sender einzustellen. Doch außer Krachen und Rauschen brachte der Apparat nichts Verständliches hervor. Wer in der Mühle seinen Platz verlassen konnte, strömte herbei und wollte alle Details der Nachricht wissen. Nach einiger Zeit legte sich die erste Aufregung und jeder ging wieder seiner Beschäftigung nach.

Erst am nächsten Tag konnte man aus zuverlässiger Quelle erfahren, dass deutsche Truppen gemeinsam mit slowakischen Hilfskräften – und ohne Vorwarnung – die polnische Grenze überschritten hatten. Jetzt war also Krieg. Und nicht die Polen hatten den ersten Schritt getan, wie allseits erörtert worden war, sondern Deutschland. Dabei hatte Hitler doch versichert, dass er keinen Krieg wollte. Die neue Ausgangslage wurde zwar in allen Gesprächen thematisiert, doch das Leben folgte einige Tage lang seinem gewohnten Trott.

Es dauerte nicht lange, bis offensichtlich wurde, dass das Vertrauen in den Zloty recht schnell verblasste und die Händler ihre Waren zurückhielten. Konsumartikel des täglichen Bedarfs begannen knapp zu werden. Der bevorstehende Schulbeginn wurde auf unbestimmte Zeit verschoben. Lawrentij, der auch Aufsichtsrat bei der Kooperative war, organisierte mit anderen zusammen einen bargeldlosen Warenverkehr. Bauern lieferten weiterhin Getreide bei der Mühle an. Man tauschte Mehl gegen Salz, Speck, Holz, Kleidung und andere benötigte Waren. Gerüchte durchliefen das Dorf und den ganzen Landstrich.

Wie gewohnt lieferte Sascha jeden Morgen die Milch zur Molkerei nach Danitschow. Eine gute Gelegenheit, um Neuigkeiten in Erfahrung zu bringen. Brzeszinski, der Vorarbeiter in der Molkerei, war hierfür ein sprudelnder Quell. Schließlich brachten Bauern aus allen Himmelsrichtungen Milch zur Weiterverarbeitung – und mit der Milch auch aktuelle Nachrichten.

„Bringst du Neuigkeiten mit? Was hört man so?“, rief ihm Wanda schon von Weitem entgegen, als er den Pferdewagen mit den leeren, klappernden Milchkannen in den Mühlenhof lenkte. Sie war gerade dabei, Fallobst aufzulesen, das um den Zwetschgenbaum vor dem Haus verstreut zwischen trockenen Grashalmen lag. Dabei verscheuchte sie mit langsamen Handbewegungen viele Wespen, die mit ihr um die Früchte wetteiferten.

Sascha steuerte die Pferde dicht zu ihr heran, so dass sie sich nur zu ihm umdrehen musste. Aus ihrer Rockschürze nahm sie eine pralle Pflaume und hielt sie Sascha vor den Mund. Der biss gerne ein Stück von der reifen Frucht ab und begann schmatzend und schlürfend zu berichten.

„Die ehemaligen Pilsudski-Legionäre[9] hat man zum Polizeidienst verpflichtet. Du weißt schon. Das sind die, die man da am Stadtrand von Korez vor ein paar Jahren angesiedelt hat. Die sollen für Ruhe und Ordnung sorgen. Da sind ganz grobe Raufbolde darunter. Und ausgerechnet die sollen jetzt darauf achten, dass die neuen kriegsbedingten Vorschriften eingehalten werden. In Hoschtscha sollen welche von denen mehrere Leute verdroschen haben, bei denen abends Lichtschein in den Fenstern zu sehen war. Da gibt es doch jetzt das Verdunkelungsgebot und man muss darauf achten, dass kein Licht nach draußen dringt."

„Oje – da müssen wir auch besser aufpassen." Wanda riss die Augen weit auf. Eine Haarsträhne fiel ihr in die Stirn.

„Jetzt hat man noch mehr Leute verhaftet. Anscheinend ganz wahllos – Deutsche, Ukrainer – alle, die ihnen verdächtig vorkommen. Vor allem in Rowno und in Korez hat man wohl Hilfspolizeitruppen zusammengestellt. Reservisten und sogar polnische Gymnasiasten hat man dazu verpflichtet."

„Meinst du, dass sie auch hierherkommen werden?", erschrak Wanda.

„Das kann man nicht sagen", mutmaßte Sascha. „Die gehen anscheinend recht willkürlich vor, geben irgendwelche fadenscheinigen Gründe an und – schhhwt – kassieren sie die Leute ein." Saschas rechte Hand vollführte eine kreisende Handbewegung, ohne dabei die Zügel loszulassen. „Einen Prozess

---

[9] Josef Pilsudski (1867 - 1935), poln. Staatsmann, Sozialistische Partei, stellte eigene Truppenverbände auf.

bekommt keiner. Manche soll man nach kurzer Zeit wieder rausgelassen haben, andere bringen sie in das Konzentrationslager Beresa-Kartuska[10], nördlich von Kowel. Bzeszinski meint, dass man wohl hauptsächlich Lehrer und Pastoren nach dorthin verschleppt."

„Wo soll das alles noch hinführen?" Wanda trat einen Schritt zurück. „Sei so gut und bring mir die Milchkannen rein. Ich spüle sie gleich aus." Sie drehte sich zum Hauseingang um, ließ die Pflaumen aus dem Rockschoß in eine Aluminiumschüssel kullern und klopfte Blätter und Insekten von ihrer Kleidung. Sascha stieg vom Kutschbock, griff nach einigen leeren Kannen auf der Ladefläche und reihte sie scheppernd vor der Eingangstür auf.

„Wir sind doch gut mit den Leuten. Uns haben sie doch nichts vorzuwerfen", begann sie erneut.

„Die machen das bestimmt nicht alle mit Begeisterung. Man hat sie halt verpflichtet", gab Sascha zu bedenken. „Brzeszinski hat gehört, dass sich in Rowno ein Mob von Polen zusammengetan hat und Steine gegen ein Häuflein ukrainischer Gefangener geworfen hat. Die wollten die Leute wirklich lynchen. Es soll einen großen Tumult gegeben haben."

Wanda schlug die Hände vor der Brust zusammen und blickte entsetzt zum Himmel. „Mein Gott!", entfuhr es ihr.

Von Westen her war ein Brummen zu vernehmen, das schnell an Lautstärke zunahm. Sascha trat einen Schritt zur Seite, schob die Mütze in den Nacken und suchte am Himmel die Ursache des Geräusches. In einiger Entfernung konnten sie ein polnisches Jagdflugzeug ausmachen, das offenbar an der polnisch-sowjetischen Grenze entlangpatrouillierte.

„Warum ist da plötzlich so viel Hass? Warum werfen sie Steine gegen die Menschen?", fragte Wanda verwundert, als das Motorengeräusch des Flugzeuges leiser wurde.

„Das ist der Krieg – der macht Bestien aus den Leuten", gab Sascha lakonisch zurück.

„Aber das sind halt immer nur ein paar Rädelsführer, die die anderen aufhetzen. So ist es ja auch damals gewesen, als die

[10] Polnisches Internierungslager von 1934 - 1939.

Bolschewiken gekommen sind und uns vom Gutshof vertrieben haben. Nicht alle machen das aus Hass. Aber sie machen halt mit. Manche versuchen sogar, sich dagegen zu stellen."

„Zum Glück gibt es auch solche!", stellte Wanda fest.

„Ja. Solche Aufrichtigen gibt es wohl auch. Brzeszinski hat ganz stolz gesagt, dass die Bewacher der Gefangenen in Rowno ganz ordentlich gegen die Steinewerfer vorgegangen sind. Damit der Tumult nicht außer Kontrolle gerät, haben sie gleich die Bajonette aufgepflanzt und gegen die tobende Menge gerichtet. Polen gegen Polen." Sascha zog einen Tabakbeutel aus der Tasche und begann eine Zigarette zu rollen. „Brzeszinski ist ja auch Pole. Und er hat gesagt, *wegen einem einzigen müssen jetzt viele Unschuldige leiden* – und damit hat er den Hitler gemeint."

Sascha verstand manche feindselige Handlung der polnischen Mitbürger, konnte sie nachvollziehen, war er doch inzwischen selbst polnischer Staatsangehöriger und dachte nur daran, die Familie gut durch den Schlamassel zu bringen.

Auch andere in der deutschen Minderheit sahen sich hin- und hergerissen, waren sich nicht wirklich sicher, auf welcher Seite sie eigentlich standen. Die polnischen Behörden hatten einen ja schon in den vergangenen Monaten immer stärker gepiesackt, zunehmend gemeiner und subtiler. Von Verhaftungen hatte man seit Monaten immer wieder gehört. Auch wenn es schwer erträglich war, fühlte man sich doch verwurzelt, hatte Freunde unter den Polen und Ukrainern. Einige hatten eingeheiratet und die Herkunft besaß nicht für alle den höchsten Stellenwert. Das Menschliche zählte. Und das Persönliche. Egal, ob Deutscher, Ukrainer, Russe, Jude, Tscheche oder Pole.

Mit jedem neuen Tag kamen die Zerstörungen des begonnenen Krieges und das menschliche Leid, das er verursachte, schnell näher. Deutsche Soldaten waren bis in diesen entlegenen Winkel Ostpolens allerdings noch nicht vorgedrungen. Der Krieg fand weiter im Westen und oben an der Küste statt.

An einem Dienstag brachen Sascha und Lawrentij zu einer Einkaufsfahrt nach Rowno auf, dringend benötigte Vorräte besorgen. In Gesprächen, im Denken, in der Sorge um die Liebsten war der Krieg inzwischen ständig präsent. Hinter jeder

Straßenbiegung konnte das Unheil auf seine Gelegenheit lauern. Und trotz aller Angespanntheit wurden die beiden völlig überrascht – es begann mit einem nervenaufreibenden Geheul aus nördlicher Richtung. Irgendwo hinter den Häusern der Vorstadt. Schrill stieß es vom Himmel herab, wurde lauter und bohrte sich in jedes Nervenende, das eine direkte Verbindung zum Panikzentrum im Kopf herstellen konnte. Fast wären ihnen die Pferde durchgegangen. Sascha fasste die Zügel straff, während Lawrentij kreidebleich zum wolkenlosen Himmel hinauf zeigte und mit dem ausgestreckten Arm die Flugbahn einiger deutscher Jagdflugzeuge nachverfolgte, die sich unter ohrenbetäubendem Lärm schnell näherten. Sogar die Hoheitsabzeichen auf den Flugzeugrümpfen und den Leitwerken waren schon gut zu erkennen.

Sascha konnte das Fuhrwerk mit Mühe zum Stehen bringen, sprang mit einem schnellen Satz vom Wagen, packte die beiden Pferde am Zaumzeug und versuchte sie zur Ruhe zu bringen. Gleich darauf waren in einiger Entfernung die donnernden Explosionen von Bombeneinschlägen zu hören. Eher ohnmächtig und fast zurückhaltend begleiteten einzelne Maschinengewehrsalven den infernalischen Lärm. Die Pferde scheuten und wichen zurück, obwohl die Einschläge einige Straßenzüge entfernt stattfanden. Kaum waren die Detonationen verklungen, erfolgte ein gewaltiger ohrenbetäubender Knall. Passanten liefen konfus umher. Rauch und Staubwolken stiegen zwischen den Häusern auf. Das Motorengeräusch der abziehenden Maschinen verebbte. Schreie und wenige Schüsse waren noch zu vernehmen. Sascha und Lawrentij hatten einen bitteren Vorgeschmack auf die Sturzkampftaktik als neue Methode der Kriegsführung bekommen.

Bald stellte sich heraus, dass ein Munitionszug getroffen und explodiert war, der im Bahnhof auf die Weiterfahrt gewartet hatte. Eines der angreifenden Flugzeuge war von einer Abwehrbatterie getroffen worden und stürzte brennend herab.

Sirenen heulten, Passanten liefen herbei, zeigten nach oben und man konnte den Piloten an einem Fallschirm zu Boden sinken sehen. Am nächsten Tag wurde verbreitet, dass der Pilot gefangen genommen werden konnte und bald darauf erschossen wurde. Er soll noch den Arm zum Hitlergruß erhoben haben und nutzte seinen letzten Atemzug um auszurufen: *Lang lebe Deutschland!*

Mehr und immer längere Kolonnen von Flüchtlingen mit Handwagen, zu Fuß und auch mit motorisierten Fahrzeugen zogen in den nächsten Tagen die Chaussee entlang. Wanda versorgte viele von ihnen mit Wasser, wenn sie sich an der Mühle ausruhten. Natürlich verbreiteten die polnischen Zeitungen und Radiosender ausschließlich positive Nachrichten zum Kriegsverlauf. Doch die Wahrheit aus dem Munde der Flüchtenden hörte sich meist ganz anders an. Im Westen des Landes schien sich eine Katastrophe zu ereignen.

Auch zwei Wochen nach Kriegsbeginn sah es so aus, als hätten Polens Garantiemächte England und Frankreich keine Unterstützung auf den Weg gebracht. Dass sie Hitler den Krieg erklärt hatten, wussten alle. Doch von Maßnahmen, ihren heiligen Beistandsschwur auch wirklich einzuhalten, hatte man nichts gehört. Die unterschiedlichen Informationen über Erfolge und Niederlagen aus den polnischen Zeitungen und aus deutschen Quellen wollten nicht zusammenpassen. Nach wie vor gab es keinen einzigen sichtbaren deutschen Soldaten hier in diesem abgelegenen Winkel am äußersten östlichen Rand des Landes. Der Schrecken, den die überlegene deutsche Luftwaffe flächendeckend über das Land gebracht hatte und der kürzlich gestartete Panzerangriff auf die am Bug gelegene Festung Brest hatten sich aber schnell auch bis hierher herumgesprochen. Gemunkelt wurde auch von deutschen Sondereinsatzkommandos, die angeblich polnische Politiker, Intellektuelle und auch Juden grausam ermordeten.

Solch gräuliche Nachrichten konnte man nur für die niederträchtigste Kriegspropaganda halten. Denn Schreckensnachrichten hatten gerade Hochkonjunktur.

Je näher sich die deutsche Militärmaschinerie an Korist heranschob, umso mehr wuchs in der deutschen Minderheit insgeheim die Zuversicht, die Dinge könnten sich doch noch zum Besseren wenden. Vielleicht könnte das Leben so weiter gehen wie bisher, eben nur unter einer deutschfreundlichen Verwaltung.

„Der Hitler will Krieg. Das hat schon Schwiegervater Gustav immer gesagt. Und jetzt hat er ihn.“

Sascha fuhr mit der Zunge auf dem Rand eines Zigarettenpapiers entlang, rollte die Zigarette zusammen und knipste mit Daumen und Zeigefinger dünne Tabaksträhnen von beiden Enden ab.

„Wenn er hier fertig ist, wird er aber keine Ruhe geben“, meinte Lawrentij. Beide standen am Mühleneingang, schauten zur Chaussee hinüber und verfolgten mit ihren Blicken eine Gruppe von Flüchtlingen, die voll bepackte Handkarren hinter sich herzogen.

„Du meinst Russland?“ Sascha steckte die Zigarette in den Mund und zündete sie an.

„Wo sonst? Er faselt doch ständig von Lebensraum im Osten.“ Lawrentij trat einen Schritt zur Seite, weil ihn die dicke Rauchwolke störte, die aus Saschas Mund quoll und in seine Richtung zog.

„Russland wird er nicht angreifen, wenn er klug ist. Und außerdem muss man jetzt erst mal abwarten, wie die Engländer und die Franzosen reagieren werden. So stark ist er auch nicht.“

„Bisher haben sie nichts unternommen. Und jetzt ist es zu spät“, antwortete Lawrentij, bevor er die Tür hinter sich öffnete und im Dunkel der Mühle verschwand.

Lautes Rauschen und Motorengeknatter riss im Morgengrauen des 17. September, eines Sonntags, die Dorfbewohner entlang der Chaussee aus dem Schlaf. Wer konnte, zog sich an und beeilte sich, ins Freie zu hasten. Selbst Kolja und Alex waren schnell auf den Beinen und spurteten mit ihren Vätern die breite Hauptstraße entlang in Richtung des Ukrainerviertels. Völlig überrascht hatte Sascha sogar vergessen, seine Mütze aufzusetzen.

Immer mehr Menschen kamen schlaftrunken aus ihren Häusern. Jemand meinte, dass drei Panzer in schneller Fahrt von Korez herkommend in Richtung Rowno gefahren wären. Zu sehen gab es nichts. Wo sollten drei Panzer aus Korez herkommen? Keiner konnte sagen, ob beim dortigen polnischen Grenzschutzkorps solche Kampffahrzeuge stationiert seien. Und deutsche Panzer kämen sicherlich nicht aus östlicher Richtung. Die Menge blieb ratlos und verlief sich bald wieder.

Doch kaum vier Stunden später erhob sich wieder ein lautes Rasseln und Dröhnen. Wieder liefen Menschen aus den verstreuten Häusern an der Straße ins Dorf, wo sich abermals viele Leute in kleinen Gruppen entlang der Chaussee zusammengefunden hatten. Je näher man dem Geräusch entgegenkam, umso mehr begann auch der Boden zu vibrieren. Es dauerte nicht lange und die ersten konnten einen riesigen olivgrünen Panzer ohne Hoheitsabzeichen als Ursache ausmachen. In einiger Entfernung schienen weitere der stählernen Kolosse zu folgen. Das Ungetüm näherte sich in langsamer Fahrt den neugierig dreinschauenden Menschenansammlungen, schwenkte den Turm und richtete die Kanone auf die entsetzten Anwohner. Die Erde bebte und eine stinkende Qualmwolke breitete sich hinter dem Fahrzeug aus. Erschreckt wichen die Zuschauer zurück. Weit und breit war kein Soldat zu erblicken. Die Buben verfolgten das Schauspiel mit weit aufgerissenen Augen und blieben dicht in der Nähe ihrer ebenso ratlosen Väter. Kolja hielt sich verstört die Ohren zu. Der große Kampfpanzer fuhr indes weiter, schwenkte die Kanone von einem Häuflein von Schaulustigen zum nächsten. In immer kürzeren Abständen folgte Panzer um Panzer, ohne dass Soldaten zu sehen gewesen wären, und an keinem der Kettenfahrzeuge war ein Kennzeichen der Herkunft oder Zugehörigkeit zu erkennen. Staub wirbelte von der Straße auf und drang in die Augen der Umherstehenden. Der fünfte oder sechste Panzer hielt abrupt an und schwankte mehrmals, während der brüllende Motor etwas leiser wurde. Nach einer Weile öffnete sich das Turmluk. Die Gestalt eines Soldaten kam zögerlich zum Vorschein. Mit großer Betroffenheit und Verwirrung erkannte die Menschenmenge, dass auf seiner Kopfbedeckung ein roter Stern sowie Hammer und Sichel prangten. Damit hatte niemand gerechnet.

Sind etwa die Bolschewiken den Polen zu Hilfe gekommen? Das konnte doch nicht sein! Hatte man nicht von einem

Nichtangriffspakt gehört, mit dem Russen und Deutsche ihr gegenseitiges Stillhalten besiegelt hatten? Vielleicht sind sie sogar Verbündete Deutschlands? Recht schnell war sich die Menge einig darüber, dass die drei rasenden Panzer im Morgengrauen wohl doch polnisch gewesen sein mussten. Ein Ukrainer rief, dass sie wahrscheinlich auf der Flucht vor den Russen waren. Also schien es gegen Polen zu gehen.

Der Motor des Panzers brüllte wieder auf und das Fahrzeug setzte rasselnd, quietschend und stinkend seine Fahrt fort. Nach den Panzern folgten Lastwagen, auf denen Infanteristen saßen. Einige winkten den Menschen am Straßenrand freundlich zu. Alle waren feldmarschmäßig ausgerüstet und hielten Gewehre in den Händen. Die aufgewirbelte Staubwolke stand in der windstillen Luft und wurde mit jedem Fahrzeug undurchdringlicher.

Im Laufe der Zeit waren mehr und mehr Anwohner zu den Menschen dazugestoßen, welche die Ränder auf beiden Seiten der Straße säumten. Ältere Menschen und Frauen mit Kleinkindern auf den Armen hielten sich etwas weiter im Hintergrund. Stumm standen sie und verfolgten die vorbeiziehende Kolonne mit ihren Blicken. Einige rieben ungläubig ihr Kinn und in ihre Gesichter war die Irritation geschrieben. Einer der Wagen fuhr zur Seite, hielt an, Soldaten kletterten von der Ladefläche und baten um Wasser. Distanziert beschnupperte man sich, bot Wasser an und wechselte zurückhaltend freundliche Worte. Alle Beteiligten achteten darauf, höflich zu erscheinen. Ein Serschant[11] reckte sich in die Höhe und erläuterte mit erhobener Stimme: „Wir sind doch gekommen, um euch vom polnischen Joch zu befreien.“ Sofort trat ihm ein Ukrainer einen Schritt entgegen, wandte sich an die Umstehenden und fragte schelmisch: „Haben uns die Polen unterdrückt?“ Für seine respektlose Frage erntete er zurückhaltendes Gefeixe. In der Absicht, seiner Behauptung Nachdruck zu verleihen, zog der Serschant einen Rubelschein aus der Tasche, zeigte ihn im Kreis umher und sagte: „Auf russischen Banknoten sind nur Arbeiter abgebildet.“ Der ukrainische Bauer kramte ebenfalls eine Geldbörse aus seiner Tasche, entnahm daraus einen 20-Zloty-Schein, grinste keck und reichte

[11] Serschant: Feldwebel-Dienstgrad der Roten Armee.

ihn dem Soldaten. Alle Umstehenden lachten. Denn sie wussten, dass darauf ebenfalls ein Arbeiter abgebildet war. Versöhnlich rief der Serschant den Umstehenden zu: „Wir sprechen ja auch die gleiche Sprache." Doch auch diesmal konterte der Bauer dreist: „Ja – ihr sprecht russisch und wir ukrainisch." Vollkommen entnervt drehte sich der Serschant zum Lastwagen, befahl aufzusitzen und das Gefährt reihte sich wieder in die Fahrzeugkolonne ein.

Im Anschluss an die Truppe folgte der Tross. Im Gegensatz zu den akkurat eingekleideten Soldaten des polnischen Militärs, die den Menschen vertraut waren, machten die sowjetischen Infanteristen einen eher unordentlichen Eindruck auf die Dorfbewohner. Der Tross aber, bestehend aus großen Traktoren mit Kettenraupen, die bis zu vier Anhänger hinter sich herzogen, auf die wohl in aller Eile achtlos allerlei Ladegut geworfen worden war und auf denen Frauen und Männer in nachlässiger Zivilistenkleidung hockten, hinterließ eher den Eindruck eines Haufens von Vagabunden. Bei dem augenscheinlichen Zustand der Fahrzeuge war es nicht verwunderlich, dass einige der Kettenfahrzeuge bereits innerhalb der Ortsgrenzen des lang gezogenen Dorfes mit einer Panne liegenblieben.

Wanda und Martha waren nicht ins Dorf gelaufen, sondern hatten sich mit Ira, Nata, Tatjana und anderen Frauen aus der Nachbarschaft im Mühlenhof zusammengefunden. Hier standen sie etwas entfernt von der Hauptstraße und konnten den eigentümlichen Geleitzug, der sich scheppernd und knatternd in Richtung Westen durch das Dorf wälzte, aus einigem Abstand beobachten. Kira thronte auf Wandas Arm und umklammerte zwei Finger der linken Hand seiner Mutter. Als die letzten Fahrzeuge auf der Chaussee vorbeidefiliert waren, der Lärm abgeflaut war, hatte sich auch der Menschenauflauf entlang der Dorfstraße weitgehend aufgelöst und nur noch einige angeberische Jugendliche standen beisammen und führten das große Wort. Als Wanda mit Kira zum Wohnhaus zurücklief, hörte sie mehr verwundert als erschreckt in der Ferne sehr verhalten einige Schüsse und Detonationen. Dann kehrte wieder Ruhe ein. Kolja war wenig später seinem vollkommen entmutigt dreinblickenden Vater und Onkel Lawrentij, dem das Entsetzen ebenfalls ins Gesicht geschrieben stand, nach Hause zurück gefolgt. Alex hingegen schwänzelte noch lange zwischen den verbliebenen Grüppchen hin und her, um neugierig dem öffentlichen Verdauungsvorgang der unfassbaren Geschehnisse beizuwohnen. Es war schon gegen elf Uhr, als er schließlich, von den Ereignissen verstört und den Kopf bis zum Bersten angefüllt, die Chaussee entlang nach Hause schlurfte. In der Nähe der Einfahrt zum Mühlenhof nahm er ein deutliches Schluchzen wahr. Es führte ihn zum Erdkeller neben dem Haus seiner Tante Wanda. Zusammengekauert und weinend, wie er ihn noch nie erlebt hatte, fand er dort seinen Vater vor. Bestürzt blickte er ihn an, ergriff seine Hand und zog ihn schweigend hinter sich her nach Hause.

Die Verschnaufpause währte nur kurze Zeit. Um die Mittagszeit verbreitete sich im Dorf eine fürchterliche Schreckensmeldung. Ein mit polnischen Frauen und Kindern vollbesetzter Omnibus sei, ohne stehen zu bleiben, einem der ersten Panzer entgegengefahren und der nervöse Panzerschütze habe daraufhin wohl die Nerven verloren und einige Granaten auf das Gefährt abgefeuert. Augenzeugen berichteten von schrecklichen Szenen, von Toten, Verletzten und einem ausgebrannten Fahrzeugskelett. Am meisten erschütterte die schlimme Nachricht von einem Baby, das sich im Straßengraben schreiend an seine tote Mutter klammerte. Eine Bäuerin aus dem Ukrainerdorf nahm das Kind bei sich auf.

Lawrentij und Sascha fassen einen Plan

Lawrentij saß im hohen Gras am Mühlenteich, hinter dem Lagerschuppen. Sein Blick war auf die Hopfenpflanzung gerichtet, deren Kletterstangen abgeerntet und mit zerfleddertem Laub umrankt am gegenüberliegenden Ufer des Weihers emporragten. Mücken führten über der Wasseroberfläche ihren Tanz auf. Ein reichlich gedeckter Tisch für die Schwalben, die sich laut kreischend gerne bedienten. Die Wiesen hatten ihren saftigen Grünton schon verloren und schimmerten stellenweise in spätsommerlichem Gelb und Braun. Die Nachmittagssonne wärmte noch angenehm, doch das Ende des Sommers hatte ihr schon viel von ihrer Kraft genommen. Am Rascheln des Grases und an seinem unverkennbaren Raucherhüsteln machte Lawrentij aus, dass sich Sascha näherte. Sascha trat stumm heran und blieb dicht hinter Lawrentij stehen. Sein Atem und ein leises Pfeifen der Lungen waren jetzt ganz deutlich vernehmbar. Ohne sich umzudrehen, begann Lawrentij mit heißerem Flüsterton seine Vergangenheit Revue passieren zu lassen.

„Was wird sein?“, begann er in stillem Ton, so, als hätte er die Frage einem verborgenen Gegenüber gestellt. „In der zaristischen Armee gab es fast nur adlige Offiziere. Natürlich – alles hochwohlgeborene Herren.“ Er hielt inne, ballte die rechte Hand zur Faust und schlug sich damit gegen die linke Schulter.

Nach einer Pause holte er tief Luft. „*Ich* – ich habe es als Bauernbursche aus Maniatin trotzdem zum Offizier gebracht. Die Deutschen und die Österreicher haben an der Front Granaten, Kugeln und giftiges Gas auf uns ausgeschüttet. Denen haben wir zurückgegeben! Und dann haben uns die Bolschewiken gleich nach dem Leninputsch auf einem Brennholzstapel zum Erschießen aufgestellt. Mich und die anderen Offiziere aus der Zarenarmee. Was soll ich klagen – mein Schütze hat danebengeschossen und ich bin zwischen die Holzstapel gefallen und kroch in der Nacht davon wie ein Hund. Da habe ich meinem Schicksal in die Suppe gespuckt.“

Sascha legte seine Hand wortlos auf Lawrentijs Schulter. Der vergrub sein Gesicht in seinen Händen und fuhr fort.

„Na, und mit Petlura[12] ist es ja auch nicht wirklich besser geworden. Haben nur Schlamassel erlebt und unsere Ukrainer haben überall sogar die Juden totgeschlagen. Das konnten wir nicht verhindern. Da war nur noch Anarchie und Abschaum. Die wilden Furien sind aus der Hölle gekrochen.“ Wie zur Entschuldigung fügte er an „Ich war halt nicht draußen, konnte es gar nicht verhindern, war am Schreibtisch im Beschaffungsamt – aber natürlich wieder Offizier! Erst haben wir den Krieg gegen

[12] Auch Petljura, ukrainischer Nationalist, 1919 - 1920 Regierungschef der *Ukrainischen Volksrepublik*, kämpfte sowohl gegen die Bolschewiki als auch gegen die russischen Konservativen *(Weiße)*.

Österreich und Deutschland verloren, dann den Bürgerkrieg gegen die Roten und nicht viel später haben sie mir die Heimat genommen. Den Hunden habe ich noch mal in die Suppe gespuckt. Bin über die Grenze. Und meinen Papa habe ich auch über die Grenze geholt aus ihrem roten Musterparadies. Und das werden mir die roten Halunken nicht vergessen haben."

Lawrentij riss vorsichtig einen langen Grashalm aus, steckte ihn zwischen seine Zähne und kaute darauf herum. Die Sonne stand noch hoch am Himmel. Er kniff die Augen zusammen. „Aber dann habe ich meine Martha gefunden." Er hob den Blick zu Sascha, sah zu ihm auf und ein Lächeln kam über sein Gesicht. „Und du deine Wanda. Obwohl du ja zuerst auch ein Auge auf Martha geworfen hattest. Gib es zu. Aber da konntest du keinen Schlag machen. Nicht bei Martha. Die wollte mich."

Grinsend feixte er: „Dich hat er ja gleich akzeptiert, unser Schwiegervater, der sture Bock. Du warst ja in seiner verbohrten deutsch-nationalen Sicht etwas Besseres." Und weiter stichelte er scheinbar immer noch gekränkt gegen seinen einige Jahre jüngeren Schwager. „Du hast ja kein ukrainisches Blut in deinen Adern – aber *ich!*" Wieder pochte er mit dem Unterarm gegen seine Brust. „Ich musste ihm erst Geld anbieten für den Wiederaufbau seiner Mühle, nach dem Feuer. Und das hat er dann auch genommen. Und dir hat er die Wanda einfach so gegeben. Nur, weil er deinen Vater, den deutschen Herrn Gutsbesitzer, schon seit der früheren Zeit gekannt hat."

Lawrentij stieß kumpelhaft mit der Faust gegen Saschas Oberschenkel, der noch immer hinter ihm stand, leise rasselnde Atemgeräusche von sich gab und mit seiner linken Hand Lawrentijs Schulter umfasste. „Schau dort rüber. Der Hopfen war immer sein Steckenpferd. Im vergangenen Jahr war er noch ganz rastlos dabei, bei der Ernte. Und dann ist er gegangen, der Alte." Dabei zog er den Grashalm zwischen den Zähnen hervor und richtete ihn deutend in Richtung der Hopfenanlage. „Möge ihm die Erde nicht zu schwer sein."

„Und wir haben alle zusammen gutes Geld damit verdient", fügte Sascha hinzu. Damit spielte er darauf an, dass sich über die Jahre hinweg auch die Familien der Töchter des alten Gustav

Stieber ein gutes Zubrot mit dem Anbau und Verkauf von Schwiegervaters Hopfen verdient hatten. So konnte die schwindende Nachfrage nach Mehl aus dem Mühlenbetrieb immerhin etwas ausgeglichen werden. Und die zumeist von Tschechen betriebenen Brauereien bis hin nach Dubno waren an gutem Hopfen immer interessiert.

Sascha setzte sich umständlich neben Lawrentij ins Gras, was bei seiner Körpergröße von nahezu zwei Metern immer etwas ungelenk aussah. „Zum Glück haben wir die Hopfenernte noch auf der Darre liegen", wechselte er das Thema, auch um die schwarzen Dämonen aus Lawrentijs Gedanken zu vertreiben. „Der Zloty ist jetzt kaputt und wir könnten nichts dafür bekommen, wenn wir den Hopfen verkauft hätten. Die Ernte war gut in diesem Jahr und wir werden jetzt gute Sachen dagegen eintauschen können."

„Bestimmt. Aber was wird sein, Sascha?", wiederholte Lawrentij.

Aus der Seitentasche seiner leichten Leinenjacke zog Sascha mit einer umständlichen Verrenkung eine volle Flasche Wodka hervor. Er fingerte den Korken heraus und reichte sie zu Lawrentij. Dann holte er tief Luft.

„Mein älterer Bruder Nikolaus ist nach Frankreich emigriert", holte Sascha aus. „Mit dem Rest der weißrussischen Armee sind sie bis nach Bulgarien getrieben worden. Und wenn er zurückgekommen wäre, hätten ihn die Roten gleich nach Sibirien gesteckt. Meine Brüder Fedja und Wanja sind erst aus dem Sowjetgebiet zu uns gekommen und dann später auch zu Nikolaus nach Frankreich abgehauen. Na, sollen sie. Was hätten sie auch machen sollen? Man hätte sie ja auch kassiert, dort drüben in Shitomir. Und hier hat es doch keine Arbeit gegeben", hängte er erklärend an. „Unser Schwager Hans ist nach Kanada gegangen und lebt dort jetzt besser. Fedja hat ja auch ein paar Jahre hier in der Mühle mitgearbeitet."

Nach einem gehörigen Schluck reichte Lawrentij die Wodkaflasche zu Sascha zurück. Der setzte sie ohne zu zögern an und ließ ebenfalls eine enorme Menge in seine Kehle laufen. Dann verschloss er die Flasche notdürftig und stellte sie im Gras ab.

„Mein Vater ist damals nach Meshiritschi über die Grenze und war in Sicherheit. Mama ist mit den jüngeren Geschwistern in Shitomir geblieben und man hat sie ins Gefängnis geworfen, weil sich alle aus dem Staub gemacht haben. Na, und ich? Ich bin übriggeblieben. Immer war ich Deutscher – auch wenn meine Mutter russisches Blut mitgebracht hat. Aber russisch bin ich geboren mit Ehrfurcht vor dem Zaren. In einer Landschaft, in der sich die Bauern Ukrainer nennen und sich nicht entscheiden können, ob sie einen eigenen Staat Ukraine aufbauen wollen oder ob sie lieber unter den Rock der Russen kriechen. Lawrentij – du weißt es doch besser als alle anderen, dass sich die Leute hier nur selbst als Ukrainer fühlen – und sich auch so nennen. Bei den Moskauern heißt ihr doch nur *Kleinrussen*, die Polen sagen *Russiny* und wollen euch am liebsten wieder beherrschen. In Versailles haben sie es ja versucht, das Gebiet bis Kiew zurückzubekommen. Und die Österreicher sprechen von *Ruthenen*, wenn sie Ukrainer meinen, und hätten auch gerne ihren Teil vom ukrainischen Kuchen behalten. Jetzt müssen sie sich halt damit abfinden, dass sie gar nichts mehr haben, außer ein paar Bergen und Tälern mitsamt ihrer Hauptstadt, in der unsere Schwiegermutter Berta so gut kochen gelernt hat. Bei dem ganzen Durcheinander bin ich nach dem Kriege natürlich ohne Hosen dagestanden und war staatenlos. Mit dem Nansenpass[13]. Den haben sie mir ausgestellt. Damit konnte ich wenigstens nachweisen, dass ich existiere. Und endlich haben sie mir die polnischen Papiere gegeben und ich war zufrieden. Jetzt fragst du mich, was sein wird?"

„Wir wissen noch nicht mal, warum und gegen wen die Sowjets heute gekommen sind", führte er schließlich zum eigentlichen Thema des Tages zurück. „Warum sind die polnischen Panzer aus Korez abgehauen? Wie weit sind die Russen nach Westen gefahren? Wo sind die Deutschen?" Beide blickten ratlos zu Boden. „Vielleicht sind sie ja nicht abgehauen", gab Lawrentij zögerlich zurück und griff erneut nach der Flasche im Gras. „Möglicherweise sind sie ja nur vorausgefahren und die

[13] Nansenpass: Ausweis für staatenlose russische Flüchtlinge und Emigranten, benannt nach dem Hochkommissar des Völkerbundes, Fridtjof Nansen.

Russen kommen ihnen zu Hilfe gegen die Deutschen, um sie aus Brest rauszuwerfen?“

„Warum haben sie dann auf den Bus geschossen? Hat er etwa ausgesehen wie ein deutscher Panzer? Und der Vertrag von Molotow und Ribbentrop? Wie passt das zusammen?“, wollte Sascha wissen. „So viele Menschen tot“, klagte er mit erstickter Stimme, übernahm die Flasche von Lawrentij und genehmigte sich erneut einen gehörigen Schluck.

„Wir sollten uns was zum Zubeißen holen, Sascha, sonst werden wir heute keinen klaren Gedanken mehr fassen können.“

„Wie auch immer. Jetzt sind sie über die Grenze gekommen und ziemlich sicher sind sie nicht nur durchgefahren. Sie werden bleiben, Lawrentij, sie werden bleiben! Wenn der Bolschewik hierbleibt, dann werden sie dich und wohl auch mich nicht in Ruhe lassen.“

„Ja was sollen wir denn machen, Sascha?“ In Lawrentijs Stirn hatte sich eine tiefe Sorgenfalte eingegraben. „Wir können doch unsere Familien nicht im Stich lassen. Alex und Nata gehen auf das Gymnasium. Was soll aus denen werden? Dein Kira ist noch keine drei Jahre alt und Kolja ist auch noch ein Bub.“

„Wenn sie uns wegholen, dann wird es für unsere Familien auch nicht gut sein“, hielt Sascha dagegen. „Sie werden hier alles auf den Kopf stellen und unsere Mühle kollektivieren. Wenn wir Glück haben, sperren sie uns ein. Und wenn wir kein Glück haben, dann bringen sie uns nach Sibirien oder sie stellen uns gleich an die Wand.“

„Wir müssen jetzt sehr vorsichtig sein und beobachten, was die nächsten Tage bringen werden“, resümierte Lawrentij. „Aber wir sollten Vorbereitungen treffen. Möglicherweise können wir uns zu den deutschen Truppen durchschlagen und von dort aus versuchen, die Familien nachzuholen.“

„Wenn man wüsste, wo man stürzen wird, würde man sich vorher einen Strohhalm dort hinlegen, heißt es. So, wie du es vorschlägst, so machen wir das. Wir werden abseits der Straßen über die Felder gehen, damit uns niemand bemerkt.“

Nach diesem Entschluss nahm jeder noch einen kräftigen Schluck aus der Flasche. Sascha wankte zum Haus zurück.

Lawrentij verweilte noch, legte sich ins Gras zurück und verfolgte still die wilde Jagd der Schwalben am Himmel.

Wanda und Kolja trafen Sascha später in Iras Garten an. Er war gerade im Begriff, die Tabakhäckselmaschine am Gartentisch festzuschrauben. Einige getrocknete Tabakblätter hatte er schon bereitgelegt. So stellte Sascha seinen Feinschnitt her. Zu Ira hatten sich Tanja, Martha, Nata und das Nachbarsmädchen Hanja gesellt, das während Wandas Abwesenheit auf Kira aufpasste. Hanja war Ukrainerin und verdiente sich gerne mit der Erledigung kleiner Handreichungen ein paar Zloty. Dschim jagte freudig kläffend einige Truthühner um die Gemüsebeete. Als sich auch Lawrentij und Alex zu der Gruppe am großen Gartentisch gesellten, beschloss man, gleich mit einer gemeinsamen Brotzeit zu beginnen. Martha und Nata eilten nach Hause, um Brot, Wurst, Käse und hart gesottene Eier zu bringen, Ira steuerte Piroggen und frisch vom Strauch gepflückte Tomaten bei. Wanda holte Bauchspeck, eingelegte Pilze, Gurken und Gemüse. Um die alkoholischen Getränke kümmerten sich die Männer. Alex und Kolja mischten frischen Beerensirup mit kühlem Brunnenwasser und brachten das erfrischende Getränk in einem großen Tonkrug an den Tisch.

Als Sascha die Tür zum Erdkeller aufstieß, hielt ihn Lawrentij kurz zurück, blickte ihm ernst in die Augen und meinte: „Wir werden mit den Kindern erst morgen reden. Aber übermorgen gehen wir in aller Frühe los zu den Deutschen. Mit Martha habe ich schon gesprochen. Sie wird alles richten, dass sie mit den Kindern nachkommen kann, wenn wir eine Möglichkeit gefunden haben. Die Mühle müssen Henkels weiterführen. Und Martha wird den Hopfen gegen Heringe, Öl, Petroleum, Zucker und andere Sachen eintauschen, die im Winter benötigt werden. Man weiß ja nie. Mit dem Juden Barenboim habe ich schon gesprochen. Er kümmert sich um alles und wird unsere Frauen beim Handel unterstützen."

Sascha antwortete besorgt: „Wanda ist sehr aufgewühlt. Das Kindermädchen wird ihr bei der Betreuung von Kira und Kolja zur Hand gehen. Aber sie sieht es natürlich genauso wie wir, dass wir erst mal verschwinden müssen, zumindest so lange, bis man wieder weiter nach vorne blicken kann und bis man weiß, wie sich alles entwickeln wird.“ Und er fügte nach kurzer Pause an: „Wir gehen gemeinsam.“

Als die beiden in scheinbar entspannter Stimmung zum Gartentisch zurückkehrten, drehte Kolja an der Kurbel der Häckselmaschine. Wanda zischte besorgt durch die Zähne. „Pass auf deine Fingerchen auf, Kolja. Sonst wirst du dir noch einen Weiteren abschneiden.“ Mit diesen mahnenden Worten spielte sie auf das Unglück an, das Kolja im Alter von vier Jahren widerfahren war, als er sich unbeaufsichtigt mit anderen Buben in die Mühle geschlichen hatte. Die Bengel öffneten mit kindlicher Begeisterung einen Kontrolldeckel an einem Walzstuhl, beobachteten wie die Getreidekörner zwischen die Walzen rieselten und warfen mit kindlicher Lust kleine Papierfetzen hinterher. Wie die lustig auf den hüpfenden Körnern tanzten und dann gemeinsam mit ihnen zwischen den Walzen verschwanden, bereitete den Kindern sichtliches Vergnügen. Der kleine Kolja zog seine Händchen dabei nicht schnell genug zurück und so wurden zwei seiner Fingerchen von den Walzen erfasst und zerquetscht. Die Aufregung war groß und dem kleinen Kerl mussten der kleine Finger und ein Teil des Ringfingers an der rechten Hand amputiert werden. Seither hatte Wanda ein besonders wachsames Auge auf ihren kleinen Liebling. Die Tatsache, dass er vor zwei Jahren beim Sprung über einen Geröllhaufen im Mühlenhof unglücklich gestürzt war und sich dabei einen der Schneidezähne abgebrochen hatte, vergrößerte ihre Aufmerksamkeit schon bei der kleinsten Gelegenheit, die irgendeine Gefahr für Kolja in sich bergen konnte.

„Ach, Mamussia, ich bin doch jetzt schon groß. Und du musst dir keine Sorgen um mich machen.“ Mit diesen Worten gab Kolja die Kurbel aus der Hand und versuchte, einen Platz am Tisch neben seinem großen Vorbild Alex zu ergattern. Trotz der aktuellen Lage war die Stimmung ausgelassen. Die Weltgeschichte schlug draußen ihre Kapriolen. Aber nicht von jeder Drehung wollte man sich mitreißen lassen. Die Hitze des Tages war gewichen und der Abend kündete sich mit herbstlicher Kühle an. Die Erinnerung an Koljas Missgeschick rief weitere

Geschichten auf den Plan und man erzählte sich Anekdoten und Erinnerungen aus vergangenen Zeiten.

Tanja gab die Geschmackserlebnisse zum Besten, die sie jedes Jahr in der Zuckerrübenzeit hatte. Denn die Kinder liebten es, Zuckerrüben aufzusammeln, die auf der nahen Chaussee von einem Bauernwagen gefallen waren. Die brachten sie dann zum Aufseher des großen Heizkessels der Mühle, um sie auf der heißen Ummauerung des Brennraums backen zu lassen. „Nu – die hättest du mal besser zu mir bringen sollen, Tanjuscha. Da hätte ich so schönen Wodka draus brennen können", polterte Sascha ausgelassen in Tanjas Richtung. „Onkel Sascha", gab Tanja altklug zurück, „du hast, glaube ich, auch so keinen Mangel an Wodka gehabt. Und außerdem wachsen dir die Rüben ja schon oben aus dem Kopf" – womit sie auf Saschas Glatze anspielte.

Alle lachten.

Nata rief das verschwundene Schwein in Erinnerung, das vor einigen Jahren unauffindbar verschwunden war, und wie das Rätsel erst im Frühjahr gelöst werden konnte, als das Eis auf dem Mühlenteich geschmolzen war und ein Schweinekadaver darauf trieb. Man war sich darüber einig, wie traurig dieser Unfall gewesen ist. Hätte man doch so schönen Speck und Würste daraus machen können.

Alex erntete für seinen Bericht von dem winterlichen Schlittenvergnügen, bei dem die Kinder ihre Rodel auf der Chaussee an Pferdefuhrwerke anhängten, um sich einige Kilometer weit mitziehen zu lassen, ein mahnendes Stirnrunzeln seiner Mutter Martha. Lawrentij dagegen bestärkte Alex mit einem stolzen Funkeln in seinen Augen. Auch alle anderen spendeten Beifall.

Als Kolja schließlich sein Erlebnis mit seinem Vater hervorholte und recht detailgenau schilderte, wie beide im vergangenen Winter mit Pferd und Pferdeschlitten auf dem Rückweg von Meshiritschi und nach einigen Besuchen bei jüdischen Händlern und Bekannten auf der Heimfahrt vor lauter Schneewehen den Weg nicht mehr erkennen konnten, hakte Martha nach: „Ja, da musst du aber alles erzählen, wo wart ihr denn überall?", fragte sie schelmisch. „Also", begann Kolja aufzuzählen, „zuerst sind wir zur Motormühle vom Deutschen Arnold gefahren. Dann zu den Geschäften. Danach haben wir bei Familie Olewski Halt gemacht und später nochmal bei der ukrainischen Familie Worobej."

„Und Papa war brav und hat sich nichts anbieten lassen?", wollte Wanda hinterhältig wissen. „Na ja", plauderte Kolja fröhlich aus, „einen Schluck aus der Flasche und ein Gläschen mit ein paar Schnittchen hat es fast überall gegeben. Und auf dem Heimweg sind wir beide auf dem Pferdeschlitten eingeschlafen. Aber das Pferdchen hat genau gewusst, welchen Weg es gehen soll. Bis es halt vom Weg abgekommen ist und vorbei an einem Gehöft ist es in einer Schneewehe stecken geblieben und fast umgekippt. Aber die Leute da haben uns geholfen und wir sind dann weitergefahren. Da hast du Papa ganz schön geschimpft, gell, Mama!" Wanda sah Kolja liebevoll an und korrigierte: „So schlimm wird es schon nicht gewesen sein, Kolja. Kira und ich waren ja so froh, dass ihr wohlbehalten nach Hause gekommen seid."

„Nun schweig schon stille!", mahnte Ira streng in Koljas Richtung, klopfte mit dem Zeigefinger auf die Tischkante und richtete sich auf. „Jetzt ist Vater Gustav schon fast ein Jahr von uns gegangen. Zwei Wochen vor Weihnachten ist es gewesen. Und es ist gut, dass er dieses Jahr nicht mehr miterleben musste." Mit diesen Worten brachte die Baba einen Hauch von Wehmut in die Runde und machte gleichzeitig darauf aufmerksam, dass der Abend schon fortgeschritten war und sich die Dunkelheit bereits eingestellt hatte.

„Mama! Mama!", krähte Kolja dazwischen. „Lass mich noch erzählen, wie Großvater Gustav immer geschimpft hat, welcher Bengel den Schweinen schon wieder auf den Kopf gekackt hat!" Schmollend schob er die Unterlippe weit vor. „Kolinka – es ist doch schon spät. Da hat die Baba recht. Das kannst du vielleicht beim nächsten Mal erzählen." Koljas enttäuscht-trotzige Versuche, seine Geschichte doch noch zum Besten zu geben, gingen bereits in der allgemeinen Aufbruchstimmung unter.

Vom Ukrainerdorf her begann es bereits zu dämmern, als Sascha ein verhaltenes Klopfen am Küchenfenster vernahm. Wanda hatte ihm Speck, Brot und Äpfel in den Brotbeutel gepackt und eine Flasche mit Wasser. Er selbst war gerade noch dabei, die neuen Stiefel über die Hosenbeine zu ziehen.

„Lawrentij wartet schon draußen.“ Mit diesen Worten stand er auf, nahm den Brotbeutel an sich und legte beide Hände auf Wandas Schultern, deren braune Augen jede seiner Bewegungen aufmerksam verfolgt hatten. Behutsam zog er ihre kleine Gestalt, die in seinen Armen fast zerbrechlich wirkte, ganz dicht zu sich heran. „Pass auf dich auf, mein Schatz! Und auf die Kinder. Wir machen es so, wie besprochen. Sobald wir wissen, wo wir unterkommen können, lasse ich dir eine Nachricht zukommen.“ Fest und innig drückte er ihren zarten Körper an sich und merkte, wie ihr Tränen in den Augen standen. Er nahm den Duft ihrer Haare so intensiv in sich auf, als ob er ihn für den Rest seines Lebens in seiner Erinnerung abspeichern müsste.

„Sei stark, meine kleine Wanda.“ Zögerlich gab er sie aus der Umarmung frei und verließ das Haus so leise und behutsam, wie es ihm möglich war.

Sascha begrüßte Lawrentij mit einem Nicken und wortlos machten sie sich auf, überquerten die breite Chaussee und folgten dem verabredeten Weg, der sie abseits der Hauptstraße nach Westen führen sollte. Da ihnen nicht bekannt war, wo genau sie auf deutsche Truppenteile stoßen würden, in deren Umfeld und Obhut sie auf Schutz vor sowjetischen Nachstellungen zählen konnten, schlugen sie sich einige Kilometer in nördliche Richtung, bevor sie sich nach Westen wandten. Größere Orte mieden sie, waren wachsam und achteten auf jede außergewöhnliche Bewegung.

Schon nach einer halben Stunde plagte Sascha eine unangenehme Druckstelle im Stiefel. Der wulstige Hosensaum machte sich in den engen Schaftstiefeln bemerkbar. Er verharrte, nestelte das Hosenbein aus dem Stiefelschaft und atmete die Frische des kühlen Septembermorgens tief ein. Doch nach weiteren zwei Stunden Fußmarsch durch das oft unwegsame Gelände, über abgeerntete Felder und entlang von Bachläufen spürte er ein starkes Drücken und Scheuern an den äußeren Fußknöcheln. Das blanke Leder der bisher ungetragenen Schuhe rieb unangenehm auf der blanken Haut. Sascha regte eine Verschnaufpause an und beide ließen sich an einer geschützten Stelle zu einer kurzen Rast nieder. Nur wenige Zeit später brachen sie wieder auf. Wortlos trotteten sie hintereinander her. Das Zwitschern und die Geräusche aufflatternder Vögel wurden nur durch das Knarren der Stiefel und ein rhythmisches Klappern von Gegenständen in ihren Brotbeuteln begleitet.

In der Nähe der fast verwaisten Pferdestation einer polnischen Offiziersschule beim Dorf Newirkow hatte es Lawrentij satt, dass Sascha immer weiter zurückfiel. Deshalb schlug er vor, eine längere Pause einzulegen. Langsam näherten sie sich den lang gezogenen Stallungsgebäuden, erklommen vorsichtig und Deckung suchend eine Böschung, von wo aus sie einen guten Einblick in den Innenhof des Gebäudegevierts erlangen konnten. Wenige Menschen waren dort zu sehen – weder Soldaten noch Militärfahrzeuge weit und breit.

Freundlich und selbstbewusst ging Lawrentij auf die kleine Gruppe zu, die scherzend und flachsend neben einem kleineren Wirtschaftsgebäude die warme Mittagssonne genoss. Sascha humpelte sichtlich lädiert hinterher. Eine Frau in Arbeitskleidung brachte ihm gleich einen Hocker, auf dem er sich dankend niederließ und sofort die Stiefel auszog. Als die Polin Saschas übel zugerichtete Füße zu Gesicht bekam, die mit Blasen und aufgescheuerten Wundstellen übersät waren, eilte sie ins Haus und kam kurz darauf mit einem Fläschchen Öl und Wundverband zurück.

„Warum hast du die neuen Stiefel angezogen", fragte Lawrentij sichtlich verärgert und nicht ohne einen vorwurfsvollen Unterton.

Sascha konnte ihm darauf keine Antwort geben, nahm dankbar Öl und Verbandmaterial entgegen und setzte wortlos die Behandlung seiner Füße fort. Inzwischen waren einige weitere Personen aus den umliegenden Häusern hinzugekommen und gesellten sich neugierig zu dem Grüppchen mit den Neuankömmlingen.

Wie sich herausstellte, handelte es sich um Flüchtlinge aus Rowno, die vor den einmarschierenden Rotarmisten geflohen waren und hier in dem abseits gelegenen Dörfchen Unterschlupf gefunden hatten. Man erörterte die aktuelle Lage und fand keine abschließende Sinndeutung für das Vorrücken der Sowjetarmee. In der Gruppe der Geflüchteten herrschte die Einschätzung vor, dass die polnische Armee durch die Russen Unterstützung bekommen habe.

„Pass auf, dass du nichts verschüttest.“ Wanda stand in eine Kittelschürze gekleidet in der Tür zum Molkereiraum, Kira auf dem Arm. Mit der anderen Hand fasste sie unterstützend zum Henkel einer Milchkanne, an dem Kolja zerrte, um das schwere Gefäß in die Nähe des Separators zu bugsieren. Martha wischte noch mit einem Tuch die gerade gereinigten Einzelteile der Zentrifuge trocken, während Alex ihr beim Zusammenbau behilflich war. Dschim strich unterdessen freudig zwischen den Beinen der Anwesenden umher, so dass sie aufpassen mussten, nicht durch ihn zu Fall gebracht zu werden. Wanda sah Kolja an, dass er sich ziemlich plagte beim Versuch, die volle Milchkanne anzuheben. Sie nahm Kira vom Arm und stellte ihn in den Flur. Dann umfasste sie mit beiden Händen die Kanne am unteren Ende und passierte mit Kolja den Inhalt durch ein sauberes weißes Tuch in ein anderes Gefäß. Alex stapelte währenddessen die Filterbleche aufeinander, durch die beim Zentrifugieren die Milch gepresst und in die Bestandteile Sahne und entrahmte Milch separiert wird. Er fügte die Filterhütchen sorgfältig in den Separatorenapparat ein und Martha setzte den Einfülltrichter auf, den sie vorher gründlich gereinigt hatte, und arretierte die Verschlussspange.

„Füllt von der Sahne etwas in die Schüssel dort drüben. Da könnt ihr später Butter daraus machen“, wies Martha die Buben an, die sich anschickten, die angelieferte Milch für die Lieferung an die Molkerei in Danitschow zu bearbeiten. Da es mit vier Personen recht eng in dem kleinen Molkereiraum zuging, ließen die Schwestern ihre Söhne alleine werkeln und zogen sich in die Küche zurück. „Schläft Sascha noch?“, wollte Martha wissen. „Er liegt im Bett und klagt über seine offenen Füße. Da schaut das rohe Fleisch raus“, entgegnete Wanda. „Wieso hat er die neuen Schuhe angezogen? Da musste er doch damit rechnen, dass er sich ziemlich schnell Blasen läuft."

„Das weiß ich nicht. Und es war bestimmt unvernünftig von ihm", gab Wanda entschuldigend zurück. Trotzig schob sie nach „Lawrentij hätte aber auch alleine weitergehen können. Sascha hätte ihm ja später nachfolgen können, sobald er wieder einigermaßen laufen kann."

„Nein", kam es von Martha zurück. „Der wird doch Sascha nicht alleine zurücklassen. Aber er sitzt jetzt zu Hause und grübelt darüber nach, wie es weitergehen kann und welche Schritte er jetzt unternehmen wird. Ich bin ja auf der einen Seite sehr froh, dass er wieder bei uns ist. Aber andererseits mache ich mir große Sorgen, dass sie ihn mir wegholen. Ich hab schon drüber nachgedacht, um Hilfe in Mutters Heimat in Jägerndorf zu bitten. Du weißt doch, dass ich nach dem Krieg zu Besuch dort gewesen bin. Das ist zwar schon ziemlich lange her, aber mit Ida Blümke schreibe ich mich ja noch gelegentlich. Sie wohnt noch dort."

„Du meinst, wir könnten nach dorthin gehen?", kam es ungläubig aus Wanda heraus.

„Warum sollten wir es nicht versuchen? Hitler hat doch jetzt das Sudetenland an das Reich angeschlossen und deshalb könnten wir ja vielleicht eine Bleibe in der Gegend von Troppau oder Jägerndorf finden. Ich werde mit Tante Karolina reden. Soweit ich weiß, hat sie auch noch Verbindung nach Jägerndorf. Ihre Schwester Julie wohnt doch noch dort. Und wenn sich da in der Gegend eine Möglichkeit auftun würde, dann könnten Lawrentij und Sascha schon mal nach dorthin aufbrechen und wir beide regeln hier alles und kommen nach. Irgendwie sind wir doch schon dabei, uns von hier zu verabschieden – oder etwa nicht?" Mit einer blitzschnellen Handbewegung fing Martha eine Fliege von ihrem linken Unterarm, zerdrückte sie und warf das leblose Etwas in Richtung des Aschenkastens unter dem Herd. Dann drehte sie sich um und wandte sich wieder dem Molkereiraum zu, um dort nach dem Rechten zu sehen.

„Und die Baba? Und Tanjuscha?", gab Wanda über den Hausflur hinweg zu bedenken. „Die Baba wird sich um Vaters Mühle kümmern müssen. Und ob sie wirklich fortgehen will, das weiß man nicht", erwiderte Martha.

„Du weißt, wie sehr sie die Kommunisten hasst und fürchtet. Sie wird nicht alleine zurückbleiben wollen."

„Dann werden wir dafür auch eine Lösung finden."

Willkür im Osten | Herbst 1939

Es begann eine bleierne Zeit. Man funktionierte und erledigte die Notwendigkeiten des alltäglichen Lebens. Immerhin hatten die polnischen Schikanen aufgehört. Verhaftete kehrten aus den Gefängnissen und aus Beresa-Kartuska zurück. Andere schlugen sich zu den deutschen Truppen durch. So hofften sie, neuen Verfolgungen durch die sowjetische Polizei zuvorzukommen. Andererseits traute man im Dorf seinem Verstand nicht mehr angesichts der Berichte über die offenbare Waffenbrüderschaft deutscher und sowjetischer Truppen. Ende September hielten Deutsche und Sowjets in Brest eine gemeinsame Siegesparade ab. Dabei tauschten sie Hakenkreuzfahnen und rote sowjetische Fahnen mit Hammer und Sichel untereinander aus. Die Weltbilder der Leute im Dorf gerieten ins Wanken. Stalin gemeinsam mit Hitler …? Die allgemeine Verwirrung war groß. Brzeszinski, der Molkereivorarbeiter, schnaubte wütend: „Da merkt doch der Dümmste, dass das Ganze ein abgekartetes Spiel war. Stalin hat Hitler die Drecksarbeit machen lassen und im Gegenzug hat er Ruhe gegeben."

Sascha gab ihm mehr oder weniger recht. „Natürlich, Herr Brzeszinski. Das seh ich auch so. Hätte Stalin sich ganz offen zugunsten Deutschlands in den Krieg[14] eingemischt, dann wären die Engländer und die Franzosen ganz schön sauer auf ihn. Weil er aber zurückhaltend war, musste er sich nicht mit Hitler anlegen, nicht mit Frankreich und England – und er hat doch alles bekommen, was er wollte."

Nach einer Weile fand sich der Alltag langsam wieder in ein geregeltes Schrittmaß ein. Der Mühlenbetrieb ging mit verminderter Mannstärke weiter. Sascha und Lawrentij versuchten, die Hopfenernte möglichst gewinnbringend einzutauschen.

Nach wie vor wurden die Arbeiter mit Naturalien entlohnt. Zucker, Heringe, Mehl, Petroleum und Honig waren handfeste Werte, mit denen Tauschgeschäfte möglich waren. Lawrentij hatte gut vorgesorgt und so konnte der Betrieb in Gang gehalten werden.

---

[14] Anhang Erläuterungen 02.

Saschas Freund Luc Lenartowicz, der als polnischer Reserveoffizier am Krieg gegen die Deutschen teilgenommen hatte, war noch nicht wieder aufgetaucht. Sein Busunternehmen, das bis zum Beginn des Krieges eine Linienverbindung zwischen Korez und Rowno bediente, hatte den Betrieb eingestellt. Die Firma eines jüdischen Unternehmers sprang ein und führte den Pendelverkehr auf dieser Strecke fort.

Der Oktober kam, die Feldarbeiten waren zu Ende und man begann sich auf den Winter vorzubereiten. Vielen Menschen merkte man an, dass sie wenig Lust verspürten, etwas zu tun. So wurde in den Dörfern und Kolonien auch gefeiert, gefaulenzt und Zeit totgeschlagen. Da man hierfür mitunter reichlich Alkohol benötigt, wurde Schnaps gebrannt – was natürlich verboten war. Einige Ukrainer zogen seit jeher verstohlen mit mobilen Brennapparaten übers Land – und wer sich einige Tage vorher angemeldet sowie Maische aus Roggenmehl und Hefe angesetzt hatte, zu dem kamen sie gerne ins Haus. Üblicherweise wurden dabei bis zu zehn Liter Schnaps gebrannt. Zwanzig Prozent davon erhielt der Brenner als Lohn. Der restliche Alkohol konnte wieder für Warentauschgeschäfte eingesetzt werden.

Und auch der Schulbetrieb wurde wieder aufgenommen. Die polnischen Lehrer waren verschwunden und Koljas Schulklasse bekam einen ukrainischen Lehrer, den bislang niemand kannte. Russische Schulbücher gab es natürlich noch nicht. So hatten die Schüler zunächst das Schreiben in ukrainischer Sprache einzuüben. Die restliche Zeit verbrachte der Lehrer damit, die Unterschiede zwischen dem polnischen und dem sowjetischen System zu erläutern. In seiner Hilflosigkeit und zur Überbrückung eines fehlenden Lehrplanes studierte der Lehrer mit den älteren Schülern Lieder ein. Natürlich war das erste Lied die *Internationale*, gesungen in ukrainischer Sprache.

Die Leute hatten ihre Ohren überall und nahmen jede erreichbare Nachricht und jedes Gerücht hellhörig auf. In diesen aufgewühlten Wochen gelangte auch Hitlers Propaganda bis in den hintersten Winkel Wolhyniens. *Hof um Hof*, so drang es an die Ohren der nachrichtenhungrigen Deutschen, wollte das Deutsche Reich seine im Ausland lebenden *Volksdeutschen* zurückholen. Für viele der deutschen Familien war das ein Grund zur Zuversicht. Man erfuhr einiges über Deutschland. Und gerade den Jüngeren dämmerte es, dass man hier in Wolhynien einige Generationen lang hinter dem Mond gelebt und den Anschluss an deutsche Sitten und Gebräuche und vor allem an die deutsche Sprache verloren hatte. Deutsch sein wurde schick. Die Deutschen waren Gewinner. Nach Deutschland ausreisen bedeutete, in Sicherheit leben zu können.

Kolja und Alex verbrachten viel Zeit mit den Nachbarjungen Horst und Gerhard, deren Familien irgendwie deutscher waren als ihre eigenen Familien. Das war nicht verwunderlich. Denn die Kolonisten waren schon immer gerne unter sich geblieben, hatten ihre eigenen Kirchengemeinden, Schulen und Kantoren, die gleichzeitig auch oft die Lehrer waren. Kolja und Alex verstanden sich keineswegs als undeutsch, aber ihre Familien fühlten sich nicht als Kolonisten. Für sie war es selbstverständlicher als für viele Kolonistenkinder, dass man sich mit jedem in seiner Sprache unterhalten konnte. Mit den Ukrainerjungen in Ukrainisch, mit Polen in polnischer Sprache und andernorts hörte man Russisch und Jiddisch und konnte es eben auch verstehen. Doch bei den Nachbarkindern wurde ausschließlich deutsch gesprochen. Horst meinte einmal nebenbei: „Man darf jetzt nicht mehr *Pomodoren* sagen. Man sagt jetzt Tomaten." So manche deutschen Begriffe und ungewohnte Wörter fanden plötzlich ihren Weg nach Korist. Kolja war total erstaunt, dass man statt *Walise* auch Koffer sagen konnte oder statt *Borschtschburaken* auch Rote Beete.

An einem Mittwochabend kam Lawrentij nicht nach Hause. Er war morgens nach Rowno aufgebrochen, wo er einige dringende Besorgungen zu erledigen hatte. Als er am Abend ausblieb, wurde Martha unruhig und schickte Alex zu ihrer Schwester Wanda fragen, ob Sascha wisse, wo Lawrentij stecke. Doch weder Wanda noch Sascha konnten weiterhelfen. Wanda lief mit Alex zurück zu Martha und traf im selben Moment dort ein, als Lola Trewer, die eigentlich Helene hieß und eine Cousine der Schwestern war, ebenfalls auf Marthas Haus zusteuerte.

„Ihr wisst nicht, was ich heute im Bus nach Rowno erlebt habe“, begann Lola sofort und fragte weiter, ob Lawrentij schon aus Rowno zurück sei. Besorgt erzählte Martha, dass man nicht wisse, wo er sei und dass man sich schon Sorgen mache. „Der letzte Bus aus Rowno ist schon durchgekommen“, warf Nata ein, die hinter ihrer Mutter auf Zehenspitzen stand, um über deren Schultern hinweg mitzubekommen, worüber die Erwachsenen sich austauschten. Wanda merkte beschwichtigend an, dass es ja sein könne, dass Lawrentij eine andere Heimfahrgelegenheit bekommen hätte und etwas später zurückkommt.

Lola wurde bleich: „Oje – dann befürchte ich ganz Schlimmes“, entfuhr es ihr.

„Ich war heute auch unterwegs nach Rowno. Und im Bus setzte sich ein Mann neben mich. Er fing eine Unterhaltung an und ich bekam mit, dass er ein sowjetischer Staatsdiener war. Mit einem Sonderauftrag sogar, protzte er. Er war so offen zu sagen, dass er aus dem Osten kommt. Welchen Auftrag er hat, ließ er aber nicht so ganz durchscheinen. Dann hat er das Sowjetsystem in den höchsten Tönen gelobt. Du musstest annehmen, es ist das Paradies. Mir ist ziemlich schnell klar geworden, was der so treibt. Aber ich hielt mich zurück und habe interessiert getan. Es gefiel ihm und er meinte dann ganz stolz, dass man jetzt schon viele Vertreter der herrschenden Schicht hinter Schloss und Riegel gebracht hätte, und den da vorne, hat er gesagt, den holen wir uns auch noch. Dabei hat er auf Lawrentij gezeigt, der auf dem vordersten Sitz im Bus gesessen war. Ich habe ihn an seinem Charakterkopf gleich erkannt. Was bin ich erschrocken! Dem Kerl habe ich natürlich nicht gesagt, dass ich Lawrentij kenne. Ich war so froh, dass er mein Entsetzen nicht bemerkt hat. In Rowno ist Lawrentij ausgestiegen und ich bin nicht so schnell aus dem Bus gekommen, weil ich ja hinten gesessen war. Ich wollte ihn warnen und bin raus, so schnell es eben gegangen ist. Aber ich habe ihn nicht mehr finden können. Er war irgendwo in der Menschenmenge verschwunden.“

Mehr war an diesem Abend nicht in Erfahrung zu bringen.

In den folgenden Tagen ließen Martha und auch Sascha nichts unversucht herauszubekommen, ob Lawrentij verhaftet worden war oder was ihm sonst hätte zugestoßen sein können. Aber Lawrentij war verschwunden und niemand wusste etwas über seinen Verbleib.

Am folgenden Montag hatten sich alle Korister Einwohner vor der Schule eingefunden, bildeten Grüppchen und diskutierten die Ereignisse. Wegen eines Aufrufs der sowjetischen Behörde, dass ein Ortsrat aus Mitgliedern der werktätigen Bevölkerung aufzustellen sei und dass sich alle erwachsenen Einwohner des Dorfes einzufinden hätten, war die Menschenansammlung zusammengekommen.

Die Räumlichkeiten boten nicht für alle Platz. Deshalb drängten sich auch auf dem Flur vor dem Klassenraum die Leute dicht an dicht. Alle reckten sich und versuchten, den Worten des sowjetischen Beamten zu folgen. Der saß am Pult, wartete ab, bis sich das Stimmengewirr gelegt hatte und forderte die Arbeiter auf, wenn möglich nach vorne zu treten und aus der Polenzeit zu berichten. Niemand hatte so recht Lust, sich hervorzutun und einen gefälligen Bericht abzugeben. Die meisten Besucher senkten die Köpfe wie Schulkinder, die sich vor dem suchenden Blick des Lehrers verbergen wollen. Einige andere ermunterten einen etwas vorlauten Ukrainer, der sich als Tagelöhner verdingte und gelegentlich auch in der Stieberschen Mühle beschäftigt gewesen ist, den Anfang zu machen.

„Los Fedjko, mach du den Anfang."

„Na, wenn ihr meint." Fedjko erhob sich etwas schwerfällig, zog seine Mütze vom Kopf und begann mit lobenden Worten über Stalin und die Sowjets, weil er glaubte, dass eine solche Huldigung nur Vorteile bringen könne. Natürlich bekamen die früheren polnischen Machthaber ihr Fett ab. Doch so einfach ließ sich der sowjetische Versammlungsführer nicht abspeisen und wollte mehr wissen.

„Nun ja", präzisierte Fedjko Nadhornyj, „das Auskommen war schlecht und mit vielen Herren, für die man gearbeitet hat, war nicht gut Kirschen essen. Sie haben uns Arbeiter schlecht behandelt."

„Konkret!"

Der Versammlungsleiter wollte Namen hören und fragte, wo Fedjko konkret gearbeitet habe. Also nannte Fedjko alle seine früheren Arbeitgeber. Dazu gehörte natürlich auch die Stiebersche Mühle, an der Sascha mit zehn Prozent beteiligt war. Der Versammlungsleiter machte eifrig Notizen in einem kleinen Büchlein und hieß Fedjko, sich wieder hinzusetzen. Sascha, der nahe genug bei Fedjko saß, stieß ihn sacht an und machte ihm Vorhaltungen, dass er ihn mit dieser Denunziation in große Schwierigkeiten bringen würde.

„Wann haben wir dich schlecht behandelt, Fedjko? Du wirst mich nach Sibirien bringen mit deinem Geschwätz."

Fedjko, der die Konsequenzen seiner Worte wohl nicht bedacht hatte, erschrak und gab Sascha zu verstehen, dass er bei ihm in der Mühle immer zufrieden gewesen sei.

„Dann musst du das dem Herrn auch sagen", gab Sascha mit Bestimmtheit zurück.

Fedjko stand daraufhin nochmal auf, bat um das Wort und stellte klar, dass er mit seinen vorherigen Worten beileibe nicht die deutschen Mühlenbesitzer gemeint habe. Denn die hätten selber mitgearbeitet, hätten die Beschäftigten gerecht behandelt und ihnen nach Möglichkeit geholfen. Der Beamte runzelte die Stirn, zog sein Notizbuch wieder aus der Tasche seiner abgewetzten ledernen Jacke und strich augenscheinlich einige Namen wieder durch. Sascha fiel ein Stein vom Herzen.

Bereits am folgenden Tag fuhr Sascha nach Hoschtscha und kaufte zwei gute Pferde. Ihm war klar geworden, dass er die Vorbereitungen zur Ausreise seiner Familie jetzt nicht mehr länger aufschieben durfte. Nachbar Ferdinand Henkel, der ja ebenfalls Mühlenmitbesitzer war und vor dessen Haus sich eine Tränke für Tiere befand, begutachtete die Neuerwerbungen.

„Gute Pferde hast du gekauft, Sascha. Man hört ja so vieles. Erst gestern hat jemand in Meshiritschi etwas gesagt. Der hat sicher gute Kontakte zu Behörden. Der Mann hat angedeutet, dass wohl eine Vereinbarung zwischen den Sowjets und den Deutschen bevorsteht. Man will alle Deutschen ins Reich umsiedeln." Er blickte Sascha an. „Und was sollen wir denn hier auch noch?"

„Ja, Ferdinand." Sascha stand zwischen den Gäulen und hielt mit jeder Hand eines der großen Tiere am Zaumzeug. Obwohl sie sich noch eingewöhnen mussten, folgten beide Pferde bereitwillig. „Das habe ich in Hoschtscha auch gehört. Deutsche Bauern sollen auf polnische Höfe kommen. Ukrainer werden dann die deutschen Höfe aussuchen können, so heißt es, und die Polen werden die ukrainischen Höfe nehmen müssen. Aber wann wird das sein, Ferdinand? Den Lawrentij haben sie wohl schon einkassiert und wir haben noch nichts gehört, wie es ihm ergangen ist. So einfach gehen können wir nicht. Wir müssen Martha und den Kindern beistehen. Natürlich versuchen wir erst mal alles, um Lawrentij wieder freizubekommen."

Zwei Wochen später erhielt Martha durch die sowjetische Post einen Brief ohne Angabe des Absendeortes zugestellt. Aufgeregt öffnete sie ihn sofort noch im Hausflur. Er war tatsächlich von Lawrentij geschrieben. Ihr wurde fast schwarz vor Augen. Mit der linken Hand hielt sie sich am Türrahmen zur Küche fest. In russischer Sprache stand da in seiner Handschrift geschrieben, dass es ihm gut geht und dass alles in Ordnung sei. Einen Hinweis auf seinen Aufenthaltsort enthielt der Brief nicht. Lediglich einen seltsamen Hinweis – *denkt an Laufmann* – den Martha und später auch andere, die den Brief zu lesen bekamen, nicht recht deuten konnten. Da Laufmann ein früherer Kantor in der Korister deutschen Kolonie gewesen war, der nach Deutschland zurückging, meinte Martha, es sei eine Aufforderung an sie und an die Verwandtschaft, schnellstmöglich alle Vorbereitungen für die Ausreise nach Deutschland zu treffen.

Der Brief ging von Hand zu Hand. Doch niemand konnte zwischen den Zeilen einen weiteren Hinweis auf Lawrentijs Aufenthaltsort herauslesen. Keine Behörde, kein Gefängnis, an das man sich hätte wenden können. Kein Wink, wie man ihn freibekommen könnte. Auch weitere Anfragen bei der Polizei und bei anderen Behörden führten zu keinem Ergebnis. Lawrentij blieb verschwunden und keine Spur führte zu ihm.

Die Ankündigung

Die Tage wurden kälter. Morgens lag Nebel auf dem Land. Der Herbst schickte sich an, ungemütlich und regnerisch zu werden. Es sprach sich herum, dass am ersten Samstag im November zur Mittagszeit eine wichtige Durchsage im Radio durchgegeben werden solle, weshalb sich Martha mit den Kindern wie auch Wanda und Sascha mit Kolja und Kira im Wohnzimmer der Baba einfanden. Schließlich hatte sie das einzige Radio in der Verwandtschaft. Alex war es sogar gelungen, dem Gerät halbwegs verstehbare Klänge zu entlocken.

Auch Lisa und Lola Trewer drängten herein und sogar von Henkels Anwesen kam jemand atemlos herbei. Je nachdem, ob alle stillstanden oder sich jemand im Raum bewegte, entließ der Lautsprecher verstehbare Worte oder einfach nur Rauschen. Alle versuchten, soweit es ging, regungslos zu verharren. Dschim, der aufgeregt und ruhelos um die Beine der Anwesenden strich, wurde von Kolja festgehalten und durch Kraulen am Bauch davon abgehalten, mit seinem rastlosen Hin- und Herstromern den Radioempfang zu stören. Doch auch wenn über weite Passagen nur Störgeräusche zu vernehmen waren, war doch deutlich zu verstehen, dass alle Volksdeutschen aus der Westukraine nach Deutschland aussiedeln könnten. Es würden in Kürze Bevollmächtigte ernannt werden, bei denen man sich zu melden hätte und seinen Umsiedlungswunsch vorbringen könne.

Stille.

Alle hielten die Luft an, bis Tanja ausrief: „Mama, Mama, wir können nach Deutschland umziehen!“ Dabei führte sie ein Freudentänzchen auf, woraufhin das Radio sofort mit bloßem Rauschen antwortete.

„Wovon sollen wir dort leben, mein Herzchen? Und wo wird das sein?“, fragte Ira zu ihrer Tochter gewandt eher hilflos und verwirrt in die anschwellende Geräuschkulisse.

Doch trotz der Ungewissheit überwog unter den Anwesenden die Freude über die Aussicht, aus der ausweglosen Lage entfliehen zu können. Man war bereit, alles aufzugeben und in einer unbekannten Welt noch einmal neu zu beginnen. Über Marthas

Gesicht liefen stumme Tränen. Nata und Alex standen dicht bei ihr und drückten ihr die Hände. Schließlich lenkte Ira ein und meinte, dass es nichts Besseres gäbe, als endlich aus dem Würgegriff der Bolschewiken entkommen zu können. Ihre Mutter sei ohnehin bei der Schwester in Moskau, die Brüder bis auf Sascha alle in Frankreich, ihr Mann tot und der eine Stiefsohn in Kanada, der andere schon in Deutschland. Was sollte sie halten. „Möge Gott uns eine bessere Zukunft schenken. Und möge er uns Lawrentij zurückgeben."

Dann verschwand sie, holte eine Flasche Wodka und einen Teller mit kleinen Leckerbissen zum Zubeißen, die sie wohlweislich schon vorbereitet hatte.

Kolja beobachtete genau, wie Vetter Alex reagierte und auch seine Eltern. Als er das freudige Gesicht seiner Mutter wahrnahm, wechselte auch sein Gesichtsausdruck zur Freude hin.

Schon am Montag hingen an den Wänden der Schule und der Kirche Plakate, auf denen in deutscher und in russischer Sprache zu lesen stand, dass *die Regierung des Deutschen Reiches und die Regierung der Union der Sozialistischen Sowjet-Republiken übereingekommen sind, dass die deutschstämmige Bevölkerung aus dem früher zum polnischen Staate gehörenden Gebiete der West-Ukraine und West-Weißrusslands frei und unbehindert auf deutschen Boden ausreisen könne, wenn sie den Wunsch dazu hat.* Des Weiteren stand da noch der Aufruf an alle Deutschstämmigen, sich bei deutschen Bevollmächtigten an den angegebenen Orten zu melden und den Wunsch zur Umsiedlung zu äußern.

Schnee war die ganze Nacht über in dicken Flocken gefallen und hatte sich wie ein weißes Tuch über den Mühlenhof, die Dächer der Häuser und die Gärten gelegt. Wanda vernahm in ihrer Küche, wie die Haustüre zuschnappte, und gleich darauf erschien Martha. Obwohl es nur wenige Schritte von Marthas Haus bis hierher waren, lag auf jeder von Marthas Schultern ein kleines Häuflein Schnee. „Ich habe Antwort auf mein Ersuchen aus Rowno bekommen …", Martha hielt ein Stück Papier hoch, „… die schreiben mir, dass sie nichts über den Verbleib von Lawrentij wissen. Im Gefängnis von Rowno sitzt er jedenfalls nicht. Wo haben sie ihn wohl hingebracht?"

„Vielleicht müssen wir noch mal nach Shitomir schreiben oder uns an die zentrale Kommandantur in Kiew wenden?“, versuchte Wanda ihre Schwester zu ermutigen. Und – vielleicht, um sie abzulenken – fügte Wanda hinzu: „Ich habe gerade rote Rüben für die Gemüsesuppe aufgestellt.“

„Sascha hat gesagt, dass alle Deutschen umgesiedelt werden und dass das auch für die Ehemänner und Ehefrauen gilt, die eine russische, ukrainische oder polnische Herkunft haben. Das gilt doch auch für Lawrentij!“

„Ja – aber wenn er doch nicht da ist? Dann wird er auch nicht mitkommen können“, sagte Martha traurig und leise. „Ich habe es jetzt schon überall versucht und niemand will etwas wissen.“

„Sascha hat gehört, dass die Umsiedlungskommission bald zusammengestellt wird. Da soll auch Reimann aus Toptscha dabei sein. Du weißt schon, der ist nach Deutschland gegangen, als sie ihn aus Beresa-Kartuska entlassen haben. Und Sascha hat auch aufgeschnappt, dass Reimann als Bevollmächtigter eingesetzt worden ist. Den will er nach Lawrentij fragen, ob er sich für ihn einsetzen kann.“

Umständlich zerrte sie Kira abermals vom Ofen weg und hielt ihn davon ab, auf seinen bevorzugten Beobachtungsplatz auf dem Ofen neben dem Herd zu klettern.

„Kira, nein! Steig nicht auf den Ofen hinauf. Du wirst noch herunterfallen!“

Dann drehte sich Wanda zu Martha und legte ihrer Schwester behutsam die Hände auf die Schultern: „Kolja wird bald aus der Schule kommen. Hast du etwas gekocht? Oder wirst du mit uns essen?“

„Nein danke, Wanda. Ich habe keinen Hunger. Nata und Alex sind ja wieder im Gymnasium. Aber ich habe noch einen Rest von gestern, den wärme ich mir auf.“

Sturz in eine andere Welt | Januar 1940

Papa war in den letzten zwei Tagen nicht angekommen. Und Onkel Lawrentij auch nicht. Die Männer, die mit dem Pferdetreck fuhren, waren natürlich auch noch nicht eingetroffen. Bei so viel Schnee und Eis war es fast klar, dass sie länger brauchten.

Aber endlich ging es für uns weiter. Die meisten Menschen sahen erholter aus als bei unserer Ankunft. Nun saßen wir also wieder im Zug. Diesmal in einem deutschen Zug.

Die Stimmung war viel fröhlicher als während der schrecklichen Fahrt durch die eisige Nacht von Kostopol nach Brest. Manche Leute in unserem Waggon stimmten sogar Kirchenlieder an. Die Kolonisten sind ja zumeist gläubige Protestanten. Deshalb gehen sie in die protestantische Kirche – nicht in die polnische. Nur die Baptisten nicht. Die haben ihre eigenen Gotteshäuser. Und ihre eigenen Schulen – und überhaupt sind sie lieber nur mit den Leuten aus ihrer Siedlung zusammen. Mit Papa und Mama sind wir auch schon in die protestantische Kirche gegangen, weil Mama deutsch-protestantisch ist. Meistens aber in die russische, weil Papa russisch-orthodox ist. Aber auch nicht so oft.

Baba, Mama und Tante Martha unterhielten sich mit Wehmut und Bedauern über ukrainische Nachbarn, die der Willkür der *Roten Halunken* ausgesetzt blieben, weil sie nicht mit uns zusammen Wolhynien verlassen konnten. So viele wären gerne mit uns fortgegangen. Meine Lehrerin war auch im Dorf geblieben. Sie war ja auch Polin. Frau Rösler und Fräulein Klatt waren freiwillig in Korist geblieben. Obwohl sie Deutsche sind. Mama glaubte, dass es bestimmt nicht gut wäre, sich nicht umsiedeln lassen zu wollen.

Tante Martha stellte fest, die Juden seien freilich besser bei den Roten aufgehoben als bei Hitler. Aber sicher war sie sich nicht und die Baba war nicht ihrer Meinung. Die mag die Bolschewiken gar nicht. Und deshalb meinte sie: „Was will er ihnen schon antun, der Hitler? Die Juden finden immer einen Weg, wie es weitergehen kann. Die Deutschen sind kultivierte Menschen und werden sie schon leben lassen, wie sie wollen.“

Zwei Tage vor unserer Weiterfahrt bekam ich im Waschraum ein Gespräch zwischen einigen älteren Männern mit. Herr Priebe dankte Gott dafür, dass man uns nicht alle nach Sibirien verschleppt hatte. Und der alte Herr Hinze meinte, man müsse jetzt auch keine Angst mehr vor den Polen haben und das polnische Konzentrationslager Beresa-Kartuska gebe es auch nicht mehr. Jetzt hätten die Polen den Kampf verloren – und jetzt sollten sie mal kuschen und das Maul halten.

Unser Zug fuhr geradewegs nach Westen. Wann wir in Lodsch ankommen würden, war allerdings ungewiss. Mama war anzumerken, dass sie sehr in Sorge war wegen Papa. Aber bis zu unserer Abfahrt war überhaupt kein weiterer Umsiedlerzug im Lager angekommen. Die Herren von der Mittelstelle[15], wo wir uns melden mussten, hatten ihr gesagt, es würden später noch einige weitere Umsiedlertransporte erwartet. Und da wäre er bestimmt dabei. Tante Martha wurde über die Tage im Lager immer wieder von Weinkrämpfen geschüttelt.

Tante Lisa besuchte uns öfters mal in unserer Unterkunft. Sie und ihre Schwestern sind Cousinen von Mama und von Tante Martha. Ich glaube, Tante Karolina Trewer und meine Oma, also die verbrannte Baba Berta, waren Schwestern. Und dann war da noch eine Schwester – Julie, glaub' ich. So genau weiß ich das nicht. Tante Karolina, Onkel Michael und ihre Kinder Lola, Lisa, Mischa und der Dodik wohnten in Korist direkt im Haus neben uns. Die mochten wir alle sehr gern. Aber im Zug saßen sie nicht in unserer Nähe.

Nata und Tanja alberten die ganze Zeit herum und malten sich aus, wie aufregend das Leben in Deutschland sein würde. Wie es die Mädchen halt so machen. Alex und ich, wir sahen lieber aus dem Fenster. Nicht lange nach der Abfahrt lagen die Trümmer eines abgestürzten Flugzeuges in einem Feld. Nicht weit vom Bahndamm. Wir konnten kein Hoheitsabzeichen

---

[15] *Volksdeutsche Mittelstelle* (VoMi) war eine Behörde des Deutschen Reiches mit dem Auftrag, die außerhalb des Deutschen Reiches lebenden *Volksdeutschen* ins Reich zu transportieren und die Unterbringung bei der *Umsiedlung* zu organisieren. Ab Juni 1941 in ein SS-Hauptamt überführt, das dem *Reichsführer SS* direkt unterstellt war.

erkennen und wussten deshalb nicht, ob es ein deutsches oder ein polnisches war. Und die Flugzeugtypen konnten wir sowieso nicht unterscheiden, zu welcher Seite sie gehörten. Manchmal sah man ganz schlimm zerschossene Bauernhöfe und viele Bombentrichter, viele auf dem Feld und auch welche auf den Straßen.

Dann, kurz vor Warschau, sahen wir immer mehr Dörfer, in denen verkohlte und ausgebrannte Häuser herumstanden. Das hat uns sehr erschreckt und Mama forderte uns immer wieder auf, vom Fenster wegzugehen und nicht die ganze Zeit diese schrecklichen Bilder da draußen zu begaffen. Immer mehr Leute bahnten sich einen Weg zu einem der Fenster und schauten fassungslos auf die Zerstörungen. Die Spuren des Septemberkrieges waren hier überall noch ganz deutlich zu sehen. Auch einige durchlöcherte Fahrzeuge und sogar einen deutschen Panzer, der eine Böschung hinabgestürzt war, sahen wir. In der Seite war ein großes Loch und man konnte für einen kurzen Moment in das Innere des Panzers blicken. Wie mochte es den Menschen in den zertrümmerten Häusern und Fahrzeugen gegangen sein? Und den armen Tieren?

Im Schritttempo rollten wir in den Bahnhof Lodsch ein. Endlich. Im ganzen Waggon heitere Mienen und aufgeregtes Geplauder. Viele standen schon an, um den Zug zu verlassen. Hatten schon ihre Bündel und Taschen gepackt und wollten raus.

Die Bremsen des Zuges quietschten fürchterlich. Dicht gedrängt trippelten wir zur hinteren Plattform. Alle hielten sich aneinander fest, um nicht durch die Kraft der starken Bremswirkung aus dem Gleichgewicht zu geraten. Dschim hatte ich hochgenommen und drückte ihn mit beiden Armen fest an mich, damit er nicht eingekeilt oder getreten würde.

Was für ein Durcheinander. Menschen überall.

Kalte Luft. Der metallische Rauch der Lokomotive stieg mir in die Nase.

Dazwischen Polizisten und Soldaten, Sanitäter und auch Frauen in Uniformen. Überall Menschen! Der Empfang hier war längst nicht so freundlich wie ein paar Tage zuvor in Terespol nach der Überquerung des Bugs. Hier herrschte ein harscher Befehlston. Mama zog wieder die blecherne Kennmarke aus meinem Mantelkragen, damit man sie sofort sehen konnte.

„Wie alt bist du?“, wollte ein Soldat in feldgrauer Uniform von mir wissen.

„Elf“, antwortete ich etwas verstört.

„Da rüber! Und du auch!“, herrschte er Alex an.

„Die Frauen und die Kinder dorthin!“ Er deutete in die andere Richtung. Mama protestierte und meinte: „Der Junge ist doch noch ein Kind.“

„Alle Buben, die älter sind als zehn, müssen zu den Männern. Weiter, weiter. Schlaft nicht ein.“

Jetzt musste alles ganz schnell gehen. Mama liebkoste meine Wange, drückte mich an sich und gab mir einen Kuss auf die Stirn. Leise sagte sie: „Kolinka, mein großer Kolja, du bist ja bei Alex. Der passt gut auf dich auf. Und die Männer werden sich auch gut um euch beide kümmern.“ Sie zeigte auf eine Gruppe von Männern, unter denen sich auch Onkel Michael und der Opa von Alex befanden. Aber die waren ja schon alt und wüssten bestimmt auch nicht, wo es hingeht. „Wir werden uns sicher nicht lange trennen müssen. Und Papa wird bestimmt auch bald kommen“, versuchte Mama mich zu trösten.

Mama wurde gedrängt, weiterzugehen. „Nach der *Durchschleusung* hier in Lodsch kommt ihr doch bald wieder zusammen“, rief der Soldat Mama hinterher. Mit Kira an der Hand folgte sie gehorsam den anderen Frauen und Mädchen in die angewiesene Richtung. Sie drehte sich um und rief mir zu: „Ich bin bald wieder bei dir. Sei ein großer Junge, Kolinka.“

Ich wusste nicht, wo mir der Kopf steht. Papa nicht da – Mama und Kira in der Menge verschwunden. Und die anderen auch. Wie lange würden wir getrennt sein? Aber ich war bei Alex. Meinem geliebten Vetter. Der war ja schon groß. Mit Dschim an der Leine folgte ich Alex und den anderen Männern in die angewiesene Richtung.

„Was haben wir denn da? So geht das nicht. Den Hund musst du abgeben, Junge! Der kann nicht ins Quarantänelager.“ *Ordner* stand auf der Armbinde des Mannes, der auf Dschim deutete.

Ich fasste die Leine kürzer und zog Dschim noch näher zu mir her. Der blickte erschreckt zu mir hoch. Der Trubel war ihm sowieso zu viel. Er war ganz verstört.

„Kennst du jemanden, der den Hund übernehmen kann? Oder soll ich jemanden suchen?"

Ich war so fassungslos, ich stotterte und brachte kein Wort heraus. Alex sprang mir zur Seite: „Wir haben einen Eisenbahner in unserem Zug kennengelernt, der Dschim gerne mitnehmen würde."

„Ist der hier? Kannst du ihn sehen?", fragte der Mann mit der Armbinde zurück. „Vorhin im Zug habe ich ihn gesehen", gab sich Alex dienstbeflissen. „Dann sucht den Mann und kommt so schnell wie möglich hierher zu mir zurück."

„Komm, Kolja. Wir schauen uns um, ob wir Herrn Liebeneiner finden können." Alex zog mich am Ärmel und griff nach Dschims Leine. Wir liefen an den Waggons entlang und hielten nach dem Eisenbahner Ausschau. Mein Herz klopfte wie wild.

Ganz vorne am Bahnsteig, bei der Lokomotive, erkannten wir ihn. Herr Liebeneiner blickte in die andere Richtung, konnte uns nicht sehen und unterhielt sich mit einem der Lokomotivführer. Sie rauchten.

So viele Menschen. So ein Stimmengewirr.

Knack, knack, knack – gab das schwarze Monster von sich. Dampffahnen umwehten die beiden Männer.

Alex drängte Dschim und mich in ihre Richtung. Ein eisiger Luftstrom blies uns vom Gleisbett her entgegen. „Wir wollen Ihnen Dschim abgeben", rief Alex außer Atem, als wir bei den Männern angekommen waren.

Ich spürte, wie der Puls in meinen Ohren pochte.

Herr Liebeneiner drehte sich um und sein Gesicht wurde von einem freundlichen Lächeln erhellt. Ich sah seinen abgebrochenen Zahn. Er kam uns entgegen und bückte sich ein Stück weit zu Dschim herunter.

Dschim wich aus, ging rückwärts um mich herum und wickelte meine Beine in die Leine ein. Ich stolperte fast. Alex versuchte mit beiden Armen, mich aus der Umwicklung durch die Leine zu befreien. Dschim wich aber immer wieder aus. Er blickte ganz ängstlich und fing an zu bellen. Ich streifte den rechten Handschuh ab und versuchte, Dschims Kopf zu fassen zu kriegen, damit ich ihn hinter den Ohren kraulen konnte.

Dschim zog warnend die linke Lefze hoch. Eindeutig gab er dem Eisenbahner damit zu verstehen, dass er besser nicht näherkommen solle.

Aus der Tasche seiner Uniformjacke kramte Herr Liebeneiner ein Stückchen Wurst und hielt es ganz vorsichtig zu Dschim hin. Beruhigend redete er auf ihn ein und schob die Hand mit der Wurst immer näher in seine Richtung. Dschim blickte zu mir hoch. Noch immer pochte es an meinen Schläfen und Tränen schossen mir in die Augen. Ich hörte Alex sagen: „Kolinka – bitte sag auf Wiedersehen zu Dschim."

Ich gab auf.

Jetzt war es soweit. Mit schwerem Herzen verabschiedete ich mich von unserem geliebten Hund. Der wusste gar nicht, wie ihm geschieht. So herzlich war er in den vergangenen Tagen nicht liebkost worden.

Alex reichte Herrn Liebeneiner die Leine.

„Wenn du mal mit deinen Eltern in Breslau bist, dann kannst du ja Dschim bei uns besuchen kommen. Ich sage Annette, dass sie immer gut auf Dschim aufpassen soll. Er wird es bei uns sehr gut haben. Du musst dir keine Sorgen machen." Er strich mir über die Wange, stand auf, verabschiedete sich von uns und ging mit Dschim an der Leine durch die Menschenmenge.

Dschim wackelte neben ihm her, blieb kurz stehen und drehte sich nach mir um. Dann war er zwischen den vielen Beinen verschwunden.

Vor lauter Tränen konnte ich den Weg vor meinen Füßen kaum wahrnehmen, als ich mit Alex zum Sammelplatz der Männer zurücklief. Wir stellten uns am Ende der Menschenschlange an. Meine Ohren schienen zu glühen. Aber das Pochen hatte aufgehört.

„Alex, was ist ein Quarantänelager?"

„So genau weiß ich das auch nicht."

Alex blickte nach oben, so, als würde an der Decke der riesigen Bahnhofshalle die Antwort auf die Frage stehen. Nach einiger

Zeit schien ihm die Antwort zugeflogen zu sein. „Du erinnerst dich doch noch an das Wimmerl[16], das ich letztes Jahr am Knie aufgedrückt habe. Da hat sich doch mein ganzes Knie entzündet und ist so stark angeschwollen. Mama hat auch mit essiggetränkten Tüchern und Auflagen aus gekochten Zwiebeln nichts bewirken können. Und eine Operation, so wie der Arzt in Rowno geraten hat, wollte Mama nicht. Das erschien ihr zu gefährlich. Da ist Mama mit mir zu dem Heilpraktiker bei Hoschtscha gefahren. Erinnerst du dich?"

„Ja, hast du mir erzählt. Ihr wart bei so einem alten russischen Adligen, dem die Bolschewiken seine Güter weggenommen haben und der im Krieg Feldscher gelernt hat."

„Genau. Der hat mir täglich ein langes Bad für das Bein verordnet. Mama hat Schachtelhalme ausgekocht und mit einer halben Tasse Salz vermischt. Und der Heilpraktiker hat zu mir gesagt, ich muss nicht in Quarantäne. Aber zwei Wochen lang darf ich nicht in die Schule."

„Und was ist Quarantäne nun genau?"

„Na ja – wenn sie dich halt wegsperren und du nicht zu den anderen darfst", gab Alex etwas genervt zurück.

Es war mir egal, ob sie uns nun alle zusammen einsperrten. Wäre nur Mama bei mir gewesen. Oder Papa. Trotzig kämpfte ich gegen die Tränen an. Aber ich war unendlich traurig. In meiner Manteltasche spürte ich Dschims Ball.

Wir wurden in Autobusse verfrachtet und man karrte uns hinaus aus Lodsch. Die Fahrt dauerte nicht länger als höchstens eine halbe Stunde. Es hieß, wir würden nach Burgstadt[17] fahren. Komischerweise stand auf dem Ortsschild am Stadtrand aber nicht Burgstadt, sondern *Pabianice.*

Während der Fahrt lautes Raunen. Alle spekulierten darüber, in welche Unterkunft man uns bringen würde. Unser Bus schaukelte langsam durch ein großes Fabriktor. *Pabianicer Textilwerke – vormals R. Kindler* war auf einem Schild zu lesen, das hoch oben

[16] Pustel, Pickel, Eiterbläschen.

[17] Nach der Besetzung durch die Wehrmacht im Sept. 1939 wurde Pabianice vorübergehend in Burgstadt umbenannt.

von einem Torpfosten zum anderen reichte. Eine große Uhr auf dem Eingangsgebäude zeigte auf halb vier. Im Schritttempo bahnten sich unsere Omnibusse einen Weg durch das rege Treiben auf dem riesigen Fabrikhof. Alle Gebäude waren gewaltig und aus rotem Backstein gemauert. Es dauerte einige Zeit, bis alle Männer aus den Fahrzeugen ausgestiegen waren und sich zusammenfanden. Alex und ich blickten uns um. Zwölf Busse, nur für die Männer, zählte ich. Von Kira, Mama und den anderen war weit und breit nichts zu sehen. Die wurden wohl mit einer anderen Wagenkolonne abtransportiert. Große Plakate an den Einlässen der Fabrikhallen und auch an den großen Verwaltungsbauten wiesen aus, welche Volksgruppen in ihnen untergebracht waren. Schilder, auf denen *Baltenlager*, *Wolhynierlager* oder andere Hinweise zu lesen waren, stachen mir sofort ins Auge.

Ein Mann stellte sich vor unsere Gruppe, fuchtelte mit den Armen und zischte, dass Ruhe herrschen solle. Es wehte ein kalter Luftzug über den großen Platz. Die Sonne zeigte sich matt, wärmte aber ein bisschen.

„Heil Hitler. Ich bin hier der *Lagerführer* für das Wolhynierlager. Die VoMi[18] und die EWZ[19] Litzmannstadt heißen alle Umsiedler hier in Burgstadt herzlich willkommen."

Geraune.

„Der macht's aber kurz und knapp. Da muss man wirklich gut hinhören. Sonst versteht man ja nicht, was er meint."

„Wir sind hier sehr vorsichtig", vernahm ich seine kräftige Stimme. Ich stand mit Alex zusammen dicht gedrängt zwischen anderen Leuten. Vor mir versperrten einige ältere Männer die Sicht, so dass ich den Lagerführer nicht sehen konnte.

„Eure Gesundheit und euer Wohlbefinden liegen uns sehr am Herzen, Volksgenossen! Damit sich hier im Lager keine Krankheiten unter so vielen Menschen einschleichen, desinfizieren wir alle Leute, die reinkommen."

Gemurmel.

„Ruhe, bitte! Ich erklär's euch. Bis morgen seid ihr alle in einem Nachtlager, das wir *unreines Quartier* nennen. Das darf

---

18 VoMi: *Volksdeutsche Mittelstelle.*

19 EWZ: *Einwandererzentralstelle.*

niemand verlassen. Strengstens! Die Aufseher werden niemanden rein- oder rauslassen. Dann geht es morgen zur Desinfektion. Da werden auch die Kleider gewaschen und gereinigt. Auf dem Nachtlager wird nicht geraucht. Schnaps wird auch nicht getrunken."

Er machte eine kurze Pause.

„Und die Frauen sind sowieso in anderen Gebäuden hier auf dem großen Gelände untergebracht."

Aus dem Gemurmel der Stimmen schallte Gelächter hervor.

„Hab ich schon gehört, dass wir alle erst mal entlaust werden", rief ein Mann dazwischen.

Allgemeines Gelächter.

Ich verstand nicht alles, was der Lagerführer noch vortrug. Der sprach einfach anders deutsch, als wir zu Hause. Noch viel deutscher. Und er benutzte Worte, die wir in Korist nicht verwendet haben.

Alex hatte mehr mitbekommen. Er fasste nach meiner blechernen Kennmarke, die an einem Riemen vor meiner Brust baumelte und erklärte: „Die Desinfektion wird auf den Kennkarten vermerkt. Dann bekommen wir einen Quartierschein mit einem Entlausungsstempel und erst danach dürfen wir in ein anderes Quartier umziehen."

Die Papierkennkarte trug ich in meiner Manteltasche und hütete sie wie meinen Augapfel. Mama hatte gesagt, dass ich gut darauf aufpassen muss. „Da sehen wir bestimmt auch Mama und die anderen wieder. Und Kira."

Die Männer in unserer Gruppe besprachen sich. Das Raunen und Gemurmel schwoll so laut an, dass man den Redner fast nicht mehr hören konnte. Manche stellten Fragen.

„Ruhe, bitte!"

Der Lagerführer zeigte zu einem Grüppchen Männer mit Armbinden und Frauen in Rot-Kreuz-Kleidung, das sich neben ihm aufgereiht hatte. Ich bekam noch mit, dass man sich bei einem Quartiermacher oder bei Essensverteilern und Gepäckverteilern melden solle, wenn man Fragen hätte. Oder beim Aufseher. Und wer Erfrierungen oder sonst eine Krankheit hätte, der sollte sich direkt auf der Sanitätsstube melden. „Wann sehen wir unsere Frauen und die Familien wieder?“, rief jemand nach vorn.

„Jetzt ruhen Sie sich hier erst mal ein paar Tage lang aus. Dann fahren Sie mit ihrer Familie zur Erholung ins Altreich. Die Mittelstelle hat schöne Ferienquartiere in herrlichen Gegenden für alle eingerichtet. Die Familien sind dort zusammen und die Kinder können den Schulunterricht besuchen. Und wenn alle gut erholt sind, dann geht es ab in die neue Heimat.“

„Aber viele Männer sind ja noch mit dem Pferdetreck unterwegs“, warf ein anderer Mann ein.

Der Lagerleiter wusste auf alles eine Antwort.

„Wenn das länger dauert, bis die hier ankommen, dann wird die Familie schon mal ins Ferienquartier vorausgeschickt. Dort können Sie auf den Familienvater warten.“

Ich guckte fragend zu Alex und gab ihm einen Stoß in die Rippen. Der zischte aber nur, dass ich still sein soll, damit er zuhören kann.

Wir verstanden noch: „… Weckzeit um sieben – Bettruhe um 22 Uhr – Aufenthaltsraum – Mahlzeiten – Betsaal – Bibliothek und Kantine.“ Und noch mal das Rauchverbot. Der Rest ging im allgemeinen Geraune unter.

Die Worte des Lagerführers „Großdeutschland freut sich darüber, dass Ihr ins Reich zurückgekehrt seid“ und sein abschließendes „Heil Hitler“ drangen kaum noch an irgendein Ohr. Dann schickte man uns in unser Übernachtungsquartier. Erst jetzt nahm ich wahr, dass die Sonne verschwunden und Dunkelheit eingekehrt war. Viele Laternen waren aufgeflackert und beleuchteten die Höfe. Gleißende Lichtkegel markierten die Gebäudeeingänge und ließen die Haufen zusammengeschobenen Schnees, die sich neben ihnen auftürmten, in reinem Weiß erstrahlen.

Hinter dem Eingangsportal betraten wir ein Stiegenhaus mit breiten steinernen Treppenaufgängen. Auf drei Etagen führten Eingänge auf jeder Seite des Treppenhauses in große Säle. Jemand meinte, in denen hätten früher wohl mal Webstühle gestanden. Hohe Räume – Fabrikhallen eben. So große Säle hatte ich noch nie vorher betreten. Die riesigen Räume waren jetzt aber leer und zu Schlafhallen umfunktioniert. Auf dem Boden hatte man lange Reihen von Strohsäcken und mit Stroh gefüllte Kopfkissen ausgelegt. Mannshohe, mit Stoff bespannte Holzrahmen trennten die Fabrikhalle in kleinere Schlafbereiche ab. Decken gab es nicht. Die Schlafplätze waren schnell belegt. In den Sälen und auf den verschiedenen Etagen fanden sich die Leute wieder so zusammen, wie sie auch im Zug gereist waren. Ganz von selbst. In zwei Ecken des Saales, in dem wir unser Nachtquartier fanden, standen große Öfen. Es war trotzdem zugig und kalt.

„Alex – mir ist kalt."

„Mir auch. Ich schau mal zum Quartiermacher, ob ich noch Decken für uns bekommen kann."

Die meisten der Männer waren mit warmen Mänteln und mit Schafsfellen gegen die Kälte geschützt. In mein Bündel hatte Mama für mich Waschsachen, Unterkleidung, einen Pullover, Wurstbrote und getrocknete Früchte eingepackt. Ein wärmendes Fell hatte ich nicht dabei. Alle warmen Decken waren bei den Frauen geblieben. Das ging so schnell und so unerwartet, als man uns im Lodscher Bahnhof getrennt hat.

Ich wartete auf meinem Strohsack, bis Alex zurückkehrte. Dann machten wir uns gemeinsam auf den Weg, das *unreine Quartier* zu erkunden. Sehr weit kamen wir allerdings nicht. Überall Männer, Jugendliche und Kinder, die sich ihr Lager einrichteten. Jemand herrschte uns an: „Nu, habt ihr keinen Platz zugewiesen bekommen? Oder sucht ihr jemanden? Schaut mal, dass ihr weiterkommt!"

Durch ein Fenster im großen Treppenhaus sahen wir große Schneeflocken vom Himmel fallen. Deshalb trollten wir uns zu unseren Schlafplätzen zurück und bereiteten uns auf die Nacht vor. Die Essensverteiler schoben auf Servierwagen große Töpfe durch die improvisierten Gangreihen und verteilten wohlriechenden und dampfenden Kartoffeleintopf, den sie in Aluminiumschüsseln ausreichten.

Nach dem Essen merkte ich, wie müde und erschöpft ich war. Ich legte mich hin und schlief sofort ein. In meinem Traum sah ich Mama mit Kira an der Hand. Sie standen auf der anderen Seite eines Flusses und ich fand keinen Weg, um zu ihnen hinüberzukommen. Dschim war bei ihnen. Er sprang ins Wasser und versuchte, zu mir zu schwimmen. Er paddelte und kraulte mit seinen kurzen Dackelbeinen, kam aber nicht gegen die Strömung an. So wurde er abgetrieben und ich lief in panischer Hast am Flussufer entlang, um ihm irgendwie zu helfen. Obwohl auf dem Fluss Eisschollen trieben und ich in meinem Traum durch tiefen Schnee watete, war mir heiß. Ich breitete die Arme aus, erhob mich in die Luft und flog. Schon war ich hoch über ihm und versuchte, zu ihm hinabzugleiten, um ihn aus dem Wasser zu ziehen. Aber der Wind blies immer stärker und ich kam nicht dagegen an. Der Sturm trieb mich von Dschim weg und mir gelang es nicht, mich länger stabil zu halten. Ich stürzte ab und knallte unsanft in ein Gebüsch am Flussufer. Mein linker Arm schmerzte.

Jemand packte mich am Oberarm und schüttelte mich.

„Wach auf Junge! Komm zu dir. Du schläfst ja."

Langsam erwachte ich aus meinem Traum. Ein Mann saß in der Hocke vor mir und versuchte, mich zu Bewusstsein zu bringen.

„Was ist los? Wo ist Dschim?"

„Du bist ja ein Schlafwandler. Hier gibt es keinen Dschim. Durch den Schlafsaal und vielleicht durch das ganze Haus bist du gewandelt. Weißt du, wo dein Schlafplatz ist? Wo hast du dich am Abend hingelegt?"

Ich war total verstört und versuchte, mich zu orientieren. Aber um mich herum war es dunkel und überall lagen schlafende Körper, fest in ihre Decken und Felle eingepackt. Manche schnarchten und es roch nicht gut. Der Mann trug einen warmen Schafsfellmantel. Ich erkannte im schummrigen Licht, dass er den Gürtel, die Mütze und seine Stiefel abgelegt hatte, aber ansonsten angekleidet war. Er war auch nicht aus unserem Kolonistendorf. Ich kannte ihn nicht. Aber er sprach so wie bei uns in Korist.

„Machst du das zu Hause auch, Jungchen? Bist du ein Schlafwandler? Mit wem bist du hierhergekommen? Ist dein Vater auch hier in diesem Gebäude?“ Ich war noch nicht so richtig bei mir und alles um mich herum war so fremd.

„Nein, Papa wollte doch mit dem Treck fahren“, begann ich, ließ es aber dann doch bleiben, die Geschichte weiter auszuführen, weil es mir zu mühselig erschien, alles bis ins Kleinste zu berichten. Deshalb sagte ich nur: „Alex, mein Vetter, ist bei mir. Aber ich weiß nicht, in welchem Saal er ist. Ich bin aus Korist.“

Der Mann überlegte nicht lange, zog mich sanft am Arm, damit ich mich niedersetze.

„Schau, da ist gleich ein Strohsack neben mir frei. Da kannst du dich hinlegen und eine Decke liegt auch dabei. Komm, Junge, leg dich hin und versuche zu schlafen. Es ist jetzt dunkel und wir wecken doch nur alle anderen auf, wenn wir dein Nachtlager und deinen Alex suchen. Du hast in den letzten Tagen viel erlebt. Das war sehr aufregend für uns alle. Morgen früh werden wir deinen Vetter suchen gehen. Wir haben ein Auge auf dich. Leg dich hin und schlaf', Junge.“

Mir war kalt und ich konnte nicht einschlafen. Neben mir raschelte es und ich fühlte mich sehr allein und verlassen. Der Mann beugte sich über mich und legte noch eine Jacke und andere Kleidungsstücke auf meine Zudecke.

Jetzt wurde mir wärmer.

Als ich erwachte, bekam ich mit, dass belegte Brote und Tee zum Frühstück verteilt wurden. Um mich herum herrschte überall emsige Betriebsamkeit. Die Leute legten ihre Decken zusammen und richteten sich für die Desinfizierung. Einige Meter von uns entfernt rief ein Saalaufseher, dass wir unsere Kennkarten und Kennmarken bereithalten sollen. Der Mann neben mir, der sich in der Nacht um mich gekümmert hatte, stieß mich an und meinte lachend zu mir: „Na – du bist mir so einer. Wanderst im Schlaf durch die ganze Fabrik. Na, dann geh' mal los und such' deinen Vetter.“

Ich ordnete mein Nachtlager und jagte los, um Alex zu finden. Mit Erstaunen stellte ich fest, dass ich die Nacht im dritten Stockwerk verbracht hatte. Wie war ich nur hierhergekommen? Wir hatten doch am Abend zusammen mit Alex unser

Nachtlager im ersten Stock eingerichtet? Ich jagte die Treppen runter, zwei Etagen tiefer in den Schlafsaal. Dort war ich erstaunt und fassungslos. Fast keine Leute mehr dort. Nur noch einige Aufseher und Helfer räumten die Schlafplätze auf. An meinem Schlafplatz fand ich meine Sachen, die ganz ordentlich zusammengelegt waren. Das musste Alex gewesen sein. Er hatte sich bestimmt Sorgen gemacht. Ein Aufseher kam auf mich zu und raunzte mich an: „Was machst du denn noch hier? Die sind doch hier schon alle aufgebrochen zum Bau 42, zur Desinfizierung."

Was? Ich war den Tränen nahe. „Wo ist Alex?"

„Die sind alle schon vor einer Stunde abmarschiert", sagte der Aufseher versöhnlicher zu mir. Wahrscheinlich hatte er meine Verwirrung wahrgenommen und es tat ihm leid, dass er mich so unwirsch angepflaumt hatte.

„Ich habe im dritten Stockwerk übernachtet", entgegnete ich unsicher.

„Na, dann schau mal, dass du mit den Leuten dort zum Bau 42 gehen kannst. Die sind erst um elf Uhr dran. Und vergiss deine Sachen nicht. Oder hast du Läuse?", fragte er mich mit ernstem Gesichtsausdruck. „Dann musst du zur Entlausungsanlage und ins Quarantänelager."

Was? Läuse? „Nein. Ich hab' doch keine Läuse und ich bin auch nicht krank!", gab ich trotzig zurück. Hastig packte ich meine Sachen zusammen und ging wieder zurück zu meinem Behelfsschlafplatz. Mir war ganz heiß, als ich die Treppe hochstieg. Im zweiten Stock musste ich erst mal ausschnaufen. Nun war ich ganz allein. Warum war Alex ohne mich losgegangen? Er würde sich bestimmt Sorgen machen.

Wolhynien/Westukraine | Winter 1939/40

Vor der Brücke über den Toptschafluss lenkte Sascha die Pferde nach rechts auf die Dorfstraße. Eine dicke Schneedecke lag auf den Blechdächern der deutschen Kolonistenhöfe, die den gediegenen Wohlstand ihrer Besitzer nach außen trugen. An keiner Stelle war die grüne oder blaue Farbe zu erkennen, mit der sie gerne gestrichen waren. Als der Schlitten von der Hauptstraße in den Hof des stattlichen Anwesens einbog, wurde Kolja kräftig durchgerüttelt und öffnete die Augen. Die Glöckchen an den Kummeten klingelten wild durcheinander. Während der zweistündigen Fahrt auf dem Pferdeschlitten war er eingenickt. Der rhythmische Klang der Schellen im Takt der trabenden Rösser hatte ihn in einen sanften Schlummer gewiegt. Wanda hatte dafür Sorge getragen, dass er in eine warme Felldecke eingepackt war. Da heute am Samstag kein Unterricht stattfand, wollte Kolja seinen Papa unbedingt begleiten. Einige Hühner stoben gackernd auseinander und der Hofhund kam freudig wedelnd heran, soweit es ihm die Laufleine erlaubte, die quer über den Hof gespannt war. Als Sascha etwas steif gefroren vom Kutschbock des Schlittens stieg, öffnete sich bereits die Haustüre.

Neugierig und doch etwas argwöhnisch äugte Gottfried Reimann hinter der halb geöffneten Tür hervor.

„Guten Tag, Gottfried!“, rief Sascha aus, „kennst du mich nicht. Ich bin es. Sascha, von der Mühle aus Korist.“

„Du? Sascha?“, schallte es aus dem Windfang des Hauses, „ja, so eine Freude. Was führt dich zu mir?“

„Kann Kolja die Pferde ausspannen und in den Stall führen?“

„Na sicher! Da stehen auch Eimer mit Wasser bereit. Die Tränke ist ja gefroren. Kolja – kannst du das schon?“, rief Reimann dem fast Elfjährigen zu.

„Na klar!“, kam es mit dünner Stimme und doch trotzig aus dem dick eingemummelten Paket auf dem Schlitten zurück, das gerade dabei war, sich ungelenk zu erheben.

Während Sascha und Gottfried Reimann im Haus verschwanden, begann Kolja die Pferde auszuspannen und führte sie einzeln zum Stall hin. Das erste Pferd trank bereits aus einem bereitgestellten Eimer, während er das zweite, massige Tier durch die enge Stalltüre schleuste. Plötzlich schien der Braune gewahr zu werden, dass er von einem Kind geführt wurde, riss sich los, machte einen Sprung und schlug mit dem hinteren Fuß aus. Der Pferdehuf zischte am Kopf des Jungen vorbei, verfehlte ihn um Haaresbreite und Kolja ließ sich vor Schreck in einen Schneehaufen vor der Stalltür fallen. Sofort rappelte er sich wieder hoch, verriegelte verschreckt den Stall und lief zum Wohnhaus.

„Zieh dir die dicke Jacke und die Filzstiefel aus. Da stehen Galoschen, in die du schlüpfen kannst. Komm herein!" Gottfried Reimann winkte dem etwas bekümmert in der Tür stehenden Kolja zu. „Meine Frau Elfriede hat dir Milch mit Kakao heißgemacht. Das magst du bestimmt."

Sascha und Gottfried waren inzwischen schon tief in ihr Gesprächsthema eingetaucht, das der eigentliche Grund für Saschas Visite in Toptscha war. Der Schrecken, der Kolja noch im Gesicht stand, entging ihnen. Elfriede Reimann hatte derweil für heißen Tee und einen kräftigen Imbiss gesorgt und Sascha versichert, wie froh sie gewesen war, als ihr Mann Gottfried nach der Haft in Beresa-Kartuska und seinem kurzen Exil in Deutschland wieder zu Hause eingetroffen war.

„Elfriede weiß, dass ich nicht zurückkommen wollte. Lieber wollte ich die ganze Familie nach Deutschland holen", erläuterte Reimann seine eigentliche Absicht.

„Aber nach dem Ribbentrop-Molotow-Vertrag ging ja alles ganz schnell. Und, Sascha – glaube mir –, die Pläne zur Umsiedlung aller Deutschen auf sowjetischen Gebieten, die gab es bestimmt schon früher. Bestimmt hat Hitler den Krieg gewollt. Egal, was er immer wieder beteuert hat. Wie gesagt …", versuchte es Reimann es auf den Punkt zu bringen, „… ich hatte nicht vor, zurückzukommen. Aber die Organisation der Umsiedlung wurde bei den Deutschen in die Hände der SS gelegt. Die haben schon Umsiedlungskommissionen zusammengestellt und eine Behörde eingerichtet, die sich Volksdeutsche Mittelstelle nennt. Und da ist jetzt eben Reichsführer Himmler mit seiner SS zuständig. Ich hatte da so meine Kontakte und die versuchten ja, von Leuten aus dem Osten Informationen zu bekommen. Und deshalb sind sie wohl auf mich zugekommen. Na ja – langer Rede kurzer Sinn, sie haben mich gebeten, als Umsiedlungsbevollmächtigter nach hierher zurückzukehren, weil ich die Leute und die Gegend kenne. Ich soll helfen, die Registrierung und die Umsiedlung zu organisieren. Ich war skeptisch, ob mich die Sowjets in Ruhe lassen würden. Damit mir die Sowjets nichts anhaben können, bin ich ganz offiziell in die SS eingetreten."

„Das verstehe ich", murmelte Sascha, als Reimann eine kurze Pause einlegte. „Der Himmler ist ja kein Judenfreund, Gottfried, und ich mag ihn nicht. Aber er ist ja ganz oben und hat viel zu sagen. Und mit der deutschen Ordnung wird man es schon schaffen, so viele Menschen in eine andere Gegend umzupflanzen. Eigentlich ist mir der ganze Nationalsozialismus ziemlich egal. Und glaube mir, Gottfried, so denken die meisten Leutchen hier – das Wichtigste ist doch, dass wir aus dem Machtbereich der Bolschewiken herauskommen können. Dass endlich die Furcht vor ihrem Terror aufhört. Der Rest wird sich schon fügen", hängte er fast hoffnungsvoll an und rührte seinen Tee um.

„Das wird jetzt ganz schnell gehen, Sascha. Die Pläne liegen alle schon ausgearbeitet vor. Leider betrifft das nur die Deutschen von hier, aus Westwolhynien. Alle, die hinter der bisherigen Grenze in der sowjetischen Zone, in Ostwolhynien wohnen, sind davon nicht betroffen. Sowjetische Bürger werden nicht umgesiedelt – auch nicht, wenn sie Deutsche sind. Das wird die sowjetische Seite auch ganz genau kontrollieren, dass da keiner durchrutscht. Gerade jetzt, wo die alte Grenze weg ist und sich die Leute bewegen können. Du hast ja dort Verwandtschaft, wenn ich mich recht erinnere. Aber da wird es keinen Weg geben, jemanden von dort rauszubekommen. Schau mal, es geht ja trotzdem um mehr als 60.000 Menschen. Und wenn man die Galizier, die Balten, die Bessarabier und Gott weiß noch wen mitzählt, dann werden das schon fast hundertfünfzigtausend Leute sein."

„Wer sich halt registrieren wird", gab Sascha etwas skeptisch zu bedenken. „Die Baptisten werden vielleicht lieber bleiben.

Und Juden werden wohl auch nicht gehen. Die sind ja ganz zufrieden, dass die Sowjets gekommen sind."

„Da wird niemand alles verlieren ...", argumentierte Gottfried Reimann „... alles wird genau aufgenommen und registriert. Wer hier einen Bauernhof hat, wird auch im Reich einen Bauernhof bekommen. Und wer eine Schmiede hat, bekommt eine Schmiede und das gleiche gilt für Geschäfte und Handwerksbetriebe. Und du wirst eine Mühle bekommen, Sascha."

„Dein Wort in Gottes Ohr." Saschas Blick ging zu Kolja hin, dann zu Boden und erhob sich schließlich wieder in Reimanns Richtung. „Und wie soll das gehen, Gottfried?"

„In die Höfe, Geschäfte und Mühlen, die von den deutschen Aussiedlern verlassen werden, wird man Ukrainer setzen", begann Reimann zu dozieren. „Und in die verlassenen Höfe und Geschäfte der Ukrainer werden diejenigen kommen, die ihr Eigentum für die deutschen Umsiedler aufgeben werden. Vielleicht werden das Polen oder Juden sein. Freilich wird man alles nachweisen müssen. Wir werden alle Besitzurkunden und -verträge, alle Geburts-, Heiratsurkunden und Taufscheine genau zu prüfen haben. Und wer keine Urkunden besitzt, der wird glaubwürdige Zeugen bringen müssen. Schon in der nächsten Woche werden die Sowjets ihre Bevollmächtigten schicken und dann geht es los. Dann nehmen die Umsiedlungskommissionen in ganz Wolhynien ihre Arbeit auf. Du wirst dich doch registrieren lassen, Sascha?"

„Selbstverständlich!", kam Saschas Antwort mit dem Brustton der Überzeugung zurück. „Auch meine Schwester Ira. Dann Wandas Schwester Martha mit ihrer Familie, Trewers, Henkels und alle anderen, mit denen ich in Korist gesprochen habe, werden sich sofort auf die Liste setzen lassen. Nur", Sascha zögerte und suchte Reimanns Blick, „der Mann meiner Schwägerin ist ja Ukrainer. Du kennst doch den Lawrentij?"

„Lawrentij Levtschuk? Gewiss", bestätigte Reimann, „aber das wird doch kein Problem sein. Ehepartner werden ohne Weiteres auch umgesiedelt."

„Ja. Wenn es nur so einfach wäre. Aber Lawrentij ist seit fast acht Wochen verschwunden und wir haben keine Nachricht von ihm, wo er sich aufhält. Sie haben ihn einkassiert, gleich nach dem Einmarsch“, erläuterte Sascha die verfahrene Situation. „Unsere Hoffnung ist, dass du vielleicht über die russischen Vertreter in der Kommission herausbekommen kannst, was Lawrentij geschehen ist und wo er sich aufhält. Und vielleicht wird es sogar einen Weg geben können, ihn rechtzeitig freizubekommen.“

„Hm – ich kenne die Leute noch nicht, mit denen wir auf der russischen Seite zusammenarbeiten werden. Aber natürlich werde ich auf diesem Wege versuchen herauszufinden, was man da machen kann.“

Elfriede Reimann, die während des Gespräches in die Küche entschwunden war, kehrte zurück, fuhr Kolja über das lockige Haupthaar und bot ihren »Fettschnaps« an, den sie nach ihrem Hausrezept aus heißem Schnaps, ausgelassener Butter, gebranntem Zucker, Sahnebonbons und Schokolade zusammengebraut hatte. Sascha griff beherzt zu und nach den üblichen freundlichen Trinksprüchen erörterte man noch lange die aufregenden Ereignisse, die kurz bevorstanden.

Die Dunkelheit legte sich gerade über Korist, als Sascha und Kolja in den Mühlenhof einbogen. Aus den Nüstern der Pferde stießen in regelmäßigen Abständen dichte Dunstwolken hervor und den Tieren war ihre Freude anzumerken, wieder am heimischen Stall angekommen zu sein.

„Kolinka – musst du unbedingt hier im Weg herumsitzen und ausgerechnet mitten in der Küche mit deinen Hölzchen bauen? Geh doch lieber rüber zur Baba und hilf ihr, die Kisten und die Walisen[20] vom Dachboden zu holen, damit sie schon mal Sachen für die Reise einpacken kann.“ Saschas Nerven waren angespannt und er versuchte, Kolja aus dem Weg zu bekommen. Kira lag auf dem warmen gemauerten Backofen neben dem Herd und schaute mit großen Augen dem Geschehen zu. Dschim hob den Kopf und lugte unter der Eckbank hervor. Auf dem Herd schickte sich ein Topf mit Pellkartoffeln an, zur Grundlage für ein sättigendes Mittagessen zu werden.

---

[20] Walise: Lehnwort aus dem Französischen für Koffer.

Sascha blickte sich ungeduldig um. „Wo ist denn die Mama? Und wo ist Hanja?“ Kira streckte das Ärmchen aus, wiederholte „Hanja“ und deutete zur Tür hin. Kolja setzte schnell noch ein Querholz als Fenstersturz und blickte zu seinem Vater hoch.

„Was wird mit meinen Schulkameraden sein, Papa? Oleg und die anderen aus meiner Klasse werden wohl nicht mit uns mitkommen können?“

„Nein. Was redest du denn da? Ukrainer werden natürlich alle hierbleiben. Wohin sollten denn die Ukrainer auch gehen? Hier ist doch die Ukraine. Wo ist denn Mama?“ Sascha war zu sehr in Eile, als dass er jetzt ein Grundsatzgespräch mit Kolja darüber führen wollte, wie sich die Rahmenbedingungen der Umsiedlung gestalteten.

„Und Alex?“, wollte Kolja wissen. „Onkel Lawrentij ist doch auch Ukrainer. Aber Alex und Nata sind ja schon für die Umsiedlung registriert.“

„Ja, natürlich“, entgegnete Sascha knapp. „Tante Martha ist ja auch Deutsche.“

Kolja überlegte und sein Blick verfolgte Sascha, wie er hastig eine Schublade aufzog, kurz darin wühlte und sie lautstark wieder zuschob. Einige der Gesprächsfetzen, die er bei Reimann aufgeschnappt hatte, spukten noch in seinem Kopf herum.

„Und warum ist der Reichsführer Himmler kein Judenfreund?“

Sascha gab es auf und zischte nur noch die geflügelte Standardantwort der Familie auf lästige Kinderfragen zu Kolja hinüber: „Kolinka. Das sind Kinderfragen mit Zucker bestreut. Und alte Leute wissen das schon. Räum’ lieber auf und schau mal, wo Hanja ist.“

Nicht sehr überrascht, aber auch kein Jota schlauer wandte sich Kolja ab und begann seine zurechtgesägten Holzreste, aus denen er mit Leidenschaft Brücken, Häuser und ganze Dörfer auf dem Fußboden entstehen ließ, in seinen Karton zu räumen, der diesen Baumaterialien als Heimat diente. Sascha stapfte aus der Küche und Kolja hörte, wie er die Tür zum Milchraum aufriss, wohl um dort nach Wanda oder Hanja zu suchen. Die Tür schloss sich und die Schritte stapften nach draußen.

Platsch!! Ein Poltern und Krachen folgte. Heißes Wasser ergoss sich über den Karton mit den Spielhölzern, dicht gefolgt von Kartoffeln und dem lauthals schreienden Kira. Dschim jaulte kurz auf und verzog sich noch tiefer unter die Sitzbank.

Einen Moment lang Stille und hörbares Luftholen von Kira. Gleich darauf begann er so laut zu kreischen, dass Kolja erst mal vor Schreck unter den Küchentisch sprang. Kartoffeln rollten ihm nach.

Dampfendes Wasser breitete sich auf dem Fußboden aus und lief zwischen die Ritzen der Holzdielen. Mittendrin lag Kira auf dem Bauch und kreischte nach Leibeskräften.

„Kira! Mein kleiner Kira!", rief Kolja erschreckt und krabbelte zu Kira hin. Das Kartoffelwasser hatte glücklicherweise noch nicht gekocht, sondern war nur mäßig heiß.

Kira blutete am Kopf. Neben ihm lag der gusseiserne Kartoffeltopf und schaukelte auf seiner bauchigen Rundung. Während Kolja seinen kleinen Bruder vorsichtig aufsetzte und ihn an sich presste, um ihn zu trösten, stürzten nacheinander Wanda, Sascha und Hanja in die Küche. In mehreren Rinnsalen liefen Blutspuren über Kiras Gesicht.

Alle versuchten Kira zu helfen, schrien durcheinander und stürzten beinahe selbst über die am Boden kullernden Kartoffeln. Was war passiert? Kira hatte sich auf dem Backofen aufgerichtet, hatte das Übergewicht bekommen und war kopfüber auf den Herd gefallen. Mit dem Gesicht schlug er ausgerechnet auf dem Rand des gusseisernen Kartoffeltopfes auf, so dass er mitsamt dem Topf und dem Inhalt vom Herd herunter auf den Küchenfußboden segelte. Die Platzwunde an der Stirn klaffte so weit auf, dass Wanda ihn sofort einpackte, Sascha die Pferde einspannte und alle sofort zum Arzt nach Meshiritschi losjagten. Glücklicherweise konnte die Wunde noch geklammert werden. Zur Erinnerung behielt Kira lediglich eine unschöne Narbe zurück.

Die Umsiedlungskommissionen leisteten gute und schnelle Arbeit. Nahezu alle Deutschen hatten den Antrag zur Umsiedlung gestellt. Fieberhaft bereiteten sich alle Ausreisewilligen in der

Region auf den großen Auszug und die Fahrt ins Ungewisse vor. Koffer, Tragtaschen und Körbe waren in der Umgebung schnell vergriffen. Die Grundstücke und Liegenschaften wurden zur Übergabe vorbereitet.

Bei der Bemessung des zurückzulassenden Vermögens zeigten sich auch die sowjetischen Kommissionsmitglieder kulant, so dass der erste Umsiedlerzug mit wolhyniendeutschen Umsiedlern schon vor Weihnachten 1939 nach Westen rollte. Für Frauen, Kinder, Alte und Gebrechliche war der Transport per Bahn vorgesehen. Allerdings durfte pro Person nur 50 Kilogramm Gepäck mitgenommen werden. Deshalb planten viele der Männer, mit dem Pferdewagen nach Westen zu fahren. Auf den Fuhrwerken konnten sie auch Möbel und sonstigen Hausrat mitnehmen. Ein Auto besaß hier niemand. Bauern und der Händler nutzten üblicherweise Pferdefuhrwerke – und im Winter Schlitten. Da fast alle Kolonistenbauern die Fahrt mit dem Pferdewagen planten, organisierte die Umsiedlungskommission Trecks, die aus 200 bis 300 Fuhrwerken bestanden. Sie richtete auch Verpflegungspunkte entlang der Route ein und behelfsmäßige Sanitätsstationen.

Da Sascha bereits Wochen zuvor zwei Wallache angeschafft hatte, plante auch er die Fahrt im gemeinsamen Treck. Er hatte einen Planwagen hergerichtet und die Möbel, die man mitzunehmen gedachte, bereits verladen. Überraschenderweise wurde dann aber die Direktive ausgegeben, dass nur diejenigen Pferdebesitzer mit ihren Tieren im Treck mitfahren dürfen, die die Pferde bereits vor dem Einmarsch der Sowjets in das westwolhynische Gebiet besessen hatten. Die Enttäuschung darüber war groß, doch daran gab es kein Rütteln. In dieser Situation blieb natürlich keine Gelegenheit mehr für einen Verkauf der Pferde. Zähneknirschend überließ Sascha schließlich seine beiden Rösser am Tag der Abreise dem ukrainischen Bauern, der die Familie mit dem Schlitten zum Abreisebahnhof nach Kostopol bringen sollte.

Eine Woche vor dem protestantischen Weihnachtsfest fand sich ein Weg, das strenge Schlachtverbot zu umgehen und ein Schwein zu schlachten. Der Zufall, dass das heimliche

Schlachtfest auf den Tag von Koljas elftem Geburtstag fiel, war für ihn eine besondere Freude. Gerne ging er den Erwachsenen bei den Vorbereitungen, dem Wurstmachen und den Aufräumarbeiten zur Hand. Und Dschim kam an diesem Tag nicht zu kurz. Auch für Nata, Tanja und Alex war dieses Schlachtfest ein ganz besonderes Ereignis. Und auch sie wussten natürlich, welche Arbeiten an einem solchen Tag zu erledigen waren.

Sascha hatte in den Tagen davor viele Besorgungen erledigt. Da der Befehl zur Abreise in Kürze zu erwarten war, verband er mit jeder Besorgungsfahrt auch Abschiedsbesuche bei Freunden, Bekannten und Geschäftspartnern. Martha, Wanda und Ira nähten und strickten und packten wie alle Nachbarinnen sämtliche Habseligkeiten zusammen, bereiteten Leinensäcke vor, in die das Gepäck eingenäht wurde. Wann es genau losgehen sollte, war nicht bekannt gegeben worden. Man rechnete mit der Abfahrt in den ersten Tagen des Januars. Also lud Sascha alle Möbel, die zur Mitnahme vorgesehen waren, wieder vom Treckwagen ab und verschenkte sie an das Kindermädchen Hanja, an Mühlenarbeiter und an ukrainische Nachbarn. Alle weiteren Möbel wie auch die Kühe und sonstigen Nutztiere der Bauern mussten ohnehin zurückgelassen werden. So stand es im Aussiedlungsvertrag.

Die letzten Tage vor dem großen Aufbruch waren von tiefer Wehmut begleitet. Alle Vorstöße und Versuche, über die sowjetischen Delegationsmitglieder der Umsiedlungskommission an Informationen über den Verbleib von Lawrentij zu gelangen, verliefen im Sande.

Martha hatte mit den Abreisevorbereitungen so viel zu schaffen, dass sie die Gedanken an Lawrentij die meiste Zeit auf Abstand halten konnte. Hin und wieder überkamen sie aber ganz plötzlich Tränen.

Kolja traf sich in den freien Stunden mit ukrainischen Schulkameraden, wenn er nicht gerade seinen Vater auf Erledigungstouren begleitete. Seinem besten Schulfreund Oleg vermachte er zum Abschied den Karton mit Bauklötzen und andere lieb gewonnene Spielzeuge. Kiras Wunde heilte gut und er hielt sich an das Verbot, nochmals auf den Backofen zu steigen.

Am 12. Januar brachte ein Bote die Nachricht, dass der Transportzug am 15. Januar in Kostopol abgehen würde und man sich rechtzeitig einzufinden hätte. Die Abfahrt des gemeinsamen Fahrzeugtrecks in die Kreisstadt wurde deshalb für Sonntag, den 14. Januar, verfügt. Der Winter zeigte in diesem Januar eine beeindruckende Kostprobe seines Leistungsvermögens. Die Tage wurden noch frostiger und das Thermometer fiel in den Nachtstunden auf Temperaturen unter 20 Grad minus.

Jetzt war die Nacht an ihrem tiefsten Punkt angelangt. Niemand hatte wirklich erholsamen Schlaf gefunden. Wanda legte bis tief in die Nacht alle wärmenden Jacken, Mäntel, Decken und Schafsfelle bereit, die für die Fahrt auf dem Pferdeschlitten nach Kostopol unerlässlich waren. Sie fühlte sich wie in einem Trancezustand. Irgendwie war es nicht ganz wirklich, dass sie ab morgen nicht mehr hier sein würden. In den wenigen Minuten, die sie sich gezwungen hatte, sich niederzusetzen und innezuhalten, glaubte sie, ein Bienenvolk in ihrem Kopf zu beherbergen. Einem Dampfbad in der Banja gleich ergossen sich Schwaden heißen Schauers über ihren Körper, flossen von den Schultern an hinab, prallten auf Akkorde eiskalter Wogen und lösten sich Augenblicke darauf in nichts auf.

Der Abschied bedeutete für sie in viel höherem Maße Auflösung und Zerfall ihres bisherigen Daseins als für die anderen Mitglieder der Familie. Hatte sie doch einen großen Teil ihres Lebens in diesem Mikrokosmos um die Mühle in Korist verbracht. Die frühen Jahre im Gasthof der Eltern in der Stadt Korez. Die mehrjährige Verbannung aller Deutschen im großen Krieg, die sie mit Mutter und Geschwistern bis zu ihrem zehnten Lebensjahr bei Charkow, weit im Osten, erlebte. Später die Tatkraft, mit der die Eltern die Motormühle mitsamt den Hopfenpflanzungen, hier in Korist aufbauten. Dann der tragische Erstickungstod der Mutter im Schwelbrand in der Mühle. Die Zeit des Beistands an der Seite des gebrochenen Vaters bis zu seiner Wiederverheiratung mit Baba Ira. Und schließlich die Phase des Aufbaus ihrer eigenen kleinen Familie bei Kolki wie auch die Jahre der Rückkehr nach Korist – das alles sollte sie nun zurücklassen. Die Gräber der Eltern auf dem Friedhof des Kolonistendorfes hatte sie in den vergangenen Tagen gemeinsam mit Martha mehrfach besucht. Wanda gab sich einen Ruck und erhob sich aus ihrer Schwermut.

Für alte und kranke Menschen hatten die Umsiedlungskommissionen Transporte mit Lastkraftwagen und Omnibussen organisiert. Alle anderen Familien mussten sich selbst zusammentun. Und es gab ja doch einiges mitzunehmen. Die sperrigsten Gegenstände hatte Sascha schon am Vortag auf die Schlitten im Wagenschuppen gepackt und auch er hatte in der Nacht kaum Schlaf gefunden. Schon gegen zwei Uhr begann er zu rumoren, kleidete sich an, machte Kontrollgänge in den Wagenschuppen, die Mühle und das Mühlenkontor, hin zum Hopfenlager, das nun leer stand und in dem die Hopfendarre alleine und verlassen das Einzige war, das er in der Dunkelheit schemenhaft erkennen konnte.

Um drei Uhr weckte Wanda die Buben und richtete ein letztes Frühstück in dem Haus, das ihnen für neun Jahre eine unsichere, aber lieb gewonnene Heimat gewesen war. Jeder Handgriff lief jetzt ganz mechanisch ab. Gegen vier Uhr klopfte es am Küchenfenster und Lisa Trewer bat Sascha, ihrem Bruder Mischa kurz behilflich zu sein. Aus der Dunkelheit tauchten alle paar Minuten Gestalten auf, die sich als Nachbarn aus dem Ukrainerdorf erwiesen und die sich zum Abschied von Haus zu Haus begaben, um ihren deutschen Nachbarn Lebewohl zu sagen. Tränenreich blieb Lukian zurück mit den Worten: „Euch holt der Hitler nach Deutschland, aber wer wird sich um uns kümmern?“

Hanja kam und half, Kolja und Kira zu versorgen. Sogar Oleg stapfte so früh am Morgen durch den Schnee heran, um Kolja zu verabschieden. Schließlich kamen die bestellten ukrainischen Bauern, schirrten die Pferde ein und spannten sie vor die Schlitten. Jetzt war es so weit.

Als die acht Schlitten in einer kleinen Kolonne aufbrachen, um sich am Sammelplatz mit den weiteren Fuhrwerken aus der deutschen Kolonie zu treffen, wehte ein frostiger Ostwind. Glücklicherweise schneite es nicht. Die meisten der Bauern aus der Kolonie besaßen ihre Pferde seit langer Zeit, so dass sie sich für den Wagentreck rüsten konnten.

Der vereinte lange Zug aus Planwagen und Pferdeschlitten machte sich auf den Weg in das gut 60 Kilometer entfernte Kostopol, das am späten Nachmittag erreicht werden sollte. Am Straßenrand des langgezogenen Dorfes standen winkend in kleinen Grüppchen die ukrainischen Nachbarn, riefen ihnen zu „*Vergesst uns nicht!*“, als die Schlittenkolonne nach Westen hin das Dorf verließ.

Tatsächlich wurde das Ziel schon zwei Stunden vor Sonnenuntergang erreicht. Die Männer, die zum Sammelplatz des Wagentrecks nach Lodsch weiterziehen wollten, luden ihre Familienangehörigen in der Nähe des Güterbahnhofs aus und zogen weiter. Alle anderen wurden in zugige Behelfsbaracken und Gartenlauben eingewiesen, sammelten herumliegendes Holz und wärmten sich an provisorischen Feuern von den Strapazen des ersten Reisetages.

Sascha hatte alle Hände voll zu tun, um seine Familie, Martha mit den Kindern und auch Ira mit Tochter Tanja warm und trocken unterzubringen. Leider war nicht, wie erwartet, eine Verpflegungsstation vom Roten Kreuz eingerichtet worden. Deshalb musste man eben die mitgebrachten Vorräte auspacken und die hungrigen Münder versorgen.

Morgen früh würde Sascha die Familien zum Zug bringen. Da er sich für den Wagentreck gemeldet hatte, konnte er nicht mehr auf die Liste für diesen Eisenbahntransport kommen, der morgen abgehen sollte. Er würde aber gleich nach dem Aufstehen alles daransetzen, es doch noch zu schaffen, sobald er Gelegenheit hätte, mit den Offiziellen zu reden.

Durchschleusung ins Reich | 1940

Die Uhr über der großen Tür zu unserem Schlafsaal zeigte fast Elf. Um mich herum saßen alle Leute auf ihren Sachen und warteten, dass man uns anwies, was als Nächstes zu tun wäre. Und wirklich, genau mit der Bewegung des Zeigers auf die volle Stunde erschienen zwei Schwestern und der Saalaufseher. Hier in Deutschland hielten es die Menschen wirklich mit der Pünktlichkeit. So genau hätte das bei uns in Wolhynien niemand genommen. Die drei marschierten schnurstracks bis zur Mitte des Saales und alle Blicke folgten ihnen. Die Gespräche verstummten. Alle waren jetzt leise. Eine der Schwestern machte einen Schritt nach vorne, ließ ihren Blick reihum in den Saal schweifen, riss den rechten Arm hoch und begrüßte uns mit einem laut hörbaren „Heil Hitler!“. Was als Erwiderung zurückgekommen ist, hat sich aber eher angehört wie ein vernuscheltes Gemurmel. Nur vereinzelt habe ich ein klares *Heil Hitler* als Antwort herausgehört. Bei den anderen hat es eher geklungen, als würden sie etwas kauen und dabei *Häidler* sagen.

„Wir bringen Sie jetzt zum Bau 42. Dort werden Sie desinfiziert und dann ab in die Dusche. Ihre Kleider werden in der Zwischenzeit gesäubert. Halten Sie Ihre EWZ-Karten bereit.“ Wie ein Adler hat sie ihren Blick über unsere Köpfe kreisen lassen. Als der auf der anderen Seite des Saales angekommen war, habe ich gemeint, ich hätte ihn einrasten hören.

„Nach der Desinfizierung melden Sie sich bei der Lichtbildstelle und später gehen Sie zur Gesundheitsstelle. Wenn sich jemand krank fühlt, meldet er sich gleich beim Doktor im Bau 42. Sie können sich aber auf dem gesamten Gelände frei bewegen, sobald Sie den Bau 42 durchlaufen haben. Bitte folgen Sie uns.“

Niemand hat sich getraut, etwas zu fragen. Wir sind einfach hinter den beiden Schwestern hergetrottet. Über den Hof bis zu einem Backsteingebäude, auf dem neben der Eingangstür eine große 42 in weißer Schrift aufgemalt war. Ich habe zugesehen, dass ich den Mann nicht aus den Augen verliere, der in der Nacht auf mich aufgepasst hat. Zum Glück hat mir Mama auf dem Bahnsteig die EWZ-Karte in meine Manteltasche gesteckt.

Meine Kleider musste ich im Umkleideraum abgeben. Jetzt haben wir alle in Unterhosen in mehreren langen Schlangen, verzagt und doch erwartungsvoll, vor Schreibtischen angestanden, an denen Männer in Uniformen Schreibarbeiten verrichtet haben. Der Raum war eisig und die kalte Luft ist von überall her durchgezogen. Was habe ich geschlottert. Schwestern haben die Leute abgeholt und hinter Stellwände geführt, die mit weißem Tuch bespannt waren. Ganz groß stand an der Wand angeschrieben: *Gesundheitsstelle*.

Als ich an der Reihe war, sollte ich meine Kennkarte abgeben. Ich habe bei mir gedacht, *die meinen bestimmt die EWZ-Karte*. Deshalb habe ich mich etwas über das kleine Tischchen gebeugt, die Karte rübergereicht und dabei ist mir wieder der Mief von dem Uniformstoff des Soldaten in die Nase gekrochen. Uniformen haben immer so einen eigenartigen Geruch. Irgendwie nach Leder und Moder. Der Mann hat kein Wort mit mir gesprochen. Und er hat mich auch nur ganz kurz angeschaut. Dann hat er eine Notiz auf der Karte eingetragen, einen Stempel daneben gesetzt und die Karte an die Schwester weitergereicht, die sich wartend hinter ihm aufgebaut hat.

Mit einer kurzen Handbewegung hat sie mir Zeichen gegeben, dass ich kommen sollte. Sie ist vor mir gelaufen und hat mich in eine Kabine geführt. Ein junger Doktor mit einem weißen Kittel über der Uniform hat dort meinen Brustkorb und den Rücken abgehorcht. Sogar meine Zähne hat er begutachtet. Mit seinen Fingern hat er meine Oberlippe schmerzhaft zur Seite gezogen und die Unterlippe weit nach unten. Überall im Raum hat ein seltsamer Geruch gelegen. Mir ist fast schwindlig geworden. Irgendwie so ähnlich wie Schnaps. Beim Doktor in Meshiritschi hat es auch immer so gerochen. Der Arzt hat dann etwas gemurmelt, das ich nicht verstehen konnte. In einer Ecke des abgetrennten Verschlags, an einem kleinen Tischchen, war eine andere Schwester ganz aufmerksam dabei, Einträge in irgendwelche Formulare zu schreiben. Der Arzt hat auf meine rechte Hand geschaut, hat sie eine Zeit lang begutachtet und eine Bemerkung zu den fehlenden Fingern diktiert. Da habe ich jedes Wort verstanden. Die Schwester hat mitgeschrieben. Was der

Doktor aber gemeint hat mit „rassisch und erbbiologisch unbedenklich", das ist mir unverständlich geblieben. Solche deutschen Worte kannte ich noch nicht. Hier habe ich jeden Tag wirklich viel Neues gelernt, aber diese Worte hatte ich noch nie vorher gehört.

Zum Glück war die ganze Prozedur recht schnell überstanden. Die Schwester hat vieles aufgeschrieben. Und auf meine Kennkarte hat sie den *Entlausungsstempel* gedrückt. In einer anderen Kabine bin ich mit einem weißen Pulver bestäubt worden, dann ist es weiter in einen großen Waschraum gegangen. Dort hat es angenehm warmes Wasser gegeben. Und danach habe ich mich noch in einem Raum mit vielen Duschen gemeinsam mit den anderen Männern und Buben ganz gewissenhaft abseifen und abbrausen müssen. Daheim in Korist haben wir keine Dusche gehabt.

Nach der ganzen Prozedur habe ich mich richtig frisch gefühlt. Beim Ankleiden erklärte mir eine Helferin, wo ich das Frauenlager finden kann. Mit dem Kamm habe ich durch meine widerspenstigen Locken gepflügt und danach meine Sachen zusammengepackt. Mann, ich war so aufgewühlt und ungeduldig. Ich wollte unbedingt gleich losziehen und nach Mama, Kira und den anderen schauen. Meine Kleider haben sich frisch gewaschen angefühlt. Das war ganz kuschelig. Wenn nur Alex bei mir gewesen wäre. Dann hätte ich nicht alleine durch dieses große Fabrikgelände laufen müssen. Erst wusste ich überhaupt nicht, wohin. Überall waren Leute unterwegs. Lastwagen und Autos knatterten durch die Menschengruppen hindurch. Da war ich vorsichtig und habe höllisch aufgepasst. Dann hab' ich es endlich gefunden.

Und von da an hat auch noch die Sonne geschienen.

Besser als ich mich jetzt gefühlt habe, hätte man sich auch nach einem Bad in Drachenblut nicht fühlen können. Unverwundbar. Stark. Furchtlos. Einen Moment lang bin ich auf der Schwelle nach draußen stehen geblieben, habe in den frühen Nachmittag geblinzelt und plötzlich war ich mir sicher, dass ich stark sein kann. Ich war ganz alleine bis hierhergekommen – und jetzt sogar noch mit Sonnenschein. Ganz ohne Alex, ohne Mama, Papa oder jemand anderen, der mich an die Hand genommen hätte. So viele Tränen habe ich geweint, habe mich alleine unter so vielen fremden Menschen in dieser düsteren Burg aus roten Ziegelsteinen zurechtgefunden. Weil ich jeden Hinweis lesen konnte. Und weil ich die verschiedenen Sprachen der Leute irgendwie verstanden habe. Und vor allem, weil ich nicht verzweifelt bin.

In dem Moment ist mir aufgefallen, wie schön die Fassaden und die Giebel dieser Festung aus Millionen von einzelnen Backsteinen geformt waren. Genau wie meine Zitadellen und Bauwerke, die ich zu Hause aus meinen Holzklötzchen konstruiert hatte, waren die Schauseiten und Ziergiebel der riesigen Fabrikstadt ebenfalls mit kleinen Türmchen und Zinnen versehen. Die großen Fensteröffnungen waren von gemauerten Bögen gekrönt und manchmal von Rauten, Kreisen und Rechtecken eingerahmt. So schön hätte ich es mit meinen rohen Klötzchen gar nicht darstellen können. Nach den vielen Erlebnissen der vergangenen Wochen habe ich mich gefühlt, als wäre ich von einem anderen Planeten zu einer Reise aufgebrochen, die mich in neue Welten führen und niemals mehr an die Orte meines früheren Lebens zurückbringen würde. Diese Burg hier war für mich die Grenzfestung zwischen dem alten und dem neuen Universum. Jetzt wusste ich, dass ich dafür gerüstet war, den neuen Kosmos zu erkunden und zu erobern.

Aber Dschim hat mir schon sehr gefehlt. Noch besser hätte ich mich gefühlt, wenn er bei mir gewesen wäre. Mit ihm zusammen hätte ich immer einen Freund bei mir gehabt. Irgendwie war ich für einige Augenblicke richtig traurig, wenn ich an ihn denken musste. Aber dem ging es jetzt gut. Er war gut aufgehoben und ich könnte ihn ja später mal besuchen.

„Mein Kolinka, mein Augenstern ist wieder bei uns“, hat mich Mama freudestrahlend begrüßt, als ich sie endlich wieder gefunden hatte. Wie sehr hatte ich ihre Stimme, ihre Zahnlücke, ihren Geruch und ihre Wärme vermisst. Auch Kira, Tante Martha, die Baba, Tanja und Nata haben mich in ihre Arme genommen. Ganz glückselig küssten sie mich alle ab. Ich erzählte von meinen Erlebnissen und von meinem Schmerz, als wir Dschim aus den Augen verloren haben. Tanja und Nata haben ganz aufgeregt beschrieben, dass sie alle zusammen die gleiche Gesundheitsprozedur durchlaufen haben wie ich. Dabei schnatterten sie so aufgeregt durcheinander, dass ich nicht immer wusste, wem ich zuhören sollte. Sie hatten zwischenzeitlich in Erfahrung gebracht, wo Alex untergebracht war. Ohne lange zu warten, packten sie mich an den Ärmeln, und wir sind losgestürmt ins Männerlager.

Dieses Mal hat mir Mama gleich ein warmes Lammfell für die Nacht mitgegeben. Diesmal schlief ich tief und fest. Ich habe nicht gefroren und bin auch nicht zwischen den Stockwerken schlafgewandelt. Das Frühstück am nächsten Morgen musste bis acht Uhr beendet sein. Es gab Haferbrei und Früchtetee. Alex und ich brachten unsere Schlafplätze in Ordnung. Ich wollte dann unbedingt in Erfahrung bringen, wann die nächsten Transporte mit Leuten aus Lodsch ankommen sollten. Vielleicht war Papa dabei. Alex meinte: Ich geh mal zu meinem Großvater und zu Onkel Michael. Vielleicht kann ich denen behilflich sein."

Wir trennten uns und ich hastete die Treppe hinunter. Ein Auto hupte, als ich aus der großen Pforte nach draußen sprang. Der Fahrer bremste scharf und der Wagen rutschte ein Stück in Richtung eines Schneehaufens, bevor er zum Stehen kam. Ein Soldat, der eine lederne Aktenmappe unter dem Arm trug, fuhr mich streng an: „Das ist doch kein Kinderspielplatz hier! Mach gefälligst die Augen auf und sieh mal zu, dass du ordentlich läufst!" Passanten drehten sich nach mir um, gingen aber weiter ihres Weges, nachdem sie festgestellt hatten, dass nichts passiert war. Kurz darauf hörte ich aus dem Menschengewirr Natas Stimme nach mir rufen. „Kolinka! Wo willst du denn so eilig hin?" Ich schaute auf und erblickte sie zusammen mit Tanja auf der gegenüberliegenden Seite der Durchfahrtsstraße.

„Ich bin auf dem Weg zum großen Eingangshof. Mal sehen, ob ich Papa unter den ankommenden Leuten finden kann."

„Du weißt schon, dass du das Lager nicht verlassen darfst. Geh nicht nach draußen. Bleib auf dem Fabrikgelände!", ermahnte sie mich. Ein Lastwagen rumpelte zwischen uns hindurch. Tanja winkte mir zu und rief etwas. Der LKW war aber so laut, dass ich sie nicht verstehen konnte. Sie wiederholte: „Wir gehen in die Bibliothek und sehen nach, ob es dort was Interessantes zu lesen gibt. Kannst ja später nachkommen.“ Ich winkte zurück und lief weiter in Richtung des großen Hofes, wo wir aus den Bussen ausgestiegen waren. Mehrere Omnibusse brachten Neuankömmlinge. Das Grüppchen Männer mit Armbinden wie auch die Frauen in Rot-Kreuz-Kleidung kamen bei jedem ankommenden Transport aus einem der roten Klinkerhäuschen und reihten sich zur Begrüßungszeremonie auf. Obwohl die Sonne schien, bekam ich kalte Füße und trollte mich nach einiger Zeit. Papa war wieder nicht unter den Buspassagieren.

Die nächsten Tage vergingen und ich verbrachte täglich mehrere Stunden auf meinem Beobachtungsposten im großen Eingangshof. Am Sonntag war es Pflicht, dass wir uns alle zusammen zur Morgenfeier auf dem Hof versammeln. Dabei wurde auch ganz feierlich die Hakenkreuzflagge gehisst. Und Musik kam aus einem Lautsprecher. An den Werktagen mussten nur die Männer und alle Buben ab 10 Jahren jeden Morgen zum Appell und zur Flaggenparade antreten. Von den kurzen Ansprachen verstand man meistens nicht so viel, weil auf dem großen Hof immer viel Gerenne, Lastwagenverkehr und Gelärme war und aus den Schalltrichtern mehr Gekrächze herauskam als Verstehbares. Aber „… *deutsche Wiedergeburt* … *Treue zum Führer* … *Schicksal* … *Vorsehung* …“ kamen fast jeden Tag darin vor. Mama hatte in der Nähstube eine Beschäftigung gefunden. Tante Martha auch. Abends wurden manchmal Filme vorgeführt.

Beim täglichen Ausschauhalten nach Papa muss ich mich erkältet haben. Vielleicht auch schon beim Schlangestehen vor der Gesundheitsuntersuchung, als ich von Mama und den anderen getrennt gewesen bin. Denn schon als Alex verschwunden war, fühlte ich mich ziemlich elend. Mal ging es schlechter, mal wieder besser. Beim Treppensteigen in der Fabrik habe ich nur schlecht Luft bekommen. Der Brustkorb drückte so beim Schnaufen, ich musste viel husten und am Abend taten mir die

Arme und die Beine weh. Ich war schlapp und hatte auch keinen richtigen Appetit. Deshalb bin ich an einem Morgen nicht zur Ankunft der Busse gegangen. Ich bin liegen geblieben und habe länger geschlafen. Auch der Morgenappell war mir ganz egal. Als ich aufgewacht bin, meinte ich Papas Stimme zu erkennen. Ich fühlte mich noch ganz benommen. Träumte ich?

Aber dann hörte ich es ganz deutlich.

„Wie geht es ihm, Alex?“ Das war Papas Stimme!

„Manchmal hat er nur wenig gegessen und dann waren seine Augen auch ganz glasig.“ Alex sprach leise, fast im Flüsterton.

Ich öffnete die Augen und tatsächlich: Papa stand wirklich da.

Wie ein Springteufel schlug ich das Lammfell zur Seite, sprang auf die Beine und umarmte Papa. „Dir ist nichts passiert! Du hast uns so gefehlt, Papa! Und jetzt hast du uns endlich gefunden.“ Tränen schossen mir in die Augen.

„Mama hat mir schon erzählt, wie gut du auf sie und auf Kira aufgepasst hast.“ Papa fuhr mit der Hand über meinen verschwitzten Kopf. In diesem Augenblick war ich richtig glücklich. Von da an habe ich ihn nicht mehr aus den Augen gelassen. Bei allen Unternehmungen bin ich ihm in den nächsten Tagen nicht von der Seite gewichen. Natürlich hörte sich Papa erst mal um, wie es weitergehen sollte. Über Onkel Lawrentij konnten wir gar nichts in Erfahrung bringen. Alex und Nata waren oft traurig, weil überhaupt nichts über ihren Vater herauszufinden war. Einfach wie vom Erdboden verschluckt. Papa hat es überall versucht, konnte aber auch nichts erreichen. Weil es verboten war, Post nach Sowjetrussland zu senden, war es ihm nicht möglich, die offiziellen Stellen in Wolhynien zu kontaktieren und dort nach dem Verbleib von Onkel Lawrentij zu forschen.

„Wir haben die Genehmigung zur Weiterreise. Man schickt uns in eine *Beobachtungsunterkunft*“, meinte Papa zwei Tage später, als ich mit ihm und Kira Mama aus der Nähstube abholte.

„Das hört sich ja schrecklich an. *Beobachtungsunterkunft?* Muss man uns beobachten?“, wunderte sich Mama. „Wo soll das denn sein?“

„Es wird ins Sudetenland gehen. Dort in die Gegend von Karlsbad und Falkenau“, erklärte Papa. Und wahrscheinlich um der nächsten Frage von Mama zuvorzukommen, hängte er noch an: „Das ist westlich von Jägerndorf. Noch ein ganzes Stück weiter im Westen.“

Wenige Tage später brachen wir wieder auf. Wir packten unsere paar Sachen zusammen, stiegen gemeinsam mit anderen Familien in die bereitgestellten Omnibusse und man kutschierte uns zum Bahnhof nach Lodsch. Ich habe aufgeatmet und war kein bisschen traurig, als wir diese sonderbare Grenzfestung mit ihrem Befehlston, den Vorschriften, all ihren Soldaten, Ordnern, Schwestern und Krankheiten hinter uns ließen. Jetzt begann ein neues Abenteuer. Ziemlich aufregend!

Es war nochmal eine lange Fahrt. Aber wir waren richtig froh, dem großen Sammellager in der Fabrik entkommen zu sein. Und alle waren da; alle zusammen – sogar mit Papa. In der Bahnhofshalle hat der Wind wieder geblasen und es war ganz schön kalt. Wieder Anstehen vor Tischchen mit uniformierten Soldaten. Wieder die Kennkarten herauskramen und vorzeigen. Und wieder abwarten. Am Ende des Bahnsteigs lauerte auch diesmal eine Lokomotive, blies dünne Dampffahnen zwischen den riesigen roten Rädern hervor und geduldete sich leise knackend, bis das Gewusel auf dem Bahnsteig abgeklungen war und alle Familien ihre Plätze in den Waggons bezogen hatten. Ich schaute mich um und hoffte inständig, dass ich Dschim irgendwo sehen würde. Aber das war natürlich nur so eine Wunschidee. Weder Dschim noch Herr Liebeneiner waren irgendwo zu sehen. Dann saßen wir endlich in dem beheizten Zug. Von Lodsch bis nach Breslau haben wir noch viel von der Landschaft draußen genießen können. Ab da ging es mir schlecht. Ich habe mich unglaublich schwach gefühlt und bin immer wieder eingeschlafen.

Irgendwann hörte die Rüttelei auf und ich bekam mit, dass unser Zug lange auf einem Nebengleis warten musste. Ewig lang. Das war im Bahnhof von Prag. Viele Militärzüge mit aufgeladenen Fahrzeugen, Geschützen und Landsern rollten auf den Nachbargleisen vorbei. Das Rattern und Rumpeln hörte gar nicht mehr auf. Und als es endlich weiterging, hat mich das Fieber erwischt und der Schüttelfrost. Mama hat gleich gemerkt, dass meine Lippen blau geworden sind. Und dann hat sie auf die

Fingernägel geschaut und gesagt, dass die auch bläulich aussehen und dass ich schnell zum Doktor muss. Sie holte weitere Decken hervor und packte mich noch wärmer ein. Immer wieder warf sie Papa einen besorgten Blick zu. Kira ist es auch nicht gut gegangen. Er hat viel geschrien und fast nichts gegessen.

Nach unserer Ankunft in Falkenau hat mich Papa sofort ins Krankenhaus gebracht. Ein Arzt stellte fest, dass ich eine schwere Lungenentzündung habe und dass die auskuriert werden muss. Mama konnte sich ab jetzt gar nicht mehr um mich kümmern. Sie musste bei Kira in der Unterkunft bleiben, weil mein Brüderchen ebenfalls schwach und schlimm beieinander war. Deshalb ist Tante Martha jeden Tag zu mir ins Spital gekommen. Manchmal war Alex dabei.

An mir ist alles vorbeigerauscht, weil ich tagelang nur geschlafen habe. Ganz fern kann ich mich erinnern, dass Alex mir zugeflüstert hat, Mama sei richtig besorgt und unruhig. Er glaube, sie habe Angst, dass Kira sterben muss. Von da an kam mir alles so aussichtslos vor. In meinem Dämmerzustand plagten mich schlimme Träume. Immer wieder tauchte Korist auf. Mein ganzes bisheriges Leben, an das ich mich erinnern konnte, hatte sich dort abgespielt. Unser Haus, die Mühle, der Teich, der Garten, die Schule und alles andere. In meinen Fieberfantasien kämpfte ich dagegen an, dass dieser sichere Ort auf immer unerreichbar sein sollte. Und dass Dschim einfach nicht mehr da war, daran wollte ich gar nicht denken. In den klaren Augenblicken fühlte ich mich wieder ganz allein und verlassen. Korist war so weit weg. Mama und Papa auch. Und Kira. Wie viel Zeit so vergangen war, weiß ich nicht.

Nach einiger Zeit wurde die Mutlosigkeit in mir weniger. Jeden Tag nahmen meine Erwartungen zu. Die Fantasien wurden heller und schöner. Angenehme Zukunftsträume. Städte, Marktplätze und Menschen fielen mir ein, die ich auf der Reise hierher ins Altreich vom Zugabteil aus gesehen hatte. Traumbilder und Wunschvorstellungen von Leuten, die ganz anders gekleidet waren als in unserer alten Welt in Wolhynien. Moderne Städte mit Autos, stattlichen Gebäuden aus Stein und ordentlichen Straßen. Beleuchtete Fahr- und Gehwege mit einem sauberen

Straßenbelag aus Asphalt oder ansehnlich gepflastert. Und Kinder in meinem Alter. Ich seh' mich plötzlich von Freunden umgeben, mit denen ich toben und in die Schule gehen konnte. Scharen von Gleichaltrigen, die mich nicht wegen meiner Schüchternheit gehänselt haben und die mich trotz meiner versehrten Hand und der fehlenden Finger als ihren Kameraden akzeptiert haben. In meinen Träumen haben die sogar zu mir als Anführer aufgeblickt.

„Können wir jetzt hierbleiben, Tante Martha?", habe ich gefragt, als es mir etwas besser ging.

„Das glaube ich nicht, Kolinka." Dabei hat sie einen Waschlappen in die Wasserschüssel auf ihren Knien getaucht, hat ihn ausgepresst und ist mit dem angenehm feuchten Tuch über meine Stirn gefahren. In dem großen Krankenhaussaal mit den vielen Betten hat sie leise und ganz behutsam zu mir gesprochen. Um mich herum waren meistens Frauen und gelegentlich auch Kinder untergebracht. Zwölf Betten habe ich gezählt. Durch die großen Fenster fiel Licht herein und ich spürte die warmen Sonnenstrahlen auf meinen Händen.

„Ich kann nach draußen sehen." Mit dem Finger zeigte ich zum Fenster hinter dem Kopfende meines Bettes.

„Schau, Tante Martha. Wenn ich meinen Kopf ganz nach hinten strecke und die Augen weit aufreiße, dann kann ich durch die oberen Scheiben des Fensters Bäume erkennen. Die sind riesig, die Bäume. Aber an den Ästen sehe ich noch keine Blätter. Nur Vögel. Die sitzen oben auf den Ästen. Und alles steht auf dem Kopf."

Tante Martha lächelte und blickte ebenfalls aus dem Fenster.

„Wenn du wieder ins Freie kannst, dann wirst du sehen, dass Falkenau eine schöne Stadt ist."

Jeden Tag versuchte sie mich aufzumuntern. Dabei malte sie mir die Gegend, in der wir jetzt waren, in den schönsten Farben aus. Vielleicht hat sie sich dadurch selber auch von ihren traurigen Gedanken abbringen können.

„Hier gibt es einen Fluss mit dem Namen Eger. Und vielleicht hast du schon mal von den Städten Karlsbad oder Bayreuth gehört. Die sind nicht weit weg."

„Von Bayreuth habe ich in Illustrierten gelesen, die in der Lagerbibliothek ausgelegen waren. Da ist der Führer gerne zu Opernaufführungen.“ Tante Martha schmunzelte. Vielleicht fand sie es lustig, dass ich das Wort *Opernaufführungen* kannte.

Mama schaute nun manchmal kurz bei mir vorbei. Kira war Gott sei Dank auch wieder zu Kräften gekommen. Und Mama sah nicht mehr so mitgenommen aus. Auch Nata und Tanja kamen hin und wieder. Sie haben viel geflachst und versucht, mich aufzumuntern. „Du hast es gut. Wir müssen in der Bürgerschule auf dem Fußboden schlafen und du hast ein ganzes Bett für dich alleine“, haben sie geschwindelt. Dabei mussten sie gar nicht auf dem Boden liegen. Und ich wäre so gerne bei Papa und Mama gewesen. Auch wenn ich dafür auf dem Fußboden untergebracht wäre. Es war ja auch schon Ende Februar und nicht mehr so kalt.

Nata hat erzählt, dass sie mit den BDM-Mädchen[21] aus Karlsbad Spaziergänge machen, wenn es mal nicht regnete oder schneite. Und viele Lieder haben sie auch gelernt. Alex hat mir ein Lied beigebracht. Das hieß: *Die Fahne hoch!* Er hat es mir vorgesungen und ist im ganzen Saal auf und ab marschiert und alle Frauen waren in ihren Betten gesessen und haben Beifall geklatscht.

Ich wäre auch gerne draußen herumgestreift. Manchmal war ich ziemlich wütend, dass ich im Krankenhaus liegen musste und nicht mit den anderen nach draußen konnte. Wir hatten so eine weite Reise gemacht und ich konnte, außer vom Zug aus, noch nichts von Deutschland mitbekommen. Und obendrein war ich meistens alleine. Und Bauklötze gab es hier auch nicht.

Endlich! In der Woche vor Ostern wurde ich zusammen mit anderen Kindern auf eine Wanderung geschickt. Einige größere Buben von der HJ aus Falkenau haben uns abgeholt und uns die Gegend gezeigt. Seit ein paar Tagen hatten mir die Schwestern im Hospital auch erlaubt, herumzulaufen. Trotzdem waren

---

[21] Bund Deutscher Mädel (BDM) war in der Zeit des Nationalsozialismus der weibliche Zweig der Hitlerjugend. Darin waren Mädchen im Alter von 14 bis 18 Jahren organisiert.

meine Beine schwach und ich musste erst wieder zu Kräften kommen.

Mensch, das war vielleicht schön, wieder an der frischen Luft sein zu können, mal etwas anderes zu riechen als das miefige Krankenhauszimmer. Und dann die Stadt – ganz anders als bei uns zu Hause. Alle Häuser aus Stein. Große Kirchen aus Naturstein und überall gepflasterte Straßen. Bei einer der Kirchen sah die Kirchturmspitze so aus, als ob eine große Zwiebel draufgesetzt worden wäre. Und auf der Großen thronte noch eine kleine Zwiebel, dazwischen eine Laterne. Hier gab es so viel Interessantes zu sehen. Bei unserem Spaziergang konnten wir große Vögel und sogar einige Rehe beobachten. Im Dorf Grün, dem Ziel unserer Tour, hat es dann auch zu essen und zu trinken gegeben. Die Leute redeten ganz anders als bei uns in Korist. Und die Baltenkinder, die mit uns gewandert sind, wieder anders. Trotzdem konnte ich alle so einigermaßen verstehen. Sogar die Bessarabier.

Noch vor Ostern durfte ich das Hospital verlassen. Papa kam mit Tante Martha. Sie packten meine Sachen und holten mich ab. Die Frauen im großen Krankenzimmer waren alle ganz lieb zu mir und haben mich beim Abschied gedrückt.

Endlich war ich wieder bei meiner Familie. Die Bürgerschule, in der alle anderen zusammen während meiner Lungenentzündung untergebracht waren, stand am Marktplatz von Falkenau. In den Klassenzimmern haben wir zusammen mit anderen Umsiedlerfamilien gewohnt. Mit Tüchern waren Wohnbereiche abgeteilt, trotzdem hat man die anderen Leute deutlich hören können. Hier in Falkenau haben alle auf richtigen Liegen oder auf einfachen Betten geschlafen. Ganz anders als in Burgstadt, wo wir alle auf Strohlagern übernachten mussten. Es gab keinen Morgenappell und es war auch sonst nichts zu tun. Wir durften überall im ganzen Ort frei herumspazieren. Die ganze Ordnung und der gesamte Tagesablauf, das war hier nicht so streng. Die Leute im Ort haben uns zwar manchmal blöd angeglotzt, weil wir anders angezogen waren und uns anders ausgedrückt haben.

Lagerleiter Kreisel organisierte jeden Tag ein Programm für alle Umsiedler, die hier einquartiert waren. Im großen Speisesaal hielten Leute vom Reichsnährstand landwirtschaftliche Vorträge. *Fachredner* wurden die genannt. Den Bauern unter uns Umsiedlern gefiel das gut. Da konnte man tatsächlich was lernen über Gartenbau, Eierwirtschaft, Milchwirtschaft und andere landwirtschaftliche Themen. Tante Martha und Mama verpassten kaum einen Vortrag. Papa erklärte mir, dass hier in Deutschland alle Bauern im *Reichsnährstand* Mitglied sein müssten. Das war halt das Deutsche Reich. Ganz anders als in Wolhynien. Hier war alles irgendwie organisiert. Es gab Ortsbauernschaften, Kreisbauernschaften und so viele Organisationen, dass ich mir das gar nicht merken konnte.

Herr Kreisel richtete auch Nähkurse ein und noch viel mehr. Wenn kein Vortrag dran war, dann sangen die BDM-Mädchen manchmal Volkslieder. Und wenn der Lagerleiter kein Programm gemacht hatte, dann hockten die Leute zusammen und sangen Lieder aus Wolhynien. Alex, Nata und Tanja nahmen oft an gemeinsamen Unternehmungen der Sportgruppen teil. Aber ich war dazu noch zu schwach. Eigentlich langweilten wir uns sogar ein bisschen.

Auch die Erwachsenen mäkelten manchmal 'rum, wann es endlich weitergehen wird. Beim Frühstück und beim Abendessen tauschten sie ihre Neuigkeiten aus. Alex und ich hörten meistens nur zu. Denn wenn wir etwas beitragen wollten, dann bekamen wir sowieso fast immer einen blöden Spruch. Ein Kolonist aus Toptscha meinte: „Jungchen! Wenn der alte Ochs furzt, dann muss der junge stille schweigen."

Die Bauern unter den Leuten, die mit uns hier wohnten, beklagten, dass das Frühjahr vor der Tür stehe und dass man doch schon bald die Felder bestellen müsste. Diejenigen, die mit dem Pferdetreck gekommen waren, mussten ihre Gäule vorübergehend in Unterbringungsställe einstellen. Und manche Tiere waren auch krank geworden. Da waren sogar welche dabei, die mit Lungenentzündung oder wegen einer anderen Krankheit ins Pferdelazarett kamen. Eine Familie wohnte mit uns dort in der Schule, die haben nicht nur ihre Pferde unterstellen müssen, sondern auch die Kühe, die sie mitgebracht haben. Diese Leute wollten so schnell wie möglich wieder zu ihren Tieren.

Bei den Zusammenkünften drehte sich das Gespräch der Erwachsenen oft um das Thema, dass sie hoffentlich die *Gelbe Karte*[22] bekommen würden. Weil ich so lange im Hospital gewesen bin, kannte ich nicht alle neueren Bestimmungen, die nun gelten sollten. Da habe ich Mama gefragt, was die *Gelbe Karte* bedeutet. Mama hat gemeint, dass es ja jetzt so viele verschiedene Formulare gibt, und dass sie nicht sagen kann, was die verschiedenen Karten bedeuten. Und es wurde so viel gesprochen und spekuliert, dass man noch nicht so genau wüsste, wie sich alles entwickeln wird.

Alex hat dann erzählt, dass seit einer Woche das Gerücht herum gehe, der Reichsführer SS, Heinrich Himmler, hätte eine neue Verfügung herausgebracht, der zufolge alle Umsiedler noch länger in Beobachtungslagern untergebracht werden sollen, bevor man angesiedelt wird, damit eine genaue *Eignungsprüfung* vorgenommen werden kann. Die anderen Jugendlichen von der HJ hatten es ihm gesagt.

„Welche Eignungsprüfung?“, fragte ich.

„Na, zum Beispiel die *Deutschtumsprüfung*“, hat Tante Martha geantwortet. Und ganz eindringlich hat sie uns allen ins Gewissen geredet, dass wir gutes Deutsch sprechen sollen, damit wir diese Deutschtumsprüfung bestehen werden und die *O-Karte* dafür bekommen. Die Baba hat wieder mal dazwischen gesprochen und genörgelt, dass wir doch immer schon gutes Deutsch gesprochen haben und dass es ganz ausverschämt ist, wenn wir eine solche Prüfung machen müssten. „Baba! Was bist du nur für eine Wolhynische! Man sagt doch nicht mehr *ausverschämt*“, scherzte Nata belustigt. Die Baba blinzelte aufgeregt mit beiden Augen. „No – wie soll es denn sonst heißen?“

Nata strich sich eine Haarsträhne aus der Stirn, richtete sich keck auf und gab zurück: „*Unverschämt* muss man jetzt sagen.“ Tanja sprang von ihrem Stuhl auf und plärrte dazwischen „… *Farin* heißt ja jetzt auch Mehl und *Sacher* ist Zucker.“ Mit wichtiger Miene blickte sie in die Runde, schob das Kinn etwas nach vorn und formulierte etwas unbeholfen: „Kartoffelpuffer!“

[22] Gelbe Karte, siehe Anhang 03, Steuerung der Neuansiedlung durch ein System von Transportkarten.

„Nu – und was soll das schon sein?“, kam es zurück. „*Plinsen*“, schallte es gleichzeitig aus Nata und Tanja heraus.

Dann kam unser Tag. Es wurde ja auch Zeit! Andere Kolonistenfamilien durften schon eine Woche vor uns abreisen. Wahrscheinlich war geplant, die auch gleich zusammen mit ihren Tieren auf neuen Bauernhöfen im *Wartheland*[23] anzusiedeln. Papa war unzufrieden, dass man uns so lange warten ließ. Aber dann war er plötzlich da. In der Nacht hatte es noch etwas Frost gegeben. Am Abreisetag war der Himmel klar und die Sonne schien. Schon ganz früh sind wir aufgestanden und haben unsere besten Kleider angezogen. Tanja und Nata waren sehr adrett. Wie aus dem Ei gepellt. Sogar ihre Hüte haben sie aufgesetzt. Mama hat mich genau angeschaut, hat meinen Scheitel nachgezogen, mit Spucke einen Fleck von der Krawatte gewischt, das Hemd und den Kragen gerichtet. Auch Kira trug seinen schönen Matrosenanzug. Mama selbst hat ihren Mantel in der Frühe noch gebügelt, damit auch alles in bester Ordnung ist, wenn wir zur Deutschtumsprüfung fahren. Tante Martha schnitt ihr am Tag vorher noch die Haare etwas nach. Sie sah erstklassig aus, meine Mamussia. Wie im Kinofilm.
Ein Omnibus holte uns von der Bürgerschule ab und schaukelte uns zum Bahnhof. Unterwegs entdeckte ich einen wunderschönen Strauch mit rosafarbenen Blüten. Alex wusste sogar, dass man den Strauch Magnolie nennt. Auf dem Bahnhofsvorplatz wartete bereits eine Schulklasse und verabschiedete uns. Alle Kinder hielten Fähnchen in den Händen und winkten. Wahrscheinlich würden sie auch gleich die Neuankömmlinge begrüßen, die mit dem Zug eintreffen sollten. Hier war dauernd ein Kommen und Gehen.

Über Karlsbad und Prag fuhren wir dann wieder zurück in Richtung Lodsch. Ich konnte mich gar nicht sattsehen an den schönen Wäldern und Bergen, die an uns vorbeizogen. Und Burgen. So viele Burgen. Als der Zug Brünn verließ und in Richtung Jägerndorf und Oderberg loszuckelte, schauten sich Mama und Tante Martha ganz interessiert draußen um.

---

[23] Wartheland: siehe Anhang 04, Reichsgau Wartheland.

„Ida Blümke wohnt hier in der Gegend", hörte ich Tante Martha. Oma Berta, die Mama von den beiden, und Tante Karolina, ihre Schwester, sind auch hier in diesem Rayon[24] aufgewachsen. Tante Martha erklärte Nata, dass sie damals nicht in Deutschland gelebt hätten, sondern in der Donaumonarchie. Komisches Wort. Natürlich wusste ich, dass die Donau ein Fluss ist. Und hier hat es auch keinen Zaren gegeben und keinen Präsidenten, sondern den Kaiser Franz-Josef. Und manche Rezepte von den guten Nachspeisen, die Mama zu Hause immer gemacht hat, stammten von Oma Berta und aus dieser Gegend. Mama lächelte manchmal geheimnisvoll und meinte: „Das sind böhmische und mährische Rezepte", wenn sie wieder mal Buchteln mit Zwetschgenmus, Palatschinken oder Mohnkuchen zubereitete.

„Und wie hat Oma Berta den Großvater Gustav kennengelernt?", wollte ich wissen. „Das hier ist doch ganz weit weg von Rowno."

„Ach, Kindchen", Tante Martha blies schwer aus, „das ist doch auch schon so lange her. Und früher, als die Baba Berta eine junge Frau gewesen ist, mussten die Menschen genau wie heute zusehen, wo sie ihr Brot verdienen können. Die Zeiten waren damals sowieso kein Zuckerschlecken. Und so ist sie auf Wanderschaft gegangen. Erst nach Wien. Die Gegend hier war ja damals das österreichische Schlesien, die *Kronländer* hat man diese Provinzen genannt – und das Kaiserhaus in Wien hat man natürlich verehrt. Aber schließlich hat sie eine Stellung beim Dragonerkommandeur Sinelnikow angenommen, der in Wien wohnte, und ist mit ihm und seiner Familie nach Kiew gegangen. Das war ein ganz wichtiger Mann mit einem großen Haushalt. Wo man halt hingeworfen wird von den Zeiten."

„Sinelnikow – Sinelnikow – Oblomow", äffte Tanja von ihrem Sitz her nach. Tante Martha zwinkerte kurz mit dem rechten Auge in ihre Richtung und fuhr fort. „Du hast doch bestimmt schon vom Großvater Gustav die Geschichte erzählt bekommen, dass er bei Sinelnikow als Offiziersbursche gedient hat. Na,

[24] Als Rayon (auch Rajon) wird in einigen östlichen Ländern eine Verwaltungseinheit bezeichnet, entsprechend einem Bezirk oder Landkreis.

und so sind die beiden zusammengekommen. Großvater war Bursche und Baba Bertha war Zimmermädchen.“ Sie machte eine Pause und blickte aus dem Fenster.

„Und dann haben sie die Mühle gekauft?“, hakte diesmal Alex nach. Tanja beugte sich nach vorn und streckte ihm die Zunge entgegen.

„Wie sollten sie das bezahlen?“ Tante Martha war fast etwas entrüstet. „Glaubst du, als Kammerbursche hat er so viel Geld bekommen? Erst mal haben sie Land gepachtet und mit Gemüse bebaut. Das hat aber nichts eingebracht. Dann konnten sie irgendwie die Schnapslizenz bekommen. Die war sehr begehrt damals. Baba Berta hat dann jeden Sommer viel fettes Schweinefleisch eingekocht und eingesalzen. Und wenn später im Herbst die Fuhrknechte an der Zuckerrübenfabrik anstanden und warten mussten, haben sie ihnen Schnaps und eingepökeltes Schweinefleisch verkauft. Schnaps und heißes Schweinefleisch. Das war ein Geschäft! Damit konnten sie dann bald die große Mühle in Korist bauen.“

Schon in der Vergangenheit hatte ich viele Geschichten gehört, die Papa von früher erzählte. Von seiner Familie aus Tscheremoschno. Von seinen Eltern, seinen Brüdern und Schwestern. Natürlich auch von Baba Ira, die ja auch seine Schwester ist. Also, halt die Arens-Familienseite. Da kannte ich mich nicht immer aus, wie das zusammengehörte. Und dann noch mit den Stiebers. Mamas Familie halt. Und schließlich so viele verschiedene Länder. Deshalb wollte ich wissen, warum der Distrikt jetzt zum Deutschen Reich gehörte, wo er doch früher Donaumonarchie war – oder Österreich – und wo überall tschechische Namensschilder an den Bahnhöfen stehen würden.

„Kolinka, wie kannst du so eine blöde Frage stellen?“, knurrte Papa genervt. „Hast du das denn nicht in der Schule gelernt?“

„Woher soll er es wissen?“, fuhr ihn Mama an. „Glaubst du, Saschinka, dass sie ihm das in der Dorfschule in Korist beigebracht haben? Da haben sie ihm doch nur über Polen erzählt. Wie schön und wie groß das polnische Reich früher gewesen ist. Und dass bis hinunter nach Kiew eigentlich auch noch alles polnisches Land ist.“

„Na gut“, zeigte sich Papa versöhnlich. Er holte tief Luft und begann: „Weil der *Hitler* das Sudetenland besetzt hat und dann den Krieg mit Polen angefangen hat …“ Mama legte ihm die Hand auf die Schulter: „Nicht so laut, Sascha! Die Leute horchen ja schon auf. Und du musst sagen: *der Führer.*“

Unaufhaltsam fuhren wir wieder in östliche Richtung und während der Fahrt lernte ich wieder viel über Landschaften und Geographie. Alex wusste natürlich wieder mal viel mehr als ich. Aber immerhin hatte ich *Oberschlesien* und *Kattowitz* auch schon gehört. Ich war ja nicht dumm. Tanja und Nata hat das alles gar nicht interessiert. Sie haben sich die ganze Fahrt über ganz leise über die Kleider der anderen Mitreisenden unterhalten. Und viel gekichert und geflachst. Mädchen eben. Die Baba hat dann streng gesagt: „Seid mal *ernsthaftig.* Und bei der Prüfung sprecht ihr nur, wenn ihr was gefragt werdet.“

Papa brummte: „Ruhe ist die erste Bürgerpflicht!“

Nach einer Weile wagte ich eine Frage, die mir schon lange durch den Kopf gespukt war. „Papa, wir sind doch deutsch. Warum müssen wir jetzt zu einer Deutschtumsprüfung?“

„Weißt du, Kolinka“, holte Papa aus, „der Krieg und die Politik haben so vieles geändert.“

„Aber vor dem Krieg waren wir doch auch schon Deutsche.“

„Der Hitler …“, er besann sich, „… der Führer hat mit den Politikern der anderen Länder vereinbart, dass alle Deutschen, die nicht mehr in Deutschland wohnen, also im Altreich, dass die alle wieder zurück ins Reich kommen sollen.“

„Wie wir aus Polen.“

„Genau. Und da gibt es noch viele deutsche Volksgruppen in Bessarabien, im Baltikum …“

„… und in Südtirol und an der Grenze nach Frankreich und in Afrika …“, drängte sich Alex dazwischen.

„Na ja – die wohl auch“, meinte Papa.

„Und die in Russland nicht?“, wollte ich es genau wissen.

„Die in Russland müssen dortbleiben“, erklärte Papa geduldig.

„Und warum?“

„Na, weil der Stalin sie nicht herausgeben will.“

„Und die Prüfung?“, bohrte ich nach.

„Kolinka, manche sind schon über die Jahre und über die Generationen im Polentum oder Russentum aufgegangen und sprechen kein Deutsch mehr. Da wollen die Deutschen halt jetzt wissen, wer da nach Deutschland kommt – also, was das für Leute sind – und wofür man uns gebrauchen kann. Das ist alles.“ Damit setzte Papa den Schlusspunkt. Außerdem war der Zug schon in den Bahnhof Oderberg eingefahren und die Leute hatten sich bereits im Gang zum Aussteigen angestellt. Wir stiegen aus und Papa erkundigte sich nach der Durchschleusungsstelle der EWZ. Auf dem Bahnhofsvorplatz hielt sogar eine Straßenbahn und die gesamte Beschilderung war in deutscher Sprache. Auch an den Eingängen der Geschäfte war alles in Deutsch angeschrieben. Nur manchmal tschechisch. Aber Tschechisch konnte ich nicht sprechen, gerade mal ein bisschen verstehen. Wenn man es sich so leise im Kopf vorgelesen hat, dann war es gar nicht so schwer. Ein bisschen wie ukrainisch – halt nur ohne kyrillische Buchstaben. Der Bahnhof gefiel mir. Der war so schön mit roten Hakenkreuzfahnen und mit Girlanden aus Nadelzweigen geschmückt.

Schade – ich bedauerte, dass wir nicht mit der Straßenbahn fahren mussten. Denn die EWZ-Behörde war gleich in einem großen Gebäude gegenüber dem Bahnhof untergebracht. Während Papa zuerst zur *Meldestelle* ging und dann einige Zeit in der *Ausweisstelle* verschwunden war, saßen wir anderen in einem großen Wartebereich.

Türen öffneten sich, Leute kamen heraus mit Mappen und Akten unter den Armen. Manche stolzierten vorbei, ohne uns anzusehen, andere grüßten freundlich. Meistens verschwanden sie wieder hinter irgendeiner anderen Tür. Oder sie huschten die breite Treppe hinauf in ein anderes Stockwerk. Man konnte ihre Schritte auf den steinernen Stufen und Böden auch dann noch hören, wenn sie schon nicht mehr zu sehen waren. Besonders lange hallten die Schritte der Stiefel von Polizisten und Soldaten oder SS-Leuten nach in den langen Fluren mit den vielen Türen. Viel heller klangen die Stöckelschuhe der Frauen und Sekretärinnen auf den Steinplatten der Böden.

Auch zur *Vermögensstelle* gingen Papa, Tante Martha und die Baba alleine. Nach einer halben Stunde kam Papa heraus und nahm uns mit zur *Lichtbildstelle* im zweiten Stock. Nachdem jeder von uns drangekommen und von jedem ein Bild gemacht worden war, wobei man die EWZ-Nummer der Kennkarte vor die Brust zu halten hatte, mussten wir nochmal eine halbe Stunde auf Papa warten, weil er in Burgstadt nicht bei der Gesundheitsuntersuchung war. Sie hatten ihm dort nur den Entlausungsstempel in seine Kennkarte gedrückt. Als das geklärt war, verschwand er noch für eine halbe Ewigkeit hinter einer Tür mit dem Schild *Berufseinsatzstelle*.

Aber zur Schlussbesprechung wurden wir dann alle gemeinsam in ein großes Büro gerufen. Ein Mann in Zivil stellte uns viele Fragen und wollte von jedem etwas wissen. Er thronte hinter einem schönen Schreibtisch aus dunklem Holz. Hinter ihm blickte Adolf Hitler streng aus einem Bilderrahmen. Von mir wollte er wissen, auf welche Schulen ich gegangen sei und welche Schulen ich hier im Reich besuchen möchte. Sein Blick fiel auf meine rechte Hand. Ich spürte, dass er jetzt wahrnahm, dass an meiner rechten Hand zwei Finger fehlen. Wortlos kritzelte er eine Notiz auf eine Karteikarte. Tanja und Nata waren auch ganz angespannt und aufmerksam. Sie alberten nicht herum, wie sonst immer.

Als Tanja gefragt wurde, antwortete sie, dass sie auf das Gymnasium der polnischen Siedler gegangen ist. Der Beamte schaute komisch, legte seinen Zeigefinger schräg über den Mund und erklärte ihr, dass sie ja jetzt auf ein richtiges Gymnasium gehen könne. So ähnlich sagte er es auch zu Nata und zu Alex. Wir waren alle ziemlich angespannt und keiner wagte es, sich zu rühren. Mir kam es vor wie an einem Feiertag in der Kirche. Man traute sich kaum zu atmen. „Seid freundlich und nicht so vorlaut“, hatte uns die Baba eingeschärft, als wir draußen auf den Wartebänken saßen. Jetzt hockte sie wie eine Gouvernante zwischen mir und Tanja und zwinkerte ganz nervös mit den Augen.

„Dann möchte ich Ihnen zur Anerkennung als Volksdeutsche gratulieren“, sagte der Beamte schließlich und erhob sich von seinem Stuhl. Die Tür öffnete sich und eine Frau kam herein.

Vor sich trug sie ein Tablett, auf dem Saftgläser und Schnapsgläser aufgebaut waren. Sie reichte es herum und wir bedienten uns. Mama stand auf und zog mich am Ärmel ebenfalls hoch. Schnell erhoben sich auch alle anderen.

Wir bekamen feierlich unsere *Einbürgerungsurkunden* überreicht und der Beamte teilte uns mit, dass wir nun bis zur Ansiedlung im Warthegau nach Kirschberg bei Lodsch fahren dürften und dort eine fröhliche Zeit verbringen sollen.

„Tja – dann bleibt mir nur noch, Ihnen alles Gute in der neuen Heimat zu wünschen." Er reichte Mama, Tante Martha, der Baba und Papa die Hand und winkte uns anderen zu. Wir verließen im Gänsemarsch das Büro und die Deutschtumsprüfung war damit beendet. Jetzt waren wir alle Deutsche. Ich meine, Deutsche waren wir ja vorher auch schon. Aber jetzt waren wir richtige Bürger des Deutschen Reiches! So mit Stempel und allem. Jetzt brauchten wir keinen polnischen Ausweis mehr. Papa nahm Mama in den Arm und küsste sie. Alle Erwachsenen fielen sich in die Arme und waren glücklich.

Tanja hob den rechten Arm zum deutschen Gruß und rief „Heil Deutschland!" Die Baba legte ihr gleich die Hand auf den Mund und zischte, dass sie stille schweigen solle. Aber Nata, Alex und ich machten es ihr nach.

Als wir aus dem kühlen Gebäude ins Freie traten, kam ein Fotograf auf unsere Gruppe zu. Er trug in der einen Hand ein Stativ, auf das eine Kamera montiert war, an der ein schwarzes Tuch hing. Papa bot er an, zur Feier des Tages eine Aufnahme von uns zu machen, damit wir immer eine Erinnerung an diesen denkwürdigen Tag behalten könnten.

Papa meinte, dass so ein Schnäpschen auf nüchternen Magen ohne etwas zum Zubeißen den Hunger antreibt. Bevor wir alle ins Bahnhofsrestaurant wanderten, um dort zu Mittag zu essen, nahm Papa aber das Angebot des Fotografen an und wir posierten für ein Gruppenfoto vor dem EWZ-Gebäude.

Was sollte ich mir vorstellen unter dem Begriff *Lager Kirschberg*? Und dann auch noch unweit von Lodsch, wo das fürchterlich triste Lager in der Kindler'schen Fabrik lauerte.

Als wir dann aber in Kirschberg eingetroffen waren, merkte ich gleich, dass ich hierbleiben und nie mehr weggehen wollte. Die Zeit in diesem *Erholungslager* war buchstäblich Sommerfrische pur und entschädigte für den missratenen Herbst und die grässlichen Wintererlebnisse. Unter keinen Umständen wollte ich diesen paradiesischen Ort je wieder verlassen. So schön war es noch nie! Der Frühsommer ließ sich schon erahnen, ab Mai war das Schwimmbad unser zweites Zuhause und Kinder, mit denen ich herumtoben konnte, gab es hier zuhauf. Papa war meistens da, Mama und Tante Martha auch und mit Alex, Tanja und Nata konnte ich mehr zusammen sein als je zuvor. Mit Kira konnte man noch nicht so viel anfangen, aber mit seinen inzwischen drei Jahren war er recht putzig und ich liebte ihn sehr.

Ins Schwimmbad kamen Tanja und Nata meistens mit ihren BDM-Freundinnen und blieben am liebsten bis zum Abend. In diesen Momenten wollten sie unter sich sein und ich durfte nur mit dabei sein, wenn ich mich nicht in ihre Angelegenheiten einmischte. Das war mir aber egal. Mama war auch gerne hier und verbrachte viele Nachmittage zusammen mit Kira beim Zeit Verbummeln mit Baden und Lesen. Allerdings nur an solchen Tagen, an denen Kira nicht in den Lagerkindergarten gehen konnte. Manchmal begleitete ich ihn auch nach dorthin. Die hatten da nämlich viele Spielsachen und Bauklötze, mit denen ich nach Herzenslust bauen und spielen konnte.

Immer wenn es möglich war, besuchte ich die Schule von Lehrer Hummel. Der war früher schon in der Kolonistenschule in Korist Lehrer. Der Unterricht in der Schule wurde immer in deutscher Sprache abgehalten. Von Tag zu Tag bekam ich mehr mit, lernte dazu und konnte die anderen Kinder immer besser verstehen.

Papa hatte erst gar nichts zu tun, so dass ihn Mama manchmal schimpfte, wenn er wieder mal mit den anderen Umsiedlern bis spät in die Nacht gefeiert und lautstark gesungen hatte. Später hat er sich dann dauernd darum kümmern müssen, dass wir ein neues Haus zugeteilt bekommen. Das hat bei uns länger gedauert als bei anderen, weil Papa kein Bauer war und auch kein Geschäft gehabt hat. Mühlen gab es halt nicht wie Sand am Meer.

Onkel Adam besuchte uns in Kirschberg auch regelmäßig. Mamas Bruder studierte jetzt nicht mehr in Lemberg. Die Ukrainer sagten zu der Stadt *Lwiv*. Seit die Bolschewiken in Wolhynien einmarschiert wren, war Lemberg ein Teil der sowjetischen Zone. Deshalb ist Onkel Adam im Herbst gleich ins Altreich gegangen, als deutsche Truppen Lemberg besetzt hatten und in der Stadt noch viel gekämpft wurde. Die Russen sind ja erst ein paar Wochen später gekommen. Jetzt konnte er in Breslau weiterstudieren.

Ein schönes Häuschen hat man uns gegeben. In einer Naherholungskolonie beim Dorf Kirschberg. Eben nicht so weit weg von Lodsch. Aber weil man jetzt nicht mehr Lodsch sagte, sondern Litzmannstadt, musste ich auch nicht mehr so oft an die Kindlersche Fabrik denken. In meinem Kopf waren Lodsch und Litzmannstadt zwei unterschiedliche Orte. Alex hat gesagt, dass der Führer befohlen hat, die Stadt muss jetzt Litzmannstadt heißen. Unser Häuschen war eigentlich ein Ferienhaus von Leuten aus der großen Stadt. Aber alle Ferienhäuser hat nun die *NSV* verwaltet. Papa hat gelacht und gemeint, dass die Besitzer bestimmt gut Miete von der *NSV*[25] kassieren können für die Unterbringung der Umsiedler.

Ich besuchte den Singkreis und lernte viele deutsche Lieder. Aber ganz besonders freute ich mich immer aufs Fußballspielen und die Wettkämpfe mit den Großen von der HJ – und auf den Geländekampf. Das war wirklich mal eine Gaudi. In Korist hat es keine Buben in meinem Alter gegeben. Dort konnte ich meistens nur mit Alex spielen und im Sommer habe ich mit Oleg und anderen Ukrainerbuben draußen herumgetollt. Das war aber nicht so oft. Und in der Korister Schule hat es keinen Sportunterricht gegeben.

Von den älteren Jungs, die vielleicht sechs oder sieben Jahre älter waren als ich, haben sich viele gleich zur SS gemeldet. Schon auf der Zugfahrt waren in einigen Bahnhöfen Anwerbestellen der SS eingerichtet. Und weil sie ihren Familien nicht zur Last fallen wollten und sowieso nicht wussten, wie es weitergehen sollte, haben sie sich eben entschieden, dem Deutschen

[25] NSV: siehe Anhang: 06 Nationalsozialistische Volkswohlfahrt.

Reich zu dienen und sind Soldaten geworden. Auch Dodik, der Bruder von Lisa, Lola und Mischa Trewer, hat sich gleich bei der Waffen-SS eingeschrieben. Na ja – der war ja schon bei den Polen Pfadfinder. Und er war ja auch katholisch geworden, weil er auf die höhere Schule gegangen ist. Seine Schwestern haben dafür viel nähen müssen, um die 50 Zloty jeden Monat für seinen Schulbesuch zu bezahlen. Und ich – ich hätte viel dafür gegeben, wenn ich gleich zur HJ gekonnt hätte. Auf die Kameradschaft und die Unternehmungen hätte ich mich gefreut. Das ging aber hier im Erholungslager nicht. Auch nicht als Pimpf. Deshalb musste ich mich vertrösten lassen, bis Papa irgendwo eine Mühle für uns gefunden hatte. Papa freute es auch, dass ich so viel mit anderen Buben zusammen war. „Nu – marschieren muss nicht immer sein", sagte er. Aber mir gefiel es. Und Alex fand das auch richtig gut. Oft waren wir bei Geländespielen zusammen und beim Singen. Aber immer öfter zog er mit den Großen von der HJ los. Die wollten mich dann nicht unbedingt dabeihaben. Sollten sie doch machen, was sie wollten. Später erzählte er mir dann eigentlich immer, dass sie über Heldensagen und germanische Tugenden gesprochen hatten, über Abenteuer und Bewährung. Papa fertigte für mich ein HJ-Koppelzeug an. Aus einem kaputten Ölbild in unserem Haus schnitt er schöne bunte Streifen heraus und Mama nähte es so zusammen, dass ich es über die Brust und um den Bauch tragen konnte. Da fühlte ich mich ganz schön stark und fast schon so wie ein Krieger.

Am Gemeinschaftshaus und an der Holzbaracke der Lager-Einsatzführung hingen Ankündigungsplakate, dass der Reichsführer SS unser Umsiedlerlager besuchen würde. Da waren alle natürlich ganz aufgeregt und die Erwachsenen sprachen jeden Abend darüber. Mama hatte von anderen Frauen erfahren, dass auch die Reichsfrauenführerin dabei wäre. Die HJ hat jedenfalls Bratwürste gebraten und ein Fackelträgerspalier aufgestellt.

Dann verließen nach und nach viele Kolonistenfamilien das Erholungslager und zogen in den Warthegau um. Sie hatten dort recht zügig Bauernhöfe zugeteilt bekommen. Deshalb waren irgendwann nur noch solche Umsiedlerfamilien im Lager, die früher ein Geschäft oder eine Mühle hatten. Da gab es einfach nichts. Irgendwann hat Papa dann sehr geschimpft, weil er bei der *Treuhandstelle Ost* in Litzmannstadt nachgefragt hat, warum unsere Ansiedlung so lange dauert. Die haben ihm dann gesagt, dass Geschäfte und Mühlen, die zur Ansiedlung infrage kommen würden, noch nicht registriert seien. Und dass es deshalb wohl noch länger dauern würde. Wenn aber Papa selbst nachsehen wollte, welche Mühlen es gibt und wenn er selbst eine Registrierung vornehmen möchte, dann könnte er sich gerne umschauen. Deshalb war Papa zusammen mit Onkel Adam und einem anderen Mann immer wieder mal für einige Tage unterwegs. Ihre Fahrten reichten bis nach Pommern. Auch in der Gegend bei Leslau[26] holten sie Erkundigungen ein, welche Mühlen und Geschäfte es gäbe. Dann schrieben sie alles auf, in welchem Zustand das Anwesen war, wie groß, wer es abgibt, wie viel Land dabei war und so weiter.

Wo Pommern oder wo Leslau war, wusste ich nicht. Hat mich aber auch nicht interessiert. Ich hoffte nur, dass es dort, wo wir angesiedelt würden, auch ein Schwimmbad und viele Buben geben würde, mit denen ich Sport und Geländeübungen machen konnte. Und eine Schule. Ich wollte so gerne auf die Oberschule gehen. Den ganzen Sommer über konnte ich in Kirschberg mit den anderen Buben lernen. Die paar Wochen Unterricht mit den anderen deutschen Kindern haben mir viel mehr gebracht als die ganze Dorfschule in Korist.

[26] Leslau, polnisch: Wloclawek.

Gau Wartheland/Polen | Spätsommer 1940

„Sie wollen mir weismachen, dass meine Bescheinigung nichts taugt? Hier – lesen Sie. Da steht es doch schwarz auf weiß. Das ist die Entlassungsbescheinigung aus dem Lager Kirschberg von der Mittelstelle, Einsatzstab Litzmannstadt. Und da können Sie nachlesen, dass der Umsiedler Sascha Arens sich mit seiner Ehefrau Wanda und mit seinem Haushalt nach Brest-Kujawien[27] begibt, unterzeichnet Untersturmführer von Hollan.“ Sascha tobte innerlich, versuchte aber höflich zu bleiben und die Form zu wahren. Seine Kopfbedeckung hatte er freilich artig abgenommen.

Niederegger, ebenfalls im Range eines Untersturmführers der SS und Leiter der örtlichen Treuhandstelle im Leslauer Rathaus, schob seinen massigen Oberkörper über den ausladenden Schreibtisch. In der Geste, mit der er seine beiden Ellenbogen auf die grüne Schreibunterlage abstützte, lag etwas Überlegenes, etwas Herausforderndes. Um diesem Ausdruck noch ein Quäntchen Angriffslust beizumischen, legte er sein vorgeschobenes Kinn auf die ineinandergreifenden Fäuste und drückte mit den Daumenenden seinen klobigen Schädel nach oben. Ruhig nahm er Sascha ins Visier.

„Wir haben hier leider schon einen geeigneten Bewerber für diese Topielec-Mühle in Brest. Das ist wirklich ein schönes Anwesen. Und noch dazu mit einer so komfortablen Bahn-Anbindung nach Leslau. So schön gelegen. Wirklich schade für Sie, Arens.“ In seinem lauernden Blick lag Häme.

„Herr Untersturmführer“, versuchte Sascha erneut, die Rechtmäßigkeit seines Anliegens deutlich zu machen, „Herr Untersturmführer Niederegger“ – Pause, Sascha rang nach passenden Worten und drehte den Rand seiner Mütze fast etwas verlegen in seinen Händen – „bitte prüfen Sie doch, ob es sich nicht um ein Versehen handelt. Schau’n Sie, Herr Benoit, der in der Treuhandstelle Litzmannstadt-Ost für die Ansiedlung der Nichtbauern zuständig ist, hat uns ja gebeten – und freie Hand gelassen –

[27] Brest-Kujawien, polnisch: Bresc Kujawski.

ein geeignetes Objekt selbst zu registrieren. Das haben wir gemacht."

„Da kam der Herr Benoit halt zu spät. Die Mühle ist weg, Herr – äh – Arens", fuhr Niederegger unwirsch dazwischen.

Unverdrossen setzte Sascha seine Rede fort.

„Jetzt habe ich meine Familie hierhergebracht und wir wurden vorübergehend in der Nähe der Kathedrale, gleich am Kloster, in die leerstehende Villa eines reichen Mannes einquartiert. Meine Kinder sind klein und ich habe das Anwesen auch schon begutachtet. Aus dem Lager Kirschberg hat man uns mit Sack und Pack hierhergeschickt und wir wissen auch nicht, wo wir sonst unterkommen sollen. Man hat uns versichert, dass wir uns in der Mühle Topielec ansiedeln können. Die Papiere dazu habe ich doch." Er zeigte mit der Mütze in der Hand zu seiner abgewetzten Aktentasche hin, die er auf einem Besucherstuhl neben der Tür akkurat abgestellt hatte.

Mit einem von der SS legte man sich nicht an und ein Untersturmführer war so etwas wie ein Leutnant. Das hatte sogar Sascha schon gelernt. Und so ein Leutnant wollte doch bestimmt noch etwas werden auf der Karriereleiter. Andererseits sollte ein Leutnant auch genau wissen, wer über ihm steht. Sascha holte Luft und fügte wie zum Nachdruck, aber doch zunehmend resigniert über den Verlauf der Unterredung an: „Hier auf dem Dokument steht ausdrücklich noch geschrieben, dass man uns ungehindert reisen lassen soll, und dass uns nötigenfalls von behördlicher Seite Schutz und Hilfe zu gewährleisten ist. Wahrscheinlich handelt es sich um ein Missverständnis. Das kann sich ja aufklären lassen. Ich werde mich dann eben an den Leiter des SS-Ansiedlungsstabes wenden, um festzustellen, was schiefgelaufen ist."

Niederegger presste die Daumenknöchel an seine Stirn und blickte auf die Schreibunterlage. „Den Hösch, den Leiter des Stabes, den werden Sie nicht antreffen! Der ist auf Urlaubsreise im Altreich. Mein lieber Arens, es ist August, Sommerzeit und Urlaubszeit. Wir werden uns darum kümmern, dass Sie eine andere Mühle bekommen. Das kann natürlich noch einige Zeit dauern. Tja – bedauerlich, bedauerlich, das Ganze." Mit diesen

Worten erhob sich Niederegger ruckartig und deutete in Richtung der Tür.

„Wo finde ich denn die Dienststelle des SS-Ansiedlungsstabes?“, wollte Sascha noch wissen, doch Niederegger murmelte etwas, das klang wie – wir kümmern uns schon – und komplimentierte Sascha mit diesen Worten auf den Flur hinaus.

Enttäuscht und vor Wut schäumend fand sich Sascha im sommerlichen Halbdunkel eines langen Behördenflures wieder. Seine Gedanken rasten. *Ich werde herausfinden, wo sich der Ansiedlungsstab befindet. So schnell kriegst du mich nicht klein. Ich lasse mich von dir bestimmt nicht verarschen – nicht von so einem Leutnantchen*, dachte er. Als er die breite marmorne Treppe zum Ausgangsportal bedächtig und noch in sich gekehrt hinunterging, kam ihm schnellen Schrittes die hübsche Sekretärin entgegen, die er bei der Anmeldung als Vorzimmerdame Niedereggers kennengelernt hatte.

„Ach, Frau…“, er zögerte, „mein Fräulein, bitte können Sie mir sagen, wo ich die Dienststelle des SS-Ansiedlungsstabes hier in Leslau finden kann?“

„Hat Ihnen das der Herr Untersturmführer Niederegger nicht gesagt?“, fragte die Angestellte in einem fast etwas schnippischen Ton zurück.

„Ich bin erst seit einem halben Jahr hier im Osten“, wand sich die Gefragte aus der Situation. „Und außerdem telefoniere ich höchstens mal mit der Dienststelle. Wo sie sich befindet, kann ich Ihnen leider auch nicht sagen.“ Mit diesen Worten trippelte sie eilig weiter die Stufen hoch und war Saschas Blicken im Nu entschwunden.

Sascha versuchte, einen klaren Kopf zu behalten. *Da fress' ich doch einen Besen, wenn das alles mit rechten Dingen zugeht. Na wartet! Wenn ihr glaubt, dass ich mir die Unterhosen mit der Kneifzange anziehe, habt ihr euch gebrannt. Jetzt werde ich mich erst recht so schnell wie möglich an diese Ansiedlungsstelle wenden*, dachte Sascha bei sich und wandte seine Schritte dem Ausgang zu. Da es noch früher Nachmittag war, hoffte er, Pastor Honke im evangelischen Pfarramt antreffen zu können. Über Honke konnte er bestimmt ganz schnell herausbekommen, wo dieses vermaledeite Ansiedlungsamt war.

Pastor Honke hatte es im Zuge der Umsiedlung ebenfalls nach Leslau verschlagen. Sascha kannte ihn aus der Zeit in Wolhynien recht gut. Honke war eine Respektsperson unter den deutschen Kolonisten. Und den Weg zum protestantischen Gemeindeamt brachte Sascha schnell und ohne Ausweichmanöver in Erfahrung.

Mit der Auskunft des Pastors machte er sich gleich nach dem Verlassen des Pfarrhauses auf den Weg zur SS-Ansiedlungsbehörde. Leider war SS-Obersturmführer Hösch tatsächlich nicht da, doch war er keineswegs in den Urlaub gefahren, wie Niederegger behauptet hatte, sondern nur an diesem Nachmittag eben nicht im Büro.

Als Sascha am nächsten Morgen gleich nach Dienstzeitbeginn an die Vorzimmertür zu Höschs Büro klopfte, wurde er bereits erwartet. Die Tür zu Höschs Amtszimmer war noch nicht ganz geöffnet, da trat ihm der Amtsleiter schon mit ausgebreiteten Armen entgegen. Augenscheinlich hatte Hösch auch gerade erst das Zimmer betreten und erst mal seine Uniformjacke über die geschwungene Lehne seines Schreibtischsessels gehängt. Breite Hosenträger spannten sich über das gebauschte braune Hemd, das etwas nachlässig in den Bund der Reiterhosen gestopft war. Dafür glänzten die Stiefel frisch gewichst in der Morgensonne.

„Arens, kommen Sie näher“, tönte es Sascha entgegen. „Einen so feinen, strammen Kerl schickt man mir! Darauf habe ich schon die ganze Zeit gewartet. Ich werde Sie gleich ansiedeln.“

Fast sprachlos von so viel Zuspruch begann Sascha stotternd sein Anliegen zu formulieren.

„Ich wurde schon unterrichtet“, unterbrach Amtsleiter Hösch und rief der Vorzimmerdame zu: „Schicken Sie mir Hanselmann. Er soll die Familie noch am Vormittag nach Brest rausfahren und alles Weitere regeln.“ Und zu Sascha meinte er freundlich: „Arens, wir regeln das. Setzen Sie sich. Ich werde gleich mit dem Benoit in Litzmannstadt telefonisch Kontakt aufnehmen. Der Niederegger schießt manchmal etwas über das Ziel hinaus, wenn ich das so sagen darf.“ Dabei legte er kurz einen Finger auf den Mund und machte eine knappe Handbewegung, die Sascha zur Verschwiegenheit verpflichten sollte.

„Wo ist Ihre Familie untergebracht?"
„In der Villa beim Kloster, Herr SS-Obersturmführer", antwortete Sascha beflissen.
„Ach – in der Villa von dem …?"

An einem wunderschönen Augustvormittag stiegen Sascha, Wanda, Kolja und Kira aus dem ersten der drei dunklen Personenkraftwagen, die in den Hof des Mühlenanwesens Topielec in Brest gerollt waren. Ira, Tanja, Martha mit ihren Kindern Nata und Alex kletterten aus dem nachfolgenden Fahrzeug. Dem dritten Auto entstieg Gendarmeriekommandant Binser mit drei weiteren uniformierten Gendarmen. Mit erhabener Geste platzierte er die Mütze auf seinem Kopf, deren silberne Offiziersmützenkordel ihn zweifelsfrei als ranghöchsten Polizeioffizier kenntlich machte. Den gleichen Zweck hätte allerdings auch ein Blick auf seinen goldverzierten Kragenspiegel erfüllt. Mit einer entschlossenen Bewegung griff Binser mit beiden Händen an die Rockschöße seiner Uniformjacke und zog sie mit einem Ruck nach unten. Dann griff er an das lederne Koppel, hakte dort die Hände mit den Daumen ein und ließ seinen Blick langsam über den Mühlenhof schweifen.

Binser wusste, was Sascha nur ahnte.

Dass der polnische Eigentümer Pawlowski mitsamt seiner Familie erst am frühen Morgen unsanft von einem Trupp SS-Uniformierter aus den Federn geholt worden war, dass man die Pawlowskis grob und unter Androhung schwerwiegender Konsequenzen mit dem bisschen Habe, das sie ohnehin schon in Erwartung dieses Momentes zusammengepackt hatten, und der paar persönlichen Utensilien, die sie in dem Augenblick der Überraschung gerade noch greifen konnten, auf einen Lastwagen gepackt und ins Generalgouvernement gebracht hatte.

Unter den wolhynischen Neuankömmlingen hatte man schlimme Dinge gehört. Man war empört. Und doch wollte man nicht glauben, dass es so geschah, wie es berichtet wurde. Von anderen Umsiedlern waren Schilderungen schon im Lager Kirschberg durchgedrungen. Erzählungen, nach denen die Betten noch warm gewesen wären, aus denen polnische Familien geholt wurden, um auf Höfe im Generalgouvernement verbracht zu werden. Berichte, nach denen in manchen Fällen sogar Gewalt angedroht wurde, oder gar mit Hieben von Gewehrkolben brutal nachgeholfen wurde. War man nicht von der Umsiedlungsbehörde unterrichtet worden, dass alle Umsiedlungsrochaden zwischen den Staaten einvernehmlich vereinbart seien? Hieß es nicht, dass die polnischen Eigentümer auf gleichwertige Anwesen im östlichen Polen freiwillig angesiedelt würden?

Die große Politik machten andere. Die Zeiten waren eben, wie sie waren. Gegen die Polen war man doch nicht eingestellt. In den meisten Fällen hatte man doch in guter Nachbarschaft gelebt. War man doch selber fast zwei Jahrzehnte lang polnischer Staatsbürger gewesen. Natürlich – die unschönen Eskapaden und Schikanen der polnischen Behörden und mancher national gesinnten Hitzköpfe vor dem deutsch-polnischen Krieg im vergangenen Herbst waren nicht vergessen. Aber man hatte insgeheim an die Zustimmung eben derjenigen Polen glauben wollen, die jetzt ihrerseits aus ihren Häusern und aus den gewohnten Lebenswelten vertrieben wurden, in denen sie verwurzelt waren. Man wollte es so glauben. Es war ja ein großer Austausch von Bevölkerung. So war es eben. So bekam man es gesagt.

Dass der Krieg beileibe nicht zu Ende war, spürte man hier nicht mehr so deutlich, nicht mehr so grausam. Durch die fast bemutternde Versorgung als vorübergehend heimatlose Umsiedler bekam man nur wenig mit von der Kriegswirtschaft, der Lebensmittelrationierung und dem Kriegsgetümmel an den Rändern Europas. Der russisch-finnische Winterkrieg interessierte ohnehin nicht. Das waren ja sowieso die anderen.

Und die Besetzung Norwegens, Dänemarks, Belgiens, Luxemburgs, der Niederlande und Frankreichs, das war irgendwo in einem Land, das man nicht kannte. Und für das man sich auch noch nie interessiert hatte. Das betrachtete man als den Plan von diesem Hitler. Und die Engländer? Ja, jetzt gerade lieferte man sich wohl einen Luftkrieg mit den Engländern. Und das war bestimmt nicht schön für die Menschen dort. Na – sollen sie halt endlich Ruhe geben, die Engländer. Und warum musste

Churchill immer das große Wort führen! Sollte er doch das Maul halten.

Und jetzt wieder ein Neuanfang hier in Brest? Ja, warum denn nicht hier in Brest-Kujawien. Weit weg von dem anderen Brest am Bug. Das andere Brest war viel größer. Dort hätte man nicht sein mögen. Und außerdem war das jetzt unter der Knute der Sowjets. Für Sascha mussten die Dinge so zusammenpassen, dass man damit leben konnte. An Brest würde sein Herz nicht hängen. Aber der Mühlenbetrieb stimmte. Das schöne, alte Städtchen hatte schon viele Herren gesehen. Polen, Preußen, Litauer und Russen. *Pommerland ist abgebrannt,* hieß es deshalb ja auch im Kinderlied.

Für seine junge Familie ein idealer Ort, an dem die Kinder aufwachsen konnten. Wanda, sein Augenstern, die mehr nach Mode und Kleiderstoffen Ausschau hielt als nach Molkereimaschinen, könnte mit ihren 32 Jahren hier ein anregenderes Umfeld finden als in Korist oder in Sydniza. Kolja hätte hier die Möglichkeit, die deutsche Oberschule in Leslau zu besuchen und Kira einen deutschen Kindergarten. Die Juden hatte man zwar in ein Sperrgebiet verwiesen, das man Ghetto nannte, aber man konnte weiterhin Handel mit ihnen treiben. Schuhe und Leder durften sie seit Januar nicht mehr beziehen. Das gefiel Sascha nicht, aber damit zu leben, nahm er hin. Im Bürgerkrieg hatte man die Juden in Wolhynien totgeschlagen und drangsaliert. Hier ließ man die Leute wenigstens leben und jagte sie nicht weg.

Die Böden waren gut für Zuckerrüben und Zichorien. Eine Zuckerfabrik im Ort verarbeitete die Rüben. In einigen Gebäuden der Fabrik war eine deutsche Infanterie-Einheit untergebracht. Das gab Sascha irgendwie das Gefühl von Sicherheit, sollten die Bolschewiken nochmal versuchen, ihm alles zu nehmen. Kurzum, für Sascha stimmte die Richtung. Der einzige Ort, der ihm selbst mehr bedeutete als alle anderen Plätze dieser Welt, war sowieso Tscheremoschno. Der einzige Platz auf dieser Welt, an dem sich Sascha Geborgenheit, grenzenlose Freiheit und das Paradies schlechthin vorstellen konnte. Der Ort seiner Kindheit, der Gutshof seiner Familie. Doch dieser Flecken Erde war für Sascha noch weiter entfernt, als die aktuellen Kriegsschauplätze in entlegenen Gegenden. Und weiter noch als der Mond. Er war in Stalins Reich und existierte in seiner Schönheit nur noch in seinem Herzen.

Beim Eintreffen der Wagenkolonne war das Treiben auf dem Mühlenhof schlagartig ins Stocken geraten. Neugierig hatten sich einige der Mühlenarbeiter an den Eingangstoren zur Mühlenhalle aufgebaut. Beim Anblick der massiven Präsenz uniformierter Deutscher zogen sie hastig ihre staubigen Mützen von den Köpfen und hielten sie mit stummer Geste mit beiden Händen demütig nickend vor ihren ebenso staubigen Arbeitsklamotten fest. Dienstmädchen und Arbeiter kamen wissbegierig aus den landwirtschaftlich genutzten Gebäuden und Ställen oder streckten ihre Köpfe heraus. Auch die Fuhrleute im Hof waren bemüht, so schnell wie möglich ihre Kopfbedeckungen abzunehmen.

Zaghaft und fremd standen sich die Grüppchen gegenüber. Kira an Wandas Hand und eng an ihren Rocksaum geklammert, Kolja neugierig und doch mit ängstlich scheuem Blick.

Für Revierhauptmann Binser war dies freilich nicht die erste Übergabe eines polnischen Anwesens an volksdeutsche Umsiedler. Routiniert übernahm er die Initiative, wies die untergebenen Gendarmen an, beim Ausladen des Gepäcks behilflich zu sein, und schritt mit Sascha im Gefolge auf ein kleines Grüppchen von Anwohnern zu, das sich vor dem Eingang zum Haupt-Wohnhaus aufgestellt hatte.

Mit einem freundlichen „*Ciendobry*“[28] begrüßte Binser die Wartenden und stellte sie vor als die Geschwister Halina und Stanislaw Masur sowie die 16-jährige Iwonka, Tochter des ausgesiedelten Mühlenbesitzers Pawlowski. Stanislaw sei als Geschäftsführer für das Mühlengeschäft tätig. Die drei waren von der unsanften Zwangsumsiedlung der polnischen Eigentümerfamilie verschont geblieben und bewohnten gemeinsam eine Dachkammer im geräumigen Wohnhaus, in dem Saschas Familie ein neues Zuhause finden sollte.

---

[28] polnisch dzien dobry: Guten Tag

Sascha stutzte kurz, da er einen so flüssig gesprochenen Gruß in polnischer Sprache von einem deutschen Gendarmen nicht erwartet hatte, ging aber, ohne sich seine Verwunderung anmerken zu lassen, auf die polnischen Bewohner zu, begrüßte sie – natürlich in polnischer Sprache – und stellte ihnen seine Familie und die mitgekommenen Angehörigen vor.

Gemeinsam erkundete man das Wohnhaus und die Nebengebäude, den Mühlenbetrieb und die Stallungen, die dem Betrieb angeschlossen waren. Die Arbeiter grüßten freundlich, blieben jedoch zurückhaltend. Woher sollten sie wissen, wer sich hier ins Nest setzt. Den Umständen geschuldet war wohl eher Misstrauen angesagt. Die Gendarmen nutzten derweil den Schatten des Wohnhauses auf der Hofseite, boten sich gegenseitig Zigaretten an und rauchten genüsslich.

„Kira schau mal, die Enten auf dem See." Wanda deutete zum Weiher hinter dem Anwesen und Kira sprang los, um die Enten zu scheuchen, die unaufgeregt den Dreijährigen im Blick behielten, wie der versuchte, durch das hohe Gras zum Seeufer zu stapfen.

„Der Cmentowosee gehört noch zum Mühlenareal", erklärte Binser und deutete mit ausladender Geste, „und wenn Sie dem Seeufer folgen, dann sehen Sie dort die Felder. Die gehören auch noch dazu. Das wird Ihnen aber Herr Masur sicher besser zeigen können. Vielleicht haben Sie ja auch die Lagepläne vorliegen. Da muss dann alles drauf sein."

„Haben Sie sich als Eigentümer eintragen lassen?", wollte Binser von Sascha wissen.

„Nein – mir war es lieber, nur als kommissarischer Verwalter eingetragen zu werden", entgegnete Sascha beiläufig. „Zweimal schon hat man mir alles genommen. So habe ich meine Gewissheit und ich kann nichts verlieren." Schnell bemerkte er seinen Lapsus, dass er in dieser Aufbaustimmung besser nicht einen möglicherweise kommenden Verlust in den Raum gestellt hätte, und fügte deshalb hastig an: „Aber warum sollte ich auch."

Binser ging darüber hinweg, als ob er es nicht mitbekommen hätte, wollte auch nicht aufdringlich wirken und beließ es bei der Frage, obwohl ihn durchaus interessiert hätte, warum Sascha diesen Weg gewählt hatte. Waren doch so viele Menschen nach dem deutschen Polenfeldzug fast in einer Goldgräberstimmung hierher in den neuen Osten des Reiches geströmt, um sich der Möglichkeiten zu bedienen, welche die neue Ordnung bot. Und nicht alle kamen nur in der besten Absicht. Jeder kannte den süffisanten Begriff des *Warthegauners*. Und natürlich auch die Anekdote von der Maul- und Klauenseuche unter dem Vieh. Hinter vorgehaltener Hand machte der Witz die Runde, dass die Seuche wohl zu bekämpfen wäre, wenn die umgesiedelten Balten aufhören würden zu maulen und die herbeigeströmten Reichsdeutschen das Klauen einstellen würden.

Martha und Wanda nahmen das Heft in die Hand und begannen den Haushalt nach ihren Vorstellungen einzurichten. Martha konnte mit ihren beiden Halbwüchsigen vorübergehend eine Kammer in einer Behelfsbaracke beziehen, die am Ende des großen Anwesens bereitstand. Da es von Lawrentij noch immer keinerlei Lebenszeichen gab, musste sie davon ausgehen, sich in den kommenden Zeiten alleine durchzuschlagen. Wenn sich etwas ergeben sollte, würde sie ein Gasthaus oder einen Laden übernehmen.

Von Korist her war man es gewohnt, mit allen Leuten anderer Herkunft und anderen Glaubens einen verträglichen Umgang zu pflegen. Egal, ob Pole, Russe, Ukrainer, Jude oder Baptist – das Anliegen, der Charakter und der Mensch hatten dort gezählt. Hauptsache kein Bolschewik. Wenn man überhaupt mit anderen zu tun hatte, dann zurückhaltend und freundlich. Wen man nicht mochte, den mied man. Hier gab es keine Russen und keine Ukrainer. Die wenigen Juden im Ort lebten für sich und der Kontakt beschränkte sich auf Geschäftliches. Mehl verkaufen, Brot kaufen, nach geeignetem Stoff für Näharbeiten sehen. Und schnell wurde klar, dass der geschäftliche Umgang mit der jüdischen Bevölkerung nicht gewünscht, ja sogar mehr und mehr verboten war.

Sascha hatte seit jeher mit Polen und Juden gute Beziehungen gepflegt. Die polnische Art und Sprache waren ihm selbst im Laufe der vielen Jahre zueigen geworden. War er doch 20 Jahre lang selbst polnischer Staatsbürger gewesen. Als er damals den Nansenpass gegen den polnischen eintauschen konnte, machte sein Herz Freudensprünge. Jetzt hatte er den deutschen Pass. Allerdings war hier in Brest alles anders als dort, von wo er herkam. Neu. Subtiler. Gewaltbereiter und gefährlich. Man brauchte nicht lange, bis man begriff. Die Polen mieden den Kontakt mit Deutschen – mussten ihn scheuen. War ein Polizist oder gar ein uniformierter SS-Mann in der Nähe, verkrochen sie sich und blieben unsichtbar. Eigentlich nicht verwunderlich nach den Ereignissen der letzten Monate. Krieg, gewaltsame Vertreibung der polnischen Eigentümerfamilien, und dann kamen Deutsche, die sich ins gemachte Nest setzten und so taten, als ob das alles naturgegeben so sein müsste.

Entsprechend ängstlich hielten sich die Arbeiter des Mühlenbetriebes in einiger Entfernung, als Stanislaw Masur den groß gewachsenen fremden Herren und Verwalter durch seine neue Wirkungsstätte führte, ihm die Mühle und den landwirtschaftlichen Betrieb übergab, das polnische Personal vorstellte und die täglichen Abläufe präzise erläuterte. Masur, eher klein und feingliedrig von Wuchs und Gestalt, bediente sich dabei einer Sprache von erlesener Gefälligkeit, die weit über die galanten Schnörkel hinausging, die der polnischen Sprache ohnehin innewohnen. Dass er mit Sascha in flüssigem Polnisch kommunizieren konnte und sich nicht in die Niederungen eines radebrechenden Deutschgestammels begeben musste, bedeutete für Masur eine große Erleichterung. Der Damm war gebrochen. Die Verhältnisse waren kompliziert genug. Wenigstens verständigen konnte man sich mit dem neuen Herren auf dem Hof ohne Sprachhürden und auch nicht von unten nach oben. Masur merkte schnell, dass Sascha die Verwaltungsangelegenheiten eines Mühlen- und Landwirtschaftsbetriebes vertraut waren und dass man sich auf der fachlichen Ebene auf Augenhöhe austauschen konnte.

Nach den vielen Monaten des Müßiggangs und der Untätigkeit stürzte sich Sascha auf die neue Bestimmung, bohrte sich in jedes Detail und begann bereits mit dem ersten Rundgang, sich die Verantwortung überzustreifen, als ob sie schon immer zu seiner Natur gehört hätte. Auf den Feldern der Umgebung hatten die Erntearbeiten begonnen und von Tag zu Tag nahm die Anzahl der Fuhrwerke zu, die Weizen und anderes Getreide zum Vermahlen anlieferten. Stanislaw Masur erwies sich als erfahrener und kluger Buchhalter. Er hatte den Mühlenbetrieb im Griff, so dass sich Sascha auf die Organisation des Gesamtbetriebes konzentrieren konnte.

Anders als noch vor einiger Zeit in Korist, musste man sich hier im Wartheland nicht so sehr um Bezugsquellen für Getreide und um Abnehmer für das Mehl kümmern, da die Mahlkontingente von zentraler Stelle vorgegeben waren. Für Sascha war dieser Umstand ein klarer Ausfluss deutscher Ordnung. Die Mengen waren festgeschrieben und das Mehl konnte frei verkauft werden. Jedem, der eine Mahlkarte vorweisen konnte, wurde zudem Getreide für den Eigenbedarf zu Mehl verarbeitet. Selbst den Polen. Jedoch nicht den Juden. Das war hier bei Strafe verboten. Setzte jedoch ein jüdischer Händler oder Bauer einen polnischen Fuhrmann auf sein Fuhrwerk, bekam auch er seine Ware unter der Hand vermahlen. Irgendwie fanden sich Wege, mit etwas gutem Willen die groben Gemeinheiten auszuhebeln, denen man sich nicht anschließen mochte – und sich dennoch unauffällig und konform zu geben.

In der Phase der ersten Orientierung suchte man die zerrissenen Bande zu ehemaligen Nachbarn, Bekannten und Verwandten neu zu knüpfen, die in umliegenden Dörfern angesiedelt waren. Die meisten polnischen Bauernhöfe waren in diesem Landkreis allerdings nicht von Wolhyniendeutschen übernommen worden, sondern von umgesiedelten deutschen Bauern aus Galizien. Wanda machte Bekanntschaft mit Hertha Hellwig, der Besitzerin des Lebensmittelladens, unweit der Zuckerfabrik. Frau Hellwig war weitläufig mit Pastor Honke verwandt. Auch sie stammte aus Wolhynien, war umgesiedelt worden, hatte in der Nähe von Meshiritschi einen Gasthof betrieben. Aus dieser Zeit kannte man sich jedoch nicht. Ihr Mann Josef, in Wolhynien im Polizeidienst, bestellte eine kleine Landwirtschaft hinter dem Ladengeschäft. Diese Bekanntschaft zahlte sich hauptsächlich für Sascha aus, weil er in Josef Hellwig einen guten

Skatpartner fand. So freundete man sich zaghaft an. Im Laufe der Zeit wuchs die Runde durch gegenseitige Verwandte und Bekannte – sogar Reichsdeutsche – zu einer Gemeinschaft heran, die langsam Vertrauen und Zuversicht entwickelte, in diesem Landstrich Wurzeln schlagen zu wollen. Irgendwie waren sie ja alle fremd hier.

Zaghaft begann Wanda den Hausgarten nach ihren Vorstellungen umzugestalten. Anfangs hatte sie das Gefühl, etwas Verbotenes zu tun, wenn sie Beete neu austüftelte und anordnete, Rabattensteine versetzen ließ und ältere Pflanzungen aus der Erde riss. Doch mit jedem Tag wurde ihr diese Umgebung vertrauter und sie begann, die Umstände sogar genussvoll zu erleben, in die sie sich selbst umgetopft fühlte. Der Herbst stand vor der Tür und die Zeit war für ihre Vorhaben günstig. Kira jagte die Enten am Schilfufer des Cmentowosees. Tanja suchte häufiger die Nähe zu den jungen Soldaten des deutschen Infanterieregiments, das in Brest seit dem Ende des Polenfeldzuges stationiert war. Wofür sonst sollte sich ein fünfzehnjähriges Mädchen interessieren, wenn die jungen Kerle lauthals feixend in den frühen Abendstunden in ihren schmucken Uniformen durch die Straßen von Brest flanierten.

Für Kolja und Alex erfüllte sich der große Traum, den sie einen Sommer lang geträumt hatten: Die Aussicht auf eine Aufnahme in die Hitlerjugend rückte in greifbare Nähe. Der Jammer war jedoch groß, als Martha in einem zwölf Kilometer entfernten Ort schließlich eine Bäckerei zugewiesen bekam und Alex sowie Nata mit ihrer Mutter dorthin umzogen. Ihr Bruder Adam hatte das Glück, in diesem Ort selbst eine Mühle übernehmen zu können, so dass er Martha zur Seite stehen konnte, wenn es nötig war. Ira blieb mit Tanja auf dem Mühlengelände im *Bugai*, wie der umgebaute Bullenstall genannt wurde. Mit Näharbeiten und Aushilfstätigkeiten in der Gärtnerei, der Arbeiterküche und in der Landwirtschaft sicherte sie sich ein Auskommen. Adam hatte schon vom Lager Kirschberg aus dafür gesorgt, dass Nata und Alex seit einiger Zeit improvisierte Internatsoberschulen für Umsiedlerkinder, deren Eltern noch keine feste Unterkunft gefunden hatten, in den Karpaten besuchen konnten. Der

Abschied war ihnen nicht leichtgefallen, doch der sportliche Alex wurde durch die Unterbringung im polnischen Wintersportort Zakopane entschädigt, während Nata sich mit der Einquartierung in der Nähe der Salzbergwerkstadt Wieliczka zufriedengeben musste. Tanja wurde von einer Gastfamilie in Leipzig aufgenommen und konnte dort vorübergehend das Gymnasium besuchen.

Das Leben nahm wieder Fahrt auf, wurde westlicher, deutschkonformistisch – lernte aber auch Unruhe, Beklommenheit und argwöhnische Umsicht kennen.

Bei aller Skepsis über die Ansiedlung so dicht an Stalins Machtbereich fand sich Sascha recht schnell in die neuen Lebensumstände ein. Eigentlich hatte er sich ein neues Dasein im Altreich erhofft; wie so viele andere. Aber auch mit einer neuen Existenz im Warthegau, in diesem Deutschland zweiter Klasse, war er zufrieden. Die grundlegenden Angelegenheiten am neuen Wohnort waren recht schnell geklärt und die Dinge begannen sich zurechtzurütteln. Brest und die nächstgrößere Stadt Leslau lagen am östlichen Rand des neu geschaffenen *Reichsgau Wartheland*. Eigentlich war dieses Gebiet nach der napoleonischen Zeit schon deutsch gewesen – also preußisch. Und deshalb war die Bevölkerung hier auch ziemlich gemischt. Deutsche lebten seit Generationen hier, hatten sich Existenzen aufgebaut und sichtbare Zeugnisse ihrer Kultur erschaffen. Aber nach dem verlorenen Weltkrieg 1914-1918 musste Deutschland das Gebiet an Polen abgeben.

Viele Deutsche zogen damals weg und gerade mal jeder zehnte Einwohner hatte deshalb in diesen Tagen noch deutsche Wurzeln. Die anderen Bewohner waren Polen, die nach 1918 hier zur Ansiedlung kamen. Mit dem vor wenigen Monaten wieder mal gewonnenen Krieg gegen Polen wurde dieser Landstrich sehr schnell zum neuen deutschen Gau deklariert. Sogar ein *Mustergau* sollte es werden. Zwischen hier und der Sowjetunion erstreckten sich nur noch knapp 200 Kilometer besetztes polnisches Gebiet, das jetzt als *Generalgouvernement* vom Deutschen Reich verwaltet wurde.

Der Führer wollte die ihm lästige polnische und jüdische Bevölkerung in der neuen deutschen Provinz ein für alle Mal loswerden und sorgte deshalb dafür, dass ein besonders zupackender NSDAP-Parteigänger als *Reichsstatthalter* für die Germanisierung sorgte. Und der zeigte viel Schwung bei der Umsetzung seiner Aufgabe und zögerte nicht lange. Ganz bürokratisch und hundertprozentig deutsch wurde eine Volksliste[29] angelegt, in welcher die Leute ausnahmslos erfasst und in fünf Kategorien eingeteilt wurden. Unter denjenigen Menschen, die man für *als Deutsche brauchbar* erachtete, unterschied man, wer *Stammesdeutscher* war und sowieso schon immer deutsch gewesen ist und in der Übergangszeit an der deutschen Sprache und Kultur festgehalten hatte und anderen Gruppen, die aus verschiedenen Gründen *eindeutschungsfähig* waren. Polen mit deutschen Wurzeln, die im Laufe der Generationen im Polentum aufgegangen waren, fanden sich in der Klassifizierung als Abtrünnige oder *Renegaten* wieder. Nach einem positiven *Rassegutachten* konnten sie für *umerziehungsfähig* befunden werden und als Deutsche aufgenommen werden.

Alle Polen, die erst nach dem Weltkrieg im Laufe der vergangenen 22 Jahre zugezogen waren, sowie alle Bevölkerungsgruppen, die man nicht als *brauchbar* einstufte, deportierte man kurzerhand über die Grenze ins Generalgouvernement, in jenes Territorium, das zwar besetzt, aber ohne völkerrechtlichen Status war und als Beutegut von dem skrupellosen NSDAP-Funktionär Hans Frank ausgeplündert und verwaltet wurde.

Kurzum – die gesamte Region glich einem Tollhaus. Neben dem menschlichen Leid, das sie verursachte, trieb die Germanisierungseile im Warthegau auch im Hinblick auf Verwaltung und Bürokratie seltsame Blüten. Polnische Ortsnamen wurden in aller Eile per Verordnungsblatt des Reichsstatthalters eingedeutscht. Aus Guzlin wurde da schon mal Hasenfeld oder aus Chocen machte man Ehrstätten – was häufig dazu führte, dass beim Gebrauch der neuen Ortsnamen niemand mehr wusste, welcher Ort gemeint war. Viele Menschen ließen sich im Altreich gerne für den Osteinsatz anwerben und strömten auch in

---

[29] Siehe Anhang 05: *Die deutsche Volksliste* vom 28.10.1939.

Scharen herbei. Sascha meinte ganz im Sprachgebrauch des neuen Zeitgeistes: „Das scheint mir nicht das allerbeste Menschenmaterial zu sein, das sie hierher schicken." Denn gerade unter denjenigen, denen ihr bisheriges Schicksal nicht den Platz an der Sonne und auch nicht den großen Wurf gebracht hatte, machte sich Goldgräberstimmung breit und sie griffen gerne nach den erstaunlichen Möglichkeiten, die sich hier im Osten auftaten. Da konnte ein Autolackierer im Handumdrehen zum Leiter des Arbeitsamtes aufsteigen, ein Metzgereigehilfe wandelte sich schnell zum Polizeileutnant, wie der Chef der Stadtpolizei in Brest, Otto Kabelitz. Zog ein Pole nicht schnell genug die Mütze vom Kopf, drosch Kabelitz so lange auf ihn ein, bis dem armen Opfer die Mütze vom Kopf fiel. Einer seiner Stellvertreter – immerhin selbst Reichsdeutscher – beging Selbstmord, nachdem Kabelitz einem Polizisten befohlen hatte, einen jungen Polen auf offener Straße zu erschießen, weil er am Cmentowosee im Schilf gesessen war und sich durch dieses Verhalten verdächtig gemacht hatte. Es gab also unter den angeworbenen Reichsdeutschen auch diejenigen, die solche Zustände missbilligten und aus Scham lieber Hand an sich selbst legten, als bei dem schändlichen Treiben weiterhin mitzuwirken.

Für diejenigen, die es schafften wegzuschauen, und für diejenigen, die sich mit den hässlichen Begleiterscheinungen arrangierten, schien die Welt ja auch in bester Ordnung zu sein. Man konnte es doch überall lesen. Die *Wochenschau* im Brester Kino, das Wanda regelmäßig besuchte, zeigte es und die Gespräche mit Bekannten wie auch das, was man auf der Straße so hörte, hatten auch immer wieder dieselben Themen. Das hörte sich dann in etwa so an: *Die Ungerechtigkeiten von Versailles waren durch die raschen Siege der Wehrmacht im vergangenen Jahr hier in Polen und in diesem Sommer 1940 blitzartig auch in Frankreich korrigiert worden. Nun ja – das ewige Genörgel der Engländer nervte zwar, aber man hörte doch überall, dass die deutsche Luftwaffe der englischen haushoch überlegen sei und den Engländern täglich deutsche Bombengrüße auf ihre Insel schickte.* Um die Seeblockade der Tommies nach Norwegen zu umgehen, hatten Hitler und Stalin im vergangenen Winter ein Wirtschaftsabkommen geschlossen. Die deutsche Propaganda war gegenüber Stalin erstaunlich zurückhaltend. Vielleicht war der Nichtangriffspakt mit den Bolschewiken ja doch von Dauer. Jedenfalls hörte man von guten wirtschaftlichen Beziehungen mit dem Nachbarn im Osten. Jeden Tag konnte man sehen, dass Züge, beladen mit Mineralöl, Holz, Kohle und Lebensmitteln, von Russland her die Grenze passierten. Und die Zeitungen hatten berichtet, dass die Sowjets dafür den neu gebauten Kreuzer Lützow und zusätzlich noch jede Menge Panzer, Flugzeuge und andere Waffen aus Deutschland bekommen sollten.

Mühle Topielec | Brest, 1941

Der Winter hier in Brest-Kujawien war nicht ganz so kalt und so lange wie früher in Korist. Ganz mühelos und gern gewöhnte ich mich an den Alltag auf dem Mühlengelände, aber deutsche Spielkameraden waren in der näheren Umgebung nicht aufzutreiben. In der Schule halt. War mir aber auch egal. Alex war ja nicht da. Der war in Zakopane.

Mit Lolek und Marek, den beiden ungefähr gleichaltrigen Söhnen vom Obermüller Wieczorek, freundete ich mich an und wir spielten oft zusammen. In jeder freien Minute stromerten wir über die Felder und durch den Mühlenbetrieb. Eigentlich heißt Lolek ja Karol. Das ist derselbe Name, den mein Brüderchen Kira hat. Halt nur auf Polnisch. Aber alle sagten zu ihm nur Lolek. Und der Lolek war schon mehr als ein Jahr älter als ich. Marek war ein halbes Jahr jünger als ich und mit ihm spielte ich fast jeden Tag irgendwo draußen oder unten am See. Manche schauten komisch, wenn sie uns herumtollen sahen, denn es wurde nicht gern gesehen, wenn wir Deutschen mit den polnischen Kindern spielten. Aber Papa und Mama war es recht und niemand unternahm etwas dagegen.

Mit Mama und Kira bastelten wir viel. Erst Weihnachtssterne und so. Dann auch andere Sachen. Wenn es nichts zu basteln und zusammenzukleben gab, dann malten wir. Ich zeichnete Häuser und Burgen und Kira kritzelte, wie es kleine Kinder eben so tun. Mama brachte uns schöne Dinge bei. Sie hatte immer gute Ideen, was man machen kann. Und viel Geduld hatte sie auch. Papa nicht so. Wenn die Baba zu uns rüberkam, dann haben wir auch viel gebacken und gekocht. Irgendwie änderte sich im Frühjahr dann alles ziemlich rasant. Wir wohnten seit September im Wohnhaus der Mühle Topielec. Kira und ich schliefen im oberen Geschoss zusammen in einer Kammer. Das große Wohnzimmer im Haus hatte Papa an Herrn Masur und seine Schwester abgegeben. Eigentlich wollten sie in der Dachkammer bleiben, aber Papa bestand darauf, dass sie das schönste Zimmer im Haus bekommen sollten. Dort kochten und lebten sie. Er schlief auch dort, während seine Schwester in einer

Dachkammer nächtigte. Das war zwar nicht erlaubt, dass Polen im selben Haus wohnten wie Deutsche. Aber Papa hat mit den Schultern gezuckt und gesagt, da soll doch erst mal jemand kommen und uns das verbieten.

Inzwischen waren immer mehr reichsdeutsche Familien aus dem Altreich hierher in den Warthegau gezogen. Das war überall zu sehen. In der ganzen Stadt wurden neue deutsche Geschäfte eröffnet. Metzgereien, Bäckereien und sogar ein Kaufhaus. Die polnischen Läden dagegen machten dicht und die Familien zogen weg. Papa meinte, man macht es den Leuten aber auch sehr schwer. In der Gasse hinter der Kirche, in der es noch einige jüdische Geschäfte und Handwerksbetriebe gegeben hatte, wurden manche Häuser umgebaut und deutsche Familien zogen ein. Nach dorthin kam ich aber nur ganz selten. Viele Leute mochten die Juden dort nicht leiden. Manche Deutsche sagten ganz hässliche Sachen. Und manche Polen auch. Sogar Marek und Lolek meinten, die Juden hätten den Heiland umgebracht. So ein Blödsinn. Das weiß doch wirklich jeder, dass er von den Römern ans Kreuz genagelt wurde. Außerdem war er ja selber Jude. Was sollte denn daran schlimm sein?

Mama schlug mir vor, dass ich auf die Oberschule gehen sollte. Bisher hatte ich aber nur die ukrainische Dorfschule in Korist besucht. Da lernte man halt nicht so viel. Und Deutsch schon gar nicht. Die fünfte Klasse besuchte ich in Korist nur ein paar Wochen lang wegen des Krieges mit Polen. Und dann hatte ich das ganze darauffolgende Jahr keinen geregelten Schulunterricht. Deshalb sollte ich jetzt erst mal ein halbes Jahr lang bis zum Schulbeginn einen Aufbauunterricht hier in der neu eingerichteten deutschen Volksschule in Brest besuchen, um den Anschluss zu finden. Den meisten anderen Umsiedlerkindern ging es genauso wie mir. Kira war ja noch nicht mal vier. Der könnte später gleich in eine richtige deutsche Schule eingeschult werden. In unserer Vorbereitungsklasse in Brest waren ausschließlich volksdeutsche Kinder von Umsiedlern aus ganz unterschiedlichen Gegenden. Also keine Reichsdeutschen aus dem Altreich. Die meisten von uns kamen aus Galizien und aus dem Baltikum. Die zugezogenen reichsdeutschen Kinder besuchten den Vorbereitungsunterricht nicht. Die nannten uns sowieso nur abfällig *Beutedeutsche* – und sie hatten ja im Altreich schon richtige deutsche Schulen besucht. Polnische und jüdische Schüler waren in den deutschen Schulen nicht zugelassen.

Normalerweise musste man schon 14 Jahre alt sein, um in die Hitlerjugend aufgenommen zu werden. Aber bei uns in Brest unternahmen die Hitlerjungen zusammen mit dem *Jungvolk* und dem *Bund deutscher Mädel* die meisten Sachen gemeinsam. Zwei Schüler aus Leslau, Krüger und ein anderer Junge, sind im Januar nach Brest gekommen, um bei uns eine Gruppe der Hitlerjugend zu gründen. Alex und ich waren sofort dabei, obwohl Alex ja die meiste Zeit noch im Internat zubrachte. Papa wollte lieber, dass ich noch etwas warten solle, aber Mama hat ihm gesagt: „Sascha, lass doch den Kolja zusammen mit den anderen Kindern spielen. Was werden sie schon machen." Und seitdem machte ich jeden Sonntag Dienst bei unserem Jungstamm. Wir lernten viele Lieder und bekamen vom Truppführer Krause spannende Geschichten aus der *Kampfzeit vor 1933* erzählt. Und von den Nibelungen. Das waren halt noch echte germanische Helden. Und gesungen wurde natürlich auch viel. Für Marschübungen war der Gesang sehr hilfreich. Da konnte man gut im Takt schreiten. Viele neue Lieder brachte uns der Truppführer bei. *In deutschem Land marschieren wir, für Adolf Hitler kämpfen wir*, beispielsweise; oder auch … *in den Ostwind hebt die Fahnen, denn im Ostwind steh'n sie gut.* Unsere Zusammenkünfte fanden oben im Brester Schloss statt. Auf dem Gelände dort war auch genügend Auslauf für Reiterübungen. Schließlich war unser Stamm Mitglied der *Berittenen HJ*. Manchmal hatten wir sogar Pferde da und lernten ohne Sattel reiten. Immer wieder hielt Krause einen zackigen Schleifnachmittag mit uns ab. Kniebeugen, Liegestütze, Uniformordnung und so. Krause brüllte dann Befehle wie „Auf die Bäume, ihr Affen, der Wald wird gefegt!", oder „… in Osterhäschen bis zur Mauer!" Da mussten wir dann aus der Hocke heraus bis zur Umgebungsmauer des Schlosses hüpfen. Uuh – das tat weh! Aber endlich hatte ich das, was ich mir schon so lange erträumt hatte: Toben, singen und zeigen, was ich kann, und so eine klasse Kameradschaft! Mit den Jungs unterhielten wir uns in einer ganz lustigen und irgendwie geheimen Sprache. Halt viele Ausdrücke, die nur wir unter uns benutzten. Papa hätte mich nicht verstanden, wenn ich zu Hause solche Worte verwendet hätte wie *Butze*, *Knülch* oder *proximativ*. Die von anderen HJ-Einheiten sagten zu uns *Pferdeputzer* und *Rossknechte*. Wir haben die dann nur *Schalltüten* oder *Knallköpfe* genannt. Aber egal, wie wir uns gegenseitig veralberten, Kameradschaft und die Treue zum Führer waren für uns alle das Wichtigste.

Den Kameraden von der Hitlerjugend und Truppführer Krause erzählte ich natürlich nichts von meinen polnischen Spielgefährten. Als ich einmal vom HJ-Dienst noch in meiner HJ-Uniform heimgekommen bin, standen Marek und Lolek mit den Kindern anderer polnischer Mühlenarbeiter am Eck zu den Kuhställen und spielten Murmeln. Sie winkten mir zu und ich ging zu ihnen rüber. Murmeln hatte ich sowieso immer einige bei mir.

Unter den Kindern waren zwei etwas Ältere, die ich nicht kannte. Sie kamen wohl aus der polnischen Siedlung bei der Zuckerfabrik am anderen Ende des Ortes. Der Größere der beiden begann zu erzählen. „Ich kenne bei uns einen großen, kräftigen Baum. Vor zwei Jahren sind seine Äste plötzlich schlaff geworden und heruntergesunken. Wir haben geglaubt, dass er eingehen wird." Ich schob meine Uniformmütze zurecht und fragte ihn: „Warum erzählst du mir das?" Er zwinkerte den anderen zu, hob den Finger vor meiner Nase in die Höhe und meinte geheimnisvoll: „Aber jetzt, seit dem Frühjahr sind aus den verdorrten Ästen plötzlich wieder rote und weiße Blüten ausgetrieben." Der Bub lächelte mich keck an. Ich stand da in meiner Uniform und konnte das Wunder gar nicht begreifen. „Wie soll das gehen?", fragte ich naiv. „Kannst du mir den Baum mal zeigen?" Einige der anderen Buben fingen an zu lachen und wendeten sich ab. Einer schubste den Jungen, der die Geschichte erzählt hatte, und meinte: „Halt's Maul!" Als ich später Papa die Geschichte von dem Wunder erzählte, musste er ebenfalls lachen. Er meinte: „Kolinka, du Dummerchen. Erzähl das nicht den anderen Leuten. Der Bub hat doch damit sagen wollen, dass Polen kaputt ist und dass sich irgendwann aber wieder ganz stolz polnische Blüten zeigen werden.“ Ich ärgerte mich über meine Blödheit, weil ich es nicht begriffen hatte. Natürlich hielt ich die Klappe und behielt die Sache für mich.

Dann kam Führers Geburtstag. Für uns in der HJ ein ganz großer Tag. Wir planten ein Fackelspalier. Da musste natürlich alles passen. Zur Vorbereitung des großen Tages übten wir Anfang März einen Marsch durch Brest. Alle Jungens, die aus Leslau zu uns rübergekommen waren, hatten ihre Uniformen sauber und in vollem Wichs angelegt. Unsere Brester Gruppe holte sie am Bahnhof der Schmalspurbahn ab. Dort stellten wir uns in Dreierreihen auf. Die Trommler und die Fahnenträger gingen voran. So zogen wir durch Brest. Ich war ganz schön stolz, dass ich dabei sein konnte. Alex war neben mir und in der BDM-Abteilung marschierten Tanja und Nata mit. Alle drei waren über einige Ferientage von ihren Quartieren her angereist. Einige blöde Polen wollten uns den Weg nicht freigeben, als wir über den Rathausplatz zogen. Und die Mützen haben sie auch aufgelassen. Solche Blödiane. Die aus der Zuckerfabriksiedlung waren auch darunter. Denen haben es die Großen und der Fähnleinführer aber gegeben. „Ein Polacke hat gefälligst vom Trottoir zu gehen! Und vor einem Deutschen zieht er mal besser ganz schnell die Mütze von seinem Läusekopf!“, rief Anführer Krause. Na – und dann haben ein paar von den Polen zu stänkern angefangen und einige der älteren Jungs aus unseren Reihen haben sie gehörig verdroschen.

Als ich später nach Hause gekommen bin, habe ich mitbekommen, wie Frau Masur der Baba von der Schlägerei ganz aufgeregt erzählt. Die Baba hat mich daraufhin böse angeschaut und wurde ganz zornig. „Kolinka – was habt ihr angestellt?“, fuhr sie mich an. „Was haben euch denn die braven Polen getan? Und was sind das für ungehobelte Kerle, die da aus Leslau zu euch gekommen sind?“

Aber ich war noch so aufgedreht von dem schönen Erlebnis mit den Trommeln und den Kameraden und habe der Baba und Frau Masur gleich Paroli gegeben. „Anführer Krause hat gesagt, dass jetzt eben eine neue Zeit beginnt und dass es hier mit der polnischen Schludrigkeit ein für alle Mal ein Ende hat und dass die Polacken Respekt zeigen sollen!", schnauzte ich wütend zurück. Ich merkte, wie sich meine Fäuste dabei zusammenballten und wie mein Kopf ganz rot wurde.

„Wie kannst du nur so dumm daherreden! Und was benutzt du für unanständige und abfällige Ausdrücke über unsere Nachbarn?" Die Baba hat mich daraufhin noch ganz böse und richtig schockiert angesehen, hat aber kein Wort mehr gesagt. Frau Masur griff nach ihrem Ellenbogen und hielt sie davon ab, mich noch mehr zusammenzustauchen. Beide tuschelten aufgeregt auf Polnisch. Davon konnte ich aufschnappen, dass Frau Masur meinte, man dürfe die Hitlerjugendlichen nicht noch mehr gegen sich aufbringen und es wäre wohl besser zu schweigen. Die Baba drehte sich nach mir um, zwinkerte aufgeregt mit den Augen, nahm Frau Masur am Arm. Beide machten wortlos kehrt und gingen weg.

Unser Lehrer im Vorbereitungsunterricht hieß Herr Steinmann. Und eigentlich war er ein gutes Vorbild für uns. Steinmann wohnte mit seiner Frau nicht weit von uns entfernt, in einem der ersten Häuser gleich an der Ortseinfahrt. Er hatte eine sehr hohe Stirn. Das heißt, dass ihm vorne schon eine Glatze herausschaute. Er war älter als Papa und trug eine braune Hornbrille. Ganz blöd war, dass ich am Anfang viel schüchterner gewesen bin als alle Klassenkameraden. Mama machte sich da schon Sorgen und Papa hat deshalb Herrn Steinmann sogar für private Nachhilfestunden bei uns im Haus angeheuert. Er hat Mamas Zichorienkaffee immer mit viel Milch getrunken und die Korschiki[30] kannte er aus seiner Heimat im Rheinland gar nicht. Vielmehr meinte er, dass es bei ihnen zu Hause Printen gibt, die aber ganz anders schmeckten. Ohne Mohn. Mit meinem Deutsch ist es dann in den nächsten Monaten ziemlich steil nach oben gegangen und ich konnte die Reichsdeutschen fast ohne Probleme verstehen. Für mich waren die alle Angeber. Immer vorne dran und immer die Klappe auf. Uns Wolhynier haben die

---

[30] Russische Mürbeteigkekse, oft auch mit Mohn.

nur verspottet. Ich hab' mich lieber im Hintergrund gehalten und aufgepasst, wie es die anderen machten. Gut war, dass ich im Unterricht ganz oft von Herrn Steinmann aufgerufen worden bin und wenn wir gesungen haben, dann durfte ich mich manchmal sogar nach vorne stellen und die ganze Klasse dirigieren. Gerade aus den deutschen Liedern konnte ich viel für mich herausholen. *Jung Siegfried war ein stolzer Knab* mussten wir jeden Tag vor dem Unterricht singen. Die Stelle „… nun hab' ich geschmiedet ein gutes Schwert; nun bin ich wie andere Ritter wert …" war mir die liebste. Aber in anderen Dingen war der Herr Steinmann nicht ganz koscher. Bei den Leibesübungen hat er meistens dafür gesorgt, dass ich mit Ulla zusammen Leichtathletikübungen machte. Und dabei sollte ich sie oft Rücken an Rücken Huckepack nehmen und ihre Schenkel ganz fest halten. Eigentlich habe ich mich fast ein bisschen dafür geschämt, Ulla genau so festzuhalten, wie Herr Steinmann immer vorgegeben hat. Und wenn er mir und ihr dann die Übung erklärt hat, oft auch mit eigener Hilfestellung, dann ist Ulla meistens ganz still geworden. Da hat sie ganz rote Ohren bekommen. Ob sie es ihrer Mutter erzählt hat, weiß ich nicht. Aber in diesen Momenten hat sie immer sehr geniert geschaut. Dabei war Ulla mit ihren langen blonden Locken so ein richtig nettes Mädchen. Nicht so eine Ziege wie manche anderen Mädchen.

Obwohl ich Mama genau geschildert habe, wie der Lehrer Steinmann die Ulla immer anfasste, hat sie nichts dagegen unternommen – glaube ich zumindest. Das hat mich aufgeregt. Wütend hat mich das gemacht. Weil ich doch gewollt hätte, dass Mama das alles Papa erzählt. Der hätte sich den Steinmann dann mal zur Brust genommen. Ein deutscher Lehrer sollte doch anständig sein. Wo sie uns doch immer gesagt haben, dass wir Deutsche anständiger sind als die Polen und die Slawen. Später ging ich in Leslau zur Schule und Lehrer Steinmann wurde weggeschickt. Mama hat mir gesagt, dass er nach Ostpreußen versetzt wurde.

Vielleicht hat sie ja doch etwas gesagt. Kann sein, dass deshalb auch Steinmanns Frau bei Mama gewesen ist. Als ich mich damals zu ihnen in die Stube setzen wollte, hat Mama mich rausgeschickt und sie schloss sogar die Türe. Ich finde, dass ältere Männer die Mädchen nicht so ansehen sollten und dass sie sie auch nicht einfach so anfassen dürfen.

Große Pläne

„Der Hans Jagow hat mich gefragt, ob er seine Sachen bei uns irgendwo in einem Schuppen unterstellen kann." Saschas Ellenbogen ruhte quer zur Tischkante schwerfällig neben dem Teller Suppe, der vor ihm stand und aus dem er unablässig rote Kohlsuppe löffelte.

Wanda war gerade dabei, Kira klarzumachen, dass er seine Spielsachen aufräumen, danach die Zähne putzen und ins Bett verschwinden sollte. Beiläufig fragte sie: „Was für Sachen?"

„Na, er ist doch Kompanie-Rechnungsführer bei der Infanterie-Einheit, oben, in der Zuckerfabrik. Und gestern meinte er, dass die Kompanie irgendwohin nach Osten verlegt werden soll."

„Und warum will er seine Sachen nicht nach dorthin mitnehmen?" Wanda fragte eher erstaunt als entrüstet.

„Er ist doch Brasiliendeutscher und weiß nicht so recht, wie es weiter gehen wird und wo er die privaten Dinge unterbringen kann. Nach São Vivente, wo er herstammt, kann er sie ja schlecht bringen. Und in das Internat in Thüringen, oder wo er da war, wohl auch nicht. In der Kasernenunterkunft kann er sie jedenfalls nicht zurücklassen."

„Wenn er weggeht, mit wem wollt ihr, Hellwig und du, dann in Zukunft Skat spielen?" Wanda hob einige Kleidungsstücke vom Boden auf, drückte sie Kira mit einem mahnenden Blick in die Hand und gab ihm einen Klaps auf den Po. Er schob die Unterlippe beleidigt nach vorn und trollte sich.

„Jagow meinte, dass in ein paar Tagen eine andere Einheit in die alte Hauswirtschaftsschule einquartiert wird. Wahrscheinlich Sturmpanzer oder so was ähnliches." Sascha schob sorgsam einige Knorpelstücke, die sich vom mitgekochten Fleisch gelöst hatten, mit dem Löffel auf den Tellerrand. Die linke Hand ließ er von der Tischkante hängen. Indem er sie hin und her drehte, versuchte er zum Ausdruck zu bringen, dass er nicht so ganz genau Bescheid wusste, wie sich alles zutragen würde. „Er berichtete auch davon, dass seit einiger Zeit viele Militärkonvois auf den Hauptstraßen in östliche Richtung fahren. Man verlegt offenbar ziemlich viel Militär an die Grenze zu Russland."

„Na, dass die Wehrmacht immer noch so viele Soldaten hierherbringen kann, wo sie doch schon Norwegen, Frankreich und da im Westen diese Länder am Meer besetzt haben? Da brauchen sie doch viele Leute." Eigentlich beschäftigte sich Wanda nicht so sehr mit den tagespolitischen Geschehnissen. Doch schließlich befand sich das Deutsche Reich an vielen Außengrenzen im Krieg mit Nachbarstaaten und deshalb lief die Propaganda auf Hochtouren. Und Nachbarn, deren Söhne eingezogen wurden, erzählten, wohin man sie geschickt hatte.

„Ja – du meinst Dänemark, Belgien und die Niederlande – und man darf England nicht vergessen", pflichtete ihr Sascha bei. „Jetzt schreiben sie überall, dass die Wehrmacht sogar über Serbien bis nach Rumänien und Griechenland marschiert ist, um dem Duce, dem Mussolini, beizustehen. Sein Feldzug in Afrika gegen die Engländer hat wohl in einem großen Fiasko geendet. Die Italiener sind aus Afrika rausgeworfen worden und die Engländer haben sie bis nach Griechenland und noch weiter getrieben. Nu – und jetzt hat Hitler Angst, dass ihm der Churchill die rumänischen Ölfelder versperren wird. Aber das Öl wird Hitler brauchen für all die Panzer und die Flugzeuge."

Sascha blickte auf und machte eine wegwerfende Handbewegung. Einigermaßen erleichtert kam er schließlich zu dem Schluss: „Na, wenn überall so viele Soldaten gebraucht werden, dann wird Hitler wenigstens mit Russland Ruhe geben. Bestimmt stellt er dort nur ein paar Kompanien auf, damit Stalin nicht auf dumme Gedanken kommt. Und wenn wieder neue Leute kommen, dann wird sich schon jemand für eine Skatrunde finden." Damit beendete er seine strategische Rundumschau. Wenigstens die für ihn wichtige Frage nach Skatpartnern schien geklärt zu sein.

Wanda hatte Kira mit seinem Kleidungsbündel auf dem Arm in den Flur hinausgeschoben und die Tür hinter ihm geschlossen, während Sascha aufgestanden war, um sich aus dem

Suppentopf auf dem Herd noch einen Nachschlag zu holen. Im Flur war Kolja zu vernehmen, der vom Spielen mit den Mühlenhofkindern hungrig geworden war und sich lautstark an der Küchentür zu schaffen machte.

„Kolja – komm' rein, wasch' dir die Hände und setz' dich hin", wies ihn Wanda sofort an und räumte einige Zeitschriften vom Tisch.

Sascha rückte für Kolja einen Stuhl näher an den Tisch: „Na, mein Großer. Was habt ihr bei Lehrer Steinmann heute gelernt?"

„Papa – letzte Woche war doch Ostern und wir haben im Moment keinen Unterricht!", belehrte ihn Kolja.

„Beginnt nicht jetzt bald wieder das neue Schuljahr?", gab sich Sascha interessiert.

„Du weißt aber auch gar nichts." Kolja baumelte mit den Beinen so heftig, dass er lautstark gegen ein Stuhlbein stieß. Sascha hob den Kopf und schaute mit fragendem Blick in Wandas Richtung.

Die schob derweil auf dem Fensterbrett eine Blumenvase zur Seite, legte den Stapel Illustrierte daneben und seufzte: „Saschinka, du bist noch ganz woanders mit deinen Gedanken." Dann ging sie zum Tisch zurück, setzte sich neben Kolja, legte die Hand auf seinen Arm und meinte: „Papa, du weißt doch, dass Kolja und ich vor Ostern in Leslau im Gymnasium gewesen sind. Du erinnerst dich, dass wir uns erkundigt haben, ob er mit seinen bisherigen Schuljahren in Korist die Oberschule besuchen kann. Im Direktorat haben sie uns gesagt, dass er das natürlich kann, unser großer Bub. Vielleicht wird er noch eine kleine Aufnahmeprüfung machen müssen. Die wird er natürlich bestehen."

Sie schob eine Haarsträhne zurecht, die ihr lästig über die Augenbraue gerutscht war. „Aber vielleicht haben wir vergessen, dir zu sagen, dass bisher in den verschiedenen Landesteilen des Reiches ein unterschiedliches Datum für den Schulbeginn gegolten hat, und deshalb gab in der Vergangenheit immer ein großes Durcheinander. Ab diesem Jahr 1941 wird deshalb ganz einheitlich im ganzen Deutschen Reich das neue Schuljahr erst im

August beginnen. Bis dahin wird der Vorbereitungsunterricht hier in Brest weitergehen."

„Oh – da kommt dann endlich Ordnung rein", gab sich Sascha zufrieden.

Bevor er fortfahren konnte, griff Wanda ein weiteres Thema auf, das ihr am Herzen lag. „Jetzt ist es ja jeden Tag schon ein bisschen länger hell und in zwei Wochen haben wir den 1. Mai. Da könnten wir doch den Pferdewagen einspannen und zusammen mit Martha, der Baba und unseren Rabauken einen Maiausflug an die Weichsel unternehmen. Was meint ihr dazu?"

„Au ja, Mama! Da kann ich endlich Alex, Nata und Tanja wiedersehen." Begeistert sprang Kolja auf und vollführte ein kleines Freudentänzchen in der Küche.

Sascha schob den geleerten Teller zur Tischmitte hin und gab ein zustimmendes „*Nu!*" von sich.

Doch Wanda war noch nicht fertig. „Setz' dich und hör' nochmal zu. Weil das Schuljahr erst im August beginnen wird, sollten wir mal überlegen, ob wir nicht unsere Verwandten in Jägerndorf in diesem Sommer besuchen könnten. Mit Cousine Lisa habe ich schon gesprochen. Und mit Martha auch. Beide denken darüber nach, ob sie zu so einem Ferienaufenthalt nicht mitkommen würden. Bruder Adam hat ja schon im vergangenen Jahr vom Umsiedlerlager aus Kontakt mit den Jägerndorfern aufgenommen."

Sascha stand auf und begann nach seinem Tabakbeutel zu suchen. Wanda begriff gleich, was sein hilflos suchender Blick ausdrückte. „Dort drüben, wo du ihn meistens hinlegst. Bring mir doch bitte ein Bier mit."

Schlurfend bewegte sich Sascha durch die Küche, suchte alles zusammen und stellte schließlich zwei Gläser und zwei Flaschen Bier auf den Küchentisch. Ächzend ließ er sich wieder auf seinem Stuhl nieder und griff nach dem Tabakbeutel. „Na so eine gute Idee."

„Wo genau ist denn Jägerndorf?", wollte Kolja wissen.

„Im Sudetenland. Du besinnst dich doch sicher noch auf die Eisenbahnfahrt von Falkenau nach Oderberg im vergangenen Frühjahr. Bestimmt erinnerst du dich daran, dass wir damals auch durch das Sudetenland gefahren sind. Und wir haben uns sogar darüber unterhalten, dass die Verwandten von der Seite meiner Mutter Berta dort wohnen." Mit einem leichten Schlag auf die Tischkante zur Unterstreichung des Gesagten erhob sich Wanda in Richtung Geschirrschrank. „Und jetzt isst du erst mal was. Du siehst ja so hungrig aus wie ein Bär, mein Großer."

Erwachen

Ich spürte die Kühle des Schattens, mit dem die Uferbäume die erstaunlich kräftigen Sonnenstrahlen von mir fernhielten. Eine Fliege lief stockend und planlos über meine linke Augenbraue. Es kitzelte. Ich war ein wenig eingenickt und in eine andere Welt abgetaucht. Im Traum hatte ich mit Ulla herumgeflachst. Sie trug ein grünes Sommerkleid. Ihre Augen funkelten so keck und geheimnisvoll – und gerade, als sie nahe zu mir herangerückt war, um mir ein Geheimnis zu offenbaren, riss mich das Krabbeln und Summen des Plagegeistes aus der angenehmen Vorstellung. Mir war ganz komisch. Ich wollte nicht, dass der Traum aufhört. Nicht jetzt.

Einen Moment lang musste ich mich orientieren und blinzelte in den Himmel. Einzelne Wolken fuhren gemächlich durch die Baumkronen. Ich setzte mich auf und lauschte. Das sanfte Rauschen des Windes bewegte die maigrünen Blätter hoch über mir und wiegte das Uferschilf ganz sacht. In der Ferne quakten Enten, die sich im Dickicht des Uferbewuchses ihren Weg bahnten, und Störche unterhielten sich klappernd auf der anderen Uferseite. Von irgendwo dazwischen her drangen Stimmen an mein Ohr. Onkel Adams durchdringende Bassstimme und das helle Klingen von Gläsern vermischten sich. Dazwischen ausgelassenes Geplauder. Was mir Ulla wohl anvertrauen wollte? Ich überlegte, kam aber nicht drauf. So nah bei Ulla hatte ich mich noch nie so behaglich gefühlt.

Überhaupt war es nicht mehr so blöd mit den Mädchen wie früher. Irgendwie waren die ja auch ganz anders. Besonders Ulla. Wenn ihr der Wind so die Haare durcheinanderwirbelt. Ich holte tief Luft, kniff die Augen nochmal zusammen und wie im Wochenschaukino liefen Bilder und Gedankenfetzen auf einer inneren Leinwand ab. Wie ein Kosak galoppierte ich an Ulla vorbei. Sie applaudierte mir zu. Plötzlich sitzen wir nebeneinander im Unterricht bei Lehrer Steinmann. Ich musste lächeln und während um mich herum die Enten weiter quakten, stromerte ich mit Marek und Lolek durch geheime und verwunschene Winkel im alten Kloster in der Nähe der Mühle. Aus einer dunklen Mauernische sprang Dschim hervor, rannte auf mich zu, stoppte abrupt und setzte sich in einiger Entfernung nieder.

Ich hielt meine innere Privatwochenschau an und klappte die Augenlider auf. Es wäre schön, wenn Dschim hier mit mir auf dem Ausflug sein könnte. Aber er hatte es jetzt bestimmt gut und konnte sich in sein neues Zuhause gut eingewöhnen. Kira sprach überhaupt nicht mehr von Dschim. Ob er sich wohl noch an ihn erinnerte? Vor drei Tagen war mein Brüderchen vier Jahre alt geworden und kein Baby mehr.

Ein Storch kreiste über mir und setzte zum Landeanflug auf das andere Flussufer an.

Was war in Brest eigentlich besser als früher in Korist? Ich überlegte und suchte mir Erlebnisse aus den letzten Monaten in meinem Kopf zusammen. Also, Korist war eigentlich nicht mehr meine Welt. Überhaupt musste ich nicht mehr so oft an Korist denken. Die Erwachsenen redeten zwar immer wieder mal von Wolhynien, Heimat, Heimat – immer wieder redeten sie von Heimat, aber für mich war das schon ganz schön weit weg. In Korist hatte Mama damals viel gemacht. Die Arbeit im Garten, im Haus und so. Manchmal sind wir auch zusammen mit dem Omnibus nach Korez ins Kino oder sogar nach Rowno gefahren. Aber jetzt erlebte ich noch viel mehr mit ihr. Zum Beispiel den Maiausflug heute, dann im Sommer vielleicht die Fahrt nach Jägerndorf, und dass ich nach dem Sommer auf das Gymnasium nach Leslau gehen kann, hat auch Mama gedeichselt. Und in der *Wochenschau* im Brester Kino sind wir auch schon gewesen.

Papa hatte halt immer viel zu tun. Es war ja auch nicht so einfach, so einen großen Mühlenbetrieb am Laufen zu halten. Und dann noch die Landwirtschaft. Jetzt war er auch noch Bezirksbauernführer und hatte dauernd viel zu regeln und zu kontrollieren. So viel Zeit wie im Lager Kirschberg konnten wir zwar nicht mehr miteinander verbringen, aber Papa nahm mich und manchmal auch Kira immer wieder mit. Sogar zu seinen Geschäften und Besprechungen. Und an den Wochenenden machten wir manchmal lange Spaziergänge um Brest herum. Einmal haben wir sogar die Pferde gesattelt und sind in Richtung Leslau durch die Felder geritten. Ich durfte auf dem großen Braunen reiten. Papa konnte aber auch ganz böse und jähzornig werden. Als ich einmal viel zu spät und mit eingesauten Klamotten von einem Streifzug mit Lolek und Marek nach Hause gekommen bin, hat er mich zur Strafe ganz lange im Eck auf einem Holzscheit knien lassen. „Der Junge muss lernen, gehorsam zu sein. Seine Grillen will ich ihm schon austreiben", raunzte er barsch zu Mama, die ihn davon abhalten wollte, mich so schmerzhaft zu bestrafen.

Ich überlegte, ob ich mich aufrappeln und zu den anderen rüber gehen sollte. Die Stimmung schien ganz vergnügt, irgendwie sogar übermütig. Mama, Tante Martha und die Baba hatten schon in den vergangenen Tagen viele Speisen für den heutigen Maiausflug vorbereitet. Piroggen, Korschiki, Salate, Würste und andere Köstlichkeiten. Heute früh hatte ich Papa beim Striegeln und beim Einspannen der Braunen geholfen. Da war es noch ziemlich kühl. Mama hat ihnen dann noch bunte Stoffstreifen an das Zaumzeug gebunden.

Und plötzlich ging es zu wie im Taubenschlag. Gut gelaunt trudelten Tante Lisa und ihre Schwester Lola, Tanja, die Baba und die ganze Familie Hellwig ein. Nachdem auch noch Onkel Adam mit Tante Martha, Alex und Nata bei uns in der Mühle Topielec angekommen waren, wurden die beiden Pferdewagen beladen und dann ging es auch schon los, ohne großes Frühstück. Erst durch Brest und dann über die Feldwege in Richtung Weichsel. Noch am Mittwochabend, also gestern, war das Wetter kalt und unbeständig gewesen. Doch in der Nacht verzogen sich die Wolken und wir hofften auf Sonnenschein. Die ganze Woche schon waren viele Menschen damit beschäftigt gewesen, den Platz vor dem Rathaus, die Brester Hauptstraße und viele Gebäude mit Fahnen und Girlanden zu schmücken. Junge

Birken mit bunten Fähnchen und Papierstreifen hatten die Leute vor ihren Hauseingängen aufgestellt. Das Städtchen wurde herausgeputzt zum *Tag der nationalen Arbeit.* Und am Abend sollte es ein Feuerwerk geben. Als wir über den Rathausplatz zockelten, gingen die Pferde noch im gemächlichen Schritttempo. Zwischen den mächtigen Säulen am Rathauseingang bewegten sich ganz erhaben große Hakenkreuzfahnen in kräftigem Rot mit dem Wind. Da in Brest kein Umzug der *Deutschen Arbeitsfront* vorgesehen war, sondern nur Abordnungen von BDM und Hitlerjugend am großen Aufmarsch in Leslau mitmarschieren sollten, waren Alex, Tanja, wie auch Nata und ich ohne Dienstpflicht davongekommen.

Papa hatte noch gemeint: „Vergesst nicht, eure Jacken mitzunehmen. Die Sonne ist noch nicht so kräftig. Der Weg am Sanatorium Zacisze vorbei führt mindestens eine Stunde lang durch den Wald, bevor wir das Weichselufer erreichen. Und wenn der Regen die Wege dort aufgeweicht hat und wir Umwege in Kauf nehmen müssen, dann werden wir noch länger im kühlen Wald unterwegs sein.“ Aber so schlimm wurde es dann doch nicht und jetzt wärmten die Strahlen der Sonne schon kräftig.

Mein Mund fühlte sich ganz trocken an. Deshalb erhob ich mich mit einem Ruck und stakste durch das Schilf zu den beiden Pferdewagen hin, an denen ein buntes Treiben im Gange war. Die Pferde waren ausgespannt worden und grasten in der Nähe. „Spielst du mit mir Federball?“, juchzte Tanja sofort, als sie mich erblickte. „Alex drischt immer so drauf. Das macht keinen Spaß mit dem.“

Alex rannte auf sie zu und versuchte, ihr eins mit dem Schläger auf den Hintern zu klatschen. Sie wich geschickt aus, kreischte ganz laut und entwand ihm den Schläger, schubste Alex weg, der sich ganz theatralisch ins Gras fallen ließ, hüpfte jauchzend auf mich zu und drückte mir den Federballschläger in die Hand. Im selben Moment winkte jedoch Mama: „Kommt doch mal her. Wir haben was zu besprechen.“ Alle liefen zusammen und als Mama Luft holte und beginnen wollte, fiel ihr Onkel Adam ins Wort: „Wandale, bitte lass mich beginnen.“ Er blickte sich um in der Runde, holte Luft und begann: „Ihr erinnert euch vielleicht, dass ich von Kirschberg aus damals Kontakt mit der Schwester unserer Mutter Berta aufgenommen habe. Die meisten von euch wissen, dass ihr Name Julie ist."

Tante Lisa setzte einen Fuß nach vorn und warf ein: „… und die Schwester meiner Mutter Karoline."

Onkel Adam machte eine abwehrende Handbewegung, lächelte: „Natürlich Lisa. Sonst wären du und deine Schwester Lola ja auch nicht unsere Cousinen." Tante Lisa lächelte verlegen, gab sich damit zufrieden und Onkel Adam fuhr fort: „Jedenfalls haben uns die Jägerndorfer jetzt zur Sommerfrische eingeladen und wir könnten dort im Juli alle unterkommen und Urlaub im Altvatergebirge machen." Er blickte in die Runde, als ob er Beifall für seinen Vorschlag erwartete. Zurück kam Natas zaghafte Frage: „Und wo ist Jägerndorf?"

„Na drüben, im mährischen Schlesien. Also nicht weit von Troppau", erläuterte Onkel Adam knapp. Viel schlauer wird Nata damit auch nicht geworden sein. Alex wusste natürlich – wie immer – sofort: „Das heißt jetzt Sudetenland."

Ich war ja auch schon im Bilde, weil wir uns vor zwei Wochen mit Mama und Papa darüber unterhalten hatten. Aber mit den anderen konnte ich mich schon länger nicht mehr austauschen. Mama begann dann zu erzählen, dass sie schon gemeinsam mit Tante Martha die Zugverbindungen ausgekundschaftet habe und dass sie mit den Reisevorbereitungen beginnen würden. Dann folgte ein wildes Durcheinander von Plänen und Gesprächen, was man alles unternehmen würde. Jeder griff sich etwas zu essen und der fröhliche Nachmittag hatte ein neues Hauptthema.

Als ich später der Baba sagte, dass ich es schön fände, Verwandte in einer so weit entfernten Gegend zu haben, meinte sie: „Na, du hast ja noch viel mehr Verwandte, die noch viel weiter entfernt leben. Aber die werden wir wohl nie besuchen können."

Ich begriff erst mal gar nichts. „Wie meinst du das?", fragte ich ungläubig. „Ach, Dummerchen. Du weißt doch, dass meine Schwester Tamara, also deine Tante, in Moskau wohnt. Das ist ja bei Stalin, dem Ungeheuer. Da muss man froh sein, wenn man weit weg ist davon."

„Ach so – du meinst Papas Schwester, äh, deine Schwester, die mit meiner Großmutter nach Moskau gezogen ist. Ja – daran habe ich nicht gedacht. Das war ja auch lange vor meiner Geburt." Die Baba blickte streng: „Nein – nicht vor deiner Geburt. Aber du hast die beiden nie kennengelernt, weil sie ja hinter der Grenze auf dem wolhynischen Gebiet der Bolschewiken festgehalten wurden. Nicht weit von uns. In Shitomir, aber eben hinter der Grenze – und die war streng bewacht. Da kam man nicht hinüber. Jetzt sind sie jedenfalls in Moskau. Tamara ist in der schrecklichen Zeit immer bei unserer Mutter geblieben. Und der Bub dieser Moskauer Schwester Tamara heißt Adja. Und der ist dein Vetter."

Dann folgte eine Pause und die Baba zwinkerte aufgeregt mit beiden Augen.

Mir brummte der Schädel vor lauter sudetenländer Verwandten aus dem mährischen Schlesien, Moskauer Großmüttern aus dem bolschewistischen Wolhynien, den vielen Namen und Orten. Ich kriegte das nicht so recht zusammen.

Noch während ich damit beschäftigt war, das Knäuel von Beziehungen für mich zu entwirren, konnte ich richtig sehen, wie ein neuer Gedanke in Babas Kopf einzog.

Ohne mir eine Denkpause zu gönnen, machte sie sich daran, an meine chaotische innere Verwandtschaftslandkarte noch ein Mosaiksteinchen anzusetzen: „Na, und dann noch meine Brüder in Frankreich. Die sind ja auch deine Onkels. Aber wo die genau wohnen, kann ich dir gar nicht erklären. Natürlich, mein ältester Bruder, der eigentlich so heißt wie du, der hat auch zwei Mädchen. Das weißt du doch. Die heißen Olga und Marie."

Nach einer weiteren Kaskade von Augenzwinkern meinte sie noch: „Aber meine zwei jüngeren Brüder Iwan und Fedja, die Taugenichtse, sind noch ledig und haben keine Kinder. Oder was meinst du, Saschinka?"

Mit einer Drehung des Oberkörpers richtete sie die Frage in Papas Richtung, der nicht weit von ihr entfernt stand. Aber Papa war gerade ganz tief im Gespräch mit Onkel Adam und merkte gar nicht, dass ihm seine Schwester eine Frage gestellt hatte. Diese Gelegenheit ließ ich mir nicht entgehen. Schnell erhob ich mich, lief zum Wagen und lud mir allerlei Köstlichkeiten auf einen Teller.

Später ließen wir noch einen Drachen steigen, den Alex mit seiner HJ-Gruppe gebaut hatte.

Gegen Abend kamen wir zurück zur Mühle Topielec. Onkel Adam und Papa hatten zwar mehr als einige Gläschen vom Selbstgebrannten genossen, aber sie waren geübte Fuhrleute und brachten uns alle gut und ziemlich müde zurück. Das Feuerwerk schauten wir uns noch alle gemeinsam an, von der Straße aus. Es war das erste Feuerwerk, das ich erleben durfte. Manche zerplatzten Lichter konnten wir nicht sehen, weil sie durch Bäume verdeckt waren. Aber es war wunderbar, solche bunten Bilder am Himmel zu betrachten.

Gewöhnung

Der Mai verperlte wie Brausepulver und ein heißer Juni bahnte sich an. Wanda erntete in ihrem neu gestalteten Garten bereits die ersten Kräuter. Besonders den kräftigen, jungen Liebstöckel schätzte sie sehr. Der Sohn einer befreundeten Kolonistenfamilie aus einem Nachbarort war in einem Hinterhalt jugoslawischer Partisanen ums Leben gekommen. Man hörte davon, nahm es mit Betroffenheit zur Kenntnis, aber solche traurigen Ereignisse gehörten inzwischen schon fast zur Tagesordnung.

Sascha erledigte seine Aufgaben als Bezirksbauernführer gewissenhaft und legte der Kreisbauernschaft in Leslau pünktlich seine Rechenschaftsberichte darüber vor, wieviel Schlachtvieh, Milch und andere landwirtschaftliche Erzeugnisse erzeugt und abgeliefert werden konnten, um die kriegsbedingte Versorgung der Bevölkerung und der kämpfenden Wehrmacht zu sichern. Amtskommissar Dunke, gleichzeitig auch Ortsgruppenleiter der NSDAP, trug ihm deshalb an, sich doch nun endlich mal Gedanken über eine Mitgliedschaft in der Partei zu machen. Sascha bat sich Bedenkzeit aus und beriet sich mit Wanda.

„Die Sache mit der arischen Rasse und dem *Kampf gegen das Weltjudentum* gefällt mir nicht – und Krieg brauche ich auch nicht …“, offenbarte er ihr eines Abends, „… aber der Hitler hat uns aus Wolhynien herausgeholt und hat uns dadurch wahrscheinlich unser Leben gerettet. Dafür sollten wir ihm dankbar sein. Hier geht es aufwärts und für die Kinder wird es wohl eine gute Ausbildung und eine gute Zukunft geben. Außerdem tragen schon acht Millionen andere Dummköpfe das Parteiabzeichen an ihrem Kragen. Da wird es mir auch nichts schaden und es wird nicht viel passieren, wenn ich es auch trage."

Wanda entgegnete, dass sie sich mit Martha auch schon darüber unterhalten habe. Ihr sei das Drumherum auch nicht so geheuer. Aber für den Hitler verspüre sie durchaus Sympathien. Für die Deutschen habe er doch viel Gutes getan. Und dass die Engländer ihn jetzt in diesen fürchterlichen Krieg gezogen hätten, sei ja nicht die Schuld des Führers. Und zudem sorge er dafür, dass Stalin und die Bolschewiken Ruhe gäben.

„Da kannst du dem unberechenbaren Polizeikommandanten Kabelitz auch besser Paroli bieten, wenn er wieder mal so gegen die Polen hetzt. Das wird dein Ansehen stärken. Und für deine Geschäfte hier im Betrieb und die Aufgaben als Bezirksbauernführer wird es auch von Vorteil sein. Natürlich gibt es viele Dinge, die nicht schön sind. Amtskommissar Dunke hat jetzt verboten, beim polnischen Fleischer hier in Brest einzukaufen. Da muss man sich nun in die Bahn setzen, zwölf Kilometer weit fahren, nur um Fleisch einkaufen zu können. Warum sollte man nicht beim Polen kaufen? Der hatte immer erstklassige Ware. Und die vielen Juden hier aus Brest hat man auch abtransportiert. Sie sollen jetzt bei Posen in einem Lager leben und arbeiten. Die Synagoge hat man ihnen sowieso schon abgebrannt und jetzt stehen viele Häuser leer. Das waren bestimmt mehr als 500 Leute. Und die hatten doch einen *Judenrat*[31]. Der konnte wohl auch keinen Einfluss darauf ausüben. Aber das können wir nicht ändern und nicht bestimmen. Wenn du das mit der Parteimitgliedschaft willst, dann sag' dem Dunke doch zu."

---

[31] Judenrat ist der Begriff, der für die während der Zeit des Nationalsozialismus errichteten Zwangskörperschaften der Juden in den vom Deutschen Reich besetzten und kontrollierten Gebieten verwendet wurde. Der Begriff wurde von der SS und der Gestapo geschaffen. Die Judenräte wurden von ihnen und anderen Besatzungsbehörden zwangsweise ernannt. (Wikipedia).

Nachdem Sascha dem Amtskommissar nachgegeben und ihm signalisiert hatte, in die Partei eintreten zu wollen und dass es für ihn, einen kleinen wolhynischen Umsiedler, eine Ehre sei, überhaupt in eine deutsche Partei aufgenommen zu werden, organisierte Dunke eine kleine Feier in seinen Amtsstuben. Sogar Gendarmeriekommandant Binser, der Chef der Stadtpolizei Kabelitz, NSDAP-Zellenleiter Conradi, der Apotheker aus dem Baltikum sowie weitere Geschäftsleute, die bereits Parteigänger der NSDAP waren, nahmen an der Runde teil. Sascha wurde nicht nur das Parteiabzeichen an die Brust gesteckt, im Nachgang erhielt er auch noch die Kriegsverdienstmedaille wegen seiner Verdienste als Bezirksbauernführer um die kriegswichtige Versorgungslage. Bei Schnittchen, kühlem Bier und sonstigen Getränken wurde die allgemeine Lage erörtert. Alle Fenster standen angesichts des heißen Spätnachmittags weit offen. Die Uniformträger hatten die obersten Knöpfe ihrer Uniformjacken geöffnet und gaben sich zwanglos. Schließlich war man ja hier in der Kleinstadt unter sich. In der schwülen Vorabendluft waberte auch Pioniergeist durch die Stuben. Hatte man sich doch zusammengefunden, um kein geringeres Ziel zu erreichen als den Aufbau und die Organisation eines deutschen Mustergaus weit im Osten.

„Manche mögen sich wundern, warum unsere Infanterieeinheit abgezogen und noch weiter nach Osten verlagert wird“, ließ sich Dunke vernehmen. „Ich bin aber über meine Berliner Kontakte bestens informiert!“, schwadronierte er.

„Es wird gegen die Sowjets gehen“, meinte Binser. „Schließlich ist es kein Geheimnis mehr, dass auch die russische Seite viele Mannschaften und Gerät nach Westen hin verlagert hat.“

„Nein, nein, nein, mein lieber Binser“, belehrte Dunke. Ein wissendes Blitzen erhellte seine kleinen Schweinsäuglein. „Aus Berlin hört man, dass alle Kräfte gegen England gerichtet bleiben. Man wird sich hüten, eine zweite große Front zu errichten. Gerüchteweise soll der Führer eine große Zangenbewegung über den Balkan und den Orient vorbereiten, um die Engländer von der Ölversorgung am Persischen Golf abzuschneiden. Nachdem unsere italienischen Freunde so grandios versagt haben, soll sich da jetzt was ganz Großes anbahnen. Meine Gewährsleute sind da immer bestens informiert!“, prahlte er. Mit großspuriger Geste fügte er dann noch an: „Der Lebensraum im Osten, die Vernichtung des bolschewistischen Judentums und der roten Kommissare werden wohl noch etwas warten müssen.“

So verlief der frühe Abend mit strategischen Erwägungen, Mutmaßungen und Eitelkeiten. Sascha brachte sich dabei nicht besonders ein. So richtig fühlte er sich dieser Gruppe nicht zugehörig. Diesen Emporkömmlingen, die sich anschickten, ihn zu vereinnahmen. Am nächsten Morgen legte er das Parteiabzeichen und die Kriegsverdienstmedaille in seine Schreibtischschublade und machte dort weiter, wo er am Vortag aufgehört hatte. Binser sollte recht behalten.

Dunke musste sich eingestehen, dass seine hervorragenden Gewährsleute in Berlin doch eher an der Nase herumgeführt waren. Gut gestreuten Gerüchten waren sie wohl aufgesessen und im Sinne der Propagandamacher in die Irre geführt worden.

Am frühen Sonntagnachmittag kamen Adam, Martha mit Nata und Alex zu Besuch. Mit der Bahn waren sie angereist. Nach dem Nachmittagstee schaltete Sascha den Volksempfänger ein. Auch Halina und Stanislaw Masur gesellten sich neugierig hinzu, nachdem sie zurückhaltend an der Wohnzimmertür angeklopft und ein eher beiläufiges „Herein“ vernommen hatten.

Gespannt horchten alle Anwesenden die Begründung des Reichsaußenministers von Ribbentrop vor der Presse für den Angriff auf die Sowjetunion. Krächzend schallte es aus dem Apparat „… *hat die Sowjetunion die Verträge und Vereinbarungen mit Deutschland gebrochen* …, deshalb habe der Führer … *nunmehr der deutschen Wehrmacht den Befehl erteilt, dieser Bedrohung mit allen zur Verfügung stehenden Mitteln entgegenzutreten.*“

Sascha rieb sich das Kinn. „Das wird Hitler nicht gewinnen können. Gegen Russland kann man keinen Blitzkrieg führen. Vielleicht gegen Frankreich. Aber sogar die Engländer zeigen ihm die Zähne …“, der erstaunte Blick Stanislaw Masurs entging ihm dabei gänzlich, „… im Norden und im Rheinland bombardiert Churchill unsere Städte und man kann ihn nicht aufhalten.“

Erst als ihn Adam ermahnte, doch nicht vor den Kindern solche undeutschen Meinungen zu verbreiten, erschrak Sascha über seine vorschnell geäußerten Worte.

Adam war die Röte ins Gesicht gestiegen: „Unsere deutschen Soldaten werden den Bolschewismus besiegen. Mehr noch – sie werden ihn vernichten, ausrotten, von diesem Planeten tilgen“, echauffierte er sich. „Drei Millionen kampferprobte deutsche Soldaten in mehr als 150 Divisionen werden Stalin in die Knie zwingen. Diesen Kreuzzug gewinnen wir.“

„Woher willst du das wissen, mein allwissender kleiner Adamtschik“, mischte sich Martha ein. „Über die Alten Herren meiner Studentenverbindung bin ich ziemlich gut unterrichtet…“, kam es von Adam zurück. Mit stolz hochgezogenen Augenbrauen und einem fast überheblich vorgeschobenen Unterkiefer ergänzte er: „Du kannst es dir ja in den nächsten Tagen in der *Wochenschau* ansehen. Das geht in *einer* Front vom Eismeer bis zum Schwarzen Meer.“

Einer dehnte er dabei unglaublich lang und sein Arm folgte unterstützend mit ausgestrecktem Zeigefinger einer imaginären Linie von der linken Zimmerwand zur rechten. „Der deutsch-finnisch-rumänischen Front werden diese schlecht ausgerüsteten Rotarmisten nichts entgegenzusetzen haben. Ihr erinnert euch doch noch an die Truppen, die vor zwei Jahren nach Korist und nach ganz Westwolhynien gekommen sind, um es zu besetzen. Sascha, du hast es mir ja erzählt, dass sie ausgesehen haben wie Vagabunden. Der Führer wird mit denen kurzen Prozess machen. Und – du wirst es dir merken …“, bei diesen Worten kniff er die Augen zusammen, was ihm fast ein gefährliches Aussehen gab; dabei nahm er seine ältere Schwester fest in den Blick, „… an Weihnachten werden unsere Soldaten in Moskau stehen. Spätestens an Weihnachten. Der arischen Rasse haben die slawischen Völker doch nichts entgegenzusetzen.“

Adam hatte sich in Rage geredet und bemerkte nicht mal die erschreckten und betretenen Augenpaare, die auf ihn gerichtet waren. Auch die glänzenden Augen von Alex, Nata, Tanja und Kolja entgingen ihm vollkommen. In diesem Moment war er einzig in seiner Denkwelt verfangen. Der Blick nach außen war ihm versperrt. „Adam, sprich nicht so!“, fiel ihm Sascha ins Wort. „Was haben uns diese Menschen getan? Sie waren doch immer unsere Nachbarn. Sogar dein Vater hat in der zaristischen Armee gedient und gekämpft. Und auch in meiner Familie hat man in der zaristischen Armee gedient. Zwei meiner Onkels waren im Rang eines Oberst und einer davon sogar noch Regimentskommandeur in Baku. Du weißt, dass er im letzten Krieg im Kampf gegen deutsche Truppen gefallen ist.“

Deutsche betonte er dabei ganz entschieden, schnaufte tief durch und sammelte kurz seine Gedanken. „Und dein Vater – Gott möge seiner Seele gnädig sein – hat seine Eltern so früh verloren. Und dann war er in einem Dragonerregiment des Zaren.“ Sascha holte Luft: „Das war in Kiew. Bei Sinelnikow, dem Regimentskommandeur im persönlichen Dienst, dein Vater.“ Ungehalten blickte er sich um, ob vielleicht eine Wodkaflasche in Reichweite stand. „Und dann ist er noch für Russland in den Japanischen Krieg geschickt worden … 1905 … bis Wladiwostok und zurück. Natürlich hat man sie auch in die Verbannung geschickt, 1915, nicht so weit – bis nach Charkow. Aber das hat man mit allen Deutschen so gemacht. Es war Krieg.“ Rechtfertigend gab Adam zurück: „Ja, ja – das war die stolze russische Armee, die auch Napoleon zurückgeschlagen hat. Aber was ist von der geblieben? Jetzt geht es doch darum, der Bedrohung durch den jüdischen Bolschewismus zuvorzukommen. Durch deren Einfluss ist doch das ganze Russland und erst recht das russische Militär vollkommen degeneriert. Wenn der Führer dem nicht so entschlossen entgegentreten würde, dann könnten wir es erleben, dass sie uns überrennen und bald am Atlantik stehen werden.“

Er stockte, drehte sich zu Sascha hin um: „Außerdem weißt du besser noch als ich, wie deutsch-national mein Vater geerdet war. Schließlich ist er ja auch dein Schwiegervater gewesen. Und mit den Ukrainern hatte er es ja bekanntermaßen nicht so.“ Dabei versuchte er stur, dem Blick seiner Schwester Martha auszuweichen, die ihn mit zusammengekniffenen Lippen still fixierte.

„Was hast du nur für Gedanken, Brüderchen?“, murmelte Wanda, sichtlich bemüht, den Disput abzukühlen. Mit festerer

Stimme schob sie hinterher: „Kommt, schenkt euch noch Tee ein und greift zu. Es sind noch viele Korschiki da. Die habe ich heute früh erst gebacken. Halina, Herr Masur, bitte, greifen Sie zu."

„Nein danke. Es wird besser sein, wenn wir uns wieder zurückziehen. Es ist nicht gut für Sie, Frau Wanda, wenn uns jemand hier in ihrer Wohnstube antreffen sollte." Mit diesen Worten verließen Halina und Stanislaw Masur eilig die Stube und verschwanden unauffällig in ihren Wohnbereich gegenüber dem Hausflur. Kaum war die Tür ins Schloss gefallen, bemerkte Adam noch: „Und gnade Gott den roten Kommissaren, wenn sie den Unseren in die Hände fallen."

Siegestaumel

In atemberaubendem Tempo rückten die deutschen Truppen über die grenznahen Gebiete in Litauen, Weißrussland, der Ukraine und durch andere Regionen tief in das russisch-sowjetische Staatsgebiet vor. Immerhin hatte durch den überraschenden Hitler-Stalin-Pakt fast zwei Jahre lang ein bleierner Mantel auf dieser Möglichkeit gelegen – eigentlich mehr einem unverzichtbaren Muss aus Hitlers Sicht als einer Möglichkeit. Denn schon vor seiner sogenannten *Machtübernahme* hatte er keinen Zweifel daran gelassen, dass die Vernichtung des Bolschewismus – und damit ein Krieg gegen die Sowjetunion – das ideologisch-politische Hauptziel seiner nationalsozialistischen Ideologie war.

Wochenschauen und Illustrierte zeigten heldenhaft voranstürmende Wehrmachtskrieger in überlegener Waffentechnik. Die Wucht des Angriffs mit mehr als drei Millionen Soldaten zwang die Rote Armee an allen Fronten zum Rückzug. Zigtausende von Rotarmisten konnten bereits in den ersten Tagen des Feldzuges gefangengenommen, getötet und so ausgeschaltet werden.

Die Stimmung war gemischt. Nach außen hin konnte man viele euphorische Bemerkungen zur Erschließung von neuem *Lebensraum für das deutsche Volk* im Osten hören. Immer wieder wurde die Vereinnahmung der Ukraine als große Weizenkammer für das neue Deutsche Reich begrüßt. Hinter vorgehaltener Hand waren aber auch Stimmen zu vernehmen, die das große

Blutvergießen infrage stellten. „Nu – jetzt holt sich der Hitler, was er vorher dem Stalin borgen musste", kommentierte Sascha Ende Juni die Siegesmeldungen, die in Presse und Rundfunk die Einnahme der Städte Nowograd-Wolynsk, Korez, Rowno, Dubno und Luzk verkündeten.

Korist war nun also auch in deutscher Hand, allerdings nicht ohne starke Gegenwehr der russischen Seite im gesamten Kampfabschnitt. Auch Shitomir wurde als *Generalbezirk*[32] Bestandteil des *Reichskommissariats Ukraine*[33]. In der Gemeinschaft der Umsiedler war man besorgt über das Schicksal der Zurückgebliebenen, der früheren Nachbarn und Bekannten. Insgeheim hoffte man darauf, die in Ostwolhynien zurückgelassenen Verwandten nun doch wieder sehen zu können. Aber natürlich wusste niemand, ob sie nicht inzwischen verschleppt waren – wie Lawrentij und andere.

Die Infanterieeinheit Hans Jagows war der sogenannten *Heeresgruppe Mitte*[34] zugeteilt worden, die die stärkste unter den drei Heeresgruppen bildete, die man zum Vorstoß in Stalins Reich zusammengezogen hatte. Ihr Operationsgebiet beim Angriff auf die Sowjetunion lag in der Region Weißrussland. Nach einer Verwundung während der Kesselschlacht bei Minsk Anfang Juli hatte Jagow das Glück, in das Leslauer Lazarett, weit hinter die Frontlinie, verlegt zu werden. Durch einen Sturz von einem schlingernden Panzer hatte er sich beide Arme und mehrere Rippen gebrochen.

Drei Wochen später war sein Genesungsprozess so weit vorangeschritten, dass er eines Tages, mitten in der sommerlichen Bruthitze, in Brest aufkreuzte, um seinem Skatkumpanen Sascha einen Besuch abzustatten. Sascha lud ihn natürlich zum Mittagessen ein und Wanda tischte zur Feier des Tages Kaninchenbraten auf. Als die Kinder nach dem Mahl die Erlaubnis zum Spielen im Mühlenhof erhalten hatten, freudig rufend mit ihren

---

[32] Generalbezirk. Siehe Anhang: 07 Stichworte zum Krieg im Osten ab 1941.

[33] Reichskommissariat Ukraine. Siehe Anhang: 07 Stichworte zum Krieg im Osten ab 1941.

[34] Heeresgruppe Mitte. Siehe Anhang: 07 Stichworte zum Krieg im Osten ab 1941.

Kameraden vor dem geöffneten Fenster tobten und Wanda ebenfalls kurz die Küche verlassen hatte, beugte sich Jagow in Saschas Richtung, blickte sich um und raunte hinter vorgehaltener Hand: „Sascha, das dort im Osten ist kein Krieg, wie wir ihn gegen Frankreich geführt haben. Auch in Norwegen war ich dabei. Das war aber ganz anders. Da haben wir gekämpft und jeden Tag zugesehen, dass wir uns keine Kugel einfangen, wenn wir überhaupt in Schießereien verwickelt waren. Dort im Osten geht es ganz abartig zu. Da gibt es keine Fisimatenten. Wir haben dort auf unserem Vormarsch viele Dörfer abgefackelt. Verstehst du? Angezündet haben wir sie."

„Was sagst du da, Hans!" Skeptisch, mit zurückgenommenem Kopf, blickte Sascha auf Jagow. „Ja, und damit nicht genug. Wir haben ja unzählige Gefangene genommen. In Scharen sind sie uns entgegengelaufen. So viele, dass wir nicht wussten, wohin damit. Die kommunistischen Kommissare[35] hatten wir gleich abzusondern und den Einsatzgruppen zu übergeben, die hinter dem Kampfgebiet für Ruhe und Ordnung sorgten. Man konnte die Politkommissare ja auch gleich an ihren Uniformen erkennen. Manche hatten sich aus Angst verkleidet und Uniformjacken von toten Soldaten übergestreift. Hat ihnen aber meistens nichts genützt. Die haben wir alle aussortiert."

„Und dann?", fragte Sascha mit belegter Stimme zurück.

„Die SSler in den Einsatzgruppen und die vom SD[36] haben die Politoffiziere sofort verhört und keinen Zweifel daran gelassen, was ihnen blüht." Jagows rechte Hand setzte in Kragenhöhe am Hals an und fuhr mit einer ruckartigen Geste quer über die Kehle. „Ich habe mit eigenen Augen gesehen, wie sie ein Dutzend von denen hinter der nächsten Scheune liquidiert haben."

Sascha, dessen rechter Ellenbogen auf der Tischkante aufgestützt war, senkte den Unterarm in Jagows Richtung, um aus seinem Erfahrungsschatz während des russischen Bürgerkrieges zu berichten, als plötzlich Kiras helle Stimme am Fenster

---

[35] Politkommissare waren in jedem Verband der Roten Armee zuständig für die Einhaltung der Prinzipien der KPdSU, überwachten die Kommandeure.

[36] SD: *Sicherheitsdienst des Reichsführers SS*. War als Geheimdienst innerhalb der SS im NS-Staat zentraler Teil des Unterdrückungsapparates.

vernehmbar war. „Papa!“ Der Kleine selbst war hinter dem Fensterbrett nur zu erahnen. Sascha stand ungelenk auf, schritt zum Fenster und erblickte den Dreikäsehoch vor dem Fenster stehend. „Warum kommst du nicht herein, Kira?“, gab er im sanftesten Ton zurück, der ihm nach dem grausamen Situationsbericht möglich war. „Ich will mit Kolja und Marek zum See, Papa. Kann ich mit?“

„Natürlich kannst du. Pass aber auf und geh’ nicht zu nah ans Wasser.“ Hoppelnd und den Gang von Pferden nachahmend hüpfte Kira davon. Sascha kehrte zum Tisch zurück und ließ sich ächzend auf dem Stuhl nieder.

Hans Jagow plauderte weiter, als ob das Erlebte aus ihm heraus müsste. „Die Juden mussten wir auch aussortieren. Wer Jude ist, erkennst du ja auch meistens an den Kleidern.“ Schritte und der Klang von Blechwannen, die aneinanderschlagen, drangen vom Flur her in die Küche.

Mit freundlichem Lachen, aber ganz außer Atem öffnete Wanda mit dem Ellenbogen die Tür und glitt rücklings durch die Türöffnung. „Na, ihr beiden. Wie wäre es mit einem Verdauungsschnäpschen?“

Das Thema wurde gewechselt und Hans Jagow kehrte erst mit der letzten Bahn wieder nach Leslau zurück.

Trotz der Turbulenzen, die die nahen kriegerischen Ereignisse mit sich brachten, nahm das Leben in der Kleinstadt in diesem Sommer einen eher gemächlichen Verlauf. Gegen die polnische und die jüdische Bevölkerung schritten die repressiven Maßnahmen zwar unaufhaltsam voran, doch diese Veränderungen nahmen die neu Zugezogenen eher teilnahmslos wahr. Die katholische Kirchengemeinde, umgangssprachlich die *polnische Kirche* genannt, wurde auf Geheiß offizieller Stellen verboten. Gerne nutzte Polizeikommandant Kabelitz die Gelegenheit, mit seiner Familie in das nun leerstehende, geräumige Pfarrhaus umzuziehen.

Die schöne, große Renaissance-Pfarrkirche wurde stillgelegt und zum Lagerhaus umfunktioniert. Neben dem Eingangsportal prangte von nun an der Schriftzug *Vergiss nicht, der Pole ist Dein Feind!* Der Krieg mit seinen eigenen Gesetzmäßigkeiten, seinen

Notwendigkeiten und seiner grausamen Logik sickerte in das Alltagsleben ein. Er geschah. Unweigerlich, schicksalhaft und fast schon vertraut.

Schmerz

Meine Mama tot? Nein! Das kann gar nicht sein! Sie wollte doch nächste Woche wieder nach Hause kommen. Das hatte sie mir doch gesagt, als ich sie zusammen mit Papa und Kira vor zwei Tagen besucht habe. Das hat sie uns doch versprochen. Raus aus dem Spital und zurückkommen zu uns nach Brest.

Papa! Papa!

Warum antwortet er denn nicht? Warum sitzt er denn so völlig verstört am Küchentisch? Warum hat er eine halbe Flasche Wodka getrunken, seit er vom Bahnhof zurückgekommen ist? Warum hockt er so regungslos da?

Er war doch bei Mama in der Klinik. Er muss es doch wissen, dass sie nicht tot sein kann, sondern dass sie nächste Woche wieder zu uns kommen wird, wie sie es versprochen hatte. Warum antwortete er nicht?

Und warum holte uns Tante Martha für zwei Tage zu sich nach Hause? Kira und mich. Wir wollten doch zu Mama und mit ihr zusammensein. Wollten wir.

Aber sie war wirklich tot. Einfach so gestorben. Einfach so. Hat uns ganz alleine gelassen. Ohne etwas zu sagen.

Dabei hatte sie mich doch noch zum Schulbeginn mit der Bahn nach Leslau begleitet, am ersten Schultag an der Oberschule. Ganz stolz war sie auf mich. Sie hat mich rausgeputzt und mir vorher noch die Haare geschnitten. „Komm her, mein Lockenköpfchen. Gleich wirst du aussehen wie ein Oberschüler“, lachte sie und hielt die Schere schon bereit. Sogar ein Eis habe ich an dem Tag von ihr bekommen. Kira ist auch dabei gewesen. Und zu meinem Geburtstag wollte sie mir mein Lieblingsgericht kochen, wollte mich mitnehmen in die *Wochenschau* im Kino. Sie wollte mit uns in die Sommerfrische fahren. Sie wollte immer bei uns bleiben und auf uns aufpassen. Auf mich und auf Kira. Und im Garten hatten wir uns vorgenommen, zusammen aufzuräumen und alles winterfest zu machen.

All das hat sie zu uns gesagt. Und nur mit Mama konnte ich so schön und warm kuscheln.

Und jetzt war sie nicht mehr da.

Es tat so weh.

Ich liebkoste stundenlang mein Brüderchen. Meinen geliebten, kleinen Kira.

Wir weinten und drückten uns. Wir zitterten. Wir vergruben uns ganz ineinander.

Verstand er überhaupt, dass Mama tot war? Dass sie nicht mehr kommen würde? Ich konnte es ja selber nicht verstehen. Und Papa auch nicht. Tante Martha nicht, die Baba nicht, Tante Lisa nicht – Alex, Nata und Tanja nicht, niemand. Kein Mensch konnte es verstehen. Und am wenigsten der kleine Kira.

Dabei wollte ich Mama doch noch zeigen, wie toll ich inzwischen auf dem Pferd reiten kann. Kira hatte ihr ein Bild gemalt – fürs Krankenhaus. Aus Karton hatte ich ein Modell des neuen Panzers IV für sie gebastelt. Es war noch nicht mal fertig bemalt. Und meine neuen Panzer-Sammelbilder aus den Zigarettenschachteln wollte ich ihr auch noch zeigen.

Dann hat die Baba für einige Tage mit bei uns gewohnt und auf Kira und auf mich aufgepasst. Aber mehr auf Kira. Mich musste niemand im Auge behalten.

An einem Tag kamen Nachbarn und auch Pastor Honke war da. Er hat lange mit Papa gesprochen. Und auch mich und Kira hat er in den Arm genommen. Papa hatte in all den Tagen nach Mamas Tod keinen Hunger. Er hat nichts gegessen. Und dauernd hat er geraucht. Und die Baba auch. Papa rauchte sowieso überall. Die Baba nicht. Nur zu Hause.

Als wir Mama im Krankenhaus in Leslau besuchten, war sie noch ziemlich schwach. Die Tage vorher hatte sie abwechselnd hohes Fieber gehabt. An einer Leiste neben ihrem Bett hingen komische Fotoaufnahmen. „Das sind Röntgenbilder von Mamas Bauch“, sagte Papa. Da konnte man die Knochen ihres Brustkorbes sehen und weiße und schwarze Flecken. Eigentlich ging es ihr besser und sie meinte, dass sie bald zu uns zurück nach Hause kommen werde.

Und jetzt ist sie nicht gekommen. Sie wird nie mehr kommen.

Papa hat gesagt, dass Mama an Typhus gestorben ist. Und er meinte, dass es vielleicht die Ente war, die wir im August am Cmentowosee gefangen und gegessen hatten. Mama hätte Fleisch gegessen, das nicht gut abgekocht gewesen sei. Wenn sie das Medikament *Prontosil* bekommen hätte, wäre sie vielleicht nicht gestorben. Aber das ist ganz neu und jetzt im Krieg mit Russland werden die Medikamente alle an der Front für die Soldaten benötigt, sagte Onkel Adam. Auch er konnte kein *Prontosil* für sie auftreiben. Obwohl er Pharmazeut ist. Aber es ist so neu, dass es noch gar nicht in den Apotheken verkauft wird.

Eigentlich wollten wir ja alle zusammen im Sommer zur Verwandtschaft ins Sudetenland fahren. Das war aber nach dem Beginn des Krieges mit Russland ab Ende Juni zu kompliziert geworden. Überall waren nur noch Militärtransporte zu sehen. Auch auf den Straßen. Mama und Tante Martha hatten noch versucht, die Reise zu organisieren, aber die Eisenbahnfahrten und alles war nicht mehr so einfach zu machen. Und dann, Anfang September, hat sich Mama immer stärker unwohl gefühlt. Sie hat gehustet, mitten im Sommer, hat über Kopfschmerzen geklagt und war nicht so bei der Sache wie sonst. Sie war gar nicht mehr fröhlich. Nur noch müde. Als dann Fieber dazugekommen ist, ging sie zum Arzt. Der sorgte gleich dafür, dass sie ins Leslauer Spital eingewiesen wurde. Das war nicht schön für sie. Die Sommerhitze in dem Krankenzimmer und dann noch das Fieber. Mama war nur noch kaputt und blass. Auf der Haut bekam sie überall rote Ausschläge. Die Schwestern in der Klinik und die Ärzte haben sich wirklich sehr um Mama gekümmert. Dann ging auch das hohe Fieber von 41 Grad zurück und sie hatte sich etwas erholt. Deshalb waren wir alle glücklich und glaubten, dass sie bald wieder zu uns nach Hause kommen würde. Aber am 30. September ist sie dann nicht mehr aufgewacht. Tante Martha war am Montagabend noch bei ihr zu Besuch gewesen und hatte Papa am Telefon berichtet, dass es ihr besser geht.

Mit einer schwarzen Kutsche, die von sechs Rappen gezogen wurde, brachte Papa Mama in ihrem Sarg zum Friedhof. Viele Autos und Fuhrwerke folgten ihm den ganzen Weg von Leslau nach Brest. Auf der Beerdigung waren sehr viele Menschen. Aber mir ging es hundsmiserabel und ich wollte nur schreien und weinen. Der Beerdigungstag war so schlimm für mich. Die Tage davor hatte ich still für mich immer noch gehofft, alles müsste ein großer Fehler sein und ganz sicher würde sich herausstellen, dass Mama wieder zu uns kommt.

So war es aber nicht.

Jetzt war alles anders.

Leslau | 1941/1942

In den ersten Wochen nach Mamas Tod war es so, als ob es keine Ordnung mehr gäbe. Wir waren alle bekümmert und das Wetter wurde auch schlechter. Tante Martha musste sich um ihre Bäckerei kümmern und Papa war immer traurig, ist erst spät aufgestanden und war zu nichts zu gebrauchen. Deshalb kam die Baba jeden Tag, schaute nach dem Rechten, sorgte für Kira und mich und schaute, dass ich rechtzeitig zum Zug nach Leslau aus dem Haus kam. Gekocht hat sie auch.

Glücklicherweise waren die Ernten eingebracht und Papa musste nicht jeden Tag im Betrieb sein. Wegen des Russlandfeldzugs der Wehrmacht war er eigentlich sehr gefragt als Bezirksbauernführer. Die Versorgungsstützpunkte des Heeres mussten täglich mit Mehl, mit Fleisch, Eiern, Gemüse und mit anderem beliefert werden. Das lief schon irgendwie. Und wenn er gebraucht wurde, dann war er auch zur Stelle.

Herr Masur kümmerte sich sowieso um den Mühlenbetrieb und seine Schwester, Halina, ging der Baba zur Hand, wo es nur möglich war. Der ganze Krieg und das Treiben der vielen Militärfahrzeuge auf den Straßen interessierte niemanden so richtig in unserer Familie. Von den Erfolgen der Wehrmacht im Osten, vom Vorstoß der Panzer und von den siegreichen Schlachten bekamen wir nur am Rande mit. Freilich, die Berichterstattung in der Tageszeitung und im Radio. Aber eben keine Wochenschau im Kino. Dann noch die Berichte der HJ-Kameraden. Aber ich verspürte keine große Lust auf die HJ-Zusammenkünfte und drückte mich, wo es nur ging. Lieber war ich zu Hause.

Weil die Baba nicht immer da sein konnte, hat Papa dann Tante Lisa gefragt, ob sie ihre Näharbeiten nicht bei uns erledigen könne. So könnte sie ja mehr nach Kira sehen und es wäre immer jemand da.

Das hat sie dann auch gemacht. Und Wäsche gewaschen hat sie auch. Zusätzlich kam die Baba auch noch vorbei. Aber zwischen der Baba und Tante Lisa kam es auch immer häufiger zu kleinen Reibereien und Auseinandersetzungen. Um Kira und um mich haben sie sich aber beide sehr liebevoll gekümmert. Später ist die Baba dann nicht mehr jeden Tag gekommen.

Mama ging mir nicht aus dem Kopf. Bei jeder Gelegenheit musste ich an sie denken. Zum Beispiel daran, wie sie mich zur Aufnahmeprüfung begleitet hat. Ich war damals so aufgeregt. Eigentlich ganz unbegründet. Und ganz blöd bin ich ja auch nicht. Ich musste einen Text vorlesen, den mir der Deutschlehrer vorgelegt hat. Ich habe mich angestrengt, alle Sätze und Wörter so auszusprechen, wie es auch die Reichsdeutschen tun. Also – da habe ich genau aufgepasst, dass ich die Wörter nicht so ausspreche wie Papa oder Mama, sondern eher so, wie sie Krause von der HJ ausgesprochen hätte. Nur, als der Lehrer mich dann fragte, ob ich wüsste, wo Hessen liegt, habe ich *Nein* gesagt. Mama durfte dabei sein, bei der Prüfung. Halt weiter hinten, auf einem Stuhl. Und als ich *Nein* sagte, hatte sie mich ganz erschreckt angesehen und ich bekam ziemlich Schiss, dass ich damit durch die Aufnahmeprüfung gerasselt wäre. Aber der Deutschlehrer hatte gelächelt und gemeint, dass das nicht so schlimm sei. Auch zur Einschulung in die Oberschule am 20. August 1941 hat mich Mama noch begleitet. Da ging es ihr noch gut. Bis zum Eingangstor in der langen weißen Mauer, die das Schulareal umgab, hat sie mich gebracht. Sie wollte dann noch einige Besorgungen in der Stadt machen.

Die *Maria Konopnicka Schule* war so groß, dass sie sich auf mehrere Gebäude entlang der Weichsel verteilte. Und die Direktoratsräume waren wieder in einem anderen Gebäude untergebracht. In einer alten Schule auf dem Weg vom Gymnasium zur Weichselbrücke. Einfach ein Stück den Fluss entlang. Meine Klasse war im Neubau; zwischen dem Direktorat und dem Altbau. Den Neubau hatten die Polen errichtet, ein langes, vierstöckiges Gebäude aus Backsteinen. Zwischen den Fensterreihen war es vom Boden bis unter das Dach mit etwas vorgesetzten Klinkersäulen verziert, dazwischen schöne Fenster, die jeweils in neun kleinere Felder unterteilt waren, deren Scheiben wieder durch Sprossen voneinander getrennt waren – absolut schöne Geometrie. Wie ein Krankenhaus oder eine Kaserne aus der Zarenzeit. Pudelwohl habe ich mich in der neuen Schule gefühlt. Obwohl ich dann später auch manchmal aufgezogen worden bin. Da habe ich mich dann halt dumm gestellt und immer versucht, einem Streit aus dem Wege zu gehen. Aber erst mal war das alles so neu für mich. In den ersten Schulwochen bin ich jeden Tag nach Hause gekommen und habe Mama erzählt, was wir gelernt hatten. Sie ist jeden Morgen mit mir noch mal den Tages-Stundenplan durchgegangen, bevor ich zum Bahnhof losmarschiert bin, um mit der Schmalspurbahn von Brest nach Leslau zu fahren. Als Mama dann ins Krankenhaus gekommen ist, konnte ich sie auf dem Nachhauseweg von der Schule zum Bahnhof manchmal dort besuchen. Das war gar kein großer Umweg.

Die ersten Schultage nach ihrem unerwarteten Tod sind ganz schlimm für mich gewesen. Meine Klassenkameraden haben versucht, mich zu trösten. Mit manchen habe ich von da an einen besseren Draht bekommen. Und auch die Lehrer nahmen Rücksicht auf mich. Nicht lange danach sind wir aus dem Klassenzimmer im Neubau in einen schäbigen Klassenraum im Altbau umgezogen. Dort hat das Treppenhaus immer so komisch nach Bohnerwachs gerochen, weil die Treppenstufen damit eingelassen waren. Im Neubau wurde ein Lazarett eingerichtet für verwundete Soldaten, die beim Russlandfeldzug eine Verletzung abbekommen hatten. Was für ein Trubel. Überall Fahrzeuge, Soldaten, Krankenschwestern, Ärzte und Gerenne. Fast jeden Tag konnte ich auf meinem Weg vom Bahnhof zur Schule junge Soldaten auf Tragbahren betrachten, die übel zugerichtet waren. Wenn die Verwundetentransporte am Bahnhof ausgeladen wurden, standen die Bahren aufgereiht auf dem Bahnsteig oder vor dem Bahnhofsgebäude, bevor sie zum Weitertransport in unser Schulhaus-Lazarett wieder in Krankenwagen oder nur auf Lastwagen verladen wurden. Manche der Verwundeten sahen übel aus. Sie jammerten und wimmerten. Viele hatten Verbände um den Kopf oder um ihre Gliedmaßen. Oft waren die Verbände schmutzig oder rot von Blut. Einigen der jungen Männer fehlten Arme oder Beine. Die wollte ich gar nicht so genau ansehen. Welchen Beruf sollten die denn jetzt noch machen? Aber sie konnten wirklich stolz darauf sein, wie sie sich für den Führer und für Deutschland eingesetzt hatten.

An einem Tag bin ich etwas früher aus der Schule heimgekommen. Unser Erdkundelehrer war krank und wir durften unsere Sachen packen und nach Hause fahren. Ich erwischte in Leslau auch gleich eine Tram, als ich zum Bahnhof kam. Daheim öffnete ich die Haustür. Tante Marthas Einkaufstasche stand im Flur. Obwohl die Türangeln wie immer leise gequietscht hatten, registrierte offenbar niemand meine Heimkehr. Die Tür zur Küche stand einen Spalt breit geöffnet und ich ruckelte meinen Schulranzen von den Schultern. Aus der Küche konnte ich die Stimmen von Tante Martha und der Baba vernehmen. Tante Lisa schien nicht dabei zu sein. Es war doch mitten unter der Woche. Wieso war Tante Martha hier? Sie musste ihre Bäckerei alleine gelassen haben. Aber da bräuchte sie ja jemanden, der sie den ganzen Tag vertritt. Zuerst wollte ich gleich in die Küche stürzen und sie begrüßen. Während ich meine Jacke auszog, schnappte ich einige Wortfetzen auf: „Ira", – sie nannte die Baba immer bei ihrem Vornamen, obwohl sie ja ihre Stiefmutter war, „Ira, was soll ich sagen? Ich will ihn ja nicht verletzen. Und ich verstehe seinen Kummer."

Ich hielt den Atem an und lauschte weiter.

„Du weißt ja, dass er damals eigentlich dich haben wollte. Und weil du halt schon vergeben warst, hat er sich zurückhalten müssen", erwiderte die Baba einfühlsam.

„Ja, ja. Aber was soll das? Ich wollte Lawrentij und habe ihn bekommen. Auch wenn sich mein Herr Vater so sehr dagegen gesträubt hat." Die Baba gab ein kaum zu beschreibendes Knarzen von sich und mir schoss es durch den Kopf – was? Mein Papa und Tante Martha?

Sie fuhr fort: „Du weißt das alles. Und du hast ebenso immer gespürt, wie sehr ich Lawrentij geliebt ha …" Sie stockte. Pause. „… Lawrentij liebe", jammerte sie mit gebrochener Stimme. „Und wenn er noch am Leben ist, dann wird er zu uns zurückkehren. Das weiß ich und das hoffe ich und dafür lebe ich." Ich vernahm ein verhaltenes Schnäuzen.

„Natürlich Martha“, sagte die Baba. “Aber Lawrentij ist jetzt schon fast drei Jahre lang verschollen und wir haben nichts mehr von ihm gehört. Wie viele sind zusammengeschossen worden? Oder müssen in Stalins Lagern schuften, bis sie tot umfallen?“

Schweigen.

Ich hielt den Atem an, damit mich niemand entdeckte. Keine Bewegung. So stand ich regungslos und lauschte weiter.

„Und die Kinder?“, wollte die Baba wissen. „Deine sind jetzt im Internat, weit weg, sind schon älter, aber Kira ist noch so klein und braucht eine Mutter. Und Kolja auch.“

Pause. Die Baba schnaufte hörbar: „Natürlich kann ich mich auch um die Kinder kümmern. Tanja ist ja auch schon aus dem Gröbsten raus. Freilich kann ich kochen, Wäsche waschen, da sein und Muttterersatz spielen, aber was ist mit Sascha?“

„Ich mag ihn, aber ich liebe ihn nicht“, kam es von Tante Martha leise zurück.

„Liebe, Liebe, Liebe“, äffte die Baba in verletzendem Tonfall mit fast kreischender Stimme nach. „Was ist schon Liebe? Das ist Glück, einfach nur Glück, wenn sie sich einstellt. Meinst du, ich habe eueren Vater aus großer Liebe geheiratet? Den alten Mann? Er ist doch schon 25 Jahre älter gewesen als ich.“

Nach kurzem Luftholen erklärte sie: „Ja. Aufmerksam war er immer zu mir, der Gutik. Aber er hat halt auch eine Mutter für seine halbwüchsigen Kinder gebraucht, nachdem seine Frau, eure Mutter Berta, so tragisch ums Leben gekommen war. Und ein komischer Kauz war er außerdem. Manchmal lustig, manchmal ernst. Und ich habe mein Bestes gegeben, euch eine gute Mutter zu sein.“

„Das war schwierig“, sagte die andere Stimme. „Du weißt es.“

„Mit deinem Bruder Hans ging es halt nicht. Der wollte mich nicht als Mutter annehmen. Sobald er konnte, ist er weggegangen und jetzt ist er eben da in Kanada oder wo. Das wird schon gut für ihn sein. Und du hast auch deine Vorbehalte gegen mich gehabt. Aber für Wanda und den kleinen Adam damals war es das Richtige.“ Ich stand so regungslos, dass ich befürchtete, einen Krampf in der linken Wade zu bekommen. Ganz vorsichtig hob ich das Bein und entspannte es.

„Mein Bruder ist natürlich ein Mann in den besten Jahren. 42 Jahre alt. Da ist man noch in Saft und Kraft. Da wird er schon auch an eheliche Pflichten denken. Und er hat nun eben seine alten Gefühle für dich wiederentdeckt. Es ist halt alles so gekommen, wie es gekommen ist. Mit Wanda und mit Lawrentij. Es hat nicht anders sollen sein." Für die Baba schien das eine Rechtfertigung und ein Schlusswort zu bedeuten.

Tante Martha entgegnete aber ohne zu zögern: „Nein. Das muss er sich aus dem Kopf schlagen. Und so habe ich es ihm auch gesagt. Ich habe die Bäckerei und damit mein Auskommen. Wenn Not am Mann ist, helfe ich hier gerne mit. Nach Leibeskräften. Aber ich werde auf Lawrentij warten, bis er zurückkehren wird – oder bis ich eine andere Nachricht über ihn erhalte."

Das Knarren und Rücken von Stühlen gab mir das Signal, das Gespräch könnte zum Ende gekommen sein. Schnell hastete ich zur Haustür, riss sie einen Spalt weit auf und schlug sie lautstark zu. Dann hob ich den Ranzen an und ließ ihn polternd fallen, bevor ich zu Küchentür schritt, mit freudigem Gruß eintrat und zum Herd eilte, um möglichst unschuldig nachzusehen, was dort vor sich hin köchelte. Die beiden Frauen begrüßten mich ebenfalls mit gespielter Freude. Tante Martha kratzte sich hinter dem Ohr, während die Baba verlegen mit der Hand an den Hals fasste. „Kolinka, was machst du denn um diese Uhrzeit schon hier?"

„Erdkundelehrer krank. Früher Schluss gemacht."

„Gut, dann ziehst du dir die Jacke wieder an. Es ist kalt draußen. Geh' los und hol' Kira vom Kindergarten ab. Und trödel nicht."

Auf dem Weg zum Kindergarten schossen die Gedanken wie wild kreuz und quer durch meinen Kopf. Ob ich die Angelegenheit mit Papa besprechen sollte? Und wollte ich das überhaupt, dass Tante Martha eine neue Mama für uns werden würde?

Ich lief so planlos die Straße entlang, dass ich fast in einen vorbeifahrenden Wagen gestolpert wäre. Auch in der Nacht verfolgten mich wilde Träume. Vielleicht bin ich sogar wieder schlafgewandelt. Jedenfalls wachte ich am nächsten Morgen neben meinem Bett auf.

Mir war mit einem Schlag klar geworden, dass ich kein Kind mehr war.

Vorbei.

Aber erwachsen eben auch noch nicht.

So sehr es schmerzte – Mama war nicht mehr da. Weder für mich noch für meinen Bruder Kira noch für Papa – für niemanden. Da biss die Maus keinen Faden ab. Eine andere Mama zu haben konnte ich mir nicht vorstellen. Also musste ich selber mehr Aufgaben übernehmen und mich vor allem mehr um Kira kümmern. Und auch Papa brauchte mich doch jetzt ganz arg.

Bei jeder Gelegenheit und in jeder freien Minute war ich zur Stelle und versuchte nach Leibeskräften, unsere fehlende Mama zu ersetzen.

Freunde hatte ich ja sowieso keine, mit denen ich ständig losgezogen wäre. Wo sollte ich denn auch echte Freunde finden? Alex war im Internat. Die Reichsdeutschen waren hochnäsig und wollten mit uns Volksdeutschen sowieso nichts zu tun haben. Die Balten blieben lieber unter sich und Wolhynier gab es zwar in den umliegenden Dörfern, auf den Bauernhöfen – ja, aber nicht in unserer Kleinstadt.

Ich war beileibe keine Sportskanone. So blöd – beim Sportunterricht bin ich unglücklich am Kasten hängen geblieben und auf die Nase gefallen. Alle haben gewiehert und sich lautstark über mich lustig gemacht. „Dein Kopf auf die Briefmarke, und die Post geht pleite …", hörte ich die Klassenkameraden johlen. Auf der Aschenbahn bin ich ausgerutscht und habe mir das Knie blutig gescheuert. Da haben sie mich wieder veralbert und gemeint, dass aus mir nie ein wirklicher Kerl werden würde. Bei den Ballspielen wollte mich keiner in seine Mannschaft wählen, weil ich weder mit dem Fuß noch mit den Händen den Ball getroffen hätte. „Kantaper, kantaper, du Ei!", bekam ich zu hören, wenn ich zu langsam war. Ich war einfach nicht sportlich. Ich hatte ja nie vorher Sportunterricht gehabt. Im kleinen Korost mit unserer abseits gelegenen Mühle, dem Ukrainerdorf, den paar Judenhäusern und besonders in der Baptistenkolonie war Sport ohne Bedeutung. Erst in der Hitlerjugend und hier in Deutschland war ein gestählter Körper und sportliche Kraft enorm wichtig. Und dass sie sich manchmal in der Schule über mich lustig machten, weil ich ausgerechnet im Sport so ungelenk war, konnte ich wegstecken.

Aber da war halt noch etwas. Meine wolhynische Ausdrucksweise ist den anderen richtig hinterwäldlerisch vorgekommen. Unser Deutsch hat sich ja auch wirklich angehört, als wären wir gerade erst mit einer Zeitmaschine aus dem Jahr 1850 angekommen. Manfred Lemke, ein baltischer Mitschüler in Leslau, meinte deshalb auch zu mir: „Du bist doch bestimmt ein Russe." Andere riefen mir im Pausenhof nach: „He, Arens – hast du uns ein paar Woll-Hühner aus deinem Hühnerstall mitgebracht?"

Aber ich ließ mich nicht foppen, habe gelernt und gelernt. In jeder freien Minute. Und in Latein und in anderen Fächern habe ich es ihnen gezeigt. Da lernte ich flott und war bald besser als viele von ihnen. Lehrer Kuhn aus Ostpreußen hielt auch zu mir und spornte mich richtig an.

Die Lehrer bei uns im Warthegau waren halt auch meistens Balten und haben mit den baltischen Mitschülern besser umgehen können als mit uns Volksdeutschen. Manche waren Reichsdeutsche. Bei denen war es genauso.

Seit dem Jahreswechsel waren auch Nata und Alex aus dem Internat in den Karpaten wieder zurückgekommen und besuchten ebenfalls meine Schule in Leslau. Tante Martha hatte ja jetzt einen festen Wohnsitz. Nata war immerhin schon Abiturientin und Alex war als Sportler bei allen beliebt und viele schauten deshalb zu ihm auf. Dass sie meine Freunde waren, beeindruckte von da an auch die anderen Mitschüler.

Mit Lemke freundete ich mich sogar ein bisschen an. Er gab mir das Buch *Gruppe Bosemüller* zu lesen. Elefantös! Eine eiserne Schützengrabengemeinschaft, eine Schulklasse, geht gemeinsam an die Front im Weltkrieg, zusammenhalten wie Pech und Schwefel! So etwas fesselte mich und ich verzog mich, wann immer es ging, in den verwilderten Friedhof am alten Kloster in der Nähe unserer Mühle und tauchte in die spannende Geschichte ein. So wollte ich auch werden, wie die Soldaten in dem Buch. Unsere Gruppierung der Hitlerjugend in Brest war eigentlich ein lockerer Sauhaufen und keine verschworene

Gemeinschaft wie in dem Buch. Ich war schließlich Oberschüler und deshalb habe ich dann den Ehrgeiz entwickelt, eine Führungsposition anzustreben und Ordnung in diese undisziplinierte Truppe von Kürbisköpfen zu bringen.

Ich dachte, Alex kann mich bestimmt unterstützen. Deshalb beriet ich mich mit ihm. Er war inzwischen schon zum *Gefolgschaftsführer*[37] aufgestiegen. „Na klar, Kolja, wir sind inzwischen so viele geworden, dass wir einen neuen *Scharführer* brauchen können", sagte er ohne Umschweife. Und so kam es dann auch. Ich bekam eine Schar in einem kleinen Nachbardorf zugeteilt. Mit denen habe ich mich aber nur zwei- oder dreimal getroffen.

Melancholie

Der Alltag im Wohnhaus an der Einfahrt zum Mühlenanwesen Topielec hatte eine bedrückend eindimensionale Gestalt angenommen. Es schien, als zeige das Leben nur noch seine Vorderseite. Seit Wandas Tod waren Freude, Herzenswärme und alle Farben des Firmaments an einen unbekannten Ort verzogen. Tiefe und Schattierungen schienen abhandengekommen. Die Melancholie des Winters gab ein Übriges dazu.

Ira und Lisa mühten sich nach Kräften, die tägliche Versorgungsorganisation aufrecht zu erhalten. Vor allem Lisa kümmerte sich einfühlsam um Kira. Nicht weniger liebevoll suchte sie Zugang zu Koljas Herz. Beide nahmen die Zuneigung dankbar an, doch Kolja vergrub sich mehr und mehr in seine eigene Gedankenwelt. Er war einfach im falschen Lebensalter, um den schmerzlichen Verlust bewältigen zu können. An kalten und nassen Tagen zog er sich gerne in seine Dachkammer zurück, um seine Sammelalben für Zigarettenbilder zu betrachten und zu sortieren. Die Mansardenkammer bot wenig Raum für Ablagen und ausladende Beschäftigung. Zudem war sie natürlich unbeheizt. Gerade jetzt im Februar kein lauschiger Ort, der wohlige Behaglichkeit verströmte. Doch Kolja streifte dann eben die wollenen Fingerlinge über die Hände, die ihm Wanda

---

[37] Die Jugendorganisation der NSDAP *Hitlerjugend* war streng hierarchisch nach dem Führerschaftsprinzip mit Ranggefüge aus *HJ-Dienstgraden* gegliedert.

gestrickt hatte. Seine Hausaufgaben erledigte er deshalb unten, am großen Tisch in der warmen Küche. Mit den beiden Betten, für ihn und für Kira, passten gerade noch der Kleiderkasten und ein recht kleines Tischchen in die Kammer. Doch die dicken, bunten Flickenteppiche auf dem Boden zwischen den Betten machten die Kammer für ihn auch in der Winterzeit zu einem gemütlichen Rückzugslager. Jedes freie Plätzchen auf dem Teppich, den Betten und auf dem Tischchen bot dann Ablagefläche zum Sortieren von Bilderschecks, die er gegen Bilderkärtchen eintauschen konnte, Bilderkarten, Zeitungsausschnitten, für Sammelalben und Klebewerkzeug. An sehr kalten Tagen war der *Pelikano*lkleber allerdings nicht so recht streichfähig. *Uhu* klebte auch an kalten Tagen besser, kostete aber mehr Geld. Und *Tesa*-Klebefilm war zum dauerhaften Einkleben der Kärtchen eher nicht geeignet, wohl aber zum Ausbessern eingerissener Zeitungsausschnitte. Glücklicherweise hatte Wanda einen kleinen Vorrat an *Uhu*-Tuben angelegt und *Tesafilm* fand sich in Saschas Kontorschubladen. Kolja verwendete dennoch lieber *Pelikanol*. Die Paste in der bunt bedruckten Blechdose roch so gut nach Marzipan.

Aus verschiedenfarbigem Karton hatte sich Kolja Kladden gefaltet, in denen er Zeitungsausschnitte zu seinen Lieblingsinteressengebieten zusammentrug und einsortierte. Dazu gehörten genauso Berichte über die regionalen HJ-Gruppierungen und Ritterkreuzträger, über Panzermodelle wie auch über große Bauwerke der Menschheitsgeschichte und über einheimische Singvögel. Die Mappen verwahrte er wie einen Schatz, sorgsam in einem Karton, unter seinem Bett. Stundenlang saß er konzentriert in seinem Reich, schnitt Artikel aus Zeitschriften aus, legte sie vorsortiert auf kleine Häufchen, um sie später in die Materialmappen einzuordnen. War zu einem Thema nach seiner Vorstellung ausreichend Material verfügbar, klebte er daraus Hefte und ganze Bücher zusammen, die er sorgsam beschriftete und mit Erläuterungen und Kommentaren versah.

Im Stapel der Sammelalben, der neben dem Kladdenkarton unter dem Bett, säuberlich geschichtet, deponiert war, lag das Juwel seiner Reichtümer: Ein schmuckes Bilder-Sammelalbum mit dem Titel *Adolf Hitler*. Wanda hatte es irgendwann begonnen. Aber in einem frühen Sammelstadium mochte sie es nicht fortführen. Viele Seiten waren leer geblieben und zeigten nur die leeren Rähmchen, in die die Bilder einzupassen waren. Darunter stand jeweils die Nummer des nicht vorhandenen Kärtchens. Wanda hatte das Album samt Sammelbildern, die von den *Steiger Zigarettenfabriken* in Breslau herausgegeben wurden, lieber an Kolja weitergereicht, der zu dieser Zeit mit großer Freude begonnen hatte, mehrere Albumserien parallel zusammenzutragen. Ein bisschen neidisch machte es ihn schon, dass Manfred Lemke schon alle 125 Bilderkärtchen des Reemtsma-Sammelalbums *Raubstaat England* beieinanderhatte. Aber mit Lemke konnte er in den Schulpausen viele Kärtchen und Bilderschecks tauschen. Mit anderen Mitschülern auch – die besten Kärtchen jedoch hatte immer Lemke.

Sascha mühte sich nach Kräften, doch mit Beginn des Frühjahres wuchs auch sein Arbeitspensum wieder stark an, so dass die gemeinsamen Unternehmungen mit den Söhnen weniger wurden. Da Lisa im Laufe des Winters des Öfteren über Nacht in der Mühle blieb, hatte sie mit Sascha abgesprochen, ihre Näharbeiten und die dafür benötigten Stoffe und Werkzeuge mit ins Haus zu bringen. Bereitwillig und voller Freude über diese Unterstützung wurde eine Kammer zur Nähwerkstatt umgewidmet. An einigen langen Winterabenden kamen sich beide näher und befanden, dass ihr Altersunterschied von 13 Jahren nicht zwangsläufig zwischen ihnen stehen musste. Ihr beiderseitiges Bedürfnis nach menschlicher Wärme und Zärtlichkeit löste die Fesseln der Zurückhaltung. Im April war der Entschluss so weit in Sascha gereift, dass er Lisa fragte, ob sie seine Frau werden wolle. Lisa war gerührt von den mit Innigkeit vorgetragenen Worten Saschas und willigte ein. Für Frauen im Alter von 28 Jahren tat sich schließlich kein üppiger Heiratsmarkt auf in dieser von widrigen Umständen geplagten Zeit. Die meisten der heiratsfähigen, gleichaltrigen Männer leisteten Kriegs- und Arbeitsdienst in irgendeiner Ecke Europas, wenn sie nicht gar schon im Lazarett oder auf dem Friedhof lagen.

Im Mai fand im kleinen Kreis die Hochzeit statt. Wer es ermöglichen konnte, ließ es sich nicht nehmen, mit dem Hochzeitspaar zu feiern. Lisas Eltern und Schwester Lola natürlich. Ira, Tatjana, Alex und Hellwigs. Dodik lag im Lazarett, weil er im Nordabschnitt der Ostfront verwundet worden war. Aber sogar Karolinas Schwester Julie reiste aus Jägerndorf per Bahn zu der Feier an.

Ira nahm es zwar mit Wehmut, doch kommentarlos hin, dass nun nicht mehr ihre Stieftochter gemeinsam mit ihrem Bruder im Herrenhaus residierte, sondern dass sich das bisherige Aschenputtel von der Näherin zur Verwaltersgattin aufgeschwungen hatte, während sie selbst – die sie doch als Tochter eines bedeutenden Gutsbesitzers von einer französischen Gouvernante erzogen worden war – weiterhin im kärglichen Bugai[38] hausen sollte. Sie trug es nicht nach außen, doch insgeheim hätte sie vielleicht lieber Martha an dieser Stelle gesehen. Ganz anders nahm Kira die neuen Umstände auf. Mit der Unbekümmertheit eines Fünfjährigen fügte er sich in die neue Situation.

Sascha begann wieder Halt unter seinen Füßen zu spüren. Auch wenn sich die Borke um seine Seele durch die Ereignisse der vergangenen Monate um eine weitere dünne Schicht angereichert hatte, gelangten durch unsichtbare Poren in dieser Membran wieder vermehrt Lebensmut und -freude in die Gefühlswelt des stämmigen Mannes. Seine Lebensgeister erwachten aus dem Dämmerzustand. Lisas Eifer, ja schon die Tatsache ihrer Anwesenheit und ihres unbeirrten Zupackens wirkten wie ein Zauberelexier. Obwohl in Deutschland – wie auch in ganz Europa – im dritten Kriegsjahr der Kleiderstoff auszugehen drohte, ließ er sich einen modischen Anzug mit weit geschnittenen Beinen aus bestem Streichgarn schneidern. Da er Lisa mit dieser Aufgabe nicht lästigfallen wollte, wandte er sich stillschweigend an einen polnischen Schneider in Leslau. Lisa reagierte etwas pikiert, als Sascha ihr die Neuerwerbung vorstellte, und gab sich erst dann zufrieden, als sie nach eingängiger Inaugenscheinnahme feststellen konnte, dass die Arbeit wirklich

---

[38] So nannte die Familie den zur einfachen Wohnung umgebauten Bullenstall.

tadellos ausgeführt war. Neue Projekte wurden mit frischer Tatkraft angegangen. So stellte man wieder einen fröhlichen Maiausflug mit geschmückten Pferden auf die Beine, vergnügte sich bei Tagesausflügen an die Weichsel und nahm die Planungen für eine Sommerfrische im Sudetenland wieder auf. Die Jägerndorfer Familie war ja nicht nur Wandas und Marthas, sondern auch Lisas Verwandtschaft. Und in die Urlaubsplanungen ihrer Cousinen vor einem Jahr hatte sich Lisa mit großer Begeisterung eingebracht.

Kolja fühlte sich mehr und mehr heimisch bei den Veranstaltungen, die von der Hitlerjugend angeboten und eingefordert wurden. Gruppenstunden, gemeinsames Rundfunkhören, Gelände- und Schießdienst, Gruppenappelle und *Praktische Dienste* stellten ihm einen Rahmen bereit, der für ihn als heranwachsende Persönlichkeit Sinn, Spaß und Anerkennung boten. Für HJ-Sportnachmittage waren die Schulen angehalten, den Schülern schulfrei zu geben.

Mit seinem neuen Status als *Scharführer* hatte Kolja die unterste Ebene der Führungspositionen der Jugendorganisation erklommen und bekam infolgedessen Einladungen zur Teilnahme an Schulungen in einer *Gebietsführerschule*. Einer Einrichtung der *Partei* wagten die Lehrer nicht zu widersprechen, wenn es um die Freistellung vom Unterricht ging. Im Warthegau, dem Vorzeige-Mustergau mit vorbildlich geschulter Jugend, schon gleich gar nicht. So widersprach die Lehrerschaft nicht, obgleich sich keine strammen Nationalsozialisten unter ihnen befanden. Auch nicht in Koljas Fall, dem als zurückhaltendem und schlechtem Schüler die Teilnahme am Unterricht besser zu Gesicht gestanden hätte. Gleich im Frühjahr konnte Kolja in einem alten Schloss bei Hohensalza an vormilitärischen Geländespielen und an Schulungen im zeitgemäßen politischen Geist teilnehmen. Er war begeistert. In erster Linie vermittelten ihm die morgendlichen Fahnenappelle ein Gefühl der Zugehörigkeit zu einer großen Gemeinschaft. Soldaten, die nach einer schweren Verwundung nicht mehr in den Militärdienst zurückkehren konnten, führten die Schulungsaktivitäten an und sorgten für die einwandfreie ideologische Ausrichtung. In der Schule fand Kolja besonders am

Fach *Flugmodellbau* Gefallen. Lemke, der Mitglied in der Leslauer Gruppe der *Flieger-HJ* war, ermunterte Kolja, zu gemeinsamen Treffen dieser Gruppe zu stoßen. Kolja besuchte einige Nachmittagsveranstaltungen der Leslauer HJ-Gruppe und verpasste in seinem Eifer dabei fast jedes Mal die letzte Bahn nach Brest. Den Unterricht zur Erkennung von Flugzeugmodellen in großer Höhe und über die aerodynamischen Prinzipien des Gleitens und Fliegens genoss er mit außergewöhnlichem Eifer. Während die *Reiter-HJ* eher etwas für Bauernburschen war und ohnehin im Zuge der zunehmenden Motorisierung vor ihrer Auflösung stand, vermittelte die technische Ausrichtung der *Flieger-HJ* eher den Nimbus von Modernität und Zukunftsgewandtheit.

Irrlichter

Kolossiv! Unser Sommer bei den Jägerndorfern. Hätte ich es nicht gesehen, dann hätte ich es mir nicht vorstellen können. So viel Neues. Eine ganz andere Welt. Jetzt wusste ich, dass ich kein Stubenhocker werden wollte. Wäre ich auch nie – denn das wäre ja sowieso undeutsch gewesen.

Zu viert, also Alex, Nata, Tanja und ich, reisten wir mit der Bahn an. Eigentlich war es ja so geplant, dass auch einige der Erwachsenen mitkommen. Die Tanten eben – und so. Aber das klappte dann doch nicht. War aber auch viel besser. Wären sie mitgekommen, hätten wir bestimmt nicht so viel erlebt. Mit Sicherheit wäre es langweiliger geworden. Aber so – so viele neue Erfahrungen.

Bombenangriffe der Engländer gab es hier nicht. Bei uns im Warthegau auch nicht. So weit flogen die nicht. Außerdem holte unsere Luftabwehr die ohnehin schon vorher runter. Hier war es sogar noch ruhiger und friedlicher als bei uns. Klar, Soldaten konnte man überall sehen. Nur, hier waren nicht so viele Transporte auf den Straßen unterwegs. Und dann – die sagenhafte Umgebung! Kinder und Spielkameraden, neue Spiele, das gute Essen und jeden Tag was anderes. Bombastische Spielsachen! Alles, was das Herz begehrte. Echte Dampfmaschinen, die mit Spiritus befeuert wurden, Holzbaukästen, dann das Schützenhaus, ein altes Grammophon, eine Burg und ein richtiges

Schwimmbad, wie in Kirschberg. Nicht nur flache Seen und Flussufer, wie bei uns.

Der echte Knaller war unsere Wanderung über Römerstadt und Bad Karlsbrunn ins Altvatergebirge. Zwei Tage lang! Mit Übernachtung in einer Herberge. *Schäferei* hieß die. Ich bin noch nie vorher über so hohe Berge gewandert. Überall wurde in dieser Gegend deutsch gesprochen. Wirklich! Und auch sonst war so vieles anders als bei uns in Brest. Alle Arbeiter in Brest und in Leslau waren Polen. Und die hatten zu gehorchen. Die sprangen schon gleich vom Gehsteig, wenn sie Deutsche in Uniform aus der Ferne gesehen haben. Im Sudetenland dagegen habe ich überhaupt keine Polen gesichtet. Nur Tschechen. Und die rissen nicht gleich die Mützen vom Kopf und wieselten nicht vor jeder Uniform vom Trottoir. Die Arbeiten dort wurden nicht nur von Tschechen erledigt, sondern auch von Deutschen! Also – ich meine von deutschen Arbeitern. Solche habe ich in Brest und in Leslau noch nicht gesehen. Eigentlich immer nur Polen und Fremdarbeiter. Alles war dort so anders. Viel deutscher. Klasse! Da wollte ich unbedingt wieder mal hin.

Und eine Lederhose habe ich auch noch bekommen. Papa hatte den Jägerndorfern schon die ganze Zeit immer wieder mal Lebensmittel zukommen lassen. Auch mal Schinken und Wurst aus einer Schwarzschlachtung. Dafür schickten die Jägerndorfer dann Kleidung und Spielsachen zu uns. Auf verschlungenen Wegen war da schon lange ein kleiner Handel und Austausch im Gange. Eben seit Onkel Adam von Oderberg aus den Kontakt in Schwung gebracht hatte. Na – vielleicht würde es ja im nächsten Sommer wieder klappen? Vielleicht sogar wieder mit Alex und den anderen. Dann könnte ich ja vielleicht auch Manni Lemke mal fragen, ob er Lust hätte mitzukommen.

Mit dem Beginn der Schulzeit fuhr ich wieder täglich mit der Bahn nach Leslau und abends wieder zurück.

Den letzten Winter hindurch hatten wir zu Hause nicht so viel vom Krieg gesprochen. Onkel Adam musste wohl oder übel zugeben, dass er mit seiner Vorhersage falschgelegen hatte. Bis Moskau war die Wehrmacht nicht vorgestoßen. Sie war stecken geblieben. Die Panzergeneräle waren schuld. Sie hatten falsche

Entscheidungen getroffen. Aber der Führer hatte den General Guderian und andere deswegen abgesetzt und die Führung selbst übernommen. Dabei hatte ja gerade der Guderian die Franzosen so genial überrumpelt. Und gegen Amerika hat der Führer auch den Krieg erklärt. Wegen Japan. Die Japaner waren ja unsere Verbündeten. Und wenn die im Krieg mit Amerika waren, dann waren wir es halt auch.

Jetzt konnte ich endlich wieder jeden Tag in der Schule die neuesten Nachrichten von der Front mit den Mitschülern und mit den Kameraden von der HJ austauschen. Die *Heeresgruppe Süd* war schon auf dem Weg zum Kaspischen Meer nach Grosny und nach Baku. Dort wollte der Führer die Bolschewiken von ihrer Ölversorgung abschneiden. Sollten sie doch mal sehen, womit sie ihre Panzer und die Flugzeuge dann betreiben würden. Auf dem Elbrus, dem höchsten Berg des Kaukasus, wehte schon unsere Reichskriegsflagge. Unsere großartige 6. Armee hatte auch schon Stalingrad an der Wolga besetzt. Das war das Rüstungs- und Industriezentrum von Stalin. Ganz wichtig!

Unserer Sommeroffensive hatten die Roten eben nichts mehr entgegenzusetzen. Die meisten ihrer Panzer und Geschütze waren ja nicht mehr einsatzfähig. Und der Führer meinte, dass die 6. Armee sogar den Himmel stürmen könnte. Die starke Befestigungsanlage Sewastopol auf der Krim wurde von unserer 11. Armee genommen. Vor unserem Aufbruch nach Jägerndorf bekamen wir bei einem unserer HJ-Schulungsabende einen Wochenschaubericht über die Schlacht um diese stärkste Festung der Welt vorgeführt. Kollosiv! „Haste das gesehen!“, stieß mich Lemke an. Und die Stukas, dann das riesige Eisenbahngeschütz *Dora*. Eine Wucht! Und in Afrika haben die Tommies Tobruk aufgeben müssen. In Libyen, Tunesien und in Ägypten kam unsere Wehrmacht den Italienern mit voller Kraft zu Hilfe. Der Generalfeldmarschall Rommel war schon ein Fuchs. So schlau sind die Engländer wohl nicht gewesen. Die waren ja auch verweichlicht. Wegen ihrer *Plutokratie*[39].

---

[39] Plutokratie: Herrschaft der Reichen (Hitler geißelte Amerika und Großbritannien als Plutokratien).

Anfang Oktober war Papa wieder zu einer Jagd eingeladen. Hasen, Rebhühner, Fasanen, Wildenten und anderes Getier gab es hier um Brest herum zur Genüge. Papa drückte es so aus: „Ich sag's mal so: Die Jagd mag ich eigentlich nicht – den Hasenbraten aber schon." Und mit einem Gewehr verstand er auch nicht richtig umzugehen. Zerlegen und reinigen – ja. Gut schießen – nein. Er war ja auch nie Soldat gewesen. Zumindest nicht so richtig. Ich konnte jedenfalls besser treffen als Papa. Im Schrank in seiner Bürokammer hatte Papa einige Gewehre stehen. Ich hätte eine kräftige Abreibung bekommen, wenn ich mich da heimlich zu schaffen gemacht hätte.

Sonntags machten wir oft Schießübungen. Auf Dosen und so was, hinten auf den Feldern. Und zwei Pistolen hatte Papa zusätzlich. Die steckte er immer ein, wenn er mit dem Fuhrwerk durch die Wälder in andere Ortschaften fuhr. Dort trieben sich allerhand Banditen rum, meinte er immer. Ich habe Papa mal gefragt, ob er gerne zur Jagd geht. Er erklärte mir: „Na ja – als Bezirksbauernführer brauche ich doch gute Kontakte zu den Bauern und den Jägern. Da mach' ich dann schon mit." Das schien ihm wichtig. Eben dabei zu sein und so. Irgendwann sind sie auch beim Skatspielen auf das Thema gekommen. Bei der Gelegenheit hat Josef Hellwig Papa geraten, sich eine doppelläufige Flinte anzuschaffen. Das hat er dann auch getan.

Herr Masur war vor dem Krieg leidenschaftlicher Jäger gewesen. Doch jetzt war es den Polen natürlich strengstens verboten, Waffen zu besitzen. Als Treiber konnten sie sich aber jederzeit nützlich machen. Also war er als Treiber immer dabei. Die Reichsdeutschen sind meistens so pingelig und kniefieselig. Nehmen immer alles so genau. Und sehen immer zu, dass sie selbst nicht zu kurz kommen. Viele von denen können die Polen überhaupt nicht leiden. Wenn keiner aus dem Altreich dabei ist, dann ist *reichsdeutsch* eigentlich so was wie ein Schimpfwort bei uns. Bei der Jagd sind diesmal fast keine von den Reichsdeutschen dabei gewesen. Wenn sonst welche mitgegangen sind, war Papa sehr vorsichtig. Er hielt sich mit Herrn Masur sowieso immer etwas abseits und drückte ihm die Jagdbüchse in die Hand, wenn niemand in der Nähe war. Das habe ich bei solchen

Gelegenheiten schon oft mitgekriegt. Der Masur war halt wirklich ein guter Jäger. Kira quengelte neulich so lange, bis Papa ihn diesmal auch mitgenommen hat. Letztens schoss Herr Masur so viele Hasen und Rebhühner, dass Papa sogar Jagdkönig des Tages wurde. Verschmitzt meinte er: „Da haben sich viele Jagdteilnehmer gewundert und manche waren ziemlich neidisch auf mich.“ In unserer Küche wurde am Abend noch auf den Erfolg angestoßen und wild spekuliert, warum Papa so erfolgreich gewesen ist. Ein paar Jäger und auch der Polizist Kabelitz waren dabei. Kabelitz ging aber bald nach Hause, weil es seiner Frau nicht so gut ging. Kira plärrte dann später zum Erstaunen aller Anwesenden: „Wenn Papa zwei Herr Masur gehabt hätte, dann hätte er doppelt soviel geschossen!“ Alle waren plötzlich still und sahen sich betreten an. Kabelitz war schon draußen und auch sonst war keiner dabei, der es Papa krummgenommen hätte. Die plötzliche Anspannung löste sich so unvermittelt, wie sie gekommen war, alle lachten lauthals.

Im Herbst dann wurde es wieder früher dunkel. Es strengte mich ziemlich an, jeden Tag mit der Bahn oder mit dem Postbus nach Leslau zu fahren, dann noch Hausaufgaben machen, zu den HJ-Treffen zu gehen und wieder nach Brest zurückzufahren und den ganzen Weg vom Bahnhof zur Mühle auch noch zu laufen. Frau Masur war so nett, eine ihrer Tanten zu fragen, die nicht weit vom Gymnasium weg wohnte, ob ich in den Wartezeiten auf den Bus oder die Bahn zu ihr kommen und meine Hausaufgaben bei ihr machen könnte. Da blieb ich dann manchmal. Wohl gefühlt habe ich mich nicht. War irgendwie blöd dort. Und auf Dauer war das auch keine Lösung. Eigentlich war es auch nicht erlaubt und ich musste mich immer ganz verstohlen in ihr Haus schmuggeln. Sie war ja auch Polin. Meinen HJ-Kameraden erzählte ich nichts davon und zum Glück hat mich auch nie einer gesehen. Dazu kamen dann noch jeden Tag die schrecklich zugerichteten Verwundeten am Bahnhof, die immer wimmerten, stöhnten und jammerten.

So verging der Winter.

Die Kriegsnachrichten wurden nicht besser. Die Wehrmacht kam nicht mehr vorwärts.

Irgendwann im Februar hat es auf dem Weg von Frau Masurs Tante zum Bahnhof geregnet. Mehr so Schneeregen. Blöder Winter eben. Alles war dunkel. Bei der Verdunkelungspflicht jetzt brannten ja keine Straßenlaternen. Bevor ich zum großen Bahnhofsvorplatz kam, hatte ich immer einen kleinen Platz zu überqueren. Die Kapuze meiner Jacke hielt ich tief ins Gesicht gezogen und schaute auf das Pflaster vor meinen Füßen, damit ich nicht über irgendwas stolperte. Nur schnell zum Bahnhof wollte ich kommen und in der trockenen Wartehalle auf den Postbus warten. Aus einer Seitengasse bog ich auf den Platz ein. Sonderbar! Irgendetwas vor meinen Füßen war anders als sonst immer. Ein komisches Gebilde stand da. Ich hob neugierig den Kopf, Regen lief über mein Gesicht, und dann hätte es mich vor Schreck fast umgehauen. Ein Holzbalken ragte vor mir in die Höhe und Beine baumelten keine zwei Meter weit vor meinem Gesicht. Unwillkürlich riss ich den Blick nach oben und sah einen Mann am Galgen hängen. Direkt vor mir. Ich hatte riesige Angst und mir wurde ganz schlecht. Ich schrie auf und taumelte seitwärts. Fast wäre ich hingefallen.

Völlig kopflos rannte ich los und blieb nach vielleicht zehn Schritten stehen, um zurückzuschauen. Ich konnte nicht glauben, was ich sah. Da hing wirklich ein Mann an einem Galgen. Man hatte ihm die Hände auf dem Rücken zusammengebunden und eine beschriebene Tafel um seinen Hals gehängt. Was darauf stand, konnte ich in der Schreckenssekunde und wegen der Dunkelheit nicht entziffern. Ich meinte aber zu erkennen, dass mich sein Gesicht schief anglotzte. So genau konnte ich es aber nicht wahrnehmen. Er hing ganz still. Der Körper schwankte nur etwas im Wind hin und her. Was das Zeug hielt, spurtete ich zur Bahnhofshalle. Dort ließ ich mich auf eine Bank fallen und weinte.

Am nächsten Tag haben die Klassenkameraden in der Schule erzählt, dass auf dem Schild stand: *Ich habe ins Generalgouvernement geschmuggelt!*

Der Schock saß mir noch lange in den Knochen und die grässlichen Bilder waren in meinem Kopf wie festgeklebt. Mama Lisa und Papa waren außer sich, als ich ihnen von meinem Erlebnis mit dem Galgen erzählt habe. Papa nahm mich in den Arm und drückte mich. Seine Augen waren ganz feucht und glänzten. Er atmete tief, wollte etwas sagen. Aber dann blies er wortlos seufzend die Luft aus, fuhr mir sacht mit der Hand durchs Haar, schaute mit hohlem Blick zum Fenster und setzte sich wieder.

Mama wollte ich zu Papas neuer Frau nicht sagen. Sie war ja auch nicht unsere Mutter. Die erste Zeit nach der Hochzeit von Papa und Tante Lisa habe ich auch weiterhin immer *Tante Lisa* zu ihr gesagt. Irgendwann im letzten Sommer hat mich Papa dann ziemlich bescheuert angeschnauzt, als er das gehört hatte. Er raunzte mich an: „Sie ist doch jetzt eure Mutter. Da kannst du doch auch Mama zu ihr sagen." Eine Zeit lang drückte ich mich darum herum und vermied es, sie direkt anzusprechen. Das ging aber auf Dauer auch nicht. Deshalb habe ich sie dann immer *Mama Lisa* genannt. Irgendwie musste ich ja einen Weg finden, wie ich sie nenne, wenn ich zum Beispiel mit Kira sprach.

Eine Frau, die Mama Lisa im Umsiedlerlager in Pabianice kennengelernt hatte, Frau Nowak, wohnte in Leslau. Mama Lisa hat sie gefragt, ob sie mir ein Zimmer vermieten würde und sich unter der Woche um mich kümmern und mich verköstigen könnte. So kam ich noch im Februar zu Frau Nowak und ich hörte auf, ein Fahrschüler zu sein.

Jetzt konnte ich endlich ohne große Fahrereien jeden Mittwoch zum *Heimabend* bei unserem Flieger-HJ-Stamm gehen. Ich war ja jetzt schon 14 Jahre alt und ganz offiziell Mitglied der Hitlerjugend. Zwar konnte ich auch schon vorher teilnehmen, weil die Organisation in Brest noch im Aufbau war, aber genau genommen wäre ich mit dreizehn noch dem *Jungvolk* zugeordnet gewesen. Immer freitags ab acht Uhr waren *Sportabende* angesetzt, jeden ersten Sonntag im Monat stand *Wehrertüchtigung* auf dem Plan. Von acht Uhr früh bis zum späten Nachmittag unternahmen wir an solchen Wehrertüchtigungstagen Orientierungsläufe, übten Schießen und balgten bei sonstigen Geländespielen herum.

Jeden dritten Sonntag im Monat ging es auf Wochenendfahrt. Jetzt im Frühjahr war das richtig klasse! An solchen Wochenenden kam ich auch nicht nach Brest, um mit der Familie zusammenzusein. Ich wollte doch nicht, dass ich als Dienstverweigerer abgestempelt werde.

Unsere Wochenendfahrten begannen immer am Freitagnachmittag, mit Übernachtung im Zelt oder in einem Behelfsheim, und endeten am Sonntagnachmittag. Weil die Schulen verpflichtet waren, jeden Nachmittag ab halb zwei für den Jugenddienst der HJ freizuhalten, absolvierten wir seit dem Frühjahr und später im Sommer viele *Landdienst*-Stunden. Dabei haben wir auf den Feldern und im Wald mitgearbeitet, Altmetall gesammelt, Erste-Hilfe-Stunden abgehalten und auch Funken gelernt. Natürlich sind wir auch durch die Stadt gezogen und haben für das *Winterhilfswerk* gesammelt. Und gesungen haben wir bei jeder Gelegenheit. Aber meistens haben wir Modellflugzeuge gebaut. Wir waren ja schließlich auch die Flieger-HJ.

Neben unserem Heim, in dem wir fast täglich zusammenkamen, verfügten wir auch über einen geräumigen Werkstattsaal mit mehreren Tischen, Werkzeug- und Materialschränken. Regelmäßig kamen auch Handwerker, die uns im Modellbau und im Umgang mit den unterschiedlichen Materialien anleiteten. Das war was für mich! Tragflächen bauen und bespannen; sägen, feilen, raspeln, tischlern. Wenn uns was fehlte, bekamen wir es vom *NS-Fliegerkorps*[40] gestellt. Im *Dienst* trug ich selbstverständlich meine HJ-Uniform. Aber auch wenn ich nach Hause fuhr, hatte ich sie an. Mit Schulterriemen, Koppelschloss, Hakenkreuz-Armbinde und natürlich Dienstgradabzeichen. Da war ich so stolz drauf. Ehrensache! Natürlich wurde ich dann auch von den niedrigeren Dienstgraden immer mit einem zackigen *Heil Hitler* gegrüßt.

Erwachsene Ausbilder kamen eigentlich nur zu besonderen Veranstaltungen, wie zum Beispiel zu Schießübungen und zu weltanschaulichen Schulungen, oder eben zum Modellbau. Unser *Reichsjugendführer* Baldur von Schirach hatte ja die Parole herausgegeben, dass die Jugend durch die Jugend geführt werden soll. Und sogar der Führer hat das auch in einer Rede gesagt,

---

[40] Das *Nationalsozialistische Fliegerkorps* (NSFK) war eine paramilitärische nationalsozialistische Organisation und unterstand unmittelbar dem Reichsluftfahrtminister Hermann Göring.

dass eine nationalsozialistische Gesellschaft nur dadurch entstehen kann, wenn eine neue nationalsozialistische Generation herangewachsen ist. Und die sollte nicht durch altes Denken beeinträchtigt werden[41].

Papa wollte das alles so nicht verstehen und wir stritten uns manchmal. Er war sowieso mit seinen Ansichten ganz aus dem letzten Jahrhundert, viel zu lasch und zu undiszipliniert. Er deckte zum Beispiel die Bauern und sogar die Polen, wenn sie ein Schwein schwarzschlachteten. Nicht auszudenken! Auch die ganzen Reichsdeutschen, die sich heimlich Zucker aus der Zuckerfabrik stahlen oder andere unerlaubte Sachen unternahmen. Das war doch undeutsch und Verrat am Volk. Ich habe ihm das schon gesagt. Aber verpetzt hätte ich ihn natürlich nicht. Er war ja mein Vater.

An unserem Standort hatten wir sogar einen *SG38-Schulgleiter*[42], der zur Segelflugausbildung diente. Manchmal habe ich mich im Depot in das Gestell reingesetzt, den *Trudelbecher*[43] aufgesetzt und mir vorgestellt, wie es wäre, wenn ich ihn endlich fliegen durfte. Aber wann ich damit wirklich lossegeln könnte, war erst mal nicht abzusehen.

---

[41] Siehe Anhang: 08 Hitlers Programm zur Erfassung, Kontrolle und Indoktrination der jungen Generation.

[42] Der einsitzige Schulgleiter *SG 38* startete von Hügeln herab oder wurde durch ein Gummiseil hochgezogen.

[43] Trudelbecher: Fliegerhelm, Kopfschutz für Flugschüler.

Alltag im Mustergau | 1943

Gemessen an dem kargen Dasein, das man im wolhynischen Nest Korist gefristet hatte, fühlte sich das Leben im Brester Mühlenbetrieb Topielec an, als habe man vom Schicksal eine ordentliche Gehaltserhöhung bekommen. Hier wurde der Alltag nicht täglich durch einen banalen Kampf ums wirtschaftliche Überleben getrübt. Klar – hier wie da –, vieles musste improvisiert werden und die Bäume wuchsen ebenfalls nicht in den Himmel. Es rüttelte sich halt so ein, wie man sagte. Kira wuchs zu einem aufgeweckten Lausbuben heran und seine Einschulung stand in diesem Jahr bevor. Mächtig stolz war er auf die Lederhose, die überraschend in einem Paket aus Jägerndorf ankam, auf dem sein Name stand. Und sogar noch ein Tirolerhut dazu.

Sein Idol, den großen Bruder, vermisste er schmerzlich und seine Glückseligkeit war riesig, wenn Kolja in den Ferien und an den dienstfreien Wochenenden zu Besuch kam. Dann machten beide in ihren Hirschledernen das Anwesen unsicher.

Im Kindergarten hatte er Spielgefährten, doch durch die abseitige Lage der Mühle am Ortsrand war er auch häufig sich selbst überlassen. Als man im Frühjahr begann, die Straße und ein Brücklein am Cmentowosee für schwere Fahrzeuge zu befestigen und zur stabilen Fundamentierung dicke Holzstämme von Dampframmen in das Fundament getrieben wurden, war es ihm strikt verboten worden, auf der nahen Baustelle zu spielen. So eine Spielwiese lockte den Knaben natürlich. Der Knirps missachtete einfach das Verbot, hüpfte von Baumstamm zu Baumstamm, glitt aus und stürzte ins Wasser. Schlimmeres wurde verhindert, weil er von einem der russischen Kriegsgefangenen, die an der Baustelle eingesetzt waren, aus dem sumpfigen Nass gezogen wurde. Triefend, wimmernd und angefüllt mit schlechten Gewissen konnte er Lisa übergeben werden. Angesichts solcher Regelüberschreitungen gingen Sascha manchmal die Gäule durch. Ein Quäntchen mehr Einfühlungsvermögen hätte da sicher weitaus besser getan. Doch er steckte eben in so vielen seiner Anschauungen noch tief im neunzehnten Jahrhundert.

Getrieben vom Jähzorn zog er seinen ledernen Gürtel aus den Halteschlaufen seines Hosenbundes und verdrosch den heftig strampelnden Kira. Mit vor Schmerzen glühendem Gesäß gelobte der Steppke Besserung.

Aus Saschas Dickfelligkeit und Strenge heraus erwuchsen zu seinem Verdruss auch Ohnmacht und Versagensängste. Vollkommen hilflos fühlte er in sich eine Entfremdung zu Kolja anwachsen. Natürlich wurde er gewahr, wie ihm der Junge entglitt, wie er von Woche zu Woche stärker in den Strudel der verlogenen Propagandawelt dieser alles beherrschenden Partei geriet. Sascha selbst hatte für sich gelernt, Realität, offensichtlich Wahres, Intrige und Lüge zu unterscheiden. Bei passender Gelegenheit versuchte er einen seiner Lieblingssprüche anzubringen: *Wo die Wahrheit ist, bin ich nie gewesen. Wo die Lüge wohnt, bin ich groß geworden.* Im Kern war er immer Untertan und Verehrer des untergegangenen zaristischen Glanzes geblieben. Den Operettenpomp der Nationalsozialisten hielt er für lächerlich. Dieser Zwiespalt nährte in ihm jedoch einen Opportunismus, der seinen Schwächen ein behagliches Quartier bot. Erdverbundenheit und selbst seine bauernschlaue Klugheit statteten ihn jedoch nicht mit Mitteln oder Methoden aus, den Buben aus den Fängen der vermaledeiten Parteiorganisationen zu reißen.

In den wenigen gemeinsamen Momenten, die den beiden durch die Abwesenheit Koljas blieben, nahm er sich deshalb seines Großen mit Hingabe an und versuchte, das Band zwischen ihnen mit Lebenslust und Leichtigkeit zu bereichern. Seit Menschengedenken lehnten sich junge Menschen im Entwicklungsalter und gerade besonders in den Flegeljahren gegen alles Althergebrachte auf. Die Klagen der Alten darüber waren so alt wie die Welt. Nur – das hier war anders. Die allgegenwärtigen Institutionen und Machtapparate zogen Koljas gesamte Generation in eine undurchdringbare weltanschauliche Verblendung. Sascha kam es vor, als wollten die Nationalsozialisten – genauso wie die Bolschewiken – durch den Griff auf die Jungen eine neue Welt erschaffen. Viele Eltern, die er kannte, fühlten sich unbehaglich darüber, wie ihnen ihre Kinder und Jugendlichen ganz systematisch entzogen wurden. In manchen Gesprächen hörte man es raus, dass auch andere so fühlten. Es war ihm, als wäre für diese Jugend eine andere Welt aufgebaut worden, zu der die Alten keinen Zutritt haben sollten. Koljas Freunde aus der Hitlerjugend kannte er eigentlich gar nicht. Die hatte Kolja nie nach Hause mitgebracht. Nun gut. Eingefleischte Katholiken oder Baptisten, die wehrten sich dagegen. Deren Glaube und ihre Lebensweise passten so gar nicht mit den nationalsozialistischen Grundsätzen zusammen. Dafür wurden die vom System ja auch gnadenlos verfolgt. Sozialisten und andere Freidenker sowieso. Das war eben gefährlich.

Aber Sascha war weder Katholik oder Baptist noch Sozialist oder Freidenker. Ihm fehlten Argumente, Glauben und die Phantasie, dem totalitären Geist etwas entgegenzusetzen. Wie sollte er Kolja klarmachen, dass er selbst zwar Parteimitglied war, doch eben auch und vor allem aus nötiger Anpassung. Wie ihm mitteilen, dass der Krieg auch verloren werden konnte? Gerade jetzt, nachdem die Sowjets im vergangenen Winter 200.000 von Hitlers *himmelsstürmenden Kriegern* in Stalingrad eingekesselt und die 6. Armee vernichtend geschlagen hatten. Mit welchen unverdächtigen Erwägungen konnte er die Sinnlosigkeit des Sterbens so vieler jungen Männer gegenüber dem eigenen Sohn ansprechen, ohne ihn gleichzeitig gegen sich aufzubringen? Dass seine eigene Handlungsweise in hohem Maße anbiederisch, verlogen und heuchlerisch zu nennen war, spürte er zwar im tiefsten Inneren, ließ diesen Zwiespalt aber nicht als ausgesprochene Wahrheit für sich selbst hochkommen. Er litt und schwieg.

Von den unsäglichen Verbrechen der Sonderkommandos hinter der Front und gegen die slawischstämmige Zivilbevölkerung waren im Laufe der vergangenen Monate mehr als nur Vermutungen durchgesickert. Darüber sprach man aber nicht vor den Kindern. Und mit ihnen schon gleich gar nicht. Die unglaubliche Behandlung der jüdischen Mitbürger konnte sehen, wer sehen wollte. Viele bekamen es mit – und schwiegen. Auch Sascha verlor natürlich seinen Kindern gegenüber kein Wort über die bedrückenden Tatsachen. Den Begriff KZ[44] kannte jeder –

[44] NS-Konzentrations- und Massenvernichtungslager, in denen millionenfacher Mord an Juden, Sinti, Roma, Homosexuellen, Katholiken,

zumindest als Drohkulisse, auch wenn die unaussprechlichsten Verbrechen erst später offenbar werden sollten.

Wo immer es ihm möglich und angebracht erschien, versuchte Sascha, die repressiven Vorgaben auszuhebeln oder zu umgehen. Kleine Spielräume dafür waren ihm ja geblieben. Die Unterjochung der Polen ging ihm sowieso gegen den Strich und er versuchte sie auch in seiner Funktion als Bezirksbauernführer dort zu vermeiden oder wenigstens abzumildern, wo ein vertrauenswürdiges und lautloses Vorgehen möglich war. Aber wie weit konnte er seinem eigenen Fleisch und Blut wirklich vertrauen? Wie weit war Kolja schon gefangen und berauscht im nationalsozialistischen Wahn? Würde ihn Kolja aus Unbedachtsamkeit oder gar aus pubertärem Trotz ans Messer liefern? Er spürte seine Verantwortung als Vater, seinem eigenen Kind eine Richtschnur im Leben zu geben. Doch wo konnte er ohne Schaden eingreifen? Was war jetzt noch möglich?

Die Kriegsereignisse waren zwar allgegenwärtig, doch glücklicherweise fanden sie nicht direkt vor der Haustür statt, sondern schlugen sich in der Berichterstattung, der Versorgungslage und in alltäglichen Randbegebenheiten nieder. Als eines Frühsommermorgens russische Fallschirmjäger in unmittelbarer Nähe zu Brest abgesetzt und wenig später gefangen genommen wurden, kam Sascha als Frühaufsteher gerade dazu, als man drei Männer und eine Frau an der Mühle vorbei zum Polizeigefängnis hin abführte. Sie hatten noch ihre Fliegermonturen an. Von offizieller Stelle aus war man sich nicht sicher, ob vielleicht noch mehr Russen abgesprungen waren, sich womöglich versteckt hielten. Genauso wenig hatte man eine Ahnung, was der Zweck dieser Aktion war.

Kurzerhand wurden einige Zivilisten verpflichtet, Wache zu halten. Sascha war auch darunter. Die Mühle Topielec befand sich ja an einer Ausfallstraße, von der her man Eindringlinge befürchtete. Alle zwei Stunden wurden die Wachen abgelöst, hatten auf dem Revier Meldung zu machen und sich auszuruhen. Bei einer solchen Gelegenheit kam Sascha mit dem Polizisten

---

Kriegsgefangenen und anderen missliebigen Bevölkerungsgruppen verübt wurde.

Koerver aus dem unterfränkischen Kitzingen ins Gespräch. Der Morgen begann schon zu grauen und beide saßen alleine in der Wachstube. Über Koerver waren einige niederträchtige Gerüchte in Umlauf, dass er sich gerne bei Polen aufhalte, sich von ihnen mit Bohnenkaffee bewirten lasse und seinen Dienst nicht so pedantisch genau nähme. Für Sascha passten diese Eigenarten nicht so ganz in sein argwöhnisches Bild von Reichsdeutschen. Da Kommandant Kabelitz nicht zugegen war, ließen sich die Männer vorsichtig tastend auf ein recht offenes Gespräch ein. „Was hat Sie hierher verschlagen?", fragte Sascha den etwas übernächtigten Koerver. „So ein Mann wie Sie wird doch überall gebraucht", strich er ihm noch etwas Honig ums Maul.

„Ach, Arens", begann Koerver und rappelte sich aus seiner zusammengesunkenen Sitzposition am Schreibtisch hoch. „Schön ist es doch überall im Reich", säuselte er, entschloss sich dann aber schnell, sich etwas offener zu geben, allerdings nicht ohne mit einem Versuchsballon zu erkunden, wo Sascha eigentlich stand. Deshalb hängte er an: „Und hier im Mustergau werden doch auch gute Leute gebraucht, um Ordnung zu schaffen."

Sascha nahm ihn musternd in den Blick: „Nun ja – Ordnung schon, aber manche übertreiben es ein wenig."

„So – meinen Sie?" Dabei knöpfte sich Koerver einige Knöpfe seiner Uniformjacke auf, vielleicht um zu verstehen zu geben, dass diese Unterhaltung doch etwas freimütiger sein könne. „Sie sprechen ja auch gut polnisch, was man so hört."

„Ja, natürlich", gab Sascha sofort zu. „Ich habe ja auch lange Jahre unter polnischer Regierung in Wolhynien gelebt. Unser Gebiet gehörte zu Polen. Da hat man gelernt, miteinander auszukommen. Und Sie? Sie sind auch schon lange genug hier, um erfahren zu haben, dass die Polen euch Franken oder Bayern lieber sehen als die Preußen und die Sachsen. Sie nennen euch ja sogar fast liebevoll *Baiertschyki*."

Koerver musste lachen. „Und wenn Sie sich doch so gut mit den Polen verstehen, Arens, warum sind Sie dann Parteimitglied?", fragte Koerver geradeheraus. „Sagen Sie mir, Arens, warum Sie und viele andere Volksdeutsche so dermaßen für den Hitler sind", ließ er nun vollends die Katze aus dem Sack.

„Was die anderen denken, weiß ich nicht. Aber ich sehe, dass meine Familie hier durch die Entwicklung der letzten Jahre beschützt wird. Das war damals in Wolhynien nicht so. Die Bolschewiken haben auf mich und auf meine ganze Familie immer eingeschlagen. Viele wurden eingesperrt, verschleppt, sind verschwunden. Da ist nicht eine Familie dabei, die keinen Blutzoll entrichtet hätte. Hier geht es uns besser. Den anderen Familien aus Wolhynien doch auch. Hier im Warthegau brauchen wir uns nicht täglich Sorgen zu machen, solange Stalin und seine Halunken weit weg sind. Genau für diese Sicherheit hat der Hitler gesorgt. Und dafür sind ihm die meisten dankbar, die früher mit der Angst gelebt haben. Aber wenn dieser Schutz nicht mehr da wäre …" Sascha beugte sich zu Koerver hin, kniff die Augen zusammen und formulierte den begonnenen Satz neu. „Ich kann nicht abhauen, wenn wir diesen Schutz nicht mehr haben." Und ohne jede weitere Hemmung fügte er noch an: „Wenn hier alles den Bach runtergeht, dann gehen Sie nach Kitzingen oder wo zurück und schenken wieder ihr bayerisches Bier aus. Ich kann das nicht. Uns kassieren sie wieder, wie sie es schon mal getan haben." Sascha erschauderte über seine ungewollte Offenheit, in die er sich hineingesteigert hatte und blickte verlegen zu Boden.

Koerver schaute Sascha einen Moment lang in die Augen – fast zu lange für Sascha, um den Blick aushalten zu können. Dann sagte er beschämt: „Sie haben recht, Arens." In diesen Tagen trat, allen militärischen Siegesmeldungen zum Trotz, immer deutlicher zutage, dass Deutschland seine Ressourcen an Menschen, Material und Rohstoffen weitaus überschätzt hatte. Der militärische Größenwahn wurde von Monat zu Monat offensichtlicher[45].

Wer nicht fanatisch verblendet war, dem schmolz die Siegeszuversicht dahin. An allen Ecken und Enden knirschte und krachte das propagandistische Lügengebäude. Hatte die Führung nicht anfangs großmäulig reklamiert, dass Moskau spätestens an Weihnachten 1941 gefallen sein sollte?

War es nicht! Die Wehrmacht war nicht mal für einen Winterkrieg ausgerüstet gewesen.

---

[45] Siehe Anhang: 09 Fußnote zur Kriegslage Deutschlands 1943.

Kurzum – der Verlauf der Kriegsereignisse gab im Deutschen Reich niemandem mehr Anlass zur Siegeszuversicht, doch klammerte man sich in einem Akt kollektiver Blindheit an die offiziellen Verlautbarungen und lebte gerade so, als ob der jeweilige Status quo für alle Zeit in Stein gemeißelt wäre. Es war verboten, darüber zu reden. Und man verbot es sich auch selbst, defätistische Gedanken zuzulassen. Deshalb fragten viele Leute nicht nach dem Warum oder Wieso. Aber nicht alle waren Fanatiker, die in Nibelungentreue zum Regime hielten. Auch das nicht.

So, wie es war, so war es eben.

Im Mühlenbetrieb galt es jeden Tag Arbeiterinnen und Arbeiter zu verköstigen. In einer Wirtschaftsbaracke war hierfür eine Küche eingerichtet mit einem Raum, in dem einige Dutzend Leute ihr Essen einnehmen konnten. Eine polnische Köchin und eine Küchenhilfe bewirtschafteten dieses kleine Reich. Auch Ira half bisweilen dort mit. Gerade wenn saisonale Feldarbeiten anstanden, waren hier viele Münder sattzukriegen.

Auch aus diesem Grund, aber natürlich auch wegen der ständigen Verbindungen des großen landwirtschaftlichen Betriebes zum Wirtschaftsamt bestanden enge Kontakte zur Amtsleitung und zu den Angestellten. Fräulein Anden, eine junge Büroangestellte im Amt, zuständig für das Ausstellen von Bezugsscheinen, Lebensmittelkarten und Ähnlichem, kam täglich zur Mühle Topielec, um dort gemeinsam mit Saschas Familie das Mittagessen einzunehmen. Mit den polnischen Arbeitern zu speisen wäre nicht schicklich und außerdem strengstens verboten gewesen. Für Lisa war es kein großer Aufwand, einen Teller mehr auf den Tisch zu stellen.

„Sie glauben nicht, was die Leute hinter vorgehaltener Hand so alles von sich geben“, begann Fräulein Anden irgendwann das Gespräch am Mittagstisch.

Sascha blickte auf, schlürfte seinen Suppenlöffel leer und gab ein kurzes „Nu?“ von sich.

„Eine Frau kam heute im Amt vorbei wegen Bezugsscheinen. Na ja – man unterhält sich doch ein wenig. Ihr Mann steht wohl im Felde an der Wolga und schreibt ihr natürlich viel.“

„Was Sie nicht sagen“, kommentierte Sascha.

Etwas verstört durch die Entgegnung fuhr die junge Frau fort: „Da schreibt der ihr doch, dass Deutschland Russland nicht besiegen könnte!“ Sie drückte den Rücken zum Hohlkreuz durch, hielt ihren Suppenlöffel mit angewinkeltem Ellbogen still auf Höhe ihres Mundes und drehte den Kopf in Lisas Richtung. Lisa jedoch verräumte gespülte Töpfe und reagierte nicht.

„Und – was meinen Sie, Fräulein Anden?“, schmatzte stattdessen Sascha zurück.

„Nun – wir stehen doch schon an der Wolga. Das reicht uns doch. Russland ist doch im Prinzip schon überrannt.“

„Haben Sie zu Hause eine Landkarte?“, wollte Sascha durchaus in süffisantem Ton wissen. Und ohne eine Antwort darauf abzuwarten, schob er nach: „Haben Sie da mal draufgeschaut?“

„Was meinen Sie mit Landkarte?“

„Nu, haben Sie gesehen, wieviel Russland hinter der Wolga liegt? Wladiwostok ist auch noch Russland.“

„Sascha, lass doch das junge Fräulein!“, beschwichtigte Lisa und hob vorsichtig den Finger an den Mund.

„Ja, ich lass’ schon. Aber Fräulein Anden soll sich doch mal vorstellen, wie viele Städte es da noch gibt. Und wie viele Menschen da wohl wohnen werden. Das werden schon doppelt so viele oder vielleicht gar dreimal so viele sein, wie im Deutschen Reich.“ Damit ließ es Sascha auf sich bewenden. Fräulein Anden verstummte, löffelte den Rest der Suppe aus ihrem Teller und hoffte, dass niemand wahrnahm, wie sich ihre Ohren röteten.

Man äußerte sich vorsichtig und eher in Andeutungen. Freilich war nicht jeder reichsdeutsche Mitbürger ein Spitzel und auch nicht jeder Amtsträger ein Schwein.

Stanislaw Masur, Ende dreißig, gutaussehend und Junggeselle, verbrachte gerne und oft Feierabende und Wochenenden gemeinsam mit Freunden. Seiner Schwester Halina war natürlich nicht verborgen geblieben, dass die abendlichen und nächtlichen Abwesenheiten ihres Bruders nicht nur dem geselligen Zusammensein mit Freunden oder amourösen Abenteuern geschuldet waren, sondern dass er in geheimen Zirkeln auch gerne englische

Sender in polnischer Sprache abhörte. Einem Erlass der Sicherheitspolizei und des SD zufolge war jede Person, die in Zusammenhang mit dem Abhören von Schwarzsendern ertappt wurde, unverzüglich in ein Gefängnis oder Konzentrationslager einzuweisen. Wer abgehörte Nachrichten weitergab, dem drohte nach der *Verordnung über außerordentliche Rundfunkmaßnahmen* gar die Todesstrafe. Und sie wurde in Tausenden von Fällen vollzogen. Masurs Steckenpferd war deshalb nicht ohne. Wegen der ständig drohenden Gefahr der Aufdeckung oder von Denunziation redete Halina ihrem Bruder hart ins Gewissen. „Du wirst dich und Pan Arens noch ins KZ bringen mit deiner Schwarzhörerei."

Masur war sich der Gefahr natürlich bewusst, doch aufgeben wollte er diese Informationsquelle nicht. Immerhin war es die einzige Quelle, aus der man die wahre Kriegslage erfahren konnte. Und auch der Zuspruch, den Exilpolen über diese Aussendungen der englischen BBC ihren Landsleuten spendeten, war mehr als nötig, um die alltäglichen Erniedrigungen unter deutscher Herrschaft ertragen zu können. Die Proteste seiner Schwester – „… Pan Arens lässt uns im schönsten Zimmer des Hauses wohnen. Du weißt, dass das auch nicht erlaubt ist. Und wie dankst du es ihm? Du missbrauchst sein Hausrecht und bringst uns alle in Gefahr" –, ignorierte er regelmäßig.

Eines Montagmorgens saß Stanislaw Masur im Mühlenkontor, als sich unversehens die Tür öffnete und Gendarmeriekommandant Binser in voller Uniform eintrat. Erstaunt über diesen außergewöhnlichen Besuch legte Masur den Bleistift aus der Hand und wendete Binser seine Aufmerksamkeit zu. Binser grüßte freundlich, wie gewohnt, in polnischer Sprache und ließ den Blick im Raum umherschweifen, ob sich noch jemand im Büro aufhielte. Masur, der den Sonntagabend wieder einmal im *Schwarzhörernest* zugebracht hatte, kam der Verdacht, dass Binser von der Sache Wind bekommen hatte und aus diesem Grund bei ihm aufgetaucht war. Ihm rutschte das Herz in die Hose. *Jesusmaria! Wir sind aufgeflogen!* schoss ihm durch den Kopf.

Binser griff mit der rechten Hand nach der Kante des Schreibtisches, stützte sich auf und fasste mit der linken Hand an Masurs Stuhllehne. Gleichzeitig beugte er sich zu Masur herunter.

„Stasiek“ – einige lange Sekunden verstrichen, bevor Binser fast flüsternd und weiterhin in Polnisch fortfuhr: „Stasiek, sei so gut, wo du gestern Abend warst, geh’ dort bitte nicht mehr hin.“

Masur erstarrte. Mit geweiteten Augen sah er Binser ins Gesicht. Er rang nach Worten und war sich nicht sicher, ob die augenscheinliche Freundlichkeit gespielt war.

Binser stieß sich mit einem kurzen Ruck wieder in eine aufrechte Position, führte die Hand zum Gruß an die Dienstmütze, brachte ein verhaltenes *do widzenia*[46] über die Lippen und verließ das Mühlenbüro.

Perplex verharrte Masur noch wenige Augenblicke regungslos in seiner Sitzposition und war sich nicht sicher, ob er geträumt hatte. Er erhob sich und ging zum Fenster. Auf dem Mühlenhof konnte er zweifelsfrei Gendarm Binser im Gespräch mit Adam Wieczorek sehen. Der Müller drückte pflichtgemäß seine vom Kopf gezogene Mütze an seine Brust, doch schien er mit Binser zu scherzen.

Jedem Polen am Ort war klar, dass Binser als Amtsperson natürlich seinen Pflichten stets nachkommen würde, wenngleich er kein Hundertfünfzigprozentiger war. Und die meisten wussten, dass er selbst unweit von Warschau als Deutscher geboren und aufgewachsen war. Die unverkennbar reichsdeutsche Sprechweise hatte sich Binser in seiner Jugendzeit erworben, die er in Halle an der Saale verbrachte und während seines Militärdienstes im Ersten Weltkrieg bei den preußischen Mackensenhusaren. Unvergessen blieb als erste seiner Amtshandlungen in Brest seine Verwicklung in die Festnahme der örtlichen Kommunisten und Nationalpolitischen. Als polnischsprachigem Gendarmen war es damals, vor vier Jahren, nicht schwer für ihn gewesen herauszufinden, wo sich die Verdächtigen aufzuhalten pflegten. Es hatte sich schnell herumgesprochen, dass es ebenfalls zu Binsers Aufgabenbereich gehört hatte, die Delinquenten festzunehmen und nach Leslau zu transportieren. Doch war es dazu nicht gekommen. Festgenommen wurden sie. Doch am Ziel sind sie nie angekommen. In einem Waldstück auf dem Weg nach Leslau wurden alle verhafteten Personen erschossen. Ob die

---

[46] Polnisch: Auf Wiedersehen.

Erschießung auf Binsers Befehl hin erfolgt war oder ob andere deutsche Dienststellen involviert gewesen waren, konnte man damals allerdings nicht in Erfahrung bringen. Deshalb war man bemüht, trotz seines oft freundlichen Gebarens, in respektvollem Abstand zu ihm zu bleiben.

Gräueltaten dieser Art waren nicht nur der polnischen Bevölkerung bekannt. Nachrichten über Massenerschießungen von Polen, Russen und Juden in den umkämpften Gebieten sickerten unaufhaltsam durch die unsichtbare Wand aus Stillschweigen, Zweifel und Geheimhaltung; auch in die deutsche Bevölkerung. Mit jedem Landser, der auf Heimaturlaub kam, etwas mehr. Nicht jeder Soldat der Wehrmacht, der zu derartigen Mordaktionen herangezogen wurde, war imstande, solche Ruchlosigkeit stillschweigend in Einklang mit Moral und Gewissen zu bringen. Viele entsetzte und zutiefst verstörte Urlaubsheimkehrer befreiten sich trotz Verbots von den belastenden Erlebnissen, indem sie Freunden oder Ehefrauen von den Vorkommnissen berichteten. So ließen sich so monströse Mordtaten wie das Massaker an jüdischen Männern, Frauen und Kindern im Rahmen der Eroberung Kiews[47] eben doch nicht dauerhaft verbergen.

Um den Blick jedoch weg vom eigenen Frevel, hin zu den Gräueltaten der sowjetischen Gegenseite zu lenken, schlachteten die Propagandastellen der Einsatzgruppen, des Oberkommandos der Wehrmacht wie auch des Auswärtigen Amtes die Entdeckung eines Massakers an Tausenden polnischen Offizieren im Frühsommer 1943 öffentlichkeitswirksam aus. Denn man hatte beim Vormarsch auf das Gebiet der Sowjetunion in Wäldern bei Katyn[48], bei Minsk, Charkow und an anderen Orten Massengräber exekutierter Offiziere der geschlagenen polnischen Streitkräfte gefunden, die durch die sowjetische Geheimpolizei NKWD[49] im März 1940 liquidiert worden waren. Der

---

47 Gemeinsam mit Einsatzgruppen der Sicherheitspolizei, des SD und ukrainischen Hilfspolizisten erschossen am 29./30. September 1941 auch Wehrmachtsangehörige 33.000 Menschen im Tal Babyn Jar bei Kiew.

48 *Massaker von Katyn*: die Erschießung von mehr als 10.000 polnischen Offizieren im März 1940 durch die sowjetische Geheimpolizei.

49 NKWD: Geheimpolizei der Sowjetunion von 1934 bis 1946.

größte Teil des polnischen Offizierskorps war nach der Niederlage von 1939 auf wundersame Weise verschwunden. Keiner war jemals aus sowjetischer Gefangenschaft zurückgekehrt. Nach den Festlegungen des Hitler-Stalin-Paktes fiel ein Teil Polens damals an die Sowjetunion.

Als Sascha von den Entdeckungen im Wald bei Katyn erfuhr, legte er traurig den Kopf zur Seite und meinte: „Jetzt weiß ich endlich, warum mein guter Luc Lenartowicz im Spätherbst '39 nicht aus dem Krieg zurückgekommen ist. Wir haben doch alle auf ihn gewartet und seine Buslinie haben andere dann fortgeführt. Mein Luc liegt dort im Wald. Diese Bluthunde! Den Luc haben die Bolschewiken auf dem Gewissen."

Posen | 1944

Papa war ja nie wirklich Soldat. Dachte ich. Aber wenn sie beim Skat zusammensaßen und sich über die früheren Zeiten unterhielten, konnte ich mitbekommen, dass Papa ganz früher, also in der Bürgerkriegszeit als Zwanzigjähriger, doch mal beim Militär gewesen sein musste. Wie die Dinge aber genau zusammenhingen, war mir schnuppe. Das war ja alles so durcheinander. Der ganze vergangene Kram war für mich so wie ganz dichter Nebel am Weichselufer. Wir lebten doch jetzt hier! Und hier ging es doch um ganz was anderes. Neues aufbauen! Die Vergangenheit endlich Vergangenheit sein lassen! Aber bei einem Spaziergang habe ich ihn doch mal danach gefragt und er erzählte mir, dass er sich damals mit einem Schulkameraden einem weißrussischen Regiment angeschlossen hat. Sein älterer Bruder Nikolaus hätte ja schließlich auch als Soldat gekämpft. „Da bin ich noch jung und dumm gewesen. Und die Mama habe ich zu der Zeit noch nicht gekannt", meinte er. So um 1920 oder so. Da war er richtiger Soldat, ja sogar mit Uniform und Gewehr. Aber gekämpft haben sie nicht. Sie sind zwar an die Front bei Tarnopol gebracht worden und die ukrainischen Petlura-Leute standen ihnen auf der anderen Seite gegenüber. Eigentlich wollte Papa eher gegen die Roten losziehen als gegen die Ukrainer. Soweit kam es dann ohnehin nicht. Weil keiner mehr schießen wollte, hat sich seine Einheit über einen Fluss zurückgezogen und wurde von den Polen auf der anderen Flussseite gefangen genommen und entwaffnet.

„Der Krieg war ja schon vorbei. Und nach dem langen Gemetzel wollte doch keiner mehr kämpfen. Die Älteren waren schon kriegsmüde. Die wollten nach Hause", erklärte er mir. Und dass er dann mit seinem Regiment ein paar Monate lang in Thorn interniert gewesen sei. Die Polen hätten sie aber gut behandelt und gut verköstigt. Nicht viel später haben sie dann alle wieder freigelassen. Danach sei Papa staatenlos gewesen und habe nicht gewusst, wo er hingehen sollte. Schließlich habe er über seinen Vater Johann gehört, dass der sich auch aus der Sowjetunion abgesetzt hätte. Zudem habe er sich dann durchgeschlagen, habe bei ihm gelebt und mit ihm eine Firma aufgebaut.

Und jetzt war Papa für die Einberufung zum Wehrdienst UK[50] gestellt. Eigentlich war er ja auch schon zu alt für den Wehrdienst. Seinen Wehrpass hatte er zwar schon vor zwei Jahren bekommen, aber seine Arbeit war ja wirklich kriegswichtig und deshalb war er dort auch unabkömmlich. Als Bezirksbauernführer war er zudem auch Beisitzer in der Musterungskommission in Brest. Dort musste er sogar mitentscheiden, wer als unabkömmlich eingestuft wird.

Mein Geburtsjahrgang war dann Ende letzten Jahres mit der Musterung dran. Den Wehrpass habe ich etwas später bekommen. Ich war ja schon fast fünfzehn. Weil mein Geburtstag in die zweite Dezemberhälfte fiel, war ich immer einer der Jüngsten in der Altersgruppe. War natürlich Ehrensache, dass sich unsere gesamte Klasse freiwillig zum Dienst bei der Flak gemeldet hat. Danach ist aber erst mal gar nichts passiert. Im Januar ging es dann endlich los. Wir haben alle unsere Einberufung zur Heimatflak bekommen. Fast die ganze Klasse. Anfang März sollten wir in Posen bei der Heimatflak D, Batterie 213, einrücken. Mann, was waren wir aufgeregt. Inzwischen paukten wir schon das dritte Schuljahr zusammen, hatten uns aneinander gewöhnt und jeder wusste, wie er die anderen einzuschätzen hatte. Der Beliebteste war ich nicht. Bin halt so mitgelaufen. Aber Sammelkarten tauschen, die gemeinsamen Erlebnisse bei der HJ, zusammen Hausaufgaben machen und so – da lernt man sich dann schon besser kennen. Die meisten haben mich so angenommen, wie ich war. Manfred Lemke sowieso. Mit dem konnte ich sogar über Mädchen rumflachsen. Also – ein echter Freund war er wohl nicht. Aber wenn, dann am ehesten Manni. Mit den volksdeutschen Klassenkameraden Werth, Gerstenberger, Schwenk und Weierich war es auch nicht so schwer. Aber die Balten, den Rosenkranz, Petersohn und von Wickmann, konnte ich lange Zeit nicht riechen. Mit der Zeit ging es. Hat eben länger gedauert, bis wir miteinander warm geworden sind.

Schade war es schon, dass ausgerechnet für Anfang März die Einberufung kam. Denn im März hätte ich zur Vorbereitung der

[50] Unabkömmlichkeitsstellung ist die Freistellung oder eine befristete Zurückstellung von der Ableistung des Wehrdienstes.

Gleitfliegerprüfung A meine ersten Starts machen sollen. Im *Handbuch für den Jungsegelflieger* hatte ich schon die Fachausdrücke, vieles über Aerodynamik und Statik im Flugzeugbau gebüffelt. Schade. Den Schein hätte ich schon gerne in der Tasche gehabt. Vielleicht hätte mich das schneller vorwärtsbringen können. Zum letzten Heimabend sind viele aus der ganzen Gefolgschaft dazugestoßen. Wir haben gesungen und die Jüngeren beneideten uns.

Papa war gar nicht begeistert, als ich ihm die Neuigkeit verkündete. Auch Mama Lisa schaute eher besorgt. „Ihr seid doch Kinder“, haben sie gesagt. Da habe ich ihnen aber geantwortet, dass wir bei der HJ schon sehr viel über Waffen, Luftabwehr und Geländekampf gelernt haben und dass sie sich deshalb keine Sorgen machen sollten. Dann haben sie mir viel Mut zugesprochen und gesagt, dass ich gut auf mich aufpassen soll. Papa hat meinen halben Koffer mit Wurst, Schinken und anderen Lebensmitteln vollgestopft. Mama Lisa hat viel Wäsche zusammengepackt. Die Adressen von allen Verwandten trug ich in meinem Oktavheft bei mir, damit ich ihnen Briefe schreiben konnte. Kira war hin- und hergerissen. Er wusste nicht, ob er mehr traurig oder mehr stolz sein soll. „Ich bin doch nicht weit weg“, habe ich ihm erklärt. „Und in den Ferien und an manchen Wochenenden werde ich doch wieder da sein.“

Am 9. März war es endlich so weit. Ein Omnibus sollte uns in der Schule abholen. Unsere Koffer standen im Pausenhof aufgereiht zum Einladen bereit. Die Lehrer kamen alle zur Verabschiedung. Auch die, die nicht dabei sein würden, waren gekommen. Zwei hatten eine Führungsposition bei der HJ beziehungsweise Jungschar und blieben deshalb zurück, fünf wurden zurückgestellt, weil sie die einzigen Kinder in der Familie waren und für den elterlichen Betrieb unentbehrlich. Zwei waren nicht tauglich für den Kriegshilfsdienst. Einer fehlte.

So waren wir insgesamt dreizehn, die verabschiedet wurden.

Lateinlehrer Kuhn scherzte und meinte: „Glaubt bloß nicht, dass ihr uns jetzt los seid. Wir kommen euch alle besuchen. Aber nicht zum Spaß. Bei der Flak geht für euch der Schulunterricht weiter.“ Dabei zwinkerte er mit einem Auge, hob den Arm und drehte drohend die Hand hin und her, wie einen Rührbesen. Und schließlich versetzte uns der Direx einen Schock mit einer bitteren Nachricht. Einer unserer Klassenkameraden, Walter Droheim, hatte sich kurz vorher erschossen, weil er nicht zum Dienst bei der Flak taugte. Leichte Bürotätigkeiten irgendwo in einem Amt hätte er zwar machen können, deshalb war er nicht *untauglich* gemustert worden. Mehr war aber nicht drin. So eine Schlappe wollte er nicht hinnehmen. Er hatte alles versucht, rein zu kommen, aber da war nichts zu machen. Sein Vater hatte eine Kohlenhandlung und hätte ihn auch am liebsten zuhause im Geschäft behalten. Der Direktor hielt eine kurze Ansprache und verabschiedete uns. Dann gab es eine Gedenkminute für Walter.

Ob ich wohl auch so gehandelt hätte wie Walter? Ich denke nicht. Kräftig gestunken hätte es mir schon. Aber das hätte ich Papa und Kira nicht angetan. Da hätte ich bestimmt einen anderen Weg gefunden.

Nach Posen also. Im Stillen hatten wir gehofft, näher an Leslau stationiert zu werden. Luftwaffenhelfer sollten eigentlich nicht weiter als 50 Kilometer von ihrem Wohnort entfernt eingesetzt werden. Weil aber an allen Kampfabschnitten so viele Ersatzleute benötigt wurden, sind die Luftwaffenbedienmannschaften größtenteils an die Front nach Osten hin abkommandiert worden und wir Luftwaffenhelfer sollten sie dort ersetzen, wo Not am Mann war.

Posen lag ungefähr 150 Kilometer in westlicher Richtung. Das war schon ein Drittel des Weges nach Berlin. Ganz schön weit weg von daheim. Da konnten wir nicht so einfach mal für einen Tag nach Hause.

Ein feldmarschmäßig ausgerüsteter Wachtmeister begleitete unseren Trupp. Insgesamt waren wir zwei Omnibusse voll, zusammengekarrt aus der ganzen Stadt. Gegen Mittag erreichten wir Posen. Meine Klassenkameraden und ich wurden zu einem Barackenlager im Stadtteil Dembsen gebracht. Andere Klassenverbände verteilte man auf andere Standorte rund um die Stadt. Da gab es mehrere Flakbatterien. Teilweise in alten Fort-Anlagen aus dem 18. Jahrhundert. Unsere neue Adresse hieß nun also

Batterie 213, Heimatflak D, Posen 9. Hier in Posen galt es, die *Deutschen Waffen- und Munitionsfabriken* und natürlich das dortige *Focke-Wulf*-Flugzeugwerk gegen Bomberangriffe zu sichern. Aus unserem HJ-Unterricht wusste ich noch, dass bei Focke-Wulf hier in Posen Teile für den *Würger*, also den Jagdeinsitzer FW 190, hergestellt wurden. Eine Wuchtbrumme! Mit BMW-Doppelsternmotor!

Unteroffizier Borowski nahm uns in Empfang. „Ruhe! Und stellt euch mal in einer Reihe auf!", befahl er uns ganz unmilitärisch. Lemke stieß mich in die Rippen. „Schau mal, da drüben. Poah. Ein *Würzburger Riese*[51]." Manfred hatte ganz leuchtende Augen, aber ich war etwas aufgeregt und konnte mich erst mal nicht so begeistern. Wir nahmen Haltung an, wie wir es schon so oft geübt hatten. Unser Begleitwachtmeister machte Meldung. Dann waren wir an der Reihe. Werth war der längste von uns und begann. Ganz zackig legte er die Hände an die Hosennaht und rief: „Werth, Herr Unteroffizier!" Erstaunlich ruhig kam von Borowski zurück: „Was soll das sein, ein Werth?" Werth glotzte blöde und verunsichert zurück.

„Ja, was ist denn ein Werth? Ein Schätzwert? Ein Beschaffungswert? Oder was?", legte Borowski nach.

„Luftwaffenhelfer Werth, Herr Unteroffizier!", schaltete Werth recht schnell.

„Lobenswert!", kam es von Borowski zurück. Wir lachten.

Wahrscheinlich hätte ich es genauso falsch gemacht wie Werth, wenn ich als erster an der Reihe gewesen wäre. Noch mal Glück gehabt. Der Reihe nach machten wir Meldung. Ich war der Vorletzte. Nur Riedel war noch kleiner als ich.

Ein Offizier trat heran, Leutnant Schäfer. Noch nicht mal richtig angekommen und mit knurrenden Mägen bekamen wir eine kurze Ansprache des Batteriechefs. In der Hauptsache klärte er uns auf über die Notwendigkeit unseres Dienstes und lobte uns, da durch jeden von uns irgendwann ein Soldat frei würde für den Fronteinsatz. Unteroffizier Borowski übernahm wieder, schickte uns erst mal zum Essenfassen in die Kantine, die hier

---

51 *Würzburger Riese:* Radargerät von Telefunken (Funkmessgerät 65) zur Ortung feindlicher Flugzeuge und zur Führung von Nachtjägern.

Kasino hieß. Und schließlich erklärte er, dass wir danach in Baracke 4, Stube 2, einrücken sollten und dass er um 17 Uhr zur Spindkontrolle vorbeikäme. Bis dahin hatten wir zur Einkleidung zu gehen. Er deutete auf eine Verwaltungsbaracke.

So viel Wäsche hätte mir Mama Lisa gar nicht einzupacken brauchen. Jeder von uns hatte Unterwäsche, Wäsche, Drillich in Luftwaffenblau, Stahlhelm, Gasmaske, Schiffchen und sogar die Erkennungsmarke bekommen. Dazu noch Kochgeschirr aus Aluminium, Besteck, Waschzeug und andere Sachen. Zum Beispiel ein Päckchen mit Süßigkeiten und Vitamindrops. Die Stube war spärlich eingerichtet. Die oberen der Doppelstockbetten nahmen natürlich gleich die Balten in Beschlag. Bei den Blechspinden gab es glücklicherweise keine Unterschiede. Und am Tisch neben dem Kanonenofen war für alle Platz.

Das Kasino war kein festlicher Ballsaal. Esstische, Stuhlreihen und dahinter einige Billardtische. Auf dem Weg dorthin konnte man in ca. 150 Meter Entfernung Erdwälle erkennen, die wohl als Splitterschutz die großen Acht-Acht-Geschütze[52] umgaben. Vier solche etwa zweimeterfünfzig hohen Schutzwälle in jeweils ungefähr 40 Metern Entfernung voneinander konnten wir ausmachen. Neugierig und mit großen Augen nahmen wir jedes Detail dieser neuen und fremden Umgebung in uns auf. Die langen Geschützrohre ragten weit über die Wallkronen hinaus. Sie waren steil in den Himmel gerichtet. Das machte bärenmäßig Eindruck. An einer anderen Stelle auf dem weiträumigen Gelände waren Kriegsgefangene mit Bauarbeiten beschäftigt. Wahrscheinlich Russen. Jämmerliche Gestalten.

Unteroffizier Borowski war zwar kein Ausbund an Freundlichkeit, aber er war auch keiner, der uns schlimm malträtiert hätte. Ein bisschen lasch war er schon. Nach der Spindkontrolle, die ohne unangenehme Zwischenfälle ablief, belehrte er uns über die Stuben- und Putzordnung, über den künftigen Tagesablauf und auch darüber, dass wir uns ein Mal pro Woche zum Ausgang in die Stadt Posen eintragen konnten. „Waschen, auch mal zwischen den Beinen und den Pillermann nicht vergessen,

---

[52] Acht-Acht: Die 8,8-cm-Flak war eine deutsche Flugabwehrkanone, die auch gegen Bodenziele gerichtet werden konnte.

Zähne putzen, und schrubbt mal das Grüne hinter den Ohren weg", ermahnte er uns fast täglich. Er hielt das wohl für lustig. Wir verdrehten die Augen, wenn es wieder und wieder kam. Vorgesehen war jeden Morgen nach dem Aufstehen um 6:30 Uhr Frühstück und dann Schulunterricht auf der Stube. Mittagessen, nachmittags militärische Ausbildung an den Geschützen und den Messgeräten, theoretische Ausbildung. Abends Hausaufgaben. Borowski soll im Zivilberuf Lehrer im Ruhrgebiet gewesen sein. Na ja – ein Berserker war er dort wohl nicht gewesen.

Natürlich traten wir zur Spindkontrolle in unseren neuen Klamotten an. Auf der Brust war jetzt das *LH-Abzeichen* aufgenäht. Aber auf den Schiffchen war schon der richtige Luftwaffenadler drauf. „Da ham' sie uns schon *Letzte Hoffnung* auf die Jacken genäht", meinte Werth spöttisch. „Halt die Schnauze, Waldemar!", bekam er von Petersohn postwendend zurück, „das ist eine zersetzende Äußerung. Warum machste das?"

Da unser Einrücktermin ein Donnerstag war, der Schulunterricht aber erst am darauffolgenden Montag beginnen sollte, verbrachten wir dieses frühe Märzwochenende mit Briefeschreiben, Radiohören, Karten spielen, Herumstreifen und uns aneinander zu gewöhnen. Wer wann furzte, in der Nase bohrte oder andere Unarten an den Tag legte, kannten wir ja schon durch die gemeinsamen HJ-Freizeiten, aber jetzt waren wir Tag und Nacht für lange Zeit eine Gemeinschaft, die sich aufeinander verlassen können musste. Das war neu. Und das gefiel mir.

Sonntag war *Heldengedenktag*. Fahnenappell, dann feierliche Zusammenkunft im Kasino. Wir warteten auf die Rundfunkansprache des Führers. Seltsamerweise hielt die Rede nicht der Führer selbst, sondern aus dem Gerät war die Stimme von Großadmiral Dönitz zu hören. Er sprach uns alle damit an, dass wir in einer Zeit lebten, in der das Schicksal Deutschlands von uns als Soldaten abhängt. Starke Offensivwaffen seien im Aufbau und gerade auf uns Junge käme es an, sehr früh in verantwortliche Positionen hineinzuwachsen. Denn ältere Jahrgänge seien dafür nicht mehr in ausreichender Stärke da. Seit Italien im vergangenen September seinen Kriegsaustritt erklärt habe, fehlten auf dem Balkan, an der Ostfront und in anderen Kampfgebieten viele Leute. Die paar übrig gebliebenen Mussolini-treuen Einheiten würden das Kraut nicht fett machen. Unseren jungen Jahrgängen gehöre die Zukunft. Treue, Ehre und Tapferkeit seien für uns ganz selbstverständlich.

Beifällig und voller Stolz nahmen wir die Worte auf.

Vor allen Dingen sei es die erste Aufgabe des Führers, *deutsche Menschen vor der Vernichtung durch den vordrängenden bolschewistischen Feind zu retten.* Briten und Amerikaner, so seine Aufforderung, sollten ihn daran nicht hindern.

Und wir unterstützten den Führer dabei mit unserer vollen Kraft und Begeisterung. Montagfrüh begann tatsächlich mit Schulunterricht. Achtzehn Schulstunden sollten es jede Woche sein. Der Lehrer kam mit der Straßenbahn, hieß Erlemann und fing gleich an mit Biologie und Physik. Er war unser Betreuungslehrer und kam von einer Posener Schule. Unterrichtsbücher waren noch keine da, sollten aber in derselben Woche noch kommen. Unteroffizier Borowski machte kein großes Tamtam und verhielt sich zu uns eher so wie ein netter, manchmal miesepetriger Onkel. Natürlich mit preußischem Drill, marschieren, Kleiderordnung, Stubenkontrolle und so. Aber ohne *Häschen bis zur Mauer.*

Am Nachmittag dann der Einstieg in den militärischen Unterricht.

Die infanteristische Grundausbildung während unserer Zeit hier in Posen-Dembsen absolvierten wir bei Fahnenjunker-Feldwebel Ott. Das war ein Knochenbrecher und es hatte den Anschein, dass er mächtig stolz war auf seinen roten Kragenspiegel mit den drei Schwingen drin. Nachts hieß es dann alle paar Stunden Wache stehen. Auf Geräusche achten. In der Luft, am Boden, überall – und dann Meldung machen.

Die nächsten Wochen wurden wir mit mächtig viel Theorie gefüttert. Manches wussten wir schon. Aber jetzt ging es richtig zur Sache. Wir wurden in zwei Gruppen geteilt: Geschütz- und Mess-Staffel. Erst mal lernte jede Gruppe auch die Tätigkeit der anderen Gruppe. Aber irgendwann kamen dann doch spezifische Vertiefungen. Ich wurde zunächst der Funkmess-Staffel zugeteilt. Nur die Balten wurden in die Geschützgruppe übernommen. Und Weierich. Weil er kräftig genug war, die schwere körperliche Arbeit an der Flak durchzustehen. Beim Geschützdienst waren viele der älteren Soldaten verblieben. Später wurden die aber auch nach und nach abgezogen und durch uns Flakhelfer ersetzt.

In der Mess-Staffel lernten wir, die feindlichen Flugzeuge zu erkennen und deren Flugrichtung aufzunehmen. Die Wahrnehmung der feindlichen Flugzeuge geschah eigentlich nur auf Sicht, durch Horchgeräte und große Scheinwerfer. Oder am Tag eben mit bloßem Auge. Die Flugzeugtypen hatten wir ja schon in unseren HJ-Stunden trainiert. Jetzt stuckten wir das aber ganz penibel. Wie im Lateinunterricht. Das Feuerleitradar *Würzburger Riese* war eines der modernsten Geräte, die es gab. Ganz genau hieß das *Funkmessbeobachtungsgerät.* Das sagte aber niemand. Das hieß nur *FuMG.* Bis zu 70 Kilometer entfernt konnten wir mit unserem Gerät die Maschinen orten.

Dann gab es noch viel über die Bedienung des *Kommandogerätes*[53] zu lernen. Waren die Feindflugzeuge nahe genug herangekommen, dann wurden die Messdaten damit ballistisch ausgewertet und in exakte Zielkoordinaten für die Schießrichtung der Geschütze umgerechnet. Über elektrische Kabel wurden die Daten automatisch an alle vier Geschütze übertragen und an die *Zünderstellgeräte*, die *Seiten- und Höhenrichtgeräte* weitergegeben. Die Kanoniere an den Geschützen mussten so lange kurbeln, bis die Höhe und die Richtung mit den Vorgabekoordinaten übereinstimmte. Mann, das war spannend. Geschwitzt haben wir wie die Schweine. Natürlich durften wir dabei keine Fehler machen. Alles musste aus dem FF sitzen. Deshalb wurde jeder Handgriff und jede Berechnung tausendmal geübt. Und die *Acht-Acht* konnte ja auch Maschinen erreichen, die oberhalb von 5000 Metern flogen. Das waren nicht so Luschenkanonen, wie die 2,5 cm *Hotschkiss* Geschütze, die nur tieffliegende

---

[53] Kommandogerät: Ein mechanischer Analogrechner zur Ermittlung der Schusskoordinaten. Mehrere Mann Bedienpersonal mussten per Handrad einen rotierenden Messzeiger für Distanz, Winkel etc. so einstellen, dass er in Einklang blieb mit einem durch die Maschine bewegten Zeiger.

Feindflugzeuge erreichen konnten. Der Messbunker mit dem Kommandogerät war ganz auf der anderen Seite der Flakstellung. Das war mindestens ein halber Kilometer zwischen den Geschützen und dem Kommandobunker. In der Nacht wurden die Daten zusätzlich noch per Telefon vom FuMG zum Kommandogerät durchgegeben. Das wurde auch bis zur Erschöpfung geübt. Und dann die Bestätigung der Zieldaten an die Geschützstellungen durchgeben. *Leitungsprobe* gehörte ständig dazu. In alle Richtungen. Zu anderen Geschützstellungen, zu den eigenen, zum Messbunker und sonst wohin, über eine Ring-Telefonleitung. Für den Fall, dass die FuMGs gestört waren, zum Beispiel durch Störsender, durch abgeworfene Aluminiumstreifen oder durch Stromausfall, mussten die Zielkoordinaten von anderen Gefechtsstellungen mit dem *Malsi*-Umwertungsgerät für die eigene Geschützstellung umgerechnet werden. Wer besser in Mathematik war, kam deshalb zur Messstaffel, wer kräftiger war, an die Kanone.

An die Flak mussten die schweren Granaten ständig herangeschleppt werden. Das musste fix und koordiniert ablaufen. Denn wenn's wirklich schnell gehen musste, konnte alle fünf Sekunden eine Granate verschossen werden. Die heißen Hülsen warf das Geschütz automatisch aus. Die mussten wieder weggeräumt werden. Und damit die Munition nicht ausging, waren ständig Granaten aus dem Munitionsbunker an die Geschütze zu schaffen. Das machten aber hauptsächlich die russischen Gefangenen. Die wurden *Hilfswillige*, oder ganz kurz nur *Hiwis* genannt.

Jede einzelne Funktion war genau beschrieben und musste exakt ausgeführt werden. Das ging reihum, zigmal, bis wir es im Schlaf konnten. Es war genau festgelegt, wer als Kanonier den Schuss mit dem Fußpedal auslöste. Das war der *K1*. Der Richtschütze war *K2*. Und so weiter, bis zum *K9*. Als *K1* und *K2* durfte ich später dann auch immer wieder ran. Der *K3* war der Ladekanonier. Der hatte die schwerste Arbeit. *K3* haben sie mich nicht machen lassen, weil sie meinten, dass es wegen meiner zwei fehlenden Finger an der rechten Hand nicht ginge. Geübt habe ich es aber trotzdem. Wie alle anderen. Der *K6* musste die

Zünderstellmaschine[54] bedienen und überwachen. Der war eigentlich der Wichtigste im Geschützstand. Bei so einer Batterie mit vier Geschützen rechnete das Kommandogerät sogar den Zeitversatz zwischen den Geschützen aus, bis die Geschosse bei den Flugzeugen angekommen waren, und gab zeitversetzt passende Zünderwerte an die Zünderstellmaschine durch. Die war natürlich elektrisch und heulte ganz schrill auf, wenn sie Ferndaten erhielt. Die anderen waren die Munitionskanoniere und mussten reihum Munitionsnachschub liefern, eben mit den Hiwis zusammen.

Bekam man bei einem Alarm beispielsweise den Befehl *K2*, dann rannte man sofort zum Geschütz auf die richtige Position an der Seitenrichtmaschine, setzte den Kopfhörer auf und kannte jeden Handgriff.

Aber erst mal begann für uns alle die Ausbildung am Malsi und am Kommandohilfsgerät. Alle Geräte hatten eine Abkürzung und man durfte auch nur diese Abkürzungsbegriffe verwenden. Nicht falsch sagen, nicht stammeln, nicht nuscheln.

Der Tagesablauf spielte sich recht schnell ein. An den meisten Tagen hatten wir wirklich vormittags Schulunterricht. Abwechselnd kamen auch Lehrer aus Leslau zu uns in die Flakstellung und wohnten jeweils für zwei Wochen in einer gesonderten Baracke. Nachmittags hatten die Lehrer meistens nichts zu tun und trieben sich eben in der Stadt rum. An den Wochenenden machten wir auch die Stadt unsicher. Natürlich immer in voller Ausgehmontur. So frei und unbekümmert hatte ich mich noch nie vorher gefühlt. Mit der Straßenbahn konnten wir bis ins Zentrum fahren. Wir sahen im Kino Filme an, gingen zu Sportveranstaltungen, schauten Sehenswürdigkeiten an und tranken manchmal auch ein Bier. Einige der Klassenkameraden waren ja schon sechzehn. Und ich war auch schon fast fünfzehneinhalb. An unserem Geschütz war der Gefreite Ludwig Klemm aus Posen Geschützführer. Er war schon achtzehn. Gleich zu Beginn, als wir uns kennenlernten, stellte er klar: „Leute, macht kein

---

[54] Zünderstellmaschine: Vorrichtung zum automatischen Drehen der Geschossspitze zur Einstellung eines Zeitzünders.

Tamtam. Wenn der Borowski, der Schäfer oder Fahnenjunker-Feldwebel Ott in der Nähe sind, will ich zackig gegrüßt werden – und dann heißt es *zu Befehl Herr Geschützführer.* Wenn keiner von denen da ist, bin ich der Ludwig."

Die ersten Wochen waren fast ausschließlich mit *Batteriedienst* bis oben hin angefüllt: Flugzeugerkennungsdienst, Unterricht und Batterie-Exerzieren. Und dann die vielen langen Kabel mit Talkum einreiben, alle Gummiteile an den Geschützen und alles, was dem Wetter ausgesetzt war. Damit das nicht langweilig wurde, dann zur Abwechslung Munition reinigen, Geschütze reinigen und so weiter. Wenn einer von uns aufsässig wurde, dann mussten immer zwei Mann schwere Munitionskörbe durch die Gegend zerren. Waldemar Werth und Günther Riedel hatten manchmal so eine lose Klappe. Dann waren alle dran mit Schleppen. Und die Munitionsbunker waren ziemlich weit weg von den Geschützen.

Einmal gesellte sich Ludwig Klemm beim Ausgang in die Stadt zu uns. Er wusste die interessanten Ecken und spielte den Fremdenführer für uns. Er war ja Posener. Deshalb erklärte er uns einige der imposantesten Bauwerke. Mir gefiel die *Reichsuniversität Posen* echt gut. Mit den Türmchen und Erkern. Dann das Opernhaus mit dem klassizistischen Eingang, das Alte Rathaus und ein Brunnen mit der Statue einer Gärtnersfrau. Die feinen Verzierungen in der Tracht der Bronzestatue faszinierten mich. Dann noch das Joch über den Schultern, an dem beiderseits schwere Wasserkübel hingen. „Das ist die Bambergerin. Die Polen nennen sie die *Bamberka.*"

Klemm erzählte uns, dass er hier in Posen zu den *Bambrzy* gehört. Da konnte man fast ein wenig Stolz raushören. „Was ist das denn schon wieder?", meinte Rosenkranz etwas genervt. Er hielt Ausschau nach einer Pinte, in der wir ein Bier bekommen könnten. Klemm zeigte auf die Statue und erklärte, dass die *Bambrzy* vor einigen Generationen aus dem Altreich eingewandert wären. „Die Stadt, aus der sie kamen, heißt Bamberg und liegt in Bayern. Deshalb heißt die Straßenbahnhaltestelle ganz in der Nähe von Dembsen auch *Bamberger Vorstadt.* Damals brauchten sie Leute, die das Land trockenlegen und bebauen konnten. Und katholisch mussten sie sein. Nicht protestantisch, wie die Preußen. Das war vor der Zeit Napoleons, als Posen noch polnisch gewesen ist. Ich war nie dort in Bamberg, aber meine Vorfahren kommen von da."

„Dann … dann seid ihr ja auch Volksdeutsche, wie wir", stammelte Ernst Gerstenberger mit schief gelegtem Kopf. Dessen Vorfahren waren nach Bessarabien ausgewandert und von dort zurückgesiedelt worden.

„Ja, klar", strahlte Klemm. „Nur, dass wir schon seit zweihundert Jahren in Dembsen wohnen. Wir mussten nicht extra herkommen so wie ihr", nahm er uns auf den Arm.

„Habt ihr auch die polnische Staatsangehörigkeit gehabt, wie wir?", wollte der lange Werth wissen. Er kam aus Galizien.

Wäre ein Reichsdeutscher bei diesem Ausflug mit dabei gewesen, hätte der wahrscheinlich gar nicht verstanden, worüber wir uns unterhielten. Aber wir waren ja alle Umsiedler aus verschiedenen Gegenden und deshalb neugierig, wie es denen ergangen war, die hier im Warthegau schon in der polnischen Zeit gelebt hatten. Nur Heimanns Familie lebte auch schon immer bei Leslau und denen erging es ähnlich wie der Familie Klemms.

„Ja, ist doch klar wie Kloßbrühe. Wir waren alle Polen, wie ihr in Wolhynien zum Beispiel." Er zeigte mit einer Kopfbewegung zu mir hin. „Schon meine Großeltern hatten nach der Geschichte mit dem *Pariser Vorstadtvertrag*[55] die polnische Staatsangehörigkeit. Vorher war Posen fast hundert Jahre lang preußisch, dann im Deutschen Reich. Natürlich haben wir zu Hause immer so was wie Deutsch gesprochen. Halt so ein Mischmasch. Für Dembsen kann man sagen, dass ungefähr zwei Drittel der Leute deutsche Wurzeln haben. Aber nicht alle aus Bamberg. Manche auch aus Baden-Württemberg oder von woanders her", legte Klemm ganz sachkundig nach.

---

[55] Versailler Vertrag: Im Pariser Schloss von Versailles wurde 1919 von den Alliierten und den ihnen verbundenen Mächten ein Friedensvertrag ausgehandelt, der den Ersten Weltkrieg beendete, Gebietsabtretungen und Reparationsleistungen festlegte und die alleinige Verantwortung Deutschlands und seiner Verbündeten für den Beginn des Weltkrieges feststellte.

Waldemar von Wickmann, einer der Balten, runzelte die Stirn. „Habt ihr auch die Volksliste zeichnen müssen? So wie unsere Leute?“

„Ja, schon.“ Klemm klang zögerlich. Irgendetwas schien ihm Unbehagen zu bereiten. „Weißt du, meine Leute sind sehr katholisch“, entschied er dann doch, etwas mehr rauszulassen. „Und viele sind auch schon sehr polonisiert gewesen vor ’39. Nicht alle waren für die neue Zeit und für Hitler. Erst hat man sie aufgefordert zu unterschreiben. Wenn sie nicht gewollt haben, dann hat man ihnen bessere Lebensmittelkarten angeboten, später gedroht und schließlich sind auch einige eingesperrt worden. Aber nicht einfach so, mal ins Gefängnis. Nein, die sind im Konzentrationslager. Ein Onkel von mir auch.“

„Autsch!“, entfuhr es Rosenkranz.

Weiter wollte Klemm aber nicht auf dieses Thema eingehen. Alle anderen schauten eher betreten vor sich hin. Ich wollte darüber auch nicht weiter nachdenken. Irgendetwas werden sie schon falsch gemacht haben, wenn man so mit ihnen umspringt.

Ludwig wechselte das Thema und meinte noch, dass zur Unterstützung der Posener Industrie ziemlich viele Arbeitslager um die Stadt herum eingerichtet wären für russische und französische Kriegsgefangene, die überall eingesetzt waren, wo man sie eben brauchte. „Focke-Wulf baut ja jetzt hier die neue *Moskito*. Ich hab’ vor kurzem eine gesehen. *Ta 154*, Schulterdecker, Schnellbomber, zweimotorig. Da werden ’ne Menge gute Arbeiter gebraucht, damit sie in ausreichenden Mengen in die Luft kommen“, lenkte Klemm das Gesprächsthema auf unser Alltagsgeschäft. „Die wird der *De Havilland Mosquito* dann schon zeigen, wo der Bartel den Most holt. Die scheiß Dinger fliegen so hoch, dass wir nicht mal mit der Acht-Acht rankommen.“

„Können wir jetzt endlich mal zum Ende kommen mit dem Gelabere? Mein Mund ist so trocken wie die Sahara“, fiel Rosenkranz Klemm abrupt ins Wort. „Da drüben um die Ecke ist ’ne Bierschenke. Da könnt ihr ja weiter quatschen.“

Wir ließen uns nicht lange bitten und trotteten rüber zum Wirtshaus. Es war nicht viel los und ohne Probleme fanden wir gleich einen Tisch, der groß genug war für uns alle. Am

Nachbartisch saß eine tolle Truppe *Blitzmädels*[56]. Gar nicht so alt. Zuerst haben sie uns wie junges Gemüse behandelt – einfach ignoriert. Rosenkranz ließ aber nicht locker und recht schnell haben wir ganz ausgelassen rumgeflachst. Die Mädels hier waren einem anderen Flak-Zug als Bürohilfskräfte und Botinnen zugeteilt. An unserem Standort in Dembsen waren auch einige Blitzmädels in einer eigenen Baracke untergebracht. Bei uns machten die meistens Telefondienst.

Eigentlich verliefen unsere Ausbildungswochen in Dembsen recht gemächlich. Nix los meistens. Wir lernten Billardspielen, tollten in den freien Stunden zwischen den Baracken herum, spielten Fußball, hörten oft Nachrichten über den Luftkrieg und faulenzten. In der Luft war auch kein großer Andrang. Immer wieder mal Alarm. Dann alle raus, auf Position. Aber es kam nichts runter. Außer mal einem einzelnen Aufklärer ganz hoch oben kriegten wir kein Feindflugzeug zu Gesicht.

Am Ostersonntag dann großer Alarm.

Amerikanische Verbände waren in den Luftraum eingedrungen. Alle in Bereitschaft: Gasmaske, Stahlhelm und volle Ausrüstung. Aber wir waren ja noch in Ausbildung. Also, rein in die Schutzbunker. Es war das erste Mal, dass Bomberverbände so tief in den Warthegau eingedrungen sind. Überall gingen die Sirenen los. Neugierig drängelten wir uns vor dem Bunkereingang, um bloß nichts zu versäumen. Was war das ringsum für ein Gerenne. Aus nordwestlicher Richtung kam ein tiefes Brummen immer näher. Dann konnten wir den Bomberpulk erkennen. Ganz hoch oben, so dass man die Kondensstreifen klar sehen konnte. Wie ein großer Schwarm silberne Vögel mit ganz langen weißen Streifen hinter sich. Amerikaner. *Fliegende Festungen*, viermotorige B-17 und B-24 *Liberators*.

Von den anderen Batterien im Norden und im Westen der Stadt begannen die Abwehrgeschütze zu schießen, hörten aber gleich wieder auf. Da waren wohl unsere Jäger oben. Dann ging

---

56 Blitzmädels (ugs.): Meistens Nachrichtenhelferinnen, aber auch eingesetzt in der Flugabwehr, im Flugmeldedienst und für andere soldatische Aufgaben. Der Begriff Blitzmädel wurde von dem Blitz-Emblem der Fernmeldetruppe auf Uniformen abgeleitet.

alles ganz schnell. Ich war so aufgeregt. Explosionen in einiger Entfernung. Gleich darauf stiegen an einigen Stellen Rauchsäulen auf. Der Angriff galt ziemlich sicher dem Flugzeugwerk auf dem Messegelände. Die Munitionsfabrik war nur drei Straßenbahnhaltestellen von unserer Stellung entfernt und der Bahnhof lag ein Stück dahinter in Richtung Zentrum. Der hatte auch einige Bombentreffer abbekommen. Unsere Geschütze waren natürlich alle in Feuerbereitschaft und begannen loszudonnern, als der Pulk vom Bahnhof her die Munitionsfabrik ins Visier nahm. Was für ein Höllenlärm, was für ein Beben. Anscheinend waren unsere Jäger abgezogen. Die konnten eh nicht so hoch hinauf. Von allen Stellungen her jagten Granaten in den Himmel und detonierten mit einer weithin sichtbaren Explosionswolke zwischen den gleichmäßig vorwärtsdrängenden Flugzeugsilhouetten. Aus denen entluden sich Schwärme kleiner Punkte, fielen zu Boden, waren kurz vor dem Aufschlag als Bomben auszumachen und kurz danach stoben Trümmerteile, Rauchfahnen und Lichtblitze in den Himmel. Unsere Stellung blieb unversehrt, nur in einem Feld hinter uns war ein Blindgänger runtergekommen.

Ich konnte nicht erkennen, dass einer der amerikanischen Bomber einen Treffer abgekriegt hätte. Als das Grollen der Flugzeuge langsam verklungen war, schallten aus allen Richtungen Feuerwehrsirenen, Motorengeräusche, entfernte Schreie, und dazwischen konnte ich das Knacken von Feuer hören. Dann ein infernalischer Donner. Ein Munitionsbunker auf dem Fabrikgelände hatte einen Volltreffer bekommen und flog in die Luft. Der Staub hing noch eine halbe Stunde lang zwischen den Qualmwolken der Brände.

Wir sahen uns alle betreten an, die Aufregung ließ langsam nach und unsere Anspannung machte sich Luft, indem wir ganz hemmungslos durcheinander schnatterten und das Erlebte mit wilden Gesten kommentierten. Wahrscheinlich waren viele Leute gestorben. Jedenfalls war mir ganz mulmig und den anderen bestimmt auch.

„Das war jetzt mal was anderes als nur Nachrichten von den Angriffen auf Berlin im Rundfunkempfänger zu hören.“

Petersohns Augen schienen zu glänzen. Endlich konnte er sich so richtig als Kriegsteilnehmer fühlen.

„In der Goebbelsschnauze hätten sie jetzt gemeldet, dass die Gärten in Posen für die Frühjahrsaussaat vorbereitet sind“, mischte sich Rosenkranz ein. Entgeistert schauten wir ihn alle an. So zersetzerisch hatte er sich bislang noch nicht geäußert. Da ging er wirklich zu weit. Walter Petersohn schluckte. „Ich melde dich, du Schwein“, presste er mit bebender Stimme heraus.

„Walter, du hältst die Klappe und machst gar nichts“, versuchte ihn Riedel wieder abzukühlen.

Rosenkranz machte seinen Spott darüber, dass zwei Wochen vorher über 600 amerikanische Flugzeuge Berlin angegriffen hatten. Die Engländer kamen dort immer nachts, die Amerikaner tagsüber, weil sie in größerer Höhe fliegen konnten, wo unsere Jäger nicht hinreichten.

Reichspropagandaminister Goebbels hatte zum Angriff auf Berlin im Radio gemeint, dass sie in Zehlendorf viele Gärten verwüstet hätten. Und jetzt waren sie zum ersten Mal auch Posen auf den Pelz gerückt. Und sie hatten nicht nur Gärten umgegraben.

Glaube, Lüge, weiter so

„Der Storch kommt. Kolja, der Storch, der Storch, der Storch wird kommen!“

Kira war ganz außer Atem, als er endlich bei Kolja angelangt war, der dem zweiten Waggon der Schmalspurbahn aus Leslau entstieg. Nicht mehr in der HJ-Uniform mit den kurzen Hosen, in der er einen Monat vorher abgereist war, sondern ganz stolz in der Ausgehmontur der Luftwaffenhelfer mitsamt dem tailliert geschnittenen Mantel traf Kolja in Brest ein.

Sie hatten ihren ersten Urlaub bekommen. Osterferien – immerhin vierzehn Tage lang keinen Drill. Kolja fühlte sich schon ganz als Soldat. Nicht mehr als HJ-Junge. Urlaubsschein und Wehrmachtsfahrschein für die Eisenbahn in seiner Tasche bekräftigten das Gefühl. Dazu kam noch der Sold von einer Reichsmark pro Tag, von dem allerdings nur 50 Pfennige gleich ausbezahlt wurden.

„Es ist doch schon April. Da sind die Störche doch bestimmt schon da“, entgegnete Kolja seinem Bruder, der ihn vor lauter Freude fest drückte und nicht mehr loslassen wollte.

Sascha hatte es sich nicht nehmen lassen, seinen Großen persönlich mit dem Pferdewagen vom Bahnhof abzuholen. Er hätte ja auch einen der Kutscher schicken können. Während Kira ungeduldig vom Bock gesprungen war, um seinem Bruder entgegenzupreschen, blieb Sascha auf dem Wagen sitzen und hielt die Zügel in der Hand.

„Wir werden ein Brüderchen bekommen. Oder vielleicht auch ein Schwesterchen!“, plärrte Kira weiter.

Kolja sah zu seinem Vater hin und war erst mal geplättet. Echte Neuigkeit. Stand in keinem der Briefe, die er von der Familie erhalten hatte.

Sascha lächelte zurück: „Na, wenn Kira schon so vorlaut ist, dann musst du es natürlich auch gleich erfahren. Ja – Mama Lisa bekommt ein Kind. Und ihr beide ein Geschwisterchen.“ Kolja lächelte und augenscheinlich freute er sich über diese unerwartete Nachricht.

Kira besuchte inzwischen seit mehr als einem halben Jahr die Volksschule im Ort. Er erschien Kolja nicht mehr ganz so steppkehaft wie vor der Zeit seiner Abreise, dabei war die erst vier Wochen her.

Lisa hatte zur Feier des Tages Piroschki[57] mit Pilzen, Hackfleisch und Speck für den Urlauber zubereitet. Kolja strahlte angesichts des Festmahls und haute rein, als ob er in Posen nichts zu essen bekommen hätte.

Bis zum Zubettgehen gab es viele Neuigkeiten und Erlebnisse auszutauschen. Mit den Worten „Nu – viel zu erzählen, wenig zu horchen“, erhob sich Sascha, als sich über den Mühlenhof bereits die Dunkelheit gesenkt hatte, und wies Kira an: „Es ist ja erst Dienstag. Du musst doch morgen zur Schule gehen. Wenn du dich jetzt nicht trollst, wirst du morgen im Unterricht einschlafen.“ Unter schwachem rituellen Protest zog sich Kira zurück.

---

[57] Piroschki, Piroggen: Gefüllte Teigtasche aus Nudelteig mit vielfachen Füllungsvariationen.

„Ihr habt mir geschrieben, dass Flüchtlinge aus Ostwolhynien in Brest angekommen wären,und dass du bei der Verteilung und der Einweisung der Leute mitgeholfen hast, Papa“, setzte Kolja die Unterhaltung fort.

„Ja. Überall, wo eine Ecke Platz war, haben wir sie untergebracht. Familie Dreier aus Ostwolhynien haben wir hier in der hinteren Baracke unterbringen können. Sie hatten ja auch Pferde dabei. So einfach war das nicht.“ Sascha zog den Stuhl näher zu sich und setzte sich wieder.

„Kommen jetzt immer mehr aus dem Osten?“ Kolja lebte wirklich in seiner eigenen Welt.

Lisa setzte sich kurz neben Kolja und legte ihre Hand auf seinen Unterarm. „Dein Papa ist wirklich ein guter Mensch“, begann sie und versuchte Koljas Blick im Schein der tellergroßen Küchenlampe über dem Esstisch zu fassen zu kriegen. „Als er von Dunke erfahren hatte, dass Leute aus unserer Heimat hierherkommen werden, hat er gleich versprochen, dass er die erste Familie, die nach Brest kommt, bei uns hier aufnehmen wird. Das waren dann die Dreiers.“

Sascha rang nach Worten: „Kolinka – die Menschen haben Angst, dass die Bolschewiken zurückkommen werden. Und der Vormarsch der Wehrmacht, die Kämpfe in der Ukraine und andere gehässige Sachen haben das Leben dort schwerer gemacht. Bei der Umsiedlung durften die Deutschen aus Ostwolhynien, von der Wolga oder wo immer sie in der Sowjetunion gesiedelt haben, nicht raus. Man hat sie doch nicht gelassen. Im Gegenteil! Man hat sie noch tiefer ins Innere des Landes getrieben. Bis nach Sibirien hinein.“

„Aber wenn der Führer für neuen Raum für das deutsche Volk sorgt, dann werden doch auch deutsche Siedler dort benötigt“, insistierte Kolja. „Die Ukraine ist groß. Wenn alle das Land verlassen, wer wird es dann verwalten und bestellen?“

„Wenn, wenn, wenn“, brauste Sascha auf. „Was weißt du schon.“

Lisa mischte sich beschwichtigend ein: Den Leuten ging es nicht gut, da, wo sie lebten. Deshalb haben sie sich auf den Weg gemacht. Und sie haben ja auch alles zurückgelassen. Ihre Höfe und Häuser, die Schulen und Kirchen, die Nachbarn und Freunde. Und sie haben 1939 nicht so viel Glück gehabt wie wir. Sie waren in Ostwolhynien festgehangen und eingesperrt, kann man sagen. Nur wir Westwolhynier sind damals rausgekommen."

„Es kommen noch mehr!", warf Sascha noch immer aufgebracht dazwischen. „Amtskommissar Dunke hat vorgestern nochmal um Unterstützung ersucht. Neuerdings kommen viele Kosaken hierher zu uns. 30.000 sollen es sein. Da werden wir wieder jedes bisschen Platz brauchen, das man frei machen kann."

„Die Kosaken sind doch richtige Ukrainer", fragte Kolja ungläubig. „Wieso kommen sie hierher?"

„Ukrainer, Russen – was weiß man schon." Sascha sprang vom Stuhl auf. „Kosaken sind überall. Bei den Bolschewiken kämpfen sie. Und mit der Wehrmacht kämpfen sie auch. Früher haben sie sich gegen die Polen erhoben, weil die sie katholisch machen wollten. Den Zaren haben sie auch beschützt. Sogar in seiner Leibgarde. Und eine ganze Kavallerie-Division unterstützt jetzt die Wehrmacht. Aber diese Pfuscher vom Oberkommando trauen den Kosaken ja nicht. Gegen die Roten wurden sie nicht eingesetzt, weil das OKW[58] ihnen misstraute. Dabei hätten die sich wirklich mit ganzer Kraft reingeworfen." Er kratzte sich die Stirn.

„Im Kaukasus geht es wieder rückwärts. Und auf der Krim auch. Die Russen sind stark dort und die Wehrmacht hat nicht genug Kraft, sie aufzuhalten. Sie weicht zurück. Da geht den Kosaken der Hintern ganz schön auf Grundeis. Vor allem denen, die für die Deutschen gekämpft haben."

Sascha holte Luft und meinte zu Lisa gewandt: „Lieschen, bitte bring mir doch noch ein Bier."

Er setzte sich wieder und meinte zu Kolja, der interessiert und mit geöffnetem Mund zuhörte: „Dem Dunke habe ich ganz deutlich zu verstehen gegeben, dass nicht 30.000 kommen sollten, sondern am besten drei Millionen. Und wenn die Dämlacke von der Wehrmachtsführung nur einen Funken Verstand im

---

[58] OKW: Oberkommando der Wehrmacht.

Hirn hätten, dann würden sie die Kosaken besser behandeln und nicht wie den letzten Dreck. Dann hätten sie genug Soldaten, mit denen sie gegen die Massen von Rotarmisten etwas ausrichten könnten."

„Generalmajor von Pannwitz habe ich auch in meinem Ritterkreuzträger-Album", sinnierte Kolja, während Lisa eine weitere Flasche Bier auf den Tisch stellte. „Der ist der kommandierende General des XV. Kosaken-Kavallerie-Korps. Die stehen im Kampf gegen die jugoslawischen Partisanen."

„Nu, siehst du?", bekräftigte Sascha Koljas Denkansatz. „Vielleicht beginnt man ja jetzt auch etwas mehr darüber nachzudenken, ob die russischen Soldaten wirklich alle Untermenschen sind, so wie es der Goebbels immer raus posaunt."

„Sascha!" Lisa hob beide Hände, um Saschas verbale Eskapaden gegen das Regime zu bremsen. Doch die Slawen-Sklaven-Rhetorik der offiziellen Propagandastellen ging ihm einfach gegen den Strich. Und in solchen Momenten wie jetzt musste er es einfach rauslassen. Er griff zur Flasche und nahm einen kräftigen Schluck.

„Sie wollen nicht denken und vielleicht können sie auch nicht denken. Für diese Fatzkes ist jeder Russe gleich ein Bolschewik und damit auch ein Untermensch. Und dann die Rassenlehre!", ereiferte er sich weiter und ballte die Fäuste.

„Papa, hör auf! Das, was du da sagst, will ich nicht hören!", rief Kolja und drückte mit beiden Handflächen kräftig auf seine Ohren.

„Kolja – horch doch." Sascha versuchte Kolja die Hände von den Ohren zu zerren. Der gab nach und legte die Arme wieder auf den Tisch.

„Es gibt gute Menschen – und es gibt schlechte Menschen. Manche lügen, manche lügen nicht so viel."

Kolja warf seinem Vater einen trotzigen Blick zu.

„Aber es gibt keine Untermenschen. Und wenn einer anders aussieht, ist er nicht gleich ein Tier. Man kann die Sowjets mögen oder nicht. Mit den Juden ist es genauso. Man kann sie mögen oder nicht. Was soll's. Der Hitler hat doch selbst sogar einen jüdischen Namen."

„Papa, hör endlich auf. Du redest dich doch mit solchen Worten ins Unglück! Wieso soll der Führer einen jüdischen Namen haben? Das ist doch kompletter Wahnwitz.“

„Ich hatte so viel mit den Juden zu tun. Ein Hitler ist doch auf jiddisch ein Hutmacher.“

„Ach, Papa – hör endlich auf damit“, bat Kolja fast flehentlich.

Lisa versuchte erneut zu vermitteln: „Hör’ doch deinem Vater zu. Vielleicht hat er ja nicht immer unrecht?“

„Kolja. Manchmal kommt es mir so vor, als würdet ihr gar nicht in der richtigen Welt leben, sondern in einer Traumwelt. Im Radio und in den Zeitungen wird auch viel Blödsinn geredet. Und Krieg ist nicht schön. Krieg macht die Menschen kaputt. Er macht Tiere aus den Menschen. Im vergangenen Herbst war ich geschäftlich in Thorn“, redete Sascha weiter. „Vom Zug aus konnte ich in die Festungsanlage hineinschauen, in der ich selber vor 24 Jahren interniert gewesen bin. Da sind jetzt sowjetische Kriegsgefangene untergebracht. So ein Elend.“

„Sie sind doch unsere Feinde!“, brach es aus Kolja heraus, „soll man sie im Hotel unterbringen?“

„Man muss es nicht übertreiben, aber die Polen haben uns damals auch gut versorgt, obwohl ich als Feind dort gewesen bin. Und sie hatten auch nichts zu essen.“

Eine Zeitlang schwiegen nun beide. Lisa stellte Sascha ein neues Bier vor die Nase, obwohl er die letzte Flasche noch nicht geleert hatte, und fragte Kolja, ob er einen Tee möchte. Der verneinte und griff stattdessen nach der Bierflasche. Lisa und Sascha wechselten einen verwunderten Blick, ließen ihn aber kommentarlos gewähren.

„Ausgehungerte Gestalten, zerlumpt, ausgemergelt, kaum bei Kräften. So saßen sie da herum.“ Saschas Stimme wurde etwas weinerlich. „So ein Schmock mit einer Feldwebeluniform war mit mir im Abteil. Als er die jämmerlichen Figuren sah, meinte er: *So weit sind diese russischen Schweine schon! Jetzt fressen sie ihre eigene Scheiße.*“ Sascha starrte ins Leere. „Ich hätte ihm am liebsten den Hals umgedreht. Aber dann habe ich mich besonnen und war still. Gedacht habe ich mir *pass nur auf, dass es dir nicht bald genauso ergehen wird.*“

„Glaubst du, dass die Stalinleute Onkel Lawrentij auch gut behandeln? Wo ist er denn? Und schau doch, was sie mit deinem Freund Luc gemacht haben! Glaubst du, sie haben deine Mutter in Shitomir gut behandelt? Du warst bei den Polen interniert, nicht bei den *Tschekisten*[59] und nicht beim NKWD. Und – was soll man machen mit den vielen Gefangenen?", nahm Kolja einen neuen Anlauf.

„Man muss sie doch nicht verrecken lassen. Man kann sie doch behandeln wie Menschen!" Saschas Blick ging über die Lampe hinweg in die Dunkelheit. „Jetzt kommen sie so langsam drauf, dass da ein riesiges Menschenreservoir ist, das man auch für die eigenen Zwecke nutzen kann. Und man muss sie nicht unbedingt totschlagen."

Sascha rutschte seinen Hintern auf dem Stuhl zurecht und man konnte seiner Haltung ansehen, dass ihm ein neuer Gedanke gekommen war.

„Oben im Schloss haben sie jetzt alle Pferde aus dem Gestüt Wieniec untergebracht. Das wurde evakuiert. Aber sie haben nicht mehr genug Leute, die sich um die Pferde und um alles kümmern können. Deshalb sind sie jetzt auf einmal gut zu den gefangenen Russen und versuchen sie dort eher vertrauensvoll für Arbeiten zu gewinnen. Damit man sich sicherer sein kann, dass die Russen auch wirklich spuren, sollten sie einen Eid auf das Deutsche Reich ablegen. Mich haben sie geholt, um den Russen die Eidesformel zu übersetzen." Sascha nahm einen kräftigen Schluck aus der Flasche, stellte sie ab und ein verhaltener Rülpser entwich seiner Kehle.

„Ich habe den verantwortlichen Offizier gefragt, was ich ihnen sagen sollte, wenn sich einer weigert, den Schwur zu leisten, was dann passiert?" Er fingerte umständlich den Tabakbeutel aus der Hosentasche und legte ihn mit beiden Händen vor sich auf den Tisch. „Der wird erschossen, hat er mir unmissverständlich sofort gesagt." Sascha blickte zu Boden und knipste mit den Fingern an der Tischkante herum. „Die haben mich alle

---

[59] Tschekist: Geheimpolizist der sowjetrussischen Geheimpolizei nach 1917, Tscheka genannt, verantwortlich für Hunderttausende von Exekutionen.

so verängstigt angeblickt. Ich habe ihnen gesagt, dass es besser ist, wenn sie das Gelübde ablegen."

„Ja, und dann?", fragte Kolja.

„Na – sie haben den Eid alle geschworen. Und man hat sie besser behandelt. So kann das doch auch gehen."

Die Urlaubstage verrauschten für Kolja viel zu schnell. Eher lustlos schaute er seine Sammelalben durch. Zum HJ-Treffen der Leslauer Gruppe raffte er sich nur einmal auf. Vielleicht machte er das auch nur, um für einige Momente in den bewundernden Blicken der Jüngeren baden zu können. Lemke und er wurden förmlich ausgequetscht und jedes Detail ihrer Erlebnisse sollten sie berichten.

Die kurzen Begegnungen mit Lolek und Marek verliefen eher zurückhaltend und uninspiriert. Was hatten sie sich denn auch zu sagen? Murmeln spielten sie alle nicht mehr und ansonsten hatte sie ihr Alltag weit voneinander entfernt.

So ging Kolja jeden Tag mit Kira die paar wenigen Hausaufgaben durch, die der Erstklässler aufbekommen hatte, stromerte mit ihm durch die Fluren am See, wenn es nicht regnete, schaute jeden Tag bei der Baba vorbei und machte sich einmal auf, Tante Martha mit dem Fahrrad zu besuchen. Onkel Adam war zum Wehrdienst einberufen worden. Alex, Nata und Tatjana waren leider selbst alle an anderen Orten in Ausbildung, so dass er nicht mit ihnen zusammentreffen konnte.

Die restliche Zeit heftete er sich an die Fersen seines Vaters und begleitete ihn bei dessen vielfältigen Beschäftigungen. So schritt er mit ihm die Mohnfelder ab, die um diese Zeit herrlich violett blühten. Wegen des hohen Ölgehalts war der Anbau von Mohn angeordnet worden, die guten Böden der Region gaben es her. Gemeinsam mit einem Trupp polnischer Hilfsarbeiter fuhren sie zur Zuckerfabrik hoch. Zur Errichtung von Behelfswohnheimen für die vielen zu erwartenden Flüchtlinge wurde Baumaterial benötigt. Die Arbeiter sollten aus einem überwucherten Schutthaufen hinter den Fabrikgebäuden noch brauchbare Ziegelsteine herausklauben und zur Mühle transportieren.

Als Bezirksbauernführer hatte Sascha auch die Aufgabe, bei den polnischen Fabrikarbeitern die Ablieferungspflicht für

Kleinvieh zu überwachen. Denn eine kleine Landwirtschaft zur Ernährung der eigenen Familie betrieb fast jeder von ihnen. Was über ein vorgegebenes Maß hinausging, war abzuliefern. Am Freitagnachmittag nahm Sascha wieder mal einen solchen Kontrollgang vor. Ganz nebenbei hatte Kolja bemerkt, dass sein Vater um die Mittagszeit kurz zu Herrn Masur ins Kontor gelaufen war. Er trabte halt hinterher. Aus wenigen Satzfetzen, die er aufschnappen konnte, reimte er sich zusammen, dass Herr Masur einen Arbeiter in die Siedlung der Fabrikarbeiter schicken sollte – ohne Aufsehen zu erregen –, um dort den Kontrollgang vorsichtig anzukündigen. Als sie beide am späten Nachmittag mit dem Pferdewagen zur Arbeitersiedlung hochfuhren und Sascha sich die Ställe für die Schweine, Hühner, Enten und Karnickel hinter den Siedlungshäusern zeigen ließ, kamen jedenfalls keine überzähligen Tiere zum Vorschein.

Einen Abend lang saßen die beiden Brüder auf dem Fußboden ihrer Dachkammer und kramten die Zeitungsausschnitte, Sammelalben und Mappen unter dem Bett hervor. Inzwischen hatte auch Kira angefangen, Kärtchen und Gutscheine zu sammeln. Da verstand es sich von selbst, dass er an Tauschgeschäften mit seinem älteren Bruder interessiert war. Hier schien der Krieg weit weg zu sein.

Am darauffolgenden Sonntag ging es für die Urlauber zurück zur Flakstellung.

„Ist das hier die Sammelstelle für die Aktion Kinderlandverschickung der Konopickaschule?“, begrüßte Günther Riedel seine zwölf Klassenkameraden auf dem Bahnsteig. Kumpelhaft boxte er Kolja gegen die Schulter und bestieg gemeinsam mit allen anderen den Zug, der gerade in den Leslauer Bahnhof eingefahren war. Heimann, Petersohn und von Wickmann suchten sich Plätze im hinteren Bereich des Waggons, alle anderen fanden nahe beieinander liegende Sitzbänke, zeigten sich gegenseitig die voll bepackten Fressalienkoffer, die sie von zu Hause mitbekommen hatten. In Posen stiegen sie um in die Straßenbahn in Richtung Dembsen. Kolja und Manfred Lemke konnten sich gerade noch in den dritten Waggon quetschen, so voll war es in der Bahn.

„Schau mal raus, Manni. Keine Trümmer mehr. Aber dort, an den Häusern, da hat es richtig was weggehauen." Kolja gab Lemke einen Stoß in die Rippen. Der hielt sich an der Haltestange fest, weil die Straßenbahn gerade rumpelnd und wackelnd durch eine enge Kurve fuhr. „Man sieht fast nichts mehr von den Zerstörungen. Alles schon weggeräumt. Sogar die Fensterscheiben sind repariert."

„Ja, die Aufregung in den Straßen ist auch nicht mehr so wie am Tag unserer Abreise. Da haste hier ja geglaubt, du bist in einem Ameisenhaufen." Lemke versuchte, im vollgepferchten Straßenbahnwaggon einen Blick aus dem Fenster zu erhaschen. „Schau mal. Dort drüben auf dem Messegelände. Die Flugzeugfabrik. Dort ist immer noch alles kaputt."

Kolja streckte sich, um an der Hutkrempe des vor ihm stehenden Mannes vorbei freie Sicht zum Messegelände zu bekommen. „Wahrscheinlich haben sie die Produktionsmaschinen rüber nach Kreising gebracht. Da wird ja schon lange an einem neuen Werk gebaut."

Gleich beim Eintreffen in die Unterkunft bekamen sie mitgeteilt, dass sie sich abmarschbereit halten sollten. Der gesamte Zug würde nach dem ganzen Schlamassel erst mal beim Bau einer unfertigen Flakstellung im Stadtteil Luisenhain eingesetzt.

„Uuuh! Das ist nicht weit von der Flugzeugfabrik weg. Dort kann es ungemütlicher werden", nörgelte Rosenkranz.

Noch am selben Tag wechselten sie die Unterkunft. Borowski blieb ihnen in Luisenhain erhalten, Ludwig Klemm kam ebenfalls mit. Fahnenjunker-Feldwebel Ott blieb ihnen fortan erspart. Für den Schulunterricht am Vormittag war auch gesorgt. In sandigem Gelände Geschützstellungen fertigstellen – das hieß, die Ausbildung wurde somit um die Handhabung von Schubkarren, Schaufel und Spaten erweitert. Panzergräben ausheben, Schutzvorrichtungen um die Baracken herum setzen. Eine Schufterei. Unter Bewachung arbeiteten auch russische Kriegsgefangene mit. Sie waren ausgemergelt und deshalb konnte Kolja ihr Alter nur schwer einschätzen. Aber viel älter als die jungen unter den Soldaten hier konnten sie nicht gewesen sein. Kolja reichte einem von ihnen eine Schaufel: „Hier,

Schaufel, nimm, Lopata[60].“ Verwundert nahm der Russe die Schaufel entgegen. Als sich später eine Gelegenheit ergab, kam er vorsichtig auf Kolja zu, deutete auf sich und sagte auf Russisch: „Ich heiße Boris.“ Kolja nannte ihm seinen Namen und bei weiteren Gelegenheiten tauschten die beiden immer wieder einige Worte in russischer Sprache aus. Boris merkte bald, dass Koljas Russisch sehr kindlich und ungeübt war. Doch das war nicht wichtig.

Auch Borowski hatte bemerkt, dass sich Kolja mit den Russen unterhielt, was zur Folge hatte, dass Kolja von da an immer wieder für einfachere Übersetzertätigkeiten herangezogen wurde. Dann hieß es: „Arens – sag dem Iwan mal dies und sag ihm mal das.“

Der Arbeitsdienst am Nachmittag in der weitläufigen Flakstellung bot vielerlei Gelegenheiten, sich abzuseilen. Unteroffizier Borowski war zwar dafür verantwortlich, dass die Arbeiten erledigt wurden, seine Dienstfreude war mit der neuen Aufgabe aber nicht angewachsen. Diese Situation machte sich ein Trupp russischer Hiwis zunutze und türmte. Wie es den Anschein hatte, war Boris auch darunter. Es sickerte durch, dass sie sich wohl polnischen Partisanen anschließen konnten. Und das nur, weil Borowski nicht auf zack war. Keine zwei Tage später wurde er an die Ostfront versetzt. Koljas Übersetzertätigkeiten gerieten glücklicherweise nicht unter Verdacht, so dass er unbehelligt blieb.

Als die Flakstellung soweit fertiggestellt war, wurde Koljas Gruppe mitsamt dem Gefreiten Ludwig Klemm der Schweren Flakbatterie 210/I in Kreising zugeteilt, direkt am neuen Flugzeugwerk. Die großen Montagehallen und die Hangars waren in Sichtweite.

Kolja trug sich am Pfingstsonntag zusammen mit Lemke, Weierich, Gerstenberger, Schwenk und Harry Kemmerich in die Liste zum Ausgang in die Stadt am Pfingstmontag ein. Es war inzwischen Ende Mai und die Schufterei der vergangenen Wochen steckte ihnen noch gehörig in den Knochen. Mit dem Schulschießen auf lange Netzsäcke, die von Flugzeugen etwa

[60] Lopata: russ. für Schaufel.

500 Meter hinter sich hergezogen wurden, hatten sie ihre Flakhelferausbildung abgeschlossen. Natürlich durften sie diesmal mit scharfen Granaten auf das Ziel schießen. Es war für alle ein Heidenspaß. Der Erfolg sollte gefeiert werden. Schwenk konnte mit einer Gruppe Blitzmädels eine Verabredung klarmachen. Entsprechend groß waren bei einigen die Erwartungen an das Treffen.

Niemand hatte allerdings damit gerechnet, dass in den Morgenstunden des Pfingstmontags auf mehreren englischen Flugplätzen die Motoren von 993 viermotorigen Bombern und 673 eskortierenden Langstreckenjägern angeworfen wurden, die mehrere Focke-Wulf-Werke in Cottbus, Posen und Leipzig zum Ziel hatten[61]. Die gigantische Luftstreitmacht teilte sich zwar unterwegs in kleinere Angriffseinheiten auf, einige der aufgestiegenen Maschinen mussten wegen technischer Probleme zu ihren Heimatflugplätzen zurückkehren und auf dem Weg zu ihren Angriffszielen wurden mehrere Flugzeuge von deutschen Tages-Jagdgeschwadern beschädigt oder ganz vom Himmel geholt, doch erreichte immer noch eine große Anzahl von Angreifern das jeweilige Ziel. Der Voralarm kam bald und Koljas Clique stand die Enttäuschung darüber ins Gesicht geschrieben, dass es mit dem Ausgang in die Stadt wohl nichts werden würde.

So kam es dann auch. Raus aus den Ausgehmonturen, rein in die volle Alarmausrüstung. Antreten! Einteilung! „Alle Mann auf Position!“ Schritte, Befehlsgebrüll, Eile. Überall war das durchdringende Heulen der Sirenen zu hören. Es wollte nicht aufhören. Das tiefe Rumoren der anfliegenden Maschinen begann zunächst leise, gewann aber schnell mehr und mehr Oberhand gegen den Aufschrei der Sirenen. Auch aus großer Entfernung schwoll das Gewittern bedrohlich an. Je dichter die Streitmacht näherkam, umso mehr grub sich das Vibrieren unzähliger Motoren in Mark und Bein. Zunächst war es als dumpfe Vorahnung im Bauch zu spüren. Unaufhaltsam sickerte es in jede Faser des Körpers, bemächtigte sich jeder Nervenbahn. Als sich das Meer der silbernen Konturen immer näher heranschob, konnte Kolja erkennen, dass jeweils drei viermotorige Bombenflugzeuge in

---

[61] Siehe: Andrzej Chmielewski: *1944 Prittisch. Luftschlacht.*

Dreiecksformation von einigen Jägern begleitet wurden. Da sie aus nordwestlicher Richtung anflogen, waren sie gut auszumachen. Der Blick war nicht durch die Sonne geblendet. Kolja und seine Kameraden waren hochgespannt und verharrten auf ihren zugewiesenen Positionen. Kolja als K2-Richtschütze. Die dicke Lederwulst des Kopfhörers um seine Ohren ließ die Umgebungsgeräusche verstummen. Gespannt richtete er all seine Konzentration auf die Durchgabe der Kommandos. Jetzt bloß keine Fehler machen. Seine ganze Aufmerksamkeit galt der Durchgabe der Zielkoordinaten. Sogar das Gerenne und die Hektik der Ladekanoniere nahm er nicht wahr. Schwenk saß in der K1-Position, Weierich war K3. Zunächst bekamen sie allerdings keinen Feuerbefehl. Zu nah waren eigene Jäger am Himmel und lieferten sich mit den anfliegenden Begleitjägern eine Luftschlacht. Kolja stellte sich die Leute in den Maschinen dort oben vor. In jedem dieser Boeing-B-17-Langstreckenbomber lauerten fünf Bordschützen hinter ihren Bordkanonen auf Angreifer.

Mit dieser starken Bewaffnung waren sie für die Abfangjäger selbst gefährliche Gegner. Drei Viermotorige und einige Jäger kippten mit langen schwarzen Rauchschleppen aus dem Geschehen. Vereinzelt ploppten weiße Punkte zwischen dem Getümmel am Himmel auf – Fallschirme. Als die Feuerfreigabe kam, lief in Koljas Bewegungsapparat alles wie von selbst ab. Er funktionierte perfekt, verspürte weder Angst noch Anstrengung. Koordinaten empfangen, Kurbel drehen, Feuerbefehl, *Rrumms!!*, weiter – Koordinaten empfangen, Kurbel drehen, Feuerbefehl, *Rrrumms!!*, weiter. Immer wieder. Bis die Verbände nach Norden hin abdrehten.

Danach vergingen endlose Minuten. Warten. Lauschen. Dann ein Klaps vom Geschützführer auf die Schulter. Handzeichen – Kopfhörer abnehmen. Wie aus einem geöffneten Überdruckventil entwich die Anspannung aus Koljas Muskeln. Die Luft war raus. Wieder lärmten Sirenen, schrien Menschen, stiegen Rauchsäulen auf. Doch diesmal waren sie selbst Teil der Handlung und des Geschehens gewesen. Nicht nur teilnahmslose Beobachter. Schwenk zog eine Schachtel Zigaretten aus der Tasche und bot reihum an. Er fingerte erregt den Stahlhelm vom Kopf und warf ihn zu Boden. Schweiß tropfte von seiner Stirn.

Kolja nahm die Bewegungen seiner Finger erst jetzt wieder bewusst wahr, als er den Kopfhörer absetzte und an den dafür vorgesehenen Bügel hängte. Er schlang die Kabel des Gerätes zu einer Schlaufe, hängte sie ebenfalls an den Haken und – obwohl Kolja bisher noch nicht geraucht hatte – griff er zu. Schwenk sah die Dinge oft nicht so eng. Mit zitternden Händen reichte er auch den russischen Hiwis einen Glimmstängel zum Runterkommen. Die unrasierten, abgemagerten Gestalten griffen dankbar zu. Damit es keinen Ärger gab, schickte er die ausgelaugten Männer zum Qualmen hinter eine Schutzmauer. Später kam die Meldung durch, dass die Abschüsse von mehreren *Fliegenden Festungen* im Westen der Stadt den Jägerstaffeln gutgeschrieben wurden. Acht eigene *Focke-Wulfs* sollten im Kampf mit den *P-51-Mustangs* verloren gegangen sein. Erst jetzt nahm Kolja wahr, dass einige wenige Bombentreffer auch in die Stellung eingeschlagen waren. Zwischen den Geschützstandorten *Cäsar* und *Dora* hatte eine Bombe einen tiefen Krater gerissen. Rauchfetzen hingen dort über der aufgeworfenen Erde. Ein Schleier von Schwefelgestank, Schweiß und frischer Erde zersetzte die Atemluft. Auf dem Gelände der Batterie waren aber glücklicherweise weder Tote noch Verwundete zu beklagen. Der Rauch der Zigarette vernebelte Kolja die Sinne. Ihm wurde für kurze Momente schwindelig, dann stieg ein Gefühl der Zufriedenheit in ihm hoch.

Jeder Einzelne in der Flakhelfergruppe war sich nun ganz felsenfest sicher, dass sie Soldaten waren und keine Jugendlichen, die Räuber und Gendarm spielten.

In der Folge des schweren Angriffs vom Pfingstmontag wurde um Posen herum abermals vieles umorganisiert. Lastwagen standen Schlange zwischen den zur Seite geräumten Schutthalden. Voll beladen mit Maschinenteilen und sonstiger Fracht rumpelten sie dann stadtauswärts. Die Flugzeugproduktion wurde weiter außerhalb in kleineren Produktionseinheiten neu gegliedert. Flakstellungen wurden verlegt. Koljas Luftwaffenhelfergruppe wurde in eine Doppelbatterie mit 16 Geschützen nach

Schwanen, nordwestlich von Posen versetzt. Da es in den folgenden Monaten keine größeren Alarme gab, beschäftigte sich die Truppe vor allem mit langweiligen Reinigungs- und Pflegearbeiten, baute Erdwälle, half bei der Errichtung von Baracken und putzte Geschütze und Munition. „Der geht mir total auf den Senkel. Wäre er doch bei seinem Leisten geblieben", maulte der dicke Weierich, während er einen Kabelstrang mit Talkum einrieb. Alle lachten. Seit jemand herausgefunden hatte, dass der Batteriechef im Zivilberuf ein Schuhgeschäft in Stettin betrieb, wurde er von allen nur Schuster genannt. Alle Spötteleien bezogen sich deshalb auf Schnürsenkel, Schuhe und das Schuhmacherhandwerk.

Um der Eintönigkeit des Alltags zu entkommen, trieben sich Flakhelfer und Soldaten gerne in einer abgelegenen Ecke herum, in der ein *Donnerbalken* errichtet war. Der Sichtschutz vor der behelfsmäßigen Toilette schützte auch vor dem immerzu kontrollierenden Blick des Batteriechefs. Mehrmals täglich tauchte der Schuster dennoch dort auf und ließ sich schon von Weitem vernehmen. Seinen Standardspruch „Scheiß ich doch, so tu ich nuscht", rief er jedem hinterher, der in aller Eile die Hose hochgezogen hatte und sich flink aus der Pausenzone stahl.

Kolja verspürte eines Nachmittags ein Grummeln im Bauch und lief zu dem überdachten Bretterverschlag, in dessen Mitte ein Gestell aus runden Holzbohlen über einer Grube aufgerichtet war. Hinter der Bretterwand vernahm er Stimmen und immer wieder Gelächter.

„Was ist der Unterschied zwischen Mussolini und Hitler?", konnte er eine Stimme deutlich sprechen hören. Kolja hielt an und lauschte.

„Sag schon."

„Mussolini ist leberleidend und Hitler leider lebend." Zustimmendes Gefeixe.

In diese obskure Situation wollte sich Kolja eigentlich nicht hineinbegeben, doch das Drücken im Gedärm war stärker als die Lust zu lauschen. Deshalb huschte er durch den türlosen Eingang in die Hütte, suchte einen freien Sitz und sah in drei erschreckte Gesichter von Gefreiten, die wohl schon ältere

Semester waren, also mindestens fünfundzwanzig. In Windeseile zogen die Ertappten die Hosen hoch, schnippten ihre angerauchten Kippen in die Grube und verließen eiligst das Stille Örtchen.

Innerlich schäumte es in Kolja. *Wie können erfahrene Frontsoldaten so niederträchtige Witze über den Führer reißen? Der Führer setzt sich ein im Kampf um Sein oder Nichtsein, mobilisiert alles, was machbar ist, und solche Dummköpfe ziehen in zersetzender Weise über ihn her. Eigentlich müsste ich die drei melden.* Da ihm die Gefreiten jedoch nicht bekannt waren, ließ er es auf sich beruhen. Witze hinter vorgehaltener Hand, derbe Sprüche über das Aussehen von Reichspropagandaminister Goebbels oder Reichsmarschall Göring machten ja die Runde. Obwohl auf solche Witze sogar die Todesstrafe stehen konnte, tauchten immer mehr davon auf. Allerdings verstummten kritische Gespräche sofort, sobald Offiziere, Goldfasane[62] oder eben Luftwaffenhelfer in der Nähe waren. Diese Jugendlichen hatten keine andere Welt kennengelernt. Entbehrungen, Erniedrigungen, Drill und die Pflicht zum Gehorsam nahmen sie so selbstverständlich hin, als seien sie in Naturgesetzen verankert. Natürlich gab es auch solche, denen der Laden nicht passte, die sich fernhielten oder kritisch gestimmt waren. Der Verfall lag eigentlich sichtbar vor aller Augen. Die nationalsozialistische Scheinwelt zerbröselte regelrecht. Erst zwei Wochen vor dem verheerenden Bombenangriff auf Posen am Pfingstmontag hatte die Wehrmacht das Ringen um den Monte Cassino südlich von Rom verloren. Nach einem halben Jahr schwerer Kämpfe konnten die Westalliierten den *Wellenbrecher Cassino*, wie die deutsche Propaganda die quer durch Italien gezogene Verteidigungslinie nannte, einnehmen und durchstoßen. Immer mehr deutsche Städte sanken durch die systematischen Zerstörungen alliierter Bomberflotten in Schutt und Asche. Und man rechnete mit Invasionen in Frankreich und

---

62 Goldfasan: Wegen der braunen Uniformen, vieler dekorativer Elemente und der operettenhaften Erscheinungsform wurden Funktionäre der NSDAP im Volksmund spöttisch auch als *Goldfasane, Bonzen* und *Heimatkrieger* bezeichnet

starken Operationen der Roten Armee im Osten. Man tuschelte und raunte. Die Menschen sprachen darüber.

Doch die Generation der Hitlerjugendlichen und nun Luftwaffenhelfer glaubte an ihre Kriegshelden und an den heroischen Kampf. Ihnen war es eine *Heilige Pflicht*, ihr Leben für das Vaterland einzusetzen und viele hofften deshalb, dass der Krieg noch so lange dauern möge, dass sie noch echte Soldaten werden könnten. Der Alltag in der Flakbatterie war aber erst mal weit entfernt vom erträumten Heldenleben.

Mittagsruhe. Ein kurzer sommerlicher Regenschauer war gerade vorher niedergegangen. Wer nichts anderes zu tun hatte, zog sich auf die Stube zurück. Rosenkranz und Waldemar von Wickmann lagen auf den Betten und lasen. Petersohn kämpfte mit Nadel und Faden, um einen losen Knopf an der Uniformjacke festzunähen. Kolja war damit beschäftigt, einen Brief an seinen Onkel Adam zu schreiben, der bei einer Dolmetschereinheit in Posen auf den Einsatz an der russischen Front vorbereitet wurde.

Plötzlich vom Flur her ein aufdringliches Poltern. Unüberhörbar platzte Riedel Hals über Kopf in die Stube. Die Uniformjacke geöffnet, das Unterhemd quoll über den Bauchgürtel.

„Ruhe im Saal! Großmutter verliert die Zähne!“, plärrte er in die Stille, blickte wichtig um sich und wedelte mit einem Papier. „Was ist das wohl, Leute?“

Hinter ihm quetschte sich Harry Kemmerich durch den Türrahmen. Er ignorierte Riedels Freudentaumel, hob beide Arme in die Höhe und zog so die Aufmerksamkeit aller auf sich. Riedel merkte, dass die Blicke auf einen Punkt hinter seinem Rücken gewandert waren. Er fuhr herum. Erstaunt blickte er Kemmerich ins Gesicht, der bewegungslos im Raum stand und wie Jesus bei der Bergpredigt die Hände gen Himmel reckte. „Willst wohl Urlaub machen und daheim endlich mal wieder ausschlafen?“, grinste ihn Kemmerich an.

Alle Augen richteten sich wieder auf Riedel, der holte Luft und plusterte sich auf, Harry kam ihm abermals zuvor. Mit schneller Geste fuhren seine Arme seitwärts und unterstrichen so die

Dringlichkeit und den Vorrang seines Anliegens. „Ich komme gerade von Gertrud." Alle wussten ja inzwischen, dass er ständig bei den Blitzmädels herumhing und besonders um einen blonden Rauschgoldengel mit dem Namen Gertrud herumschwänzelte. „Warst wieder bei deiner Wasserstoffhexe?", frozzelte jemand aus dem Hintergrund.

Kemmerich ging nicht auf den Zwischenruf ein, blickte ernst und sagte mit fester Stimme: „Die Invasion hat begonnen."

Stille.

Kolja ließ den Stift sinken, von Wickmann und Rosenkranz schossen hoch und setzten sich auf die Bettkanten. Petersohn, mit einem Faden im Mund, steckte die Nadel im Uniformstoff fest. Lemke, Weierich, Schwenk, Gerstenberger und Heimann, die unbemerkt auf ihren Pritschen gedöst hatten, rappelten sich ebenfalls hoch. Einige sprangen auf und umringten Kemmerich.

„Wo denn?", preschte Heimann vor, „wo sind sie denn gelandet?"

„Kanal oder Mittelmeer?", rief Gerstenberger dazwischen.

„Im Raum Cherbourg", teilte Kemmerich sein Wissen.

Stille. Allen Gesichtern war anzusehen, dass sie damit beschäftigt waren, Cherbourg auf der inneren Landkarte zu verorten.

Als Erster hatte wohl Petersohn begriffen, wo genau die Eindringlinge angelandet waren. Er schien bestens informiert zu sein und meinte auch gleich: „Der Führer selbst hat genau dort mit der Invasion gerechnet. Deshalb ist die Küstenlinie in diesem Bereich besonders stark mit Bunkern und Geschützbatterien gesichert worden. Mein Vater war dort im Einsatz und hat mit Begeisterung von den starken Verteidigungsanlagen erzählt. Wahnsinnsbewaffnung! Lauter Riesenkaliber. Alle über 15 Zentimeter." Seine Augen zeigten die Leidenschaft, mit der er sich mit diesem Thema befasst hatte.

„Am *Atlantikwall*[63] werden sich die Tommies die Zähne ausbeißen. Und die Amis gleich dazu", kam es von Wickmanns Bettkante herunter.

63 Atlantikwall: Mit Bunkern befestigte Verteidigungslinie des Deutschen Reiches entlang der Küsten des Atlantiks, des Ärmelkanals und der Nordsee.

„Meinst du so, wie sie sich die Zähne an der *Gustav-Linie*[64] ausgebissen haben?", zischte Rosenkranz ketzerisch.

„Halt's Maul, du Zersetzerschwein!", blökte Petersohn, „ich meine, dass sie genauso ins Meer zurückgetrieben werden wie im August '42 in Dieppe!"[65]

„Langsam Leute. Da wird man wohl noch sehen, wer die besseren Karten hat. So viel Gerät, wie sie für eine Landung gegen unsere Linien brauchen, können die doch gar nicht ranschaffen", gab sich Gerstenberger ganz militärstrategisch. „Die werden jämmerlich absaufen."

Dieppe? Kolja wusste, dass ihm dieser Ortsname schon mal untergekommen war. Trotz der heftigen Diskussion, die um ihn herum brandete, schweiften seine Gedanken ab. Sie führten ihn zurück zu einer Führerschulung der HJ im Sommer vor fast zwei Jahren. Vor seinem geistigen Auge entfaltete sich eine Landkarte, die damals im Schulungsraum an einem Kartenständer aufgehängt war. Das Thema des weltanschaulichen Unterrichts lautete damals *Deutschland-England.* Nahe der französischen Stadt Dieppe hatte sich kurz vorher ein britischer Landungsversuch ereignet und bot einen willkommenen Anlass für die Vorstellung des Geschehens. Kolja saß damals neben Lemke in der vordersten Bankreihe. Ein Radioapparat war im Schulungsraum aufgebaut worden. Gespannt lauschten sie den Worten von Propagandaminister Goebbels zu der missglückten englischen Invasion. In der markanten Sprechweise Goebbels' tauchten die Worte *Wahnsinnsunternehmen von Dieppe, … zu dem Mister Churchill geschritten ist* von irgendwoher in Koljas Erinnerung auf.

Die Stimmen der Stubenkameraden nahm Kolja weit entfernt aus dem Hintergrund wahr. In seiner Vorstellung setzte sich die berauschende Redeweise des Reichs-Propagandaministers fort: *„Es gibt Menschen, die erst dann zur Vernunft kommen, wenn man ihnen die Backenzähne einschlägt. Zu ihnen gehört der gegenwärtige britische*

64 Gustav-Linie: Codename einer Verteidigungslinie der Wehrmacht südlich von Rom, auf der die Benediktinerabtei Monte Cassino lag.

65 Im August 1942 war eine Landungsunternehmung von 5000 kanadischen Infanteristen und mehr als 1000 britischen Kommandotruppen bei Dieppe am Ärmelkanal von deutschen Truppen zurückgeschlagen worden.

Premierminister. Die Einwohner der von uns zur Vergeltung bombardierten englischen Städte werden sich bei ihm bedanken müssen. Bath, Norwich, York und all die anderen heimgesuchten Orte sind die Zähne, die wir Mr. Churchill ausschlagen, bis er wieder lernt, auf anständige Weise Krieg zu führen." Sogar den anschließenden Beifall hatte Kolja noch in Erinnerung.

Ein Rütteln an seinem Hemdsärmel holte ihn aus der Versenkung. „He, Arens! Bist du abgetaucht? Was glotzt du Löcher in die Luft! Komm mit – wir sehen mal beim Schuster, ob wir Urlaub bekommen können." Kolja sah Lemke, Weierich und Rosenkranz in voller Montur aus dem Zimmer stürzen. Schwenk, Gerstenberger und von Wickmann standen vor den Spinden und kleideten sich in aller Eile ein. Riedel hatte sich auf die Bettkante gesetzt, stierte auf den Fußboden und hielt noch immer seinen Urlaubsschein in der Hand. Kemmerich stand neben Kolja und machte eine Kopfbewegung zu den anderen hin. „Kommste mit, Urlaubsschein abholen?"

„Nein – ich heb' mir meinen Urlaub auf; für die Erntearbeiten zu Hause. Da geh' ich erst in ein paar Tagen zum Schuster. Oder noch besser, gleich zu Oberfähnrich Dittrich. Der macht nicht so ein Getue wie der Schuster. Ich warte noch auf ein Schreiben von zu Hause. Mein Vater hat einen Antrag bei der Kreisbauernschaft gestellt", meinte Kolja. Harry hielt inne, setzte sich zu ihm und wollte wissen: „Was machst'n du, wenn wir hier fertig sind? Gehst du zum Arbeitsdienst?"

„Nein – wenn das mit der Versetzung in die nächste Klasse klappt, will ich mich als Reserveoffiziersanwärter bewerben."

„Reserveoffiziersanwärter? Wo denn?"

„Lemke, Heimann und Gerstenberger wollen zur *Luftwaffen-Pionier-Division Hermann Göring*. Da bewerbe ich mich auch hin."

„Keine schlechte Idee. Dort entkommst du wenigstens den Häschern, die alle anderen zur Waffen-SS bringen wollen. Wenn du nix anderes hast, dann holen sie dich", überlegte Kemmerich. „Ich will nicht zur Waffen-SS. Da muss ich mir auch noch was einfallen lassen."

„Da will ich auch nicht hin. Von der Waffen-SS hat man schon so ekelhafte Dinge läuten hören", gab Kolja zu. „Aber ich möchte gerne bei der Luftwaffe bleiben. Da hat man später auch noch mehr Entwicklungsmöglichkeiten. Man kann zum Beispiel in den Forstdienst oder auch als Bauingenieur weitermachen. Ein Bekannter von meinem Vater hat mir dazu geraten."

„Da musst du halt die Intelligenzprüfung und die Mutprüfung mindestens mit *gut* bestehen. Sonst nehmen sie dich nicht."

„Ja, klar. Nächste Woche geh' ich erst mal nach Breslau und lasse mich als *wehrfliegertauglich* mustern. Das braucht man als Voraussetzung."

In den folgenden Tagen war die alliierte Landung in Frankreich das Thema Nummer 1. Alle Meldungen aus dem Kampfgebiet klangen euphorisch. Die deutsche Propaganda überschlug sich vor Begeisterung und sehnte die Entscheidungsschlacht herbei. Die konnte für Deutschland nur siegreich ausgehen. Und dann wären ja nach dieser Logik große Truppenteile für den Osteinsatz freigeschaufelt.

Im hügeligen Gelände kamen die angelandeten Kampfverbände tatsächlich zunächst nur sehr schwer voran. Eilends zusammengezogene deutsche Panzerarmeen versuchten, das Invasionsgebiet auf der französischen Halbinsel Cotentin abzuriegeln. Verständlicherweise waren auch Teile der einheimischen Bevölkerung nicht gut auf die Invasoren zu sprechen. Hatten doch fast 2.000 Bombenflugzeuge in der Nacht nach der Landung die Stadt Saint-Lô größtenteils zerstört und von der Zivilbevölkerung einen hohen Blutzoll eingefordert. Deutsche Einheiten hatten sich dort verschanzt.

Doch bis Mitte Juli landeten die Alliierten so viele Truppen und Material an, dass sie Saint-Lô und die Halbinsel Cotentin in Besitz nehmen konnten. Ab Mitte August brach der deutsche Widerstand schließlich nach Einkesselung und Vernichtung der Panzerverbände unweit der Normannischen Schweiz zusammen. 250.000 deutsche Soldaten waren tot, gefangen, verwundet oder vermisst. Ganze fünfundzwanzig Panzer konnte die Wehrmacht für sich retten. 1.500 Panzer, einige tausend Geschütze und mehr als 20.000 Fahrzeuge waren verloren. Zeitgleich landeten starke alliierte Verbände an der französischen

Mittelmeerküste an, zogen nordwärts, ohne auf bedeutenden deutschen Widerstand zu stoßen.

Der Weg nach Paris und zur Befreiung Frankreichs war nun für die alliierten Truppen fast geebnet. Der zuständige deutsche *Oberbefehlshaber West*, Generalfeldmarschall von Kluge, riet Hitler schriftlich: *Mein Führer, entschließen Sie sich, den Krieg zu beenden.* Nach dem Verfassen des Briefes nahm er sich allerdings das Leben. Und Hitler entschloss sich nicht dazu, den Krieg zu beenden.

Wie katastrophal die Lage für Nazideutschland war, schienen Kolja und seine Flakkameraden nicht mitzubekommen. Petersohn meinte eines Tages beim Essenfassen im Kasino: „Gegen London und die Aufmarschgebiete in Südengland wurden die neuen *V1-Vergeltungswaffen*[66] losgeschickt. Unglaublich! Kolossale Wirkung. Die werden jetzt massenweise produziert. Im *Völkischen Beobachter*[67] haben sie geschrieben, dass die englische Bevölkerung jetzt auf die Barrikaden geht und Frieden um jeden Preis von ihrem Premierminister verlangt. Wahrscheinlich muss London evakuiert werden. Das ham' se jetzt davon, die Terrorluftkrieger."

„In Russland zittern sie auch schon vor unseren Roboterflugzeugen, hab' ich gehört", bekräftigte von Wickmann die Lageeinschätzung am Tisch. Einige Gefreite vom Nachbartisch tuschelten unter sich, sagten aber nichts zu den Beiträgen, die sie offenbar mitbekommen hatten.

Kolja hörte aufmerksam zu, hielt sich aber meist aus den Gesprächen raus, weil alle diese Themen weit weg waren von seiner Lebenswelt. Aber wie seine Kameraden war er sich sicher, dass es wieder aufwärts gehen würde.

„Nun sind wir mal wieder vorne! Stimmt's, Kolja, du wolhynische Stimmungskanone?", gab Weierich seinen Senf dazu. Dabei stieß er ihn so heftig mit dem Ellenbogen an, dass Kolja der

---

66 *V1-Vergeltungswaffe* war eine propagandistische Bezeichnung für ein unbemanntes, sprengstoffbeladenes Flugzeug, eine *Drohne*, den ersten Marschflugkörper der Welt. Ab Juni 1944 setzte ihn Deutschland gegen Städte in England sowie gegen Antwerpen und Lüttich ein.

67 *Völkischer Beobachter:* Parteizeitung der NSDAP.

Löffel entglitt und geräuschvoll in den Teller mit Erbsensuppe klapperte.

Liturgie der Trugbilder

Solche Schufte! Eine Bombe! In der Wolfsschanze[68]! Und dann noch von einem deutschen Offizier! Unfassbar. Seit dem Attentat auf den Führer vor fast einer Woche warteten wir fassungslos und begierig auf Erklärungen und Begründungen. Wie konnte Stauffenberg und diese gewissenlose Clique von Bonzen und Offizieren so eine hundsgemeine Tat begehen? Jede noch so unbedeutende Neuigkeit sogen wir versessen auf und diskutierten sie stundenlang auf der Stube. Aber bei aller Wut waren wir herzensfroh, dass dem Führer nichts zugestoßen war.

„*Meine deutschen Volksgenossen und Volksgenossinnen …*“, schallte es klar und deutlich aus dem Lautsprecher des Rundfunkgerätes im Kasino. Die gesamte Batterie saß und stand in dem viel zu kleinen Raum, um gespannt der Rede von Dr. Goebbels zu lauschen. Die Julihitze drückte auf das Dach der Kasinobaracke und die Luft im Raum war stickig und zum Schneiden. Durch die weit geöffneten Fensterflügel wehte ein schales Lüftchen.

„*Ich schulde dem deutschen Volke einen Rechenschaftsbericht über die Vorgänge des 20. Juli und die daraus zu ziehenden Folgen. …*“

Ruhig und getragen klangen die Worte. So große Gemeinheit gegen den Führer konnte keiner von uns verstehen. Vor allem verstanden wir nicht, wie ein Ritterkreuzträger zu einer solchen Tat fähig gewesen sein soll.

„*… dieser hinterlistige Anschlag konnte nur von einem abgrundtief bösen und verworfenen Menschen begangen worden sein. …*“

Immer wieder blickten wir uns an und bekräftigten innerlich die Worte aus dem Rundfunkgerät. Stühle konnten wir keine ergattern, so standen wir Flakhelfer hinten an den Billardtischen. Die waren an die Seiten geschoben worden. Manche der gesprochenen Worte gingen leider unter. Bei so vielen Leuten im Raum war einfach ein störender Grundgeräuschpegel vorhanden.

---

68 *Wolfsschanze:* Tarnname für ein militärisches Lagezentrum des Führungsstabes der deutschen Wehrmacht in Ostpreußen.

„Das deutsche Volk hat allen Grund, daraus die verstärkte Gewissheit des kommenden Sieges unserer gerechten, in Gottes Schutz stehenden Sache zu schöpfen …“, gab uns Dr. Goebbels die Zuversicht zurück, dass unser Kampf und unser Einsatz im Zeichen des Erfolges stehen würden.

„… Ich habe die Überzeugung, dass es überhaupt kein Unglück und keine Gefahr gibt, die nicht am Ende zu unseren Gunsten ausschlagen würden …“

In unserem Kummer baute er uns auf. „… *Waffen, Hände und Herzen müssen zum Einsatz gebracht werden, um den Erfolg zu sichern* … “und stärkte unsere Siegeszuversicht mit den abschließenden Worten „ … *dann werden unsere Tugenden im Bunde mit unseren Waffen den Sieg erringen!*“

Die Rede tat mir gut. Ich hatte ein besseres Gefühl. Das war wirklich sehr erhaben, wenn der Propagandaminister eine Rede hielt. Der innere Mensch in mir hat sich nach der Rede im Kasino richtig zufrieden und gestärkt gefühlt.

Zurück, auf der Stube, wurde alles bequatscht. „Goebbels hat von den neuen Waffen gesprochen.“ Helmut Rosenkranz lümmelte auf seiner Pritsche, hielt den Kopf schräg und stützte ihn mit der rechten Hand ab. „Ob die was taugen, die neuen Vergeltungswaffen?“ Gleich beim Betreten der Stube hatte Harry sich die Uniformjacke vom Körper gerissen. Hemd und Unterhemd flogen in Richtung seines Bettes, landeten aber auf dem Boden davor. „V1-Flugroboter heißen die. Absoluter Hammer! Die Dinger fliegen zum Ziel, stürzen dann punktgenau darüber ab und zerstören alles, was da im Umkreis von einem halben Kilometer rumsteht.“

„Da ist fast ’ne Tonne Sprengstoff drin, hab’ ich gelesen“, meinte Rosenkranz lässig. „Haut alles kaputt. Müssen halt jetzt bald mal auf die Piste gebracht werden.“

„Wird doch schon!“, maulte Riedel von seinem Spind rüber.

Der musste es ja wissen. Gertrud steckte ihm da einiges. „Trudi meint, wir beschießen pausenlos Südengland und London mit den fliegenden Bomben. Hat sie vom Stab gesteckt bekommen.“ Er hatte ein Leuchten in den Augen und redete und redete.

Ich hatte es ja auch gelesen, dass die neue Geheimwaffe unsere Gegner und sogar die ganze Welt in Erstaunen versetzte. *Flugroboter – was sie immer für neue Ausdrücke erfinden,* dachte ich. Aber es wurde ja auch ständig was Neues entwickelt. Und da war die V1 bestimmt erst mal die Vorstufe für weitere Abrechnungen mit England. „Ich hab's euch doch schon gesagt. Damit kriegen sie die Quittung für den Terror gegen die Frauen und die Kinder, die durch ihre Bomben in unseren Städten ums Leben kommen. Und jetzt fangen sie an, um Frieden zu winseln", kam von Petersohn.

„Na, hoffentlich hat die Vorsehung nicht nur auf den Führer ein Auge. Den hat sie ja bewahrt. Bis zum Endsieg wird es noch ein winzig kleines Stückchen Arbeit sein. Und die Vorsehung sollte auch bald mal ihren Blick nach Osten richten", unkte Rosenkranz schon wieder von der Pritsche her.

Von Wickmann belegte das Bett unter ihm. Mit der Faust hämmerte er von unten her gegen das Stockbett von Rosenkranz. „Haste nicht gehört, was Dr. Goebbels gerade gesagt hat? Es gibt kein Unglück und keine Gefahren, die nicht am Ende zu unseren Gunsten ausschlagen würden. Also, sei froh und dankbar, dass der Führer lebt und dass die widerlichen Feiglinge und Aufrührer gefasst und eliminiert sind. Was wäre ohne den Führer wohl jetzt los?" Waldemar war wirklich aufgebracht und erbost. Immer das Gemeckere von Helmut. Aber ein Balte hackt einem anderen natürlich kein Auge aus. Die waren einfach so wortgewandt und informiert. Was wollte man denen schon entgegenhalten?

„Ich hab' ja nur gemeint, dass jetzt so langsam mal zu den V1 auch noch ein paar andere Wunderwaffen zum Vorschein kommen sollten. Man sieht ja, dass wirklich was kommt. Nicht nur hohles Gelaber. Und die Engländer staunen bestimmt nicht schlecht, was da von unserer Seite rüberkommt. Jetzt müssen Heimat und Front eben noch enger zusammenstehen. Aber auf der anderen Seite fallen halt schon verdammt viele jeden Tag. Jeden Tag! Verstehst du! Was man so von zu Hause mitbekommt, wird die Situation im Osten ja nicht unbedingt besser", schwächte Rosenkranz seine flapsigen vorherigen Bemerkungen ab. Aber es arbeitete in ihm. Er und Riedel machten sich wohl die meisten Gedanken über die großen Zusammenhänge. Nur Petersohn war immer ganz genau auf der Parteilinie. Sein Vater war ja auch Gutsbesitzer. Und bestimmt ein strammer Parteigänger.

Heimann war auch ganz aufgebracht. „Dass wir uns wehren und einen Totalen Krieg führen, damit rechnen sie wohl nicht. Weder die Engländer noch die Russen und schon gar nicht die Amerikaner. Von oben runter Bomben auf die Städte werfen, das können wir auch. Die V1 wird es ihnen schon zeigen. Und bald kommt bestimmt eine V2, eine V3 und vielleicht noch eine V4? Der Krieg dauert jetzt schon fast fünf Jahre. Am Anfang waren es drei Kriegsmächte. Jetzt ist bald die ganze zivilisierte Welt im Krieg." Er warf die Arme in die Höhe. „Und wir stehen sicher und fest, obwohl wir rund herum von Gefahren umgeben sind. Aber wir, wir werden unsere Heimat beschützen."

Ich musste an mein Gespräch mit Papa denken und erzählte, dass aus der Ukraine ja auch mehr als 30.000 Kosaken zu uns kämen oder schon da wären. Die würden uns bestimmt im Kampf gegen die Bolschewiken nützlich sein. „Die vielen Landsleute aus dem Osten, die Stalin damals nicht rausgelassen hat. Da kommen jetzt viele nach Deutschland zurück." Ich blickte in die Runde. „Wenn die erst mal alle bewaffnet werden, dann ist aber ziemlich schnell Schluss mit dem roten Vormarsch."

Alle nickten zustimmend. Sogar Rosenkranz hielt die Klappe. Am Dienstag der zweiten Augustwoche konnte ich endlich mit dem Urlaubsschein in der Tasche nach Hause fahren. Der Tag war verdammt heiß. Im Zugabteil saßen eine Bankreihe weiter zwei Obergefreite, deren Urlaub anscheinend beendet war. Sie unterhielten sich darüber und ich merkte, dass sie in Leslau stationiert waren. Deshalb fasste ich mir ein Herz, machte Meldung und sprach sie an. „Kennen Sie eine Möglichkeit für mich, als Luftwaffenhelfer eine Versetzung nach Leslau zu bekommen?" Unter uns Luftwaffenhelfern duzten wir uns natürlich, doch Soldaten siezten wir normalerweise, wenn wir sie nicht näher kannten.

Der linke von den beiden kratzte sich am Kinn. „Wo bist'n ei'gsetzt?"

Oje – das waren Süddeutsche. Kaum zu verstehen.

Als ich ihnen sagte, dass ich bei einer Flakbatterie in Posen sei, meinte der andere: „Und wieso willst du dann weiter nach Osten versetzt werden? Sei doch froh, wenn du weiter weg bist vom Iwan."

„Meine Familie lebt aber gleich in der Nähe von Leslau. Deshalb eben."

„Jetzt scho no. Ma wird seh'n, wie lang no. Na – überleg's dir noch amol."

Die Antwort machte mich ratlos. Dass für unser Gebiet von den Russen eine akute Gefahr ausgehen könnte, daran hatte ich noch nicht gedacht.

Ich setzte mich wieder und schaute nach draußen. Auf den Feldern sah ich Erntearbeiter, oft Kriegsgefangene. Auf den Straßen Fuhrwerke, die die Ernte einbrachten, Militärfahrzeuge und Gruppen von Erntehelferinnen mit weißen Kopftüchern, die sich am Feldrand oder im Schatten von Bäumen zu einer Pause niedergelassen hatten. Zu Hause wusste niemand, wann ich genau ankommen würde. Das war bei den vielen Fahrplanverschiebungen und Warteaufenthalten wegen der Militärzüge, die Vorrang hatten, auch nicht möglich. In Leslau auf dem Bahnhof standen Leute in guter Zivilkleidung, die sich in polnischer Sprache unterhielten. Ich rückte etwas näher an die Gruppe ran und dachte, dass sie Techniker oder Ingenieure sein müssten. Interessant. Bisher war es für mich völlig außer Denkweite, mir Polen in verantwortlicher Position vorzustellen.

Als ich endlich mit der Schmalspurbahn in Brest ankam, war es schon später Nachmittag. Die Hitze lag wie dicker Filz auf dem Vorplatz des Bahnhofs. Ich hatte Durst und machte mich, so schnell es ging, auf zur Mühle. Im Mühlenhof war die Hölle los. Fuhrwerke, Lastwagen, Menschen. Alles durcheinander. Von Papa, Kira oder Mama Lisa keine Spur. Deshalb stellte ich meinen Koffer in den Hausflur und lief über den Hof zum See hinunter. Mama Lisa stand bis über die Knie im Wasser, schürzte ihren Rock hoch und verharrte fast regungslos im

Uferschilf. Ihr kugeliger Bauch war mächtig angewachsen, seit ich sie das letzte Mal getroffen hatte. „Es ist unerträglich, Kolja", meinte sie, als sie mich erblickte. „Da geh' ich immer ins Wasser. Diese Hitze. Und bald ist es ja soweit."

So war es dann auch. Am Sonntag darauf kam unser Schwesterchen zur Welt. Die Baba meinte zu Kira und mir: „Jetzt habt ihr eine Halbschwester." Aber ich war der Meinung, dass *Halbschwester* klingt wie *Halbblut, Halbarier* oder *Halbjude*. Deshalb bestand ich darauf, dass das kleine schreiende Ding unsere Schwester war. Etwas Ganzes, nichts Halbes.

Sie wurde auf den Namen Anna getauft. Zur Taufe gab es leckeren Hecht.

Aber diese Woche war nicht nur deshalb aufregend für mich, weil unser Schwesterchen zur Welt kam, sondern auch viele andere Ereignisse ließen mir keine Ruhe.

Da lag zum Beispiel ein Brief für mich bereit. Papa hatte ihn schon geöffnet. Es war meine Einberufung zur Wehrmacht. Das konnte aber nur ein Irrtum sein. Ich las den Brief, legte ihn aber wieder weg und sagte zu Papa, dass ich das mit meinem Vorgesetzten klären würde.

In einem anderen Brief schrieb mein Onkel Fedja aus Berlin. Papa gab ihn mir zu lesen. Ich war ganz baff. Ganz früher, erzählte Papa, habe sein jüngerer Bruder mal in der Korister Mühle mitgearbeitet. Dann sei er aber bei Nacht und Nebel mir nichts, dir nichts über die Grenze nach Frankreich zu seinen anderen Brüdern abgehauen. Und jetzt saß er dort in Berlin als französischer Fremdarbeiter in einem Lager. Papa hatte ihn so lange nicht gesehen und wollte es irgendwie deichseln, ihn in Berlin zu besuchen. Und der französische Onkel schrieb, dass er Papas Großen auch gerne mal kennenlernen würde. Das waren echte Neuigkeiten.

Bei der Baba im Bugai und in anderen Unterkünften war alles mit Leuten vollgestopft. Ich kannte keinen von denen. Wie auch. Es waren Verwandte, die aus Odessa und aus Ostwolhynien geflüchtet waren und sich zu uns abgesetzt hatten. Onkel Kyrill, Tantchen Helene und deren Schwester Katja. Also – nicht mein Onkel, sondern der Onkel von Papa und der Baba. Und das

Tantchen war die Schwägerin von unserer Großmutter Julie, die ja in Moskau lebte. Natürlich hatte ich schon von denen gehört. Aber gesehen und kennengelernt hatte ich sie nie. Ging ja nicht. Sie waren früher im bolschewistischen Teil der Ukraine, also in Ostwolhynien. Und das war hinter der Grenze. Da konnten wir nicht hin.

Die folgenden Nachmittage und Abende waren so richtig nach meinem Geschmack. Alle hockten zusammen auf der Veranda und es wurde viel erzählt. Papa unterhielt sich mit seinem Onkel mal auf Deutsch, mal auf Russisch. Es machte ihm einfach Freude, diese Sprache zu sprechen. Der Baba auch. Ich war fasziniert von diesem Großonkel, den ich bisher nur vom Hörensagen kannte. Dass er mit dem Hubschrauber-Erfinder Sikorski zusammen studiert hatte, dass er eine Kolchose zum Anbau von Fingerhut unter den Sowjets geleitet hatte, dass er Jurist war und dann die Erzählungen von den letzten Jahren, die er getrennt von seiner Frau Adele in Kiew zugebracht hatte. Alles so spannend und interessant. Ich lauschte und horchte. Unter der deutschen Militärverwaltung in Kiew wurde Onkel Kyrill zum Richter für Zivilangelegenheiten ernannt. Und beim Rückzug im vergangenen Jahr hatte ihn die Wehrmacht mit nach Deutschland evakuiert. Seine Frau und seine Tochter waren wohl während der deutschen Blockade in Leningrad verschollen. Onkel Kyrill befürchtete, dass sie verhungert sein könnten wie so viele andere. Er selbst wollte weiter nach Erfurt, wo seine Schwester jetzt lebte. Also eine Tante von Papa und der Baba. Sie war ebenfalls von der Wehrmacht in Shitomir aufgelesen worden, mit nach Deutschland gekommen, dann aber gleich ins Altreich weitergereist. Die kannte ich noch nicht. Onkel Kyrill fragte Papa: „Sascha, was wirst du machen, wenn die Towarischtschi[69] kommen?"

Papa kniff wieder mal die Lippen zusammen, zog eine sorgenvolle Schnute, blickte sich um und tuschelte: „Ich weiß es noch nicht. Es gibt noch keine Evakuierungspläne für unser Gebiet hier. Die Towarischtschi stehen aber schon kurz vor Warschau, auf der anderen Seite der Weichsel."

---

[69] Towarischtsch: Anrede in der UdSSR: Genosse, Kamerad.

„Ich weiß, Saschinka. Mit dem Attentat auf Hitler und jetzt, nach der Invasion der Engländer, wittern die Polen wohl Morgenluft. In Warschau muss die Hölle los sein, was man so mitbekommt. Radio Moskau hat zum Aufstand aufgerufen und jetzt versuchen sie, mit allem, was sie haben, die Besatzer loszuwerden." Onkel Kyrill sprach ganz offen über die Lage im aufständischen Warschau. „Die Stadt soll menschenleer sein. Aus der Luft hat man sie wohl völlig verwüstet und in den restlichen Ruinen sollen überall Scharfschützen und polnische Partisanen im Hinterhalt liegen. Was so durchsickert, bekommt die Wehrmacht dort keinen Nachschub mehr über die Weichselbrücken rüber zu ihren Verbänden. Da wird die Rote Armee bald den Sprung über den Fluss machen. Was hört man hier bei euch in Brest über den Schlamassel?"

Ich klebte an Onkel Kyrills Mund. Solche Gedanken hatte ich mir noch nie gemacht. Und in unserer Stube haben wir ganz anders über den Aufstand der Polen dort diskutiert. Petersohn hat gemeint, dass die Panzerdivision Hermann Göring zusammen mit der SS-Sturmbrigade Dirlewanger schon aufräumen wird. Und die würden keine Fisimatenten machen. Woher der Onkel wohl seine Informationen hatte?

Papa brachte noch einen ganz anderen Gedanken. Er zündete sich eine Zigarette an, neigte sich über die Armlehne des Terrassensessels zu Onkel Kyrill und meinte verschwörerisch: „Die Bolschewiken wären doch blöde, wenn sie sich einmischen würden. Besseres kann ihnen doch gar nicht passieren. Der Pole hält ihnen den Rücken frei und bindet viele deutsche Kräfte. Da kann der Russe doch in Ruhe abwarten und seine eigenen Kräfte sammeln, bevor er über die Weichsel übersetzen wird."

Moment mal. Ich fiel aus allen Wolken. Das war doch glatte Zersetzung. Hoffentlich hatte das niemand gehört. Ich blickte mich um. Keine fremden Zuhörer in der Nähe, und die Frauen hatten es sich auf der Bank an der Hauswand bequem gemacht. Sie tranken Limonade und plauderten dort unter sich.

Papa sog den Rauch der Zigarette tief ein und während er fortfuhr, entwichen zwischen seinen Zähnen mit jedem gesprochenen Wort kleine Rauchfetzen. „Ich weiß, dass es von Warschau bis hierher nicht sehr weit ist." Mit der Zigarette zwischen den Fingern deutete seine Hand auf einen fernen Punkt im Osten und beschrieb einen Bogen bis zur Mitte der Tischplatte. „Natürlich sind wir hier nervös. Soweit es möglich ist, treffen wir Vorbereitungen. Ein paar Sachen will ich nach Halle an der Saale bringen lassen. Aber im Moment ist es strengstens verboten, Vorkehrungen zu treffen." Onkel Kyrill nickte nur und schaute auf mich. Ich hatte den Eindruck, dass die beiden in meiner Gegenwart nicht weiter über dieses Thema sprechen wollten. Onkel Kyrill richtete sich jedenfalls in seinem Sessel auf, umgriff mit beiden Händen entschlossen die Armlehnen und krächzte: „Sascha, wie wird die Mohnernte ausfallen?"

„Oh, wir haben gute Unterstützung. Ein ganzes Geschwader BDM-Helferinnen haben sie uns geschickt", stieg Papa gleich auf die neue Materie ein.

Am nächsten Tag wollte Onkel Kyrill von mir wissen, was ich nach meiner Flakausbildung in Posen machen wolle. „Ich versuche, näher nach Brest zu kommen", antwortete ich. „Jetzt mit dem Schwesterchen und auch wegen der Arbeit im Betrieb und auf den Feldern wäre das sicher einfacher."

„Weißt du, Jungchen, vielleicht solltest du dich besser bemühen, etwas weiter im Westen eingesetzt zu werden. Da wird auch jede Hand benötigt. Und vielleicht ist es ja auch klüger? Gerade so junge und tapfere Leute wie euch brauchen sie jetzt im Altreich."

Ich ließ die Antwort mal so stehen und fragte Onkel Kyrill nach seiner Familie und nach seiner Zeit als Richter in Kiew aus. In warmen Farben schilderte er mir das Leben in der Sowjetunion, berichtete über die Kontakte zu seiner Schwester in Shitomir und zur Nichte in Moskau. Damit verbrachten wir dann fast den ganzen Nachmittag. Erinnerungen stiegen in mir hoch. Ich merkte, dass mir diese Welt, von der er erzählte, gar nicht so fremd war. Aber sie war in einer fernen Vergangenheit zurückgeblieben.

Auf die Verschwörer, die den Führer umbringen wollten, hatte ich nach wie vor einen richtigen Brass. Wenn ich daran dachte, kochte ich vor Wut. Solche Schurken hatten in meinen

Sammelalben nichts zu suchen. Die versauten sie nur. Zusammen mit Kira riss ich die Bilder von den Verrätern Stauffenberg und anderen Schweinen aus dem Album der Offiziere und Ritterkreuzträger heraus. Wir verbrannten die Bilder unten am See. Dann pinkelten wir noch auf die Asche und stießen die Reste ins Wasser.

Am Freitag kam Tante Martha. Mama Lisa zauberte wieder mal leckere Korschiki aus dem Backofen. Der Duft hing im ganzen Haus. Onkel Kyrill wollte die Tante vor seiner Abreise nach Erfurt am Sonntag unbedingt noch sprechen. Das war wohl auch der Grund für ihren Besuch. Gleich nach dem Tee zogen sich die beiden in ein anderes Zimmer zurück. Sie blieben lange dort. Als sie später herauskamen, hatte Tante Martha ganz verheulte und gerötete Augen. Etwas abseits fragte ich Mama Lisa, ob sie den Grund dafür kennen würde. „Onkel Kyrill hat über Umwege und Mittelsleute Nachricht von Onkel Lawrentij erhalten. Kolja – du glaubst es nicht: Er lebt!“ Ich war wie elektrisiert und machte große Augen. „Ein Mann ist wohl in Kiew ganz vorsichtig auf Onkel Kyrill zugekommen“, fuhr Mama Lisa fort, „ob er ein Arens wäre – und ob er mit den Arens aus Korist verwandt sei, hat man ihn gefragt. Ein ehemaliger Mitgefangener und Leidensgenosse von Onkel Lawrentij – ihm war wohl die Flucht geglückt – saß lange Jahre mit ihm im Gulag[70] in Workuta.“

„Gulag habe ich schon gehört. Aber wo ist Workuta?“, wollte ich wissen.

Mama Lisa klärte mich auf. „Workuta ist ganz oben im Norden. Aber noch vor dem Ural. Ganz schlimme Dinge hat man von da gehört. Dort schinden sie die Menschen ganz abscheulich. Aber Onkel Kyrill sagt, dass Lawrentij lebt. So hat er es erfahren. Mehr aber leider nicht.“

Als sie sich später verabschiedete, drückte ich Tante Martha ganz fest die Hand. Mit ihren traurigen Augen sah sie mich lange an und sagte dann: „Kolinka. Das ist eine schreckliche Benachrichtigung. Für mich ist das, als ob ich träumte. Ich kann es noch

---

[70] Gulag wird das Zwangsarbeitssystem aus Straf- und Arbeitslagern in der Sowjetunion genannt.

gar nicht glauben. Alex und Nata werden auch ganz niedergeschlagen sein, wenn ich es ihnen erzählen werde. Aber er lebt! Der Papa von den beiden lebt. Das ist auch eine gute Nachricht."

Der französische Bruder

Der Sommer blieb heiß. Die Versetzung in die sechste Klasse hatte reibungslos geklappt. Mit Unterstützung von Oberfähnrich Dittrich klärte sich die irrtümliche Einberufung Koljas zur Wehrmacht auf und wurde abgewendet. Die Flakhelfergruppe wurde auseinandergerissen, weil die Älteren des Jahrgangs ihre Einberufung zum Arbeitsdienst erhielten. Schwenk und einige Klassenkameraden aus der Nachbarstube versetzte man an andere Standorte. Ihre freien Stunden verbrachten die Stubengenossen häufig beim Baden an einem großen See in der Nähe der Flakstellung. Dabei konnte auch so manches ausgefallene Rendezvous mit den Blitzmädchen nachgeholt werden. Luftalarme gab es hin und wieder, doch die Lage blieb ruhig. Die Flakhelfer bauten weiter an Baracken und weiteren Unterkünften. Der eine oder andere seilte sich ab und genoss den schönen Sommer anderweitig, doch Kolja ließ sich gerne einspannen. Seine Devise lautete, *weil man es im Leben manchmal brauchen kann.* Schippen, sägen, Baracken bauen, Nägel geradebiegen …

Irgendwie hatte es sich herumgesprochen, dass sich Kolja mit den russischen Hiwis verständigen konnte. Auch andere, die der tschechischen Sprache oder des Polnischen mächtig waren, radebrechten mit den Russen. Doch wenn sie nicht mehr weiterkamen, hieß es „Arens – her! Und dolmetschen!". Die Tatsache, dass weitere acht russische Kriegsgefangene entflohen waren, machte die Vorgesetzten nervös. Auf Kolja fiel in diesem Zusammenhang glücklicherweise nie ein Verdacht.

Der Seelenhaushalt der Menschen in der Region wies in diesem Spätsommer durchaus groteske Bruchlinien auf. Einerseits stand die Sowjetarmee bedrohlich nahe an der Weichsel und rührte sich nicht vom Fleck. Das fühlte sich gefährlich und schicksalhaft an, war aber irgendwie unwirklich. Zwei Jahre lang lebte man nun schon mit den Nachrichten der ständig näher rückenden Front. Die Wahrnehmung der Bedrohung hatte sich abgenutzt. Sie gehörte zum Alltag. Andererseits war der Warthegau nur dünn mit militärischen Einheiten besetzt und hätte gar nicht verteidigt werden können. Das Hin und Her von militärischen Einheiten, die Verschlechterung der Versorgung mit allen Dingen des täglichen Bedarfs, die ständigen Durchhalteparolen, durchmischt mit Erfolgsmeldungen und Schreckensnachrichten – man fühlte sich wie in einem absurden Traum gefangen. Ohne die erlösende Aussicht auf ein Erwachen. Wie auf einem Karussell, das sich schneller und schneller dreht – und das Kreiseln nicht enden will.

Hinter den Kulissen begann die NSV verdeckt und stillschweigend Vorkehrungen zu treffen, um vordringlich Frauen und Kinder im Notfall in Sicherheit bringen zu können. Der Gau wurde zu diesem Zweck in drei Zonen eingeteilt, die je nach Gefahrenlage evakuiert werden sollten. Volksküchen und Krankenstuben sollten sehr diskret eingerichtet werden. Doch eine ganze Menge anderer Ereignisse durchkreuzte diese Anstrengungen. Denn zeitgleich mussten auch Bombenevakuierte aus dem Großraum Berlin beherbergt werden. Glücklicherweise existierte eine große Zahl von Schulungsstätten der Partei, die mit den nötigen Unterkunfts- und Wirtschaftsräumen, mit Küchen und sogar mit Personal ausgestattet waren. Bedingt durch den Rückzug der Wehrmacht aus der Sowjetunion kamen aber aus dem Schwarzmeergebiet und aus anderen Regionen weitere 250.000 *Russlandumsiedler* in den Warthegau, denen Obdach gewährt werden musste. Und damit nicht genug. In Erwartung des weiteren Vordringens der Roten Armee wurde mit dem Bau von Feldstellungen begonnen. Hier sollten vor allem auch Truppen aufgenommen und durch frische Einheiten verstärkt werden, die aus den Ostgebieten zurückfluteten. Überall wurde gebaut, gebuddelt und geschanzt. Vor allem in den östlichen Gebieten des Warthegaus. Auch in Brest hob man Panzergräben aus und verpflichtete ältere Männer und Teile der polnischen Zivilbevölkerung für diese Arbeiten.

Sascha spürte sehr deutlich, dass eine weitere Flucht bevorstand, und ließ unauffällig einige persönliche Dinge nach Westen verfrachten. Sehr zupass kam ihm dabei die Gelegenheit, als er im Oktober seinen Bruder Fedja in Berlin-Zehlendorf besuchen konnte. Da Sascha davon ausging, dass ihm das NSDAP-Parteiabzeichen bei der Reise in die zerbombte Hauptstadt und beim Zutritt in das Fremdarbeiterquartier nützlich sein könnte, steckte er es für die Dauer der Reise ans Revers. Prompt fragte ihn der Lageraufseher in Zehlendorf, wie es denn sein könne, dass er Parteimitglied sei und sein Bruder ein französischer Arbeiter. Vorsichtig, knapp und zurückhaltend gab Sascha zurück: „Wissen Sie – auch der Erste Weltkrieg hat schon viele Menschen durcheinandergewirbelt. Jetzt werden Familien auseinandergerissen, vor dreißig Jahren sind Familien in alle Welt verstreut worden und davor auch schon." Mit diesen Worten ließ er den verdutzt dreinblickenden Aufseher stehen und suchte den Weg zu Fedjas Baracke. Leider blieb Sascha nur eine gute Stunde für das Wiedersehen mit seinem Bruder. Nach mehr als zehn Jahren hatten sie sich viel zu erzählen. Sie unterhielten sich in Russisch, denn Fedjas Deutsch hatte während der Zeit in Frankreich einige Lücken bekommen. Die Sprache seiner Schulzeit nicht so sehr.

Die Soldaten in Koljas Flakbatterie erfuhren indes die Freuden des Sommers, während um sie herum das Deutsche Reich zwischen zwei Fronten schmolz und kleiner wurde wie Eis in der Sonne. In der Freizeit traf man sich im Kasino, musizierte, sang gemeinsam Lieder, trank Dünnbier und genoss die freien Stunden. Kolja wurde tiefer vertraut mit den deutschen Dialekten. Die Gstanzeln, die ein oberpfälzer Soldat gerne vortrug, konnte er zwar ebensowenig verstehen wie die Kameraden aus der Eifel oder jene aus Tirol. Aber die Mischung der Sprechmelodien wurde ihm geläufiger. Tante Martha hätte es eine *Mischkulanz* genannt.

Gemeinsam mit den Stubenkameraden und gelegentlich auch mit Ludwig Klemm, der inzwischen seine Beförderung zum Obergefreiten erhalten hatte, lernte Kolja Posen besser kennen. Busse und Straßenbahnen fuhren wie eh und je. Trotz der Zerstörungen durch die beiden Luftangriffe gab es noch viel Schönes zu entdecken. Wann immer es möglich war und der Badesee nicht rief, besuchten sie gemeinsam Kinovorführungen, Bierlokale und sogar eine Ausstellung im Kaiser-Wilhelm-Museum.

Im November traf eine Gruppe von Neulingen ein. Frisch einberufene Burschen aus der Karpatengegend, hieß es. Komisch war, dass keiner von denen Deutsch sprach – alle nur Polnisch. Entsprechend unmöglich war es für die deutschen Ausbilder, den neuen Flakhelfern die Grundkenntnisse des Flakschießens beizubringen. Kolja, Harry Kemmerich und ein junger Soldat meldeten sich, als Leute gesucht wurden, die des Polnischen mächtig waren. Die drei übernahmen die Grundausbildung der Frischlinge.

Auch die Soldaten der Stamm-Mannschaften erhielten Nachschub. Sonderlich anmutende, scheue Gestalten rückten ein, wurden im Schnellverfahren ausgebildet und gedrillt. Sie wurden auch von allen anderen abgeschirmt und suchten von sich selbst aus nicht den Kontakt zu den anderen in der Truppe. Für die Flakhelfer war es nicht möglich, die Herkunft der Neuzugänge herauszubekommen. Die Soldaten flüsterten heimlich und lächelten sich hinter ihrem Rücken hämisch zu. Verschlüsselt und ausweichend bekamen sie Auskunft, mit der sie nichts anzufangen wussten. Wahrscheinlich wäre ihr Weltbild ins Wanken geraten, wenn sie erfahren hätten, dass man damit begonnen hatte, KZ-Insassen zum Militärdienst zu pressen.

Neben Italien hatten sich inzwischen auch Ungarn, Rumänien, Finnland und Bulgarien von der Waffenbrüderschaft mit dem Deutschen Reich verabschiedet. Teils aus eigener Überzeugung, teils unter dem Druck von Stalins vorrückenden Truppen. Der Aufstand der *Polnischen Heimatarmee*[71] in Warschau war zwar blutig von den deutschen Besatzern niedergeschlagen worden, die Stadt fast komplett entvölkert und zerstört, doch nun warteten auf dem Ostufer der Weichsel starke sowjetische Kräfte auf das Vorrücken nach Westen. Nach der Zerschlagung der restlichen *Heeresgruppe Mitte* auf weißrussischem Gebiet im August stand ihnen keine nennenswerte Gegenwehr mehr im Wege.

---

71 Polnische Heimatarmee (Armina Krajowa) war eine militärische Untergrundorganisation, die der polnischen Exilregierung in London unterstand. 1944 zählte sie ca. 350.000 Partisanen.

Mit dem Weihnachtsfest ging für die Flakhelfer die Gewissheit des gemütlichen Lebens in der Posener Flakbatterie zu Ende. Ihnen stand zum Jahreswechsel die Beförderung zu Luftwaffen-Oberhelfern bevor. Kolja unterhielt regen Briefwechsel mit der Familie in Brest. Lisa kündigte ihm einen Besuch an, denn sie wollte unbedingt Kleidungsstücke und andere Wertsachen weiter westlich in Sicherheit bringen. Sascha hatte in Rogasen[72] einen Abstellraum ausfindig machen und anmieten können. Kolja schrieb an die Familie: „*Liebe Mama Lisa, lieber Papa. Ich hoffe, dass es Euch, Kira und Annchen gut geht. Gestern haben wir froh unseren Heiligabend verbracht. Oberfähnrich Dittrich hat sogar mit einem Glöckchen geklingelt. Jeder bekam einen 2 Pfund schweren Stollen. Dazu einen Teller voll Plätzchen und Drops. Ein gutes Abendessen mit einem halben Pfund Fleisch gab es natürlich auch. Dann wurde gesungen, vorgelesen, Bier getrunken. Vier Mädels aus Leslau haben jedem von uns ein Päckchen geschickt, mit einem Büchlein und Briefpapier. Unser Christbaum ist der schönste in der Batterie. Heute Abend machen wir Leslauer ein kleines Fest. Waldemar Werth hat 2 Flaschen Schnaps, 6 Flaschen Wein und eingeweckte Hühner mitgebracht.*“

---

[72] Rogasen, polnisch Rogožno.

Berlin | 1945

Militärzüge hatten Vorfahrt. In einigen Bahnhöfen standen wir deshalb lange auf dem Nebengleis. Dann wieder weiter. Plötzlich bremste unser Zug auf freier Strecke. Ich wusste nicht, wie weit wir gekommen waren. Irgendwo zwischen Posen und Berlin. Harry hatte Brot, Käse und Wurst ausgepackt, auf die Knie gelegt und versuchte, sich bei dem Geruckel nicht in die Finger zu schneiden. Sehr schnell fuhren wir nicht. Aber eine plötzliche Notbremsung reichte aus, dass seine gesamte Brotzeit unter die gegenüberliegende Sitzbank kullerte. Die Bremsen kreischten auf. Ich klammerte mich ans Sitzgestell. Andere sprangen auf und rissen die gegenüberliegenden Fenster auf. „Was ist los?“, stotterte Harry und versuchte, ein Stück Käse zwischen den Beinen von Rosenkranz hervorzuangeln.

„Weiß nicht“, rief Waldemar Werth zu uns herüber. „Da liegen Leute auf dem Gleisbett!“

Waggontüren wurden aufgerissen. Einige Mitreisende sprangen nach draußen und liefen nach vorn. Immer mehr Passagiere drängten sich an den Fenstern. Fast alle Soldaten. Ich blieb sitzen und sah auf eine Reihe von Hinterteilen in feldgrauen Hosen. „Was sind das für Leute? Und warum liegen sie da?“, rief Heimann, bekam aber keine Antwort. Durch die geöffneten Fenster und die sperrangelweit aufgerissenen Türen strömte eisige Luft in den Wagen. Es dauerte. Einige schlüpften in ihre Mäntel, machten einen Satz von den Trittstufen nach draußen, äugten neugierig, was los war, und vertraten sich die Füße. Arme packten zu und halfen den Schaffnern und dem Heizer, die Körper vom Gleisbett zu ziehen. Ein Mannschaftswagen der Polizei kam über einen Feldweg herangerumpelt. Die Tschakos der aufgesessenen Polizisten schlugen aneinander, so wurden sie durchgeschüttelt. Dann ein Pfiff. „Alle wieder einsteigen!“

Der Zug ruckelte an und wir fuhren im Schritttempo an den Toten vorbei. Alle Zivilisten. Mindestens sechs Leute. Der Vorfall wurde lautstark diskutiert. Statt Landschaft zogen jetzt mehrstöckige Gemäuer am Fenster vorbei. Der Zug stockte dauernd, hielt immer wieder an und fuhr Schneckentempo bei der Einfahrt nach Berlin. Uns fiel die Klappe runter. Mehr und mehr zerbombte Häuserfassaden reihten sich entlang der Bahnstrecke auf. Dazwischen aber immer wieder ganze Häuserzeilen, die unversehrt geblieben waren. Je näher wir ins Zentrum gerollt sind, umso mehr beschädigte Gebäude säumten die Gleise; ausgebrannt und ohne Fenster, leere glotzende Mauern. Oft waren die Außenmauern aufgebrochen oder ganz eingestürzt. Vereinzelt konnte man in die Häuser sehen wie in eine Puppenstube. Da standen Möbel, hingen Vorhänge und in einem Haus sah ich direkt ins Schlafzimmer. Dort lag das Bettzeug noch auf dem Bett.

Am *Anhalter Bahnhof* dann Endstation und alle raus. Umsteigen in die S-Bahn. Wir klapperten mit unserer gesamten Ausrüstung den langen Bahnsteig entlang. Mindestens 200 Meter! Ich blieb stehen, schaute nach oben. Werth latschte mir in die Hacken. „Aua! Blödmann, pass doch auf!" Er ging um mich herum und schlurfte weiter. Aber ich musste die Halle erst mal mit den Augen vermessen. Riesige Metallträger überspannten sechs Gleise und die dazwischen liegenden Bahnsteige. Von überall her fiel Licht in das Gebäude. Ganz oben auch durch große Lichtkuppeln. Was für ein schönes und riesiges Bauwerk! Alleine die Ankunftshalle – größer als die, die ich von Lodsch oder von Posen her kannte! Man merkte: Das war die Reichshauptstadt!

Es war der 21. Januar. Nur wir elf Leslauer Oberschüler waren nach Berlin abkommandiert worden. Alle anderen aus unserer Ecke blieben in Posen. Komisch. Die anderen Oberschüler, mit denen wir die letzten Monate zusammen waren, zum Beispiel die aus Breslau, blieben in Schwanen und machten weiter Flakdienst.

Fürs Erste quartierten sie uns am Ende des Wildmeisterdamms in Rudow ein. Dort ging es ziemlich eng zu. Und hektisch. Es war eisig. Glücklicherweise gab es einen Kanonenofen und immer was Warmes zwischen die Kiemen. Wir saßen herum und hatten nichts zu tun. Füße vertreten, Gegend erkunden, rumstromern. Zivilisten fällten Bäume und wuchteten die mächtigen Stämme an die Straßenränder. Frauen sammelten die Zweige ein. Es roch angenehm nach frisch geschnittenem Holz. Das war wohltuender als die schlechte Stadtluft, das Gemisch aus Koksfeuerungen, Benzinabgasen und Straßendreck. Neugierig schauten wir zu. „Was machen die da? Haben die kein Brennholz mehr?“, wollte Manni wissen. Ich zuckte die Achseln. Einige von den Leuten fluchten über die Schufterei. Bald reimten wir uns die Äußerungen der Leute zusammen. Uns ging ein Licht auf. Das war kein Feuerholz! Das sollte als Sperren gegen russische Panzer bereitliegen. *Russische Panzer?* So weit hatten wir noch nicht gedacht.

Zum Glück blieb es die ersten zwei Wochen einigermaßen friedlich. Erst Anfang Februar ging es dann richtig zur Sache. Da waren wir aber schon umquartiert. Ziemlich weit nach außerhalb, an den südlichen Stadtrand. Bis nach Sputendorf im Kreis Teltow hatte man uns verfrachtet. So ein Kaff. Aber immerhin mit einem Dorfwirtshaus. Die Unterkünfte waren gut geheizt. Da gab es nichts auszusetzen. Einmal bummelte ich mit Manni über einen zugefrorenen Feldweg von unserer Wohnbaracke in Richtung Wirtshaus. In der Ferne heulten auf einmal von Berlin her die Alarmsirenen auf. Wir trotteten weiter. „So junges Jemüse wie euch können wir normalerweise hier nich reinlassen“, meinte die Wirtin. Eigentlich wollten wir ja sowieso nur mal auskundschaften. Die Sirenen gaben nicht nach. Unaufhörlich sangen sie ihr schauerliches Lied.

Von Süd-Westen her erhob sich dann ein Brummen, das wir schon in Posen kennengelernt hatten. Es schwoll an und wurde mächtiger. Der Himmel war klar und sonnig. Langsam, aber unweigerlich schoben sich unzählige Riesensilhouetten in unsere Richtung. Ein höllisches Rumoren verschlang jetzt alle anderen Geräusche. Die Luft erzitterte. Ich spürte ein Kribbeln am ganzen Körper. Aber noch gab es keinen Anlass wegzulaufen. Unsere Helme trugen wir vorschriftsmäßig am Gürtel. Flak begann aus mehreren Richtungen zu schießen. Anscheinend wieder keine eigenen Jäger mehr zur Abwehr da oben. Ungehindert zog die gewaltige Luftstreitmacht etwas abseits von uns in geschlossenen Formationen zur Stadtmitte hin. Langsam, aber gleichmäßig. Soldaten stürzten aus dem Wirtshaus und verfolgten wie wir kommentarlos das Schauspiel über unseren Köpfen. Es dauerte nicht lang und der Flugzeuglärm wurde von Detonationen begleitet, die als unaufhörliches Wummern von der Stadt her zu uns herüberwehten. Währenddessen drängten immer weitere Bomberverbände nach. Unzählige Schwärme kleiner Punkte suchten ihren Weg zur Erde hin. „Manni dort!“, entfuhr mir ein Schreckensschrei. Ich zeigte zu einer besonders hoch aufstiebenden Explosionswolke. „Vielleicht ein Treibstofflager“, mutmaßte Manni. Die Flak schoss, was sie konnte. Zwischen den dahingleitenden Maschinen ploppten viele Explosionswolken auf. Die da oben ließen sich aber nicht beirren. Manchmal gab es Abschüsse. Maschinen scherten aus dem Verband aus. Lange Rauchschleppen markierten ihre Talfahrt. „Los! Rein ins Wirtshaus!“ Manni stieß mich in Richtung des Eingangs. Wir stolperten aufgeregt in die Gaststube. An einigen Tischen hockten Landser. Nicht alle schienen sich durch den Tumult da draußen aus der Ruhe bringen zu lassen. Eine Gruppe älterer Soldaten hatte sich um ein Rundfunkgerät auf einer Kommode in der Nähe der Theke geschart. Einer mit einem Bierglas in der Hand brüllte. „Haltet doch mal die Klappe da drüben!“ An einem Tisch, an dem lautstark Karten gespielt wurde, drehte sich ein Gefreiter um, warf seine abgerauchte Kippe zu Boden, zog eine Spielkarte aus der Hand und legte sie provozierend behutsam auf den Kartenstapel in der Tischmitte. „Zu Befehl, Herr Fahnenjunker!“, säuselte er zurück.

„*Bezirk Mitte schwer getroffen. Im Süden liegt ein mit zahlreichen Brand- und Sprengbomben belegtes Schadensgebiet in der Gegend der Französischen Straße, Friedrichstraße, Jerusalemer Straße*“, schnarrte die Stimme des Rundfunksprechers.

„Jetzt ist das Regierungsviertel dran“, kommentierte eine Stimme vom Spielertisch her.

„Kolja, hopp! Wir müssen zurück zur Unterkunft“, drängte Manni.

„Aber wir haben doch keinen Dienst.“ Ich wollte lieber bleiben.

„Tickst du noch richtig? Wir haben Alarm. Da will ich mir keinen Anschiss holen“, beharrte Manni. Ich hätte gerne noch weiter dem Rundfunkbericht zugehört. Aber wahrscheinlich hatte

Manni recht. Wir waren ja inzwischen vollwertige Luftwaffensoldaten und da war davon auszugehen, dass wir irgendeine Verpflichtung hatten. Unwillig ließ ich mich überreden und trabte im Laufschritt hinter Manni her, zurück zur Unterkunft.

Die Luft erzitterte immer noch. Ohne Ende. Etwas abseits zog das schier unendliche Band von Maschinen weiter nach Berlin, um dort die tödliche Fracht auszubringen. Obwohl ich das tiefe Lärmen in jeder Muskelfaser spürte, war die Aufregung weg. Kein Herzklopfen mehr. Keine Angst. Nur noch ein Gefühl von absoluter Hilflosigkeit. Was hätte ich dem Schrecken auch entgegensetzen können? Es geschah unweigerlich. Wie ein Feuer, das einen Wald auffrisst.

Klar. Manni hatte schon recht. Auch wenn wir in diesem Moment keinen anderen Auftrag hatten, waren wir doch Soldaten, und es war unsere Pflicht, auf mögliche Anordnungen unseres Vorgesetzten gefasst zu sein. Schließlich lebten wir hier in Sputendorf nicht in den Tag hinein. Im Ankunftslager am Wildmeisterdamm waren nach zwei Tagen Rumsitzen Offiziere von verschiedenen Einheiten aufgetaucht. Sie versuchten, uns zu ihren Einheiten zu werben. Wie auf dem Jahrmarkt. Wer bietet mehr? Es ging ja nicht nur um uns elf Figuren, sondern das Auffanglager in Rudow war ein Sammelbecken für Reste von Einheiten, die im Osten aufgerieben worden waren.

Unser Leslauer Häuflein scharte sich zusammen. Wir lauschten aufmerksam den Bekanntmachungen der Offiziere. Was für ein Stimmengewirr! Man konnte gar nicht alle verstehen. Ein Luftwaffenleutnant stand in unserer Nähe und rief über die Köpfe der vielen Soldaten hinweg: „Wir suchen eine kleinere Gruppe, die bereit ist, fest zusammenzuhalten.“

Neben uns machten einige Ältere wegwerfende Handbewegungen. Der Leutnant wurde lauter: „Und falls es notwendig werden sollte, dann eben auch Berlin bis zuletzt zu verteidigen. Diese Gruppe soll auch den persönlichen Schutz des kommandierenden Generals der ersten Flakdivision übernehmen.“

Jörg Weierich schaute uns ernst an und machte einen Ruck mit dem erhobenen Kopf. Wir elf standen wortlos auf und meldeten uns.

Am nächsten Tag wurden wir umgekleidet. Bis dahin trugen wir zwar auch schon das Graublau der Luftwaffe, aber die Anzüge waren noch nach dem Schnittmuster der Hitlerjugend. Hier am Standort erhielten wir echte graublaue Soldatenuniformen mit roten Kragenspiegeln und den Hoheitszeichen der Luftwaffe. Dazu Wintertarnanzüge, Lederhandschuhe und warme Winterunterwäsche. Unser neuer Zugführer war Leutnant und hieß Wobbel. Unverkennbar Ostpreuße. Wohl aus Königsberg. Bei ihm hieß das *Keenichsberch*. Wobbel war ein gutmütiger Mensch und wir mochten ihn auf Anhieb.

Am selben Tag wurden wir im Hochbunker der Flak am Zoo dem Generalmajor Sydow vorgestellt. Ganz ruhig und freundlich begrüßte der uns. Fast unmilitärisch. Seine Augen zogen mich an. So freundliche und sanfte Augen. „Meine Herren. Jetzt bekommen Sie erst mal eine Ausbildung zu Panzerjägern. Flakschießen beherrschen Sie ja schon aus dem Effeff. Da wird die neue Aufgabe ein Kinderspiel für Sie werden."

Leutnant Wobbel erklärte uns, dass wir für die Ausbildungszeit in Sputendorf bleiben würden. Für Formalitäten, wie Vereidigung oder Ausstellung von Soldbüchern, sei keine Zeit. Der ganze Sermon auf Ostpreußisch. Da musste ich gleich zweimal hinhören. Später bekamen wir mit, dass er manchmal von Malariaanfällen geschüttelt wurde. Hatte er sich wohl in Nordafrika geholt. In solchen Momenten war er ziemlich mies drauf und man hielt sich besser fern.

Jetzt waren wir also ein zusammengewürfelter Haufen von jungen, begeisterten Frischlingen und altgedienten Landsern. Die meisten von denen kamen vom Osteinsatz zurück. Ihre Einheiten gab es nicht mehr. Keiner von denen hatte noch Lust auf große Heldentaten.

Vielleicht setzte man uns deswegen zuallererst auf LKWs und fuhr uns zur Hinrichtungsstätte in der Murellenschlucht, nicht weit vom Olympiastadion. Leutnant Wobbel machte keine großen Worte. Er meinte nur, dass wir mal sehen sollten, was mit Verweigerern und Deserteuren geschieht. Schon beim Absitzen bekamen wir weiche Knie. Pironje! Das war ein abscheulicher Ort. Mitten im Wald. Dann wurden Männer herangeführt, denen die Hände auf dem Rücken verbunden waren; fast alle in Uniform ohne Rangabzeichen. Mit dem Gesicht zu einer Böschung wurden sie im Abstand von zwei Metern aufgestellt. Ein Erschießungskommando trat an, ein Unteroffizier brüllte Kommandos. Gewehrschüsse peitschten und verhallten in den Baumkronen. Die durchbohrten Leiber sackten zusammen. Oh, Gott! Das war grausam. Ich mochte gar nicht hinsehen. Der Unteroffizier nestelte seine Pistole aus dem Holster, schritt auf die am Boden liegenden zu und schoss jedem in den Kopf. Kurz zuckten die Körper noch mal auf. Auf dem gefrorenen Boden bildeten sich kleine Lachen, in denen sich hellrotes Blut sammelte.

Ich biss mir fast die Zunge ab und kniff die Augen zu. Hoffentlich hatte es keiner von den anderen bemerkt. Mir sank der Mut. Ich mochte kaum mehr stehen. Auf der Rückfahrt wechselten wir kein Wort. Alle hielten sich die Uniformmäntel zu. Es war saukalt auf den LKWs. Da nützte auch die Plane nichts. Zum Glück gab es bei der Luftwaffe gute Lederhandschuhe. Da froren einem wenigstens die Finger nicht ab.

An dem Tag gab es keine blöden Witze mehr.

Aber alles in allem waren wir recht stolz, dass wir zu einem ganz neu zusammengestellten Kommando gehören sollten. Kommandoführer Wobbel hatte sogar von einer *Eliteeinheit* gesprochen. Unter *Pajako* oder Panzerjagdkommando, wie es offiziell hieß, konnten wir uns anfangs nur wenig vorstellen. Panzer jagen – nun gut. Aber genau so sollte es dann auch kommen. Das dicke Ende immer ganz hinten. Mehr gelockt hatte uns wohl die Aussicht darauf, der *persönliche Schutz* des Kommandeurs Sydow im Zoobunker sein zu können. Es zeigte sich dann, dass *persönlicher Schutz* doch etwas anderes meinte, als wir zunächst darunter verstanden. Eigentlich begann jetzt alles wieder von vorn. Statt Flugzeugerkennung paukten wir im Schnellverfahren die Erkennung von Panzern. Hauptsächlich russische Typen. Aber auch eigene. Dazu bekamen wir eine *Panzer-Erkennungstafel* in die Hand gedrückt. Bis zum praktischen Anschauungsunterricht sollte es noch ein paar Wochen dauern. Und eigentlich kannten wir die sowjetischen Modelle T34, T43,

T70 und *Josef Stalin* schon aus Wochenschau-Berichten. Später lernten wir mit Verwunderung, dass bei den Russen auch amerikanische Panzertypen eingesetzt wurden.

Das Kommando wurde in neun Gruppen zu je vier Mann aufgeteilt. Drei Gruppen bildeten einen Zug. Jede Gruppe bestand aus einem Kübelwagen, je einem Gruppenführer, Kraftfahrer, Panzerfaustschützen und Begleitschützen mit Maschinenpistole. Die Autos waren vollgepackt mit Munition, Panzerfäusten, Verpflegung und Ersatzbenzinkanistern. Leutnant Wobbel war Kommandoführer, Zugführer und Gruppenführer meiner Gruppe. Den zweiten Zug führte Wachtmeister Glasner und Hauptwachtmeister Garmischer den dritten.

Das Schießen mit der leichten Maschinenpistole machte richtig Spaß. Mit der hatten wir schon in Dembsen Schießübungen gemacht. Aus jedem Stangenmagazin konnten 32 Schuss als Einzelfeuer oder Dauerfeuer verschossen werden. Ganz neu waren für uns die *Panzerfäuste*. Diese Dinger hatten wir natürlich auch schon in Wochenschauen gesehen, aber keiner von uns hatte bisher damit hantiert. Die waren wirklich nicht ohne. Man musste höllisch aufpassen, dass man nichts falsch machte und blitzschnell nach dem Losfeuern in Deckung gehen. Eigentlich war die Konstruktion recht einfach: Eine tragbare Minirakete mit einem Rohr, einer einfachen Zieleinrichtung und einer Granate, die durch eine Raketentreibladung möglichst im rechten Winkel auf einen Panzer abgeschossen wurde, damit sie nicht abrutschte oder abprallte. Die Ladung konnte sich durch dicke Panzerungen schweißen und sollte im Innenraum des Panzers explodieren. Man musste halt ziemlich nahe an den Panzer herankommen.

Wie nahe, das stand auf dem Sprengkopf drauf. Bei der *Panzerfaust 30* nicht weiter als 30 Meter. Bei der *60* nicht weiter als 60 Meter und so galt das auch für die *100* und die *150*. Die 150er war ganz neu und wir bekamen 'ne ganze Menge von den Dingern zugeteilt. Damit die Geschosse stabil geradeaus flogen, hatten sie ein kleines Leitwerk aus Blech oder manchmal auch aus Sperrholz. Das flog immer geradewegs zum Schützen zurück, sobald das Geschoss aufschlug.

Die einfache Handhabung der Panzerfaust wurde uns in Sputendorf beigebracht. „Ran ans Ziel, immer schön gerade halten und aufpassen, wo was rauskommt, anvisieren und abdrücken – und dann schleunigst in Deckung!“, schärfte uns Leutnant Wobbel ein. Zum echten Schießen mit und ohne Granaten ging's dann auf einen Truppenübungsplatz. „Alle aufsitzen!“ Hieß, rein in die Kübel in voller Kampfmontur. Es war ja auch arschkalt. Durch das Verdeck blies der eisige Luftzug kräftig rein. Bis die ganze Kolonne in Döberitz auf dem Übungsgelände ankam, vergingen fast drei Stunden. Durchgefroren und mit klammen Fingern bekamen wir erst mal was Heißes aus der Gulaschkanone.

Auf dem weiten Übungsgelände waren zwischen Birkenwäldchen und Kiefern-Baumgruppen alte Fahrzeuge als Ziele aufgebaut. Bei unserer ersten oder zweiten Übung ist es dann passiert. Einer von den Berlinern feuerte eine Panzerfaust ab und ein etwas älterer Wachtmeister hatte nicht genug Deckung genommen. Das Blechleitwerk flitzte wie ein Rasiermesser blitzschnell zurück, als das Geschoss aufschlug. Dem Unglücklichen haute es mit einem Hieb den Unterschenkel weg. Glatt durch. Ich war starr vor Schreck. Die anderen genauso. Alle miteinander waren wir kreidebleich. Am Anfang hat er gar nicht geschrien. Deshalb hat es auch einige Zeit gedauert, bis wir den Schlamassel mitbekamen. Ich glaube, er war so verwundert und schockiert, dass er erst mal da lag und nicht wusste, was ihm geschehen ist. Zum Glück waren die Sanis sofort zur Stelle und verarzteten ihn. Puh! Armes Schwein. So eine Scheiße! Seitdem hatte ich einen Riesenrespekt vor den Dingern.

Vor den Feuerstrahlen, die seitlich und hinten aus dem Rohr herauskamen, musste man sich auch in Acht nehmen. Aus irgendeinem Grund waren neben dem Abschussknopf zwei kleine Bohrungen in dem Rohr. Beim Abfeuern kamen da auch kleine Feuerstrahlen raus – nicht nur hinten. Hinten musste man sowieso aufpassen. An den seitlichen Flammen hab' ich mir den Uniformkragen versengt. Zum Glück nicht das Gesicht. Mit etwas Bürsten und Scheuern bekam ich den Kragen am Abend wieder hin.

Nach unseren ersten Übungen konnten wir Generalmajor Sydow zeigen, dass wir die Geräte beherrschten. Nicht weit vom Zoo, in einem vollkommen kaputten Ruinenviertel, krochen wir aus unseren Fahrzeugen. Da wohnte niemand mehr. War alles eingestürzt. Eisenträger ragten aus den Wänden. Es war wieder ziemlich kalt. Und geschneit hatte es auch. Irgendwie gespenstisch. Die Panzer sollten wir simulieren und auf einen Kübelwagen feuern. Ohne scharfe Granaten – nur die Raketenladung. Wobbel befahl, dass wir uns auf fünf Meter an den *Panzer* heranpirschen sollten und dann abfeuern. Sydow stand etwas weiter weg. Mit freundlich funkelnden Augen verfolgte er interessiert unsere Bewegungen, wie wir durch die Schutthalden krochen. Werth und ich waren einer Gruppe zugeteilt. Wir wechselten uns immer wieder ab. Mal war er *Panzerfaustschütze* und ich der *Begleitschütze* mit der MP – und dann wieder umgekehrt.

Wir robbten ganz flach an den Boden gedrückt durch den firnigen Schnee. In unseren Winter-Tarnanzügen hoben wir uns kaum vom Schnee ab. Werth schleppte das unhandliche Gestell, ich die MP. Dummerweise schoss die Übungsrakete ziemlich schräg los. Waldi war irgendwie abgerutscht. Auf einem der Fahrzeuge lümmelte der Berliner Kanonier Bonaschke, rauchte und glotzte Löcher in die Luft. Das Geschoss klatschte gegen seinen Karabiner, den er quer über seine Brust geschnallt hatte. Der Kolben zerbarst wie ein Streichholz. Bonaschke fiel bewusstlos vom Kotflügel. Mehr war ihm Gott sei Dank nicht passiert. Aber die Schreierei war groß und Werth bekam sein Fett weg.

Während unserer Pajako-Ausbildung im Februar und im März fing ich an, mir doch so meine Gedanken zu machen. Den anderen ging es wohl ähnlich. Gesprochen haben wir erst mal nicht viel darüber. Einerseits war das alles schon aufregend. Die Ausbildung in der neuen Umgebung und mit unseren Sondervergünstigungen. Da fühlten wir uns als so was wie eine Eliteeinheit. Wir durften oft in die Stadt und Filme ansehen. Im Hallenbad des Olympiageländes konnten wir baden. Wir bekamen die gleichen Rationen wie alle Soldaten zugeteilt – auch die Zigaretten. Und wenn wir Hunger hatten, durften wir uns an

Kartoffelmieten auf einem Acker hinter den Baracken bedienen. Dort konnten wir die Erdäpfel ausbuddeln und auf unserem Kanonenofen auf der Stube rösten.

Aber was war, wenn die Russen wirklich kommen sollten? Wie ging es inzwischen unseren Familien? Wo waren sie? Wie sollten wir den Kontakt mit ihnen halten? Da kamen manchmal ganz schön viele Fragen hoch. Wenn ich abends alleine mit meinen Gedanken auf der Pritsche lag, dann schwirrten mir meistens die letzten Erlebnisse vor der Abfahrt aus Posen durch den Kopf. So viel auf einmal, wie in den letzten Wochen, hatte ich vorher noch nie erlebt. Das mussten meine grauen Zellen erst mal alles einsortieren.

Ich war aufgewühlt und unruhig. Denn seit wir hier in Berlin waren, hatte ich keinen Brief mehr von Mama Lisa bekommen. Weihnachten und Silvester hatten wir noch in Posen verbracht und Ende Januar sollte die Versetzung über die Bühne gehen, genau einen Monat nach meinem sechzehnten Geburtstag am 19. Dezember. Zum Glück kam ganz kurz vor unserer Abfahrt dann doch noch ein Brief von Papas Hand bei mir an. Später hätte er mich vielleicht nicht mehr erreicht. Er teilte mit, dass Mama Lisa einen Bahnaufenthalt in Posen einlegen würde. Kleidung, Einmachgläser und andere Sachen wolle sie nach Rogasen bringen. Ich musste sie unbedingt noch treffen. Seit dem 12. Januar hatten alle ein Scheißgefühl. Die sowjetische Offensive war losgebrochen. Eine halbe Ewigkeit lang waren die Russen in Lauerstellung geblieben und man wusste nicht so recht, wie weit sie wohl noch vorstoßen würden. Von der Ostsee bis runter zu den Karpaten setzten sich Stalins Armeen dann doch in Bewegung. Papa brachte anscheinend in Erfahrung, dass die Leute aus Brest in das Gebiet nördlich von Posen evakuiert werden sollten, falls die Rote Armee tatsächlich näherkommen sollte. Jetzt war es wirklich höchste Eisenbahn. Deshalb legte er überall kleine Depots an.

Am 15. Januar trafen wir uns ein letztes Mal auf dem Posener Bahnhof. Weil klar war, dass es für uns Flakhelfer bald losgehen würde, konnte ich Oberfähnrich Dittrich einen Tag Urlaub aus den Rippen leiern. Es war Donnerstag und sie kamen ganz früh an. Im Menschengewühl auf dem Bahnsteig standen sie dann und hielten nach mir Ausschau. Kira entdeckte mich als Erster und schrie meinen Namen so laut, dass ich es gar nicht überhören konnte. Nelly Langmann war auch dabei, unsere Nachbarin aus Brest. Sie war die Tochter von Frau Hellwig. Kira blieb bei mir in Posen, während die beiden Frauen mit viel Gepäck in den Zug nach Rogasen umstiegen.

Den ganzen Tag konnte ich so mit meinem Brüderchen verbringen. Ich denke, dass es ihm genauso viel Spaß gemacht hat wie mir. Wir bummelten durch den Zoo und sahen uns einen Film im Kino an. Am späten Nachmittag kehrten Mama Lisa und Nelly Langmann zurück. Die schweren Pakete mit Einmachgläsern und anderen Habseligkeiten hatten sie wohl gut untergebracht. Sehr viel Zeit blieb uns leider nicht mehr. Deshalb mussten wir unsere Neuigkeiten schnell austauschen. Aber für eine schnelle Mahlzeit im Bahnhofslokal reichte es aus, wir konnten gleich ein Tischchen ergattern. Da war es nicht so zugig und kalt. „Wir haben den Marschbefehl bekommen, uns in Berlin zu melden. In drei Tagen soll es losgehen." Mama Lisa und Nelly sahen mich an, sagten aber nichts.

Ein Kellner kam mit flinken Bewegungen an unseren Tisch und wir gaben unsere Bestellung auf. Limonade und Wiener Würstchen mit Senf. „Gott sei Dank!", kam Mama Lisa auf meine Worte zurück. „Sie schicken euch nicht nach Osten. In Berlin werdet ihr wohl besser unterkommen. Aber die vielen Fliegerangriffe dort machen mir schon großen Kummer. Sei vorsichtig und werde nicht übermütig", mahnte sie, bevor sie auf ihr Anliegen zu sprechen kam. „Kolja! Papa hat über Gendarm Binser eine Gärtnerei in Halle an der Saale ausfindig gemacht. Dorthin hat er auch schon einige Sachen bringen lassen. Das ist nicht weit von Erfurt. Man weiß ja nicht, wie das alles kommen wird." Ich sah sie stumm an. Dass sie zu Hause schon so schlimme Befürchtungen hatten, konnte ich aus den vorherigen Briefen nicht rauslesen. Für den Fall, dass man eine Zeit lang nichts voneinander hört, hatte mir Papa die Adresse von Onkel Kyrill in Erfurt mitgeteilt. Er arbeitete dort als Übersetzer bei der Gestapo[73]. Aber ich war tatsächlich verwundert, wie aufgeregt Mama Lisa jetzt klang.

„Euer Evakuierungsgebiet wird doch nicht so weit westlich liegen“, meinte ich ungläubig. „Kolja, sei nicht dumm“, ermahnte sie mich. „Wenn die Rote Armee anrückt, dann werden sie hoffentlich aufgehalten. Aber man weiß ja nicht. Und wer sollte sie denn zurückhalten?“ Sie blickte sich misstrauisch um. Im Bahnhofslokal war zwar reges Treiben, dauernd hasteten Leute an unserem Tisch vorbei, aber es hörte uns niemand zu. „Du kennst Papa. Die Bolschewiken fürchtet er wie der Teufel das Weihwasser. Man darf sich jetzt ohne Evakuierungsbefehl auf keinen Fall nach Westen hin absetzen. Weißt du – Hellwigs sind auch schon ganz unruhig.“ Sie zeigte zu Nelly hin. „Und deine Tante Martha auch. Papa ruft schon jeden Tag bei Amtskommissar Dunke an und sagt ihm, dass man sich absetzen muss, solange noch Zeit dazu ist.“

Ich versuchte, sie zu beruhigen, legte meine Hand auf ihren Arm und verriet ihr: „Wir haben gehört, dass es jetzt ganz neue Superwaffen gibt. Vielleicht wird man uns in Berlin daran ausbilden. Damit kann man die russische Dampfwalze bestimmt zurückwerfen.“ Mama Lisa presste die Lippen aufeinander und schien etwas verzweifelt in die Ferne zu blicken. „Ach, Kolja“, meinte sie nur. „Pass gut auf dich auf in Berlin. Es ist eisig kalt. Zieh’ dich immer warm an. Und sei nicht unvorsichtig. Versprich mir das!“

Kira hatte unser Gespräch mit seinen Blicken aufmerksam verfolgt. „Wir haben seit Anfang Januar keinen Schulunterricht mehr. Unser Lehrer hat auch schon einen Wagen gepackt, Kolja. Papa weint manchmal und er ist ganz traurig. Er sitzt dann lange alleine auf der Bank draußen und friert. Damit ihm nicht ganz so kalt wird, hat er immer eine Wodkaflasche unter der Joppe.“ Er stand auf und drückte mich ganz fest. Ich merkte so richtig, dass er älter geworden war. Mein kleiner Bruder. Er war schon fast acht Jahre alt.

---

[73] Gestapo: Geheime Staatspolizei. Die Gestapo war für ihre brutalen Foltermethoden bekannt. Sie besaß weitreichende und unkontrollierte Machtbefugnisse bei der Bekämpfung von Gegnern des NS-Regimes.

Bereits einen Tag später begannen die Sowjets mit aller Macht, über die Weichsel überzusetzen. Die Brücken waren von der Wehrmacht zwar gesprengt worden, um ihnen den Vormarsch zu erschweren, aber wir hörten von schweren Kämpfen. Bald hieß es, dass sie westlich von Warschau, bei Baranow, unsere Front bereits durchbrochen hätten und mit einer riesigen Armee vorwärtsstürmten. Es schien, dass sie verdammt schnell vorwärtskamen. Ich hatte echt Schiss, dass die Familie in Brest überrannt würde, nicht mehr loskäme von dort. Gauleiter Greiser hatte jede Fluchtvorbereitung strikt verboten und schwere Strafen angekündigt. Aber kurz vor unserer Abfahrt bekam ich dann noch einen Brief, den Mama Lisa in aller Eile zu Papier gebracht hatte. Die schnell hingeworfenen Zeilen besagten, dass sie sich alle zusammen mit drei Wagen und sieben Pferden auf den Weg gemacht hatten. Die Baba und die beiden alten Tanten wären auch dabei. Tante Martha sollte wohl mit Leuten aus ihrem Dorf separat aufbrechen. Tanja sei ja noch in Litzmannstadt bei ihrer Krankenschwesterausbildung, Nata in Wien und Alex irgendwo in seiner Stellung außerhalb des Warthegaus. Nun machte ich mir Sorgen, wie sie alle auf den offenen Wagen bei dieser Kälte frieren würden. Mama Lisa hatte dazu geschrieben, dass sie eine Ziege mitnehmen würden, damit Annchen und Kira immer frische Milch bekommen könnten. Seither hatte ich keine Nachricht mehr erhalten. Das beunruhigte mich. Und irgendwie auch wieder nicht, denn Papa brachte alle in Sicherheit. Aber woher Papa sieben Pferde haben sollte, das konnte ich mir nicht vorstellen.

Abgesang im Warthegau

Als Lisa die Küchentüre öffnete, legte Sascha die Pistole auf den Küchentisch.

„Wenn sie kommen und uns erwischen, werd' ich mich umbringen! Sie werden meine Familie und mich nicht lebend kriegen!" Der Geruch von Schnaps und Zigarettenrauch hing im Raum fest.

Lisa schob Kira in den Hausflur zurück und wisperte: „Zieh deinen Mantel aus und wasch' dir die Hände." Dann griff sie nach der Wodkaflasche, die im Lichtkegel der Lampe stand, und räumte sie in den Vorratsschrank. Ungelenk packte sie die Pistole und schob sie zwischen einige Töpfe im Regal. Jetzt erst zog sie ihren Mantel aus und legte ihn über eine Stuhllehne. „Du sturer Wolhynier!“, blaffte sie Sascha an, „wirst du wohl Vernunft annehmen! Wir sind seit dem Morgengrauen unterwegs, laufen uns die Hacken krumm, kommen halb erfroren aus Rogasen zurück und du spielst hier Besaufchen!“ Sie setzte sich auf einen Stuhl, griff nach Saschas Händen und blickte in sein verzweifeltes Gesicht. Ein Speichelfaden klebte an seinem Mundwinkel. „Du bist zum Treckführer bestimmt worden. Und wenn es losgeht, dann musst du deine Sinne beieinanderhaben. Durak! Was bildest du dir ein? Wie kannst du dir da die Birne zuschütten! Das ist doch wohl das Letzte! Und unverantwortlich.“

Lisa war wütend und außer sich. Erbost schüttelte sie Saschas Hände, ließ sie auf den Tisch fallen und trommelte mit beiden Fäusten gegen seine Schultern.

Ohne anzuklopfen trat Halina Masur ein, das schlafende Annchen auf dem Arm. „Ich habe ihr etwas Brei gegeben und jetzt ist sie eingeschlafen.“ Wie es schien, hatte sie von dem Disput nichts mitbekommen. „War Ihre Ausfahrt erfolgreich?“

Behutsam reichte sie das in eine Decke eingepackte Kind in Lisas Arme.

„Haben Sie Neues erfahren, Pan Arens?“, erkundigte sie sich über den Stand der Dinge in Warschau. „Mein Bruder Stasiek will gehört haben, dass die Rote Armee schon fast ganz Warschau besetzt hält. Im Süden stehen sie vor Tschenstochau und im Norden bei Königsberg. Es sollen schlimme Zustände herrschen. Menschen werden überall beerdigt, wo sich ein Stückchen Erde aufgraben lässt. Auf die Zivilbevölkerung nimmt niemand Rücksicht. Für Sie, Pan Arens, wird höchste Eile geboten sein!“

Sascha hob den Kopf. „Natürlich ist es höchste Eisenbahn!“, polterte er mit schwerer Zunge los. „Aber diese Rindviecher von der Partei bedrohen uns und das Schicksal der Menschen ist denen scheißegal! Seit drei Tagen zerschlägt die bolschewistische Armee die deutschen Stellungen im Osten und an der Weichsel.“

„Geh schlafen, Sascha. Morgen werden wir eine Entscheidung treffen müssen. Alles ist gepackt und verladen. Du musst morgen einen klaren Kopf haben.“

Die Nacht verging viel zu schnell. Um drei Uhr morgens klingelte das Telefon. Amtskommissar Dunke schlug Alarm. In ernstem Ton teilte er mit, dass die Evakuierung des Ostteils des Warthegaus jetzt beginne. Alle umliegenden Dörfer und Gehöfte würden von Zellen- und Blockleitern der Partei informiert. Sammelpunkt für die Orte um Brest sei die Ausfallstraße an der Mühle nach Westen hin. Der Aufbruch wurde für die Mittagszeit festgelegt. Alles Vieh und transportierbare Maschinen seien mitzunehmen. Was nicht mitgenommen werden könne, müsse zerstört werden.

Im Morgengrauen weckte Lisa die übrigen Bewohner im Bugai und in den sonstigen Wohnstätten auf dem Areal der Mühle Topielec. Für den Tag des Aufbruchs hatte Sascha zwei Schweine besorgt. Gemeinsam mit Josef Hellwig und Waldemar Dreier schlachtete er die beiden Tiere in aller Frühe. Das Fleisch wurde geschwind zerlegt und gleich als Reiseproviant verpackt.

Gegen zehn Uhr trafen die ersten Fuhrwerke ein. Eine Stunde später reihte sich schon eine sehr lange Schlange von Fahrzeugen entlang der Ortsausfallstraße. Die NSDAP-Ortsorganisation hatte zwar den Anspruch erhoben, alles regeln zu wollen und die Evakuierung zu organisieren, doch viele Männer hatte man ohne Rücksicht zum Volkssturm eingezogen, und die verbliebenen hatten genug damit zu tun, ihre eigene Flucht zu organisieren. Alles wurde improvisiert. Helfer fehlten. Sascha brauchte einige Zeit, um Hilfskräfte zu finden und Ordnung in das Chaos zu bringen.

Kira protestierte lautstark, als Lisa ihm sagte, drei Hemden und zwei Pullover übereinander anzuziehen, weil es ihm kaum Platz ließ, eine warme Jacke und den Mantel darüber zu streifen. „Was du am Leib trägst, kann dir niemand nehmen“, wurde er von Lisa streng belehrt. Sie hatte genug damit zu tun, die kleine Anna herzurichten, den beiden Tanten zur Hand zu gehen, die vorbereiteten Kleidungsstücke und Lebensmittel zu den Wagen zu schaffen und an allen Ecken und Enden den Überblick zu behalten. Sascha hatte erst wenige Tage vorher die Gelegenheit ergriffen, von einer rumänischen Militäreinheit, die in Auflösung begriffen war, zwei kleine Rappen und eine trächtige Schimmelstute zu kaufen. Die Tiere waren gutmütig und die Arbeit als Zugpferde gewohnt. Zusammen mit den zwei Füchsen und den beiden Braunen spannte er sie vor die drei gummibereiften Wagen. Eine Ziege zur Milchversorgung wurde am zweiten Wagen angebunden. Neben Kleidung, Lebensmitteln, wenig Hausrat und Dokumenten wurde vor allem Futter für die Pferde und das Zicklein verladen. Ziel des Trecks war das ungefähr 200 Kilometer westlich gelegene Scharnikau[74] am Flüsschen Netze. Es lag in der ausgewiesenen *Evakuierungszone B*, die sich um die Gauhauptstadt Posen erstreckte. Man rechnete damit, mindestens sechs bis acht Tage nach dorthin zu brauchen. Da Sascha mit der Organisation des Trecks alle Hände voll zu tun hatte, bat er den Müller Wieczorek und einen der Kutscher, die ersten beiden Wagen zu steuern. Bereitwillig sagten beide zu. Das dritte Fuhrwerk, gezogen von den Füchsen, wurde von Arthur Weis, dem Vater von Frau Dreier, geführt. Waldemar Dreier hatte mit seinem eigenen Gespann genug am Hut.

Der Abschied war schmerzvoll, aber für große Verabschiedungen blieb in dieser Stunde der Eile keine Zeit. Sascha streifte den dicken Lederhandschuh unbeholfen ab, reichte Stanislaw Masur zum Lebewohl die Hand. „Pan Masur“, begann er in sich gekehrt, als spräche er zu sich selbst. „Als wir seinerzeit in der Mühle Topielec angekommen sind, waren wir selbst auf der Suche nach einer neuen Heimat und in bestem Glauben an die Vereinbarungen der Staatsmänner. Sie und Ihre Schwester haben uns geholfen, hier anzukommen und den Glauben an ein gutes Leben zu finden.“ Er stockte und warf einen langen Blick über die schier endlose Schlange von Fuhrwerken, die zur Abfahrt aufgereiht war. Aus den Nüstern der Pferde dampfte der Atem. Warm eingemummelte Gestalten saßen zur Abfahrt auf den Wagen bereit. Es kam ihm vor wie ein Déjà-vu. Ziemlich genau fünf Jahre waren vergangen, seit sie in ähnlicher Formation auf Schlitten Korist verlassen hatten. Sascha suchte nach Worten.

[74] Scharnikau, polnisch Czarnków.

„Ich weiß, dass sich viele unserer Landsleute gegenüber den polnischen Menschen mehr als schäbig verhalten haben. Ihre Leute haben viel Leid erfahren müssen. Dafür schäme ich mich. Aber es war mir nicht gegeben, es zu verhindern. Vielleicht bin ich auch zu schwach gewesen. Wir wissen, dass sich ab heute wohl der Zorn gegen uns austoben wird. Jetzt werden wir die Beine in die Hand nehmen müssen, um unsere Familien vor den Bolschewiken und vor einigen geschundenen Polen in Sicherheit zu bringen. Leben Sie wohl."

Stanislaw Masur hatte sich ermannt und trug offen eine Jagdflinte um seine Schultern. Mag sein, dass er gegenüber möglichen Bedrohungen zum Ausdruck bringen wollte, wer nun das Sagen hatte und wo die neue Ordnung zu Hause war. Vielleicht hatte er aber auch nur Sorge vor Tumulten und regellosen Zuständen. Mit bekümmertem Blick verabschiedete er sich von allen Familienmitgliedern, mit denen er und seine Schwester mehr als vier Jahre lang einvernehmlich unter einem Dach gewohnt hatten: „Man weiß nicht, was kommen wird und was unserem Land jetzt widerfahren mag. Möge es ein kommunistisches werden, aber ein Polen soll es sein."

Seine Schwester Halina erinnerte unverblümt an die Worte des ursprünglichen Mühlenbesitzers Pawlowski bei seiner unsanften Vertreibung vor vier Jahren, der prophezeit hatte, dass nicht die Deutschen, sondern die Russen den Krieg gewinnen würden. Und wenig freundlich gegenüber ihren früheren jüdischen Mitbürgern hängte sie gehässig an: „Wie es gewesen ist, so ist es gewesen. Aber dass Hitler nicht alle Juden vernichtet hat, das werde ich ihm nicht verzeihen!"

Eine Stunde nach Mittag setzte sich der lange Treck aus 100 Gespannen in Bewegung. Fast alle Männer führten Waffen mit sich. Unter den gegebenen Umständen ging man davon aus, dass Partisanen, umherstreifende entflohene Kriegsgefangene und Banditen jeglicher Couleur versuchen würden, die behäbige Wagenkolonne anzugreifen und zu überfallen.

Am ersten Tag kam der Treck nur sehr langsam voran. Die Straßen waren heillos verstopft. Schneeflocken taumelten in der Luft und es wollte nicht so richtig hell werden. Militärkonvois kreuzten den Weg. Andere Geleitzüge suchten ihr Heil in der entgegengesetzten Richtung und versuchten, an dem langen Treck vorbeizukommen. Voll bepackte Autos überholten und suchten jede Lücke zwischen den Gespannen der Flüchtlingskolonne. Hielt ein Fahrzeug nicht genügend Abstand zu den Zugtieren, kam es vor, dass die Pferde scheuten und mitsamt dem angehängten Fuhrwerk im Straßengraben liegen blieben. Räder und Achsen brachen. Kühe, Kälber und Ochsen waren an vielen Wagen angebunden und verhinderten ein schnelleres Vorankommen. Erschöpfte und schwächere Tiere benötigten Rast und zu allem Überfluss standen an einigen Wegegabelungen Parteibonzen in ihren Uniformen und forderten schreiend und wild gestikulierend einzelne Gespannführer aus ihrem jeweiligen Gemeindebereich auf, aus dem Treck auszuscheren, ihren Anweisungen zu folgen und sich dem Volkssturm anzuschließen. Schreiereien, Gefuchtel mit gezogenen Pistolen und Handgreiflichkeiten kamen jetzt vor. Wer liegenblieb, musste selbst sehen, wie es weitergeht. Ohne jede Verschnaufpause trieb Sascha den Treck an. Militärposten hielten die Flüchtenden immer wieder an, um ihren eigenen Konvois den Vorrang zu geben. An diesem Freitag schaffte man gerade mal 17 Kilometer und verbrachte die Nacht frierend und unruhig in der Nähe einer Siedlung. Zum Schutz vor Überfällen wurden Wachen aufgestellt und reihum abgelöst.

In den folgenden Tagen ereigneten sich an mehreren Stellen hinterhältige Überfälle auf den Treck. Zu allem Überfluss schneite es immer heftiger. Es gab Schießereien, Tote und Verletzte. Wertsachen und Zugtiere wurden geraubt, wo es nicht schnell genug verhindert werden konnte. Eine Gruppe von Angreifern hatte es besonders auf den Brester Fleischer Obermaier abgesehen. Sie zerrten ihn heraus. Obermaier hatte über die Jahre hinweg die Polen im Ort rücksichtslos drangsaliert und misshandelt. Die Meute zögerte keinen Augenblick, zerschmetterte Obermaier vor den Augen seiner Familie das Gesicht und alle Knochen im Leibe. Ein blutverschmiertes und geschundenes Bündel landete im Straßengraben. Ein Kadaver mehr neben den Entkräfteten, den Gefallenen und anderweitig

Massakrierten, die da und dort achtlos und verlassen zurückgeblieben waren.

Den beiden polnischen Fuhrleuten aus dem Mühlenbetrieb Topielec war die Sache zu heiß geworden. Bei passender Gelegenheit setzten sie sich ab. Sascha blieb deshalb nun bei Lisa auf seinem eigenen Fuhrwerk und richtete weniger Augenmerk auf die Nachfolgenden. Vorwärtsdrängende Panzerspitzen und berittene Jagdkommandos der Sowjetarmee holten auf und Granateinschläge richteten immer wieder verheerende Zerstörungen in der zunehmend länger gezogenen Kolonne des Trecks an. Zerstörung, Vergewaltigungen und Tod brachen über die Karawane herein.

Unweit von Rogasen arbeitete sich Josef Hellwig an Saschas Wagen heran. „Sascha! Dort drüben ist Rogasen. Lisa und Nelly haben doch dort unsere Lebensmittel untergebracht. Lass uns die sechs Kilometer Umweg machen und die Sachen holen."

„Josef, bist du verrückt? Die Russen werden noch vor uns in Scharnikau sein, wenn wir jetzt noch einen Umweg machen."

Hellwig zeterte und wies darauf hin, dass es den Tieren auch guttäte, eine kurze Pause einzulegen.

„Josef! Lass die Sachen Sachen sein und rette dein Leben! Mach' was du willst; ich fahre jedenfalls weiter."

Ohne Ruhepause trieb Sascha die Fuhrwerke an. Der Treck war inzwischen in kleine Gruppen zerfallen und weit gedehnt. Viele Fahrzeuge waren liegengeblieben. Gespanne, die Vieh dabeihatten, fielen zurück. Auch Josef Hellwig legte eine Verschnaufpause für seine Tiere ein. Die Ordnung löste sich zusehends auf. Die Devise lautete mehr und mehr – *rette sich, wer kann.*

Am frühen Nachmittag machte die Parole *Panzerspitzen direkt hinter uns!* die Runde. Wer dazu in der Lage war, mobilisierte die letzten Kräfte. Kurz vor Einbruch der Dämmerung lag Scharnikau in Reichweite. In panischer Hast hatten es motorisierte Fahrzeuge, Pferdefuhrwerke, Ochsengespanne und Menschen, die zu Fuß dem Ort zustrebten, bis hierhergeschafft.

Irgendwo in südlicher Richtung schienen Gefechte stattzufinden. Artilleriedonner rumorte im Schummer der beginnenden

Nacht. Zurückflutende deutsche Einheiten waren von vordrängenden russischen Geschwadern überholt worden, saßen ihnen nun im Rücken und griffen sie an. An wichtigen Straßenkreuzungen und Flussübergängen verteidigten viel zu schwache Verbände der Wehrmacht oder SS die Verkehrswege und wurden schnell Ziel sowjetischer Angriffe. Durch diesen Schlamassel hindurch kämpften sich die Flüchtenden, so gut sie konnten. Den meisten war die schiere Angst vor russischer Vergeltung ins Gesicht geschrieben. Schauergeschichte machten die Runde. Und die Angst war nicht unbegründet. Den regulären Soldaten der Roten Armee war es zwar bei Todesstrafe verboten, Racheakte an der Zivilbevölkerung auszuüben. Plünderungen, Vergewaltigungen, Morde und andere Gräueltaten zogen im Prinzip harte Bestrafung nach sich. Doch im Taumel des sich abzeichnenden Sieges über den verhassten Feind verübten Rotarmisten Orgien von Gewalt. Die Offiziere wagten es in diesen Situationen oft nicht, sich dem entgegenzustellen. Zudem hatte Marschall Schukow[75] bewusst spezielle Terroreinheiten eingesetzt, die im Gefolge der kämpfenden Truppe Angst und Schrecken unter der deutschen Bevölkerung schüren sollten.

Als die ersten Fuhrwerke des Brester Flüchtlingstrecks im Norden von Scharnikau ankamen, strebten Hunderte von Fahrzeugen aus allen Richtungen der Brücke über die Netze zu. Ein Tumult sondergleichen. Schneeverwehungen und -gestöber. Finsternis hatte sich ausgebreitet. Die meisten Fahrzeuge unbeleuchtet. Nur aus wenigen Häusern drang schwacher Lichtschein. Die Pferde plagten sich, müde und überlastet. Deshalb waren Männer, Frauen und Kinder abgestiegen und versuchten, sich tastend in der Nähe der Fuhrwerke zu halten. Anhaftender Schnee und Eis an Mützen und in den Gesichtern raubte den vermummten Gestalten die Sicht. Lisa taumelte mit der dick eingepackten Anna auf dem Arm neben dem Gespann her. Trotz der Kälte war ihr heiß. Ihre Finger klammerten sich an der Bordwand des Wagens fest, um nicht abgedrängt zu werden. Nelly Langmann zog den entkräfteten Kira hinter sich her. Eine große Tasche, die sie an einem langen Riemen über die Schulter trug,

[75] Marschall Schukow: Generalstabschef der Roten Armee.

schlug ihr im Takt der Schritte in die Kniekehlen. Immer wieder versagten dem Buben die Beine und er sank in sich zusammen. Nelly fing ihn Mal um Mal auf und zerrte ihn hinter sich her, soweit es möglich war.

Artilleriegeschosse schlugen in einiger Entfernung ein. Kurze Lichtblitze zuckten auf. An der Brücke standen Pioniere und trieben zur Eile an. Sie hatten Sprengladungen angebracht und wollten vor dem Eintreffen der russischen Panzerspitzen den Netze-Übergang in die Luft jagen. Die abgeblendeten Scheinwerfer ihrer Fahrzeuge dienten dem schier unendlichen Strom von Flüchtenden als Orientierungspunkte. Wild tanzende Schneeflocken trieben durch die schmalen Lichtkegel. Von Panik getrieben versuchten die Ankommenden verzweifelt, sich in letzter Minute über den Fluss zu retten. Sascha achtete darauf, dass Lisa und das Kind in seiner Nähe waren, als er den ersten Wagen mit der angebundenen Schimmelstute über die Brücke führte. Gegen den Strom der Fliehenden kehrte er auf die andere Seite zurück und begleitete das zweite Fuhrwerk, das von den beiden Rappen tapfer gezogen wurde und unter dessen Plane die beiden Tanten Schutz vor dem rauen Wetter fanden. Seit dem Verschwinden der polnischen Kutscher wurde es von seiner Schwester Ira geführt. Als er sich erneut auf den Rückweg machen wollte, um Nelly und Kira zu suchen und nach dem dritten Wagen Ausschau zu halten, wurde er von den Pioniersoldaten gewaltsam zurückgedrängt. Alle Nachfolgenden müssten sich einen anderen Weg über den Fluss suchen. Die Brücke wurde gesprengt. Krachend schlugen die Trümmerteile in das eiskalte Wasser. Verzweifelt blieb Arthur Weis mit dem Wagen und den Füchsen auf dem Ostufer zurück. Nelly und Kira waren im Gewühl außer Sicht geraten.

Währenddessen herrschte auf dem rettenden Westufer heilloses Getümmel. Treckwagen waren stecken geblieben und versperrten den Nachdrängenden die Durchfahrt. Pferde wieherten, Wagenräder hatten sich ineinander verhakt, Stimmengewirr, Kindergeschrei, rangierende Autos, Chaos. Ira hatte Saschas Wagen im Finsteren ausfindig machen können, doch traf sie dort nur Lisa mit dem Kind an. Von Nelly und Kira keine

Spur. Auch Sascha war nicht zu sehen. Am Wagen eines Bauern direkt neben ihrem Fuhrwerk erspähte Lisa einen Kinderschlitten, der an einem Seil dort angebunden war. „Wären Sie so gut, mir Ihren Schlitten zu überlassen? Mir fällt der Arm ab. Ich kann ihn kaum noch spüren. Das Kind ist mir zu schwer", bat sie den Besitzer. Brüsk lehnte der jedoch ab. Ohne ein Wort zu verlieren, zückte ein Soldat, der in der Nähe stand und Lisas Bitte mitbekommen hatte, sein Messer, schnitt den Schlitten vom Wagen des Bauern ab und überreichte Lisa das Seil. „Nehmen Sie ihn." Dankbar lächelnd nahm Lisa die Schnur, platzierte Anna und eine schwere Tasche auf dem willkommenen Gefährt. Wie durch ein Wunder tauchte Nelly mit Kira im Schlepptau aus dem Gewimmel der Fuhrwerke auf.

Auch in den kommenden Tagen ging es nur langsam voran. Der eisige Wind war zu einem Schneesturm angewachsen. Nur für kurze Zeit konnten die Verfolger an der Netze aufgehalten werden. Der Tross sammelte sich zwar dort, doch vorauseilende Jagdpanzer und berittene Einheiten drängten schnell weiter westwärts. Sie erfuhren da und dort Gegenwehr und wurden meist nur für wenige Stunden abgelenkt. Sascha wusste, dass er sich und die Seinen nicht schonen würde, solange ihm die Gefahr im Genick saß. So steuerte er mit den ihm verbliebenen zwei Gespannen Soldin[76] an. Bei einer Rast in einem freundlichen Bauerngehöft konnte Lisa für Anna einen warmen Brei zubereiten. Die Bäuerin meinte, dass ein Deutscher mit dem Namen Hellwig auf einem Motorrad vorbeigeeilt sei und wohl auf der Suche nach ihren Fuhrwerken war. Doch woher sollte Josef Hellwig ein Motorrad haben? Wie könnte er es angestellt haben, über den Fluss überzusetzen? Es war anscheinend üblich geworden, Dinge, die man benötigte, zu *organisieren*. So musste es sich wohl auch zugetragen haben. Geld besaß unter diesen Umständen wenig Wert.

Man eilte weiter und traf Hellwigs tatsächlich auf dem Weg zum Zwischenziel in einer rastenden Wagengruppe. Gemeinsam setzte man die Fahrt fort. Mächtige Schneewehen erschwerten

---

[76] Soldin, polnisch Myślibórz.

das Vorankommen. Immer wieder mussten Spaten und Schaufeln ausgepackt werden, um den Weg freizuräumen.

Kurz vor Soldin versperrte ein quer gestellter Panzerspähwagen das Fortkommen. Ein Offizier verweigerte den Fuhrwerken die Durchfahrt und forderte die Männer auf, sich dem Volkssturm anzuschließen.

„Wer soll unsere Wagen lenken? Und wer soll sich um die Frauen und die Kinder kümmern?“, protestierte Sascha. Der Leutnant machte klar, dass an seiner Forderung kein Zweifel bestand. Lisa nutzte die Unterbrechung, um im zweiten Wagen nachzusehen, ob alles in Ordnung ist. Kira kletterte mit ihr vom Fuhrwerk, hielt sich an ihrem Mantelsaum fest und stapfte hinter ihr her. Die Tanten winkten aus der Plane hervor, die über den Treckwagen gespannt war. Alles in Ordnung. Kira hüpfte ans Ende des Wagens. Die Ziege glotzte ihn an und machte einige Schritte auf ihn zu. Sie erhoffte sich eine Leckerei von Kira. Der streifte einen Handschuh ab, fummelte eine halbe Mohrrübe aus seiner Manteltasche und hielt sie dem tapferen Tier entgegen.

„Sie werden unverzüglich absteigen und dort drüben zu den Volkssturmleuten gehen! Hier wird jeder Mann gebraucht.“ Der Offizier deutete auf einen Punkt hinter dem Spähfahrzeug. Seine Worte waren nur undeutlich zu verstehen. Ein stark mit Schnee und Eis bedeckter Schal um seinen Mund dämpfte die Worte.

Sascha wetterte: „Soll ich meine Familie erschießen, nur um hier den Helden zu spielen?“ Kurzerhand zog er die Zügel an und preschte mit seinem Gefährt über das freie Feld davon. Der vom eisigen Sturm gepresste Schnee hielt der Last des Fuhrwerks stand. Lisa konnte ihn auch durch wildes Rufen und Gestikulieren nicht zurückhalten. Ihre Stimme verwehte im brausenden Wind.

Der dicke Wintermantel und die beengte Haltung im Turm des Panzerwagens hinderten den Offizier, seine Pistole zu ziehen und hinter Sascha her zu schießen. Er hantierte, versuchte, an die Pistolentasche heranzukommen, war aber zu behäbig. Kurz darauf war Sascha mitsamt dem Wagen im alles verschlingenden Weiß verschwunden. Seine Knie zitterten. Der Wagen, den er steuerte, war der kleinste und wendigste von den dreien, allerdings mit der Stute im Schlepptau. Die Ziege verblieb am zweiten Gespann, die Stute dagegen war überrascht von dem plötzlichen Ruck und konnte gerade noch vermeiden, zu stolpern und hinzustürzen. Sascha trieb die beiden großen Braunen an, umfuhr in weitem Bogen die Sperre und steuerte auf Soldin zu, dessen backsteinerne Tortürme sich bereits im Schneetreiben erahnen ließen. Wie konnte er wieder mit der Familie zusammentreffen? Was mochten sie so auf sich alleine gestellt unternehmen?

Die mittelalterliche Stadt war überfüllt von Flüchtlingen. Sascha hielt viele Ankommende an und befragte sie nach seiner Frau mit dem Kinderschlitten, dem zweiten Fuhrwerk, das eine Frau lenken würde, und dem dritten Gespann der Hellwigs. Er überlegte. Hoffentlich war Josef auch davongekommen. Oder hatten ihn die Waffen-SS-Leute zum Volkssturm kassiert? Konnte er auch abhauen?

Einen bangen Tag lang trieb er sich rastlos durch die Stadt, ohne sich von seinem Gefährt entfernen zu können aus Furcht vor *Organisierern*. Die Waffen-SS hatte vor der Stadt eine Verteidigungslinie eingerichtet. In einem Gasthaus war der Gefechtsstand des Stabes untergebracht. Sascha gelang es, dort einen Teller warmen Eintopf zu ergattern. Begierig löffelte er ihn aus, dabei aber stets seinen Wagen und die Stute im Blick. Argwöhnisch hatte er einen Moment abgepasst, in dem kein Offizier in Sichtweite war. Unweit bläkten Funker unablässig Befehle an vorgeschobene Posten in Telefonhörer. So erfuhr Sascha, dass für den Morgen ein russischer Panzerangriff erwartet wurde. Außerdem sei nach Westen hin nur noch der Brückenkopf über die Oder bei Schwedt passierbar. Die Aussichtslosigkeit raubte ihm den Mut.

Kraftlos und verzweifelt fuhr er kreuz und quer durch das Menschengewühl der Stadt, suchte, fragte sich durch, bekam abschlägige Antworten, bis er – dem Himmel sei's gedankt – an einer Suppenküche das jämmerliche Grüppchen erspähte, das seinerseits nach ihm Ausschau hielt.

Sein Puls raste. Endlich!

„Steigt auf!“, brüllte er ohne lange Umschweife. „Wir müssen los!“

„Sascha! Das ist unmöglich!“, gab ihm Lisa in leise gesprochenen Worten zu verstehen. „Zum Glück lässt der Sturm nach. Aber wir sind am Ende unserer Kräfte. Du hast uns Sorgen gemacht und wir waren verzweifelt. Wir müssen verschnaufen und Annchen muss gewickelt werden. Kira schläft im Stehen ein und wir sind auch alle fertig. Sag’ mir lieber, wo ich mit Annchen hinkann, wo es warm ist und trocken.“

„Vor Tagesanbruch müssen wir aber unbedingt los. Lass uns dort drüben beim Bauern anfragen, ob wir Anna in seinem Haus versorgen können“, gab sich Sascha geschlagen.

„Haut ab, ihr Gesindel!“, wies der deutsche Bauer die Gruppe ab.

„Geh, frag dort drüben an“, bat Sascha Nelly und deutete auf das kleinere Nachbarhaus. Nelly klopfte an die Tür. Sie war verwundert, als sich die Tür recht schnell öffnete und ein Mann in polnischer Sprache höflich aufforderte, einzutreten. Bei Kerzenlicht konnte Lisa die lauthals schreiende Anna in der Stube des polnischen Arbeiters trockenlegen. In dem kleinen Hof des ärmlichen Anwesens rasteten alle drei Fuhrwerke bis zur Mitte der Nacht. Die Pferde blieben eingespannt, konnten aber gefüttert werden. Kira kümmerte sich um die Ziege. Bei völliger Dunkelheit begann man, sich für den Aufbruch fertigzumachen. Erholsamen Schlaf hatte niemand gefunden. Der Sturm war abgeflaut und die Temperatur merklich gestiegen. Noch vor dem Morgengrauen brachen die drei Gespanne in Richtung Westen auf. Im Schein einer Petroleumlampe kundschaftete Sascha auf seiner zerfledderten Landkarte die Route zum nächsten Zwischenziel aus: Schwedt an der Oder.

Aus östlicher Richtung waren laute Motorengeräusche von Panzerfahrzeugen zu vernehmen. Einzelne Gewehrschüsse knallten trocken. Der Schnee dämpfte die Huftritte der Zugpferde, als die kleine Wagenkolonne aus der Stadt rollte. Hätten die Passagiere einen Blick zurückgeworfen, so wäre ihnen das milchige Rosagrau der Morgendämmerung hinter der kleiner werdenden Stadtsilhouette aufgefallen. Doch jeder war mit sich und seinen Gedanken beschäftigt. Artilleriedonner fiel von Osten her in die morgendliche Stimmung. Pünktlich mit dem ersten Morgengrauen hatte russisches Artilleriefeuer begonnen, die Stellungen der Waffen-SS zu beschießen. Deren Geschütze antworteten umgehend. In der Ferne erhellten Lichtblitze das Firmament.

Für Sascha, der im ersten Wagen den Blick über die Mähnen der Braunen schweifen ließ, zeichneten sich am Straßenrand die unförmigen Konturen einer kleinen grauen Person ab. Mit jedem Schritt, den sich die langsam trottenden Rösser annäherten, nahm das Wesen Gestalt an und entpuppte sich als Frau, die winkte. Schließlich erkannte er, dass sie Milch und Wasser anbot. Sascha zügelte die Pferde und fragte sie misstrauisch, was sie wolle. Sie entgegnete zurückhaltend in ukrainischer Sprache: „Ne rozumiju …" Sie versteht kein Deutsch – verblüfft schaltete er sofort auf Ukrainisch um und man unterhielt sich freundlich darüber, was sie hierher verschlagen habe, und nahm dankbar die angebotenen Gaben an.

Der Tag erwachte unter einem klaren und kalten Morgenhimmel. Auf dem Kutschbock spürte Sascha hin und wieder wärmere Luftströmungen gegen seine Wangen streichen.

Ohne jede weitere Rast, abgesehen von kurzen Zwischenstopps, die durch die Notdurft der Passagiere erzwungen waren, trieb Sascha die Pferde an. Anna erwachte und schrie nach Leibeskräften. Nach einiger Zeit ging das Gebrüll in ein klägliches Wimmern über. Abgesehen von einigen russischen Flugzeugen in der Ferne, war von den Vorausverbänden der Roten Armee an diesem Tag glücklicherweise nichts zu spüren gewesen. Tauwetter setzte im Laufe des Tages ein und erleichterte das Fortkommen. Nach endlosen 24 Stunden erreichten sie Schwedt in der Uckermark. Vor der Oderbrücke hatte man in aller Eile Schützengräben ausgehoben, sowie Drahtverhaue und Barrikaden errichtet. Sperrwände hinderten die Sicht zur Stadt hin. Keiner der SS-Soldaten, die vor dem Brückenkopf in Stellung gegangen waren, und auch niemand aus den Reihen des Volkssturms, der hinter der Brücke bei Niederkränig in Panzerbekämpfungslöchern und Laufgräben verschanzt lag, hielt die

Fahrzeuge der Flüchtenden auf. Hier richtete man sich augenscheinlich auf massive Abwehrmaßnahmen ein. Vor der Stadtbrücke zur Innenstadt hin sicherten Maschinengewehrstände, Schützenpanzer und Artilleriegeschütze den Übergang über die Alte Oder. Tarnnetze überspannten die Straßen der Stadt. Unzählige Leute der Organisation Todt[77] waren trotz der frühen Morgenstunden auf den Beinen, errichteten Straßensperren und Bollwerke gegen Angriffe.

Ausgehungert, müde, frierend und erschöpft erreichte Sascha mit den Seinen in der schwindenden Finsternis des frühen darauffolgenden Tages eine geschützte Talsenke unweit des Westufers. Nahe bei einem Gutshof wurden die Pferde ausgespannt und in der Mitte der kleinen Wagenburg angebunden. Ein wärmendes Feuer war schnell entfacht. Man wähnte sich fürs Erste in Sicherheit. Die enorme Präsenz von Truppen und Verteidigungsvorkehrungen gaben Sascha und seinem Häuflein das Gefühl, der Katastrophe entronnen zu sein.

Tatsächlich erreichten die russischen Geschwader am 1. Februar an einigen Stellen die Oder. In Schwedt trafen die Vorauskommandos erst einige Tage nach der Weiterreise der drei Wagen ein. Saschas kleine Schar konnte so unbehelligt die Fahrt in Richtung Süden fortsetzen.

Adoleszenz

„Wenn ihr es draufhabt, dann lacht euch 'ne Rothaarige an. Die haben immer 20 PS mehr. Vor allem die Russenmädels sind scharf wie die Radieschen. Die wollen auch betreut sein."

Wenn es um Weiberröcke ging, war in Sputendorf immer gute Stimmung.

Harry Kemmerich saß neben mir. Er grinste breit. „Wer hat denn den Kessel auf den Ofen gestellt? Das Wasser kocht schon eine halbe Ewigkeit vor sich hin." Riedel brachte seinen Spind auf Vordermann und war der Einzige, der miesepetrig vor sich hin muffelte. „Du brauchst ja keinen Ofen zum Warmwerden. Dir ist heiß genug, wenn du an Trudi denkst." Manni klatschte sich auf die Oberschenkel und schüttete sich aus vor Lachen.

[77] Organisation Todt: Paramilitärische Bauorganisation im NS-Staat.

Draußen konnte man das Frühjahr schon riechen. Aus den Ritzen zwischen den Gehwegplatten vor der Baracke spitzten gelbe Löwenzahnköpfchen heraus. Seit Tagen wurde es wärmer und auch heute war herrliches Wetter. Ich schnippelte harte Dauerwurst auf einem Holzbrettchen zu Würfeln, schob mir ab und zu einen Brocken zwischen die Zähne und lauschte den amourösen Abenteuern, die die anderen zum Besten gaben. Hein van Kempen, der Fahrer in unserem Jagdquartett, hatte es faustdick hinter den Ohren. Ein paar Mal hatte ich ihn schon dabei beobachtet, wie er klammheimlich mit einer der Fremdarbeiterinnen im Fahrzeugschuppen verschwunden ist. Den Mädchen schien es auch zu gefallen. Waldi stand auf, nahm den Kessel vom Ofen und brühte Pfefferminztee auf. „Die große Brünette aus der Baracke am Zaun stand gestern mit ein paar anderen zusammen. Hinten am Weg zum Waschraum. Da hat sie mir zugerufen: *Da kommt er ja, der Vater meiner zukünftigen Kinder*. Was haben sich die Weibsbilder amüsiert und gekreischt."

„Und? Wann geht's los, du Casanova?"

Alle gaben ihren Senf dazu, gickelten, gackerten und glucksten über die aufgebotenen Schoten. Mir rutschte raus: „Wenn sich die späten Nebel dreh'n, wer wird bei der Laterne steh'n?" Aus allen Ecken kamen Kommentare. Hein hob den Zeigefinger in meine Richtung: „Schau mal an – der Kolja. Stille Wasser gründen tief. Die Lilli Marleen hat's dir wohl angetan." Schade, dass Helmut Rosenkranz und Waldemar von Wickmann nicht mehr dabei waren. Helmut hätte immer noch einen draufsetzen können. Die beiden waren versetzt worden. Irgendwo bei Küstrin standen sowjetische 76,2 mm Flakgeschütze herum. Beutegut. Im Umgang mit solchen Dingern waren die zwei echte Asse. Als Ersatz kamen zwei Fähnriche von der Fliegertruppe. Eugen Katczinsky und Heinrich Brümmerhoff. Denen war der Sprit für ihre Mühlen ausgegangen.

Die älteren Soldaten hockten in jeder freien Minute im Dorfwirtshaus und tanzten mit den Blitzmädels. Für uns junge war das tabu. Eigentlich war es uns sogar verboten. Doch es gab natürlich immer Mittel und Wege. Ein Bier hinten durch's Fenster und so. Unser Zugführer Wobbel schaute schon mal weg.

Vielleicht aus Mitleid gaben uns ein paar Gefreite den Tipp, dass am Ende der Dorfstraße in einem Mietshaus jede Menge Mädchen wohnten, die sicher auch gerne mal Gesellschaft bekämen. Harry machte mit einer von denen klar, dass wir mal vorbeischauen. Natürlich Kemmerich und Werth voraus, sind wir losgetrabt. Lemke, Weierich, Gerstenberger und ich hinterher. Die Stimmung war bombig. Na ja – langer Rede kurzer Sinn –, sie waren tatsächlich sehr aufgeschlossen. Wir flachsten und redeten viel. Manche verschwanden auch miteinander in einem der vielen Zimmer auf dem Stockwerk. Die Mädchen meinten, dass die Russen bestimmt bald hier wären und dass sie sich von denen aber mit Sicherheit keinen anlachen wollten.

Amerikaner, Briten und Kanadier waren Ende März über den Rhein übergesetzt. Die Russen lauerten noch an der Oder. Aber uns allen war klar, dass sie sich irgendwann weiterbewegen würden. Ein paar Brückenköpfe hatten sie schon besetzt. Auf einem Acker in der Nähe unseres Lagers habe ich mal eine Gruppe von Frauen bei einem Spaziergang getroffen. Die holten Kartoffeln aus einer Wintermiete. Als ich hörte, dass sie sich in Russisch unterhielten, sprach ich sie an. Sie waren irgendwie ganz aufgekratzt und in guter Stimmung. Wahrscheinlich waren sie deshalb so fröhlich, weil sie ahnten, dass ihre Landsleute bald da sein würden.

Von der Familie hatte ich keine Nachricht.

Leutnant Wobbel war in den freien Stunden fast so was wie ein Kumpel. Der nahm kein Blatt vor den Mund und sagte immer frei raus, wonach ihm gerade war. Wahrscheinlich war er deshalb noch nicht zum Oberleutnant befördert worden. Er sorgte dafür, dass bei uns am Standort nicht nur Dienst und Trübsal an der Tagesordnung waren. Fast jede Woche organisierte der etwas. Singen, musizieren, Spiele machen. Seit wir die Mädchen kannten, wurde auch manchmal getanzt. Einmal die Woche gingen wir ins Kino. Infanteriedrill gab's nur Montagvormittag. An den anderen Vormittagen dann meistens Fußball, Rugby und Waffenkunde. Als ein Kampfkommando der Hitlerjugend in einer Nachbarbaracke einquartiert wurde und einige von den Jungs rummaulten, weil sie der Meinung waren, bei uns

Panzerjägern gebe es zu wenig Drill und Disziplin, hatte Wobbel gerade wieder einem Malariaanfall und war schlecht drauf. Er wies den Kommandoführer zurecht: „Was wollt ihr denn, ihr Kindergartendeserteure! Geht schön Näschenputzen, ihr Schnoddernasen, und dann ab zum Mittagsschlaf." Der andere wurde wütend, brauste auf und fummelte sogar an seiner Pistolentasche herum. „Lass den Scheiß!", drohte Leutnant Wobbel mit erhobener Faust und ließ den Wichtigtuer einfach stehen. Wir waren so stolz, waren ja schon Männer und sechzehneinhalb. Die waren sechzehn und HJ-Rotznasen.

Von Papa wusste ich, dass sein Bruder Theodor, also mein Onkel Fedja, nicht weit vom Wannsee in Zehlendorf-West in einem Lager für französische Fremdarbeiter einquartiert war. Das war nicht weit von Sputendorf. Leutnant Wobbel genehmigte mir Ausgang und so besuchte ich Onkel Fedja. Vielleicht hätte ich es besser sein lassen. So misstrauisch, wie die anderen Franzosen in Onkel Fedjas Baracke glotzten, als ich in meiner deutschen Soldatenuniform reinstolziert bin, hatte ich echt Schiss, dass der Onkel Ärger mit seinen Kollegen bekommen könnte. Und als ich mich mit ihm dann noch in einem Kauderwelsch aus Russisch und Deutsch unterhielt, glotzten die deutschen Bewacher. Ist aber nichts passiert. Wir fanden irgendwo in der Nähe des Zehlendorfer Waldfriedhofs ein Gasthaus, in dem wir sogar dünnes Bier und Kartoffelsuppe serviert bekamen. Zehlendorf war nicht so kaputt wie Mitte. Onkel Fedja erzählte mir dann noch einige Familiengeschichten vom Gutshof meines Großvaters in Tscheremoschno, vom alten Onkel Kyrill, den Tanten, seiner Mutter in Moskau und andere Sachen, die mir neu waren. Gegen Abend begleitete ich ihn wieder in seine Unterkunft zurück.

Und am Führergeburtstag, am 20. April, wurden sogar zwei Schweine geschlachtet. Was für ein Fest! Einmal gab es Bier und Schnaps für uns auf Kosten des Deutschen Reichs. Das war das erste Mal, dass es mich voll in einen Gartenzaun geschmissen hat. Meine Beine wollten einfach nicht mehr. Und am nächsten Morgen glaubte ich, dass mir der Stahlhelm nicht mehr passen würde. So dick fühlte sich mein Brummschädel an.

Um diese Zeit herum ging's dann richtig los. Die Sowjets begannen am 16. April ihre letzte Offensive. Ruckzuck standen sie vor Berlin. Drei Tage lang wurde auf den Seelower Höhen versucht, die Dampfwalze aufzuhalten. Bis den meisten von unseren Panzern der Sprit ausging. Vergangenen Mittwoch dann, es war wohl zwei Tage vor dem Führergeburtstag, hatten sie sich näher herangekämpft und wir mussten raus. Südlich von Spudendorf warteten wir auf die näherkommende Armada. Wir hockten in unseren Schützengräben, lauschten und warteten. Man hörte sie deutlich, aber es war so dunkel, dass man sie einfach nicht erkennen konnte. Es war lausig kalt, aber wenigstens kein Regen. Ein Melder kam aus der Finsternis angeradelt, schmiss den Drahtesel hin, rannte durch unsere Linie und rief: „Nicht schießen! Das sind deutsche Panzer!"

Thüringer Spargel

Sascha hatte Hummeln im Hintern. Trotz der trügerischen Ruhe an der Oder gewährte er seinen Mitreisenden und den Tieren nicht länger als zwei Tage Erholung. Ganz in der Nähe der Senke, in die sich die drei Treckwagen bei ihrer ungestümen Flucht über die Oder retten konnten, hatten sich vier Sturmgeschütze eines SS-Jagdverbandes eingegraben. Unheilvoll lauerten die Stahlmonster in ihren Stellungen, bereit loszufeuern. Nur die Kanonenrohre ragten aus den Tarnnetzen. Auf den Straßen trafen mehr und mehr deutsche Militärverbände ein. Ein untrügliches Zeichen für zu erwartende Kämpfe. Josef Hellwig und Sascha befürchteten erneut eine unfreundliche Abkommandierung zum Volkssturm. Deshalb blickte Sascha kurzerhand auf seine Karte und entschied, südlich an Berlin vorbei Erfurt als Fernziel anzusteuern. Unterwegs erfuhren sie, dass in Zossen bei Berlin ein Sammelort für Flüchtlinge aus dem Leslauer Gebiet eingerichtet wurde.

Auf allen Routen trafen sie auf Trecks und versprengte einzelne Fuhrwerke von Ostpreußen, Schlesiern, Pommern, Neumärkern und Leuten von weiß-Gott-woher. Alle rollten planlos nach Süden, Westen oder auch nach Norden. Manche lagerten in Waldstücken, weil ihnen irgendwelche

Musterungskommissionen des Ersatzheeres, die die letzten Kräfte zusammensuchen sollten, ihre Pferde weggenommen hatten. Andere waren es leid, irgendwo zum x-ten Mal erfolglos um Unterkunft zu betteln. Hoffnung keimte auf, als die Nachricht die Runde machte, dass der Ansturm der sowjetischen Armeen nun endgültig an Oder und Neisse gebrochen wurde und sie diese Flüsse niemals überwinden könnten.

Sollten andere sich mit solchen Parolen beruhigen lassen – Sascha wollte nicht so leichtgläubig sein. Voller Ungeduld stimmte er zu, in Zossen für Mensch und Tier eine vierzehntägige Verschnaufpause einzulegen. Sein Geist blieb wachsam, Augen und Ohren offen und alle seine Antennen waren auf Anzeichen für ein weiteres Vorrücken der Roten Armee gerichtet. Außerdem war er sowieso ziemlich erzürnt. Ausgerechnet viele der Parteibonzen und Heimatkrieger, die eine rechtzeitige Flucht verhindert hatten, liefen hier in Zossen herum, als wäre nichts geschehen. Am liebsten hätte er sich einen von denen gegriffen und ihm kräftig eingeschenkt. Einige dieser Halunken hatten sich schon vor den Trecks abgesetzt, konnten noch Eisenbahnzüge erreichen oder ohne die Strapazen und Gefahren, denen die Trecks ausgesetzt gewesen sind, mit einem PKW gen Westen fahren.

Aber endlich kehrte nach den Tagen des Chaos und des Schreckens erstmalig wieder ein Anklang von Ordnung ein. Informationen wurden ausgetauscht und eine Grundversorgung für Kleinkinder, Schwache und Entkräftete war trotz aller Widrigkeiten möglich. Man musste überall anstehen, doch was hatte man sonst auch zu tun? Versprengte und abgehängte Fuhrwerke trudelten nach und nach ein. Als zur Ausgabe von Feuerholz aufgerufen wurde, reihten sich Sascha, Nelly Langmann und Josef Hellwig in die Reihe der Wartenden ein und hofften darauf, das kostbare Gut in Empfang nehmen zu können.

„In der Rotkreuzbaracke ham' se bei der Kleiderausgabe gesagt, dass sich der Greiser[78] einfach so aus Posen abgesetzt hat.

---

[78] Arthur Greiser war *Gauleiter* bzw. *Reichsstatthalter* für den *Warthegau.* Setzte sich am 20.1.1945 aus Posen ab, ging zur Kur nach Karlsbad, reiste im März 1945 in die Alpen. Von US-Truppen inhaftiert, 1946 Hinrichtung in Polen.

Die Sau!" Nelly konnte sich kaum zurückhalten. „Erst Posen zur Festung erklären, alle anweisen, bis zum letzten Blutstropfen zu kämpfen und dann in ein Flugzeug steigen und Verschwindikowski machen."

„Nelly!", rief Hellwig erschrocken und griff mit der Hand an seinen Mund, „nicht so laut!"

„Ist doch wahr", lamentierte Nelly mit gedämpfter Stimme weiter. „Und wo sind denn jetzt die versprochenen Wunderwaffen? V1, V2 und wie sie alle heißen. Ich hab keine gesehen. Nur alte Männer mit bleichen Gesichtern und Karabinern von Anno Tobak."

„Du hast ja recht. Diese Banditen! Lausige Lügner und Betrüger", schimpfte ihr Stiefvater zurück, aber nicht ohne sich vergewissert zu haben, dass keine falschen Ohren in der Nähe waren.

„Dreiers sind eingetroffen. Ich habe Waldemar vorhin gesprochen. Er will auch hierher zur Brennholzausgabe kommen." Sascha senkte traurig den Blick. „Von Arthur Weis hat man seit Scharnikau nichts mehr gehört oder gesehen. Ich konnte ihn in dem Durcheinander in Scharnikau nicht mehr über die Brücke rüberholen. Die Sachen auf unserem dritten Wagen sind nicht wichtig. Aber wo mag er geblieben sein?"

„So viele sind zurückgeblieben, Sascha. Manch einer wird sich wieder einfinden", versuchte Hellwig Sascha zu beruhigen. „Und manchen werden wir wohl nie mehr wiedersehen. Man kann nur beten, dass die Bolschewiken und auch die Polen nicht alle erschlagen werden. Vielleicht haben die Dreiers Nachricht von ihm."

„Von dem Treck aus Ehrstätten[79] hat man auch noch nichts gehört", setzte Sascha die Aufzählung der Verluste fort. „Meine Schwägerin Martha ist mit denen aufgebrochen. Vielleicht sind sie weiter südlich gefahren."

„Dann wären sie aber ziemlich sicher überrollt worden. Ich glaube nicht, dass sie auf der südlichen Route durchgekommen sind. Die roten Jagdkommandos und die Tiefflieger, die uns so zugesetzt haben, kamen doch alle aus südlicher Richtung", gab

[79] Ehrstätten: polnisch Chocen.

Hellwig zu bedenken. „Ich hätte niemals geglaubt, dass wir da nochmal davonkommen könnten. Man muss dem Herrn dankbar sein, dass wir unser Leben behalten haben. So viel Not! Und so viel Leid. Bei einer Rast vor Soldin wurde einer Kolonistin aus Korist das Kind in den Armen totgeschossen von einem Jagdflugzeug. Aber vielleicht war es ja auch ein anderes Geschoss. Wer weiß das schon. Da hat es ja von allen Seiten her gekracht. Es war so schrecklich. Wir hatten gedacht, wir wären sicher und könnten bei einer Pionierstellung rasten. Aber das war ein schlimmer Fehler."

Aus weiter Ferne waren plötzlich Geschützdonner oder auch Bombeneinschläge zu vernehmen. Unruhe ging durch die Reihen. Sascha hob witternd den Kopf, kniff die Lippen zusammen und fasste nach Hellwigs Handgelenk. „Josef, lass und aufbrechen. Das wird mir hier zu mulmig. So nahe an Berlin."

„Jetzt stehen wir hier schon seit zwei Stunden an, Sascha. Das Gedonnere ist noch weit weg. Vielleicht ein Luftangriff auf Berlin. Das tut uns nichts. Lass uns wenigstens noch das Holz mitnehmen!", wetterte Nelly und zupfte dabei Sascha am Oberarm, „ihr beide bleibt und schaut zu, dass ihr genug Brennholz auf den Wagen verstaut. Und ich geh' zu Mama, ihr Bescheid geben. Lisa wird Annchen erst versorgen müssen. Kira stromert auch irgendwo herum. Der soll nach Dreiers Ausschau halten. Vielleicht wollen sie sich uns anschließen. Die Tanten und Ira müssen sich bestimmt auch erst noch richten." Mit diesen Worten machte sie stracks auf dem Absatz kehrt und eilte los. „Nelly! Da hinten. Dreiers sind wohl in der hinteren Barackenzeile untergekommen!", konnte ihr Sascha gerade noch hinterherrufen. Mit ausgestrecktem Arm und der flachen Hand zeigte er in die ungefähre Richtung.

Vorbei an Luckenwalde und Wittenberg eilten die vier Gespanne der Stadt Halle an der Saale zu, Stute und Ziege tapfer hinterhertrabend. Aber erst in Gebesee bei Erfurt erschien es Sascha sicher genug. Und da sie zu den ersten Flüchtlingen aus dem Osten gehörten, die Thüringen und das Gebiet um Erfurt erreichten, wurden sie freundlich von der ansässigen Bevölkerung aufgenommen. Beim Bauern Bergt fanden sie Quartier und

Unterstützung. Der konnte in der beginnenden Spargelsaison eine helfende Hand und Ackertiere gebrauchen und so kam ihm Sascha mit den Pferden gerade recht. Das Alltagsleben hier war um Welten von dem Chaos entfernt, das wenige hundert Kilometer weiter östlich tobte. Auch Dreiers und Hellwigs fanden Arbeit und freundliche Unterkunft bei Bauern.

Von der Pritsche eines westwärts rumpelnden Wehrmachts-LKWs kletterte an einem schönen Frühjahrstag Tatjana. Wie aus dem Nichts. Einige Tage vorher war sie in Lemberg in einem völligem Chaos und nur mit einem leichten Mantel bekleidet bei eisigen Temperaturen auf das Fahrzeug gesprungen. Es gehörte zu den letzten, die dort gerade noch vor der Roten Armee türmen konnten. Soldaten zogen in letzter Minute Zivilisten auf die offene Ladefläche. Dicht gedrängt wärmten sie sich gegenseitig, wechselten von Zeit zu Zeit die Plätze und dankten ihrem Schicksal. Ira war im Glückstaumel, als sie ihre Tochter nach den Wochen des Bangens und der Ungewissheit wohlbehalten wieder in die Arme schließen konnte. Und die beiden Tanten hatten jemanden, den sie umsorgen und bemuttern konnten.

Doch in dieser kleinen Ruhezone des Deutschen Reichs hatten sich natürlich auch Überbleibsel von verblendeter Siegeszuversicht erhalten. Einige Verbissene hielten an ihrem Durchhaltewillen fest. Zornige Luftangriffe der Westalliierten konzentrierten sich auf Erfurt, Gotha und andere Städte des verbliebenen Restreichs. Dresden hatte Wochen vorher, am 13. Februar, die schrecklichsten Stunden seiner Geschichte durchleben müssen. Und die Vorausabteilungen der amerikanischen Streitkräfte rollten schon auf Gotha zu. Auch hier war ein aufgeregter Parteibonze noch wild entschlossen, Sascha zum Volkssturm pressen zu wollen. Doch Sascha packte eiligst sein Bündel. Lisa, Kira, Annchen und die anderen waren ja bei Bergts gut aufgehoben. So verschwand er einfach für einige Tage im Wald, warf sein Parteiabzeichen in den nächsten Bach und erklärte für sich und die Seinen den Krieg als beendet.

Doch eben nur den Krieg – und nicht die Ängste, nicht die Fluchtgedanken. Und wie zu erwarten, rückten nicht die Russen, sondern die Amerikaner in Gebesee ein. Tage zuvor waren sogar die Bombardierungen der größeren Städte eingestellt worden, die den zweifelhaften Zweck hatten, die Zivilbevölkerung mürbezumachen. Erfurt und Gebesee hatten einfach unerhörtes Glück. Anfang April standen fast 400 Bomber startbereit auf dem Rollfeld und die tödliche Last war ausschließlich für Erfurt und Umgebung bestimmt. Aber Briten und Amerikaner erachteten die Gefahr als zu groß, eigene vorrückende Truppenteile versehentlich unter Feuer zu nehmen, und so wurde der Luftangriff abgeblasen.

In aller Eile zogen die deutschen Behörden die Gefangenen aus den KZ-Außenlagern von Buchenwald ab und ließen sie ins Hauptlager nach Weimar marschieren. Beim Pflügen auf einem Spargelacker beobachtete Sascha einen langen Zug jämmerlicher Gestalten, der unter strenger Bewachung in östliche Richtung vorbeizog. Vom Bürgermeister kam die Anordnung, dass all diejenigen, die nicht über geeignete Luftschutzkeller verfügten, Erdgruben ausheben sollten als Schutz gegen die alliierten Tiefflieger, die jetzt fast täglich über der Region zu beobachten waren. Mit den Pferden fuhr Sascha nicht mehr zu den Spargelfeldern. Bei einem Fliegerangriff hätte er die Tiere nicht mehr rechtzeitig in Sicherheit bringen können. Nur alleine und mit einer Harke bewaffnet suchte er in diesen Tagen die Äcker auf.

Wenige Tage später richtete sich ebenfalls in Saschas Sichtweite ein kleiner Trupp Wehrmachtssoldaten und eine Kompanie Waffen-SS im Schutze von Wohngebäuden ein und verschanzten sich gegen die anrückenden Amerikaner. Sascha erkannte vom Feld aus, dass es sich dabei wirklich um ein letztes Aufgebot handeln musste. Alle mager und ausgemergelt, viele betagt.

Als es dann so weit war, feuerten irgendwelche Idioten dummerweise tatsächlich Schüsse von dem etwa drei Kilometer südlich gelegenen Weiler Andisleben her gegen die anrückenden amerikanischen Bodensoldaten des Generals Patton. Und zu allem Überfluss tauchte plötzlich eine *Me 109* am Himmel auf und beschoss amerikanische Fahrzeuge. Das Ende vom Lied war eine massive Antwort von amerikanischer Seite. Häuser wurden von Mörsergranaten getroffen, stürzten ein, begruben Zivilpersonen in ihren Luftschutzlöchern, bis der Bürgermeister ein weißes Bettlaken am Kirchturm hisste. Die Soldaten hatten ihre gefallenen und verwundeten Kameraden zurückgelassen und ihr Heil in wilder Flucht gesucht.

Morituri

„Wir ziehen uns ins Olympiastadion zurück!" Leutnant Wobbel trieb zur Eile an. Auf der ganzen Breite zogen sich unsere Einheiten aus dem Süden in Richtung Innenstadt zurück. Beim Anblick der Ausbeute unserer Schweineschlachtung lief uns das Wasser im Mund zusammen. Aber hier in Sputendorf war es inzwischen zu brenzlig. Leutnant Wobbel konnte gerade noch die obligatorische Führergeburtstagsansprache halten, dann rein in die Kübelwagen und mit allem Gepäck und Gerödel durch den Grunewald in Richtung Stadion. Vorauskommandos der Roten Armee setzten alles daran, Berlin einzuschließen.

In den Umkleidekabinen neben dem Schwimmbecken verstauten wir erst mal unsere Ausrüstungen und bereiteten alles für das Festmahl vor. Die Küche der Schwimmbadgaststätte war ja bestens ausgestattet. Hier, in dieser Ecke der Stadt, waren wir noch sicher.

Nach dem Gelage suchte jeder ein Ruheplätzchen, haute sich hin und wir schliefen ein paar Stunden. Schon bald hieß es wieder: „Aufsitzen!" Und alle drei Züge rückten in Richtung Osten aus. In Pankow waren die ersten russischen Panzer eingefallen. General Sydow hatte uns den Auftrag erteilt, bis zum Samstagmorgen die Lage zu erkunden und zu melden.

Jetzt wussten wir, dass es losging. In einer langgezogenen Reihe krochen unsere Fahrzeuge durch die nächtliche Stadt. Im Wedding war es noch ruhig. Ein lauer Wind strich um mein Gesicht. Ruhig, aber zum Bersten gespannt suchten unsere Augen jede Straßenecke und jede Fassadenzeile nach versteckten Gefahren ab. In der Ferne kündigte sich das Gewitter an. Die ersten Sowjettanks kamen wie die Husaren in die Stadt gefahren. Völlig ohne Schutz und Infanteriebegleitung. Das war ein gefundenes Fressen für uns.

Unsere Volkswagen schwärmten gruppenweise aus und versuchten, irgendwie Sichtkontakt zu halten. Leutnant Wobbel führte unseren Zug an. Er fuhr auf einem Motorrad vorneweg. Unsere drei Kübel rollten in langsamer Fahrt mit abgeblendeten Scheinwerfern hinterher. Mit entsicherten Waffen saßen wir gespannt lauernd und beobachteten jede Bewegung. Die Verdecke waren geöffnet. So hatten wir gute Rundumsicht. Eigentlich war in der Dunkelheit der letzten Nachtstunden nicht viel zu erkennen. In anderen Straßen dröhnten Motoren, wummerten Geschosse, knatterten Maschinengewehr-Salven.

Dann ein Schrei und ein splitternder Aufschlag. Rumms! Wobbel krachte in einen LKW, der von irgendwoher plötzlich aufgetaucht war. Er stürzte und blieb bewusstlos liegen. Hein van Kampen stoppte abrupt. Werth und ich sprangen aus dem Kübel und zogen Wobbel zur Seite. Keine drei Straßen weiter musste die Hölle losgebrochen sein. Ohrenbetäubender Lärm und ein Feuermeer in östlicher Richtung. Leutnant Wobbel kam zu sich und konnte uns nach einiger Zeit wieder anführen. Wieder aufsitzen! Weiter! Gespenstisch huschten Gestalten an den Wänden der Gebäude entlang.

Wir bogen in eine breite Straße ein. Nicht weit vor uns stand ein Lastwagen, der entladen wurde. Verdammt! Das war ein russischer LKW! Hein trat wie ein Irrer auf die Bremse. Wie von Taranteln gestochen sprangen wir von den Fahrzeugen und begannen sofort auf die Russen loszuschießen. Die Antwort ließ keine drei Sekunden auf sich warten. Mündungsfeuer blitzten überall auf. Kugeln pfiffen und Querschläger klatschten aus allen Richtungen. Ich suchte Deckung hinter einem gestrandeten Trambahnwagen. Der stand gerade richtig für mich. Wilde Schreie und Kommandos drangen durch das Geknatter der MP-Salven. Jemand schleuderte eine Handgranate in Richtung des russischen Transporters. Sie explodierte unter dem Motor. Splitter klatschten auf der anderen Seite gegen die Tram. Im Nu stand das Fahrzeug lichterloh in Flammen. Ich hechtete los, drückte mich in einen Hauseingang und schoss mein ganzes Magazin leer. Furcht hatte ich in diesem Augenblick überhaupt nicht. Werth, der hinter einem anderen Fahrzeug Deckung gesucht hatte, nutzte meine Schießorgie als Feuerschutz. Mit einem beherzten Satz sprang er zu mir in die Eingangsnische und machte sich so klein es ging. Der lange Lulatsch! Panzer waren in unserer Straße glücklicherweise nicht zu sehen. Hin und wieder jagte einer laut aufbrüllend und mit klirrenden Ketten über eine entfernte Straßenkreuzung. Ich schob ein volles Magazin in die MP. Die Flammen des brennenden Wagens warfen gespenstische Schatten auf die dunklen Hauswände.

Von der gegenüberliegenden Seite her wurde weiter geschossen. Während wir in der Fluchtecke kauerten, fiel aus einem der Fenster über uns eine Handgranate direkt vor uns auf den Bürgersteig. Zu nah für sicheren Schutz, zu weit, um ihr einen Fußtritt geben zu können. Sie blieb aber nicht liegen, sondern begann zu rollen. Uns stand der Schweiß auf der Stirn. Seither bin ich sicher, dass es wohl tatsächlich Schutzengel geben muss. Die Granate kullerte vom Bordstein und – eigentlich nicht zu glauben – sie verschwand in einem Kanal, der ohne Gullydeckel offenstand! Ganz kurz nach dem Plumps ergoss sich eine Wasserfontäne mit ohrenbetäubendem Knall aus dem Kanalschacht. Jetzt erst jagte mir der Gedanke durch den Kopf: *Mein Gott! Nix wie weg, die hocken ja schon über uns im Haus!* Auf ein Zeichen stürmten Werth und ich los. Unsere MPs hatten wir nach oben gerichtet und schossen, was das Zeug hielt. Im Laufen konnte Werth eine Handgranate aus seiner Tasche ziehen. Ohne anzuhalten, schleuderte er die Eiergranate in Richtung des geöffneten Fensters über unserer Fluchtnische. Ich spurtete und zählte: 21-22-23-24, Volltreffer!

Hein van Kampen und die anderen Fahrer hauten sofort den Rückwärtsgang rein, nachdem wir abgesessen waren, und brachten die Kübel in Sicherheit. Etwas abseits, neben einer Kleingartenkolonie, warteten sie, bis wir uns wieder gesammelt hatten. In der Morgendämmerung erkannte ich hinter einer Schuttbarrikade ein Grüppchen Volkssturmleute. Alle über sechzig. Sie drückten sich ängstlich hinter den Schutzwall und ich konnte den Schrecken auf ihren Gesichtern ablesen.

In unserem Zug waren keine Verwundeten oder Toten zu beklagen. Nach dem Einsatz zogen wir uns zu einer Rast in die

Olympiagaststätte zurück. Weiter zur Innenstadt hin hörten die Gefechte auf. Es ging ruhiger zu. Unsere Autos wurden unter dem Rundgang abgestellt, der das Stadion umgibt. Da waren sie durch die Säulen etwas geschützter als unten auf dem Stadionrasen. Und wir hatten sie in unserer Nähe. Alle drei Züge kamen wieder zusammen, allerdings gab es in anderen Gruppen bereits Ausfälle. Ein Gefreiter hatte einen Schuss ins Knie erhalten. Er wollte seiner Gruppe Feuerschutz geben, kniete feuernd in einem Hauseingang und hatte wohl sein Knie dabei etwas zu weit vorgeschoben. Auf dem Weg zum Olympiastadion lieferten ihn seine Kameraden in einem Krankenhaus ab. Sein Bein musste amputiert werden.

Der Zug von Hauptwachtmeister Garmischer kam nach uns im Stadion an. Erschöpft schleppten sich die Kameraden die breite Treppe zur Gaststätte hoch. Garmischer fehlte. Erst am späten Nachmittag war er plötzlich wieder da. In Zivilistenkleidung! Die Geschichte, die er erzählte, klang phantastisch. Er sei in einem Schützenloch gesessen, als ein T34 vor ihm auftauchte. Da er eine Panzerfaust dabeihatte, zielte er auf den Panzer. Die Besatzung erkannte wohl ebenfalls die Gefahr und schoss im selben Moment zurück. Garmischer deutete an seinem Oberarm vorbei: „Die Granate ist *so* dicht an meinem Brustkorb vorbeigesaust", dabei bemaß er mit Daumen und Zeigefinger eine wirklich kleine Distanz, „... und irgendwo hinten explodiert. Die Druckwelle hat mir einen Schock versetzt. Ich war bewusstlos und bin ins Loch gerutscht." So ein Massel[80], dass er rechtzeitig zu sich gekommen ist. Die ausgeschwärmten Sowjetsoldaten hätten ihn sonst geschnappt. Irgendwie muss er sich in einen Keller geschleppt und mit Kartoffelsäcken zugedeckt haben. Sie haben ihn jedenfalls nicht gefunden. Beim eiligen Durchwühlen stöberte er in dem leeren Haus Zivilistenkleidung auf, zog sie an und begab sich zu einem sowjetischen Verbandsplatz in der Nähe. Die haben ihm dann den Brustkorb verbunden und ihn wieder gehen lassen. Unterwegs freilich hatte er Probleme, weil ihm unerwartet deutsche Volkssturmleute über den Weg gelatscht sind. Die meinten, er sei ein

80 Massel: aus dem Jiddischen entlehntes Wort für Glück.

Deserteur, und wollten ihn erschießen. Als Hauptwachtmeister hatte er aber dann so viel Chuzpe[81] und verbot es den Volkssturmleuten, weil sie keine Autorität über aktive Soldaten besitzen würden. Es klappte – und er kam zum Kommando zurück. Wäre er auf Feldgendarmerie oder Waffen-SS gestoßen, hätten die kurzen Prozess mit ihm gemacht.

Ich ging nach draußen und zündete mir eine Zigarette an. Hein van Kampen hockte hinter dem Mäuerchen der Gaststättenterrasse und qualmte ebenfalls. „Hein – was meinst du?“, fragte ich etwas dummdusselig. „Wird das wieder ruhiger? Oder bleibt das so? Du bist doch ein alter Hase.“ Hein blies fassungslos Rauch durch die Nase aus. „Mensch, Kolja!“ Er schüttelte entgeistert den Kopf. „Junge – denkst du, der Krieg hört nachts auf?“

Wie zur Bestätigung feuerten Panzer gleich darauf nicht allzu weit entfernt Schüsse ab. Um meinen Kopf herum zirpten Gewehrgeschosse und schlugen klatschend in der Mauer der Gaststätte ein. Meinen Helm hatte ich auf einen Tisch gelegt. Ich schmiss mich hinter das Mäuerchen neben Hein. Von nicht weit her vernahmen wir herzzerreißende Schreie. Ich lugte über das Mäuerchen und sah ungefähr zehn Meter vor der großen Treppe einen verwundeten Soldaten liegen. Ich wollte los, um ihm zu helfen. Hein fiel mir in den Arm und hielt mich zurück. „Langsam, Junge. Erst schauen!“ Vorsichtig sondierten wir beide die Lage. „Da sind Scharfschützen!“, zischte Hein. „Du kannst ihm nicht helfen. Da riskierst du dein eigenes Leben. Die machen dich kalt.“ Mit der ganzen Hand umschloss er fest meinen Oberarm. „Das musst du jetzt aushalten.“

Tatsächlich hatten sich unbemerkt sowjetische Scharfschützen rund um das Olympiastadion verteilt. Unser Kommando wechselte deshalb noch am selben Tag nach Mitte. In der Technischen Universität an der Hardenbergstraße wurden die Reste unseres Panzerjagdkommandos zusammengesammelt. Davor der große Platz, das *Knie*[82], mit Eingängen zur U-Bahn. Aus unseren Klamotten waren wir seit Wochen nicht richtig rausgekommen. Wegen der Luftangriffe schliefen wir immer

[81] Chuzpe: aus dem Jiddischen entlehntes Wort für Dreistigkeit, Frechheit.
[82] Knie: später *Ernst-Reuter-Platz*.

angezogen. Nur die Ausflüge ins Hallenbad gaben uns in der Vergangenheit Gelegenheit, mal die Wäsche zu wechseln.

Am kommenden Tag wieder rein in die Kübel und nach Friedrichshain. An den Straßenrändern standen ausgebrannte Fahrzeuge und leergeschossene Artilleriekanonen herum. Die Hausfassaden strotzten von Splitter- und Geschosstreffern. Ihnen war anzusehen, dass es hier überall heftig gekracht hatte. Wobbel erklärte uns, dass man uns als Spezialisten gerufen hätte, um ein sowjetisches Maschinengewehrnest zum Schweigen zu bringen. Das habe sich im Schutze der Panzer eingenistet und hielt eine große Straßenkreuzung unter Beschuss. Der komplette deutsche Truppenverkehr sei gestört. Als er verkündete, dass uns die Offiziere anforderten, weil ihre eigenen Leute im Umgang mit den Panzerfäusten unerfahren waren, blies es uns mächtig viel Stolz in die Backen. Die Waffe war für viele altgediente Soldaten neu und machte auch auf die Erfahrenen gehörigen Eindruck. Und die Iwans fürchteten sie sowieso. Petersohn, Gerstenberger, Heimann, Werth und ich bekamen den Auftrag, uns ungesehen zu verteilen, an die Stellung heranzuschleichen und gemeinsam loszufeuern. Noch besser wäre es gewesen, wenn einer von uns unbeobachtet zu einer Straßenecke hinter dem MG-Nest gekommen wäre. Der hätte aus kürzerer Distanz direkt draufhalten können. Aber wer sollte die Fahrbahn überqueren? Das konnte keiner ungesehen schaffen. Die ganze Sichtachse war für die MG-Schützen gut einsehbar. Außerdem schleppten wir schwer an Panzerfäusten, Maschinenpistolen und sonstiger Ausrüstung. Keiner von uns wollte es wagen. Doch mit einem Mal rannte Heimann plötzlich los und versuchte es.

„Heimann, pass auf!"

Das MG knatterte los und Heimann brach in vollem Lauf zusammen. Seine Beine waren durchsiebt.

Das war für uns wie ein Signal. Ohne zu zögern gaben wir anderen uns sichtbare Zeichen und richteten unsere Panzerfäuste auf das Ziel. Alle gemeinsam. Alle gleichzeitig. Die Granaten zischten ab, wir warfen uns in Deckung. Ein fürchterlicher Schlag. Staub, Rauch und Splitter flogen umher. Nach einiger

Zeit wagte ich es und lugte hinter dem Mauervorsprung hervor, hinter dem ich kauerte. Eine Staubwolke trieb die Straße entlang. Vom Maschinengewehr her kam keine Antwort mehr zurück. Wir konnten Heimann bergen und an Sanitäter übergeben. Er wird es wohl nicht überlebt haben.

Transportfahrzeuge, die in sicherer Entfernung abgewartet hatten, kreuzten wieder den Knotenpunkt. Ein Wehrmachtstrupp richtete sich neben der Position des russischen MG-Nests ein. Der Betrieb ging weiter. Ich erkannte Leutnant Wobbel im Gespräch mit einem Goldfasan. Sie standen neben einem unserer Kübel. Leutnant Wobbel schüttelte energisch den Kopf. Ich konnte nicht verstehen, worüber sie sprachen. Zu viel Lärm ringsherum. Doch Wobbel wartete, bis wir uns alle wieder zusammengefunden hatten, und rief uns zur Lagebesprechung. Das Gespräch schien ihn aufgewühlt zu haben, so dass ihm wichtig zu sein schien, uns unverzüglich mitzuteilen, welche Ungeheuerlichkeit der Bonze von ihm verlangt hatte. „Nicht weit von hier soll ein russischer Verbandsplatz sein." Er rang sichtlich nach Worten, um sich nicht im Ton zu vergreifen. „Der Herr Parteifunktionär wollte uns den Auftrag erteilen, dass wir eine Lücke suchen sollten, um hinter die russischen Linien zu gelangen. Und hinter den Verbandsplatz." Die Sache erschien Leutnant Wobbel so mies, dass er bedenklich den Kopf schüttelte. „Der wollte allen Ernstes, dass wir Verwundete zusammenschießen." Er spuckte aus, holte noch mal tief Luft und schaute jedem von uns tief in die Augen: „Ich habe dem Herrn mitgeteilt, dass ich denke, so ein Vorgehen ist gegen jede Konvention und dass ich es für unwürdig und für Mord halte, wenn man so gegen Wehrlose vorgeht. Das hat ihm nicht gefallen."

Schweigend und beeindruckt von Wobbels Haltung nahmen wir unsere Plätze in den Fahrzeugen ein. Unser Auftrag war erledigt und wir zogen uns zurück. Vor einigen Geschäften sah ich lange Schlangen von Leuten, die versuchten, Brot, Gemüse oder irgendetwas zu ergattern, das gerade erhältlich war. Entlang der Siegesallee, vor dem Brandenburger Tor, hingen an Gaslaternen drei alte Männer mit Schildern um den Hals. Ich konnte im Vorbeifahren lesen: *Ich hänge, weil ich zu feige war, Frauen und Kinder zu verteidigen.* Einem der Alten, einem glatzköpfigen Mann, waren seine falschen Zähne fast aus dem Mund gefallen. Mit einer Ecke hatten sie sich im Mundwinkel verhakt. Mensch, war das ekelhaft. Alles in mir zog sich zusammen.

Dann waren wir auch schon wieder in der Technischen Universität, TU. Die Pause dauerte aber nicht lange. Wir wurden weiter westlich nach Charlottenburg beordert. Panzer waren im Westend eingedrungen. „Irgendwo in den Häusern dort sitzen die Russen. Schmeißt sie raus!" Das war ziemlich genau zwischen dem Olympiastadion und dem Knie gelegen. Inzwischen wurden meine Ortskenntnisse besser. An den Rändern war die Stadt offenbar eingekreist. Russische Stoßtrupps schienen ins Zentrum vorzudringen. Überall Rauch und Zerstörung. Zivilisten irrten durch die Straßen, zerschossene Gebäude, ausgebrannte Fahrzeuge und leblose Körper, wohin man blickte. Und dann noch die Bedrohung aus der Luft. Es war gnadenlos, aber unsere Gedanken waren nur darauf konzentriert, unsere Aufgabe zu erfüllen und danach wieder an einen sicheren Ort zu kommen.

In unseren Tarnmonturen schlichen wir uns an den Häuserblock heran. Ich erspähte einige Leute in SA- und in Polizeiuniformen, die sich sehr unvorsichtig verhielten und einfach da rumspazierten. Irgendwo mussten die verfluchten Scharfschützen sein. Sie wechselten die Position und wir konnten sie nicht so richtig lokalisieren. Den Polizisten und Parteibonzen konnten wir kein Zeichen geben. Denn dann hätten wir die Aufmerksamkeit der Schützen auf uns gezogen. Es dauerte nicht lange und einer nach dem andern sackte zusammen, fiel um und blieb liegen. Wir tasteten uns an ein Eckgebäude heran und verschanzten uns dort. Von da aus konnte man die Fenster sehen, aus denen die tödlichen Schüsse kamen. Aus einem der Kellerfenster schoss ein Maschinengewehr. Was wir auch versuchten, wie wir auch unsere Panzerfäuste zum Einsatz bringen wollten – es gelang nicht. Die Scharfschützen waren immer schneller. Ganz präzise und tödlich. Einer aus dem Zug von Glasner rannte ins Treppenhaus. Schritte hasteten nach oben. Ich glaube, er hieß Eschweiler und stammte auch aus der Stadt an der belgischen

Grenze mit demselben Namen. Oder wir nannten ihn nur so, weil er eben von da kam. Wenig später sah ich eine Panzerfaust in das geöffnete Fenster zischen, hinter dem sich das MG befand. Die Granate stieß gegen die gegenüberliegende Mauerwand und explodierte. Das MG schoss nicht mehr. Die Sprengkraft hatte ausgereicht. In einem der Räume fanden wir eine Liege. Die schoben wir an ein Fenster heran. Darauf konnte sich einer von uns an die Fensterbrüstung legen und so versuchen, einen der Scharfschützenhunde zu erwischen. Von unseren Fähnrichen wagte einer den Versuch. Brümmerhoff. Er bezahlte sehr schnell mit dem Leben. Danach wagte sich keiner mehr auf diese Todesfalle. Ein aufgeregter Polizeioberst platzte herein und schrie herum, warum wir so feige wären. Er spielte den Helden, versuchte es selbst, legte einen Karabiner an und keine 30 Sekunden später war auch er zum Schweigen gebracht. Egal, aus welcher Position wir es versuchten, es war nichts zu machen. Mindestens fünf Kameraden aus unserem Kommando waren so todesmutig. Katczinsky war auch darunter. Allen wurde ins Gesicht oder in den Mund geschossen. Es war ein Blutbad. Die Schüsse drangen in die Lungen und schäumendes Blut quoll aus Mündern und Nasen. Ein weiterer Polizeioffizier stürzte herein, schrie herum und markierte den großen Mann.

„Ich lass mir doch das Kommando nicht für nix und wieder nix zusammenschießen! Ihr könnt selber zusehen, wie ihr die Iwans rauskriegt!“, brüllte Wobbel zurück. „Arens, Petersohn, Kemmerich – los! Brecht den Toten die Hundemarken auseinander, steckt sie ein und dann Rückzug!“ Es blieb nichts anderes übrig, als den Russen den Häuserblock zu überlassen. Der Offizier wollte seine Pistole ziehen, doch auf ein Zeichen unseres Leutnants griffen wir zu unseren MPs und richteten sie auf den Polizisten. Er verstand sehr schnell, steckte die Pistole ins Holster zurück.

Insgesamt hatten wir bei diesem Einsatz elf Kameraden verloren. Eschweiler hatte aus seiner Position heraus noch mal versucht, eine weitere Sprengladung zu platzieren, dabei hat er aber einen Treffer in die Hand abbekommen. Alles zerfetzt. Manni merkte, dass von ihm nichts mehr kam, rannte nach oben und sah ihn in der Ecke hocken mit der zerschossenen Hand. Er führte ihn zum Ausgang und brachte ihn in ein Krankenhaus.

Beim Rückzug liefen uns drei ältere Soldaten über den Weg, die einen ziemlich abgerissenen Eindruck machten. Einer rief uns zu: „Kommt mit, Jungs! Das hat doch alles keinen Sinn mehr!" Petersohn schrie zurück: „Ihr Verräter!" Die drei verdrückten sich schnell. Einer keifte uns noch hinterher: „Ihr seid doch Kriegsverlängerer!"

Wieder in der TU angekommen, hatte Petersohn einige neuere Exemplare des *Panzerbär*[83] aufgetrieben. „Schaut mal. Da steht, dass die *Wenk-Armee* den Kessel um Berlin aufbrechen wird. Von allen Seiten kommt Unterstützung. Und an der Ostfront gibt es erfolgreiche Gegenangriffe von unseren Leuten", rief er und wedelte mit den Exemplaren. Ich riss ihm eine Zeitung aus der Hand und sofort stach mir ein Foto ins Auge, auf dem der Führer Eiserne Kreuze 2. Klasse an Hitlerjungen verteilte. Mein Gott! Das sollte der Führer sein? So eine alte, hutzlige Figur?

Draußen vor dem Fenster, am Knie, wurden in aller Eile Kanonen und Mörser zusammengekarrt und quer über den Platz verteilt. Aber nicht in Gefechtsstellung. Die hatten wohl keine Munition mehr. Deshalb waren sie nur noch als Barrikaden gegen die russischen Fahrzeuge verwendbar. Die Scheiben der Fenster klirrten. Draußen heulten Motoren auf. Große Bergepanzer schoben unbrauchbare Fahrzeuge, Geschütze und allerhand Material zusammen. Die Stimmung war auf dem Tiefpunkt. Wir dachten an unsere getöteten Kameraden, aber niemand wollte darüber sprechen. Mir knurrte der Magen. Petersohn, Manni Lemke, Harry Kemmerich, Gerstenberger und ich machten uns in voller Kampfaufmachung auf den Weg und durchsuchten das Universitätsgebäude nach Essbarem. Tatsächlich machten wir im Kellergeschoß eine Küche ausfindig mit richtigem warmem Gulasch. Was für ein Festmahl. Drei Küchenangestellte in blendend weißen Schürzen ließen uns

---

[83] *Panzerbär:* Frontzeitung des Berliner Deutschen Verlages. Diese wurde in den letzten Tagen des Zweiten Weltkrieges während der Schlacht um Berlin ausgegeben und war die letzte Zeitung, die in der Zeit des Nationalsozialismus in Groß-Berlin erschien. (Quelle: Wikipedia).

gewähren und lächelten milde, während sie uns beobachteten. „Wisst ihr eigentlich, dass das ein ganz besonderes Gulasch ist?", fragte eine von denen.

„Nee, was denn?", wollte Gerstenberger wissen. Aber eigentlich war es ihm schnuppe. Mir auch.

„Elefant", kam die Antwort zurück. „Drüben der Zoo hat einen Bombentreffer bekommen. Da gab's Nachschub."

Die drei Küchengehilfinnen amüsierten sich großartig.

Wetterseite

Saschas Familie blieb gerne auf dem Hof der Bergts, besuchte die Verwandten im nahen Erfurt und begann, sich über den April bis in den Juni hinein einzugewöhnen. Seit dem Einmarsch der Amerikaner wurde nicht mehr geschossen, keine Tiefflieger mehr am Himmel, keine Bombergeschwader. Hier war der Frieden ausgebrochen.

Überall streiften befreite Häftlinge aus den Konzentrationslagern, entlassene und entlaufene Kriegsgefangene aus aller Herren Länder umher und suchten Wege in eine andere Zukunft. Fast allen war gemein, dass sie dem Einflussbereich Stalins entkommen wollten.

Saschas Onkel Kyrill hatte in Erfahrung gebracht, dass ein aus den USA stammendes *Ukrainisches Hilfskomitee* in Weimar Passierscheine in ukrainischer und englischer Sprache ausstellen würde. Die konnten dabei behilflich sein, Thüringen zu verlassen, falls die Sowjets bis hierher nach Westen vorstoßen sollten. Der Gedanke erschien gar nicht abwegig. Gerüchte über Vereinbarungen zwischen den alliierten Kriegsparteien machten die Runde[84]. Mehrfach hatten sich deren Staatsoberhäupter zusammengefunden und dabei auch Regelungen für die Zeit nach einem Sieg über Hitlerdeutschland besprochen.

Soweit zu erfahren war, schlossen die Beschlüsse auch ein, die Millionen von Zwangsverschleppten und sonstwie entwurzelten

---

[84] Schon im September 1944 hatten die Kriegsgegner Hitlers festgelegt, dass Thüringen nach einem Sieg über Hitlers Armeen Teil einer sowjetischen Besatzungszone werden sollte. Im Februar 1945 besiegelten auch die alliierten Regierungschefs in Jalta die Aufteilung der Besatzungszonen.

Personen, die in den unzähligen deutschen Zwangsarbeiterlagern festgehalten und nun auf Achse waren, nach nationalen Zugehörigkeiten einzusammeln, zu versorgen und in ihre Heimatländer zurückzuführen[85]. Allerdings kühlte sich die Euphorie der siegreichen verbündeten Kriegsgegner Deutschlands über das Zusammentreffen der amerikanischen mit den sowjetischen Truppen in Torgau an der Elbe am 25. April ziemlich schnell ab.

Sascha schlug nach all den Ereignissen der vergangenen Wochen der Gedanke an eine mögliche Zwangsrückführung in die alte Heimat schwer auf den Magen. Deshalb setzte er alles daran und organisierte für die Familienmitglieder, aber auch für Hellwigs und Dreiers diese wichtigen Papiere. Wann immer es ihm möglich war, besuchte er Onkel Kyrill in Erfurt, um mit ihm das weitere Vorgehen abzustimmen, was zu tun wäre, wenn die Amerikaner den Russen das Gebiet übergeben würden. Onkel Kyrill war immer bestens informiert. So wusste er, dass eine seiner Schwestern, die mit den Hals über Kopf fliehenden Wehrmachtsverbänden aus der Sowjetunion gekommen war, Unterkunft in Kassel gefunden hatte. Das war nicht so weit entfernt, aber in Hessen. Und Hessen sollte nach Onkel Kyrills Informationen entweder eine britische oder eine amerikanische Besatzungszone werden. Jedenfalls nicht mehr in Stalins Einflussbereich. Und das zählte.

Sascha besprach sich auch mit Bauer Bergt. Der hatte ohnehin an Saschas *Warthegaubrause*[86] Gefallen gefunden und sie gönnten sich öfter als nur gelegentlich einen Schluck davon. „Opa Bergt – wenn wir doch wieder anspannen sollten und weiter nach Westen müssten, welchen Weg würden Sie uns über den Thüringer Wald raten?“

Opa Bergt überlegte nur kurz. „Herr Arens“, begann er, „wenn man die Sonne nicht sieht und deshalb die Himmelsrichtung nicht bestimmen kann, dann muss man die Bäume fragen.“

„Die Bäume?“ Sascha stutzte.

---

85 Zum Zwecke der Versorgung und Repatriierung der Entwurzelten gründeten die Vereinten Nationen schon 1943 die Organisation UNNRA.

86 *Warthegaubrause:* selbstgebrannter Schnaps.

„Bei Ihnen im Osten mag das anders sein. Da weiß ich nicht, woher das Wetter kommt. Bei uns haben die Bäume eine Wetterseite. Dort sitzt das Moos, die Flechten und die Verwitterungen. Denn bei uns kommt das Wetter vom Westen her."

Und dann hob er den Zeigefinger und schob noch belehrend hinterher: „Wenn Sie auf die Wetterseite zufahren, dann landen Sie genau dort, wo Sie auf keinen Fall hinmöchten."

Im Auge des Orkans

Bis zum letzten Blutstropfen! Totaler Krieg! Dazu hatten wir doch schon so oft unsere Bereitschaft geschworen. Tapfer sein! Pflicht erfüllen. Dauernd wurde von *Endkampf* gefaselt. Frauen und Kinder beschützen! Ehre. Aber was war denn eigentlich gemeint, mit *Totaler Krieg*? Noch totaler konnte er doch nicht mehr werden.

Das Schrumpelbild vom Führer hat mich fast umgehauen. So ein Männlein? Ich war völlig verstört. Das war nicht mehr mein strahlender Abgott. Ich hielt es Manni hin. Er hob den Kopf und schaute mir direkt in die Augen. Dann stierten wir wortlos aus dem Fenster. Draußen schien die Sonne. Der herrliche Park hinter der Universität. Es war alles so unwirklich. Hier im Park erblühten die Kastanien, Flieder und dazwischen die bunten Farbkleckse von Tulpen und anderen Blumen. Dahinter, am Rand, zerschossene und ausgebrannte Häuserfassaden. Und vor dem Gebäude Chaos und Untergang; am Knie nichts als Hoffnungslosigkeit.

Der Frühling und die Pracht da draußen erinnerten an zu Hause. An Papa, Mama Lisa, Tante Martha und an Kira. An die Baba, Tatjana, Nata und Alex. Und an unseren Maiausflug.

Manni sagte stockend: „Wenn sie uns kriegen, geht es nach Sibirien." Er erhob sich, trat ans Fenster und wendete den Blick direkt in die Sonne. „Aber wir können sie doch nicht mehr aufhalten."

„Willst du als feiges Schwein an der Laterne baumeln?"

Ich griff nach meiner Maschinenpistole, die neben mir lag, hängte sie entschlossen über die Brust und erklärte: „Nur wenn wir zusammenhalten, können wir das schaffen."

Seine Mutlosigkeit erschreckte mich. Vielleicht enttäuschte sie mich sogar. „Ich denke, wir müssen uns dem Schicksal unterordnen und tun, was in unseren Kräften steht. Im *Panzerbär* steht: Es gibt jetzt nur noch Stellung halten oder Vernichtung. Und auch, dass starke Kräfte unterwegs sind, die den Kessel um Berlin aufsprengen."

Manni schaute an mir vorbei. Er zog den Kinnriemen seines Helms über das Kinn und kippte den Kopfschutz vom Schädel. „Glaubst du das wirklich?"

Unser Kommando war auf 19 Mann geschrumpft. Mit denen, die wir unterwegs aufgelesen hatten, waren wir mal 42. Der April ging zu Ende. Und bis auf wenige Momente, in denen wir von unseren Gedanken eingeholt wurden, dachten wir über einen halben Tag und einen Umkreis von 500 Metern nicht hinaus.

Wir blieben im Gebäude und bekamen den Auftrag, die Westseite der Technischen Universität zu verteidigen. Unser Aktionsradius war auf ein jämmerliches Maß zusammengeschrumpft. Wie der Führer. Hinter dem Tiergartenufer, in östlicher Richtung und auf dem Gelände des Zoos, war im Flakturm des Zoobunkers der Stab unserer 1. Flakdivision untergebracht. Eigentlich waren das zwei riesige Bunkertürme. Der Geschützturm mit einem schweren Flakgeschütz und der Leitturm, auf dem ein *Würzburger Riese* thronte – oder was halt noch von ihm übrig war. Durch die U-Bahn-Tunnels konnten sich Zivilisten in die Schutzräume der Bunker retten. Da war Platz für 15.000 Menschen. Und wir bekamen unsere Befehle von dort. Über die Straßen von der TU zum Zoobunker zu kommen, war jetzt kaum mehr möglich. Die Häuser entlang der Straßen waren größtenteils so zerstört, dass man nicht mehr hineinkonnte. Nichts als Trümmerhaufen. Sie boten einfach keinen Schutz mehr. Zum Leitbunker ging's deshalb nur noch durch den U-Bahn-Schacht.

Zwei Mann, Petersohn und Weierich, bekamen den Auftrag, einen der Ausgänge des Gebäudes zur Hardenbergstraße hin zu sichern. Petersohn konnte von uns allen am besten mit dem Maschinengewehr umgehen. Die beiden gruben ein Schützenloch vor dem Portal. Sie hebelten die Gehwegplatten raus, buddelten ein paar Stunden lang, schleppten an Material zusammen, was sie finden konnten, und bauten sich einen kleinen MG-Bunker mit gutem Schussfeld ringsherum. Sogar eine Stahlplatte trieben sie irgendwo auf, legten sie auf Balken über das Loch und schütteten Erde drauf.

Wobbel teilte uns ein. Wir anderen hatten die Eingänge zur U-Bahn zu bewachen. Unten verkehrten schon seit Wochen keine Züge mehr. Das BVG-Elektrizitätswerk in Ruhleben hatte einen Treffer bekommen. Deshalb gab es keinen Strom für die Bahn. Alle möglichen Leute suchten in der Unterwelt Schutz vor Luftangriffen und vor dem Schlachtgetümmel auf den Straßen. Frauen, Kinder, alte Männer, versprengte Soldaten, entlaufene Fremdarbeiter – ein dichtes Gedränge und wildes Durcheinander. Alles dunkel und nur ganz spärliches Licht.

Immer schwerere Waffen kamen zum Einsatz. Es rumorte schon wieder. Von der anderen Seite des *Knies* begannen schwere Granatwerfer das TU-Gebäude unter Feuer zu nehmen. Gerstenberger und ich hatten Wache am U-Ausgang Hardenbergstraße und verzogen uns hinter die Splitterschutzwand. Massive Einhausungen aus Beton schützten die Abgänge zu den U-Bahnhöfen. Durch Sehschlitze beobachteten wir die Umgebung. Nach zwanzig Minuten gaben die Russen wieder Ruhe. Die Sonne versuchte, den Tag angenehmer zu machen. Fast ein bisschen zu warm. Kanonier Bonaschke und Wachtmeister Glasner tauchten auf und meinten, sie müssten frische Luft schnappen. Um sich besseren Überblick zu verschaffen, stiegen sie auf einen Geröll- und Trümmerhaufen unweit der Treppe zur U-Bahn.

Hoch oben tauchte hinter den Mauern des gegenüberliegenden Gebäudes ein Flugzeug auf. Ernst stieß mich an und bedeutete mir mit den Augen, dass da was runterkommen könnte. „He – runter! Legt euch hin!“, rief ich Richtung Bonaschke und Glasner. Sie winkten ab und blieben stehen. Gerstenberger meinte noch: „Na ja, der ist ziemlich hoch und sieht uns nicht.“ Außerdem hatte es sich herumgesprochen, dass die sowjetischen Tiefflieger nicht sehr genau schossen und auch ihre Bomben meistens daneben warfen. Plötzlich ein Pfeifen. Es wurde schnell lauter und eindringlicher. Das konnte nur eine Bombe sein. „Ernst! Dort!“, kam es gurgelnd aus mir heraus. Für einen kurzen Moment blickte ich in seine erschreckten grünen Augen. Wir rissen beide die Köpfe hoch, soweit es die Helme erlaubten. Ich konnte gerade noch einen kleinen schwarzen Punkt wahrnehmen, der auf uns zuschoss. Der Augenblick war zu kurz für jede weitere Reaktion. Die Bombe explodierte knapp über uns. Ein Höllenknall. Ein Orkan drückte uns zu Boden, presste mich fast hinein in die Granitplatten des Trottoirs. Auf alle meine Körperteile prasselten Schuttbrocken herab. Dann Stille. Vollkommene Stille. War ich taub? Meine Ohren schmerzten höllisch. Der blöde Helm. Ich wollte die Finger auf die Ohren pressen, damit der Schmerz aufhörte.

Überall Staub. Um mich herum war Nacht. Dunkelheit und Stille. Das musste das Ende sein. Hatte es mich jetzt auch erwischt? Der Luftdruck des Bombeneinschlages schien mir meine Lunge zerquetscht zu haben. Ich schnappte nach Luft, atmete Staub ein. Er klebte im Mund, in den Nasenhöhlen, in den Augen. Es tat so weh. Die Lunge, die Ohren. Japsend riss ich den Mund so weit auf, wie es ging, bekam aber keine Luft. Ich meinte zu ersticken. Instinktiv sprangen Ernst und ich in panischer Todesangst auf. Mehr tastend und zitternd stürzten wir die Treppe zur U-Bahn hinunter. Ernst war in der Staubwolke nur ein huschender Schatten. Aber ich spürte ihn. Er war neben mir. Es war ein Wunder, dass wir unten angekommen sind, ohne uns die Knochen zu brechen. Mit ausgestreckten Armen torkelte ich, bis ich auf ein Hindernis stieß. Wand. Die Luft wurde besser. Ich bekam langsam wieder Luft. Aus der Staubwolke schälte sich ein blasses Gesicht. Ernst war auch in Ordnung. Gott sei Dank! Wir warteten, schnappten nach Luft und betasteten unsere Gesichter, die Arme, die Beine, den ganzen Körper. Alles noch dran.

Nach etwa 15 Minuten schlichen wir langsam und mit zitternden Knien wieder hoch und richteten unseren ersten Blick auf die Stelle, wo Glasner und Bonaschke gestanden hatten. Zwei reglose Körper lagen grotesk verrenkt auf dem Schutthaufen. Wir wurden abgelöst.

Petersohn hatte von den Mörsergranaten einen Splitter abbekommen. Sein rechter Arm sah ganz zerpflückt und zerfetzt aus. Walter wimmerte vor Schmerzen. Wahrscheinlich waren einige Sehnen durchtrennt. Jörg hatte ihn aus dem Loch gezogen und verband den verletzten Arm notdürftig, steckte ihn in eine Schlinge und flößte ihm ordentlich Kognak ein. Für ihr MG-Bunkerloch hatten sie von irgendwoher Kognak organisiert; wollten sich die Zeit da drin verschönern. Wer gerade nichts zu tun hatte, war herbeigeeilt. Wir scharten uns um die beiden und spähten nach draußen, ob sich dort was zusammenbraute. Ich stand den beiden am Boden Knienden gerade am nächsten. „Kolja – bist du so weit in Ordnung? Kannst du Walter zum Lazarett im Zoobunker bringen?“

„Klar.“ Zur Sicherheit zog ich das Magazin aus der MP und prüfte, wie viel Schuss noch drin waren.

Petersohn konnte zwar noch gut laufen, aber der Kognak zeigte Wirkung. Er meinte, dass er keine Schmerzen habe. Wahrscheinlich spielte er aber nur den Helden. Etwas benommen stieg er mit mir die Stufen in den U-Bahnhof hinab. Wir folgten dem Gleisbett. So torkelte er von Schwelle zu Schwelle, bis wir nach ungefähr eineinhalb Kilometern endlich den Zoobunker erreicht hatten. Ich lieferte ihn im Lazarett ab und er hatte Glück, wurde gleich von Chirurgen verarztet. Die hatten alle Hände voll zu tun. Für Walter war der Krieg damit beendet. Wir sagten uns Lebewohl und ich machte mich auf den Rückweg.

Kaum zurück in der Hochschule, zerrten irgendwelche Infanteristen einen älteren russischen Soldaten herein und suchten jemand, der russisch spricht. Irgendwo da draußen hatten sie ihn gefangengenommen und er müsste zum Verhör in den L-Bunker am Zoo gebracht werden. Leichtsinnig, wie ich war, meldete ich mich. Der Gefangene schien mir erstaunt und vor Schreck wie gelähmt. Ich fasste ihn am Oberarm, die MP im Anschlag und erklärte ihm, was mit ihm geschehen würde. Dann wieder runter in die U-Bahn und nochmal die Gleise entlang durch die dunkle Röhre. Diesmal allerdings zum Leitbunker. Der stand ein Stück entfernt vom Geschützbunker, so dass wir einen anderen Weg durch die U-Bahntunnel nehmen mussten. Im Dunkeln hieß es aufpassen, dass man nicht über Leute stolperte. Soldaten, die entweder verwundet waren oder einfach keine Lust mehr hatten und eine Verwundung vortäuschten, Zivilisten, Alte, Junge, Kinder – alle möglichen Leute waren hierher geflüchtet. Im schwachen Schein meiner Taschenlampe blinzelten viele erschreckt auf.

Der Gedanke, dass der Russe älter und stärker war als ich, kam mir nicht. In der Dunkelheit hätte er mich an einer menschenleeren Stelle leicht überwältigen können. Aber er machte dazu keine Anstalten. Durch einen Ausgang in der Nähe des L-Bunkers verließen wir den Bahnschacht. Eigentlich hätten wir unter einer Bahnbrücke durchgehen müssen. Ich zögerte, dachte, dass es mit dem Gefangenen Ärger geben könnte. Dort war zu dichtes Gedränge. Fahrzeug an Fahrzeug stand da und suchte Schutz vor Geschossen und Tieffliegern. Ich überlegte und hielt nach einer anderen Möglichkeit Ausschau, zum Leitbunker zu gelangen. In diesem Moment erdröhnte lauter Flugzeuglärm. Ein Jagdbomber kam ganz tief über den Mauerresten der Straße auf uns zu. Ich blickte hilflos zum Gewimmel unter der Brücke. Im selben Augenblick durchschlug eine Bombe die Brücke, detonierte darunter und zerfetzte alles, was dort Zuflucht gesucht hatte. Blitzschnell zog ich den Russen in eine Haustürnische, um uns vor Splittern zu sichern. Wieder ein fürchterlicher Knall, ein Orkan aus Staub, Splittern und umherfliegenden Teilen. Dann Schreie, Gebrüll, Geplärr.

Das Inferno unter der Brücke war fürchterlich.

Unter den zerstörten Fahrzeugen waren einige, auf denen die Mannschaften offen aufsaßen. Da war niemand unversehrt geblieben. Hier am Bahnhof Zoo herrschte Hochbetrieb. Die Straßenverbindung war wichtig und die Durchfahrt musste schnellstens geräumt werden. Es dauerte keine drei Minuten. Aus einer Seitenstraße kam klirrend ein Panzer angerollt, zermalmte die Fahrzeugreste und schob sie beiseite. Dabei nahm er keine Rücksicht auf die Toten, Verkohlten und auch nicht auf die schreienden Verwundeten, die sich nicht rechtzeitig in Sicherheit bringen konnten. Wir beide hatten, Gott sei Dank, nicht unter der Brücke Schutz gesucht. Ein grausiger Haufen von

Menschenteilen, Fahrzeugschrott und Unrat blieb seitwärts liegen und schon rollten die wartenden Fahrzeuge – Kuriere, Munitionswagen, Mannschaftstransporte – wieder unter der beschädigten Brücke hindurch.

Jetzt wagte ich mich mit meinem Gefangenen im Laufschritt auf die andere Seite der Brücke. Ich zog ihn nach und er blieb dicht bei mir. Beim Herannahen an den L-Bunker bot sich ein fast noch schrecklicheres Bild. Das gesamte Gelände war mit halb verschütteten Schützengräben und Bombentrichtern durchzogen. Die ehemals herrlichen, hohen Bäume größtenteils zerfetzt – und was das Schrecklichste war – überall lagen Tote und von Granaten zerfetzte Körperteile herum – Arme, Beine, Köpfe. Dazwischen allerhand exotische Tiere – oder Teile von ihnen. Hierher traute sich niemand, um die Toten zu bergen. Wir erschraken bei diesem Anblick beide so sehr, dass wir die Beine in die Hand nahmen und zur Stahlschutztür des hohen Betonbunkers rannten, als sei der Leibhaftige hinter uns her. Was für ein Glück. Sie war nicht abgeschlossen. Wenn ich nicht mit dem Russen gewesen wäre, hätte man mich in den Bunker nicht hineingelassen. Denn innen waren alle Räume und Gänge gefüllt mit liegenden und sitzenden Verwundeten. Viele der Unglücklichen waren noch unversorgt, bluteten aus ihren Wunden, jammerten und schrien. Ich war entsetzt. Wir stolperten durch das Gedränge. Der Gestank war unerträglich. Ein groß gewachsener SS-Mann der Division Charlemagne wies mich an, den Gefangenen in den ersten Stock zu bringen und in einen Leitraum zu einem Offizier zu führen. Auf seinem rechten Oberarm prangte das blau-weiß-rote Abzeichen seiner Einheit. Bereitwillig stieg der verängstigte Rotarmist vor mir die Stufen hoch. Wir warteten. Dann Bericht, kurzes Verhör und ich musste den Bunker wieder verlassen. Der Gefangene blieb. Ich weiß nicht, was aus ihm wurde. Beim Hinausgehen aus dem Bunker fiel mir auf, dass alle Bewacher hier Franzosen waren. Erst wunderte ich mich, aber dann kam mir der Gedanke, dass die in ihrer Heimat bestimmt nicht willkommen wären, wenn alles den Bach runtergehen sollte. Deshalb blieben die französischen SS-Leute wohl auch unbeirrt und verbissen bei der Stange.

Der Außenbereich um den Leitbunker herum war eine Trümmerlandschaft. Absolut verheerend. Als wichtigste und vielleicht letzte Leitstelle der militärischen Verteidigung Berlins war er das Hauptziel vieler angreifender Jagdbomber und weit schießender schwerer Panzer vom *Typ Stalin*. Hier gingen wichtige Offiziere, Experten, Melder ein und aus. Genau das versuchten die Russen zu verhindern.

Vollkommen verstört trottete ich über die Schwellen des Untergrundtunnels zu meiner Einheit zurück. Müdigkeit überfiel mich. Eigentlich wollte ich nur noch schlafen. Im 1. Stock herrschte aber gespannte Aufregung. Direkt unter unserem Fenster vor dem Haus stand in aller Ruhe ein sowjetischer Sherman-Panzer amerikanischer Bauart. Soldaten waren nicht zu sehen und die Besatzung hatte sicherlich nicht gemerkt, dass sie ihren Panzer direkt im Blickfeld von Deutschen angehalten hatten.

Unsere Älteren überlegten und beschlossen eine Panzerfaust auf den Panzer abzufeuern. Einer beugte sich aus dem Fenster und hielt die Panzerfaust senkrecht nach unten. Weil das Gefährt so nah am Gebäude stand, durfte auf keinen Fall der hintere Teil etwas abbekommen. Bei dem Fahrzeugtyp war die Munitionskammer mit all den Granaten im Heck untergebracht. Wenn die explodieren würde, hätte es uns sicher auch erwischt. Der Kamerad mit der Panzerfaust drückte ab und traf genau den vorderen Teil des Panzers. Der war sofort bewegungsunfähig und mit der Packung konnte er auch nicht mehr schießen.

Als sich der Staub gelegt hatte, rührte sich erst mal eine ganze Zeit lang nichts. Wir dachten, die sind bestimmt alle hinüber. Weit gefehlt. Ohne dass wir es gleich bemerkt hatten, wurde die Luke aufgerissen und die Besatzungsmitglieder sprangen raus wie geölte Blitze. Alle suchten das Weite. Egal. Warum nicht? Jetzt konnte ich die Augen nicht mehr offenhalten. Ich schlief ein.

Dann wachte ich auf, weil jemand aufgeregt brüllte.

„Der Führer ist tot!"

Harry kam ganz außer Atem die Treppe hochgerannt und rief immer wieder: „Der Führer ist tot!"

„Der ist doch ganz geschützt, dort in seinem Bunker“, meinte einer verdattert.

„Nein“, widersprach Kemmerich. „Einer von den skandinavischen SS-Leuten von der Nordland-Division hat es mir gesteckt. Es wird gemunkelt, dass er sich erschossen hätte. Das kann doch nicht sein – oder?“

So einen Verrat wollten wir nicht glauben. Alle redeten durcheinander.

„Wenn das stimmt.“ Manni kaute auf irgendetwas herum und schüttelte perplex den Kopf. „Die Schweine machen sich vom Acker und lassen uns die ganze Scheiße ausbaden.“ Lemke war außer sich. Auch die älteren Soldaten waren stinksauer. „Wir müssen den Kelch bis zur Neige austrinken, den er uns eingeschenkt hat“, meinte einer.

„Wenn das stimmt, dann ist er ein Verbrecher.“ Manni stierte mit hohlem Blick aus dem Fenster. Ich konnte allen ansehen, dass sie ebenso wenig wie ich wussten, wie sie mit dieser neuen Situation umgehen sollten. Damit hatte doch niemand gerechnet.

Mein Universum begann in sich zusammenzufallen.

Es fühlte sich an, als ob die Gedanken in meinem Hirn mit Panzerfäusten aufeinander schießen würden. Wohin waren meine Orientierungspunkte verschwunden? Reichsmarschall Göring abgesetzt. Der Führer tot – von eigener Hand?

Und wir?

Und ich?

Was kam als Nächstes?

Könnte ich hier nochmal rauskommen? Müsste ich nach Sibirien? Wo war meine Familie? Lebten sie noch? Mama, Papa, Kira, meine Sammelbilder. Mein Zuhause!

Wir hatten geschworen, unsere ganze Kraft dem Retter unseres Landes, Adolf Hitler, zu widmen und dass wir bereit seien, unser Leben für ihn aufzugeben.

Und jetzt? So viele hatten sich daran gehalten und ihr Leben und ihre Gesundheit weggeworfen. Und der bringt sich einfach so um. Jeder von uns, der sich ins Bein geschossen hätte, wäre sofort wegen Wehrkraftzersetzung in der Murellenschlucht zum Erschießen aufgestellt worden.

Leutnant Wobbel rief uns am folgenden Tag zusammen. Es war der 1. Mai. Wir waren ja nur noch ein jämmerliches Häuflein.

„Hier geht es nicht mehr weiter. Der Iwan wird heute wohl den *Tag der Arbeit* feiern. Hoffentlich mit viel Wodka. Das ist unsere einzige Chance, hier noch rauszukommen. Bringt eure Sachen in Ordnung und versorgt euch mit Verpflegung und Munition. Was jetzt kommt, ist das Härteste, das ihr bisher erlebt habt."

Alle lauschten gespannt. Was mochte wohl jetzt kommen?

Wobbel ließ seinen Blick ernst über die ganze Runde schweifen. „Strengstes Stillschweigen!" Wieder machte er eine Pause.

„Dr. Goebbels ist tot. Potsdamer Platz und -Bahnhof können nicht mehr lange gehalten werden. Bahnhof Zoologischer Garten, Weidendamm und Spittelmarkt mussten aufgegeben werden. Wie die Lage im Westen ist, weiß ich auch nicht. Aber die Zitadelle Spandau musste auch aufgegeben werden. Und wenn wir nicht schnell unsere Sachen packen, werden sie uns hier in der TU auch bald ausräuchern."

Resignierte Gesichter ringsum.

„Wir brechen nach Westen hin durch. Heute Nacht. Alle restlichen Einheiten hier im Gebiet, alles, was laufen oder fahren kann, macht mit."

Unruhe kam auf. Fragen wurden gestellt. *Wann geht es los? Welche Route? Bleiben wir in Formation?*

„Ab jetzt sind wir Gott befohlen. Schlagen Sie sich zu den Amerikanern oder zu den Briten durch. Seid vorsichtig, hängt euch an andere dran. Gott mit euch!"

Als es dunkel war, ging's los.

Am *Knie*, drüben am Zoo, die Hardenbergstraße rauf – überall um uns herum wilde Schießereien. Also ab in die U-Bahn. Hoffentlich waren die Russen dort noch nicht.

„Harry, Jörg, Ernst, Manni – dorthin. Linie A1, Richtung Adolf-Hitler-Platz. Da geht's nach Ruhleben! Mir nach!" Im Untergrund kannte ich mich inzwischen am besten aus von uns allen. Vorsichtig stolperten wir wieder durch die Dunkelheit. Zum Glück führten die Schienen und Leitungen da unten keinen Strom mehr. Die spärlichen Lichtkegel unserer Taschenlampen tanzten wild auf den Wänden der dunklen Röhre. Irgendwo ging's dann raus aus dem Tunnel. Auf der Heerstraße jagten Lastwagen, Schützenpanzer, Mannschaftstransporter entlang. Alles, was noch Sprit hatte. Die Parole hieß – *Richtung Spandau!*

Ich sprang auf einen Laster zu. Arme reckten sich mir entgegen, zogen mich auf die Ladefläche. Irgendwie bin ich hochgekommen. Manni und Jörg auch. Die anderen – keine Ahnung. Dicht hinter uns rasselte ein Panzerspähwagen. In der Kolonne ging es nur ruckweise vorwärts. Dauernd stockte der Wagen. Jedesmal fuhr der Panzerspähwagen auf und kam knapp hinter der Bordwand mit brüllendem Motor zum Stehen. Vor der Brücke über die Havel ging nichts mehr.

„Absitzen!", brüllte jemand. Wie in Trance tat ich einfach alles, was die anderen auch machten. Runter. Losrennen! Da vorn, die Brücke. Deckung suchen und bloß nicht stehen bleiben. Nicht hinfallen. Weiter! Los!

Von beiden Seiten her begannen Maschinengewehre die Brücke unter Beschuss zu nehmen. Ich lief und lief. Schwärme von Kugeln, Querschläger, Granateneinschläge. Personen fielen von Fahrzeugen. Schreie! Wer stürzte, wurde überrollt. Es dauerte eine Ewigkeit. Geschosse klatschten gegen die Fahrzeuge, prallten ab. Ich stieß gegen Körper, die auf dem Boden lagen. Weiter! Weiter! Nicht stolpern! Jetzt tauchten Bäume auf. Weiter entfernt die ersten Gebäude. Die musste ich erreichen. Dort gab es Deckung. Dann eine Mauer. Ich sprang dahinter, keuchte, blies mir die Lunge aus dem Leib, krallte mich an Grasbüscheln fest.

Ich hatte es geschafft! Aber es blieb mir nicht mal die Zeit, mich darüber zu freuen. Wie ich unversehrt über diese Brücke zur anderen Seite gekommen bin? Keine Ahnung. Ich bin gerannt wie ein Hase. Vielleicht haben die mächtigen Bogenträger der Brücke die Kugeln abgehalten. Ich weiß es nicht. Von der einen Seite her konnte man ja beim Laufen Deckung hinter den Fahrzeugen nehmen, aber von der anderen Seite her wurde auch pausenlos aus allen Rohren geschossen. Wahrscheinlich hatte mich auch diesmal mein Schutzengel davor bewahrt, getroffen zu werden oder zu stürzen. Bestimmt hatte Mama ihre Hand im Spiel. Wer hinfiel, wurde unweigerlich von Lastwagen oder Kettenfahrzeugen überrollt. Menschen, Pferde – schrecklich. Ich rannte und rannte um mein Leben. Wer neben oder hinter mir war, behielt ich nicht im Auge. Überall liefen Beine. Überall Tumult und Tod. Nur weg! Nur raus hier! Ich musste fort von hier, sprang wieder auf und hastete weiter.

Erst in Staaken, ganz im Westen der Stadt, hörten meine Beine auf zu laufen. Wahrscheinlich, weil auch alle anderen langsamer wurden und sich völlig außer Atem irgendwo hinfallen ließen. Da wurde zumindest nicht mehr geschossen.

Mit einem Mal saß plötzlich Manni neben mir. Wir waren wohl am äußersten Stadtrand angekommen. Überall kleine Siedlungshäuschen. So viel konnte man in der Dunkelheit erkennen. Und Gestalten. Weiter weg saßen andere, hechelten ganz außer Atem und versuchten, zu sich zu kommen.

„Mensch, Manni, wo kommst du her?“ Ich war so fertig, dass ich eigentlich nichts anderes wollte als schlafen. Aber hier? Überall Schritte, Gerenne und verhaltene Rufe in der Dunkelheit. So viele haben versucht, aus Berlin rauszukommen. Dann die Brücken an der Havel. Wie ein Trichter, durch den alle durchmussten. Wo sind sie denn alle hin?

Von irgendwoher schälten sich auch Harry Kemmerich und Jörg Weierich aus der Dunkelheit und hauten sich neben uns in den Straßengraben. Wahrscheinlich hatten sie uns an dem hellen Wintertarnzeug erkannt, das wir alle noch trugen. Wo Riedel, Werth und Ernst Gerstenberger abgeblieben waren, konnte keiner sagen. Wir befürchteten das Schlimmste.

Jörg stand auf, gab eine Runde Zigaretten aus und verschwand irgendwo hinter uns. Ich hörte es plätschern. Hatte ihm wohl auf die Blase geschlagen. „Vor einer Woche war noch Vollmond“, meinte Harry. „Was für ein Glück, dass der schon wieder ziemlich abgenommen hat. Sonst hätten sie uns noch besser ausgemacht.“ Manni beugte sich vor, sah Harry an. „Quatsch! Glaubst du vielleicht, die haben auf jeden von uns gezielt? Die haben einfach mittenreingehalten. Wie bei der Entenjagd.“ Eine

Wolke schob sich an der Mondsichel entlang und gab sie schließlich frei. In einer Nebenstraße schimmerte kurz ein metallischer Lichtreflex auf. Keine dreißig Meter von uns entfernt lauerte ein Panzer. Harry schaute wie ich zu dem dunklen Fahrzeug hin. „Ein T34!", zischte er aufgeregt. „Nix wie weg. Los, hoch die Ärsche!"

Solange alles dunkel war, hatte auch die Panzerbesatzung nicht mitgekriegt, dass wir hier saßen. Dann aber. Vielleicht wegen der Zigaretten. Womöglich war der Russe auch versprengt und hatte seine Einheit in dem Tohuwabohu verloren? Bestimmt befürchtete er, dass er von uns eine Panzerfaust übergebraten bekommt. Hatten wir aber gar nicht mehr dabei. Nur noch die MPs. Wir waren alle zu mitgenommen und reagierten nicht gleich.

Der Panzer feuerte ganz unvermittelt. Wieder ein ohrenbetäubender Knall! Ich bekam noch das Mündungsfeuer mit, dann detonierte auch schon ein paar Meter vor uns die Granate.

Der Druck auf die Ohren zerriss mir fast das Trommelfell. Meine Lunge schien wieder ihren Dienst einzustellen. Minuten vergingen, bis ich wieder halbwegs zu mir kam. Ich lebte. Alles noch dran. Unglaubliches Schwein gehabt! Wo war der T34? In der Dunkelheit verschwunden.

„Manni!" Ich griff nach rechts. Manni war zur Seite gekippt. Er rührte sich nicht.

„Harry!" Ich fasste nach links. Harry Kemmerich saß leblos und ohne Reaktion da, wie vorher. Nur sein Kopf war auf seine Schulter geneigt. Ich stemmte mich hoch, hockte mich vor Harry. Überall auf seiner Jacke schimmerte Blut, das aus ihm herauslief. Dann beugte ich mich zu Manni. Meine Hände tasteten ihn ab. Im fahlen Schein des Mondlichts erkannte ich, dass auch seine Kleidung von Splittern aufgerissen war. Jetzt begriff ich, dass beide tot waren. Beide hingen nach vorn geneigt seitwärts über. Manni war der Helm über das Gesicht gerutscht. Ich hob den Kopf. Jörg Weierich stand vor mir und blutete an der Oberlippe. „Jörg, was ist mit dir?" Er winkte ab, torkelte, setzte sich. Harry und Manni hatten das Wettrennen mit dem Sensenmann verloren. Und ich? Mittendrin zwischen den beiden! Lief ich noch? War das ein Traum? Warum hatte es nur die beiden erwischt? Kraftlos sanken meine Schultern nach unten. Auf meinen zitternden Knien konnte ich mich kaum noch in der Hocke halten. Auch mein Unterkiefer klapperte unkontrollierbar. Meine Schläfen pochten wie Paukenschläge. Vollkommen stumpfsinnig schaute ich wechselweise von einem zum andern.

Das war zu viel. Panik ergriff mich.

Ich sprang auf und mischte mich unter irgendwelche älteren Soldaten, die vorbeirannten. Von Zeit zu Zeit hielten wir inne, hechelten, spuckten uns die Lunge aus dem Leib, versuchten uns zu orientieren. Der Morgen des 2. Mai begann zu dämmern. Die Kameraden waren von ganz verschiedenen Einheiten. Der Ranghöchste war ein Wachtmeister der Artillerie. „Bis zur Elbe sind es nur hundert Kilometer. Das schaffen wir! Nehmt die Beine in die Hand!“, ermunterte er uns. „In diese Richtung müssten wir auf Stendal treffen. Wie wir über die Elbe rüberkommen, werden wir sehen. Die ist aber nicht sehr tief dort.“ Ein Gefreiter, Hans, schien sich auszukennen. Erst mal lag viel freies Feld vor uns. Zunächst meinte ich, es geht nach Süden. Dann, endlich, Bäume, Wald. Immer wieder stießen wir auf sowjetische Kommandos. Vorsichtig schlichen wir uns an ihnen vorbei. Es wurde hell und das Risiko wurde zu groß, um weiter zu marschieren. Überall lauerte Gefahr. Dann erreichten wir einen Wald.

Wir liefen nur nachts und in der Dämmerung. Tagsüber hielten wir uns verborgen. Einmal konnten wir auf einem gepanzerten Kettenfahrzeug aufsitzen. Das war sehr laut und wir wurden beschossen. Immer wieder trafen wir auf deutsche MG- oder Artilleriestellungen. Da saßen aber nur Tote herum. Bei einem lag ein prall gefüllter Brotbeutel auf seinem Bauch. Um seinen Hals ein frisch verliehenes Eisernes Kreuz. Das Band noch ganz unbefleckt und sauber. Ungeduldig riss ich den Brotbeutel auf. Gott sei Dank. Lebensmittel für ein paar Tage! „Ihr müsst auf die Wetterseite der Bäume achten“, belehrte uns der Wachtmeister bei einer Rast. *Was soll das wohl sein, die Wetterseite?*, dachte ich bei mir. „Da ist meistens Moos dran. Oder solche grüne Flechten. Das ist die Westseite! Von da kommt das Regenwetter. Vom Atlantik rüber“, lernte ich.

Wie weit wir nach Westen gekommen waren – und ob wir überhaupt in die richtige Richtung liefen –, ich wusste es nicht. Unser ganzes Denken war darauf ausgerichtet, irgendwie zu den Amerikanern zu gelangen oder auf britische Einheiten zu stoßen. Denen wollten wir uns ergeben. In all den Stunden versuchte ich, die Gedanken an meine Schulkameraden nicht hochkommen zu lassen. Aber immer wieder waren sie da. Manni tot, Harry tot, Riedel vermisst. Und all die anderen. War ich wirklich der letzte Überlebende? Vielleicht konnte sich Jörg Weierich noch retten. Aber was war eigentlich Rettung? Verwundung? Gefangenschaft?

Richtig viel Raum blieb nicht für solche Gedanken. Zu oft stießen wir auf brenzlige Situationen, waren in Schießereien verwickelt und rannten wie die Hasen, um endlich die Elbe zu erreichen. Die Elbe! Das war's. Das war unsere Rettung. 20 Mann mochten wir gewesen sein. Gezählt habe ich nicht. Mal stieß einer dazu, mal verdrückte sich einer.

Es mag der 5. Mai gewesen sein, als ganz unvermittelt russische Stimmen durch das Waldstück hallten, in dem wir uns schlafen gelegt hatten. Einige hielten immer Wache. Die waren wohl auch überrascht. So früh am Morgen? Irgendeiner begann in Panik loszulaufen. Andere völlig kopflos hinterher. Ich sprang auch auf und nix wie weg. Schüsse von hinten. Ich kriegte gar nicht mit, dass einige getroffen waren. Ein Kamerad brüllte mich von der Seite her nach Leibeskräften an: „Schmeißt doch endlich eure Knarren hin und hebt die Hände hoch, die schießen uns sonst ab wie die Karnickel." Er hatte es noch nicht ganz ausgesprochen, da waren meine Hände schon in der Höhe. Die Schießerei hörte sofort auf und die Russen liefen auf uns zu mit den Rufen „Urr, Urr, Urr". Als Erstes wurden uns also die Uhren von den Handgelenken gezerrt. Dann, Hände nach oben gestreckt, wurden wir abgeführt.

Ich Idiot war so dumm und glaubte, dem Soldaten in Russisch meine Situation erklären zu müssen. Der wollte das alles auch gar nicht wissen. Aber ein anderer, der zwischen den Soldaten herumsprang, bekam mit, wie ich russisch redete. Ein Zivilist. Wo kam der denn her? Mit den sowjetischen Einheiten zogen oft auch Zivilpersonen mit. Frauen, junge Männer, ehemalige Zwangsarbeiter – irgendwelche Leute. Und dieser Zivilist wendete sich zu mir um, fuchtelte mit den Armen, packte mich schmerzhaft am Arm und schrie: „Verräter, der ist ein Verräter, sofort erschießen!" Er fiel dem Soldaten in den Arm und versuchte, ihm das Gewehr zu entreißen, um mich abzuknallen. Was sollte ich tun? Meine Arme waren ja schon oben. Ein Feldwebel sprang dazwischen, hielt den Kerl an seiner Jacke fest, schüttelte ihn und befahl ihm: „Warte ab, bis der Hauptmann kommt, er soll gleich da sein. Der wird es dann entscheiden. Du hast hier gar nichts zu bestimmen." Eigentlich hätte ich in dieser Situation an ganz andere Dinge denken müssen. Aber mir schoss der Gedanke durch den Kopf: „Wie kannst du nur an einem einzigen Tag so viel Glück haben?"

Mit schnellen Schritten kam der Hauptmann durch das Gras herüber. „Was ist los?" Ich hatte ja schon so viel geplappert, dass der Feldwebel Bescheid wusste und den Hauptmann unterrichtete. „Aus der westlichen Ukraine bist du? Von wo da? Aus dem ehemals polnischen oder aus dem sowjetischen Teil?" Ich antworte wahrheitsgemäß: „Aus dem polnischen Teil von Wolhynien. Aus Korist, ein Dorf. Mit Deutschen und Ukrainern, mit Juden, Polen und Baptisten. Das ist bei Rowno."

„Dann gehst du uns nichts an", war die Antwort des Hauptmannes. Der junge Zivilist zeterte zwar noch herum, aber der Hauptmann schnitt ihm das Wort ab und jagte ihn fort. Er rief dem Jungen hinterher: Der Soldat hier wird als Gefangener behandelt wie jeder andere Soldat!"

Mein Schädel brummte. Mein Leben schien gerettet zu sein! Dieser Hauptmann wusste es also, dass die Deutschen aus dem ehemaligen Ostpolen nach dem Hitler-Stalin-Vertrag nach Deutschland umgesiedelt worden waren. Er wusste, wo damals die Grenze verlief. Unglaublich! Um Haaresbreite war ich Gevatter Hein wieder von der Schippe gesprungen. Ich konnte mein Glück nicht fassen. Erst jetzt nahm ich wahr, wie schön der Maimorgen war.

Nun schaute sich der Hauptmann um und begutachtete Verwundete, die auf dem Boden lagen. Einen nach dem andern nahm er für einige Sekunden in den Blick. Das sah routiniert aus. Ich sah mit hin und stellte mit Entsetzen fest, dass der eine Soldat einen Schuss direkt quer durch die Mundhöhle erhalten hatte. Der sah übel aus. Seine Zähne, die Fleisch- und Knochenteile waren ein einziger vermischter Blutbrei. Nur seine Augen starrten ängstlich. Lange würde er nicht mehr überleben. Der Hauptmann zog ohne Hast seine Pistole aus der Seitentasche, zielte und erschoss den Sterbenden. Ein anderer Schwerverwundeter schleppte sich mit letzten Kräften zu einem Graben, um trinken zu können, und auch er wurde erschossen. Etwas weiter entfernt, vor einem Haselstrauch, saßen zwei eher leichtverwundete Kameraden benommen im Gras und beobachteten das Geschehen. Sie schienen ebenso erschüttert wie ich. „Hilf mir, Kamerad. Heb' mich hoch!", bettelten sie direkt neben ihnen stehende Kameraden an. Die zerrten sie hoch und schleppten sie mit uns zum Sammelplatz.

Wer noch Schusswaffen, Munition oder Messer bei sich trug, warf alles auf einen Haufen. Die Stahlhelme auf einen anderen daneben. Ich zog meinen Kopfschutz vom Schädel und betrachtete ihn, bevor ich mich von ihm trennte. An der Seite hatte er eine tiefe Delle. Mann o Mann. Der hatte mich vor einer Kugel oder einem schönen Splitter bewahrt.

Jetzt hatten wir uns in unser Schicksal gefügt. Wo auch immer die Amerikaner waren – wir sind nicht bis dorthin durchgekommen. In einem langen Zug marschierten wir zurück nach Berlin. Unterwegs kamen immer mehr dazu, die sich ergeben hatten. Jetzt erfuhr ich, dass sich ganz Berlin am 2. Mai ergeben hatte. Was sollte jetzt aus uns werden? Mein Kopf war leer. Ich schlurfte einfach so vor mich hin. Was kommen würde, konnte niemand sagen. Drei Tage später zogen wir in einer unendlich langen Schlange von abgerissenen Gestalten durch das Brandenburger Tor.

Das war nach all den Anstrengungen und dem ganzen Sterben so sinnlos. Noch vor ein paar Tagen waren wir an dieser Stelle bereit, für den Führer, für Deutschland und für unseren Glauben das Leben zu geben. Nicht weit von hier hatte ich die Männer an den Laternen baumeln sehen. Ich hatte alle Illusionen verloren und schlurfte einfach in der Kolonne mit. Dann, plötzlich, fing der Soldat neben mir irgendwo nach dem Brandenburger Tor wie wild an zu gestikulieren. Vielleicht Unter den Linden. Die Prachtstraße. Alles zerstört. Oder vielleicht auch schon hinter dem Alexanderplatz. Da waren noch unzerstörte Wohngebäude. Er rief: „Meine Wohnung steht noch! Dort – meine Frau! Sie lebt!“ Entlang der Allee standen viele Berliner und winkten uns zu. Von einem der Fenster im 2. Stock des Hauses kam aufgeregtes Tuchgeflatter zurück und ich erkannte deutlich ein verweintes Frauengesicht. Sie hatte ihren Mann entdeckt. Zwischen den Zuschauern waren Sowjetsoldaten damit beschäftigt, Tribünen zu errichten. Für den nächsten Tag, den 9. Mai, bereiteten die Sieger eine große Siegesparade vor.

Der englische Oberst

„Turn around. Away! Get back! You can't go through here.“

Ein amerikanischer Soldat lehnte gegen den Schlagbaum, der die Straße abriegelte. Schroff, fast bellend, kamen die Worte aus seinem Mund: *Zurück, Ihr dürft hier nicht durch.* Sein Gewehr hielt er bedrohlich mit beiden Händen vor der Brust, den Lauf nach oben gerichtet.

Die Pferde tänzelten. Sascha hielt die Zügel straff. Über echte Bremsvorrichtungen verfügten die Wagen ja nicht. Lediglich mit einem Holzprügel, der gegen die Lauffläche eines der Vorderräder gehebelt wurde, konnte die Geschwindigkeit verzögert werden. Lisa drückte Anna an sich und versuchte zu vermeiden, dass sie zu schreien begann. Der zweite Wagen wurde von Onkel Kyrill gesteuert. Der übergab die Zügel an seine Nichte Ira, die neben ihm Platz genommen hatte. Dann erhob er sich, kletterte vom Gefährt und ging langsam und etwas schlurfend auf den Soldaten zu. Schon in den vergangenen Wochen hatte er sich emsig auf seine Englischkenntnisse besonnen, die er in den Jahren 1915 bis 1918 als Reserveoffizier der russischen Artillerie im deutschen Gefangenenlager bei Hannoversch Münden erworben hatte. In diesen drei langweiligen Jahren hatte er fleißig Englisch und Französisch gepaukt. An Geübtheit mangelte es zwar, doch das Wissen war erstaunlicherweise nicht eingerostet.

Er zeigte die ukrainischen Passierscheine vor. Doch der Wachhabende ließ sich davon nicht beeindrucken und wies ihn barsch ab. Verschreckt beäugten Ira, Tatjana und die Tanten vom zweiten Wagen aus das Geschehen. Kira verfolgte mit Spannung, was da vor sich ging. Am liebsten wäre er vom Wagen gesprungen und hätte dem Ami gegen das Schienbein getreten, damit er endlich den Weg freigab.

Immer wieder wendete sich Onkel Kyrill ab, machte einige Schritte zum Wagen zurück, drehte sich um und unternahm einen neuen Anlauf, den Durchlass zu ertrotzen. Sascha wurde es heiß und kalt. Sollte sich hier, an dieser lausigen Schranke entscheiden, ob sie die Freiheit erreichten oder in Sibirien untergingen?

Seit gestern war bekannt geworden, dass die Sowjets binnen weniger Tage die Besatzungszone übernehmen würden. Die Amerikaner hatten schon mit dem Abzug von Gerät und Mannschaften begonnen. Erste deutsche Verwaltungsstrukturen waren seit April im Aufbau und wurden bereits von den Westalliierten an die Russen übergeben.

Sascha, Lisa und alle Mitreisenden hatten sich Hals über Kopf von Familie Bergt verabschiedet. Jedes Lebewohl fiel schwer. Routine wollte sich dabei nicht einstellen. Trotz der kurzen Dauer des Aufenthalts waren Freundschaft und Zuneigung gewachsen. Sascha war auf diesen Moment nicht unvorbereitet. Er hielt seine Ausrüstung und die fünf Pferde in Bereitschaft. Ihre Trächtigkeit war der Stute inzwischen gut anzusehen. Seit dem frühen Morgen wurde die Abreise vorbereitet. Onkel Kyrill war bereits am Vorabend von Eisenach nach Gebesee herübergekommen.

Und nun, hier an dieser Straßensperre, versuchte er mit Engelszungen, den Sergeant zu bezirzen und dabei keinesfalls den Anschein von Drängen oder Bedrohung aufkommen zu lassen, jedoch sein Anliegen mit Zähigkeit und Ausdauer voranzubringen. „Vor genau dreißig Jahren war ich als Oberfähnrich der zaristischen Armee zusammen mit dem englischen Colonel Miller in deutscher Kriegsgefangenschaft. Drei Jahre verbrachten wir dort zusammen. Sie müssen wissen, dass ich mit ihm in Kontakt stehe und dass ich mich bei ihm über Ihre Ignoranz beschweren werde. Sie können diesen offiziellen Passierschein nicht einfach zurückweisen!" Obwohl er sichtlich unsicherer wurde, lehnte der Unteroffizier eine Viertelstunde lang Onkel Kyrills Vorstöße ab. Standhaft verwies er darauf, dass nach dem Abkommen von Jalta alle Personen, die nach dem 11. Februar auf dem Gebiet der festgelegten sowjetischen Besatzungszone in westalliierte Hand geraten wären, diese Grenze nicht überschreiten dürften. Der Passierschein gelte außerdem nur für Ukrainer. Doch was sollte es? Der kleine, weißhaarige Mann schien sich nicht umstimmen zu lassen und die Fuhrwerke wollten nicht umkehren. Die Gäule standen stoisch und schnalzten mit den Ohren.

Völlig entnervt gab der Sergeant plötzlich einem etwas entfernt in Bereitschaft stehenden Militärpolizisten die Weisung, den Schlagbaum zu heben.

Onkel Kyrill sprang so schnell er konnte zum Wagen zurück, kletterte auf den Bock und beide Wagen rollten über die Grenze nach Hessen. Meckernd und im Laufschritt hoppelte die Ziege hinterher.

Nach acht weiteren Wochen gelangten die beiden Treckwagen an ihr Ziel in Franken, das sie am Tag des Aufbruchs noch nicht vor Augen hatten. In einer lieblichen Gegend, die Sicherheit, Arbeit und Unterkunft gewährte, endete die rastlose Reise.

Marsch nach Osten

Auf beiden Seiten der Straße türmten sich noch Schutthalden auf, standen zerschossene Fahrzeuge, Artilleriegeschütze und ausgebrannte Panzerwracks herum, die notdürftig zur Seite geräumt waren. Wenigstens die Toten, die Tage zuvor noch ungeborgen an vielen Stellen umherlagen, hatte irgendjemand inzwischen eingesammelt. In Rüdersdorf, am Ostrand von Berlin, konnten wir einige Zeit verschnaufen. Die Rote Armee hatte dort für die ungeheuere Anzahl von Gefangenen und Verwundeten in aller Eile ein großes Sammellager mit Gefangenenlazarett eingerichtet. Zäune umgaben das Areal und Posten achteten darauf, dass niemand türmen konnte. Ich war kraftlos und fühlte mich erschlagen. Nach den anstrengenden Tagen und den vielen unglaublichen Erlebnissen wollten meine Gedanken nicht so klar funktionieren. Wichtig war das, was gerade passierte. Trotzdem krochen aus verschütteten Nischen meines Gedächtnisses immer wieder Fragen durch meine Sinne. Riedel war nicht mehr aufgetaucht und blieb vermisst. Leutnant Wobbel und Hein van Kampen hatte ich auch nicht mehr getroffen. Die konnten sich hoffentlich in eine andere Fluchtrichtung absetzen. Waldemar Werth hatte bei dem wilden Havelübergang einen Treffer abbekommen. Er lag hier im Lazarett. Ich habe ihn besucht. Sprechen konnten wir nicht. Waldi ging es verdammt schlecht. Ernst Gerstenberger schien außer mir der einzige unversehrte Überlebende zu sein.

Als ich die Rotarmisten zum ersten Mal so richtig lebensnah sah, bekam ich es mit der Angst zu tun. Zu Beginn hegte ich tiefes Misstrauen gegen die Bolschewiken. So hatte ich es gelernt, so war ich erzogen worden. Könnte ich jemals einem von diesen Kommunisten Vertrauen schenken? Doch nach einigen Tagen war ich mir sicher, dass mein Status als umgesiedelter Westwolhynier unangetastet bleiben würde und ich nichts zu befürchten hätte.

Zudem hatte mich die Entscheidung des Hauptmanns bei meiner Gefangennahme verblüfft. Dem Bild vom kulturlosen und grausamen Handlanger Stalins, das ich in all meinen nationalsozialistischen Schulungen gelernt hatte, entsprach er nicht. Trotzdem jagten mir viele der sowjetischen Soldaten Angst ein. Die schauten so anders aus. So fremd. So teuflisch. Bei den Mannschaftsdienstgraden gab es eigentlich nur Mittelasiaten und Sibirer. Leute, die ich einfach nicht einschätzen konnte. Mit so einem undurchschaubaren Gesichtsausdruck. Vertraut schauten für mich nur die Offiziere und Unteroffiziere aus. Russen, Ukrainer oder Kaukasier.

Nach ein paar Tagen hatte ich mich schon ein wenig an die Sowjetsoldaten gewöhnt. Mit unseren Bewachern, alles Mittelasiaten, kam ich ziemlich schnell ins Gespräch. Dabei lernte ich ihre kameradschaftliche Seite kennen. Ein usbekischer Wachmann, dem ich von meinem ständigen Heißhunger vorgejammert hatte, brachte mir sogar ganz heimlich ein ordentliches

Stück rohes Fleisch und einen Kanten Brot. Er meinte: „Du kannst das so essen. Hau rein – ist gut! Gut geklopft. Iss."

Wohin wir gebracht werden sollten, sagte uns keiner. Wahrscheinlich haben es unsere Bewacher selbst nicht gewusst.

Es wurde jeden Tag wärmer. Wir marschierten weiter nach Osten hin. Mir wurde verdammt warm in meinen vielen Kleidungsschichten. Deshalb zog ich mir bei einer Rast vorübergehend meine Uniformjacke und meine Strickjacke aus. Das Ober- und Unterhemd behielt ich an. Denn alles, was man nicht auf dem Leib trug, konnte geklaut werden. Neben mir saß ein etwas älterer von der Artillerie. Der betrachtete meine Verrenkungen. „Kamerad! Dein Hemd ist ja zerrissen." Daraufhin zog ich mir zuerst das Oberhemd aus und stellte fest, dass es oberhalb der Gürtellinie einen etwa 15 cm langen waagerechten Riss hatte. Dann zog ich mir das Unterhemd aus und stellte etwa an der gleichen Stelle einen kürzeren waagerechten Riss fest. Daraufhin untersuchte ich die Tarn- Uniform- und Strickjacke und stellte an den Stellen, wo die Enden des Risses am Oberhemd waren je ein Loch fest. Vorn und hinten. Nun war es mir völlig klar. Eine Gewehrkugel oder ein Splitter waren mir an meinem Rücken einige Millimeter von meiner Haut entfernt, durch meine Kleidung gepfiffen, ohne die Haut auch nur zu kratzen. Danke, Mama!

Wir marschierten und marschierten. Durch die Märkische Schweiz, über Straßen und Felder, an Seen und Wäldern vorbei. Jeden Tag wurde es ein wenig mehr Frühling. Die Natur ringsum blühte auf. So herrliche Felder. Zum ersten Mal seit Tagen fühlte ich wieder Leben in mir. Zum Glück blieb es trocken und wir bekamen keine Regendusche ab. Dann wieder einige Tage Rast im Freien auf dem Gelände einer Kaserne in Landsberg an der Warthe[87]. Es war ja Mai. Jetzt konnte ich sogar schon die Dienstgrade der sowjetischen Offiziere und Unteroffiziere unterscheiden. Unfreundlich waren die meistens nicht. Ganz im Gegenteil. Einige, die etwas Deutsch gelernt hatten, suchten immer wieder jemanden, mit dem sie sich unterhalten konnten. Oft waren es eher unsere deutschen Kameraden, die zurückhaltend waren.

---

87 Landsberg an der Warthe: polnisch Gorzów Wielkopolski.

War ihnen ja auch nicht zu verdenken. Man wusste doch nicht, ob man vielleicht was Falsches sagen könnte und dann der Geheimpolizei gemeldet würde. Manche machten sich aber nichts daraus und waren gerne zu einem kleinen Plausch bereit. Bei einer Unterhaltung zwischen einem deutschen Kameraden und einem sowjetischen Leutnant hörte ich zu. Es ging um den sowjetisch-finnischen Krieg. Mein Kamerad machte Anspielungen auf das unfaire Verhalten Stalins gegenüber den Finnen. Mann, sei nicht so vorlaut, dachte ich bei mir. Wer weiß, was du dir da einhandelst? Aber der russische Leutnant diskutierte ganz sachlich und ohne Nebengedanken. Er versuchte einfach sein Land in Schutz zu nehmen und das Gespräch schien ihm zu gefallen.

Dann wieder Aufbruch und weiter. Wie lange sollte das denn noch so gehen? Mussten wir bis nach Sibirien durchmarschieren? Das hätten doch die Schwächeren unter uns nicht durchhalten können. Ich vielleicht auch nicht. Und dann noch die miese Verpflegung bei all den Strapazen. Jeden Tag nur so einen aufgequollenen Getreidebrei. Manchmal dann zur Abwechslung einen Kanten Kommissbrot mit einem Löffel Zucker. Aber immer viel zu wenig.

Im Landsberger Lager konnten wir diese schmale Kost etwas aufbessern. Aus den Abfalltonnen in der Nähe der Lagerküche klaubten wir Kartoffelschalen raus – und was wir halt sonst noch so finden konnten. Keine wirklichen Köstlichkeiten. Aber geröstet, gebraten oder gekocht eine kleine Sonderration, die das ständige Hungergefühl in Schach hielt. Unsere Gespräche unter den Kameraden drehten sich deshalb fast ausschließlich ums Essen. Da hätte man Kochbücher schreiben können. „Meine Oma macht die besten Klöße“, meinte ein Süddeutscher, „… und in die Soße könnte ich mich reinlegen.“ Da ging's natürlich los. Jeder wusste was anderes. „Da solltest du mal die Semmelknödel von meiner Mutter probieren“ und „könnt ihr alles vergessen, wenn ihr den Zwetschgenkuchen von meiner Tante mal probieren würdet“. Besser ging es unseren knurrenden Mägen damit aber nicht. Und wenn ich von den Speisen bei uns zu Hause erzählt hätte, dann hätte ich ja doch bloß blöde Sprüche bekommen. Was ich gerne mochte, meine Leibspeisen, das kannten die meisten doch nicht.

Beim Durchmarsch durch Ortschaften waren vermehrt polnische Ortsschilder zu sehen. Die hatten sie aber verdammt schnell ausgetauscht. Nach ein paar Tagen war dann Schluss mit der Marschiererei. Zumindest vorerst. Hier waren wir schon in Woldenberg[88], nördlich von Schwiebus und Posen. Und – potz Blitz – wir wurden hier sogar in Baracken untergebracht! Das schien uns wirklich die Endstation unserer Reise zu sein. Was dann kommen würde, war nicht abzusehen.

Und wirklich – wir blieben! Es wurde Juni, dann Juli. Eigentlich ein wunderbarer Sommer. So oft wären wir gerne an einen Badesee gegangen. In wie vielen Stunden musste ich an unsere Familienausflüge an die Weichsel denken? Manche Kameraden wollten sich mit diesem Schicksal nicht abfinden. Es war ja auch überhaupt nicht abzusehen, was weiter mit uns passieren würde. Deshalb sind manchmal welche verduftet. Fluchtversuche meistens nur. Die haben sie meistens wieder eingesammelt und manche wurden auf der Flucht erschossen. Zur Abschreckung wurden die dann auf einen Bollerwagen gelegt und durch das ganze Lager gekarrt.

Ich hatte keine Ahnung, wie viele Gefangene hier im Lager untergebracht waren. Als wir ankamen, schauten noch französische Kriegsgefangene aus den Fenstern. Manche grinsten ziemlich hämisch. Die sind dann recht schnell entlassen worden. Als wir die Baracken übernehmen durften, wurden wir schon mal grob nach unserer Herkunft vorsortiert. Die Österreicher unter sich, die Elsässer und Südtiroler, die aus dem polnischen Gebiet und die aus dem Altreich. Die Ostmärker zogen auch gleich eine rot-weiß-rote Fahne vor ihrer Baracke auf und die aus Polen die weiß-rote.

Und dann kam die Mode auf, dass alle den Namen ihrer Stadt, aus der sie stammten, auf ihr Käppi gestickt haben. War ja auch nicht schlecht. So konnte man sich ganz gut finden. Ich wusste nicht so recht, welche Stadt ich bei mir drauf sticken sollte. Da habe ich *Rowno* drauf gestickt. Das kannte aber keiner. Und ich

[88] Woldenberg: polnisch Dobiegniew.

bin oft gefragt worden, wo das denn wäre. Meine Antwort, dass das in der Ukraine liegt, war den meisten fremd.

Immer öfter gab es Zoff. Viele der Älteren schauten uns Jüngere scheel an. Jetzt wurden manche Vorwürfe laut. „Wer hat eigentlich den verfluchten Krieg angefangen?“ Und vor allem: „Die Jungen mit ihrem Scheißfanatismus haben uns doch da rein getrieben!“ Über die braunen Lügner und Großmäuler zogen sie her. „Der Rassenquatsch war doch von Anfang an nur die verbohrte Idee vom Hitler, dem Himmler und den anderen gewissenlosen Schlächtern. Der ganze Antisemitismus, reiner Schmonzes. Und wir haben zugeschaut, wie die Juden überall Probleme bekommen haben und aus dem öffentlichen Leben verschwunden sind.“

Und irgendwie musste ich ihnen recht geben. Wenn ich so darüber grübelte, wurde mir mehr und mehr bewusst, wie dumm wir eigentlich gewesen sind. Wir hatten an das Große geglaubt. An die edelmütigen Worte. Die Volksgemeinschaft. Die Fahnen. Die Uniformen. Jahrelang wurde es uns eingebläut: das Große und Erhabene … Aber das, was wir dann erlebt haben, war nicht groß und erhaben. Es war niederträchtig und verlogen. Manche von den Kameraden meinten aber auch, dass das nicht nur der Hitler und die Goebbels-Schnauze gewesen seien. Da hätte schon mehr dazugehört. Die sagten auch, dass sich die meisten von uns mitschuldig gemacht hätten und sich auch gerne verführen ließen. Andere beharrten darauf, dass doch nicht alles schlecht gewesen wäre. Ich hörte viel zu, dachte nach und grübelte. Der Führer und seine großen Minister hatten sich einfach selbst umgebracht oder aus dem Staub gemacht. Alles – alles, was uns eingeimpft worden war und an das wir mit heißem Herzen geglaubt hatten, kam mir auf einmal so nichtssagend und inhaltsleer vor. Nur hohles Pathos. Lügen über Größe, Ehre, Ruhm und Manneskraft. Und das, was wir dann erlebt hatten, war Kleinmut, Niedertracht, Schande und Verderben.

Damit sich die Jungen und die Älteren nicht gegenseitig an die Gurgel gingen, haben die Russen eine deutsche Lagerleitung ernannt. Mit den internen Auseinandersetzungen zwischen uns Kameraden wollten sie sich nicht auch noch abgeben. Sie wollten Ruhe und Ordnung in den Unterkünften. Die neue Lagerführung hat deshalb ziemlich schnell die Jüngeren von den Älteren getrennt. Wir wurden in unterschiedlichen Baracken untergebracht. Zur Ablenkung gab es viele Veranstaltungen und eine Wandzeitung. Klar – auch Varieté und Unterhaltung. Aber noch mehr Aufklärung. Ich war wie vor den Kopf geschlagen, als ich Bilder aus den Konzentrationslagern zu Gesicht bekam. Das konnte doch nicht wahr sein!

Millionenfacher Mord?

Vernichtung durch Arbeit? Menschen vergast?

Die grässlichsten Verbrechen an der Zivilbevölkerung in den eroberten Gebieten?

Wir? Unser Volk?

Unser Führer und unsere Helden sollten das verbrochen haben? Die Generäle? Die Ritterkreuzträger?

Haben wir das nicht sehen können? Warum haben uns die Eltern nichts davon erzählt? Haben sie es gewusst?

Ob Papa schon mal solche Bilder gesehen hatte, wie in Kiew die Juden erschossen wurden? Oder die Leichenberge in den Konzentrationslagern? Lauter abgemagerte Skelette.

Da bin ich mit meinen Zweifeln wieder richtig ins Schleudern gekommen. Das mussten Lügen sein. Viele von uns wollten das alles nicht glauben. Oder hatten die Russen wirklich recht? Sind wir tatsächlich so unglaublich belogen und benutzt worden?

Mir ging das alles durch meine Träume. Das passte doch alles nicht mit unserem Ehrenkodex zusammen. Wollten uns die Bolschewiken mit solchen Bildern hinters Licht führen? Mit einem älteren Kameraden, Wilhelm, sprach ich über die Bilder, die uns über die Wandzeitung gezeigt wurden.

„Ja, glaubst du denn, die haben nur von jüdisch-bolschewistischen Untermenschen geredet?“, fuhr er mich an. „Die haben das wirklich so gemeint und uns allen erzählt, dass die nichts wert sind, dass die wegmüssen. Wie die Kartoffelkäfer. Ich war bei der Erschießung von Partisanen in Italien dabei.“ Wilhelm biss die Zähne zusammen und man konnte es förmlich sehen, wie schlimme Bilder vor seinem inneren Auge vorbeizogen. Einen Moment lang sagte er nichts. Dann kam es einfach so aus ihm heraus. „Irgendjemand hatte ein paar von unseren Leuten in einen Hinterhalt gelockt und gemeuchelt." Er kratzte mit Daumen und Zeigefinger über seine unrasierten Wangen. „Weil sich die Mörder nicht zu erkennen gegeben haben, wurden Geiseln genommen. Fünf Geiseln für jeden Toten von uns. Da waren auch Buben darunter. Kinder. Die sind alle an die Wand gestellt worden." Wilhelm hämmerte mit dem angewinkelten Zeigefinger auf seinen Oberschenkel. „So hat der Krieg ausgesehen!" Dann fügte er hinzu: „Und nicht so wie in den Wochenschaufilmchen. Da haben die Propagandaleute immer aufpolierte deutsche Helden gezeigt. Meistens zumindest. Aber da draußen war es ganz anders. Und mit denen von der SS war sowieso nicht zu spaßen. Die meisten von diesen arischen Herrenmenschen waren wirklich verroht und krank im Kopf. Denen ging man lieber aus dem Weg."

Meine ganze bisherige Welt hatte nicht nur Risse bekommen, sondern mit jedem neuen Gespräch, das ich führte, und mit jedem neuen Detail, das ich erfuhr, stürzte sie immer schneller in sich zusammen. Ich schämte mich für meine Blauäugigkeit und Blindheit. Aber ich fühlte mich auch missbraucht. Einige Zeit lang war mir hundsmiserabel und elend.

Nach und nach ging mir ein Licht auf. Vielleicht sogar ein ganzer Kronleuchter. Mir wurde mit jedem Tag mehr bewusst, wie wenig ich eigentlich über die Welt und das Leben gewusst habe. Von dem Deutschland, das vor der Hitlerzeit existiert hatte, schien ich lausig wenig zu kennen. Woher auch. Papa hatte das ja auch nicht gekannt. Der kannte Russland, die Ukraine und Polen zehnmal besser. Bis zu diesem Zeitpunkt hier im Lager bestand meine Welt aus Nationalsozialisten, Kommunisten, irgendwelchen Reaktionären und Kapitalisten. Dass es aber auch Sozialdemokraten, Liberale und ganz andere Denkrichtungen gegeben hatte, dass die ebenfalls unterdrückt und verfolgt wurden, lernte ich jetzt von den Kameraden. Hier im Lager. Einer hatte sogar sein altes SPD-Mitgliedsbuch dabei. Trotz aller Gefahren hatte er es ständig mit sich herumgetragen.

Über die Entwicklungen draußen in der Welt konnten wir uns über die Wandzeitung gut unterrichten. Da war einfach so viel, das mir ganz fremd vorkam. Wahlen zu Beispiel. Ich konnte es nicht fassen, dass zum Beispiel die Engländer die siegreiche Regierung ihres Premierministers Churchill abgewählt hatten. Wo sollte es denn so was geben?

Dann bekam ich eine Chance, mich mit ganz anderen Sachen zu befassen. Ein sowjetischer Lagerpolizist kam eines Tages in unsere Baracke und rief: „Wer von euch spricht Russisch?" Wieder mal habe ich mich gemeldet. Diesmal war es aber gar nicht blöd von mir. Der Uhrmacher im Lager war Deutscher und hatte ein eigenes Kämmerchen. Weil es für die Sowjetsoldaten so wichtig gewesen ist, allen Gefangenen erst mal ihre Uhren abzunehmen, hatte er viel zu tun. Aber er verstand kein Russisch. Deshalb dolmetschte ich, wenn wieder ein Soldat mit einer kaputten Uhr reinkam. Ich bezog sogar einen eigenen Platz im Kämmerchen, quasi als Dienstsitz. Und von dem Tag an bekam ich auch von dem besseren Essen für die Soldaten zugeteilt. Es reichte mir zwar immer noch nicht jeden Tag, aber es schmeckte besser und war abwechslungsreicher. Einmal kam ein dicker Kerl mit einem ganzen Sack voller Uhren und Wecker. Er packte einen Wecker nach dem anderen aus und stellte sie auf den Tisch. „So viele Ersatzteile habe ich doch gar nicht", fing der Uhrmacher zu jammern an. Ich übersetzte. Der Soldat lachte: „Ich will doch gar nicht, dass sie eine besondere Zeit anzeigen." Er schlug lachend mit der flachen Hand auf den Tisch: „Ich bin Fahrer. Da hänge ich mir ein paar von den Weckern in die Kabine meines Lastwagens. Und dann sollen die Uhren einfach nur *bul, bul, bul* machen, damit mir nicht so langweilig ist."

Nach und nach lernte ich die Sowjetsoldaten besser kennen und merkte, dass sie keineswegs Monster waren, sondern auch nur ganz unterschiedliche Menschen. Da waren Blöde dabei, Einfühlsame, Gute und Idioten. Weil es immer Probleme, Missverständnisse oder Angelegenheiten gab, die zu klären waren, hatte ich auch als Dolmetscher für die Lagerpolizei genug zu tun.

Ein Phönix steigt aus der Asche

Als dann mehr Ordnung ins Lagerleben kam, wurden wir reihum zu ärztlichen Untersuchungen gerufen. Am Aushang erfuhr ich, dass wir in Gruppen eingeteilt werden sollten. Fünf Kategorien sollte es geben. Alle, die in Kategorie eins oder zwei eingestuft wurden, kämen zum Wiederaufbau in die Sowjetunion. Nach Sibirien. Diejenigen mit Klassifizierung drei und vier müssten sich an der Wiedererrichtung Polens beteiligen. Gruppe fünf sollte nach Deutschland entlassen werden.

Den russischen Soldaten konnte ich entlocken, dass alle 16 und 17-Jährigen ganz gute Chancen hätten, die Entlassung zu bekommen, wenn sie nicht so kräftig wären oder eben nicht für schwere Arbeiten eingesetzt werden könnten. Alle meines Alters wollten bei der Untersuchung den Schwachen und Entkräfteten markieren. Klar! Jeder wollte in Kategorie fünf.

Dann kam die Untersuchung. Alle hatten Bammel. Einer nach dem andern wurde begutachtet. Alle vor mir in Gruppe fünf eingestuft. Der Feldwebel, der die schriftlichen Dokumente führte, gab mir durch einen Ruck seines Kopfes zu verstehen, dass ich an der Reihe wäre. Ich tat einige Schritte nach vorn und blieb vor dem untersuchenden Militärarzt stehen.

„Na, so einen wie dich könnten sie in Polen für den Wiederaufbau von Warschau bestimmt gut gebrauchen." Der Arzt musterte mich von oben bis unten, lugte über den Rand seiner Drahtgestellbrille. Er griff nach einer Lampe, zog mein Ohrläppchen nach vorn und untersuchte meine Gehörgänge. Wortlos hielt ich ihm meine rechte Hand hin. Es war nicht zu übersehen, dass zwei Finger fehlten. Er blickte mich kurz an, nahm einen Stift zur Hand und kritzelte etwas aufs Papier und reichte es dem neben ihm sitzenden Soldaten. Ich konnte erkennen, was die Notiz besagte.

Kategorie fünf!

Nicht nur ein Stein fiel mir vom Herzen, sondern ein halber Steinbruch.

Hatte er mir nur einen Schreck einjagen wollen? Als Jux? Oder hatten sie inzwischen schon so viele kräftige Gefangene, dass sie sich die besten aussuchen konnten. Schließlich sollten ja auch noch ein paar übrigbleiben, um Deutschland wieder aufzubauen.

„Wohin willst du entlassen werden?" Der Serschant hielt seinen Blick aufs Papier gerichtet. Seit Tagen hatte ich überlegt, wohin ich eigentlich gehen sollte, falls man mich entlassen würde. In Brest war bestimmt keiner mehr von der Familie. Sie hatten mir ja noch geschrieben, dass sie sich auf die Flucht begeben hätten. Weil mir bekannt war, dass Onkel Kyrill in Erfurt eine Wohnung bezogen hatte und Papa zudem im Zuge seiner Fluchtvorbereitungen einige Wertsachen in Halle deponierte, gab ich Erfurt als Entlassungsadresse an.

Der Serschant drückte mir einen Zettel in die Hand. Ich las. Mein Entlassungsschein! Ganz dünnes Durchschlagpapier: *Der Gefangene ist aufgrund einer Anordnung der Militärärzte-Kommission vom 6.6.1945 nicht zur körperlichen Arbeit geeignet; 12.7.1945*. „Passt gut auf das Dokument auf“, schärfte uns der Unteroffizier ein. „Das ist euer Ausweis bis zum Entlassungsort. Den könnt ihr bei allen Behörden vorlegen. Und er gilt auch als Fahrschein für alle Züge.“ Dabei hob er den Finger, um seiner Belehrung Nachdruck zu verleihen. „Und noch was. Wenn ihr nach Westen gehen solltet, dann gebe ich euch den Rat: Bis zu eurem Entlassungsort seid ihr als entlassene Kriegsgefangene der Sowjetarmee unterstellt. Bis zur Oder haben die Polen inzwischen die Verwaltung übernommen. Da mag man die Deutschen nicht. Wenn euch ein Pole Ärger machen sollte, dann wendet euch an einen Angehörigen der Sowjetarmee.“

Hätte ich mal besser hingehört. Aber ich habe nicht geglaubt, dass die Warnung mit den Polen auch für mich gelten würde. Bei uns zu Hause waren die Polen halt einfach Nachbarn gewesen. Und mit den Masurs haben wir immer gut zusammengelebt. Natürlich konnte ich nicht behaupten, dass sich auch die anderen Deutschen so verhalten hätten. Der Metzger Obermaier beispielsweise war ein richtiger Polenhasser. Und bei der HJ hat’s auch oft Stunk mit Polen gegeben. Bei solchen Querelen hab’ ich mich nie vor sie gestellt. Auch wenn ich mit Marek, Lolek und den anderen immer gut zurechtgekommen bin. Und im Zug nach Posen hab’ ich’s dann gemerkt. Ich war einfach wieder mal zu naiv. Zack! Hab’ ich eine Tracht Prügel von einigen Polen eingesteckt. Und meine beste Hose klauten sie mir auch noch. Mein Käppi war’s. Der Grund für die Dresche. Da wäre ich nie draufgekommen. „So? Aus Rowno kommst du?“ Ein hagerer mittelalter Kerl stieß mit der flachen Hand gegen meine Schulter und schubste mich. „Das war doch polnisch, du Verräter!" Und ich konnte es nicht lassen, hab' angefangen, mit ihm polnisch zu verhandeln. Das war idiotisch. Der hat natürlich angenommen, dass ich ein polnischer Kollaborateur wäre. Alle Umherstehenden gafften mich feindselig an. Na ja. Erst packten sie mich und schubsten mich von einem zum nächsten. Dann polierten sie mir die Fresse. Am nächsten Bahnhof meldete ich das einem russischen Soldaten. Der nahm mich beim Arm und suchte mit mir zusammen nach den Schlägern und dem Hosendieb. Die hatten sich aber alle eiligst aus dem Staub gemacht und ich stand bald wieder mit einem blauen Auge und einer aufgequollenen Lippe alleine da.

Ich wollte keinen Hickhack mehr, hatte die Nase gestrichen voll und marschierte lieber zu Fuß zum nächsten Bahnhof. Nur weg hier. Es war, als ginge mein Kopf neben mir her. So viele Gedanken. Was war richtig? Was war falsch? Die Polen. Die Bolschewiken. Jetzt erzählte man auch solche unglaublichen Sachen, was den Juden wirklich widerfahren war. Die Morde, Vergasungen, die Massenvernichtung. Stimmte das alles wirklich? Belogen mich jetzt die anderen? Aber die Polen. Viele Leute waren ja wirklich ekelhaft zu denen gewesen. Nein – die Baba nicht und Papa und Mama Lisa auch nicht. Aber nicht nur der Obermaier. Der Kabelitz und andere haben es gemacht. Auf die Kirchenmauer hatten sie ja auch dick und fett angeschrieben, dass die Polen unsere Feinde wären. Überall waren die polnischen Leute tatsächlich ganz systematisch erniedrigt worden. Und jetzt wollten sie uns demütigen. Verständlich, dass sich viele rächen wollten für das, was sie erlebt hatten. Ich musste eben besser aufpassen. Sobald ich über die Oder war, wäre die Gefahr vorbei. Mir gingen die polnischen Flakhelfer nicht aus dem Kopf. Wie es denen wohl jetzt ging? Die wollten das doch auch nicht freiwillig machen. Ob sie es überhaupt überlebt hatten?

Es schien mir so, als wäre ich alleine auf der Welt. Alleine, mit meiner Ziellosigkeit – aber frei. Meine Kriegsgefangenschaft war hier beendet. Der ganze beschissene Krieg war hier zu Ende. Alles, alles war hier irgendwie zu Ende. Krieg, Gefangenschaft, die Zukunft, die ganze Freude am Leben, alle Ziele, alle Pläne – einfach alles. Erst fühlte ich mich verlassen und kraftlos, dann mutig. Ganz neue Vorstellungen schossen mir in den Kopf.

In Erfurt fand ich heraus, dass Papa und die Familie in Gebesee sein sollten. Also ging ich dorthin und lernte Famile Bergt kennen. Leider waren meine Leute schon weitergefahren. Ich blieb den Sommer über, arbeitete, verdiente mir mein Essen auf den Feldern, stahl mich Ende September eines Morgens über die grüne Grenze nach Hessen und fuhr kreuz und quer auf Kohlewaggons durch das zerstückelte Deutschland. Ich traf unterwegs Leute, die haben Wurstbrote gegessen. Ganz dick mit fingerdick Wurst drauf. Andere saßen – wie ich – oben auf den Güterwagen. Mit flatternden Hosen und nichts auf den Rippen. Nochmal andere hatten wohl gar nichts vom Krieg mitbekommen. Wo die lebten, dort ist kein Krieg gewesen. Manche halfen. Wieder andere meinten, wir wären alle Banditen. Bloß deshalb, weil wir nichts hatten. Weil wir so wild und abgerissen ausgesehen haben. Weil wir nicht wussten, wohin. Weil uns der Krieg in den Dreck geschmissen hat. Und trotzdem haben viele geholfen, waren freundlich.

Ich suchte in Wuppertal, traf ganz zufällig jemanden, der wusste, wo sich Onkel Adam aufhielt, reiste weiter nach Opladen und fand Arbeit als Laufbursche in einer Bäckerei. Doch lange hielt es mich nicht dort. Ich bestieg wieder einen Kohlenzug, der mich an den Neckar brachte. Dort war mir eine Adresse in Erinnerung geblieben von einem jungen Soldaten, mit dem Tanja seit der Zeit in Brest in Kontakt gestanden hatte. Diese Leute suchte ich auf, blieb für wenige Tage und wie es der Zufall wollte, erhielten sie einen Brief von Tanja, in dem stand, dass sie im unterfränkischen Wiesentheid untergekommen sei. Ich war außer mir vor Freude und machte mich wieder auf den Weg. Nicht lange danach fand ich meine Familie wieder. Genau an meinem siebzehnten Geburtstag. Fünf Tage vor Weihnachten kam ich abgerissen und hungrig an deren neuem Wohnort an. Am Bahnhofsgebäude prangte eine Tafel, auf der *Wiesentheid* stand. Ein schöner Hund lief vom Bahnhof weg mit mir mit. Ich weiß nicht, wem der gehörte. War wohl herrenlos – wie ich.

Hinter dem Bahnhof wohnten sie. In Baracken, die für Fremdarbeiter errichtet worden waren – oder für den Arbeitsdienst. Wen interessierte das jetzt noch. Kira tanzte vor Freude um mich herum und wollte sich gar nicht beruhigen. Anna übte die ersten Schritte. Mama Lisa stand kurz vor ihrer zweiten Entbindung. Fünf Tage später brachte sie ein neues kleines Schwesterlein zur Welt.

Papa schloss mich ganz fest in seine Arme, zwinkerte dann dem Hund zu und fragte: „Wie heißt denn dein Hund?"

Epilog

Lawrentij blieb für immer verschollen. Seine Frau Martha wurde bei ihren Vorbereitungen zur Flucht aus dem Warthegau von der Roten Armee überrascht. Sie kam nicht mehr dazu, die Pferde einzuspannen. In einem Sammellager ging sie auf das Angebot eines Sowjetoffiziers ein, der eine Haushaltshilfe für seine Familie suchte. Nach einiger Zeit ersuchte sie um die Entlassung in das durch Bombardierungen zerstörte Wien, der Stadt, in der ihre Mutter Jahrzehnte vorher gelernt, geliebt und gearbeitet hatte. Dort konnte sie ihre Kinder Nata und Alex wieder in die Arme schließen.

Sascha verdiente seinen Lebensunterhalt als Spediteur und transportierte mit seinen Pferdefuhrwerken Güter und Personen zur Bahn. Beharrlich, aber von Jahr zu Jahr mit wachsender Zuversicht, baute er sich zum vierten Mal eine neue Existenz auf.

Überall in den Westzonen durchkämmten Stalins Helfer die Dörfer nach Menschen, die aus der Sowjetunion entwurzelt worden waren und nicht mehr nach dorthin zurückwollten. Deshalb suchten viele ihr Heil in der Emigration, bestiegen Schiffe, die sie nach Südamerika, nach Australien oder in die USA brachten.

Israel wurde für viele der heimatlosen Juden, die den Konzentrationslagern entkommen waren, zur neuen Heimat.

Kolja konnte seine Liebe zu Bauklötzchen zum Beruf machen. Er wurde Architekt.

In einer demokratischen Partei fand er eine neue politische Heimat. Nebenberuflich nutzte er seine sprachlichen Fähigkeiten als Dolmetscher für Russisch und Polnisch. Gleichzeitig erlernte er Englisch und Französisch, um die weltweit verstreuten Verwandten aufsuchen zu können.

In der Aufbruchstimmung unter Kanzler Willy Brandt engagierte er sich in der deutsch-polnischen Schulbuchkommission und für die Verständigung zwischen den Völkern. Mit Eifer brachte er sich in die Kommunalpolitik an seinem neuen Wohnort Wiesentheid ein, übte das Amt eines stellvertretenden

Landrats aus wie auch das eines ehrenamtlichen Richters. Er war Mitbegründer einer Initiative für den Wiederaufbau der zerstörten Synagoge in Kitzingen, der Kreisstadt seiner neuen Heimat, besuchte Israel und die Gedenkstätte Yad Vashem.

Als die Sowjetunion, ideologisch ausgehöhlt und wirtschaftlich ausgebrannt, ihren Niedergang erlebte und sich auflöste, spann er Kontakte in seine alte Heimat in der Ukraine und unterstützte dort wirtschaftliche und politische Neuanfänge. Mit großer Hingabe erfüllte er sich am Ende der Laufbahn seines Brotberufes einen Traum, schrieb sich in der Universität ein und studierte Geschichte. Die Liste der von ihm veröffentlichten Schriften und Bücher ist lang.

Für seine Verdienste um die Verständigung zwischen den Völkern wurde er von der ukrainischen Regierung mit einer Verdienstmedaille geehrt.

Die Bundesrepublik Deutschland verlieh ihm das Bundesverdienstkreuz.

In seiner Geburtsstadt Rowno wurde eine Straße nach ihm benannt.

Erläuterungen zu einigen Fußnoten

Die Bibliographie Nikolaus Arndts finden Sie auf der Wikipedia-Seite *Nikolaus Arndt.*

01) Übergangsregelungen in der Zwischenkriegszeit.

Da war es willkommen gewesen, dass sich die unterschiedlichen Siedlergruppen in langer Tradition selbst organisiert hatten. Eigene Schulen und Gymnasien, eigene Einkaufsverbände, ein eigenes religiöses Leben hielten die alltäglichen Verbindungen zwischen den Gemeinschaften der Ukrainer, Russen, Polen, Deutschen, Tschechen und Juden aufrecht.

Die Kundschaft der Mühle und auch ihre Lage in Korist zwischen dem Dorfteil der Ukrainer und der sogenannten deutschen Kolonie waren der beste Beleg dafür. Die guten Kontakte zu jüdischen Kaufleuten und Mehlhändlern obendrein.

Die sowjetische Grenze lag keine fünf Kilometer vom Dorf entfernt. Wolhyniens Hauptstadt Shitomir und die meisten der deutschen Bauernkolonien, die im 19. Jahrhundert zahlreich entstanden waren, lagen jenseits der Grenze, waren unter die sowjetische Kollektivierungsknute geraten. Nach dorthin existierte seit dem Krieg keine Verbindung. Wen es auf die polnische Seite verschlagen hatte, besaß größere wirtschaftliche Handlungsfreiheit – wer auf der sowjetischen Seite verblieb, kam in den Genuss des besseren Schulsystems und umfangreicherer Rechte bei der Ausübung kultureller Selbstbestimmtheit.

02) Kapitulation des polnischen Militärs.

Die polnischen Truppen hatten vergebens auf Verstärkung und Nachschub durch die Westalliierten gehofft und kapitulierten an allen Fronten. Hunderttausende ergaben sich und gerieten in deutsche Gefangenschaft. Die polnische Staatsführung war nach Rumänien geflohen und endlich, am 28. September, endete auch für die polnische Hauptstadt nach einem mehrtägigen Dauerbombardement durch Artillerie und Flugzeuge der Albtraum.

Als sich die deutschen Truppen von bereits erobertem wolhynischen Boden nach Westen hin zurückzuziehen begannen, schienen alle Befürchtungen bestätigt zu sein, dass sich die neue Interessensgrenze zwischen dem Deutschen Reich und der Sowjetunion in Kürze hermetisch schließen könnte als neue westliche Grenze der UdSSR und eine Ausreise dann keinesfalls mehr möglich sein würde.

Erinnerungen an die Deportation der deutschen Minderheitsbevölkerung in den Weltkriegsjahren 1915/1916 und an die stalinistischen Verfolgungen Mitte der Dreißigerjahre im sowjetischen Teil Wolhyniens ließen schlimmste Ängste ins Kraut schießen.

03) Steuerung der Neuansiedlung durch ein System von Transportkarten.

Zur planmäßigen Steuerung der Durchschleusung aller Umsiedler bis zur Neuansiedlung diente ein System von *Transportkarten*. Mit der Zuteilung einer bestimmten Transportkarte war normalerweise auch die Einweisung in bestimmte Beobachtungs-, Transport- und Sammellager verbunden.

Grob gesagt, gab es drei unterschiedliche Transportkarten:

O-Karte (Gelbe Karte): O steht für Osteinsatz. Diese Karte wurde nach reichsdeutschen Gesichtspunkten an zuverlässige Personen deutscher Abstammung vergeben. Nach nationalsozialistischer Betrachtung war dieser Personenkreis dafür geeignet, besetzte und angeschlossene Gebiete zu *germanisieren*. In der Regel wurden sie in den *Warthegau* zur Ansiedlung geschickt (*siehe 04 Reichsgau Wartheland*). Sie waren die Einzigen, die die versprochene Naturalentschädigung für ihre zurückgelassenen Besitztümer erhielten. Inhaber der gelben O-Karte erhielten die *Einbürgerungsurkunde* des Deutschen Reiches und als Personalausweis den *Rückkehrerausweis*.

A-Karte (Rote Karte): A steht für Altreich. Diese Karte wurde an Personen vergeben, die als nicht ganz zuverlässig eingestuft waren und häufig auch an Mischehen von Deutschen, Ukrainern, Polen etc.. Dieser Personenkreis wurde im sog. Altreich angesiedelt.

S-Karte (Grüne Karte): S steht wahrscheinlich für *slawisch*. Hauptsächlich weitläufig Deutschstämmigen, Ukrainern oder anderen

Slawen wurde diese Karte zugeteilt. Auch dieser Personenkreis kam überwiegend zur Ansiedlung ins sogenannte Altreich und bekam in der Regel Fabrikarbeitsstellen zugewiesen.

Wer keinen Ausweis erhielt, wurde entweder ins Herkunftsgebiet abgeschoben oder verblieb bis zur endgültigen Entscheidung im Lager.

04) Reichsgau Wartheland

Der *Reichsgau Wartheland* bestand im Verband des Deutschen Reiches von 1939 bis 1945. Im Zuge der deutschen Besetzung Polens wurde das Territorium völkerrechtswidrig annektiert. Geographisch um Posen herum gelegen und vom Fluss Warthe durchzogen, hieß das Gebiet zunächst *Reichsgau Posen.* Nach der Ernennung des *Gauleiters* Greiser setzte sich der Begriff *Gau Wartheland* bzw. auch *Warthegau* durch.

05) Deutsche *Volksliste* vom 28.10.1939

Durch Verordnung des „Reichsstatthalters von Posen" (Greiser) wurde für Menschen mit ehemalig polnischer Staatsangehörigkeit eine sog. „Volksliste" eingerichtet, in welche sich die deutschstämmigen Bevölkerungsangehörigen einzutragen und zu klassifizieren hatten.

Die „als Deutsche Brauchbaren" der Bevölkerung wurden durch die DVL in folgende vier Abteilungen eingeteilt:

Volksliste 1: Sogenannte „Bekenntnisdeutsche", die sich vor dem Krieg für das „deutsche Volkstum" eingesetzt hatten, also etwa in Organisationen der deutschen Minderheiten organisiert waren – und zwar unabhängig davon, ob sie eine ‚deutsche Abstammung' nachweisen konnten.

Volksliste 2: Menschen, die zwar nicht Mitglieder in den Organisationen der deutschen Minderheiten gewesen waren, aber an deutscher Sprache und Kultur festgehalten hatten. Während Angehörige der Abteilung 1 sofort der NSDAP beitreten konnten und auch tatsächlich den Kern der Partei in den annektierten Gebieten bildeten, konnten sich die Mitglieder der Abteilung 2 zunächst lediglich als Anwärter auf eine Parteimitgliedschaft registrieren lassen.

Volksliste 3: Entweder sogenannte „Stammesdeutsche", also Menschen, die angeblich ‚deutscher Abstammung' waren, obwohl sie in der Regel nicht mehr Deutsch sprachen, oder aber Angehörige der sog. Zwischenschicht, also

Kaschuben, Masuren, Schlonsaken, soweit sie nicht Mitglieder in polnischen politischen Organisationen waren. Sie bekamen die „deutsche Staatsangehörigkeit auf Widerruf".

Volksliste 4: Sog. Renegaten, d. h. Menschen, die nach Auffassung der deutschen Zivilverwaltung ‚deutscher Abstammung' waren, die aber „ins Polentum abgeglitten waren", d. h. sich selbst als Polen betrachteten. Sie erhielten die „Anwartschaft auf die deutsche Staatsangehörigkeit auf Widerruf", und waren von der Wehrpflicht ausgenommen. (Quelle Wikipedia).

06) NSV: Nationalsozialistische Volkswohlfahrt.

Die „Nationalsozialistische Volkswohlfahrt" (NSV) war ein gleichgeschalteter Wohlfahrtsverband, der in seiner Organisation der NSDAP glich und der im Rahmen seiner Aufgabenstellung (Wohlfahrtspflege, Jugendhilfe, Volksgesundheit, Propaganda, Schulung) Hilfswerke unterhielt wie beispielsweise *Mutter und Kind, Kinderlandverschickung* etc., aber auch Kindergärten, Organisation familiärer Betreuungsleistungen, Mütterheime und sonstige Wohlfahrtseinrichtungen.

07) Stichworte zum Krieg im Osten ab 1941.

Generalbezirk: Ein Generalbezirk (auch Generalkommissariat genannt) war die mittlere Instanz der deutschen Zivilverwaltung im Reichskommissariat Ostland und Reichskommissariat Ukraine während des Zweiten Weltkriegs. (Quelle Wikipedia)

Reichskommissariat Ukraine**:** Das Reichskommissariat Ukraine (RKU) bestand während der deutschen Besatzungs von 1941-1944 in den westlichen und zentralen Teilen der Ukraine.

Das Reichskommissariat Ukraine und das Reichskommissariat Ostland wurden vom zivilen Berliner Reichsministerium für die besetzten Ostgebiete (RMfdbO) verwaltet, das von dem NS-Chefideologen Alfred Rosenberg geführt wurde. Die von diesem Ministerium verfolgten politischen Hauptziele waren die vollständige Vernichtung der jüdischen Bevölkerung und die Kolonialisierung des Gebietes. Dazu sollten die Einwohner als Sklaven ausgebeutet werden; ein kleiner Teil sollte nach einer Germanisierung die Besatzung mittragen. Die Germanisierungspolitik wurde auf der Grundlage des Generalplans Ost sowie spezieller Erlasse und Richtlinien im Ostland durchgeführt. (Quelle Wikipedia)

Heeresgruppe Mitte. Heeresgruppe Mitte war die Bezeichnung für zwei verschiedene Heeresgruppenkommandos der Wehrmacht während des Überfalls auf die Sowjetunion. Sie waren Oberkommando jeweils wechselnder Armeen sowie zahlreicher Spezialtruppen. Ihr Auftrag lautete, den zentralen sowjetischen Verteidigungsriegel aufzubrechen und den Vormarsch auf der Autobahn Brest-Moskau zu gewährleisten. Während Generalfeldmarschall Walther von Brauchitsch einen direkten Angriff auf Moskau favorisierte, wurde dies von Hitler während dieser Phase des Krieges zunächst untersagt. (Quelle Wikipedia)

08) Hitlers Programm zur Erfassung, Kontrolle und Indoktrination der jungen Generation.

In einer vielzitierten Rede vor Angehörigen der sog. *Hitlerjugend* gab Hitler im Dezember 1938 selbst Auskunft über seine Absichten: *„Diese Jugend, die lernt ja nichts anderes als deutsch denken, deutsch handeln, und wenn diese Knaben mit zehn Jahren in unsere Organisation hineinkommen, und dort oft zum ersten Mal überhaupt eine frische Luft bekommen und fühlen, dann kommen sie vier Jahre später vom Jungvolk in die Hitler-Jugend, und dort behalten wir sie wieder vier Jahre. Und dann geben wir sie erst recht nicht wieder zurück in die Hände unserer alten Klassen- und Standeserzeuger, sondern dann nehmen wir sie sofort in die Partei, in die Arbeitsfront, in die SA oder in die SS, in das NSKK und so weiter. Und wenn sie dort zwei Jahre oder anderthalb Jahre sind und noch nicht ganze Nationalsozialisten geworden sein sollten, dann kommen sie in den Arbeitsdienst und werden dort wieder sechs und sieben Monate geschliffen … Und was dann … an Klassenbewusstsein oder Standesdünkel da oder da noch vorhanden sein sollte, das übernimmt dann die Wehrmacht zur weiteren Behandlung auf zwei Jahre, und wenn sie … zurückkehren, dann nehmen wir sie, damit sie auf keinen Fall rückfällig werden, sofort wieder in die SA, SS und so weiter, und sie werden nicht mehr frei ihr ganzes Leben!“*

09) Fußnote zur Kriegslage Deutschlands 1943

Schon zu Beginn des Jahres 1943 waren in Afrika die zunächst noch erfolgreich scheinenden Operationen Deutschlands und der Achsenmächte von den Kriegsgegnern kräftig durchkreuzt worden. England besaß dort beispielsweise durch seinen Stützpunkt auf Malta die bessere Ausgangslage für die Lieferung von Nachschub. Die Engländer hielten einfach länger durch. Deutschland und Italien kapitulierten schon im Mai 1943. Das deutsche Afrikakorps hatte sich fast geschlossen mit 150.000 Mann in Kriegsgefangenschaft begeben. Das gewagte Unternehmen auf der anderen Seite des Mittelmeeres war damit beendet. Spöttelnd machte der Begriff *Tunisgrad* die Runde. Die Propaganda begleitete das Desaster trotzdem mit Erfolgsmeldungen, Schuldzuweisungen und Tatsachenverdrehungen.

Das Barometer der allgemeinen Stimmung begann zu sinken. Viele beschlich die Ahnung, dass der Krieg auch verlorengehen könnte. Das hatte sich schon nach wenigen Monaten des zunächst rasanten Vormarsches angedeutet, als alle verfügbaren militärischen Kräfte nach Süden hin umgelenkt werden mussten, um an anderer Stelle auszuhelfen. Hitlers Blitzkrieg gegen Russland schien da noch erfolgreich zu verlaufen. Mit der neu formierten Kraft und dank Stalins Sturheit verlief die Schlacht um Kiew, dort im südlichen Frontabschnitt, im ersten Kriegssommer mit Russland noch siegreich. 43 sowjetische Divisionen waren im Schnelldurchgang vernichtet worden. Menschen, Material, Tiere und Lebenswelten.

Im Norden war man anfangs bis Leningrad vorgestoßen. Auch dort ging es nicht weiter. In fast mittelalterlicher Manier blockierte man alle Nachschubwege in die Stadt, grub sich ein und belagerte die Metropole. Eine Million Zivilisten verhungerten infolgedessen, aber die Gegenseite gab nicht auf.

Die Kräfte der Wehrmacht reichten einfach nicht aus und wurden zusehends weniger. Menschen starben. Unzählige verreckten jämmerlich. Draußen im Krieg und im Inland durch gezielten alliierten Bombenterror, dem immer weniger Einhalt geboten werden konnte. Die Repressionen im Inneren wurden stärker und die Versorgungslage für die Zivilbevölkerung schlechter. Propagandistisch war das Augenmerk der Bevölkerung auf den militärischen Durchbruch im Süden geheftet worden. Von Kiew bis zum Kaukasus – und weiter zur Krim. Aber spätestens im Januar 1943 waren auch dort alle Hoffnungen auf eine Wendung zum Besseren dahin. Mit unvorstellbaren Verlusten holte sich die sowjetische Seite im Winter 1942/1943 die Industrieregion Stalingrad an der Wolga zurück. Dem zuständigen General für die vormals siegreiche 6. deutsche Armee blieb nichts anderes übrig, als vor der Übermacht zu kapitulieren. Hitler tobte. Er hatte gefordert, dass bis zur letzten Patrone gekämpft werden müsse. Aber auch so bezahlten Hunderttausende von Menschen dieses Ringen mit ihrem Leben, gerieten in Gefangenschaft, verhungerten oder erfroren. Nicht nur Zynikern und Zweiflern dämmerte deshalb im Laufe des Sommers 1943 die Einsicht, dass der inflationäre Gebrauch des Begriffs *Frontbegradigung* keine taktischen Manöver beschrieb, sondern in Wirklichkeit Stillstand, Rückzug und Niederlage bedeutete.

Entgegen allen Anstrengungen konnte nicht einmal England niedergerungen werden, über das sich Führer, Göring und deren Propaganda so gerne lustig machten. Das Land Churchills erholte sich mittels amerikanischer Waffen- und Ausrüstungshilfe in erstaunlichem Ausmaß. Großbritannien bediente sich eben auch ganz ungeniert in seinen ehemaligen Kolonien und Mandatsgebieten des immensen Menschenreservoirs, das sich dort bot. Dagegen hatte Deutschland im Laufe des Krieges bereits drei Millionen Soldaten verloren, ohne die Aussicht, sie ersetzen zu können.

Die siegreichen Streitkräfte Großbritanniens setzten auch in Nordafrika den abziehenden Italienern und Deutschen nach. Das Mittelmeer schien dabei kein großes Hindernis zu sein. Es dauerte nicht lange und sie landeten auf Sizilien. Vor dem Sieg über die verbündeten Deutschen und Italiener hatten im Winter 1942 erstmals amerikanische Truppen an der Seite Großbritanniens in die Kämpfe eingegriffen. An den Atlantikstränden um Casablanca im westlichen Marokko waren 100.000 Soldaten angelandet. Mit Ausnahme der Vichy-französischen Marine leisteten die französischen Truppen in Marokko, Algerien und Tunesien keinen Widerstand. Hitler befahl im Gegenzug den Einmarsch der Wehrmacht in das bis dahin unbesetzte Südfrankreich. Das reduzierte die eigene Truppenpräsenz an anderen Orten spürbar. Das Deutsche Reich wurde zwischen den Fronten im Osten und im Westen in die Zange genommen. An allen Fronten gelang den verbündeten Ländern Großbritannien, USA und der Sowjetunion die Wende. Seit diesem Sommer 1943 waren sie unaufhaltsam auf dem Vormarsch.

Ein Wort der Verlegerin

Als ich die ersten Kapitel der ersten Fassung von Peters Manuskript lesen durfte, wusste ich: Peter bekommt von mir jede Unterstützung, die er möchte, damit er diese aufrüttelnde Familiengeschichte wirklich fertig schreibt und veröffentlicht. Das war vor Februar 2022 und hatte also mit dem heute in der Ukraine tobenden Krieg nichts zu tun. Natürlich lesen wir heute das Buch noch einmal ganz anders – einfach, weil es uns leichter fällt, diesen Landstrich Wolhynien, aus dem Peters Vater stammt, überhaupt zu verorten.

Auch ich, geboren 1962, gehöre zur Generation der Kriegsenkel; wie oft habe ich schon in Runden mit Menschen meines Alters gesessen und wir sprachen darüber, was wir über die Erfahrungen, Ängste und Nöte unserer Eltern – der Generation der Kriegs-Kinder – alles nicht wissen. Was wir auch nie erfahren werden. Ich bin Peter einfach dankbar dafür, dass er die Geschichte seines Vaters mit uns teilt und damit den bleiernen Vorhang vor einer in vielen Familien verborgenen Welt auch für uns andere ein wenig hebt.

In meiner Schreibwerkstatt beobachte ich seit etwa zehn Jahren, dass Autorinnen und Autoren verstärkt über die eigene Vergangenheit schreiben – oder Themen aus ihr schöpfen. Das sind dann meist Autorinnen und Autoren mit DDR-Vergangenheit. Was sie zum Schreiben treibt: Zu vieles (Zeitgeschichtliche!) blieb bislang ungesagt, erscheint unklar oder kann durch persönliche Sichtweisen sinnvoll ergänzt werden. Der Vergangenheit der Eltern hingegen widmen sich Autorinnen und Autoren aus Ost und West gleichermaßen verstärkt: Hier ist es ebenfalls der Wunsch, so viel wie möglich festzuhalten von dem, was sie wissen oder in Erfahrung bringen können. Allerdings trauen sich die wenigsten, das erarbeitete Wissen in Romanform zu packen. Warum eigentlich nicht? In Filmen akzeptieren wir mühelos die – auch historischen – Szenen, die uns gezeigt werden. Durch Bilder und Musik fühlen wir uns ein in fremde Welten, lassen uns berühren – und idealerweise auch zum Nachdenken anregen.

In den letzten Tagen der Arbeit am Buch hatte ich das kleine, undeutlich ausgedruckte Foto von Kolja auf dem Schreibtisch liegen. Mir kommen schon wieder die Tränen, wenn ich nur darüber schreibe. Das Foto zeigt den wahrscheinlich 14-Jährigen in einer Luftwaffenhelferuniform. Er lächelt, wie Jungs in dem Alter so lächeln. Ich weiß das genau, mein Sohn hat auch so gelächelt. Bei dem Gedanken, was meinem Sohn, Jahrgang 1996, erspart geblieben ist, verspüre ich Dank, unendlichen Dank. Und ich wünsche es allen Söhnen und ihren Müttern, natürlich auch allen anderen Menschen, dass ihnen Krieg und das damit verbundene Elend erspart bleibt. Von Dank und Wünschen ist es für mich aber nur ein kleiner Schritt zur Empörung: Wie kann es sein, dass wir Menschen auf dieser Erde nicht Frieden halten können?

Koljas Geschichte zeigt einmal mehr: Es ist eben alles nicht einfach. Und weil das so ist, danke ich meinem Autor Peter Arndt umso mehr dafür, dass er mir sein Buch anvertraut hat. Gemeinsam wollen wir dafür sorgen, dass es möglichst viele Menschen erreicht, miteinander ins Gespräch bringt – über Vergangenes hinaus, über territoriale Grenzen ebenso hinweg wie über Grenzen in den Köpfen. Und vor allem: für die Verständigung der Menschen und für den Frieden.

Martina Rellin

Bisher im Rellin Verlag erschienen

- Klar bin ich eine Ost-Frau! Frauen erzählen aus dem richtigen Leben. Von Martina Rellin.
- Amors Kirschkern. Eine kleine Liebesgeschichte. Von Brigitte Luber.
- Tauchnitzhaus. Frauenroman. Von Annegret Schowalter.
- Ein Mann steigt seinem Krebs aufs Dach. Das Mutmach-Tagebuch. Johannes Heine & Martina Rellin.
- Kein Licht der Welt. Die Geschichte einer Stillen Geburt. Von Carola Kalks.
- Im Rudel Hund – Mensch. So räumt Ihr Missverständnisse aus. Von Simone Müller.
- Ich und die DDR. Von Johannes Heine.
- Jetzt mal was anderes, Schatz! Liebesroman von Katrin Kremzow.
- Sonne im Schnee – Weihnachtsgeschichten. Von 20 Schreibwerkstatt-Autorinnen, Hrsg. M. Rellin
- Mit hellem Schein. Weihnachtsgeschichten. Von 25 Autorinnen und -Autoren. Hrsg. M. Rellin
- Die Turgot-Kurve. Wie das Zuviel und das Zuwenig die Welt zum Kipp-Punkt bringen. Von Hartmut Stieger.

Alle, die gern schreiben und **Fragen rund ums Schreiben** haben, rufen einfach an in der Rellin Schreibwerkstatt. **Anfragen für Lesungen** sind uns im Verlag sehr willkommen. Wir machen möglich, was wir können!

Rellin Verlag | Hochwaldallee 87, 16562 Hohen Neuendorf,
Tel. 03303 509 65 20
Rellin Schreibwerkstatt | Dammweg 3, 02797 Kurort Oybin,
Tel. 035844 17 00 67
www.rellinverlag.de
info@martinarellin.de

Der Autor

Peter Arndt, geboren 1957 in Franken und mütterlicherseits mit fränkischer Familie aufgewachsen, hat ein Lebensthema: den Erlebnisfundus seiner väterlichen Vorfahren, die nach den Wirren der napoleonischen Zeit aus Brandenburg in den Machtbereich der russischen Zaren zogen. 1939 hieß es für die Familie von Nikolaus Arndt, Peters Vater: Raus aus Wolhynien/Ukraine, Umsiedlung in (gerade deutsch gewordenes) polnisches Gebiet. Sein Buch *Die Wetterseite der Bäume* hat Peter Arndt angelegt als Roman zur Biografie seines Vaters. Er konnte sich dabei stützen auf umfangreiche Material-Sammlungen seines Vaters, viele Gespräche mit ihm und natürlich auch die Reisen, die Peter Arndt und Vater auf dessen Spuren in den Osten führten.

Richtig Zeit zum Schreiben, Malen und Kurzfilme machen fand Peter Arndt erst als Pensionär nach erfüllendem, jahrzehntelangem Broterwerb als IT-Leiter in einem Industriebetrieb, der in der Welt der Gewürzkräuter und Heilpflanzen wirkt.